KB016294

한국근대문학의
'변경(邊境)'과 접촉지대

한국 언어·문학·문화 총서

9

한국근대문학의
'변경(邊境)'과 접촉지대

김현주·전성규·손성준·가게모토 츠요시·정한나·육령
조영추·왕캉닝·장세진·윤영현·이봉범·와다 요시히로

보고사
BOGOSA

이 책은 연세대학교 국어국문학과 대학원의 현대문학 전공이 관심을 기울여온 '한국근대문학과 동아시아'라는 주제에 대한 연구의 중간 결과물이다. 한국의 근대문학이 오롯이 내부적 진화의 결과가 아니라 외부와의 무수하고 다양한 접촉과 교류의 산물이라는 점은 주지의 사실이다. 한반도의 주민들은 19세기 후반의 소위 '개항기'부터 열강들의 각축과 일본에 의한 식민지화, 해방, 미군정, 대한민국/조선민주주의인민공화국으로의 분열, 그리고 내전이자 국제전이었던 한국전쟁을 거치면서 다양한 외부 세력 및 문화와 접촉해왔다. 우리의 목표는 근대 동아시아에서 사람과 지식, 문화가 이동하여 접촉한 경로들과 장소들에 주목하고 그 경계지대에서 만들어진 새로운 지식과 문학의 의미를 분석하는 것이었다.

우리는 대학원에서 진행한 수업 〈동아시아문학비교연구〉, 〈식민지문화론〉, 〈근현대문학과 사상(정치, 국가 등)〉, 〈근현대문학과 재현(표상, 수사학, 서사론 등)〉, 〈문학과 인접학문〉 등을 바탕으로 삼아 지난 1년 동안 월 1회의 세미나를 진행하였고 '한국근대문학의 '변경(邊境)'과 접촉지대'라는 주제를 선정했다. 이 주제를 구체화하기 위해 수업에서 작성, 발표한 글들을 검토하는 한편, 한국의 성균관대, 중국의 남경대, 산동대, 연변대의 한국어문학과와 공동으로 진행한 "인문한국학국제학술대회"의 발표문을 점검했다. 관련 논문을 읽던 중 우리의 논문과 함께 배치될 때 책의 내용을 더욱 풍부하게 해줄 논문들도 발견했다. 논문의 수록을 기꺼이 허락해주신 이봉범, 장세진, 손성준 선생님께 이 자리를 빌려 감사의 말씀을 올린다.

제1부는 "근대 계몽기 지식운동과 세계 해석의 전환"이라는 표제 하에 한국의 지식 주체들이 동아시아의 번역장(場)과 맺었던 관계를 분석한다. 19세기 후반 이후 한국은 이른바 언어의 전환(linguistic turn)을 통과하고 있었다. 학회, 협회, 언론, 문필가, 관료 등 다양한 주체들이 번역에 뛰어 들었고 동아시아를 횡단하는 개념들을 낚아채어 자아와 세계를 해석하고 평가하고 "새롭게 설계"하는 데 응용했다. 번역의 경로는 다층적이었고 복잡했으며, 경로라는 변수 외에도 개념을 변용시킬 변수는 무궁무진했다. 오랜 시간 쌓아올려진 지식체계가 새로운 개념을 만났을 때, 가령 한국에서 전통적으로 통용되던 봉건(封建)이나 문화(文化) 같은 개념들이 feudalism이나 civilization, culture, Kultur 등과 만났을 때 어떤 일이 일어났을까? 김현주의 「19세기 말~20세기 초 '문화(文化)'의 의미장의 변동」, 전성규의 「1905~1910년 '봉건/봉건제(封建/feudalism)' 개념을 둘러싼 정치체제, 사회구성 논의의 변동에 대하여」, 손성준의 「수신(修身)과 애국(愛國):『조양보』와 『서우』의 「애국정신담」 번역」은 언어들의 횡단과 번역을 통해 근대 동아시아 지식장의 운동성을 조명했다.

제2부의 표제는 "유학과 이주 - 중국, 일본에서의 시선"이다. 여기 실린 논문들이 다룬 텍스트의 무대는 한국이 아닌 중국이나 일본이다. 식민화, 근대화가 진전되면서 유학이나 생업 등을 위해 고향을 떠나는 이들의 대열이 두터워졌고 이들은 도착지에서 새로운 경험과 인간관계를 형성

해나갔다. 가게모토 츠요시의 「벗어난 자들의 조선 - 식민지기 도쿄 동부의 한국문학」은 도쿄의 유학생과 노동자들을 그린 소설에 지정학적 공간을 넘어 생활의 장소로 나타나고 있는 '조선'의 의미를 묻는다. 정한나의 「어떤 '아시아주의'의 상상과 저항의 수사학」은 일본 동경에서 조선인이 편집, 출간한 다국어 잡지 『아세아공론』(1922~1923)에 표출된 조선인, 중국인, 일본인 들의 교류와 불화를 읽어냄으로써 수평적 연대로서 기도된 '아세아'의 의미를 조명한다. 육령의 「주요섭의 상하이 후장대학 시절과 소설 「첫사랑 값」」은 후장대학의 교지 『천뢰(天籟)』(1924.10~1925.10)를 발굴하여 주요섭의 유학생활을 재구성하고 소설 「첫사랑 값」의 배경을 실증적으로 탐구했다. 세 편의 논문을 통해 우리는 식민지기 한국문학의 상상계가 매우 폭넓고 두터웠음을 확인할 수 있을 것이다.

제3부 "'월경하는' 텍스트와 접촉지대 - 1945~1953년의 '견문' 서사와 '개작' 실천"에서는 해방 직후부터 한국전쟁 시기까지 지리적·텍스트적·언어적 경계를 넘나들며 작성된 텍스트에 주목하여 미국, 소련, 중국, 일본, 남/북한 등 여러 정치적 세력들이 서로 얽혀 격렬한 각축을 벌인 동아시아에서 역사 현실의 착종과 한국 문인들의 지적 변동의 궤적을 살펴보고자 한다. '월경' 텍스트로서의 내포와 결들을 세 가지 측면에서 살펴볼 텐데, 첫째, 조영추의 「정치적 유토피아와 전통지향적 미학의 이합(離合)관계」는 이태준의 소련·중국 기행문과 분단 현실에 관한 소설을 겹쳐 읽음으로써 정치적 이념과 전통지향적 미학의 관계를 살펴본 글이며, 둘째, 왕캉닝의 「『뇌우(雷雨)』를 다시 읽는다, 유치진과 차오위(曹禺)의 만남」은 해방 후 김광주가 번역한 중국 극작가 차오위의 작품이 다시 유치진에 의해 개작되고 그가 원작의 준거틀을 넘어 당시의 남한 정세에 맞춰 한국적 판본을 고안한 실천의 양상을 조명한 글이며, 셋째, 장세진

의 「기지(基地)의 '평화'와 전장의 글쓰기」는 한국전쟁기 일본과 한국, 남/북의 영토와 언어의 경계를 동시에 넘어섬으로써 얻은 경험을 일본어 르포르타주와 소설로 담아낸 장혁주의 글쓰기를 분석한 글이다. 이 글들은 이태준과 유치진, 그리고 장혁주가 각각 북한과 남한, 그리고 일본이라는 문제적 장소에서 출발하여 지리적·텍스트적·언어적 '월경'의 경험을 획득하고 창작을 추진하였다는 점에 주목했다. 이들이 쓴 텍스트는 해방 후 남/북 사회의 내부와 외부를 연결하여 일종의 문화적·역사적·정치적 접촉지대(혹은 완충지대)를 문자화·가시화함으로써 동아시아의 역사 변동의 다양한 스펙트럼을 보여준다고 할 것이다.

제4부 "동북아 패러독스의 기원과 타자 인식의 다층성"을 구성하는 세 편의 논문은 한국전쟁의 발발과 종전을 거쳐 동북아에서 냉전구조가 공고화된 이후 한중관계, 한일관계, 남북관계에 대한 지식인들의 인식/대응의 복합적 성격을 점검한다. 먼저 윤영현의 「1950년대 『사상계』의 중국 표상 및 담론 연구」는 1950년대 한국의 지식인 담론장에서 '중국'이 '중공'과 '지나', '자유중국'이라는 세 개의 기표로 분할되어 있었음을 보여준다. 이는 '냉전기 중국'이 단순히 적성국(중공)으로만 인식되지 않았다는 사실을 보여준 점에서 특기할만하다. 이봉범의 「일본, 적대와 연대의 이중주」는 1950년대 지식인들의 대일인식의 기조와 논리가 어떻게 형성·전개되었는지, 또 이승만정권의 반일주의정책과 지식인들의 대일인식의 길항이 문화적으로 어떻게 구현되어 나타났는가를 중심으로 '일본적인 것'의 존재를 탐구한 글이다. 당시 한국 지식인들은 대외적으로는 일본에 대해 반일과 거부의 논리로 일관하였지만 그 이면에는 '일본적인 것'에 대한 의존과 모방의 계기가 존재하고 있었다는 점을 밝힌 것이 이 논문에서 특히 주목할 부분이다. 와다 요시히로의 「김석범의 문학

론에 대하여」는 냉전체제가 공고해지면서 재일조선인 작가 김석범의 문학론이 어떻게 변모해 갔는가를 살펴본 논문이다. 이는 일본 내에서 주변화된 존재인 재일조선인의 한국/조선 인식, 지식 생산과 실천 활동을 면밀히 검토했다는 점에서 주목할 만하다. 세 편의 논문을 통해 우리는 현재 심화되고 있는 동북아 패러독스의 기원에 자리잡고 있는 냉전적 타자 인식의 복합성·다층성을 살펴볼 기회를 얻을 수 있을 것이다.

이 책은 한·중·일 사이의 이동과 접촉, 교류에 초점을 두고 있지만, 이들 국가만이 동아시아의 중요한 문화적 주체라는 뜻은 아니다. 미국과 소련은 동북아의 정치·문화에 매우 강력한 영향력을 행사해온 거대 주체이므로 논외로 할 수 없으며 '변경'이라는 문제의식을 구체화하기 위해서는, 냉전-탈냉전의 시기에 서로 다르면서도 연결된 복잡한 이유로 한국문학 연구자들의 시야에서 멀어졌던 북한과 대만에 대한 연구가 반드시 보충되어야 한다. 일부 논문에서는 언급되었지만, 아직 부족한 점이 매우 많다.

독자들은 이 책을 통해 한국근대문학 연구를 이끌어갈 차세대 연구자들의 관심과 문제의식을 접하게 될 것이다. 이 책에는 박사논문의 제출을 앞두고 있는 실력 있는 학생들이 많이 참여했으며 외국인 유학생들도 여럿 참여했다. 고려대 국어국문학과에서 공부하는 왕캉닝도 합류해주었다. 충분히 예상할 수 있는 일이지만, 일본인·중국인 유학생들은 한국근대문학과 동아시아의 관계를 설명하는 데 다른 누구보다 큰 관심과 능력을 보유하고 있다. 유학생들은 스스로가 언어와 문화의 경계를 횡단한 자이며 한국문학의 번역가이자 매개자이기 때문이다. 세미나에 열심히 참여했으나 함께 글을 싣지는 못한 석사과정의 허경아, 정윤성과는 다음 책을 기약하고자 한다.

마지막으로 이 책의 발간에 격려와 지원을 아끼지 않으신 국어국문학과 BK21플러스 사업단의 정희모 단장님과 권경일 교수님께 감사드린다. 기한을 넘긴 원고를 기다려주시고 꼼꼼히 손봐주신 보고사의 박현정 부장님과 이소희 선생님께도 진심으로 감사드린다.

2019.12

김현주, 전성규, 가게모토 츠요시, 조영추, 윤영현 씀

수신(修身)과 애국(愛國)

『조양보』와 『서우』의 「애국정신담」 번역 — 【손성준】

제2부 유학과 이주 – 중국, 일본에서의 시선

벗어난 자들의 조선

식민지기 도쿄 동부의 한국문학 — 【가게모토 츠요시】

어떤 '아시아주의'의 상상과 저항의 수사학

잡지 『아세아공론』을 중심으로 — 【정한나】

주요섭의 상하이 후장대학 시절과 소설 「첫사랑 값」

후장대학 『천뢰(天籟)』(1924.10~1925.10)를 중심으로」 — 【육령】

제3부 '월경하는' 텍스트와 접촉지대 – 1945~1953년의 '견문' 서사와 '개작' 실천

정치적 유토피아와 전통지향적 미학의 이합(離合)관계

이태준의 소련·중국 기행문과 소설 「먼지」 겹쳐 읽기 — 【조영추】

〈뇌우(雷雨)〉를 다시 읽는다, 유치진과 차오위(曹禺)의 만남

유치진 연출 〈뇌우〉 공연(1950)을 중심으로 — 【왕캉닝】

김석범의 문학론에 대하여 — 【와다 요시히로】

1부

근대 계몽기 지식운동과
세계 해석의 전환

제1부 〈근대 계몽기 지식운동과 세계 해석의 전환〉은 근대 계몽기 동아시아에서 발생한 지식의 복잡한 교통을 살펴볼 수 있는 세 편의 논문으로 구성하였다. 교통은 비단 국경들 사이에서뿐만 아니라 국경 안에서도 계층, 신분, 지역, 문화 등의 수많은 내부적인 경계선을 따라서 혹은 그것을 가로지르며 이루어졌다. 근대 계몽기는 이전의 언어, 정치, 경제, 문화 등을 주조했던 질서가 새로운 좌표 위에서 해체되었던 시기이면서 동시에 새로운 개념과 기존의 개념들이 상호작용하며 그것들 사이의 관계가 재조정되어야 했던 시기였다. 언론, 학회, 협회, 관료 등 수많은 주체들이 개념의 의미 생성, 보존, 폐기 등에 이해관계나 신념을 투영하면서 특정 개념의 의미 확정을 계속해서 지연시켰기 때문에 이 시기는 근대 한국의 개념사에서 개념의 운동성을 가장 잘 확인할 수 있는 시기이기도 하다. 이 장에서는 살아 움직이고 있었던 개념들의 의미망을 여러 층위에서 추적해 보고자 한다. 김현주의 「19세기 말~20세기 초 '문화(文化)'의 의미장의 변동」은 고전적 문화 개념과 근대적 문화 개념의 의미 변동을 통시적으로 검토하면서 1890년대 말과 1900년대 초의 상황과 번역장의 차이(기관지, 교과서/학술지 및 학회지)에 따라 문화에 대한 정의가 폭넓게 펼쳐지고 있음을 보여주고 있다. 전성규의 「1905~1910년 '봉건/봉건제(封建/feudalism)' 개념을 둘러싼 정치체제, 사회구성 논의의 변동에 대하여 -『대한협회회보』와 『서북학회월보』를 중심으로」는 동아시아의 전통적인 봉건이라는 개념과 근대 계몽기 feudalism의 번역어로서 봉건제가 착종하며 동아시아를 비롯 조선의 근대적 정치체와 사회구성 논의에 중요한 역할을 했음을 드러내고자 하였다. 이 개념은 입헌군주제에 관한 논의와 중앙집권체제로의 전환의 문제와 관련한 논쟁에 영향을 미쳤는데 대한협회와 서북학회가 대립적인 입장을 취한 대표적인 단체들이었다. 손성준의 「수신(修身)과 애국(愛國):『조양보』와 『서우』의 「애국정신담」 번역」은 프랑스어 원본의 중국어 판본을 대상으로 한 『조양보』와 『서우』 「애국정신담」의 번역을 그 대상으로 한다. 번역주체의 번역의도에 의해 전기물은 영웅주의와 구별되는 개인적 가치의 중요성을 전달하는 텍스트로 변모되는 양상을 확인할 수 있다. 이 장에서는 이와 같이 개념의 횡단과 번역의 문제와 관련하여 그것이 촉발한 사회 내적 운동을 조망해 보고자 한다.

19세기 말~20세기 초
'문화(文化)'의 의미장의 변동

김현주

1. 들어가며

19세기 말에서 20세기 초는 한자 문화권에서 문치교화(文治敎化)라는 유교적 통치 이념을 표현한 '文化', civilization / civilisation의 번역어 '文化', 그리고 culture / Kultur의 번역어 '文化'가 병존한 최초의 시기다. 메이지기 일본에서는 고전적 의미의 분카(文化)가 통용되던 가운데 영어 civilization / 프랑스어 civilisation이 분카(文化)로 번역되었다. 당시 서구 지향적 지식인들은 분메이(文明)에 시빌리제이션 / 시빌리자시옹의 진보주의적이고 계몽주의적인 의미를 불어넣으려고 노력하고 있었는데 과거 분메이와 유사한 뜻으로 사용되던 분카도 함께 그 번역어로 소환되었던 것이다. 한편 메이지기 후기에는 '문명론'의 서구 지향에 반발하여 일본의 정체성을 지키려 했던 국수주의적 지식인들과 그 반대편에 있던 자유주의적 지식인들이 Kultur / culture를 분카(文化), 교요(敎養), 슈요(修養) 등으로 옮기고 그 의미를 자신들의 정치적·사회적 요구 및 목표에 맞추어 전유하기 시작했다. 이렇게 해서 일본에서는 분카라는 단어의 의미가 매우 복잡해졌는데, 이와 같은 분카 개념은 중국과 한국의 유학생들에게 영향을 끼쳤다.

대략 20세기 초에는 한국에도 고전적 文化, civilization / civilisation의 번역어 文化, 그리고 culture / Kultur의 번역어 文化가 병존하는 상황이 전개되었다. 1894년 갑오개혁에서 1910년 한일합방에 이르는 동안 한국의 정치와 사회·경제의 구조는 전례 없이 큰 변화를 겪었으며, 지식과 사상이 급변했다. 문화(文化)라는 단어의 의미망이 크게 변형되고 새로운 성질을 얻은 것도 대략 이 시기와 일치한다. 특히 1900년대 후반에는 일본 유학생에 의해 소개, 전달된 문화에 대한 상이한 담론들이 교육과 학술, 정치 담론의 장에서 서로 병렬하고 교류하며 재구성되었다.

이때 시빌리제이션의 번역어 문화와 컬처 / 쿨투어의 번역어 문화는 담론장이 서로 어느 정도 구별되었으며 영향력에도 차이가 있었다. 이 단어들은 모두 신지식의 주요한 공급처였던 유학생 단체의 학술지에서 먼저 선을 뵈었지만, 전자가 정치단체의 기관지나 교과서, 학생 대상의 잡지 등으로 비교적 빠르게 확산된 반면, 후자는 1900년대까지는 학술지 안에서만 유통된 것으로 보인다. 문명의 동의어인 문화가 사회적 담론과 교육의 장에서 어느 정도 공인된 지식으로 부상했다면, culture / Kultur의 번역어 문화는 아직은 소수 담론으로 머물러 있었던 것이다.

그렇지만 culture / Kultur 개념의 수용은 '부국강병'이 문명의 지배적인 함의가 되고 문명의 이름하에 '식민주의적 침략'이 가속화·정당화되던 1900년대 후반의 정황에 대한 지적·사상적 대응이었다고 할 수 있다. 국권이 위기에 처한 시기에 지식인들은 culture / Kultur의 번역어 문화를 응용하여 자기 정체성의 핵심이 될 '국민문화' 또는 '민족문화'라는 개념을 만들어 내고자 했다. 또는 문화를 '사회'나 '인류', '개인(자아)' 같은 주체성 개념과 결합시키는 담론을 수용함으로써 현실에 대해 새로운 설명을 제공하고자 했다. culture / Kultur개념의 수용은, 전통적 문화 개념이나 계몽주의적 문명＝문화 개념으로는 헤쳐 나갈 수 없었던 정치적·사회적 요구들이 등장하고 있었음을 반영하고 있다.

이 글은 19세기 말부터 1900년대까지 약 10여 년에 걸쳐 일어난 문화 개념의 의미장의 변화를 살펴볼 것이다. 2절에서는 고대 중국에서 형성된 문화 개념이 한국에서 어떻게 전개되었는지를 간략히 살피고, 이어서 그와 같은 고전적 문화 개념의 의미장이 19세기 말 이후 변형된 양상을 검토한다. 3절과 4절에서는 일본 유학생들에 의해 civilization / civilisation 과 culture / Kultur의 번역어 '문화'가 수용된 과정을 살펴보고 그 함의를 분석한다. 연구 대상으로 삼은 주요 자료는『대한자강회월보』등 정치단체의 회보,『태극학보』·『대한학회월보』·『서우』등 일본 유학생 및 지식인 단체의 학술지, 정부와 민간단체가 발간한『국민소학독본』·『고등소학독본』·『초등소학』·『보통학교 학도용 국어독본』·『신찬초등소학』등 교과서이다. 문화 개념의 확산 양태를 비교하기 위해 일간신문과 신소설 등 대중 서사물도 일부 검토했다.

2. 고전적 문화 개념의 계승과 변형

중국에서 출간된『한어대사전漢語大詞典』은 '文化'를 '문치교화'로 정의하고 고대의 정전에서 용례들을 찾아 수록하고 있다. 이 가운데 '문화'의 고전적 의미를 추적하는 데 가장 빈번하게 참조되는 문헌은 전한(前漢) 시대 유향(劉向)이 저술한『설원(說苑)』이다.

성인이 천하를 다스릴 때는 문덕을 앞세우고 무력은 뒤로한다. 무력을 일으킨 이유는 복종하지 않았기 때문이다. 문화(文化)로 바로잡히지 않으면(不改) 그때 죽인다. 어리석은 사람의 기질은 변하지 않으므로 순덕으로 교화하는 데도 교화되지 않으면 무력(武力)을 가한다.[1]

『설원』은 고대 중국인의 행적이나 일화·우화 등을 수록한 설화집인데, 동아시아에서 고전적 문화 개념의 특징을 연구한 니시카와 나가오는 『설원』의 위 문장에 대해 '문화는 본래 예악(禮樂)으로 이적을 교화한다는 뜻'이었으며, 이로부터 '문덕으로 (백성을) 교화하는 일'이라는 고전적 의미가 형성되었다고 했다.[2] 아래 문장들은 문화의 고전적 의미를 잘 보여 준다.

① 문화로 안을 화목하게 하고, 무공으로 밖에 멀리 미치게 한다.[3]
② 문화로써 안을 화목하게 하고, 무덕으로써 멀리 밖으로 미치게 함을 말한 것이다.[4]

위 문장들의 공통된 특징은 안과 밖, 문과 무의 대비이다. ①과 ② 모두 내부와 외부를 구분하고 각각에 대해 '문화'와 '무덕(또는 무공)'을 대응시키고 있다. 정치적 차원에서 보자면, '문'과 '무'는 상호 대립하는 동시에 보완하는 관계이다. 나라가 바깥으로 멀리 뻗어 나가기 위해 필요한 힘이 무력이라면, 문화는 안에서 백성을 다스리기 위해 필요한 힘이다. 단어의 의미 구조 차원에서 볼 때, 고전적 문화 개념의 가장 중요한 특

---

1 劉向, 「指武」, 『說苑』: "聖人之治天下也, 先文德而後武力, 凡武之興, 為不服也, 文化不改, 然後加誅, 夫下愚不移, 純德之不能, 而後, 加焉."
2 니시카와 나가오, 『국경을 넘는 방법 : 문화·문명·국민국가』, 한경구·이목 옮김, 일조각, 2006, 190쪽, 393쪽.
3 束晳, 「由儀」, 『補亡詩』: "<u>文化內輯</u> 武功外悠."
4 蕭統, 『昭明文選』 卷19 : "<u>言以文化輯和於內</u>, 用武德加於外遠也."

징은 '무'와의 대비이다. '무화(武化)'의 상대 개념으로서 '문화(文化)'는 도덕과 학문을 통하여 사람을 교화하는 행동이나 상태를 의미한다. 즉 윤리의 질서로써 교화하여 세상 사람들이 스스로 깨달아 규범대로 행동하도록 하는 것이 '문화'의 목표였다.

고대 중국에서 형성된 문화의 의미는 신라에 이미 전달되었으며,[5] 고려에서는 '문화'가 드디어 하나의 명사로 사용되기 시작했다. 이때 문화는 『설원』에서의 본래 의미('예악으로 이적을 교화한다')처럼 외교의 방침으로도 나타났으며 문물제도를 포함한 다소 포괄적인 내용을 담기도 했다.

> ① 송나라가 일어나 그 문화(文化)가 멀리까지 미치자(遠被) 머리를 조아리고 관문을 두드려 번신(藩臣)이 되기를 청해 왔다. 그 사자(使者)가 와서 조정에 들 때마다 송나라의 찬란한 문물을 보고서는 그 아름답고 찬란함을 부러워하고, 돌아가서는 서로 이야기하여 사람들이 더욱 힘쓰게 되었다.[6]
> ② 영걸들을 부려 사방을 지켰으니 무공(武功)이 더욱 원대하였고, 수레바퀴와 문자를 통일하여 만국의 조공을 받았으니 문화(文化)가 대동(大同)하였다.[7]

①은 고려 인종 1년(1123) 송의 사절인 서긍(徐兢)이 지은 책 『고려도경』의 일부이다. 서긍은 송이 '문화'가 높아서 주변의 많은 나라가 부러워하고 본받으려 한다고 평가하고 있다. 송은 주변국을 무력에 의해 강제로

5　崔致遠, 『孤雲集』卷1, 「表」, "謝恩表": "言聖人觀察人文, 則詩書禮樂之謂 當法此教而化成天下也."

6　『高麗圖經』卷40, 「同文」, "儒學": "炎宋肇興. 文化遠被. 稽首扣關. 請爲藩臣. 其使者. 每至來朝. 觀國之光. 歆艶晏粲. 歸而相語. 人益加勉."

7　『東文選』卷28, 「册」, "태묘 대제의 제2실에 시호를 가하는 책문(禘大廟第二室加諡册文)": "攬豪傑以守四方. 武功益遠. 混車書而來萬國. 文化大同."

복종시킨 것이 아니라 문화를 통해 자발적으로 따라오게 했다는 의미이다. 이는 고대 중국에서 유래한 고전적인 '문화'의 용법(유향의 『설원』에 나타난 '무력이 아니라 예악으로 이적을 교화한다'는 뜻)을 보여 주는데, ②는 고려에서도 '문화'가 이와 유사한 의미로 통용되고 있었다는 점을 방증한다. 이 구절은 『동문선(東文選)』에서 최유청(崔惟淸, 1095~1174)이 고려 2대 왕인 혜종(惠宗)의 덕을 기리는 부분으로서, 내용을 살펴보면, 혜종은 대외정책에 '무공'과 '문회'를 병용한 왕이었다. 최유청은 '차(수레)와 서(문자)를 맞춘 일'을 문화통일[文化大同]로 평가했는데, 이때 '문화'는 『고려도경(高麗圖經)』에서 서긍이 송 시대를 찬양할 때 사용한 '문화'와 유사한 의미로 보인다. 한국에서 '문명(文明)'의 의미변화를 추적한 노대환에 따르면, 고려 말 조선 초에 지식인들은 송대의 성리학을 문명지치(文明之治)의 이념으로 평가했는데,[8] 같은 시기에 '문화'에 대한 이해에도 성리학적 의미가 부착되기 시작했다.

성리학을 통치 이념으로 삼은 조선 시대에는 문화에 대한 이해에 유학적 의미가 더욱 강화되었다.[9] 사대부의 문집에 '문화유(文化郁)', '문화일승(文化日昇)', '문화대행(文化大行)' 같은 표현이 등장하는데,[10] 이때 문

---

8 노대환, 『한국개념사총서 6 문명』, 소화, 2010, 52~53쪽.

9 노대환에 따르면 조선 시대에는 '문명'과 마찬가지로 '문화'도 거의 전적으로 유교적 교화의 의미로 사용되었다. 노대환, 앞의 책, 51~58쪽 참조.

10 鄭汝昌, 『일두집(一蠹集)』 권3, 「부록(附錄)」, "세 번째": "六鎭僻陋. 舊無學業者. 先生至數年. 文化大行"(원문은 『한국문집총간』 제15집, 490쪽 d); 李廷龜, 『月沙集』 卷44, 「神道碑銘 下」, "좌참찬 증 우의정 시 문숙 정공(左參贊贈右議政謚文肅鄭公) 신도비명 병서(幷序)": "獨持風裁頹綱肅. 設敎造士文化郁"(원문은 『한국문집총간』 제70집, 209쪽 d); 朴長遠, 『久堂先生集』 卷4, 「원릉(原陵)을 뵙고(謁原陵)」: "法導建武民風變. 治蹟修文化日昇"(원문은 『한국문집총간』 제121집, 90쪽 a); 『弘齋全書』 卷84, 「經史講義」 21, "주남(周南)": "載纘對. 詩到此章. 文化大行. 周俗益美. 俯仰吟哦之間. 有足以壹倡三歎. 集註之解以化行俗美. 室家和平云者. 固無害于經旨. 而大可見其氣象矣"(원문

화는 가르침(敎)과 배움(學)을 통해 이뤄진 도덕과 풍속의 바람직한 상태
를 의미했다. 특히 문화대행이라는 표현은 당시 사대부 사이에서 얼마
간 관용적으로 쓰였던 것 같다. 『조선왕조실록』에도 선왕이나 관리의
업적을 칭송하는 내용에 문화라는 단어가 다수 등장한다. '재선문화(載宣
文化)', '찬문화(讚文化)', '문화대천(文化大闡)', '진문화(振文化)', '대양문화
(對揚文化)' 같은 다양한 표현에서 문화의 의미장은 대개 학문(學), 교육
(敎), 도덕(道) 같은 개념들로 짜여 있었다.[11]

지금까지의 논의를 요약하면, 첫째, 문화라는 단어는 시대에 따라 중
심 내용이나 관할 영역이 다소 차이가 있었지만 무력이나 경제력 등 물
질적인 상태의 발전과는 거리가 있었다. 둘째, 문화는 왕이나 관리의 업
적을 평가하는 중요한 기준으로서 국정의 차원에서 고려되던 가치였다.
특히 조선의 왕실과 사대부 집단은 문화의 선양을 자신들의 임무이자

은 『한국문집총간』 제264집, 261쪽 d).

11 『문종실록』 9권, 문종 1년 8월 25일 경인 1번째 기사(『태백산사고본』 5책 9권 17장
   B면 ; 『국편영인본』 6책 425면) : "世宗莊憲大王遹追先猷, 載宣文化, 謂備史須該備,
   復開局再令編摩, 尙紀次之非精, 且脫漏者亦夥, 況編年有異於紀, 傳, 表, 志, 而敍事未
   悉其本末始終? 更命庸愚, 俾任纂述."; 『성종실록』 112권, 성종 10년 12월 8일 기미 2번
   째 기사(『태백산사고본』 17책 112권 5장 A면 ; 『국편영인본』 10책 94면) : "臣謹當投身
   於閑, 任其服藥 ; 凝神於寂, 專其養生. 與漁父田翁, 頌聖德於擊壤之歌也 ; 奉冠者童子,
   讚文化於浴沂之詠(而)[耳]."; 『경종수정실록』 1권, 즉위년 6월 8일 계묘 2번째 기사 :
   "治道日升, 風敎達於封域. 崇儒重道, 而文化大闡 ; 正義明倫, 而人紀克修. 恤民窮而賙
   賑, 惠澤覃被 ; 敬天威而修省, 孚應靡差. 四紀憂勤, 積致榮衛之損 ; 十載疾疚, 終蔑藥餌
   之功."; 『정조실록』 47권, 21년 11월 12일(『태백산사고본』 47책 47권 45장 A면 ; 『국편
   영인본』 47책 54면) : "同知成均館事李秉鼎啓言 : '太學之月三講, 造俊勸學之美制, 而
   挽近以來, 全然抛棄. 一月三講, 雖或難繼, 若於每月, 泮長與齋任及年少勤業之儒生,
   不拘藩中方外, 一設講會, 而冊子則以四書及『性理大全』, 『近思錄』, 輪回誦讀, 俾探頤本
   源, 禁止浮華, 則恐或爲對揚文化之一助.' 從之."; 『정조실록』 33권, 15년 10월 13일 갑
   인 1번째 기사(『태백산사고본』 33책 33권 38장 B면 ; 『국편영인본』 46책 249면) : "欲振
   文化則歐陽之公眼, 何處得來 ; 欲奬武備則子儀之威望, 異代難借"

책임으로 인식했는데, 이때 문화는 내치의 방법이자 목표로서 백성의 몸과 마음을 성리학의 이념에 맞추어 교정하는 것을 의미했다. 이런 측면에서 문화는 통치 집단의 언어였다. 셋째, 문화라는 단어는 개인의 행위나 소양, 지식의 수준 등을 평가할 때는 쓰이지 않았으며 주로 한 사회나 국가의 수준을 판단할 때 사용되었다. 넷째, 고전적인 문화 개념에는 민족적이거나 진보주의적인 함의는 없었다. 즉 문화의 내용에는 민족적인 특수성이 포함되지 않았으며 문화의 수준이 계속 신보하거나 발전한다고는 생각되지 않았다.

그런데 19세기 후반에는 이와 같은 고전적인 문화의 의미장이 해체되기 시작한 것으로 보인다.

> 이런 사람이 한번 깨우치면 이 사람의 아들이나 손자 및 이웃으로서 평소 그를 존경하여 심복하던 자들도 따라서 모두 바람에 쏠리듯이 교화될 것입니다. 이것이 어찌 백성을 교화하고 풍속을 이루는 첩경이 아니겠으며(茲豈非化民成俗之捷徑), 이용후생하기 위한 좋은 방법이 아니겠습니까(利用厚生之良法乎)? 백성들이 의혹을 풀고 안주하게 되면 나라의 힘을 강화하고 적을 막아 내는 대책에 대해서는 모두 중국 사람의 저서인 『역언(易言)』 1부에 실려 있으니, 신은 감히 덧붙여 진언하지 않겠습니다."[12]

위 인용문은 1882년 『고종실록』에 실린 지석영(池錫永)의 상소의 일부이다. 지석영은 '화민성속', 즉 백성을 교화하여 올바른 풍속을 이룬다는 유교적 클리셰를 사용하고 있지만 그 목표와 방법에 대한 사유는 전통

---

12 『고종실록』 19권, 19년 8월 23일 병자 4번째 기사(원본 23책 19권 58장 B면 ; 『국편영인본』 2책 63면) : "此人一悟, 則凡此人之子若孫及隣黨之素所敬服者, <u>率皆從風而化之矣, 茲豈非化民成俗之捷徑</u>, 利用厚生之良法乎? 民旣解惑而安戢, 則凡自强禦侮之策, 具載於中國人所著『易言』一部書, 臣不敢贅進焉."

적인 사고틀에서 완전히 벗어나 있다. 지석영이 백성의 교화를 위해 추천한 책은 유학의 경전이 아니라 국제법 서적인 『만국공법(萬國公法)』, 중국의 외교관이 조선의 외교정책에 대해 조언한 『조선책략(朝鮮策略)』, 그리고 『박물 신편(博物新編)』, 『격물입문(格物入門)』 등 자연과학서, 『격치휘 편(格致彙編)』 등 서양 사정을 다룬 중국 잡지를 포함한 여러 종류의 번역서였다.[13] 이 글에는 문화라는 단어가 직접 등장하지는 않지만, 바깥으로부터의 자극에 의해 문화라는 단어를 둘러싸고 있던 기왕의 의미장이 해체되고 있었음을 짐작할 수 있다.

19세기 말 이후에는 고전적 문화 개념의 지반이 급격히 취약해졌다. 과거에 그 개념을 운용하고 세련화한 집단(왕과 사대부)의 정치적·사회적 지위가 결정적으로 흔들렸고, 이들의 담론 장이 크게 약화·해체되었기 때문이다. 하지만 왕조실록과 사대부들의 문집을 벗어난 그 개념은 대한제국정부와 민간단체가 편찬·발간한 보통학교와 중등학교의 교과서에 수용되었다. 나아가 전통적인 문화 개념은 지식인들의 학술지에도 진입했던 것으로 보인다.

『국민소학독본』은 1895년 7월 학부에서 편찬·간행한 최초의 근대식 국어교과서이다.[14] 이 책은 제19과에서 '지나국(중국)'을 "대국(大國)이오

---

13 『고종실록』 19권, 19년 8월 23일 병자 4번째 기사(원본 23책 19권 58장 B면; 『국편영인본』 2책 63면): "각국(各國)의 인사들이 저작한 『만국공법(萬國公法)』, 『조선책략(朝鮮策略)』, 『보법전기(普法戰紀)』, 『박물 신편(博物新編)』, 『격물입문(格物入門)』, 『격치휘 편(格致彙編)』 등의 책 및 우리나라 교리(校理) 김옥균(金玉均)이 편집한 『기화근사(箕和近事)』, 전 승지(前承旨) 박영교(朴泳敎)가 편찬한 『지구도경(地球圖經)』, 진사(進士) 안종수(安宗洙)가 번역한 『농정신편(農政新編)』, 전 현령(前縣令) 김경수(金景遂)가 기록한 『공보초략(公報抄略)』 등."

14 우리나라 최초의 근대식 국정교과서. 1895년 7월 학부에서 편찬·간행한 국어교과서로 총 72장 144면의 1책, 한 장본(漢裝本), 국한문 혼용체이다. 비교적 장문형(長文型)이고 띄어쓰기와 구두점이 없으며, 어려운 한자가 많이 사용되고 있는 점이 특징이다.

고국(古國)이오 또한 문화의 선진국"[15]이라고 소개했는데, 이때 '문화'는
기왕에 한자사용권에서 공유되던 고전적인 의미였다.

> 요순(堯舜) 후에 여러 역대(歷代) 치란(治亂)을 지뇌야 방금 청국(淸國)
> 이 되얏스니 요(堯)의 즉위는 서양 기년(紀年)으로 ᄒ면 기원전 즈못 이천
> 여 년이라. 주(周)나라 때에 공자(孔子) ― 열국(列國)에 유(遊)ᄒ샤 인의
> (仁義)를 논설ᄒ시니 인(因)ᄒ야 학자 ― 배출ᄒ야 그때 세계로 보면 문화
> 가 성행(盛行)ᄒ니라.[16]

위 인용문은 기원전 3천 년 요순의 시대에서 청대까지 중국의 역사를
개괄하면서 주대의 중국에 대해 기술하는 부분으로서, 그 끝자락에 문
화라는 단어가 등장한다. 공자의 '인의' 개념과 그에서 연원한 학문(유학)
을 문화라는 개념으로 수렴시키고 있는데, 이때 '문화'는 한자 본래의 의
미로서 '문(유학)'을 통한 세도인심의 '교화'를 가리켰다.[17]

1900년대 후반에 들어 정부와 민간단체가 보통학교·중등학교 학생용
교과서를 여러 권 편찬·발행했는데, 여기에서도 문화가 고전적인 의미
로 사용된 경우가 있었다.

> 아(我) 대한은 아세아주의 동부에 재ᄒ야 사천여 년 전에 단군이 국(國)
> 을 입(立)ᄒ고 왕검성(금 평양)에 도(都)ᄒ얏더니 후에 자손이 쇠미(衰微)

이 책은 일제에 의하여 1910년 11월 발매금지조처를 당하였다. 편집부, 『국어국문학자
료사전』, 한국사전연구사, 1998. 참조.

15 한국학문헌연구소 편저, 『한국개화기교과서총서 1』, 아세아문화사, 1977, 56~57쪽.

16 한국학문헌연구소 편저, 앞의 책, 56~57쪽.

17 『국민소학독본』은 "支那國"에 대해 "孔子와 前後 賢人의 論說은 그 나라 文化를 開進
ᄒ여 世道 人心의 扶植ᄒ 바라"라고 설명하고 있다. 한국학문헌연구소 편저, 『국민소
학독본』 제26과, 앞의 책, 78~79쪽.

홈이 은태사(殷太師) 기자(箕子)가 동래(東來)ᄒᆞ샤 단씨를 대(代)ᄒᆞ야 군
(君)이 되매 팔조(八條)의 교(敎)를 설(設)ᄒᆞ고 예의(禮義)의 화(化)를 부
(敷)함으로 인문이 조개(肇開)하니라. 기후(其後)에 삼한과 삼국과 고려를
경(經)하야 아(我) 태조(太祖) 고황제(高皇帝) — 개국하시매 공맹의 교를
존숭하샤 문화를 대벽(大闢)하시고 성신이 계승하샤 전장을 대비하시니
풍화의 문명함이 동방의 제일이라.[18]

위 인용문은 휘문의숙(徽文義塾) 편집부에서 편찬한 중등학교용 국어
교과서 『고등소학독본 2』(1906)의 「제3과 대한(大韓)」의 일부로서 단군
이후 성립한 국가들의 정치체제 및 이념을 약술하고 있다. 여기에 등장
하는 '교(敎)', '예의', '인문', '풍화(風化)' 등은 '문화'의 전통적 의미 해석에
서 지속적으로 중요시되었던 것들이다. 삼한, 삼국, 고려를 거쳐 조선의
개국에 이르러 공맹의 교(유교)를 존숭하여 문화를 크게 열었다고 적은
문장에서는 유교적 교화가 직접 문화 개념과 연결되고 있다. 마지막 문
장에서 문명이라는 말도 고전적인 의미장 안에서 문화와 유사한 의미로
쓰였다.[19]

그런데 교과서에서 '문화'가 중국이나 한국의 과거 통치 이념을 설명
하는 데에만 사용되었던 것은 아니다. 이 단어는 당시의 요구에 부응하
여 국민주의적 교육의 이념으로 재해석되기도 했다.

---

18   휘문의숙 편집부 편찬·김찬기 편역, 『고등소학독본』, 도서출판 경진, 2012, 302~303
　　쪽. 『고등소학독본』은 휘문의숙(徽文義塾) 편집부에서 편찬한 중등학교용 국어교과서
　　로서 제1권은 1906년 11월, 제2권은 1907년 1월에 각각 발간되었으며, 1908년 4월에
　　재판되었다. 본문은 제1권이 76면 45개과, 제2권이 86면 45개과로 각각 구성되어 있다.
19   『고등소학독본 2』에는 "아세아주는 문화로는 5대륙에서 제일"(33~35쪽)이라는 표현
　　도 있는데 이 역시 고전적인 의미였다고 생각된다.

아국은 고래로부터 병력으로 외국을 방어하여 국가의 독립을 유지한 고
로 인민이 다 적개의 심(心)이 충만할 뿐 아니라 또 문화가 보급하여 충애
의 지가 국민을 고려(鼓勵)하는지라. …… 대저 국민 되는 자는 다 충애를
진(盡)함이 기(基) 직분이라.[20]

위 인용문은 1906년 국민교육회(國民敎育會)가 펴낸 『초등소학』 제8권
의 일부이다. 핵심 내용은 '우리나라는 예전부터 독립을 유지하기 위해
외국을 향해서는 병력을 사용하고 내부의 통합을 위해서는 문화를 보급
했다'는 것이다. 이때 문화는 애국의 의무를 다하는 국민을 양성하기 위
한 것으로 해석되고 있다. "삼학사(三學士)의 충절"에서는 인조 대에 청
나라가 침략했을 때 충성심을 보인 삼학사에 대해 설명하면서 '무력 사
용'과 '문화 보급'을 대응시키는 표현을 다시 사용했다.[21] 여기에서 주목
할 측면은 문화의 보급을 통해 달성하려는 목표가 세도인심의 교화가
아니라 국가에 대한 충애의 뜻, 곧 애국심을 양성하는 것이었다는 점이
다. 즉 계몽기의 교과서들은 '외부에 대해서는 무력, 내부에 대해서는
문화'라는, 유교의 경전이나 그 해석에 자주 등장한 표현을 활용하면서
'문화'를 국민 육성의 기제로 재해석하고 있었던 것이다.

전통적 문화 개념의 잔여적 운동을 학회지에서도 확인할 수 있는데,
아래 인용문은 1908년 3월에 일성자(一惺子)라는 필자가 『서우』에 발표
한 「아한교육역사(我韓敎育歷史)」의 일부이다.

---

20 편집위원회, 『초등소학(初等小學)』 제8권 제14과, 국민교육회, 1906, 19~21쪽. 최초의 민간 교
    과서인 『초등소학』은 총 8권으로 편찬되었으며, 민족주의와 애국의 열정을 강조하면
    서 특히 충신, 열사의 사적을 중요하게 서술하고 있다. 강진호, 「근대국어 교과서와
    민간 독본의 탄생 『초등소학(初等小學)』(1906)을 중심으로」, 『현대문학이론연구』 제60
    권, 2015 참조.
21 편집위원회, 앞의 책, 19~21쪽.

상하(上下) 삼천 년간 <u>문화(文化) 정도(定度)</u>에 관ᄒ 세급(世級)을 논ᄒ
면 기자 동출ᄒ사 교민팔조(敎民八條)ᄒ신 시대가 제일기오. 신라 태종왕
문무왕조에 자제를 당에 파견유학ᄒ야 지나의 <u>문물제도를 채용</u>흠이 제이
기오. 고려 충선충숙왕조에 안문선(安文成) 이익제(李益齊) 제현이 <u>문장학
술</u>로 원조(元朝)를 교섭(交涉)ᄒ믜 수사염락(洙泗濂洛)의 <u>도학연원</u>이 도래
우아(渡來于我)ᄒ야 본조(本朝) 오백 년우 <u>문지치(文之治)</u>를 기(基)ᄒ얏스
니 차(此)는 제삼기오 아 세종대왕쯰ᄋᆞᆸ서 <u>국가의 전장과 오예의(五禮儀)와
음악기(音樂器)와 측후기</u>를 친제(親製)ᄒ시고 국문을 창조ᄒ사 편리이효
(便利易曉)ᄒ <u>문학</u>으로 일반국민을 보통교육ᄒ셧스니 차는 <u>아방문명(我邦
文明)</u>의 광절고금(曠絶古今)ᄒ 제사기시대오. 현금에 지ᄒ야는 해외각국
과 교제은번(交際殷繁)ᄒ야 서력이십세기에 <u>신문화를 수입</u>ᄒ니 차는 제오
기시대라 의(謂)ᄒ지로다. 자기(玆其) 고금의 역사를 개술(槪述)ᄒ야 교육
가의 전고를 공(供)ᄒ노라.[22]

위 인용문에서는 고대부터 현재까지 한국의 역사가 문화의 발전 정도
에 의거해 다섯 시기로 구분된다. 제1기에 대해서는 기자에 의해 백성
교화의 규범이 만들어진 것, 제2기에 대해서는 신라 시대에 왕자들을 당
에 유학시켜 문물제도를 채용한 것, 제3기에 대해서는 고려의 학자들이
원과 교섭하여 도학(道學)을 들여옴으로써 문치의 기반을 놓은 것을 들
었다. 문명이 절정에 달한 제4기 세종대의 업적으로는 국가의 전장과
예의를 제정한 것과 함께 국문의 창조를 통해 국민에게 보통교육을 실
시한 것을 들었다. 현재 20세기는 제5기로서 해외 각국과 교제하면서
신문화를 수입하고 있는 시기다.

위 글의 개념 구조는 매우 복합적이다. 먼저 여기에는 전통적인 개념
들이 많이 등장한다. '도학'은 한학 또는 유학의 동의어로서 '도'는 보통

---

22 一惺子, 「我韓敎育歷史」, 『서우』 제16호, 1908, 3쪽.

'수신제가'를 가리키며 '학'은 '예약형정(禮樂刑政)'을 가리킨다. 교민(敎民), 문장학술, 문지치(文之治), 전장, 오예의(五禮儀) 등도 전통적인 어휘들이다. 이러한 지식과 학술 및 교육(교화) 제도를 포괄하는 개념이 바로 '문화'이다. 문명이라는 단어는 문화의 동의어로 등장한다. 그런데 위 글에는 근대적 개념과 근대적 사고방식도 개입해 있다. '역사'는 물론이고 '국문', '국민', '보통교육' 등도 근대적 어휘들이다. 따라서 제목에 나타난 이 글의 목표, 즉 한국의 교육사는 근대적 국민과 역사 개념으로부터도 영향을 받고 있다. 필자는 전통적인 문치교화의 이상에 입각하여 지식과 학술 및 교화, 곧 문화의 이념과 제도의 발전 과정을 추적하는 민족사(national history)를 구상하고 있었던 것이다. 이 글은 20세기 초에 전통적인 문화 개념이 새로운 이념(민족주의)에 기반한 지식(역사)을 생산하는 데 응용되고 있었음을 보여 준다.

3. civilization의 번역어 문화의 등장과 확산

3.1. '문명'의 동의어 '문화'의 등장

문화가 civilization의 번역어 문명과 가까운 의미로 쓰인 비교적 이른 사례로 1897년 『대조선독립협회회보(大朝鮮獨立協會會報)』에 실린 신해영(申海永)의 「한문자와 국문자의 손익 여하」를 들 수 있다. 필자인 신해영은 갑오경장 때 일본에 건너가 게이오기주쿠(慶應義塾)에서 경제학을 공부했는데,[23] 이 글에서 그는 상형문자(동양인의 한자)보다 표음문자(구주인

---

23 신해영은 경기도 김포에서 출생하였으며, 갑오경장 때 관비를 받아 일본 게이오의주쿠에서 4년간 경제학을 전공하였다. 1898년 중추원 의관(議官)으로 임명되었으며, 같은 해 독립협회의 민권운동에서 박영효·서재필을 대신(大臣) 후보로 천거한 사건에

의 로마자)가 상하층 사회의 소통과 학문의 발전, 산업의 성장에 더 효과적이었다고 설명하면서 중국, 일본, 한국 등 아시아 나라가 한문을 숭상하고 자국 언어(국문)를 천하게 여기는 폐습으로 인해 문명의 전진이 지체되었다고 주장하고 있다. 그는 특히 15세기 이후 구미(歐米)가 정치·경제·생활, 그리고 지식과 사상에서 큰 발전을 이루고 그 형세로 동양을 짓밟게까지 된 것은 바로 문자의 편리성 덕분이었다고 보았다. 그런데 신해영은 그와 같은 서양의 문명이 실은 아주(亞洲)에서 연원한 것이라면서 아주의 우수성을 뒷받침하는 증거로 '종교의 개창'과 함께 '문화의 선도'를 들었다.[24] 비록 문화라는 용어는 단 한 번밖에 등장하지 않지만, 이 글에서 우리는 문화 개념의 전개에 중요한 함의를 갖는 몇 가지 내용을 이끌어 낼 수 있다. 신해영의 글에서 문화는 '종교'와 마찬가지로 서구의 개념을 번역한 단어였다. 이 글에는 문명이라는 단어가 세 번 등장하는데, 문화는 그에 가까운 의미를 전달하는 다른 표현이었다. 즉 한국에는 19세기 말에 일본 유학생에 의해 전통적 의미 맥락(문치교화)과는 다소 동떨어져 있는 문화의 새로운 의미가 수용되었다.

신해영의 글에서 문화·종교·문명의 의미를 좀 더 자세히 살펴보면, 먼저 종교에 대한 신해영의 입장은 양가적이었다. 그는 종교의 개창을 과거 아시아의 선진적 업적으로 평가했지만, 동시에 종교의 속박에서

연루되어 체포된 적이 있다. 한국학중앙연구원 편, 『한국민족문화대백과사전』, 한국학중앙연구원., 2001 참조.

24 申海永, 「漢文字와 國文字의 損益 如何」, 『대조선독립협회회보』 제15호, 1897, 12~13쪽. 1896년 11월 30일에 창간된 『대조선독립협회회보』는 〈독립협회〉의 회보로서 한국에서 발행된 최초의 잡지이며, 매월 15일과 말일에 발간되어 1897년 8월 15일 폐간될 때까지 총 18호가 발행되었다. 『대조선독립협회회보』는 근대문명과 과학 지식을 폭넓게 소개하는 등 계몽적 성격이 두드러졌다. 최덕교 편·저, 『한국잡지백년 1』, 현암사, 2004, 28~39쪽 참조.

벗어나지 못한 것을 아시아에서 문명이 정체된 중요한 원인으로 보았다.[25] 그러니까 현재 구미 여러 나라의 발전은 종교적·형이상학적 상태들로부터 유래된, 보다 이전의 사회질서로부터 벗어난 상태를 의미했다. 아울러 신해영은 문화를 문명과 대별되는 가치로 제시한 것이 아니었다. 논지를 참작할 때, 아시아의 문화 선도란 고대에 아시아에서 문자들이 발명되고 그것들을 매개로 하여 다방면의 지식·제도가 발전된 깃을 가리켰다. 문화의 가치를 유럽에 대비한 아시아의 특수성 차원에서 입론하려는 노력은 보이지 않는데, 신해영은 지금 구미가 구가하고 있는 문명=문화가 실은 아시아에서 연원한다는 주장을 하고 싶었던 것이다. 요약하면 신해영은 문화=문명의 내용인 지식이나 기술·실업에 대해 보편주의적·진보주의적 태도를 취하고 있으며, 문자에 대해서도 소통의 효율성[손익]이라는 합리주의적 관점에서 접근했다. 즉 신해영은 보편적이고 계몽주의적인 역사 안에서 아시아의 종교와 문화=문명의 위치 및 기능을 가늠했다.

보편주의적이고 계몽주의적인 문화의 용법은 일본에서 개발된 것이었다. 일본에서는 막부 말기부터 영어 civilization, 프랑스어 civilisation이 '문화'로 옮겨지고는 했다. civilization을 '문명'으로 번역하고 확산한 것은 후쿠자와 유키치(福澤諭吉, 1835~1901)로 알려져 있는데, 막부 말기의 지식인들은 civilization을 '문명'으로 번역할지, '문화'로 번역할지를 두고 고민했다고 한다. 이들은 대개 한문 교육을 받으면서 성장했기 때문에 영어 civilization, 프랑스어 civilisation을 번역할 때 전통적 의미에서 거의 차이가 없던 문명과 문화를 함께 떠올렸던 것이다. 메이지기

---

25 결론에서 신해영은 아시아의 정체 원인으로 한문상자(漢文象字)를 신용하고 자국 국문을 천시하여 존고비금의 폐습으로 종교의 속박에 벗어나지 못한 것을 들었다. 申海永, 앞의 글, 13쪽.

후반까지 영어사전이나 프랑스어사전은 civilization / civilisation에 대응하는 한자어에 '문화'를 포함시켰다.[26]

1890년대 일본의 지식인들은 유럽사의 전개 과정을 인류의 보편적 진보 과정으로 해석하는 프랑수아 기조(François Pierre Guillaume Guizot, 1787~1874)의 『유럽문명사(Histoire de la civilisation en Europe, depuis la chute de l'Empire romain jusqu'à la Révolution française)』(1828), 헨리 버클(Henry Thomas Buckle, 1821~1862)의 『영국문명사(History of civilization in England)』(1857) 같은 책에서 많은 영향을 받게 되었다. 특히 로마제국의 붕괴에서 프랑스혁명에 이르는 역사를 기술한 프랑수아 기조의 『유럽문명사』는 1889년에 처음 일본어로 번역 출간된 후에 다른 번역본도 몇 종류 출간되어 널리 읽혔다.[27] 기조의 문명사 담론이 일본의 지식인 사이에서 인기가 있었던 이유는, 그것이 근대에 유럽이 도달한 상태를 문명 또는 개화로 지칭하고 동양을 야만이나 미개 또는 반개의 단계에 놓았던 기왕의 단선적·일원적 문명론이 아니라 다원적 문명론에 기반하고 있었기 때문이다. '유럽문명사'라는 제목이 보여 주는 것처럼, 기조는 다른 지역에도 문명이 존재한다는 점을 전제했다. 기조는 단일한 문명이 아니라 복수의 문명을 인정한 위에서 타문명과 비교하여 유럽문명, 특히 자신의 나라 프랑스의 우월성과 독자성을 주장했다.[28]

---

26 노대환, 앞의 책, 62~63쪽.

27 니시카와 나가오, 『국민을 그만두는 방법 : 국가이데올로기로서의 민족과 문화』, 윤해동·방기헌 옮김, 역사비평사, 2009, 190~192쪽. 니시카와 나가오에 따르면, 유럽의 문명사 담론 가운데 일본 지식인들에게 가장 큰 영향을 끼친 책은 프랑수와 기조의 『유럽문명사』였다. 니시카와 나가오, 앞의 책, 2006, 169~170쪽, 203쪽.

28 외르크 피쉬에 따르면, 기조는 1819년에 이미 다른 글들에서 '고대문명들'과 '앞선 모든 문명들의 유산'에 대해 언급했고 1820년대 이래로는 문명의 복수성이라는 시각이 통상적인 것이 되었다. 1828년 발표된 『유럽문명사』에는 프랑스어의 civilisation 개념이 요약되어 있다. civilisation은 동등한 두 요소, 즉 ① 시민 생활의 완성, 엄밀한 의미

유럽의 지식인들이 유럽 공통의 우월성에 토대를 두면서 자국의 독자성을 주장하려는 용도로 작성한 계몽주의적 문명사에 대응하여 아시아와 일본의 문명사를 쓰려고 노력하던 일본의 지식인들은, '현재의 문명이 서구의 성취라면 동양에는 무엇이 결여되어 있었는가?' 또는 '현재 서구의 문명에 합치될 만한 어떤 것이 동양의 과거에 있었는가?'라는 문제설정을 벗어날 수 없었다. 즉 일본의 지식인들은 계몽주의적·보편주의적 관점에서 저술된 문명사('유럽의 역사')라는 거울에 스스로를 비추어 보고, 이와 같은 문명의 전개 법칙에 아시아나 일본을 합치시킬 증거들을 찾기 위해 과거로 관심을 돌렸다. 앞서 살핀 신해영의 글도 '유럽의 발전은 어떻게 가능했는가?=아시아는 왜 정체되었는가?'라는 질문에서 출발하고 있는데, 그는 유럽의 문명사를 먼저 접한 일본 지식인들의 문명사적 질문을 모방하면서 이들이 civilization의 또 다른 번역어로 사용하던 '문화'를 받아들인 것으로 보인다.

3.2. 계몽주의적 문화 개념의 확산

문명의 동의어로서의 문화가 지식인 사이에서 좀 더 일반화된 것은 1905년 이후 대한자강회 같은 정치단체나 유학생 단체, 주로 출신 지역이 같은 지식인이 모여 결성한 학회의 기관지에서였다. 『대한자강회월보』·『대한유학생회보』·『태극학보』·『대한학회월보』·『대한흥학보』·『서우』·『서북학회월보』·『대한교육회잡지』 등은 지식인들이 주장을 피

에서의 사회의 발전 및 인간 사이 관계의 발전, ② 개인 생활의 발전 및 내면생활의 발전, 인간 자신의 발전 및 그 능력·감정·사고의 발전을 의미했다. civilisation은 유럽에 공통의 토대를 둔 한편 프랑스의 우수성을 강조하는 개념이었다. 외르크 피쉬 /베르너 콘체·오토 브루너·라인하르트 코젤렉 편, 『코젤렉의 개념사 사전 1 : 문명과 문화』, 안삼환 옮김, 푸른역사, 2010, 172쪽, 175쪽.

력한 유력한 통로였으며, 여기에서 다양한 신지식이 유포·교류되었다.
당시에 유력한 신지식 가운데 하나가 '문명사'였는데, 번역하거나 모방,
변형한 다양한 문명사 담론을 통해서 '문명'의 다른 표현으로서의 '문화'
가 확산되었다.

1907년 『태극학보』에 김낙영(金洛泳)이 번역해 실은 「동서 양(兩) 양인
(洋人)의 수학사상」의 필자는 고대에는 동양의 발전된 '인문＝문화'가 서
양으로 전달되었는데 현재에는 그 반대가 된 이유가 무엇인지에 대해
답을 찾으려 하고 있다.

> 동양의 인문 발달이 상고에는 서양보다 몬져 되여 서양에 점차 전달ᄒ
> 엿것만은 항상 통일방법을 유(由)ᄒ여 인지(人智)의 발달을 도(圖)혼 소이
> (所以)로 이후 준순(逡巡) 진보가 되지 못ᄒ고 도로혀 서양문화가 고대에
> 는 몽매 막심ᄒ엿더니 중세기 이래로 고대의 통일방법을 탈거ᄒ고 분파방
> 법을 집행ᄒ엿슴으로 금일 여허(如許)혼 진전을 치(致)ᄒ엿ᄂ니 차(此) 언
> (言)ᄒ면 동양인은 송(松)과 여(如)히 건조지에 생장ᄒᄂᆫ 것과 양류(楊柳)
> 와 여히 첨습(沾濕)혼 지(地)를 됴화ᄒᄂᆫ 식물을 기(其) 성질의 합불합은
> 불택(不擇)ᄒ고 동일혼 토괴상(土塊上)에 병식(併植)ᄒ여 생장을 도홈과
> 여ᄒ니 이ᄂᆫ 고조(枯凋)홀 일례요 피(彼) 서양인은 각종 식물의 적성ᄃᆡ로
> 토질을 택ᄒ여 분파 생장케 홈과 여혼 고로 동양인의 이식혼 문화는 특종
> 특질노 고조ᄒ엿고 서양인의 이식혼 문화는 기 성질을 종(從)ᄒ여 각(各)
> 히 발달홈에 지ᄒ엿더라.[29]

위 인용문에서 필자는 '동양문화'와 '서양문화' 사이에 격차가 벌어진
원인을 '통일방법'과 '분파방법'의 차이에서 찾고 있다. 동양은 항상 통일
방법에 근거하여 인지 발달을 도모함으로써 문화가 진보하지 못한 데

---

29 金洛泳 譯·述, 「東西 兩 洋人의 數學思想」, 『태극학보』 제10호, 1907, 30쪽.

반해, 서양에서는 중세 이래 통일방법에서 벗어나 분파방법을 사용함으로써 문화가 발달하게 되었다는 것이다. 필자는 통일방법과 분파방법을 각각 성질이 다른 식물들을 같은 땅에 심어 기르는 것과 적합한 땅을 찾아 따로 심어 기르는 것에 비유했다.

서양의 장점으로 제시된 '분파방법'은, 1890년대 일본 지식인들의 애독서였던 『유럽문명사』에서 프랑수아 기조가 유럽의 우월성과 독자성으로 강조한 '자유주의'의 다른 표현으로 보인다. 기조에 따르면, "다른 여러 문명에서는 단 한 가지 원리의, 단 한 가지 형식의 절대적인 지배 또는 적어도 과도한 우월성이 전제(專制)의 한 원인이 되었습니다. 이에 비해 근대 유럽에서는 사회질서(를 구성하는) 요소들의 다양성, 특히 이러한 요소들이 서로가 서로를 배제할 수 없었다는 것이 오늘날 우세한 자유를 낳은 것(즉 자유가 우세한 문명이 되도록 만든 것)"이다. 다른 문명권에서는 하나의 원리가 절대적으로 우세했던 것이 전제정치로 귀착된 데 반해, 근대 유럽에서는 사회의 제 요소의 다양성과 그 모든 요소 사이에 이어져 온 '투쟁'으로부터 '자유'가 탄생했다는 것이 기조의 역사관의 핵심이었다.[30] 「동서 양 양인의 수학사상」의 원저자는 기조가 '단 한 가지 원리, 단 한 가지 형식의 절대적인 지배'라고 표현한 것을 '통일방법'으로, '사회질서를 구성하는 다양한 요소들이 서로가 서로를 배제할 수 없도록 한 것'을 '분파방법'으로 번역하여 받아들이고 있었던 것이다. 이 글이 게재된 1년 후인 1908년에 김낙영은 「세계문명사」를 7회에 걸쳐 번역했다. 이 글에서도 문화는 '문명'과 동일한 의미로 사용되고 있으며 '인문'이라는 말도 동의어로 사용되었다.[31] 이처럼 일본에서 유행하던 세계문명사

---

30 프랑수아 기조의 글은 니시카와 나가오, 앞의 책, 2006, 169~170쪽에서 재인용.

31 椒海 譯·述, 「世界文明史(東洋文明)」, 『태극학보』 제22호, 1908, 14~18쪽. 「세계문명사」는 제16~22호까지 7회에 걸쳐 연재되었다. 초해(椒海)는 김낙영의 호이다.

또는 비교문명사 담론을 번역하여 소개한 글을 통해 한국의 지식인들은 문명의 동의어로서의 문화에도 점차 익숙하게 되었던 것 같다.

일본의 지식인들이 유럽문명사를 모방하여 자국의 역사를 구성해 나 갔듯이, 한국의 지식인들도 문명사의 문법을 수용하여 '보편적이면서 자 신에게도 유리한' 관점에서 과거를 재구성하고자 했다. 다른 유학생들처 럼 최남선은 유럽사의 전개 과정을 인류의 보편적 진보 과정으로 해석 하는 '세계문화사', '세계문화 발달사'를 열심히 읽었다. 이로부터 그는 계몽주의적 문화사의 문법을 익혔고 한국의 역사를 세계사의 일부로 만 들어 줄 유의미한 증거를 찾기 위해 과거로 관심을 돌렸다. 「해상대한사 (海上大韓史)」[32]는 한국의 지식인들이 일본에서 생산된 동양문명사를 그 대로 옮겨 오는 데에서 나아가 자국의 역사를 기술하는 데 문명=문화 개념을 응용하기 시작했음을 보여 준다.[33]

「해상대한사」에서 최남선은, 지역이나 종족의 역사에 대한 가치 평가 는 그것이 "일반 문명의 발달에 대하야 (끼친 : 인용자) 공적"에 근거한다 고 말했다. 그에 따르면, "우리 민족"은 "세계 인류 중 가장 먼저 일신교 의 진리를 영각(靈覺)한 자(者)"이며 "세계상에서 공화란 제도와 입헌이란 제도를 가장 먼저 실지(實地)에 썼"다. 일신교와 입헌공화제를 강조한 것 은 근대 서양의 종교와 정치 형태를 가장 진보한 것으로 간주하는 사고 방식에 따른 것이다. 여기에는 다신교에서 일신교로, 전제정치에서 귀 족정치를 거쳐 입헌공화제로 나아가는 것이 보편적이고 일반적인 발전

---

32 崔南善, 「海上大韓史」, 『소년』 창간호~제3년 제6권, 1908. 11~1910. 6(역락 편, 『육 당 최남선 전집 5』, 역락, 2003, 4~65쪽).

33 아래 최남선의 「해상대한사」의 문화 개념에 대한 분석은 김현주, 「문화사의 이념과 서사 전략- 1900~20년대 최남선의 문화사 담론 연구」, 『대동문화연구』 58, 성균관대 학교 대동문화연구원, 2007, 230~234쪽을 요약, 재서술한 것임.

경로라는 생각이 전제되어 있다. 계몽주의적 문화사가 제시한 역사의
목표와 전개 법칙을 수긍했을 때, '위대한 역사'는 유럽을 앞지르거나('세
계에서 가장 먼저'), 적어도 유럽과 동등한 수준의 진보를 이룬 역사를 의
미했다.

최남선이 이와 같은 보편적 역사 전개 법칙에 맞추어 한국의 과거를
설명하는 데 도구로 사용한 개념이 바로 '문화'였다. 주목할 점은 그가
문명=문화를 어느 정도 분석적으로 사고하고 있었다는 점이다. 즉 문
화는 정치, 법률, 공예, 상업, 무역, 법교(法敎), 학술, 교학(敎學), 문학,
미술, 음악, 극희(劇戱) 같은 하위 범주들로 구성되었다. 이는 총체적인
사회 개념과도 유사한데, 이와 같은 분석적 범주들을 적용함으로써 최
남선은 기왕의 왕조사나 단대사(斷代史) · 정치사와는 다른, 민족 생활의
전체상을 제시하는 새로운 역사를 구상할 수 있게 되었다. 이로써 '문화
사'는 인간 생활과 관련된 다양한 사회제도를 포괄하는 전체적 · 종합적
역사가 된다.

또 하나 주목할 점은 최남선이 '역사'의 실행자이자 '문화'의 진보를
수행하는 사회적 총체로 '민족'을 부상시켰다는 것이다. 「해상대한사」에
는 영토('반도')와 문화에 대해 영속적인 소유권을 주장할 수 있는 주체는
'민족'이라는 생각이 나타나 있다. 또 '역사는 민족에 의해 개시된다'는
생각이 함축되어 있다. 고대사의 전개를 설명하면서 최남선은 민족의
역사적 위대성을 이집트, 지나(중국), 인도와 유사한 시기에 혹은 그 이전
에 민족 - 국가를 건설했다는 데에서 찾았다. 즉 고대 문화=문명은 다양
한 요소로 구성되지만 문화=문명 발전의 가장 중요한 척도는 민족 - 국
가의 건설 여부에 달려 있었다.[34]

---

34 "우리 반도의 역사는 본토민족의 건국적 천재(天才)와 국민적 특장(特長)을 발휘함으

지금까지 살핀 1900년대의 문명=문화론은 1890년대의 개화론과는 약
간 차이가 있다. 예컨대 1895년에 출간된 『서유견문』에서 유길준은 미
개-반개-개화라는 하나의 직선 위에 민족 또는 국가 들을 배치했다. 이
선 위에서 조선은 반개의 위치에, 서구의 여러 나라는 개화의 위치에
놓였다. 그런데 1900년대에 번역·소개된 (비교)문명론에서는 문명을 배
타적으로 현재의 서구에 귀속시키지 않았다. 동양/서양, 일본/조선 등을
지리적·문화적으로 실체화하는 문명사는 문명이 하나의 단일한 총체로
서 서구에서 발원하여 전 세계로 확산되어 가는 것이 아니라 다원적이
라는 점을 전제했기 때문이다. 문명=문화는 인간이 자신의 능력을 발
휘하여 자연을 변형시키는 노력을 했던 / 하고 있는 모든 시간과 장소에
서 발견·확인되는 것이었다. 이와 같은 문명사는 상대주의적 관점을 어
느 정도 허용했기 때문에 '조선문화', '일본문명' 같은 표현은 개별 문화
=문명의 고유성에 눈을 돌리도록 할 가능성이 있었다. 그런데 「해상대
한사」에서 최남선은 문화=문명의 특수성보다는 보편성에 주목했다. 계
몽주의적 문명사=문화사의 변하지 않는 전제는 문명=문화 발달의 선
두에 서 있는 것은 서구의 나라들이라는 점이었다.

이상과 같은 학술적 성격의 담론이 아니라 당면한 정세를 반영하고
또 그에 대응하기 위한 실천을 고무하는 정치적 담론에서는 문명=문화
의 의의가 식산흥업과 부국강병으로 수렴되는 경향이 강했다.

로부터 시초(始初)하니 단군조선의 건설 당시로 말하면 이 세계가 거의 다 야만초매인
(野蠻草昧人)의 소유(所有)오 겨우 한팔한발이나마 문명에 드려노혼 자는 이집트·지
나와 밋 인도의 양(兩) 삼쳐(三處)쑨이라 그런데 우리 반도에는 그쌔부터 혹 그 이전부
터 이믜 문명의 정도가 국가=제도=군장(君長)을 필요할만콤 진보하얏스며……." 최
남선, 「해상대한사(十一)」, 앞의 책, 58쪽.

① 부(夫) 국가의 문명이 발달됨은 전(專)히 부강의 실력에 계(係)홈으로 현(現)에 태서열강의 문화 정도롤 견(見)ᄒ건듸 개(皆) 산업에 증식으로 유(由)ᄒ야 반행전진(伴行前進)홈은 기(其) 사실에 증(証)ᄒ야 명료홈이라[35]

② 현(現) 열강이 경축(競逐)ᄒ고 문화 대진(大進)ᄒ는 시대를 당ᄒ야 하독(何獨) 한만(韓滿) 양계(兩界)의 민지(民智)가 준야(蠢野)ᄒ고 인재가 부패ᄒ야 인강(隣強)의 탄서(吞噬)를 자(資)ᄒ며 노역(奴役)을 피(被)ᄒᄂ뇨. 유기(惟其) 학계 결함ᄒ야 문명 부진흔 연고(緣故)라[36]

①과 ②는 1906년 대한자강회의 기관지인 『대한자강회월보(大韓自强會月報)』에 실린 현(玄)은과 박은식(朴殷植)의 글에서 발췌한 것이다.[37] 유럽('태서열강')이라는 본보기에 조선의 상태를 비추어 보고 평가하는 맥락에서 문명의 동의어인 문화가 사용되었는데, 문명=문화는 국가들이 상호 각축하는 시대에 열강에 의해 침탈당하거나 노예로 떨어지지 않기 위해 갖추어야 할 '부강의 실력', 곧 산업과 지식을 뜻했다. 아울러 필자들은 문명=문화라는 단어를 발달, 전진 같은 단어와 결합시킴으로써 발전론적인 역사관을 표현하고 있다.

비교문명사 담론의 문명=문화 개념은 지식인들의 담론 장을 넘어 학생용 교과서에까지 확산되었다.

동양의 제국은 아국과 일본과 지나와 인도 등 국이오 …… 인도도 우리 아세아주 남변(南邊)에 재(在)하니 문화가 조개(早開)한 국이오 불교의 시

---

35 雲草 玄은, 「殖産部」, 『대한자강회월보』 제1호, 1906, 58쪽.

36 朴殷植, 「滿報譯載後識」, 『대한자강회월보』 제6호, 1906, 69~70쪽.

37 대한자강회(大韓自强會)는 1905년 5월 이준(李儁)·양한묵(梁漢默) 등이 조직한 헌정연구회(憲政硏究會)를 확대·개편한 정치단체로서, 그 기관지이자 한말 유일의 정치 잡지로 꼽히는 『대한자강회월보』는 1906년 7월 31일 창간되어 1907년 7월 25일 통권 제13호로 종간되었다.

조 석가가 생(生)한 처(處)라.[38]

위 인용문은 1909년에 현채가 편집한 『신찬초등소학』에서 "동서양 제
국(諸國)"에 대해 설명하는 부문인데, 동양=아시아에 인도를 포함하고
인도의 과거를 설명하는 데 문화와 종교를 등장시키고 있다. 이때 문화는
한자사용권에서 유교적 통치 이념을 표현해 온 단어가 아니라 civilization
의 번역어인 문명의 동의어로 쓰인 것이며, 불교는 유교와 마찬가지로
서구적 종교 개념에 의거해 동양에서 '발견'된 것이다. 문화의 선도와 종
교의 개창을 아시아의 특징으로 부각시키는 논법은 19세기 말 신해영의
글에 이미 나타났던 것이다. 그리고 「동서 양 양인의 수학사상」 같은
번역 논문에도 고대에는 동양의 지식과 제도가 서양을 앞섰다는 생각이
나타난 바 있다. 위 글은 일본에서 보편주의적 문명사 담론에 의해 만들
어진 동양(아시아)의 과거에 대한 지식과 이미지가 교육의 장 안에 진입한
것을 보여준다.

한편 러일전쟁 이후 일본에서 급속하게 퍼진 제국주의적·식민주의적
문명=문화 담론이 버젓이 보통학교 학생용 교과서에 실리기도 했다.

> 일본이 일즉이 구미의 문화를 모방ᄒ야 교육을 성(盛)히 ᄒ고 농상공업
> 의 발달에 주의ᄒ얏슴으로써 국력이 강대ᄒ야 일청일로(日淸日露) 양 전
> 역(戰役)에 승첩(勝捷)을 주(奏)ᄒ고 금야(今也)에ᄂ 세계 육강국에 병렬
> (幷列)ᄒ얏ᄂ니라.[39]

---

38 玄采, 『신찬초등소학 제5권』, 1909, 62쪽. 『신찬초등소학』은 1909년 8월 28일자로 사
립학교 조선어과 초등학교 학도용으로 학부 검정을 받은 바 있다. 전 6권으로 편성되
었으며, 민간에서 편찬·간행된 교과서 중 당국의 검열을 통과하여 한일합방 이후
(1913년)까지 계속 사용된 점이 특징이다. 국어국문학편찬위원회 편, 「신찬초등소학」,
『국어국문학자료사전 상』, 한국사전연구사, 1994 참조.

위 인용문은 1907년에 간행된 『보통학교 학도용 국어독본 제8권』 「세계의 강국」의 일부인데, 이 책은 일본통감부하의 학부에서 일본인 참사관에 의해 저술된 보통학교 학생용 국어교과서로서, 당시 일본에서 사용되던 교과서 『국어독본』의 체제를 그대로 모방한 것으로 알려져 있다.[40] 위에 따르면, 구미의 '문화'는 일본이 '교육'과 '산업(농상공업)'을 발달시키고 궁극적으로는 '국력'을 강화하는 데로 이끌어 주었다. 이러한 해석에서는 문화가 문치교화라는 고전적인 의미와는 완전히 대척점에 놓이게 된다. 국력의 강화란 곧 청일전쟁과 러일전쟁을 승리로 이끌고 일본을 세계 6대 강국의 반열에 올라서게 한 '무력(군사력)'의 강화였기 때문이다. 여기에서 문명=문화는 제국주의적·식민주의적 이념으로 변질되고 있다.

4. culture / Kultur의 번역어 문화의 등장

앞에서 살핀 것처럼 1890년대 말에 등장한 civilization의 번역어 문화는 1900년대 후반에는 유학생들의 학술지에서 지속적으로 재생산·유포되었을 뿐 아니라 언론과 교육의 장으로도 건너갔다. 문명=문화 개념은 점차 공식적이고 공인된 지식이 되어가고 있었던 것이다. 한편 같은 시기에 일본 유학생들에 의해 culture / Kultur의 번역어 '문화'가 수용됨으로써 문화라는 단어의 의미장은 더욱 복합적이 되었다.

---

39 학부, 『보통학교 학도용 국어독본 제8권』, 대일본도서주식회사, 1907, 63쪽.

40 『보통학교 학도용 국어독본』은 8권 8책으로 구성되었고 활판본으로 인쇄되었다. 이 교과서는 일본통감부가 당시 자주독립사상을 고취하던 민간의 교과서를 탄압하고 학부 주도하에 교육을 통제하려는 데 목적이 있었다고 알려져 있다. 국어국문학편찬위원회 편, 앞의 책, 357~358쪽 참조.

4.1. '민족'과 문화

1908년 일본 유학생들의 잡지인 『대한학회월보』에 이동초(李東初)의 「한반도문화대관((韓半島文化大觀)」이 2회에 걸쳐 연재되었다.[41] 이 글에서 특히 주목되는 점은 '문화'가 제목으로 등장한다는 점이다. 본문에는 여전히 문화보다 문명이라는 단어가 많이 사용되고 있지만, 문명이나 문화를 시대·지역·국가 등 다양한 기준에 의거하여 구분하고 있다는 점도 흥미롭다. 문명 또는 문화는 지리적으로도 구분되고(한반도문명 / 한반도문화·한토문화), 시대로도 구분되며(고대문명), 정치체 단위로도 구분된다(로마문명·고구려문명·백제문명·신라문명·위진문명 / 위진문화·한대문명). 그리고 계통이나 방위로도 구별된다(지나 계통 문명·인도 계통 문명·남방문명·서방문명). 이와 같이 다양한 층위와 차원의 문화=문명의 존재를 가시화한 것은 필자의 의도가 문화=문명의 보편성이 아니라 개별성을 강조하는 데 있다는 점을 암시한다.

> 아 한반도 민족, 국(國)을 애(愛)ᄒ나냐 ᄒ면 개(皆) 왈 애국이라 ᄒ되 국을 실제로 존신ᄒ고 실제로 숭배ᄒ나냐 ᄒ면 자의(自疑)코 자미(自迷)ᄒ야 명답에 거(據)ᄒᆯ 바이 업도다. …… 수(雖) 연(然)이나 실제로 애국ᄒᄂ 국민적 자연심이 부저(不著)ᄒ야 일반히 국을 존신숭배ᄒᄂ 내질상(內質上) 관념이 충분치 못ᄒᆫ 일단(一端) 인과가 유(有)ᄒ니 차(此)ᄂ 아 한반도 문화의 남촉(濫觸)이 재석(在昔) 한토(漢土) 문화의 계통을 승(承)ᄒ엿ᄂ딕

---

41 李東初, 「한반도문화대관(韓半島文化大觀)」, 『대한학회월보』 제2호, 1908, 38~44쪽 ; 李東初, 「한반도문화대관(속)」, 『대한학회월보』 제4호, 1908, 47~50쪽. 재일본 한국인 유학생 단체인 대한유학생회가 낙동친목회(洛東親睦會)와 호남학회(湖南學會)를 통합하여 1908년 1월 대한학회(大韓學會)를 설립했다. 『대한학회월보』는 대한학회의 기관지로서 1908년 2월 창간되어 그해 11월 통권 9호로 종간되었다. 최덕교 편저, 앞의 책, 190~193쪽 참조.

기 수입시대로부터 수신제가의 도와 예악형정의 학으로 이(以)ㅎ야는 권장ㅎ며 정려(精勵)ㅎ엿거니와 국성(國性)에 관혼 제일 간신(肝腎)혼 국가의 고유 역사학에 지ㅎ야는 도외로 시과(視過)ㅎ야 교수방책을 불시(不施)홀 쑨 불시(不是)라. 사관이 국사를 편찬ㅎ야 국문고에 안장(安藏)ㅎ고 국민으로 ㅎ여금 종람(縱覽)을 임의(任意)치 못ㅎ는 정(政)이 일시에 행ㅎ엿스니 엇지 정(政)의 실(失)이 아니리오.[42]

위 인용문은 서론에 해당하는 부분으로, 이 글의 문제의식과 목적이 잘 드러나 있다. 이동초는 한반도에 살아온 민족("한반도 민족")에게 애국심, 곧 "애국하는 국민적 자연심"이 충분하지 못한 이유를 '한토(漢土)문화'의 영향으로 설명했다. 한반도문화는 한토문화의 계통을 이어 "수신제가의 도와 예악형정의 학"은 장려했으나 "국성(國性)"에 제일 필요한 "국가의 고유 역사학"을 교육하지는 못했다는 것이다. 여기에서 필자는 '문화'를 기왕에 그것의 고전적인 의미장을 구성했던 주요 개념인 '도'와 '학'으로부터 분리하여 '국성' 및 '국사'와 연결시키고 있다.

위 글에서 '문화'는 '민족'·'국(가)'·'국민'·'국사'·'국문고(國文庫)'·'국성' 같은 단어들에 둘러싸여 있는데, 국민 통합(애국심)의 기제로 문화를 제안하는 이와 같은 논법에서 메이지 후기 일본의 국수주의적 문화론의 영향을 감지할 수 있다. 일본에서 1880~1890년은 국정의 중심 모델이 영·미·프라는 선진국, 즉 시빌리제이션 개념을 앞세운 나라들에서 'Kultur'를 앞세운 후진국 독일로 전환되는 시기였다. 관료제·행정·법·경제·학술 영역에서 독일의 모델을 수용하는 데 주력하던 상황에서 쿨투어 개념이 수용되었다. 구가 가쓰난(陸羯南) 같은 국수주의적 지식인들은 서양의 '문명'론과 구별되는 일본의 정체성을 강조하는 민족주의적

---

42 李東初, 앞의 글, 38~39쪽.

'문화'론을 개발하고 있었는데, 그 기반이 된 것이 독일어 쿨투어를 번역한 '문화'였다. 구가 가쓰난은 「일본문명 진보의 기로」(1888)에서 "각 국민의 국민주의는 깊이 그 근저를 국민 특유의 문화에 두고 이루어진 것이기 때문에, 만약 각 국민을 통일 혹은 합동시키고자 한다면 반드시 문화를 통일·합동시키지 않으면 안 된다. 그러나 문화라는 것은 실로 국민 특유의 성격을 이루는 언어, 풍속, 혈통, 습관, 기타 국민의 신체에 적당한 제도, 법률 등을 종합한 것이므로, 이를 통일·합동하는 어려움은 마치 어린이를 곧바로 노인으로 만들고자 하는 것과 다름없다"고 주장했다. 그가 제안한 '국민 특유의 성격'이란 'nationality'의 번역어인 '국수(國粹)'와 거의 동일한 의미로서, 구가는 국수를 보존할 방법으로 '문화 통합'을 제안했던 것이다.[43] 이동초의 '문화'는 일본의 국수주의자들이 번역한 독일의 Kultur 개념을 들여온 것으로 짐작되는데, 그의 글에서 '국성'이란 구가 가쓰난이 말한 '국민 특유의 성격'의 동의어였다.

이동초의 글을 그 직후에 최남선이 『소년』에 연재한 「해상대한사」와 연결시켜 생각해 보면, 1908년 즈음 학회지나 잡지에 한국의 역사를 문화의 관점에서 고찰하려는 글들이 여러 편 게재되고 있었음을 알 수 있다. 문화가 글 제목으로 등장한 것을 비롯하여 이러한 글들에서 문화라

---

43 니시카와 나가오에 따르면, "일본에서 독일적인 문화 개념을 정확히 파악하고 '문화'라는 용어를 사용하여 그것을 사상적인 주장으로 훌륭하게 표현할 수 있었던 최초의 인물"은 구가 가쓰난(陸羯南)이었다. 니시카와 나가오가 구가 가쓰난의 논의에서 특히 주목한 것은 그가 일본이 나아갈 길을 약소국과 후진국의 입장에서 생각하고 있었다는 점이다. 19세기 후반부터 독일의 지식인은 Kultur 개념을 내세우면서 영국, 프랑스의 civilization을 한 단계 아래로 보는 사고방식을 표현하고 있었던 바, 19세기 말 일본의 국수주의적 지식인들은 Kultur를 번역한 '문화'를 사용하여 스스로의 좌표를 설정하고자 했던 것이다. 니시카와, 앞의 책, 2006, 214~215쪽 ; 유선영, 「식민지의 '문화'주의, 변용과 사후」, 『대동문화연구』 제86집, 2014, 380쪽.

는 단어의 출현 빈도는 이전에 비해 더욱 높아졌다. '문화사' 같은 새로운 합성어가 등장했고 문화의 주체 및 내포에 대한 이해도 심화되었다. 이러한 글에서 필자들은 여전히 문명과 문화라는 말을 엄밀하게 구별하거나 설명하지 않고 나란히 사용했다. 최남선의 '문화'는 좀 더 보편주의적인 civilization의 번역어에 가깝지만, 이동초는 문화와 국민 또는 민족의 관계를 부각시키면서 문화에 대한 논의를 보편성이 아니라 차이(개별성)를 강조하는 방향으로 이끌고 있는 점에 차이가 있다. 하지만 둘 사이의 거리는 그다지 멀지 않았다. 국민문화나 민족문화라는 개념이 출현하기까지는 이제 반 발자국밖에 남지 않았다.

4.2. '사회'와 문화

당시에 대표적인 유학생 단체였던 태극학회의 기관지 『태극학보』[44]에는 앞에서 살핀 것처럼 「동서 양 양인의 수학사상」(김낙영, 『태극학보』 제10호), 「세계문명사(동양문명)」(초해, 『태극학보』 제16~22호) 같은 계몽주의적 문명사 담론이 여러 편 소개되었지만, '문화'에 대한 다른 해석체계도 수용되고 있었다.

우경명(禹敬命)이 번역한 「교육의 목적」에서 필자는 교육의 목적이 인간으로 하여금 자기 자신·가족·국가·사회·자연이라는 다섯 가지 대상 각각에 대한 의무를 다하도록 준비를 하게 해주는 데 있다고 주장했는

---

44 『태극학보』는 황해도와 평안도 출신 일본 유학생들이 결성한 태극학회의 학술지로, 1906년 8월에서 1908년 11월까지 통권 제27호를 발간했다. 편집 겸 발행인은 장응진(張膺震, 1880~1950)이었는데, 창간 목적은 연설·강연·토론 등을 통하여 학문을 연마하고 저술·번역을 통해 조선인들의 계몽에 일조하는 것이었다. 『태극학보』에 대해서는 정선태, 「근대 계몽기 "국민" 담론과 "문명국가"의 상상 : 『태극학보』를 중심으로」, 『어문학논총』 제28권. 2009, 64~65쪽.

데, '사회'에 대한 의무를 설명하면서 문화라는 단어를 사용했다. 앞에서
살핀 것처럼 정치단체의 기관지나 학술지·교과서에서 문명의 동의어로
서 문화가 등장했을 때, 문명=문화의 주체는 대개 국가 또는 민족이었
다. 그런데 「교육의 목적」의 필자는 문화의 의의를 '국가'와 구분되는 '사
회'와 연관하여 논의하고 있다. 문화의 주체로서의 인간이 사회 안에서
살아간다는 인식이 나타나고 있는 점이 주목된다.

> 대저 교육의 목적은 유약ᄒ 인(人)을 선도ᄒ야 독립 자재(自裁)ᄒᄂ 역
> (域)에 달케 ᄒ야써 장래 사회상에 입(立)ᄒ야 능히 인된 직분을 완전케
> ᄒ에 재ᄒ리로다.
> ……
> 사회에 대ᄒ 관계ᄂ 인은 일반 인류사회 간에 생존ᄒ야 차와 상리(相離)
> 치 못홀 관계가 유(有)ᄒ고 사회의 문화로 인ᄒ야 기 심신 제력(諸力)의
> 완전ᄒ 발달을 수(遂)ᄒᄂ 자이미 인은 또 사회에 대ᄒ 의무로 사회의 문
> 명개화를 증진ᄒ며 기 불완전ᄒ 점을 개량ᄒ야써 후계자로 ᄒ여금 기 문화
> 의 은혜를 욕(浴)케 홀 의무가 유ᄒ고…….[45]

위 인용문은 인간과 사회를 '문화'로 매개하고 있다. 요지는 인간은 자
신이 그 안에 속해 있는 사회와 뗄 수 없는 관계에 있으며, 인간은 사회
의 문화에 의해 자신의 능력을 완전하게 발달시킬 수 있는 동시에 문화
를 증진시켜 후손에게 물려줄 의무가 있다는 것이다. 문화의 전승과 창
조는 사회 속에서 살아가는 인간의 의무인 것이다. 이때 사회는 국경에
의해 나뉘지 않는 인간들의 공동체 전체, 즉 '인류 사회'의 줄임말로 사
용되고 있다. 즉 '사회'는 국가라는 실체적이고 구체적인 공동체와는 구

---

45 禹敬命 譯, 「敎育의 目的」, 『태극학보』 제10호, 1907, 17~18쪽.

분되는 추상적이고 보편적인 공동체이며, '문화'는 이와 같은 사회와 개개인을 매개하는 역할을 한다.

원문의 저자와 출처가 제시되어 있지 않기 때문에 단언할 수 없지만, 문화를 매개로 하여 개인과 사회의 상호 관계를 설명하는 논법을 고려할 때, 위 글에 등장하는 문화는 당시 지식인들의 학회지나 이인직의 일련의 글에 소개되고 있던 일반적이고 추상적이고 탈정치적인 사회 개념과 연결되어 있었다. 1900년대 후반에는 국가의 행위로서의 정치 영역을 상대화하면서 사람들이 개인 생활을 영위하는 장소로서 '사회'가 부상하고 있었으며 '사회학'에 대한 관심도 나타났다.[46] 사회는 어떻게 유지되는가, 사회 속에서 살아가는 인간, 즉 사회적 인간의 의무는 무엇인가에 대한 규범적 진술에 등장하는 '문화'는 근대 사회학의 키워드이다. 위 인용문에서 '문명개화'는 서구 근대의 진보주의적 역사론을 내장한 civilization의 번역어라기보다 위와 같은 의미의 문화를 풀어 설명한 표현으로 보인다.

4.3. '자아'와 문화

『태극학보』에 소개된 또 하나의 첨단 지식은 근대 서양철학의 문화 개념이었다. 우경명이 번역한 「교육의 목적」에서 문화가 사회라고 불리는 외적인 제도나 실천의 집합과 연관되었다면, 전영작(全永爵)의 「인생 각자에 관한 천직」은 문화의 의미를 '개인' 또는 '자아'의 차원에서 설명한다는 특징이 있다. 필자는 '학자신사' 곧 지식인의 임무에 대한 논의가

---

46 1900년대 '사회'에 대한 이론과 상상의 스펙트럼과 일반적이고 추상적인 '사회' 이해에 대해서는 김현주, 『사회의 발견 : 식민지기 '사회'에 대한 이론과 상상, 그리고 실천(1910~1925)』, 소명출판, 2013의 제2장 참조.

가능하려면 "사회국가"에 대한 인간 일반의 임무라는 문제를 풀어야 하고, 더 나아가 그와 같은 "외타적(外他的) 관계"를 벗어나 "각자 단위", 즉 "인생 각자"에 관한 임무라는 문제를 풀어야 한다면서 논의를 '철학'의 영역으로 이동시켰다. 지금까지 살펴본 글들이 대개 정치적·역사적 담론이었던 데 반해, 이 글은 철학적 성격이 강하며 핵심어인 "문화"와 "문화교육"에는 독일철학의 Kultur 개념의 영향이 뚜렷하다.

전영작의 주장을 개괄하면 다음과 같다. 인간은 자기 목적적·절대적 존재인 동시에 대타적·상대적 존재이며, 이성적 측면과 감각적 측면을 동시에 갖고 있다. 이성적 자아의 본분은 비아(非我)에 예속되지 않는 절대적 자아와 일치 융화하는 것이므로 '도덕학'은 인간이 자유의사를 수양하여 자기의 본성과 모순되지 않도록 하는 것을 목적으로 한다. 이것이 이른바 '의사의 수양'이다. 그런데 순수한 '자기'와 융합하는 이성적 자아와는 달리 감각적 자아는 비아적 '외계'의 영향을 받아 자기의 본성을 따르지 않으려는 경향이 있다. 여기에서 "문화교육"의 필요성이 대두한다.

> 자아ㄱ 외계를 타극(打克)ᄒ고 차를 이용ᄒ고 쏘 외계적 노예를 면케 ᄒᄂ 일종의 기량을 양성ᄒ랴면 차 실 문화교육이라. 문화교육은 이성을 유(有)ᄒ 인생의 구경목적을 위ᄒ야 최상의 수단이라. 부(否)라. 만일 인생을 감각적 생물의 일면으로 관찰ᄒ면 문화교육은 도리여 인생의 목적이 된다 위(謂)치 아니치 못할지라. 교화ᄂ 인생 감수성에 대ᄒ야 무상ᄒ 지보(至寶)로다.
> ……문화교육의 진보ᄂ 인류의 면목이라. 철학이든지 과학이든지 ᄆᆫ일 차에 반(反)ᄒ면 일호(一毫)의 가치ㄱ 무(無)홀지라.[47]

---

47 全永爵, 「人生 各自에 關ᄒ 天職」, 『태극학보』 제6호, 1907, 12쪽.

　위 인용문에서 필자는 자아가 외계를 극복하고 이용하고 또 외계의 노예로 떨어지지 않도록 하기 위해서는 앞에서 말한 '의사의 수양' 이외에 감각적 측면의 수양, 즉 "문화교육"이 필요하다고 주장한다. 그런데 이때 문화교육은 이성적 자아의 실현을 위한 한갓 수단에 그치는 것이 아니다. 인간이 감각적 생물이기도 하다는 점에서 관찰할 때, 문화교육은 인생의 목적을 달성하는 데 필수적인 어떤 것이다. 필자는 '철학'과 '과학', 즉 이성의 요구가 감(수)성의 문화=교화를 억압해서는 안 된다고 주장한다.

　전영작의 문화론은 칸트가 「계몽이란 무엇인가(Beantwortung der Frage : Was ist Aufklärung?)」에서 펼친 문화론과 매우 유사하다. 전영작은 순수하고 무형한 자아와 현실 경험의 자아, 심적(心的) 자아와 신적(身的) 자아, 이성적 자아와 감각적 자아를 구별하면서도 전자가 후자를 떠나서는 지각되기 어렵다면서 둘의 상보적 관계를 강조했다. 이와 같은 자아 분석은 칸트가 「계몽이란 무엇인가」에서 말한 '도덕적 유로서의 인류'와 '자연적 유로서의 인류'에 대응된다. 칸트는 자연적 유로서의 인류와 도덕적 유로서의 인류를 구분하고, 도덕적 인류와 자연적 인류의 충돌 때문에 일체의 악덕이 발생한다고 보았다. 그런데 그는 인간을 악덕으로 유혹하는 자극은 그 자체로서는 선이며, 또 인간의 자연적 소질로서는 합목적적이라고 보았다. 그는 도덕적 유로서의 인류가 내면에 갖추고 있는 소질을 인류의 본분에 따라 발전시키되, 그러면서도 이 도덕적 인류와 자연적 인류가 충돌하지 않도록 하기 위해 문화(Kultur)가 어떻게 진보해야 하는가를 사유했다. 전영작이 주장한 '문화교육의 필요'가 바로 이러한 의미였다고 할 수 있다. 인간의 행위의 의사와 자유의사의 관념이 일치한 '도덕'과 인간의 합리적 의사와 외계적 사물이 일치한 '행복'의 관계에 대하여, 전영작은 행복을 얻기 위해 도덕을 행하려 해서는 안 되고 도덕을 행하는 것이 곧 행복이라고 주장했다. 그는 도덕에 의한 쾌락적 감정의 통제를 주장했는데, 여기에서도 공리주의를 비판한 칸트 철학의 영향을 느낄 수 있다.[48]

전영작이 주목한 문화는 몇 가지 점에서 당시에 지배적이었던 계몽주의적 문명사의 문화와는 구분된다. 첫째, 전영작에게 문화는 문명의 동의어가 아니었다. 계몽주의적 문화사 담론의 저자들은 문명과 문화를 동일한 의미로 간주하고 번갈아 사용하는 경우가 많았다. 하지만 전영작의 글에는 문명이라는 단어가 전혀 등장하지 않는다. 이 글에는 「계몽이란 무엇인가」에서의 칸트처럼 문화와 문명을 대비하는 내용은 없지만, 전영작은 문명과 문화를 분별하고 있었던 것으로 보인다. 둘째, 계몽주의적 문명사에서 역사의 주체가 국가나 민족 같은 집단이었다면, 전영작은 보편적이면서도 개별적인 '인생 각자', 즉 개별자로서의 '인간'에 대해 말하고 있다. 따라서 이때 문화는 외적인 제도나 실천이 아니라 '내적' 또는 '정신적' 과정, 주관성(마음이나 감각), 개인적인 것과 관련된다.

전영작은 문화교육의 개념을 설명하면서 '수양'·'교화' 같은 단어를 사용했는데, 1900년대 후반에는 culture의 번역어인 교양·수양이라는 용어도 소개되고 있었다.

> 인격의 조성에는 선천적 요소와 후천적 요소가 유ᄒ니 선천적 요소는 용이히 개(改)키 난ᄒ며 후천적 요소는 교양을 부지(不待)ᄒ면 변환키 불능ᄒ나니 차 직책은 실로 교화에 기능이 담임ᄒᆫ 바며 교육의 목적도 쏘ᄒᆫ 차에 불외(不外)ᄒ도다.[49]

---

48 「계몽이란 무엇인가」 등에 나타난 칸트의 문화론에 대해서는 니시카오 나가오, 앞의 책, 2006, 153~156쪽 참조.

49 抱宇生, 「修養의 時代」, 『태극학보』 제21호, 1908, 1~2쪽.

위 글은 『태극학보』 제21호(1908)에 실린 포우생(抱宇生)의 「수양의 시대」의 일부로서, 인격과 교양의 관계를 설명하고 있다. 후천적 인격의 변화는 교양을 통해서만 이룰 수 있다는 주장인데, 교양과 유사한 의미로 교화·교육·수양 같은 용어를 사용하고 있다. 『서우』 제14호(1908)에 실린 「자조론(속)」에는 "실행, 행위, 자수(自修), 극기의 교양이 인(人)을 훈련하여 인생의 직분과 사무의 완전을 수행"하게 한다는 표현이 보인다.[50] 일본에서 1871년에 나카무라 마사나오(中村正直, 1832~1907)가 새뮤얼 스마일스(Samuel Smiles, 1812~1904)의 *Self Help*(1859)를 『서국입지 편(西國立志編)』으로 번역·출간할 때, culture를 '교양', '수양', '교육'으로 번역했는데[51] culture의 번역어인 '교양'·'수양'이 한국에 수용되고 있었던 것이다. 전영작이나 포우생 등의 글은, 1900년대 말에 일본의 인격주의·수양주의 담론과 함께 단편적이나마 개인이나 자아의 내적 계발 및 완성을 가리키는 독일어 Kultur나 영어 culture의 개념이 수용되고 있었다는 것을 보여 준다.[52]

그러나 국가론과 정치 담론이 주류를 점하고 있던 학회지에서 이러한 논의는 심화되거나 확장성을 갖지 못했던 것 같다. 1905년, 그러니까 제국주의 일본에 의한 조선 지배가 전면화하기 시작한 '을사조약'을 전후한 시기에 신문과 역사·전기소설을 비롯한 문학적 텍스트들, 다양한 종류의 교과서와 학회지는 민족-국민 이야기를 제작하기 위해 심혈을 기

---

50 「自助論(續)」, 『서우』 제14호, 1908, 1~6쪽.

51 나카무라 마사나오의 『서국입지 편(西國立志編)』에 나타난 culture 번역에 대해 일러 주신 연세대학교 국학연구원의 이새봄 선생님께 감사드립니다.

52 남궁영(南宮營)의 「人格을 養成ᄒᆞᄂᆞᆫ데 敎育의 效果」(『대한유학생회학보』 제1호, 1907), 곽한칠의 「人格修養과 意志鞏固郭漢七」(『태극학보』 제9호, 1907), 이동초의 「精神的 敎育의 必要」(『태극학보』 제11호, 1907) 같은 글에서도 인격주의 담론의 수용을 확인할 수 있다.

울였다. 즉 계몽기 지식인은 다양한 매체를 동원하여 국민의 정의와 필요성, 국민과 개인의 차이, 국민과 국가의 관계, 국민 육성 방법에 대한 논의를 열성적으로 펴게 된다.[53] 이와 같은 분위기 속에서 전영작이 자아의 진정한 자유를 위해 필요하다고 강조한 감각 또는 감수성의 수양으로서의 문화교육은 종국에는 '국가'로 수렴된다.

> 본술(本述)의 주안(主眼)도 차(此)에 재(在)ᄒ려니와 <u>문화교육의 필요ᄂᆫ 부패한 국민의 사상을 건전케 ᄒ고 또 청년시대를 경과ᄒ야 학교교육을 수(受)ᄒᆯ 형편이 못되ᄂᆫ 인생에게 감화시키ᄂᆫ 수단 중 ᄀ장 필요ᄒ도다.</u> 근일 신문상에 빈전(頻傳)ᄒᄂᆫ 자강회에서 설립한 강연회도 역(亦) 차 취지에 불출(不出)ᄒ도다. 금일 준방(本邦)형편은 일일(一日)이ᄅ도 급々히 일반 동포로 ᄒ야곰 평균한 지식을 주입ᄒᄂᆫ 것이 최선무오 학교교육은 도리혀 제이(第二)의 급무로 사(思)ᄒ노라. 아경((我京) 중(中)에 다수의 회(會)ᄀ 유(有)ᄒᆫ즉 회ᄆ다 강담회를 설(設)ᄒ고 <u>애국성과 사회의 제반사를 학문적 사실적으로 유지(有志)한 선각자가 공중의 감수성을 진기(振起)ᄒ면 국가 전도의 이해ᄂᆫ 물론ᄒ고라도 학자신사의 천직을 진(盡)한ᄃᆞ ᄒ리로다.</u>[54]

위 인용문의 주장은 문화교육은 국민의 사상을 건전하게 하기 위한 것이고 특히 학교교육의 대상이 아닌 성인들을 감화하는 중요한 수단이라는 것이다. 전영작은 학교교육보다 더 시급한 것은 '공중'에게 평균적 지식을 보급하는 것이라고 하면서 '자강회' 등 정치단체에서 개최하는 연설회나 강연회 등을 문화교육의 중요한 기제로 들고 있다. 그리고 이와 같은 문화교육을 애국심과 지식을 가진 선각자─학자신사─의 임무로 보았다. 이러한 결론은 1900년대 후반에 수용된 내적인 것이나 주

---

53 정선태, 앞의 논문, 63~65쪽.
54 全永爵, 앞의 글, 11쪽.

관성(마음이나 감각), 개인적인 것과 관련된 '문화'가 궁극에서 '국가'로 수렴되던 정황을 보여 준다.

5. 결론

19세기 말에서 1900년대는 문치교화라는 유교적 통치 이념을 표현한 '문화'와 civilization의 번역어인 '문화', 그리고 culture / Kultur의 번역어인 '문화'가 병존한 최초의 시기였다. 특히 1908년을 지나면서 문화에 대한 상이한 담론들이 교육과 학술, 정치 담론의 장에서 서로 병렬하고 교류하며 재구성되었다. 문화의 개념들이 이동하고 확산된 양상을 요약하면 아래와 같다.

전통적인 교화의 이상이 각인된 고전적 문화 개념은 1890년대 말에서 1900년대까지 보통학교와 중등학교의 교과서라는 공식적이고 상대적으로 보수적인 교육의 장에서 한국과 중국을 포함한 한자사용권역의 '과거'를 특징짓는 요소로 확정되어 순환·유통되었다. 그런데 애국심의 자원으로 재해석되기도 한 데에서 알 수 있듯이, 고전적 의미의 '문화'는 세도인심의 교화라는 유교적 통치의 이상을 그저 반복·재생산한 것이 아니라 근대적 국민국가 수립이라는 목표에 부합하도록 변형되기도 했다. 즉 지식인들은 문화를 유교적 교화의 맥락에서 떼어 내어 근대의 국민주의적 교육의 맥락 안에 배치하려고 했다.

한편 1890년대 말 일본 유학생에 의해 처음 선보인 civilization의 번역어인 문화는 1900년대 후반 이후 유학생들의 학술지와 정치단체의 기관지, 교과서 등에서 번역되거나 창작된 계몽주의적 역사(문명사) 담론과 함께 확산되었다. 학술지에서 문명＝문화 개념은 일본에서 유럽의 계몽주의적 문명사를 본떠 작성된 비교문명사 담론을 번역하는 과정에서 수용되었으며, 한국의 역사를 문명=문화 발달사로 해석하려는 취지에서도 활용되었다. 정치단체의 기관지에서 문명의 동의어로서의 문화는 열강의 각축장에서 살아남기 위해 갖추어야 할 실력, 즉 식산흥업과 부국강병으로 수렴되는 경향이 있었으며, 일본의 교과서를 본떠 만들어진 교과서에서는 전쟁 승리를 위한 실력으로 해석되기도 했다. 이때 '문화'는 전통적인 맥락에서는 '문치'의 반대편에 위치한 '무력(군사력)'을 향해 나아가기도 했다.

다른 한편 1900년대 후반 일본 유학생들의 학회지 및 학술지에서는 culture / Kultur의 번역어로서의 문화의 등장을 확인할 수 있다. 이때 문화는 민족, 사회, 개인(자아) 같은 새로운 주체성과 결합하여 나타났다. 한편에서 민족이나 국(민)성 같은 개념과 결합한 문화는 보편성이 아니라 특수성을 강조했다. 다른 한편에서 문화는 (인류)사회와 그 구성원인 개개인을 매개하는 역할을 하는 것으로 이해되기도 했고, 국가나 사회 같은 외부적 사실이 아니라 자아의 내면, 감정적인 것의 교육과 관련된 것으로 소개되기도 했다. 계몽주의적 역사(문명사)와는 상이한 지식체계, 예컨대 근대 서양의 철학이나 사회학의 문화 개념이 일본의 매개를 거쳐 유입되면서 문화의 담론은 좀 더 복합적이 된 것이다.

이때 culture / Kultur 개념의 수용은 부국강병이 '문명'의 지배적인 함의가 되고 '문명'의 이름하에 식민주의적 침략이 가속화·정당화되던 1900년대 후반의 정황에 대한 지적·사상적 대응이었다고 할 수 있다. 국권이 위기에 처한 시기에 지식인들은 자기 정체성의 핵심이 될 국민문화 또는 민족문화라는 개념을 만들어 내려는 참이었다. 그리고 문화는 '사회'나 '인류', '개인(자아)' 같은 주체성 개념과 결합함으로써 새로운 인식과 실천의 공간을 만들어 내려는 방향으로 움직였다. culture /

Kultur의 번역어인 문화의 수용은, 전통적 문화 개념이나 계몽주의적 문명=문화 개념으로는 헤쳐 나갈 수 없었던 정치적·사회적 요구들이 등장하고 있었음을 반영하고 있다.

아울러 전통적인 문화의 개념과 제도의 역사를 교육(제도)사로 재해석하려 한 일성자 같은 지식인의 시도 역시 당시 점차 지배적이 되어 가던, 식산흥업과 부국강병으로 수렴되는 문명=문화 개념이나 민족주의적 문화 개념 등에 대응해 문화가 무엇인지에 대한 대안적 해석을 발전시킬 가능성이 있었다. 물론 세종 대의 문화에 대한 해석을 보면, 일성자는 고전적 문화 개념에 내포된 교화적 이념을 국민주의적 윤리나 규범적 사회질서 안으로 통합하려는 지향이 강했다. 하지만 학술지에서 고전적 문화 개념을 '현대화'하려던 시도는 서구적인 문화나 문명 개념의 견지에서는 표현될 수 없거나 내용적으로 입증될 수 없는 어떤 경험이나 의미, 가치 등을 살아나게 하거나 실행할 수 있도록 하기 위해서였다고 생각된다.[55]

요약하자면 1900년대에는 한국 사회의 구조 및 변동에 대해 '근대적'이고 '민족주의적'인 설명을 제공하기 위한 지식인들의 노력에 의해 문화의 함의가 점차 복잡해지고 있었다고 할 수 있다. '문화'와 '사회'·'개인'·'민족' 같은 개념들은 이후 복잡한 변형을 거치게 되는데, 이것들은 나란히 보조를 맞추며 나아갔다기보다 사회적·정치적 조건과 요구에 영향을 받으면서 위상과 내포가 변화되었다. 1908년 즈음 생산되기 시작한 문화사 담론은 민족 개념에 의해 문화 개념이 영향을 받고 있음을 비교적 뚜렷하게 가시화한 반면, 1900년대 말까지 사회나 개인 개념과

---

55 지배문화에 대해 대안적 혹은 대립적 관계에 놓일 수도 있는 '잔여적인 것'의 의미에 대해서는 윌리엄스, 레이먼드, 『마르크스주의와 문학』, 박만준 옮김, 지식을만드는지식, 2009, 197쪽.

문화 개념의 상호 연계는 아직은 맹아적인 단계였던 것으로 보인다. 그러나 전영작이나 우경명 같은 유학생 필자들의 글은 '문화를 무엇으로 보아야 하는가'라는 문제가 사회적인 것이나 개인적인 것에 대한 이해와 긴밀히 연결될 것이라는 점을 암시했다.[56]

'개화'에 비하면 빈도가 확실히 낮았지만 '문명'이 이미 신소설에 자주 등장하면서 대중의 어휘집 안에 진입해 있던 상황을 고려하면,[57] '문화'는 일반 대중에게 가닿는 데 더 오랜 시간이 걸렸던 것 같다. 독립협회가 일반인을 대상으로 발간한 『독립신문』에 몇 차례 나오는 '문화'는 황해도에 속한 지역의 명칭이었다("文化郡"). 1898년 8월부터 1902년 10월까지의 『제국신문』에도 문화는 행정 지역의 명칭으로만 사용되었다. 『대한매일신보』에도 1907년 10월 26일과 1908년 2월 11일자에 문화군에서 의병이 일본 군인들을 공격했다는 기사가 있을 뿐이다.[58] 1908년에는 『공

---

56 레이먼드 윌리엄스는 문화 개념의 변화와 경제, 사회 같은 사회 이론의 핵심 개념의 변화와의 상호 관계에 주목할 것을 주장한 바 있다. 윌리엄스, 레이먼드, 앞의 책 참조.

57 신소설에서 '문명'은 태서, 즉 서구의 성취를 일컫는 말로서 '우리나라'는 아직 가지지 못한 가치이자 이르지 못한 단계였다. '태서 신세계의 문명을 들여오다'(『몽조』), '문명한 나라에 가서 공부하여 지식을 넉넉하게 하다'(『은세계』), '문명 각국을 유람하다'(『빈상설』), '태서 각국의 문명 발달은 여성교육에 의한 것이다'(『목단화』)라는 표현에 드러나는 것처럼, '문명'은 개인의 차원에서 습득하거나 성취할 수 있는 것이라기보다 대개 '국가'를 단위로 하여 사고되었다. 그리고 '문명'은 공부나 지식의 습득을 전제로 하며, 그 공부와 지식은 특히 국가 / 국민을 붙들어 세우거나 건지기 위한 '정치적 경륜'과 연결된다는 의식이 일반적이었다. 즉 문명의 요체인 교육과 학식, 계몽은 국민-국가와 관련된 활동, 즉 정치와 직간접적으로 연결되었다. '개화'가 개인의 일상생활이나 활동과 밀접한 제도·관습과 연관된 것이었다면, '문명'은 대체로 '정치적인 것'과 연결된 가치 또는 성취였다.

58 『대한매일신보』 1910년 6월 1일자 「학계보」에는 "학교를 방해"라는 표제 아래 1900년대 초반에 설립된 것으로 추정되는 '문화학교'에 대한 기사가 있다. 하지만 이때의 '문화'가 어떤 의미였는지는 정확히 알 수 없다.

립신보』에서 문화가 유교적 교화의 의미로 쓰인 사례가 있지만,[59] 당시 신문에서는 전통적 의미든 새로운 의미든 문화라는 말이 거의 사용되지 않았다.

1905~1910년 사이의 단편 서사물과 신소설 35편에도 문화라는 단어는 등장하지 않는다.[60] 지식인들의 문명사=문화사 담론에서 영향을 받은 것이 거의 확실해 보이는 소설에도 문명이라는 용어만 등장한다.

> 이 세계를 비교하여 보면 몇백 년 전에 유럽이나 아메리카나 다 캄캄한 밤과 같이 문명치 못하고 그때에 아세아는 낮과 같이 문명한 빛이 있더니 지금은 유럽과 아메리카는 광명한 낮이 되고 먼저 문명하던 아세아는 도리어 광명한 빛이 있으나 보지도 못하고…… 문명의 열매 되는 각종 기계와 물건은 취하여 가지나 문명의 근본된 종교는 알아볼 여지도 없는 고로 눈이 있어도 마땅히 볼 것을 보지 못하게 되었으니 일향 저 모양으로 지내면 백인종의 노예 되기는 우리가 눈 깜짝할 동안 될 것인 줄 확실히 아니다.[61]

위 인용문은 1908년에 발표된 「경세종」(1908, 광학서포)의 일부인데, 유럽·아메리카와 아세아를 대비시키고 문명의 열매인 기계·물건과 문명의 근본인 종교를 구분하고 있다. 핵심 주장은 문명을 이해하기 위해서

---

59 "군웅할거하며 전쟁을 하던 시대에 유도한 선비들이 근심하여 말류의 폐를 구하고자 함에 공자는 춘추를 지어…… 문화로써 태평에 이르게 하였으며……"(『공립신보』, 1908. 8. 19). 『공립신보』는 재미동포 단체인 공립협회의 기관지로 1905년에 창간되었다. 1909년 국민회로 개편·통합되면서 『공립신보』는 『대동공보』와 통합되어 제119호부터 『신한민보』로 발간되었다.

60 이경훈의 『한국 근대문학 풍속사전』(태학사, 2006)에는 '문화'라는 단어의 용례를 찾을 수 없었다.

61 김필수, 「경세종」, 양진오 편, 『범우 비평판 한국문학 2 개화기 소설 편 : 송뢰금 외』, 범우, 2004, 99~100쪽.

는 기계와 물건을 취하는 데에서 나아가 그 근본인 종교를 이해할 수 있어야 한다는 것이다. 이러한 논법은 세계문명사 또는 비교문명사=문화사 담론에서 가져온 것이 분명한데, 저자인 김필수는 이러한 담론에서 여러 지식인이 문명의 동의어로 사용하던 문화는 수용하지 않았다. 1900년대까지의 대중적 서사물에서는 고전적인 '문화'는 물론이고 새로운 '문화'도 통용되지 않았던 것이다.

1905~1910년 '봉건/봉건제(封建/feudalism)' 개념을 둘러싼 정치체제, 사회구성 논의의 변동에 대하여

『대한협회회보』와 『서북학회월보』를 중심으로

전성규

1. '봉건'의 다양한 개념들

지금까지 한국 근대 문학과 역사학에서 '봉건제'는 '전(前)자본주의적 상부구조'로 주로 해석되어 한국 근대사와 문학사의 역사적 추동력이 되어 왔다.[1] 이러한 '반봉건' 담론은 서구중심의 자본주의 세계체제에 '종

---

1 '반(反)식민 반(反)봉건'이라는 명제는 대략 1960년대부터 1980년대 후반에 이르기까지 이론이나 사상에 머물지 않고 역사를 움직이는 추동력을 가졌다. 주지하다시피 국가독점자본주의론과 주변부자본주의론, 식민지반봉건사회론, 신식민지국가독점자본주의론 등은 1980년대 사회구성체 논쟁의 시대를 거치며 생산된 실천적 담론들이었다. 내재적 발전론이 기반으로 했던 주변부자본주의론은 국가독점자본주의론이 갖는 한계 즉 자체의 발전동력을 갖지 못한 정체된 사회로 자신을 타자화하는 관점을 극복했다는 평가를 받았지만 "정통 정치경제학적 방법론으로부터 이탈된, 소위 리버럴한 혹은 소시민적 성격을 갖는 이론이라는 점"에서 비판을 받기도 하였다. 주변부자본주의론이 한국 자본주의의 형성 및 전개 문제에 관해 발전적 측면을 강조한 나머지 종속적 입장을 균형 있게 담지 못한 것에 대한 비판과 반동으로, 한국사회의 성격을 여전히 자본주의와 접합된 봉건제 생산양식이 재생산되는 착취주의의 지배하에 있는 것으로 보는 관점인 식민지반봉건사회론이 등장하였다. 이후 신식민지국가독점자본주의론은 식민지반

속'적 위치를 가지며 비서구의 자본주의가 밟았던 경로의 차이를 드러내
는 경제구조를 의미했다. 경제결정론에 긴박된 반봉건 담론은 한국의
근대 자본주의를 비서구나 제3세계의 지주와 소작농 간의 봉건제적 경
제모순이 소멸하지 않고 자본주의 생산형태와 결합하여 확대·재생산된
것으로 규정하여 한국 내에서 전근대의 정치·사회적 유산, 유교적 전통
등을 역사발전상의 도태(淘汰)를 야기한 '심층구조'로 독해하게 하거나[2]
다른 한편으로 내재적 발전론과 같이 조선 후기사를, 봉건제를 탈피하
고 시민사회로 가까워 가는 과정으로 재독하게 하였다.[3]

그러나 특정지역, 특정국가의 근대 자본주의는, 경제라는 독자적 영
역을 통해서 성숙해졌다고 보기 매우 힘들다. 자본주의는 자본주의를
결정지은 사회 형성 과정 속에서 그 모습을 만들어갔기 때문에 그것을

봉건사회론에 의해 크게 부각된 한국사회에 특수한 모순으로서 종속성의 민족문제를
공유하면서도 독점자본의 실체성만은 부인한 식민지반봉건사회론에 반대하여 경제토
대로서 독점자본과 상부구조로서 군부독재권력으로 구성된 한국사회의 국가독점자본
주의는 보편성으로 미제국주의에 편입된 신식민지종속은 특수성으로 규정하여 독점강
화와 종속심화를 기본명제로 삼는다. 금인숙, 「마르크스주의 사회과학에서의 오리엔탈
리즘 -1980년대 사회구성체논쟁을 중심으로」, 『담론201』 9.3, 한국사회역사학회, 2006.

2   제레미 바메는 19세기 서양 제국주의 열강과 조선·중국이 맞닥뜨리게 되었을 때부
터 현대에 이르기까지 스스로를 비판한 충동, 스스로의 나약함과 부패 때문에 비극적
역사의 행로를 걸어 온 것으로 스스로의 역사를 평가하며 문제를 자기 안에서 찾는
역사이해나 문화인식을 '자기혐오(self-loathing)'이라 지칭한 바 있다. Geremie R.
Barm, Self-Hate and Self-Approbation, *In the Red:On contemporary Chinese
culture*, New York : Columbia University Press, 1999, pp.265-272.

3   정창렬, 「갑오농민전쟁연구-전봉준의 사상과 행동을 중심으로」, 연세대학교사학과박
사학위논문, 1991.; 정창렬, 「조선후기의 둔전에 대하여」, 한국인문과학원 편, 『조선후기
논문선집』8, 한국인문과학원, 1997.; 박찬승, 「동학농민전쟁의 사회경제적 지향」, 박현
채·정창렬 편, 『한국민족주의론Ⅲ』, 창비, 1985.; 신용하, 『동학과 갑오농민전쟁』, 일조
각, 1993.; 김용섭, 『한국근대농업사연구 :농업개혁론, 농업정책』, 일조각, 1980.; 송찬식,
「조선후기 농업에 있어서의 광작운동」, 한국인문과학원편, 『조선후기논문선집』 8, 한국
인문과학원, 1997.; 강만길 편, 『조선후기사 연구의 현황과 과제』, 창작과비평사, 2000.

배태한 정치적 수준의 문제가 반드시 고려되어야 한다. 이에 전자본주
의의 생산양식에서의 착취 원인을 경제 외적 요소에서 찾아야 한다고
주장하며 마르크스주의 역사학자들과 긴장관계를 형성한 페리 앤더슨
(Perry Anderson)의 『고대에서 봉건제로의 이행』이나 『절대주의 국가의 역
사』와 같은 연구가 참조된다.

> 자본주의는 직접생산자로부터 잉여를 수취하는 수단이 '순수하게' 경제
> 적인 형태를 취하는 역사상 최초의 생산양식이다. 이전의 모든 다른 모든
> 생산 양식들은 "경제외적인"(extra-economic) 제재-친족, 관습, 종교, 법률,
> 정치-를 통해 작동하였다. 따라서 경제외적 제재들을 경제관계 자체와 분
> 리시킨다는 것은 원칙적으로 불가능하다. 친족, 종교, 법률, 또는 국가와
> 같은 '상부구조'는 전(前) 자본주의 사회구성체에서 불가피하게 생산양식
> 의 본질적인 구조 안에 들어가게 된다. …… 결과적으로 전(前) 자본주의적
> 생산양식들은 정치적·법률적·이데올로기적 상부구조를 통하지 않고서는
> 정의를 내릴 수가 없다. 왜냐하면 전(前) 자본주의적 생산 양식들에 특성
> 을 부여하는 경제외적 강제의 유형을 결정하는 것이 바로 이러한 상부구조
> 이기 때문이다.[4]

앤더슨은 근대 자본주의의 형성을 설명함에 있어 경제 중심적 이론과
구별되는, 정치 중심적 이론의 입장을 갖고 있었다. 그는 서유럽이라는
특정한 사회구성체의 기원을 추적하는 방식을 택하며 다양한 문명들의

---

4 페리 앤더슨(Perry Anderson), 김현일 외 옮김, 『절대주의 국가의 역사』 (소나무,
   1993), 433-434. 페리 앤더슨 외에도 막스 베버(Max Weber)와 오토 힌체(Otto Hintze)
   등도 생산관계로부터 지배구조를 도출·설명하려고 시도한 마르크스주의자와 달리 인
   간사회에 나타난 지배의 여러 유형이 반드시 생산관계에 의해서만 설명될 수 없다는
   데 착안하여 봉건제를 지배의 유형, 문화를 특징지을 수 있는 개념으로 사용하고자
   하였다. 최재현, 『유럽의 봉건제도』, 역사비평사, 1992, 16-19쪽.

독특한 발전경로를 설명하기 위해서는 한 사회 구조가 다른 사회 구조를 발생시키는 관점뿐만 아니라 시간적으로 선행되는 구조가 뒤에 오는 구조를 성격지우고 동기화한다는 관점이 필수 불가결하다고 보았다.[5]

필자가 경제 체계보다 국가 체계와 사회 체계를 자본주의 발생의 더 강력한 상부구조로서 고려하는 앤더슨의 관점을 중요하게 언급하는 이유는 한국의 역사나 문학사 안에서 '근대'라고 명명되는 '당대'에, 또 동아시아 안에서, '봉건제'라는 개념은 경제적 맥락을 포함한 정치적·사회적 맥락 안에 위치해 논의되어 온 경향을 발견할 수 있기 때문이다. 동아시아에서 봉건제(封建制)는 전통적으로 군현제(郡縣制)와 반대되는 의미로서 동양에서, 근대에도, 통치의 제도로서 실체를 갖는 개념이었고 그 실체적 개념과의 연관선 상에서 새로운 정치체제, 사회체계, 지식체계를 구상하는 담론의 중심에서 작용하였던 개념임을 염두에 둘 필요가 있다.

서구유럽 봉건제의 개념은 주군과 종심의 상하 신분계층간의 자유로운 계약을 바탕으로 맺어진 주종관계를 나타내는 종사제(從士制, 恩貸之制)와 이러한 종사제의 사회 경제적 기반이 되는 장원제(莊園制)를 가리킨다.[6] 동양의 사회형태에 서구의 봉건제 개념을 그대로 적용하기에는 동양 사회의 특수성이 존재했기에 막스 베버와 같은 서구 학자들은 그러한 특수성을 반영하여 봉건제를 중앙집권적 봉건제, 관료적 봉건제, 아시아적 봉건제, 프륀덴 봉건(Pfrunden Feudalismus) 등으로 분류하였다. 프륀덴이라 함은 왕이 그 신하에게 하사하는 토지, 농민, 급료 등을 총칭하는 것으로 베버는 일본과 같은 봉건제를 프륀덴 봉건제라 하였다.

---

5 정진상, 「앤더슨의 역사사회학-봉건제와 절대주의 국가의 동학」, 『사회와 역사』 6, 한국사회사학회, 1987, 92쪽.

6 최재현, 앞의 책, 91-97쪽.

그러나 고대 중국이나 일본의 경우 프륀덴봉건제의 성격을 띠고 있다고 할 수 있지만 중앙집권화가 강화된 진(秦) 이후라든가 전근대 조선의 국가체제는 가산제(家産制, Patrimonialismus)의 형식을 띠고 있다고 분석하였다. 가산제라는 개념은 동아시아 전통국가를 설명할 때 지주-전호관계를 주축으로 하는 생산양식을 갖는 지배구조가 체제의 중앙집권성을 뒷받침해주는 기반으로 기능하는 경우 이를 설명할 수 있는 개념으로 유용성을 가져왔다.[7]

서구의 봉건제 개념을 동양에 그대로 적용시킬 수 없는 이유는 동양의 여러 나라들이 중앙집권적 전제국가로서의 특성을 갖고 있기 때문이다. 마르크스는 전형적인 아시아 사회에서는 관개 및 수리사업과 같은 공공 토목사업을 감독하고 촌락공동체로부터 조세를 거둬들이는 국가가 구성되어 있다고 보았고 촌락공동체의 농민과 수공업자들이 촌락공동체 내의 정확한 노동 분업에 기반해 자급자족에 필요한 만큼의 생산을 하는 생산방식을 아시아 사회의 정체성의 비밀이라고 하였다.[8] 그렇기 때문에 아시아 사회에서 잉여생산물의 수취를 가능케하는 힘은 토지소유관계에서 발생하는 것이 아니라 상부구조에 해당하는 정치적, 법률적, 종교적, 사상적인 요인 즉 전체주의 왕권, 율령제, 불교 및 유교 등과 같은 요인에서 발생한다고 보는 것이 적절하다.[9]

마르크스와 베버 등이 봉건제로 포괄될 수 없는 동양적 특질을 중앙집권적 봉건제, 관료적 봉건제라는 명명으로 부른 바 있으나 동양의 율

---

7 최재현, 앞의 책, 196쪽.

8 마르크스가 1853년 6월 10일 자로 엥겔스에게 보낸 서신과 「영국의 인도지배」란 논문. 칼 마르크스(Karl Marx)·프리드리히 엥겔스(Frederick Engels), 최인호 외 옮김, 『칼 맑스·프리드리히 엥겔스 저작 선집』, 박종철출판사, 1991, 415쪽.

9 한경성, 「한국고대사회와 아시아적 생산양식」, 『사회과학논집』 9, 동아대 사회과학연구소, 1992, 171쪽.

령제 국가로서의 특징과 분업화된 체계 등의 성질은 동아시아 내에서 '군현제(郡縣制)'로 명명이 되었다. 중앙집권과 전문성이 강한 군현제적 특징은 근대로의 전환점에서 지식인들이 근대 정체를 구상할 때 중요한 유산으로 고려되기도 했다.

군현제론과 봉건제론은 동양의 전통적 국가체제와 정치구조를 밝히는 데 필수적인 개념이다. 원래 동아시아에서 봉건제는 이상적인 유교 통치가 실시되었던 삼대(三代)에 시행되었다는 통치체제를 가리키는 명칭이고, 군현제는 최초의 통일왕조인 진(秦)나라에서 시행되었던 통치체제를 가리키는 명칭이었다. 이 두 체제는 조선과 중국의 전근대 역사에서 개혁이 필요한 시기에 불려나와 적극적으로 해석되어 사회에 변화를 야기하는 높은 잠재성을 가진 담론이었다.

조선과 중국에서는 군현제의 중앙집권체제가 근대 전환기까지 오랫동안 이어진 가운데 군현제를 보완할 수 있는 대안으로 봉건제가 호명되었다. 군현제가 관료제 및 과거제(科擧制)를 기반으로 하여 세습신분에 의한 정치를 지양하고, 평등주의와 능력주의라는, 공정성을 확보할 수 있는 공천하(公天下)의 논리라고 여겨졌지만,[10] 지방관리들의 무책임

---

10 알렉산더 우드사이드(Alexander Woodside)는 『잃어버린 근대성』에서 근대 동아시아에 서구적 의미의 관료제가 도입되기 전, 중국·한국·베트남의 전근대적 관료제가 오히려 서구적 의미의 기계적 관료제를 지양한 발전적 형태임을 주장한다. 중국의 경우 이미 송(宋)대부터 귀족중심체제의 봉건제에 대한 비판으로 공적인 경쟁과 다양한 계층을 관료로 선발할 수 있는 과거제가 본격적으로 시행되었고, 17세기경에는 관료제 하에서의 관료의 비대화와 군사력 약화를 지적하는 입장이 등장하는 등 관료제 그 자체에 대한 비판도 상당히 진척된 상황이었다. 조선의 관료제는 중국식 관료제보다 귀족제적 성격이 강했다. 조선의 과거제는 평등주의적 성격을 갖고 있지만, 관료가 퇴직한 후에도 권력을 누릴 수 있다는 점에서 귀족제적 성격을 띠며 이것이 조선적 관료제의 특수성을 보여주는 것이었다. 알렉산더 우드사이드(Alexander Woodside), 민병희 옮김, 『잃어버린 근대성들 - 중국·베트남·한국 그리고 세계사의 위험성』, 너머북스, 2012.

과 그에 따른 수탈 행정, 유사시 왕조를 보위할 수 있는 번병(藩屛) 제후국의 부재 등이 군현제의 약점으로 지적되면서 봉건제는 개혁 논의에 주요한 참조 대상으로 재평가되기 시작했다. 봉건제는 세습주의와 분열, 상호 공격의 씨앗이 될 수 있었으나 지방에 연고를 가진 관리의 책임 있는 행정으로 '자기 것'인 인민과 토지를 아끼고 사랑하여 공동체적인 유대관계를 강화할 수 있는 것으로 평가되었다. 그러한 이유로 18세기와 19세기 남인계 및 서인계의 실학파들은 군현제에 봉건제의 특성을 절충한 개혁안을 주로 내놓았다.[11] 특히 조선은 문무반(文武班)의 출사(出仕)를 독점하는 사대부(士大夫)가 그 처지를 지주적(地主的) 토지소유로서 공고히 하여서 이러한 양반의 존재방식이 중국보다 지배구조에 있어 봉건적 성격이 더 강하게 녹아있다고 평가되어 왔다.[12]

　봉건과 군현에 대한 논쟁은 근대에도 신분제, 대의제, 사회통합의 방향, 통치의 방향에 있어 다양하게 논의되었다. 아래는 박훈의 「봉건사회/군현사회'와 동아시아 근대」에서 근대 일본과 중국에서 정체와 사회유형론과 관련해 지식인들 사이에서 벌어진 봉건/군현 논쟁에서 군현제 사회와 봉건제 사회의 특징을 추출해 정리한 표인데,[13] 전근대에서 근대로 이어진 봉건/군현의 개념이 어떤 식으로 폭넓게 재해석되는지를 잘

11　박광용, 「18~19세기 조선사회의 봉건제와 군현제 논의」, 『한국문화』 22, 서울대 한국문화연구소, 1998.; 오영교, 「17세기 지방제도 개혁론의 전개」, 『동방학지』 77-79, 연세대 국학연구원, 1993.; 조성을, 「정약용의 토지제도 개혁론」, 『한국사상사학』 10, 한국사상사학회, 1998.; 김선경, 「반계 유형원의 이상국가 기획론」, 『한국사학보』 9, 고려사학회, 2000 등.

12　이경식, 「조선전기 양반의 토지소유와 봉건」, 『동방학지』 94, 연세대 국학연구원, 1996.

13　박훈, 「봉건사회/군현사회'와 동아시아 근대」, 『성균관대학교 동아시아학술원·한림대학교 한림과학원 공동학술회의: 장기19세기의 동아시아-변화와 지속, 관계와 비교(2)』, 2016, 92-93쪽.

보여준다. 본고의 기본 개념 이해와 관련해 하나의 참조점이 될 수 있으리라 생각된다.

〈표 1〉 '봉건사회/군현사회' 유형비교

	봉건사회	군현사회
신분제	강고함	없거나 약함
지역수준에서의 인민장악(官民關係)	緊密	粗放
사회적 지위의 세습여부	대체적으로 세습	비세습이거나 부분적 세습
능력주의 여부	능력보다는 가문, 혈연	능력중시
개인주의 여부	강고한 공동체주의	개인주의(유연한 가문주의)
지역적 이동	약함	빈번함
법률통치	상위신분:법치 하위신분:인정적 유대, 관습적 결정	전제군주는 법률통치 적용 제외, 인민에는 법률통치
정치참여	봉건위계에 따른 신분별 정치참여	'사대부적 정치문화', 원칙상 과거를 통한 인민의 정치참여 가능
정치체제	aristocracy	democracy(?), 혹은 전제
대의정치와 관련	대의정치	직접적 대의정치, 혹은 전제

　근대 중국의 경우 봉건제는 그동안 권력에서 소외된 신사층(紳士層)이 정계에 다시 등장하여 입헌 정체를 주장했을 때 큰 영향을 주었다. 민두기는 봉건제적 기반을 갖고 있는 신사층이 청(淸)정부와 갈등 및 조정의 과정을 거치면서 1903년 공화혁명을 성공시키고 1909년 의회운동의 예습기구로 자의국(諮議局)을 설치한 역사를 규명하며, 전통적 지방자치 주장인 절충적 봉건지지론이 서양의 지방자치론과 결합하여 근대적 의회론으로 연결되었다고 주장한 바 있다.[14] 민두기와 미조구치 유우조오(溝

口雄三)의 연구를 보다 발전시킨 프라센지트 두아라(Prasenjit Duara)는 중국의 근대 공화혁명에 대해, 성급(省級)엘리트들이 태평천국 이후 지역사회에서 자신들의 사단(社團) 활동 영역을 확대시키고 근대적인 상업출판을 통해 외래 침략자에 대한 민족의 보호자로서 자신들의 정치적 역할을 표명하는 데 있어 상당한 성공을 거뒀다고 평가한 바 있다. 두아라는 이것을 '봉건'이라는 중국 고유의 서사와 '계몽주의' 서사가 결합되어 국민국가 서사와 내립적인 시민사회에 대한 혼성 서사의 구축이라고 보았다.[15]

그러나 근대 중국에서 전통적 봉건제 담론을 기반으로 한 입헌주의 및 의회주의에 대한 논의가 비등했던 한편으로, 의회제는 전근대 특권계층이 자신의 이익을 법제적으로 보호하는 하나의 방식이며 오히려 대의기구가 자유로운 사회형성의 촉진을 방해할 수도 있다고 보는 비판적인 의견 또한 제출되었다. 대표적으로 혁명파 장병린(章炳麟)은 "대의정체는 봉건의 변상(變相)"[16]이라고 하며 헌정실시와 국회개설에 반대하였다. 이미 2천 년 전에 이미 봉건제를 청산한 중국이 서구나 일본을 따라하려는 것은 "저들이 봉건을 떠난 지는 가깝고, 우리가 봉건을 떠난 지는 멀다는 것을 깨닫지 못했기" 때문이라며, "봉건을 떠난 지 멀면 민이 모두 평등하고 봉건을 떠난 지 가까우면 민에 귀족과 서민의 구분이 있는" 것인데, 중국에서 새삼스레 입헌을 하여 민에 귀족과 서민의 구분을 만들려 하는 것은 잘못이라고 보았다.[17]

---

14 민두기, 『중국근대사연구 −신사층의 사상과 행동−』, 일조각, 1973.; 민두기, 『중국의 공화혁명(1901~1903)』, 지식산업사, 1999.

15 프라센지트 두아라(Prasenjit Duara), 문명기·손승희 옮김, 『민족으로부터 역사를 구출하기 −근대 중국의 새로운 해석−』, 삼인, 2004, 221-222쪽.

16 章炳麟, 1908.10.10., 「代議然否論」, 『民報』 24號. 박훈, 앞의 글, 89쪽에서 재인용.

17 章炳麟, 1908.10.10., 「代議然否論」, 『民報』 24號. 박훈, 앞의 글, 89쪽에서 재인용.

군현제적 국가였던 조선, 중국과 다르게 일본의 경우는 유럽과 상당히 유사한 봉건제적 성격의 국가였다. 일본에서의 봉건제론은 19세기 후반과, 20세기 초에 러·일전쟁을 기점으로 상당히 다른 양상으로 전개된다. 일본은 19세기 후반에 들어 이른바 서양의 충격에 직면하게 되면서 새로운 국가 구상과 관련해 서구의 부강이 중앙집권제에 있다고 보고 봉건적인 토쿠가와(德川) 막번체제 하에서는 서구의 침략에 대응할 수 없다고 하는 논의가 일어났다. 서구의 입헌군주제 수용의 문제를 놓고, 왕정복고·판적봉환(版籍奉還)·폐번치현(廃藩置県) 등 일련의 사태가 일어난 메이지 유신(明治維新)의 과정은 일본의 정체 및 사회적 성격이 봉건에서 중앙집권적 국가로 변화하고 있음을 잘 보여 준다.

그러나 러·일전쟁을 전후한 시기에 일본에서는 서구 자본주의의 발전과정을 기준으로 한 '봉건제(feudalism)' 개념으로 일본사를 이해하려고 하는 견해가 등장하게 된다. 그 선두에 선 자는 경제사와 법제사를 연구하는 사회과학자였다.[18] 1900년경부터 경제사학자인 후쿠다 도쿠조(福田德三)의 『일본경제사론』(1900) 등에 의해 유럽경제사와 일본경제사의 유사성을 부각하는 일본사가 출현하며 유럽적 의미의 봉건제 개념을 일본사에 적용하려는 새로운 동향이 활발해지게 되었다. 유럽적 의미의 봉건제 개념을 일본에 가장 먼저 적용한 후쿠다는 1903년 한국을 방문하고 귀국한 다음 쓴 「한국의 경제조직과 경제단위」(『內外論叢』)에서 유럽의 경제 발전단계를 근거로 하여 조선에 있어 봉건제의 결여를 지적하고 있으며 따라서 일본의 한국지배가 한국에는 매우 바람직한 것이라고 주장하였다. 후쿠다가 만든 한국의 봉건제 부재=근대화 능력 부재라는

---

18 미야지마 히로시(宮嶋博史), 「봉건제와 Feudalism의 사이:인문학과 정치학의 대화를 위하여」, 『동아시아 브리프』 2.3, 성균관대 동아시아지역연구소, 2007, 11-12쪽.

담론의 도식성은 그 이후 일본에 의한 한국 지배의 합리화에 기여하게 된다.[19]

그렇다면 '봉건/군현'의 문제를 둘러싸고 근대 조선에는 논의가 어떻게 진행되어 왔는가. 중국사와 일본사 연구에서 20세기 초에 이루어진 봉건제를 둘러싼 논의의 연구성과들은 활발히 제출된 편이지만, 이 문제와 관련하여 근대 조선의 경우의 상황에 대한 연구들은 미흡한 편이다. 박광용은 19세기까지의 봉건/군현론을 탐색하면서 다음과 같이 20세기의 봉건/군현론을 추측한 바 있다.

> 현재 개항기 연구를 보면, 부국강병론, 실력양성론, 명치유신모범론들이 오히려 강하게 나타난다. 이는 결국 봉건제론 보다는 군주를 정점으로 강력한 개혁을 추진한다는 군현제론을 근대적 체제로서 받아들이고 있음을 의미하는 것 같다. 하지만 봉건제·군현제 논쟁이 지니고 있는 「民利」문제, 「下而上」의 정치적 전통 및 주체적인 지방자치적 전통의 부활문제, 조선적 관료체제론의 가능성 문제 같은 다방면의 주요논의들은 이미 그 설자리가 없어졌던 것을 의미하는 것이 아닌지 걱정된다.[20]

여기서 박광용은 20세기 조선의 상황은 중앙집권에 대한 강력한 요청으로 근대 정체·사회에 대한 구상도 군현제적 성질을 강하게 띠었을 것이며 그러한 과정에서 봉건제적 성질이라고 할 수 있는 지방 분권이나 자치, 민의의 요구에 대한 주장이 부차적인 문제로 취급되었을 것이라 예측한다.

본고는 1905년 이후 활발히 간행된 회보들 중 대한협회의 『대한협회회

---

19 미야지마 히로시, 「제1장 일본 '국사'의 성립과 한국사 인식」, 『일본의 역사관을 비판한다』, 창비, 2013.

20 박광용, 「18~19세기 조선사회의 봉건제와 군현제 논의」, 232쪽.

보』와 서북학회의『서북학회월보』를 중심으로 전통적 의미의 봉건/군현 담론이 서구의 봉건(feudalism)개념 및 중앙집권 개념과 관계를 맺으며 근대적 정체 및 사회 구성에 대한 담론을 생성하는데 중요한 기반이 되었음을 보이고자 한다. 봉건론을 분석하는 데 있어 두 개의 텍스트를 선택하는 이유는 중앙집권에 대한 문제, 입헌군주제로의 전환 문제, 사회의 애국성, 단합력의 신장의 문제를 놓고도 두 단체가 봉건제를 참조하여 독해하는 방식의 차이가 두드러지기 때문이다. 대한협회는 봉건의 내용을 양반 사대부가 중심이 된 지배구조로 보면서 이를 입헌군주제나 의회를 기반한 정당제로 흡수시키고자 한 대표적 단체였다. 반면, 서북학회는 16세기 서구 유럽의 봉건 제후국의 통일 과정에서 근대 국가 체제로서 스테이트(state)의 출현에 주목하면서 강력한 주권 국가의 전단계로서 봉건제를 이해하고 전제군주제를 주장하는 하나의 근거로 feudalism으로서 봉건제를 독해하였다.[21] 근대 계몽기 학회보 안에서 중앙집권적 국민국가로 가는 데에는 일정정도 합의가 있는 것으로 보이나, 그 방향성에 대해서는 차이가 존재했다. 입헌군주제와 전제군주제의 주장의 차이는 단순히 정치체제의 차이가 아니라 신분제의 해체 문제와 사회 구성에 관한 제 문제와 밀접한 관련이 있어 중요하다. 근대의 방향성과 정체성의 문제를 생각하는 데 있어 봉건/봉건제와 관련된 복잡한 논의들은 그 차이를 드러내는 핵심 키워드로 작용하였다.

21 　서우-서북학회와 대한자강회-대한협회 계열의 국가, 정체, 사회 구상에 대한 입장 차이에 대해서는 전성규, 「근대 계몽기 정체(政體) 담론과 지식인-문인 공공영역의 생성 : 협회·학회 운동과 사대부적 공공영역의 장기 변환을 중심으로」, 성균관대국문과박사학위논문, 2018을 참조.

2. 입헌정체 구상 과정에서 봉건의 문제
: 대한협회의 의회 및 정당제 논의와 관련하여

1905년에서 1910년 사이 활발히 간행된 학회보 및 협회보 안에서 '봉건'을 둘러싼 정치체제에 대한 논의는 봉건이 국가의 일원적 권력의 독점을 방해했으며 중앙집권을 저해했다는 입장이 우세했다. 이것은 비슷한 시기 러·일전쟁을 전후로 하여 일본의 경제사학자를 중심으로 서구의 역사발전단계론에 영향을 받은 경제학적 봉건제 개념이 주목받게 된 것과 구별되는 지점이다.[22] 이 당시 조선의 지식인들은 '봉건'을 '분열'과 '단합의 방해물'로 주로 의미화하고 있다는 점에서 그것이 가리키는 구체적인 내용이 무엇이었는지 살펴볼 필요가 있다. 그 통합을 해치는 '분열'의 내용이 조선에서 봉건의 구체적이고 특수한 내용을 가리키고 있기 때문이다.

1906년 6월 2일자 『황성신문』의 「함북지방행정급재무보고」라는 기사는 다음과 같이 시작한다.

---

22 미야지마 히로시에 의하면 1800년대 후반까지 이어져 온, 일본의 개화에 중국과 조선의 영향이 컸다는 사실을 중시한 문명론적 아시아주의 입장이 1900년경부터 크게 변모해, 일본의 역사를 아시아, 구체적으로는 한국과 중국에서 분리하고 이를 대신해 유럽 역사의 유사성을 도출하려는 방향으로 전환하게 되었다. 먼저 경제사와 법제사 분야 연구자들에 의해 일본 근세사에 유럽적 의미의 봉건제 즉 feudalism의 번역어로서의 봉건제 시대가 존재했음이 최초로 주장되었고 유럽경제사와 일본경제사가 일차하는 부분이 많다고 상정되었다. 러일전쟁을 전후로 역사학사 중 후쿠다 토쿠조오와 같은 경제사학자에 의해 유럽적 의미의 봉건제 개념이 일본사에 본격적으로 적용된다. 미야지마 히로시(宮嶋博史), 「제1장 일본 '국사'의 성립과 한국사 인식」, 『일본의 역사관을 비판한다』, 창비, 2013. 1905년 이후 일본에서는 본격적으로 경제발전론 중심의 근대사가 쓰이는 과정에서 봉건제가 자본주의의 전사(前史)로서 의미를 갖기 시작한 한편, 조선에서는 동 시기에 경제구조보다는 정치구조 및 정체(政體) 형성 논의에 초점이 맞춰 봉건제가 논의되었다는 것이 차이가 있다고 하겠다.

"각 군수가 취임할 때부터 임기를 채울 때까지(苽滿) 삼십삭(朔) 내지
삼십육삭간은 일군(一郡)의 행정관 및 상납독촉관이 될뿐 아니라 그 관하
에 대해 용전판납(用錢辦納)을 명령하는 권한을 갖고 개간개광(開墾開鑛)
의 허가는 이미 말할 것도 없고 도가(都賈)를 명하여 시장세를 농단함이
봉건제후와 흡사하다."[23]

이 글에서는 지방 군수의 권한을 봉건제후에 빗대어 설명하고 있다.
군수가 관(管)으로부터 독립적인 힘을 갖고 있으며 관(管)과 대등한 것에
서 더 나아가 특정 지방 권력의 전체를 장악하고 있기 때문에 군수를
봉건제후에 빗대었다고 할 수 있다. 조선시대의 한문 잡록집인 『대동야
승(大東野乘)』의 「해동잡록(海東雜錄)」〈서거정(徐居正)〉 편에도 "수령이 옛
날의 제후와 같다. 수령은 군현의 민인(民人)에 대해서는 부모의 도리를,
그리고 이서(吏胥)에 대해서는 군신의 분별을 가졌다."는 기록이 있다.[24]
　이러한 상황은 본질적으로 조선의 양반제도의 특성에 기반해 있었다.
양반 사대부는 국왕권력을 공적(公的) 체계에서 절대화시키면서 다른 한
편으로 민인을 지배하고 통치하고 있었는데 이러한 처신을 봉건(封建)으
로서 하고 있었고, 농장은 그것의 기반이 되었다. 국가의 통치형태의 편
제는 군현제(郡縣制)였으나 봉건의 정신이 관통되며 운영되었던 것이다.
양반 사대부가 봉건(封建)이고 주군현(州郡縣)은 열국(列國)이고 수령은
제후인 통치 형태의 양상을 띠고 있었다고 평가할 수 있다.[25]

23　「咸北地方行政及財務報告」, 『황성신문』, 1906.6.2.
24　"守令 則古之諸侯 於民有父母之道 於吏有君臣之分"〈徐居正〉, 「海東雜錄」, 『大東野
　　乘』 22. 이경식, 「조선전기 양반의 토지소유와 봉건」, 39쪽에서 재인용.
25　이경식, 앞의 글, 32-38쪽. 조선시대의 양반은 중국의 사대부와 비교할 때 세습적인
　　성격을 가지고 있었는데 이 점을 근거로 조선왕조의 체제를 군현적인 것이 아니라 봉
　　건적인 것이라고 보는 견해가 있다. 김성우, 「조선시대 '사족'의 개념과 기원에 대한

그러나 중앙집권적 국민국가의 성립을 목적으로 하는 근대로의 전환기에 봉건제적인 조선의 정치구조는 해체해야 할 것으로 평가되었다. 여기서 수많은 사족(士族), 양반 집단, 그들이 조직한 향촌 자치 단체에 대한 해체 혹은 존속이 본격적으로 문제가 된다. 양반 계층을 해소시켜 버림으로써 과격하고 급격한 해체의 수순을 밟거나 전통적 권력 구조를 근대성의 외피를 씌운 구조로 전환시킴으로써 충격을 최소화하고 순차적으로 근대 지배계급으로 이동시킬 수도 있었다.

이 문제와 관련하여 『대한협회회보』에 실린 김성희(金成喜)의 글 「정당의 사업은 국민의 책임」이 참조될 수 있다. 이 글은 입헌주의와 중앙집권의 관계 속에서 봉건제를 비판하고 있다. 봉건을 "지리분열(支離分裂)하여 통일의 방책을 이루기 불가한(不可以成統一之策)" 정체로 보고 입헌군주제는 중앙집권성이 핵심이며 삼권분립의 정신과 법치주의, 통치의 전문화를 주된 특징으로 갖는다고 정리한다.[26] 『대한협회회보』의 주요 필진인 김성희는 입헌군주제와 자치(自治)의 의미를 정립하고자 하였는데 이는 봉건적 성격을 띤 사족집단과 그 권력체들을 중앙집권성 안으로 흡수해야 할 필요에서 나온 글이었다고 평가될 수 있는 부분이 있다. 김성희는 『대한협회회보』에 정당정치에 관한 글을 집중적으로 싣는다.[27] 김성희의 글들이 대한협회가 후대의 학자들에 의해 입헌군주제와

검토」, 『조선후기사 연구의 현황과 과제』, 창작과비평사, 2000.; 정재훈, 「조선중기 사족의 위상」, 『조선시대사학보』 73, 조선시대사학회, 2015.

26 金成喜, 「政黨의 事業은 國民의 責任」, 『大韓協會會報』 제1호, 1908.4.25.

27 김성희(金成喜)는 대한협회의 전신인 대한자강회 회원으로『대한자강회월보』제6호부터 글을 싣기 시작한다. 그가『대한자강회월보』와『대한협회회보』에 실은 글을 일별하면 다음과 같다. 「敎育說」(『대한자강회월보』제5호), 「文明論」(『대한자강회월보』제6호), 「知恥와自信力의主義」(『대한자강회월보』제6호), 「槪說(식산 란)」(『대한자강회월보』제6호), 「獨立說」(『대한자강회월보』제7호), 「農業土地改良」(『대한자강회월보』제7호), 「敎師의槪 念」(『대한자강회월보』제8호), 「農業의 種子揀選」(『대한자강회월보』제8

정당정치가 결합한 근대적 정치체제를 주장했다고 평가될 수 있는 주요
근거가 되었다.[28]

　서구의 정치체제라고 할 수 있는 입헌군주제는 근대 전환기 그 수용
에 있어서 조선시대 오랜 전통을 갖는 '군민동치(君民同治)' 혹은 '군민공
치(君民共治)'의 개념과 관련지어 주로 설명되어온 경향이 있다.[29] '군민

호), 「敎師의槪念」(『대한자강회월보』 제9호), 「農業의 種子揀選」(『대한자강회월보』 제9
호), 「工業說」(『대한자강회월보』 제10호), 「理財說(譯)」(『대한자강회월보』 제10호), 「敎
育의宗旨와政治의關係」(『대한자강회월보』 제11호), 「理財說(譯)」(『대한자강회월보』 제
11호), 「政治의職分」(『대한자강회월보』 제11호), 「國家의意義」(『대한자강회월보』 제11
호), 「敎育宗旨續 說」(『대한자강회월보』 제12호), 「理財說(譯)」(『대한자강회월보』 제12
호), 「敎育宗旨續說」(『대한자강회월보』 제13호), 「國家의意義」(『대한자강회월보』 제13
호)/「政黨의 事業은 國民의 責任」(『대한협회회보』 제1호), 「本會歷史 及 決議案」(『대한
협회회보』 제1호), 「政黨의 事業은 國民의 責任(前號續)」(『대한협회회보』 제2호), 「政黨
의 責任」(『대한협회회보』 제3호), 「國民的 內治 國民的 外交」(『대한협회회보』 제4호),
「監督機關說」(『대한협회회보』 제6호), 「政黨與政黨互監督論」(『대한협회회보』 제9호),
「一月 一日 敬告同胞」(『대한협회회보』 제10호), 「敬告國民(政治觀念)」(『대한협회회보』
제11호), 「眞政黨與非政黨論」(『대한협회회보』 제12호)

28　김항구, 「大韓協會(1907~1910)硏究」, 단국대사학과박사논문, 1993.; 이태훈, 「일제하
친일정치운동 연구자치·참정권 청원운동을 중심으로」, 연세대사학과박사논문, 2010.
김항구와 이태훈의 연구와 더불어 지금까지 역사학과 문학 분야에서 대한협회에 관해
수행된 연구는 다음과 같이 정리해 볼 수 있다. 대한자강회월보와 대한협회와의 연관
성과 지회(支會)에 대해서는 전재관, 「한말 애국계몽단체 지회의 분포와 구성-대한자
강회·대한협회·오학회를 중심으로-」, 『숭실사학』 10, 숭실사학회, 1997.; 홍인숙·정출
헌, 「『대한자강회월보』의 운동성과 지향 연구」, 『동양한문학연구』 30, 동양한문학회,
2010. 대한협회의 『대한협회회보』가 1909년 3월 25일 폐간된 이후 신문의 양식으로
발간된 기관지 『대한민보』의 소설, 언어정책 등에 관한 연구로 신지영, 「『대한민보』
연재소설의 담론적 특성과 수사학적 배치」, 연세대국문과석사학위논문, 2003.; 전성규,
「『대한민보(大韓民報)』의 언어정리사업과 소설 연구」, 성균관대국문과석사학위논문,
2012.; 전은경, 「『대한민보(大韓民報)』의 독자란 〈풍림(諷林)〉과 근대계몽기 지식인 독
자의 서사적 글쓰기」, 『대동문화연구』 83, 성균관대 대동문화연구원, 2013.; 전은경,
「『대한민보』의 소설 정책과 근대 독서 그룹의 형성」, 『한국현대문학연구』 44, 한국현
대문학회, 2014 등이 있다.

29　정상우, 「개화기 군민동치 제도화 과정 및 입헌군주제 수용 유형 연구」, 『헌법학연구』

동치' 혹은 '군민공치'는 임금과 양반 사대부들의 군(君)과 신(臣) 간의 협
치를 일컫는 전통적 개념이었다. 여기서 '민'은 실제 민중을 지칭하는 것
이 아니라 '민'을 대변하는 '신'을 가리켰다. 입헌군주제가 국왕의 권한을
제약하고 의회의 존재를 법적으로 인정하는 제도라는 점을 특징으로 할
때 권력의 상호 견제적 속성이 임금과 사대부의 전통적 관계와 유사하
다고 판단되었기 때문에 입헌군주제로의 전환이 전통적 정치체제에 큰
균열을 가하지 않으면서 근대적인 정체의 성격을 띨 수 있게 하는 장점
을 가진 제도로 평가된 것으로 보인다.

운양(雲養) 김윤식(金允植)은 이러한 공의(公義) 정치의 전통을 근대적
제도로 보장할 것을 주장하기 위해 동양적 봉건의 개념을 옹호하는 글
을 쓰기도 하였다. 「십이봉건론」이란 글에서는 봉건의 여덟 가지 이익
으로 천자의 한 사람의 전제(專制) 방지, 제후들의 폐정 방지, 요행의 풍
습 부재, 출사의 기회 보장, 안보상의 이익, 척족의 폐단 분재를 거론하
는데 그 중 최고 통치자의 전제의 방지 및 권력의 제한을 가장 큰 장점
으로 꼽는다.[30] 이러한 공의 정치론은 갑신정변을 계기로 재상정치론,
갑오개혁기에 이르러서는 정부강화론으로 이어졌고 20세기에 들어서는
공의 정치를 보장하기 위한 제도적 장치로 의회설립론이 주창되는데 주
효한 밑거름이 되었다.[31]

이러한 전사(前史)들을 기반으로 대한협회[32]는 입헌군주제-의회제-정

18, 한국헌법학회, 2012.; 송석윤, 「군민공치와 입헌군주제 헌법」, 『서울대학교 法學』
53, 서울대 법학연구소, 2012.; 김성혜, 「한국근대전환기 군민공치(君民共治) 논의에
대한 일고찰」, 『정신문화연구』 38, 한국학중앙연구원, 2015.

30 「十二封建論」(1870), 『金允植全集(下)』, 亞細亞文化社, 1980, 535-541쪽.

31 김성배, 『유교적 사유와 근대 국제정치의 상상력 – 구한말 김윤식의 유교적 근대수용』,
창비, 2009, 238-239쪽.

32 대한협회(大韓協會)는 1907년 8월 고종 황제의 강제 퇴위에 반대하는 시위에 가담했

당제를 국가의 기반으로 삼기를 주창한 대표적인 정치집단이었다. 『대한협회회보』제2호에 실린 김성희의 같은 제목의 글 「정당의 사업은 국민의 책임」(속)에서는 정치상 1기 개혁인 갑오개혁에서 전제(專制)의 악행에 저항해 신법(新法)을 제정하고자 한 노력과 2기 개혁인 독립협회가 의회설립을 위해 운동한 것을 평가하며 "신집정당생명기관(新集政黨生命之機關)"인 대한협회가 "헌법발포라는 과거와 국회설립이라는 과거(憲法發布之前과 國會設立之前)가 없었다면" "정당이 성립하기 어려웠을 것"이라 보았다.[33] 대한협회는 갑오개혁과 독립협회에서부터 시작된 입헌 및 의회설립운동의 역사적 과정 속에 스스로의 위치를 기입하고 정당정치를 통해 대의정치를 완성하겠다는 포부를 갖고 있었다.

위에서 살폈듯이 봉건과 중앙집권화 과정이 갈등을 빚는 단계에서 대한협회와 같은 정치 단체는 봉건의 분권성으로 중앙정부를 위협할 수 있는 정치세력화된 기존의 권력을 대의정치 기구로 흡수하고자 하고자 하였다. 그러한 과정에서 '자치(自治)'의 의미도 조정되어야만 했다. 기존의 자치란 『황성신문』의 기사에서도 확인했듯이, 지방관과 그 휘하의 사족이 사법과 행정, 입법, 군사의 권한까지를 모두 갖고 있는 것을 뜻했다. 양반 사대부는 대토지 경영과 민인 지배를 토지와 노비의 사적 소유라는 원칙에 입각해 수행하고 있어 그만큼 국가로부터 독립되고 자유로울 수 있는 지위와 처지였다. "귀래자득(歸來自得)" 곧 정치권력 국가

다는 이유로 해산당한 대한자강회(大韓自强會)를 계승하여 설립되었다. 1907년 11월 10일 권동진(權東鎭), 남궁준(南宮濬), 여병현(呂炳鉉), 유근(柳瑾), 이우영(李宇榮), 오세창(吳世昌), 윤효정(尹孝定), 장지연(張志淵), 정운복(鄭雲復), 홍필주(洪弼周) 등의 유지신사 10인이 취지와 목적 및 강령 7조를 포고한 후, 같은 달 17일 관인구락부(官人俱樂部)에서 제1회 임시회(창립총회)를 개최하여 규칙을 통과시키고 임원을 선출하였다. 김항구, 앞의 글, 59-60쪽.

33 金成喜, 「政黨의 事業은 國民의 責任」, 『大韓協會會報』 2, 1908.5.25.

와 상관없이 스스로 자존자립하는 자세, 이것이 양반 사대부다운 체신이고 풍모였다.[34]

그러나『대한흥학보』에 실린「자치의 모범」이란 글은 기존의 자치 개념과는 다른 자치에 대해 말하고 있어 주목된다. 이 글은 근대 문명국이 대의제도(代議制度)와 함께 지방자치제도를 핵심으로 삼는다고 하면서 자치의 목적을 "일정한 범위에서 국가주권의 감독 하에 자치사무를 처리"하는 것으로 정의하고 있다. 일본에 대해서는 행정제도가 산하(山河)와 천맥(阡陌)을 경계로 분할되어 있어 행정의 전일화가 이뤄지지 못했는데 지나의 법제를 채용하여 군현제를 수용하여 지방자치가 보다 전일성을 띠게 되었다고 보고 있다.[35] 여기에서 자치는 더 이상 분권성이 아닌 전일성(全一性)을 중요한 특질로 갖는 것으로 의미화된다.

윤해동은 통감부 설치기 지방제도 개정문제를 논하면서 지방통치에 있어 중앙권력이 '지역적 통일성'의 해체문제를 핵심과제로 삼았음을 밝힌 바 있다. 윤해동의 '지역적 통일성'이라는 개념은 스즈키 에이타 로(鈴木榮太郎)의 '사회적 통일성'이라는 명명으로부터 시사 받은 개념으로 지방 유림이 중심이 된 전통적 향촌 공동체구조를 지칭한다. 스즈키 에이타 로는 조선에서 군(郡)을 기반한 지역적 통일성이 직접적으로 유교와 관련된 사회조직에 의한 것으로 파악하였다. 문묘(文廟)가 토지에 의한 수익으로 운영되고 옛 군(舊郡)의 사회적 통일성은 문묘를 핵심으로 하는 유림의 사회적 결속에 의한 것이라는 점, 또 문묘가 군병합(郡倂合) 후에도 옛 군(舊郡)에 1개소씩 유지되어 옛 군이 일부 분할될 경우에도 조직은 옛 군을 단위로 유지된 점 등은 문묘와 사회집단의 존재가 지역

---

34 이경식, 앞의 글, 32쪽.
35 「自治의 模範」,『大韓興學報』제3호, 1909.5.20.

공동체를 보호하고 독립된 힘을 갖게 하였음을 잘 보여준다.[36]

하지만 통감부 설치를 전후한 시기(1906~1910)부터 '시정개선(施政改善)'이라는 목적 아래에 군현폐합안(郡縣廢合案) 등이 제출되었고 지역 공동체의 사정을 반영하지 못한 내용으로 대대적인 반대에 부딪치기도 하였다. 그러나 지역적 통일성 혹은 통합성에 균열을 일으키고자 지방제도와 징세제도의 개정은 계속되었다. 각도 관찰부 소재지에 이사청지청(理事廳支廳)을 설치하고 담당자로 부이사관을 배치하여 지방행정을 명령 감독하게 하였으며, 군주사(郡主事)를 신설해 군수주사의 행정계통을 수립함으로써 기존의 수령-향장의 질서를 와해시키고자 하였다. 이로써 기존의 향임층이나 이서층은 군(郡) 행정으로부터 배제되어 갔다. 또한 징세기구와 경찰기구 등을 따로 설치하여 군의 수령으로부터 이러한 권한을 박탈하였고, 특히 1906년 10월에 발포된 「조세징수규정」을 통해 면장(面長)이 징세기구화함으로써 기존 향촌의 독립성은 중앙 정부에 의존적 성격을 띠는 것으로 빠르게 전환되었다.[37]

이러한 문제와 관련하여 대한협회 회원 정달영(鄭達永)이 쓴 「자치의 의의를 개론홈」이란 기사가 참조될만하다. 『대한자강회월보』와 『대한협회회보』에는 일본인 고문 오가키 다케오(大垣丈夫)의 영향으로 자치에 관한 많은 수의 글을 싣고 있다.[38] 정달영의 이 글 역시 오가키 다케오의

---

36   鈴木榮太郎, 『朝鮮農村社會の硏究』, 『鈴木榮太郎著作集』 5, (未來事, 1973. 윤해동, 「'통감부설치기' 지방제도의 개정과 지방지배정책」, 『한국문화』 20, 서울대 한국학연구원, 1997, 391쪽에서 재인용.

37   윤해동, 앞의 글, 402-403쪽.

38   尹孝定, 「地方自治制度論」(『대한자강회월보』 제4호), 大垣丈夫, 「日本의 自治制度」(『대한자강회월보』 제4호), 大垣丈夫, 「日本의 自治制度」(『대한자강회월보』 제5호), 大垣丈夫, 「日本 自治制度」(『대한자강회월보』 제6호), 大垣丈夫, 「日本의 自治制度」(『대한자강회월보』 제8호), 大垣丈夫, 「日本의 自治制度」(『대한자강회월보』 제10호), 大垣丈夫, 「日

자치에 관한 글들의 영향 속에서 쓰인 것으로 보인다.

> "단체와 주권의 관계에 이르러 먼저 관치(官治)와 자치(自治)의 구별이
> 필요하다. 관치는 중앙행정(中央行政)이고, 자치는 지방행정(地方行政)이
> 다. 중앙행정이라 함은 군주의 대권(大權)을 발하는 기관이고, 지방행정은
> 인민의 생활정도를 단합하는 기관이다. 고로 중앙행정은 직접 및 상급(上
> 級)이 되고 지방행정은 간접 및 하급(下級)이 되나니 이 역시 본말(本末)의
> 관계가 있음으로 단체는 주권으로부터 떨어져 존재할 수 없으며 주권은
> 단체를 도외에 두어 자순(諮詢:윗사람이 아랫사람에게 의견을 물어 의논
> 함)에 불응할 수 없다."[39]

정달영의 글에서 자치는 중앙행정을 담당하는 관치(官治)와 구분되어
지방행정을 가리키는 용어로 정의되며 지방행정은 상급기관인 중앙행
정의 하급기관으로 본말의 관계가 있다고 하여 그 위계구조를 분명히
밝히고 있다. 기존의 전통적 자치 개념은 의견을 밑에서부터 올리는 것
(下而上)과 공치(共治)적 의미를 갖는 것이었지만, 근대 전환기에는 상이
하(上而下)적인 의미를 갖는 것으로서 근대적 행정기구의 신속한 움직임
을 위한 보조적 기구의 역할을 지칭하는 것으로서의 성격을 띠었다.

전통적인 '봉건'의 개념은, 정치체제의 변동의 문제에 있어 더 정확히
는 중앙집권적 국민국가로의 노정 아래, 분권의 개념으로 정리되었고
분권이 갖는 독립성이나 자주성이 통일성의 저해 혹은 신속성의 지체로
평가되어 지양해야 할 것으로 부각되었다. 그러나 급격한 해체의 과정

本의 自治制度」(『대한자강회월보』 제12호), 鄭達永, 「自治의 義意를 槪論홈」(『대한협회
회보』 제8호), 金陵生, 「地方自治制度 問答」(『대한협회회보』 제9호), 金陵生, 「地方自治制
度 問答」(『대한협회회보』 제10호), 金陵生, 「地方自治制度 問答」(『대한협회회보』 제11호)
39　鄭達永, 「自治의 義意를 槪論홈」, 『대한협회회보』 제8호, 1908.11.25.

보다는 김성희를 비롯한 대한협회의 노선이 보여주듯 분권이 기반으로
했던 공의적 권력구조를 입헌군주제나 의회제로 제도화하면서 연속성
을 띠려는 노력이 이루어졌다는 점 또한 주지될 필요가 있다. 봉건을
둘러싼 정치체제의 전환 문제에 있어 이러한 역학관계가 충분히 고려되
어야 한다.

3. 애국심과 전제군주제의 상관관계
: 서북학회의 feudalism 번역으로서 봉건제 논의와 관련하여

근대적 국민국가로의 전환에 있어서 제도적 통일성이나 전일성과 함
께, 분열된 구성원들의 단합과 단합력 또한 중요하게 요청되었다. 조선
왕조의 멸망의 원인을 집중적으로 분석한 장편 역사서인 창강(滄江) 김
택영(金澤榮)의 『한사경(韓史綮)』에서는 조선의 멸망의 원인으로 정치상
에서의 붕당지화(朋黨之火), 귀농경상의 낙후한 경제관리제도, 조선국민
의 군체(群體)의식과 협작정신의 결핍 등을 언급한 바 있다.[40] 세 번째
원인 군체의식과 협작 즉 협동 정신의 부족하여 세금납부의식, 부국강
병의식이 박약하다고 국민성을 파악한 것과 관련해 지역을 벗어난 국가
라는 관념과 국가의 구성원인 국민이라는 관념의 생성이 중앙집권적 통
치구조와 교통의 발달 등으로 요청되고 있는 상황임을 유추해 볼 수 있
다. 『대한매일신보』에 실린 「논충신(論忠臣)」이란 논문에서도 충(忠)의
개념을 어떻게 국가로까지 확대시킬 것인가의 문제를 다루고 있어 더불
어 참고할 만하다. 이 글에서는 과거의 충신은 군주나 황실을 위하여

40 　金澤榮, 『韓史綮』, 1918, 『金澤榮全集』 5, 아세아문화사, 1978.

목숨을 바침으로써 가문을 대대손손 빛낼 목적을 갖고 있었기 때문에 이는 거짓 충신(假忠臣) 혹은 소충신(小忠臣)이며, 진충신(眞忠臣) 및 대충신(大忠臣)은 국가와 국민, 국사(國史) 만을 위해 희생하는 자로, 이제는 존장의 충신, 봉건의 충신, 귀족 및 군주의 충신에서 벗어나 국가의 충신으로 거듭나야 함을 강조하고 있다.[41]

이해관계나 지역주의에서 벗어나 국가라는 공공의 목적을 위해 단합심과 희생정신을 키우는 '애국심(愛國心)'을 사회적으로 발양하는 문제에 있어서도 '봉건'이라는 개념이 중요하게 개입하고 있었다. 애국심의 발양과 영토 사상의 발생 측면에서 '봉건'을 유효한 개념으로 평가하는 입장에서는 주로 일본의 봉건제나 서양의 봉건제 개념을 많이 차용하였다. 그러나 권리와 평등의 가치 개념과 구성원들의 교통 및 커뮤니케이션 측면에서 일본과 서구의 봉건 개념은 지역적·신분제적인 측면에서 제한적 속성이 강하기 때문에 근대 국민국가의 범위에 맞는 애국심을 발양시키는 데에는 적절하지 않은 측면이 있다는 점이 지적되기도 하였다.

우선 일본과 서양의 봉건제 개념을 차용해 국가 구성원의 단합력을 키우는 방안을 모색한 노력을 『대한학회월보』와 『태극학보』에 실린 최석하(崔錫夏)의 글과 『태극학보』의 이동초(李東初)의 글, 『서북학회월보』의 선우순(鮮于[金筍])의 글들로 살펴보고자 한다. 『태극학보』는 1908년 6월 일본에 유학 온 관서 지방 학생들이 발간한 학회지여서 태극학회 회원과 서북학회 회원은 인적 구성에서 겹치는 비율이 크다.[42] 최석하는 재일본 조선인 유학생들이 만든 대한학회, 태극학회 등에서 활발히 활

---

41 「論忠臣」, 『大韓每日申報』, 1909.8.13.

42 조현욱, 「서북학회의 관서지방 지회와 지교」, 『한국민족운동사연구』 24, 한국민족운동사학회, 2000.; 전은경, 「근대계몽기 서북지역 잡지의 편집 기획과 유학생 잡지의 상관관계 -'문학' 개념의 수용 양상을 중심으로-」, 『국어국문학』 183, 국어국문학회, 2018.

동하다가 귀국해 서우 및 서북학회의 회원으로 활동하였다.[43] 조심스럽
지만 인적 구성의 겹침을 통해 세 학회의 학보의 담론적 합의 지점들을
도출해 볼 수도 있을 가능성이 있다고 본다.

『대한학회월보』에 실린 최석하(崔錫夏)의 「일본 문명관」이란 글에서
는 "무사(武士)가 일본인의 애국성을 대표하여 수백 년간 무력으로 일본
독립의 명예를 보존하였"고 "자기의 생명을 버리는 것을 애석히 여기지
않는 고로 메이지 유신 초기에 능히 외국의 침략을 방어"했다고 보고
있다.[44]

이 글에서는 일본이 러·일전쟁에서 승리할 수 있었던 이유를 여타의
황인종과 다른 특성인 애국성(愛國性)이 무사도의 전통 아래 발달되어
있었기 때문이라고 본다. 러·일전쟁 이후 일본인의 공동체주의적이고
애국적인 측면을 봉건적 전통에서 찾는 담론은 일본인 사학자 야마지
아이잔(山路愛山) 등에 의해 활발히 구성되고 있었다. 1907년에 나온 『지
나사상사(支那思想史)·일한문명이동론(日漢文明異同論)』의 「일한문명이동
론(日漢文明異同論)」이란 글의 〈봉건과 군현〉이란 항목에서 야마지 아이
잔은 군현을 채택한 중국에 대해 "개인주의가 극히 발달한 나라"이며 상
하간의 정의적(情誼的) 유대를 찾아 볼 수 없다고 평가한다. 반면 봉건을
채택한 일본에 대해서는 "공동생활의 이상에 가까우며" "일본인이 국가
를 사랑하는 것은 거의 효자가 그 부모를 사랑하는 것과 같다"고 평가한
바 있다.[45]

『태극학보』에 실린 이동초(李東初)의 「정신적 교육의 필요」는 일본의

---

43 「會報」, 『西友』 제16호, 1908.3.1.; 「會報」, 『西北學會月報』 제1호, 1908.6.1.

44 崔錫夏, 「日本 文明觀」, 『大韓學會月報』 제8호, 1908.10.25.

45 山路愛山, 「日漢文明異同論」, 『支那思想史·日漢文明異同論』(金尾文淵堂, 1907), 209
    ~210쪽. 박훈, 「봉건사회/군현사회'와 동아시아 근대」, 86~87쪽에서 재인용.

봉건시대에는 신(神)·유(儒)·불(佛) 삼도(三道)가 혼화(混化)한 무사도(武士道)라는 일도(一道)가 산출되어 용맹한 정신이 하늘을 찔러 상류사회로부터 하급 세맹(細氓)에 이르기까지 무사도를 숭앙함이 최고조에 이르다가, 도쿠가와 이에야스(德川家康)과 그 휘하의 승려 덴카이 소조(天海僧正)에 의해 유학(末學)이 고취되고 번학(番學)이 발흥하여 문무(文武)가 나란한 위치를 갖게 된 역사를 서술한다. 이 글의 필자 이동초는 18세기 말 막말기(幕末期) 사무라이의 '사화(士化)'[46] 현상이 무사도를 학리적으로 종교적으로 더욱 성숙시켰는데 유신 초기 홀연 봉건을 폐지하고 "수백만 무사의 정신 혼백과 같은 검(劍)과 도(刀)를 차는 것을 엄금하며 대다수 민중의 신앙을 파괴하여 신진주의로 태서문물을 수입하니 외래의 풍기만 만연하여 오히려 일반사회는 혼돈분리의 상황이고 학교는 기술만을 교육하는 곳이 되어 버렸다"며 봉건제에서 군현제로 이행하면서 교육의 내용이 변화한 것을 애국사상·단합정신의 소멸로 판단하고 있다.[47]

『서우』에 실린 한광호(韓光鎬)의 글 「통치의 목적물」에서는 "소위 봉건시대에 이르러 국가관념은 영토라 하는 사상이 처음 생겨났다"는 점

---

46 박훈에 따르면 18세기 말에서 19세기 막말기, 공의여론(公議與論), 처사횡의(處士橫議)라 불리웠던 현상이 전국적으로 일어나면서 군인정치의 도쿠가와 체제에서 공론정치가 가능하게 되었다. 17세기 초에서 19세기까지 2백 여년 간 지속된 장기 평화는 도쿠가와 사회의 군사지배체제를 점점 변화시켰다. 18세기 중반 에도의 인구는 1백만 명에 달해 세계 최대도시가 되었고(한양은 30만 정도), 수 많은 독서회, 사숙(私塾), 시사(詩社) 등이 생겨났다. 더 이상 전투에서 공을 세워 출세할 수 없게 된 사람들은 대신 '공부'에 열을 올렸다. 각 번(藩)은 엄청난 예산이 필요함에도 앞 다퉈 번교(藩校)를 세웠다. 18세기 말에 번교는 전국에 이미 150개, 19세기 전반에 2백개에 달했고, 막말기에는 270개 정도였다. 사숙은 덴포기(天保期, 1830~1844)에만 219개교가 신설되었고, 막말기에 그 수는 천개를 넘어섰다. 박훈, 「메이지유신과 '士大夫的 정치문화'의 도전:'近世' 동아시아 정치사의 모색」, 『역사학보』 218, 역사학회, 2013.

47 李東初, 「精神的 教育의 必要」, 『太極學報』 제11호, 1907.6.24.

을 지적한다. "군주가 국가를 보호함은 마치 개인이 토지를 소유물로 삼는 것과 같아" 영토에 대한 애착의 정도가 커질 수 있다고 보았다. 이 글에서 영토권이란 "일정한 토지상에 타권력의 시행을 배척하며 자기의 통치권만 독행(獨行)하는 힘"으로 정의된다.[48] 이 글은 전시상황이나 외부로부터 통치의 위협적인 상황이 발생할 경우 내부적으로 사회를 안정시키고 응집시킬 수 있는 힘이 필요하고 외부적으로 국가를 방비해야 할 때 봉건제 아래의 토지 관념이 유효한 것이라고 판단하고 있다.

서우학회와 그 후신인 서북학회는 『서우』와 『서북학회월보』에서 봉건의 개념을 서구의 네이션 스테이트(nation state)로 가는 전 단계 즉, 다수의 독립적 정치단체의 할거를 전쟁을 통해 통일하여 근대 국가라는 독특한 체제를 낳은 가장 중요한 정치사적 요인으로 고평하는 글을 여럿 실은 바 있다. 서우학회와 서북학회는 정치체의 '통일'의 관점에서 봉건의 개념을 정의하고 있기 때문에 대한자강회와 대한협회가 봉건을 사족의 권력분할 상태로 정리하고 입헌군주제나 의회제를 통해 그 상황을 제도적으로 흡수한 것과 비교해 입장의 차이가 드러난다.

가령 『서북학회월보』에 실린 선우순(鮮于[金旬])[49]의 「국가론의 개요」에서는 서구적 개념인 봉건(feudalism)이 어떻게 스테이트(state)를 촉진시켰는지에 대해 자세히 설명하고 있다.

---

48 韓光鎬, 「統治의 目的物」, 『西友』 제5호, 1907.4.1.

49 선우순(鮮于[金旬], 1891.3.~1933.8.8.)은 평안남도 출신으로 한일합방 이전까지는 서북학회의 필진, 『대한매일신보』의 기자(1908), 『평양신문사』의 편집부장(1910.3.)으로 활동하였다. 합방 이후 보성전문학교 법학과(1910.11.)와 도시샤대학(同志社大學) 신학과(1914.12.)를 졸업하고 조선으로 돌아와 식민권력의 비호를 받으며 조선총독부 중추원 참의와 평양부 협의원 등을 지내기도 했다. 친일반민족행위진상규명위원회, 『친일반민족행위진상규명보고서』 IV~8, 2009.

"한 단체로 이를 통어하고 관할하는 도(道)가 그 마땅함(宜)을 잃으면 단체의 평화통일은 파(破)함에 이르러 단체의 분열을 일으키고 다수의 소단체가 난립하게 되는 것 역시 확연한 사실이라. 중세기에 어떤 나라에서 행하던 봉건의 제도도 여기서 벗어나지 않는다. 일국의 치자(治者)된 자 우매하며 그 나라를 통치하는 도(道)가 그 마땅함을 얻지 못하면 종래 결과는 다수의 제후가 각기 토지에 할거하여 중앙의 권력에 복종치 아니하고 일 소국(小國)의 형태를 만듦에 이른지라. 이 봉건제도의 상태 다음 단계는 중앙의 권력에 재차 복종하여 일대국가를 만들고 혹은 제후가 독립하여 중앙의 권력은 그 실권을 잃는 것 이 두 가지 길 밖에는 없다. 몇 개의 국(國)이 다시 합국하거나 혹은 일국이 분립함에 이르는 두 가지 길 밖에 없다."[50]

선우순은 제후국의 복속과 제후국의 독립 두 가지로 중앙집권적 영토국가 즉 네이션 스테이트가 발생하는 역사적 과정이 존재함을 설명하고 있다. 복속과 독립의 과정은 곧 지난한 전쟁의 과정을 통해 주권적·군사적 독립성을 확보해 정치적 독립성을 주장할 수 있는 독립적 정치단체의 생성 즉 서구 봉건제로부터 국민국가로의 이행의 역사의 과정과 일치하는 것이라고 할 수 있다. 선우순은 「국가론의 개요」를 『서북학회월보』에 9호부터 14호까지 연재하는데 봉건제 아래서 고유의 강력한 주권력이 생겨나는 과정과 정치체의 독립을 확보하는 과정에 대한 설명이 입헌군주제와는 구별되는 전제(專制) 군주국체(君主國體)의 설립에 대한 주장으로까지 이어지고 있어 흥미롭다.

14호에 실린 「국가론의 개요」에서 선우순은 로마제국의 강한 황제권에서도 군주가 선거로 선출되고 피선거자에 의해 언제든 축출될 수 있으므로 군주국체로 한계를 갖는다고 평가하며, 더 나아가 국가의 최고

---

50 鮮于[金珣], 「國家論의 槪要」, 『西北學會月報』 제9호, 1909.2.1.

권, 법률의 재가 및 부재가(不裁可)의 권한, 국제상의 조약, 선전강화, 군대의 지휘, 대신의 임경, 독립명령, 사면(赦免) 등의 특권이 군주고유의 권한으로 인식되는 군주국체는 엄연히 근대에서도 존재가능하다고 보았다.[51]

최석하(崔錫夏)는 『서북학회월보』14호에 실린 「아한은 공평한 여론을 요함」이란 글에서 여론정치 아래서는 각각의 당들이 해당 여론의 입장만을 대변할 뿐 국민전체의 공평한 여론을 들을 수 없으며 만약 우세한 여론이 건전한 여론이 아닐 경우 국가는 잘못된 방향으로 나아갈 수 있다는 우려를 하였다. 더 나아가 아한 사회에 여론의 통일이 부재한 이유로 "붕당의 분립(朋黨의 分立)"을 꼽으며 정당정치와 의회정치를 이전의 붕당정치와 유사한 것으로 인식하였다.[52]

최석하는 국가의 방향을 결정하는 일에 복수의 정치주체들이 참여할 경우 여론이 분열되어 방향성이 흐려지고 개혁의 속도가 늦춰질 것이라고 생각하였다. 이런 생각이 『서북학회월보』 내에서 "일시동인(一視同仁)"이라는 표제 아래 표출되고 있었다는 것 또한 주지될 필요가 있다.

『서북학회월보』 제1호에 실린 「국가의 개념」에서는 여러 국제(國制)를 소개하면서 귀족제에 대해서는 "과거제도에 불과하니 그 정권이 소수자의 소유가 되어 소위 과두정치로 계급차등이 발생하니 외관허식(外觀虛飾)과 문벌전횡 등 폐해에서 벗어나기 어렵다."고 평가한 반면에, 군주제 중 개명군주제(開明君主制)에 대해서는 "군주국체의 이익이 최고 현저한 것이다. 안으로는 일시동인(一視同仁)으로 각종 이해의 조화발달을 도모하고 밖으로는 대외정책을 확립하여 멀리 내다보고 결정하기에(遠謨果

---

51 鮮于[金珣], 「國家論의 槪要」, 『西北學會月報』 제14호, 1909.7.1.

52 崔錫夏, 「我韓은 公平호 與論을 要흠」, 『西北學會月報』 제14호, 1909.7.1.

斷) 적당하여 대개량대경론(大改良大經論)을 결행함이니"라고 하여 군주 아래 만인이 평등한 질서로 국가의 이익이 될 수 있는 사업에 구성원이 모두 힘을 합칠 수 있다는 점을 군주국체의 장점으로 높이 평가하며, 실제로 전제 군주제 아래에서 공업, 농업, 토지개량에 성과를 거둔 외국의 사례를 제시하고 있다.[53]

『서북학회월보』와 『태극학보』 등의 주요 필자들은 서구의 feudalism 으로서 봉건제 개념을 적극 참조하면서 근대 국가 체제를 배태한 토양 으로서 봉건제를 사유하였다. 당시 입헌군주제 및 의회제에 대한 주장 이 비등한 상황 속에서 16세기 유럽에서 출현한 배타적 영토 관념과 봉 건영국·자치도시·교회조직 등에 대해 무한한 제어권을 가질 수 있는 주권을 가진 스테이트(state) 개념을 참조하면서 이를 내부적 경쟁 상태 를 지양하고 국가 간 경쟁 상태에서 살아남기 위해 강한 군주권을 요청 하는 근거로 해석하고자 했다는 점이 특징이라고 지적할 수 있다.

그러나 근세 서구나 일본의 봉건적 상황 아래서 확인할 수 있는 단합 력이 신분질서를 전제로 한다는 점에서 근대적인 애국심으로 발전하는 데에는 한계가 있음을 지적하는 여론이 존재하였다. 1907년 『태극학보』 에 실린 고의환(高宜煥)의 글 「애국심의 연원은 애아심(愛我心)에 있음」에 서는 애아심(愛我心) 즉 "인류·평등·자유의 생활"이 "국가의 명의(名義) 를 세우고 동족단결의 필요" 즉 애국심(愛國心)의 기초가 될 수 있다고 보았다. 개인이 개인의 권리와 자유를 보존하기 위해 국가의 생명을 보 존코자 하는 노력 즉, 징병·징세·교육의 의무를 지기 때문에 양쪽의 힘 이 서로 균형을 이뤄야 한다는 것이다.[54] 애아심에 기반한 애국심이 근

---

53 「國家의 概念」, 『西北學會月報』 제1호, 1908.6.1.
54 高宜煥, 「愛國心의 淵源은 愛我心에 在홈」, 『太極學報』 제12호, 1907.7.24.

대적 애국심의 중요한 요소라고 볼 수 있는데 여기서 가장 문제가 되는
것이 봉건적 신분질서의 문제였다. 신채호는 근대적 애국심의 내용을
구성하는 문제에 있어 신분제 구조를 봉건제의 내용으로 파악하면서 그
것의 해체를 고심한 대표적인 논자였다.

신채호(申采浩)는 주인의식의 상실의 측면에서 봉건제를 비판한다. 『대
한협회회보』에 실린 신채호의 글 「대한의 희망」에서 봉건제는 조선왕조
의 정체와 사회구조를 범박하게 지시하는 의미로 사용된다. 신채호는
"국가의 주인이 된 국민으로 주인의 사무를 망각하고 수 백 년은 부락존
장(部落尊長)에게 임하며 수 백 년은 봉건제도에 임하고 수 백 년은 과인
정치(寡人政治)에 임하고 수 백 년은 세가귀족(世家貴族)에게 임하여 그들
이 선정을 행하던지 악정을 행하던지 관직을 팔던지 법률을 희롱하던지
상관하지 않"[55]아 독립이 위태로워졌다고 하면서 국민이 국가에 대해 가
져야 할 직접적인 소속감과 책임 의식 부재의 원인으로 봉건제를 언급하
고 있다.

신채호는 『대한협회회보』에 「역사와 애국심의 관계」와 「대아와 소아
의 관계」를 연이어 연재하면서 이천만 동포가 어떻게 하면 "애국심을
품고 배양(孕造)"할 수 있는지 고심하였다. 이에 대한 신채호의 입장은
'역사'를 통해 인민이 "국가의 이해관계를 가슴에 품고 국가의 영욕을 뇌
에 새기"게 할 수 있다는 것이었다. 종교와 문학은 지식을 발달시켜 국
가에 공헌하여 애국심을 찬성할 뿐이고 역사만이 인민으로 하여금 애국
심을 부르짖게(鏗鏘:국민으로서의 의식을 부여하는 것) 할 수 있다고 보았
다.[56] 한 구석에 머물러 있는 아(我), 온 세상에 두루 나타날 수 없고 한

---

55 申采浩, 「大韓의 希望」, 『大韓協會會報』 제1호, 1908.4.25.
56 申采浩, 「歷史와 愛國心의 關係」, 『大韓協會會報』 제2호, 1908.5.25.

때 잠시 존재하는 미미한 아(我)가 정신·사상·목적·주의를 가진 '대아 (大我)'를 통해 무한하고 자유자재한 성질을 획득할 수 있다는 그의 주장 은[57] 국가의 역사에 개개인이 국민으로서의 의식을 갖고 등장케 하는 국 민건설 프로젝트의 주요한 책략이었다. 이 국민건설에 있어서 구성원의 동질화와 단일성이 보장되어야 했고 그것은 사회적·정치적 평등의 문 제와 불가분한 것이었다.

쥘 미슐레(Jules Michelet)나 어니스드 겔러(Ernest Gellner) 등 많은 논자들 이 민족주의를 평등의 개념으로 설명한 바 있다. 겔러는 "민족주의란 문 자에 의한 고도문화에 진입하고, 참여하며, 동일화하는 것"(166)이라고 정의하며, 산업화시대 민족주의는 농경시대 고도문화를 세속화하는 것 즉, 고도문화를 누구나 이해하고 누리는 것, 교육을 받은 참여층의 확대 를 가리키는 것이라고 본 바 있다.[58] 미슐레는 1789년 프랑스 대혁명 당 시 발견된 "국민의 가장 많은 수를 차지하는" 인민이 네이션을 확정짓는 중요한 역할을 할 수 있을 것이라고 보았다. 그는 혁명 이후 지배계급에 예속되어 버린 부르주아, 상인, 관리, 제조업자 등을 비판적인 시선으로 바라보았다. 미슐레는 겔너의 주장과는 다르게 "힘과 부(富)는 헤아릴 수 없을 정도로 증가하고 평균적 교양도 높아"진 "상황을 잡종적 평균 가운 데서 스스로를 잃어버린" "슬퍼해야 할 평등"으로 명명하였다. 겔너가 말한 "고도문화의 세속화"를 미슐레는 민중이 그 정체성을 잃어버리는 상황으로 읽었고 이에 대해 "내면적 완성"에의 노력, "육체적인 것과 정 신적인 것의 균형"을 주장하였다. 그 정신적인 것이란 "헌신에 대한, 그 리고 희생에 대한 신앙"에 대한 교육을 뜻했는데 미슐레는 이것이 역사

---

57 申采浩, 「大我와 小我」, 『大韓協會會報』 제5호, 1908.8.25.

58 어니스트 겔너(Ernest Gellner), 최한우 옮김, 『민족과 민족주의』, 한반도국제대학원 출판부, 2009, 166쪽.

를 통해 가능하다고 보았다. "문학 속에서는 협동체의 정신이라는 것은 거의 찾아볼 수 없"고 역사에 대한 교육이 "자신을 희생시키는 협동체"를 만들 수 있다는 것이었다.[59]

학회보에는 평등과 봉건을 계급해체의 측면에서 서로 상반되는 가치를 가진 것으로 파악한 여러 글이 있는데[60] 그 중 『서북학회월보』에 실린 「윤리총화」라는 글이 신채호와 미슐레가 연결되는 지점, 계급적 화해를 생각하면서(봉건에 대한 비판) 응집력이 강한 평등을 주장한 것과 연관되는 지점이 있어 보인다. 이 글은 근대 국가 혹은 사회가 요구하는 유기적(有機的) 관계가 과거의 봉건제 하의 관계와는 다른 것이라고 보고 있다. 자기와 타인, 사회와 개인의 '유기적' 관계 속에서 새로운 시대의 도덕이 성립됨을 말하면서, 봉건적 관계는 "자기는 군주가 되고 타인은 신복(臣僕)이 되는 관계"이니 이는 도덕적 관계가 아니라고 평가한다. 유기적 관계란 "사지오체(四肢五體)가 서로 의뢰(依賴)하고 서로 조력(助力)할 뿐 아니라 서로 방편(方便)이 되고 목적이 되는 것"이므로 상하신분이 명확한 봉건적 관계에서는 수평적 관계를 기반으로 한 도덕을 도출하기 힘들다고 보고 있다.[61]

임지현은 역사적 과정아래서 형성되는 민족주의의 운동성을 규명한 『민족주의는 반역이다』에서 민족의 구성 양식으로 원초적 요소 즉 대외적으로 뚜렷한 종족적 지표와 역사적 요소 즉 수평적 관계가 지배적인 민족적 내집단을 언급한 바 있다.[62] 그에 따르면 수평적 관계가 지배적

---

59 쥘 미슐레(Jules Michelet), 전기호 옮김, 『민중』, 율성사, 1979, 162~163쪽, 284쪽.

60 金成喜, 「政黨의 事業은 國民의 責任」, 『大韓協會會報』 1, 1908.4.25. 「國漢文輕重論 附」, 『湖南學報』 제2호, 1908.7.25.

61 「倫理叢話」, 『西北學會月報』 제11호, 1909.4.1.

62 임지현, 『민족주의는 반역이다』, 소나무, 1999, 37쪽.

일수록 공동체적 응집력이 강해진다. 서북학회가 feudalism의 봉건제와 주권론을 번역하면서 국가의 영토적 경계를 계속 상상해 내고, 내부의 신분제가 해체된 '일시동인'을 주창한 것은 민족의 두 가지 구성 양식에 대한 나름의 모색이라고도 볼 수 있을 것이다. 응집력 있는 민족 공동체가 가능하기 위해서는 신분제적 질서와 분권적 구조가, 새로운 지배구조에 흡수되는 것이 아니라 완전히 해체되어야 한다는 신념 속에서 논리의 구조가 구축되는 과정을 살펴 볼 필요가 있다. 비록 군주라는 최고 권위적 존재가 상정되지만 만인이 평등한 구조 속에서 지역적, 경제적, 교통적 측면과 언어적, 담론적 교환의 측면에서 평등성이 확보될 경우 비로소 정치적으로 의식화된 민족 공동체를 형성할 수 있을 것이란 인식 또한 당대 지식인들이 공유했고 사회적 동의를 얻는 과정에 있었던 담론임이 충분히 고려될 필요가 있다.

4. 결론

본고는 1905년에서 1910년 사이 발간된 회보 중 『대한협회회보』와 『서북학회월보』를 중심으로 하여, 이들의 정치체제, 사회구성에 관한 논의 속에서 '봉건'이란 개념이 어떤 차이를 갖는지 살피는 것에 목적을 두었다.

한국에서 봉건이란 개념은 80년대까지 활발했던 사회구성체 논의의 영향을 받아 마르크스주의의 아시아적 생산양식으로 주로 의미화되었다. 조선후기에서부터 근대 전환기가 그 주된 대상이 되어 왔다. 그러나 그에 해당하는 시기, 당대라고 부를 수 있는 시공간에서는 경제결정론의 역사발전단계보다 그것을 포함하는 더 높은 수준의 구조적 문제에 대해 논의가 이루어졌다. 근대화라는 문제 자체가 정치 · 경제 · 사회 · 법률·문화의 문제를 모두 포괄하는 구조적 특성과 관련된 것에 다름 아니었기 때문이다.

근대 계몽기 근대 국민 국가로의 이행과정에서 한·중·일의 전반적인 사회의 변동에 관한 논의는 봉건/군현 논쟁과 어느 정도 관련성을 띠고 있었다. 봉건/군현 논쟁은 근대 이전에도 동아시아의 정치적 변동기에 반복적으로 대두되어 재해석되던 담론이었다. 근대 계몽기 이 논쟁은 입헌군주제의 수용과 중앙집권화의 문제, 계층 질서의 해체 문제, 시장과 사회 영역의 성립 문제 등과 결합하게 된다.

중국의 경우 군현제 국가로서 중국을 인식하는 지식인들은 군현제가 갖는 중앙집권적 성질이 국민 국가의 중앙집권성의 기반이 될 수 있다고 보았고 그러한 이유로 분권의 의미를 갖는 의회제나 입헌군주제를 반대하는 입장을 갖고 있었다. 반면 청왕조 통치 질서 아래서 변방으로 밀려나야 했던 신사(紳士) 계층은 지역적 성(省)을 단위로 하여 자치권과 자율적 방비권 등을 주장하였다. 프라센지트 두아라는 청왕조 몰락 과정에서 다시 세력을 얻은 신사층의 입장을 '봉건'적 특성과 결부지어 설명하고 중앙정부와 신사 계층과의 갈등을 국민국가 서사와 시민사회 서사의 대립과 혼성적 서사의 구축이라고 평가하였다.

일본의 경우는 폐번치현(廢藩置縣), 판적봉환(版籍奉還) 등으로 봉건제를 폐지하고 중앙집권적 체제로 나아간 것에 사회적 논쟁이 존재하였다. 혹자는 봉건적 사회가 갖는 강고한 공동체 정신 등이 애국성으로 발전될 수 있는 중요한 자산인데 메이지 유신이라는 중앙집권화로, 봉건적 특성인 단합력이나 긴밀한 사회의 유대 정도가 떨어질 수 있음을 우려하였고, 다른 한편에서는 봉건제 폐지는 역사발전단계론의 순리이며 봉건제 사회의 강고한 공동체주의를 국가 단위로 확장하기 위한 방안을 강구해야 할 필요성을 논의하였다. 한·중·일 중 봉건의 체제적 성질이 강하게 잔존해 있던 일본에서는 러·일전쟁 이후 서구의 역사발전 단계론이 탈아주의와 결합되어 봉건에 대한 해석이 서구의 봉건제 (feudalism) 개념으로 점차 이행하게 된다.

한국의 경우는, 대내외적으로 민두기, 알렉산더 우드사이드, 그 외 많은 한국의 역사학자들이 지적한 바대로, 봉건과 군현이 절충된 형태로서 전근대의 통치체제의 모습을 띠고 있었다. 양반제도의 재지양반의 특성과 농장이라는 경제적 기반은 봉건의 분권성을 대표하고 있었고, 왕토사상이나 과거제 등은 군현적 중앙집권성을 대표하고 있었다. 갑오개혁기 조세제도를 정비하고 신분제를 해체하고 토지조사를 시행하고 도로나 교통의 기반시설을 새롭게 정비하는 등의 중앙집권성을 강화하고자 하는 노력이 시작되었지만, 오랜 시간 형성되어 온 양반의 지역의 대표성과 여론의 중추 역할을 해체하는 것은 어려운 문제였다. 또한 이 문제는 근대 사회로 이행하기 위해 반드시 거쳐야 하는 신분질서에 관한 논의와 평등성을 기반으로 한 사회 영역, 공공영역의 성립의 문제와 관련이 있는 것이었다.

학회보 및 협회보의 주된 논자들은 비교적 광범위하고 통일된 중앙집권적 제도가 근대적 통치구조의 가장 기본이 되는 것이라는 점에 일정 정도 동의를 하고 있었지만 구체적인 정체(政體)를 무엇으로 할 것인가에 대해서는 상당히 큰 입장적 차이가 존재했다. 대한협회는 오랜 시간 조선의 지배구조의 중심축이었던 양반제의 봉건적 특성인 권력의 분할성을 비판하고 이를 중앙집권화해야 한다고 보았다. 지배계층이 갖고 있던 강한 지역적 구심력은 행정제도의 개편이나 자치의 의미를 재조정함으로써 중앙으로 회수하고자 하였으나 그러나 신분제적인 측면에 있어서는 기존의 지배구조를 의회제로 흡수하고자 하였다는 점에서 대한협회는 봉건제의 중요한 특징이라고 할 수 있는 신분구조의 해체 문제에 대해서는 미온한 입장이었다고 할 수 있다. 반면 『서북학회월보』의 일부 필진들은 서구의 역사에서 강력한 제후국이 주변의 영토들을 흡수하면서 성립된 스테이트로서 국가 개념과 국가를 관리하기 위해 요청된 주권의 개념을 번역하는 과정에서 서구의 봉건제를 참조하였다. 그럼에도 봉건제가 갖는 신분제와 그로 인한 사회적 교류와 교통의 불편 등이 강력한 주권 권력을 성립시키는 것을 방해한다는 점이 지적되기도 하였다. 신채호의 평등론에서도 살펴보았듯이 봉건의 공고한 신분질서와 다른, 급진적인 계급적 해체를 사유하는 평등론이 제출되기도 하였으며 의회제가 봉건의 변상이라는 관점 아래에서 '일시동인'의 실현이 주장되기도 하였다. 서북학회는 군주와 민을 매개하는 양반집단과 같은 중간 지배층이 부재한 상태에서만 내부의 단합력을 키울 수 있으며 근대화를 촉진할 수 있다고 판단했다.

이러한 시각의 차이는 한 사회 구조가 다른 사회 구조를 발생시키는 과정, 시간적으로 선행되는 구조가 뒤에 오는 구조를 성격지우고 동기화하는 연속적인 인식에서 비롯한 것이었다. 전(前) 사회구조 및 지배구조를 어떻게 읽을 것인가와 관련한 입장의 차이가 앞으로 올 정체 및 사회를 상상하는 결정적인 기준이 되었기 때문이었다. 근대적 정체와 사회로의 도정에서 외부의 개념들, 이념들, 체제들, 제도들의 영향에 긴박되어 있었으나 수많은 번역어들 속에서 무언가를 건져 올리는 그 실천행위는 매우 복잡한 담론의 관계성 속에서 내재적으로 촉발된 것이었다.

수신(修身)과 애국(愛國)

『조양보』와『서우』의「애국정신담」번역

손성준

I. '애국'과 '정신'의 결합

『애국정신담』은 1870년 프로이센-프랑스전쟁에서 참패한 프랑스가 여러 애국자들의 희생과 헌신 속에서 와신상담(臥薪嘗膽)하여 다시 강대 국으로 일어서는 과정을 담아낸 역사담이다. 필자는 최근 『애국정신담』의 원본이 된 프랑스어 텍스트 *Tu seras soldat: histoire d'un soldat fran ais : r cits et le ons patriotiques*(1888)의 성격을 규명하고, 이 서적이 일본 → 중국 → 한국에 순차적으로 중역(重譯)되는 과정을 분석 하여 근대 동아시아 애국 담론의 일단을 밝힌 바 있다. '애국'은 동아시 아 3국이 공유하던 보편적 가치인 동시에, 시공간의 문맥에 따라 다른 의미를 획득하던 "번역되고 기획된 근대의 산물"이었다.[1]

현재까지 확인된 한국어 『애국정신담』의 번역 판본은 총 4종으로서 1906년에서 1908년 사이에 출현했다. 잡지 『조양보(朝陽報)』(1906.6-1907.1) 와 『서우(西友)』(1906.12-1908.1)의 연재본이 하나씩이고, 여기에 이채우(李

---

[1] 손성준, 「근대 동아시아의 애국 담론과 『애국정신담』」, 『개념과 소통』 16(2015), 59면 참조.

埰雨)가 역술한 것으로 되어있는 단행본 2종(국한문체와 순국문체 판본)이 추가된다.[2] 이들은 공통적으로 『애국정신담』의 중국어 판본[3]을 저본으로 삼고 있는데, 여러 한국어 판본들의 존재는 '愛國逸人 역본'이 유일했던 중국의 경우와 사뭇 다른 양상이다. 한국보다 훨씬 거대했던 중국의 출판 규모와 인적 자원 등을 감안하면 판본수의 차이는 보다 부각될 수 있다.[4]

1900년대 후반 한국에서 『애국정신담』 번역이 거듭 이루어졌던 일차적 원인은 당대의 역사적 상황에서 찾을 수 있다. 애국 담론은 실질적인 국가 위기 상황 속에서 활성화된다. 망국(亡國)이 기정사실화되어가던 1905년 이후, '애국'은 단연 한국 지식인의 계몽적 지향에서 정점에 위치했다. 굳이 당대를 '애국계몽기'로 명명하던 학계의 관습을 언급할 필요도 없이, 해당 시기의 신문·잡지·단행본 등에는 '애국'과 관련된 내용이 넘쳐흘렀다. 거기에, 비단 '애국'이 아니더라도 당시의 지식인들은 '정신'의 중요성을 일깨우고자 노력했다.[5] '애국'이 국권피탈의 위기로 인해 자

---

2   표로 정리하면 다음과 같다.

〈표1〉 한국어 『애국정신담』 판본 4종

역 자	제 목	매 체	출판시기
※역자 미상	「愛國精神談」	『朝陽報』 9~12호(4회 연재) ※ 미완	1906.11~1907.1
盧伯麟	「愛國精神談」	『西友』 7~10호(4회 연재) ※ 미완	1907.6~9
李埰雨	『愛國精神』	단행본(中央書館)	1908.1
이채우	애국정신담	단행본(中央書館)	1908.1

3   愛彌兒拉, 愛國逸人 譯, 『愛國精神談』, 廣智書局, 1902.
4   물론 거듭되는 번역 자체가 즉각 콘텐츠의 영향력 차이로 환원될 수 있는가는 따져 볼 일이지만, 『월남망국사』, 『서사건국지』, 『이태리건국삼걸전』 등 복수의 판본이 존재했던 번역서 대부분이 당시에 크게 주목받은 텍스트였다는 정황을 볼 때 이에 대한 의구심은 접어도 좋을 것이다. 엄정한 원본의 재현보다 자국화를 동반한 콘텐츠의 신속한 이식이 미덕이던 시기였으므로, 새로운 번역의 필요성을 불식시킬 만한 권위 있는 번역서의 출현은 시기상조였다고 볼 수 있다.
5   '자유정신', '독립정신', '대한정신' 등 '정신'은 당대에 흔히 동원된 표현으로서, 주로

연스레 대세로 떠오른 가치였다면, '정신'은 그러한 정치적 상황과 별개로 물질적 토대가 일천했던 현실의 대안적 기제로서 강조될 수밖에 없었다. 결국『애국정신담』은 '애국'과 '정신', 즉 그 제목에서부터 당대의 계몽적 언설의 두 가지 키워드가 결합되어 있던 텍스트였다. 동류의 비교 대상으로『애국부인전』[6]을 들 수 있다. 이 서적의 경우, '애국' 외에도 여성교육이 화두로 대두된 시점에 '부인'을 내세웠다는 점에서 역시 문제적이었다. 다만 두 번째 키워드로 인해 독자층 확보에는 한계가 노정되어 있기도 했다. 제목만 놓고 볼 때 보다 보편적인 선택지는『애국정신담』인 셈이었다.

그러나 이는『애국정신담』의 인기 요인을 피상적으로 짐작해본 것에 불과하다.『애국정신담』이 중요시 되었던 진정한 이유는 이 콘텐츠가 지닌 내적 측면에서 찾아야 한다. 그러나 더 어려운 문제점도 여기에 있다. 어떤 텍스트가 '애국계몽기'에 나온 '애국서사물'로 규정되는 순간, 그 텍스트는 당대에 흔하게 접할 수 있던 부류 중 하나로 전락하게 되고, 연구자들이 취할 수 있는 태도도 지극히 한정된다. 그 '당연함' 때문에 오히려 연구의 필요성이 희석되어버리는 것이다. 실제로 필자의 최근 연구 이전까지『애국정신담』에 대한 논의는 전무하다시피 했으며 당연히 텍스트의 내용이나 특징 등에 대해서도 제대로 알려진 바가 없었다.

이 글은『애국정신담』이 지닌 액면 그대로의 서사적 특질을 고찰하고, 그로부터 이러한 내용이 환대받았던 속사정을 도출하는 방법을 취할 것

추상적 개념과 결합하여 그에 대한 의식을 고취시키는 데 쓰였다. 예를 들어,「少年韓半島라ㅎᄂ 襍志ᄂ 雜志는」,『황성신문』1906.11.27.;「人族의 貴寶ᄂ 精神과 志氣라」,『태극학보』9, 1907.4.;「대한정신」,『대한매일신보』1907.9.29.;「자국정신」,『대한매일신보』1909.2.7. 등

6 원 표기는『신쇼설 이국부인젼』이다.

이다. 필자의 선행 연구에서는 프랑스·일본·중국으로 연쇄되는 번역의 경로와 단계별 변화에 천착하느라 정작 한국어 판본에 대해서는 4종 중 하나인 '국한문체 단행본'의 부분적 특징만을 밝혔을 뿐, 나머지에 대해서는 간략한 소개 정도에 그칠 수밖에 없었다. 이에 본 연구에서는 『조양보』와 『서우』 연재본을 중심으로, 1900년대 한국이라는 번역장(飜譯場)에서 『애국정신담』이 위치하던 독특한 맥락을 밝혀보고자 한다.

2. 『애국정신담』의 서사적 특질과 그 수신서(修身書)적 면모

1900년대 후반의 번역은 주로 (1)근대적 분과학문과 관련된 지식이나, (2)정치적 위기에 대처하는 데 유용한 국가 흥망사, (3)그리고 '애국자'로의 교화를 위한 영웅전기 등에 초점 맞추어졌다.[7] 흥미롭게도 『애국정신담』은 (2)와 (3)의 영역에 함께 걸쳐 있던 텍스트이다. 즉, (2)와 (3) 모두에 해당하면서도 전형적인 (2)나 (3)은 아니었다. 여기에 『애국정신담』만의 서사적 특질이 있다. '애국정신담'이라는 제목이 주는 인상과는 달리, 이 서적은 보편적인 애국 이야기가 아니라 실제로는 '1870년 이후의 프랑스'라는 상당히 구체적인 시공간의 입장을 대변한다. 서사를 이끄는 핵심 인물은 교사 보드리(Baudry)와 군인 모리스(Maurice)인데, 이 두 명의 인생 경로를 따라 다양한 무명 애국자들의 체험담들이 곁들여지는 방식이다. 『애국정신담』의 사례는 우선 한 국가의 역사를 정면으로 다룬다는 점에서 (2)에 해당하고, 두 명의 주인공을 중심으로 개개인의 희생과 헌신을 조명한다는 점에서 (3)에도 조응하나, 실은 궤를 달리하는 지점

---

7 기존 논의에는 (2)와 (3)을 엮어 '역사전기문학'이라는 이름으로 함께 다루는 경우가 많다.

이 더욱 두드러진다고 할 수 있다. 정리해보면 다음과 같다.

첫째, 일반적인 역사물이나 전기물과는 달리 복수(複數)의 주인공이 등장한다. 이는 단지 '두 명'의 주인공을 염두에 둔 것만은 아니다. 필자가 선행 연구를 통해 정리한 바에 의하면 『애국정신담』은 일역본 기준 총 12개의 쳅터, 77개의 작은 에피소드로 구분 가능하다.[8] 이 에피소드 하나하나가 독립적인 이야기로서 기능하고 있으며, 그런 만큼 중심이 되는 인물도 수십 명에 이른다. (3)에 해당하는 기존 전기물들은 이미 이름을 떨친 위인 개개인을 단독 주인공으로 하고 있었지만 『애국정신담』은 '이름값'에 기대지 않은 무명인 소전(小傳)의 집합이었다.

둘째, (2)와 (3)이 기본적으로 공인된 역사적 사실에 근거하는 것과는 달리, 『애국정신담』은 엄밀하게 검증된 사적(史的) 기록이 아니다. 이는 『애국정신담』의 핵심 인물인 '보드리(Baudry)와 모리스(Maurice)'가 가공의 인물이라는 원작자 에밀 라비스의 서문이 명백히 입증하는 바다.[9] 에밀 라비스가 수록한 수십 개의 에피소드들은 여러 기록이나 구전 등을 통해 내려오던 근과거의 사례들을 한 데 모은 결과물로 볼 수 있는데, 두 인물은 이 파편화된 사례들을 엮어내기 위해 상황에 맞게 체험자, 관찰

---

8 전체적인 서사 전개를 보다 쉽게 이해하기 위해 졸고에서 정리한 것을 제시한다. "총 12개에 이르는 각 장의 에피소드를 망라하여 분기점을 나눠보자면, 『애국정신담』은 크게 세 부분으로 나누어진다. 첫째 부분은 보불전쟁의 참패로 프랑스인들이 겪는 비참한 고난과 그에 대한 저항의 일화들을 모은 것으로서 1~3장에 해당한다. 둘째 부분은 어린 학생들이 어엿한 군인으로서 성장해가고 구체적인 전술훈련 내용을 배워나가는 과정으로서 4~9장에 해당한다. 그리고 셋째 부분은 그렇게 군인이 된 병사들이 타국으로 파병되어 식민지를 건설하는 내용으로서 10~12장에 해당한다." 앞의 글, 36~37면.

9 에밀 라비스는 서문에서 다음과 같이 말한다. "이 책은 학교의 어린 친구들을 위한 것이다. 책의 주인공들인 상상 속 인물들을 중심으로, 우리 시대에 가장 근접한 정통적 이야기들을 모았다." mile Lavisse, *Tu seras soldat, histoire d'un soldat fran ais : r cits et le ons patriotiques*, Paris : A. Colin, 1901, 「AVANT-PROPOS」.

자, 청취자로서의 역할을 돌아가며 담당하게 된다. 즉, 에밀 라비스는 가상의 인물인 보드리와 모리스를 통해 다채로운 보불전쟁의 후일담들을 한 데 엮는 서사화 작업을 수행한 것이다.

셋째, 동시대의 역사물이 보통 망국사(亡國史) 혹은 흥국사(興國史) 중 한 가지 성격을 취하던 반면,『애국정신담』은 두 가지 성격 모두를 담지한 복합 서사다. 예컨대『월남망국사』,『비율빈전사』,『애급근세사』,『파란말년전사』를 통해서는 각각 베트남, 필리핀, 이집트, 폴란드의 몰락 과정 속에서 경고용 교훈이 설파되고,『서사건국지』,『미국독립사』,『이태리독립사』,『비사맥전』,『표트르대제전』을 통해서는 스위스, 미국, 이탈리아, 독일, 러시아의 국난 극복 과정과 강국화의 전범(典範)이 제시될 수 있었다. 하지만『애국정신담』은 프랑스 근대사의 망국과 흥국의 경위를 모두 아우르고 있다. 전반부는 패망의 과정과 그로부터 기인한 개개인의 비극 및 투쟁을 다루고, 후반부는 타국을 정복하며 제국으로서 승승장구 하는 프랑스를 담아내고 있는 것이다. 이는 수십 명에 이르는 개별 에피소드의 주요 인물들에게도 적용될 수 있는데, 왜냐하면 그들 모두가 애국자는 아니었기 때문이다.『애국정신담』은 애국자의 고투와 고귀한 희생을 긍정의 맥락에서 조명했을 뿐 아니라, 적에게 부역하는 적극적 유형의 배신자나 의무를 다하지 못해 피해를 야기하는 소극적 유형의 군상들까지 타산지석의 예로 고루 배치하고 있다.

이상이 많은 당대의 역사물과 전기물 속에서도『애국정신담』이 차별화된 지점이었다. 그런데 세 가지로 정리한『애국정신담』의 성격은 당시 편찬되어 있던 수신교과서의 성격과 흡사하다. 동시기 수신교과서의 예로 학부(學部)가 1907년에 편찬한『보통학교 학도용 수신서(普通學校 學徒用 修身書)』(1-4)를 들어보자. 이 교과서는 4권 합계 총 55개의 주제로 구성되어 있으며, 대부분 짤막한 이야기를 통해 교훈을 추출하는 방식을 취하고 있다. 이는 앞서 설명한 『애국정신담』의 첫 번째 특질인 '다양한 에피소드와 복수의 주인공들'을 환기시키는 대목이다. 또한 이 교과서는 과에 따라 워싱턴, 프랭클린, 나이팅게일 등 역사적 인물의 실제 사례를 가져와 정직이나 근면, 박애 등의 교훈을 추출하기도 하지만, 때로는 가공의 인물을 내세워 교훈을 유도하기도 한다.[10] 검증된 역사적 사실이 아니더라도 교훈서로서는 손색이 없었던 것이다. 이는 앞서 『애국정신담』의 두 번째 서사적 특질로 제시한 내용과 중첩된다. 마지막으로 『보통학교 학도용 수신서』 역시 긍정의 예와 부정의 예를 모두 동원한다. 워싱턴 등의 역사적 인물들이 주로 긍정의 예를 담당한다면, 1권의 「다투어 싸우지 말라」, 「거짓말 잘 하는 아이」, 2권의 「다른 사람에게 방해를 끼치지 말 것」, 3권의 「어리석은 사람의 미신」 등은 물론 부정의 예들을 지면에 올리고 있다. 당연히 이는 『애국정신담』의 세 번째 서사적 특질과 정확히 일치하는 대목이다. 요컨대 『애국정신담』의 성격은 당대의 역사물이나 전기물이 아니라 오히려 수신교과서의 구성과 성격에 보다 큰 친연성을 보이고 있었다.

수신교과서를 연상시키는 『애국정신담』의 특징들은 우연의 산물이 아니다. 『애국정신담』의 프랑스 원전인 *Tu seras soldat, histoire d'un soldat fran ais*의 경우 표지 삽화부터가 교실의 수업 풍경이며, 서문은 "이 책은 학교의 어린 친구들을 위한 것이다."[11]라는 선언으로 시작되고

---

10 예컨대 "옛적에 어느 사람이 집안에 백 사람이 함께 사는데 한 번도 다투어 논하는 적이 없었다. 집이 점점 번창하여 웃음뿐이요 슬프고 괴로운 일은 없었기에, 이웃 사람들이 다 그 풍속을 모방하여 한 마을의 가족들이 모두 화목한 풍속을 이루었다 하니, 이는 가히 본받을 만한 일이다." 박병기·김민재 편, 『근대 학부 편찬 수신서』, 소명출판, 2012, 161면.

11 mile Lavisse, *Tu seras soldat, histoire d'un soldat fran ais : r cits et le ons patriotiques*, Paris : A. Colin, 1901, 「AVANT-PROPOS」.

있다. 보다 구체적 취지를 언급한 대목에 이르면 "나는 아이들에게 신성한 의무인 군복무를 사랑하게 하고 잘 준비시키고 싶었다."[12]라고 되어 있기도 하다. 즉, 원전 자체가 학령기의 국민이 갖추어야 할 '신성한 의무'에 방점을 찍고 있었다. 본래부터 『애국정신담』은 교과서의 기능을 염두에 두고 기획된 콘텐츠였고 특히 그중에서도 수신교과서의 취지에 부합하고 있었다.

⟨*Tu seras soldat*의 표지 삽화⟩

다만 수신서로서의 『애국정신담』이 목표로 한 것은— 적어도 1900년 대 후반의 한국에서 만큼은—『보통학교 학도용 수신서』 류의 공식 교과서가 명시하지 못하는 영역에 집중되어 있었다. 수신서는 시대적 이념이 요청하는 덕목들로 구성되기 마련이다. 재론할 필요도 없이 당시의 계몽적 지향은 '애국'이었고, 그것이 곧 새로운 교양의 지평과 윤리적 기준을 형성했다. 문제는 통감부 체제하의 학부(學部)가 간행하는 수신

---

12 Ibid.

교과서로서는 '애국'의 가치를 전면적으로 다루기 어려웠다는 데 있다. 『보통학교 학도용 수신서』의 주제 구성은 이 점을 잘 드러낸다. 독립된 과마다 인내, 관대, 우애, 자선, 절제 등의 다양한 주제를 배치하고 있지만 '국가'와 연동된 '충'이나 '개인의 희생'과 관련된 교훈은 철저히 배제되어 있었다.[13] 사립학교에서 사용한 『중등수신교과서』나 『초등소학수신서』 등의 경우, 그러한 '공덕(公德)'을 주요 항목으로 배치할 수는 있었으나 이러한 수신교과서들이 발매금지나 압수처분의 대상이 되는 것은 시간문제였다.[14]

하지만 『애국정신담』의 경우는 '합법적 민간학회'들이 발행한 학회지를 통해 전국적으로 유통될 수 있었다. 학부 인가용 수신교과서가 광범위한 윤리 강령들의 총체라면, 『애국정신담』은 권력의 감시로 인해 그 총체성의 일부가 되지 못한 하나의 가치, 곧 '애국'을 다양한 각도에서 집중 조명하는 '깊이의 전략'을 구사하였다. 결국 『애국정신담』은 근대의 수신교과서가 마땅히 포괄해야 했지만 할 수 없었던 특정 영역을, 민간에서 대신 보완했던 '대안적 수신서'였던 셈이다.

'민(民)'과 '관(官)'이 분리되는 이러한 구도는 조선의 식민화 주체였던 일본의 상황과 대비할 때 가장 명료해진다. 일본의 경우, 교육칙어(敎育

---

13 박병기·김민재 편, 「근대 학부 편찬 수신서 해제」, 『근대 학부 편찬 수신서』, 소명출판, 2012, 24면.

14 휘문의숙(徽文義塾)에서 간행한 『중등수신교과서』(1909)의 경우, 「국가에 대한 주의」(18~21과), 「공중 및 소속단체에 대한 본무」(7~14과), 「국가에 대한 도」(15~27과), 「인류에 대한 도」(28과) 등의 내용이 있었다(강윤호, 『개화기의 교과용도서』, 교육출판사, 1975). 『황성신문』의 주필이던 유근(柳瑾)이 쓰고 장지연이 교열한 『초등소학수신서』(1908)의 경우 「자유」(18과), 「자주권 없음」(25과), 「공익」(37과), 「공덕심」(38과) 등의 항목을 포함했다(김민재, 『학교 도덕교육의 탄생 -1894~1910년 근대계몽기의 수신교과서를 중심으로』, 케포이북스, 2014, 73면). 두 서적은 모두 1910년 11월에 공포된 '발매 금지 및 압수 처분 목록 51종'에 올라가게 된다.

勅語)가 대변하는 천황제 이데올로기와 여기에 기반한 '애국주의' 교육이 일선 초급 교육기관에서부터 뿌리내리고 있었다. 따라서 이때의 애국주의란 결국 '절대적 충군'에 다름 아니었다.[15] 게다가 일본에서의 애국이란 갈수록 군국주의 논리를 표상하는 형태로 변모하게 된다. 프랑스 원전의 제목과 달리, '애국정신담'이라는 명명을 처음 부여한 일본인 역자는 작명의 경위를 다음과 같이 밝히고 있다. "이에 감복하는 바 있어 1888년 프랑스 엽보병(獵步兵) 중위 에밀 라비스 씨의 저서 가운데 군사교육상 젊은이들에게 유익한 짧은 이야기를 발췌·번역하여 여기에 '애국정신담'이라고 제목을 붙였다."[16] 문맥을 보면 일역자(日譯者)는 '군사교육'과 '애국'을 동일시하고 있다. 아울러 일역자는 원작자와 마찬가지로 서문을 통해, 이 책이 학생들의 그릇된 인식을 바로 잡는 데 사용되길 원한다는 메시지를 작금의 학교교육 비판까지 곁들이며 전하고 있다.[17] 이는 '애국'이라는 기표 자체를 금지당했던 한국의 상황과 뚜렷하게 대비된다. 『애국정신담』의 한국어 판본 4종이 하나같이 서문을 싣지 않았던 것도 같은 맥락으로 볼 수 있을 것이다.

---

15 이에나가 사부로 편, 수유+너머 일본근대사상사팀 역, 『근대 일본사상사』, 소명출판, 2006, 74면. 이는 메이지 일본의 초등학교 수신교과서 항목을 따져보아도 명료하게 드러난다. 예를 들어 1904년에 나온 일본의 『초등학교 수신서』 중 4학년을 대상으로 한 구성은 「대일본제국」(1-2과), 「애국」(3과), 「충군」(4-5과) 등으로 되어 있었다. 6학년의 구성 중 가장 비중이 큰 것은 「천황폐하」(17-19과)였다. 김순전 외 6명 공역, 『일본 초등학교 수신서(1904) 제Ⅰ기』, 제이앤씨, 2005 참조.

16 エミール·ラヰッス, 板橋次郎·大立目克寬 譯, 『愛國精神譚』, 偕行社, 1891, 「序」 3면.

17 "지난 번 군비를 증강하라는 성지(聖旨)가 계신 이후 그 여파가 지방의 학교에도 미쳐 소년 제자들로 하여금 군사훈련의 일부를 연습할 수 있도록 하였으나, 이 모든 군사·체육상의 훈련을 받는 행태를 보건대, (중략) 군인들을 사랑하고 소중히 여기는 마음이 없는 것은 군사교육이 아직 갈 곳이 멀다 할 것이고 이는 참으로 널리 개탄을 참을 수 없는 바이다." エミール·ラヰッス, 板橋次郎·大立目克寬 譯, 『愛國精神譚』, 偕行社, 1891, 「序」 1~2면.

『애국정신담』의 탄생 경위도 한국과 일본은 대조적일 수밖에 없었다. 주지하듯 역사·전기물의 동아시아적 원류는 거개가 일본어 텍스트였다. 중국어 번역본을 한 단계 더 거친 경우도 거슬러 올라가면 일역자에 의한 앞선 결과물이 놓여 있긴 마찬가지였다. 그들의 결과물은 앞서의 구도대로 민·관의 일치된 방향성 속에서 주조되었다. '관'의 공백을 '민'이 메우는 형태였던 한국과는 그 시작부터가 달랐던 것이다. 일본어『애국정신담』의 경우, 두 명의 공동 일역자인 오다츠메 카츠히로(大立目克寛)와 이타바시 지로(板橋次郎)는 다름 아닌 현역 육군 장교였으며, 출판 역시 전국구의 육군 장교 단체인 해행사(偕行社)가 담당했다. 1897년도 일본어 판본의 휘호(揮毫)[18]를 작성한 미요시 시게오미(三好重臣, 1840~1900)는 세이난 전쟁(1877)에 출진하는 등 여러 경력을 쌓은 후 1894년에 육군 중장으로 예편한 군인이자, 예편 후인 1894년 12월부터 1897년 9월까지 추밀원(樞密院)의 고문관을 맡기도 한 정치인이기도 했다.[19] 국가 원로급 인사들로 구성된 추밀원은 헌법에서부터 국제조약, 교육, 계엄, 각종 칙령 등 국가 운영 전반에 개입하던 황실 자문기구로서, 미요시 시게오미가『애국정신담』의 휘호를 작성한 1897년 4월은 여전히 그가 추밀원 고문관에 있던 시기였다.[20] 이렇듯 현역 육군 장교의 번역, 최대 육군조직의 출판, 거물 정치가의 추천으로 탄생한 일본의『애국정신담』은 '군'이 주도하고 '관'이 지지한 '공적(公的) 애국교육'의 정체성을 강하

---

18 증보판이라 할 수 있는 1897년판 일본어『애국정신담』에는 표지 이후 총 세 장에 걸쳐 커다란 붓글씨로 된 "以實心 行實事"라는 격언과 "明治三十年四月 三好重臣題"라는 작성자 정보를 담은 휘호가 수록되어 있다.

19 일본어 위키피디아 '三好重臣' 항목 참조(검색일: 2016.4.28.)

20 당시의 추밀원 원장 역시 육군 중장 출신의 구로다 기요타카(黒田清隆, 1840-1900)였다. 이상은 일본어 위키피디아 '樞密院' 항목 참조(검색일: 2016.4.28.)

게 지니고 있었다.

이와 대조적으로 한국의 『애국정신담』 번역에 관여한 잡지 『조양보』
나 『서우』, 단행본을 역간(譯刊)한 이채우 등은 모두 '민'에 속했다. 심지
어 '민'이 주도한 한국의 『애국정신담』 번역은 얼마 가지 않아 '관'에 의
해 제거되는 운명에 처한다. 국권이 피탈되고 조선총독부가 새로운 통
치기구로 들어서자 곧 한국어 『애국정신담』이 금서로 지정된 것이다.
이채우의 번역본 2종, 즉 국한문체와 순국문체 번역본은 1910년 11월 19
일자 『조선총독부관보』에 실린 '발매 금지, 압수 처분 도서 목록 51종'에
함께 포함되었다. 기실 이 목록에는 학부의 인가를 받지 못한 당대의
많은 사립학교 교과서들도 다수 포진되어 있었다. '학부 불인가 교과용
도서'만 해도 24종에 이르렀는데, 여기에는 지리, 역사, 어학교과서들도
있었지만, 절반에 가까운 것은 아예 표제부터 '수신서', '수신교과서', '윤
리학교과서'라고 밝힌 것과 내용상 그에 준하는 '소학' 및 '독본'류 교과
서들이었다. 그럼에도 불구하고 복수의 판본이 동시에 지정된 경우는
『애국정신담』이 유일했다.[21]

지금까지 논의했듯 『애국정신담』은 일반적인 역사물 및 전기물처럼
애국을 논하되 방식에 있어서는 수신교과서를 연상케 하는 계몽 콘텐츠
였다. 공용 수신교과서에서 '애국'을 강조하기 어려운 시대였기에, 민간
에서 같은 효과를 담보하는 텍스트를 번역하게 된 것이다. 수신교과서
의 본질이 국민으로서의 윤리를 함양하는 것이라 할 때, 역시 관건은
최대한 많은 독자에게 이것을 확산시키는 데 있었다. 이것이 여러 지식
인들이 『애국정신담』을 자신이 속한 학회의 기관지에 싣고, 국한문체와

21　이상의 통계는 장신, 「한국강점 전후 일제의 출판통제와 '51종 20만권 분서(焚書)사
　　건'의 진상」, 『역사와 현실』 80(2011), 222-223면의 〈표1〉 중 항목 41, 42를 참조하여
　　재구성했다.

순국문체로 연이어 번역하며 최대한 많은 독자층에게 유포하고자 노력
했던 저간의 사정이었다.

3. 『조양보』와 『서우』의 교과서적 성격과 수신 콘텐츠

한국의 『애국정신담』 번역은 잡지 『조양보』가 〈소설〉란을 통해 연재
(1906.11-1907.1)한 것이 최초다. 그리고 서우학회의 기관지였던 『서우』에
서의 연재(1907.6-1907.9)가 약 5개월 차이로 그 뒤를 따른다. 이 두 가지
판본은 여러 가지 측면에서 함께 논의하는 것이 효과적이다. 이를 위해
우선 각 잡지의 기본 성격을 개괄해보자.

『조양보』는 그 출현부터 1900년대의 대표적 계몽단체라 할 수 있는
대한자강회의 성립과 궤를 같이 한다. 『조양보』의 창간호는 대한자강회
가 발족한 지 약 2개월이 지난 1906년 6월에 나왔는데, 발행인 심의성,
주필 장지연, 주요 필진이었던 윤효정 등은 모두 대한자강회의 주요 회원
들이었다. 즉 『조양보』는 애초부터 대한자강회의 계몽운동을 지원하는
매개체로서 기획되었을 가능성이 높다. 이 지점에서 『조양보』와 『대한자
강회월보』의 상관성을 짚어볼 필요가 있다. 주지하듯 대한자강회의 공식
기관지는 『조양보』보다 한 달 늦게 창간된 『대한자강회월보』(1906.7~
1907.7)였다. 그런데 『대한자강회월보』의 공동 발기인에는 이미 거론한
『조양보』의 주요 관계자인 장지연, 윤효정, 심의성 등이 그대로 들어가
있었다. 『조양보』 창간사를 쓴 해학(海鶴) 이기(李沂)는 연이어 『대한자강
회월보』의 창간사까지 담당하기도 하였다. 인적 자원 및 발간시기 등의
중첩을 미루어볼 때, 두 잡지는 대한자강회의 활동 방향을 공유하되 일정
부분 운동의 초점을 분리하여 상호보완적 구도를 만들었을 개연성이 크

다. 물론 전국구 조직으로서 다양한 경향의 인사가 참여했던 대한자강회
였기에『조양보』는 그중 장지연을 중심으로 한 일부의 입장만을 구현한
것으로 보는 것이 타당하겠으나 적어도 단체의 여러 관계자가 연합하여
『조양보』를 일종의 보조적 기관지로서 꾸려나갔다는 점은 분명하다.

　최근 한 연구는『조양보』와『대한자강회월보』를 두고 "이 두 잡지의
기획은 독립된 것이라기보다는 일종의 표리 관계를 이룬 것으로 해석할
여지가 많다"며 전자는 "시사적 언론과 논설, 보고서 등에 집중하여 신
문의 기능이 강화된 것"으로 보고 후자는 기관지로서 "상소와 집회 등의
정치적 활동의 비중"이 컸다고 지적한 바 있다.[22] 필자는 이러한 구분에
공감하면서도,『조양보』의 특성을 총괄하는 데는 다소 보완이 필요하다
고 판단한다. 단적으로 말해,『대한자강회월보』가 주로 논설의 형태로
자강회의 정치적 입장을 대변했다면,『조양보』는 자강회의 신지식 보급
에 더욱 주력했다.『대한자강회월보』의 경우 조직 내부의 결집을 강화
하고 외부, 즉 주로 '관'을 향해 문제를 제기하는 글들을 실었다. 이에
반해『조양보』는 독자 전략 자체부터 차이를 보인다. '재미와 흥미'[23]를
강조하며 계몽의 객체가 될 독자층을 발굴하고자 하였으며, 구성 자체
도 교훈담과 세계의 각국사가 결합된 기획이 우세했다. 예를 들면 〈담
총(談叢)〉이나 〈소설(小說)〉란의 서사물들이 이 범주에 속하는데, 여기에
는 「비스마룩구 청화」, 「세계기문(世界奇聞)」, 「동물담」, 「흉가리애국자 갈

22　임상석, 「근대계몽기 잡지의 번역과 분과학문의 형성 -『조양보』와『대한자강회월보』
　　의 사례」, 『우리어문연구』 50(2014), 295~296면.

23　"有志하신 僉君子의셔 或 本社로 奇書ᄂ, 詞藻나 論述 時事 等 類를 寄送하시면…(중
　　략)…혹 小說 가튼 것도 滋味잇게 지어서 寄送하시면 記載하깃ᄂ이다."「注意」, 『조양
　　보』 2, 1906.7, 1면 ; 「小說이나 叢談은 滋味가 無窮ᄒ오니 有志ᄒ신 諸君子ᄂ…」「本社
　　特別廣告」, 『조양보』 2, 1906.7, 1면. 1면에서부터 재미와 흥미를 거듭 강조하는『조양
　　보』의 선전 전략은 전자가 11호, 후자가 5호까지 지속된다.

소사전」, 「애국정신담」, 「외교시담」 등의 연재물이 있었다. 『대한자강회
월보』에도 〈문원(文苑)〉이나 〈소설〉란과 같은 지면은 운용되었지만, 비
중이 크지 않았고 내용에 있어서도 세계를 무대로 했던 『조양보』와는
차이가 있었다. 『대한자강회월보』의 〈문원〉이나 〈소설〉란은 한시, 기행
문, 짧은 산문 등 전통적 글쓰기 양식이 주종을 이루었는데, 시는 물론
산문마저 한문으로 되어 있는 경우가 많아 민중 계몽의 도구로는 적절
치 않았다. 사실상 해당 지면은 '내부 구성원'들이 자신의 취향에 따라
문장을 짓고 공유하는 정도의 기능을 담당했을 것이다.

정리하자면 『대한자강회월보』는 주로 논설을 통해 정치, 경제(식산),
사회, 교육 등 제 방면에 대한 담론을 생산하고 주장을 표출하는 데 방점
이 있었다.[24] 반면 『조양보』는 한 차례 걸러진 새로운 지식과 교훈을 전
파하는 데에 그 의도가 있었다. 흥미를 유발하는 '이야기'의 필요성은 여
기에서 나온다. 예컨대 「세계저명훈 암살기술」과 같은 역사담이나 「비
스마룩구 청화」[25] 같은 교훈담 등은 소개의 주체가 작정하고 새로운 지
식과 교훈을 가르치기 위해 준비한 콘텐츠다. 이는 곧 두 매체의 독자
전략 자체의 차이로도 해석 가능하다. 『대한자강회월보』가 담론의 형성
에 즉각적으로 동참할 수 있는 식자층을 우선시 했다면, 『조양보』는 필
부필부(匹夫匹婦)의 계몽을 보다 직접적으로 겨냥했다고 간주해도 무방

---

24 기관지로서의 공적 면모가 강화되는 경우, 실질적인 교육 콘텐츠는 약해지기 마련이
다. 『대한자강회월보』 내에 장기 연재된 역사담이나 교훈담이 부재한 것도 이러한 맥
락에서다.

25 「비스마룩구 청화」는 독일 위인 비스마르크의 전기적 사실을 기본으로 하되, 그 구성
상 작은 일화들이 독립적으로 연속되는 '지혜담 모음집'에 가깝다. 이는 앞서 논의한
대로 『애국정신담』의 성격과도 맞닿아 있는 지점이다. 자세한 논의는 손성준, 「번역
서사의 정치성과 탈정치성 -『조양보』연재소설 「비스마룩구淸話」를 중심으로」, 『상허
학보』 37(2013) 참조.

하다. 여성 독자를 염두에 둔『조양보』의 순국문체 연재물「부인의독(婦
人宜讀)」을 상징적 예로 들 수 있다.[26] 구분하여 논하자면, '교육에 관한
주장'은『대한자강회월보』를 통해 주로 개진되었을지라도, '교육 콘텐츠'
는『조양보』를 통해 더 많이 유통된 셈이다.[27]

　시선을『서우』로 옮겨보자. 이 잡지는 1906년 10월에 발족한 서우학
회의 기관지로서 동년 12월부터 간행되었다. 대한자강회 출신의 인사들
이 서우학회의 한 축을 담당하고 있긴 했으나,[28] 둘은 색채가 다른 단체
이기도 했다. 자강회가 전국구 조직으로서 다기한 노선이 공존하고 있
었다면,[29] 서우학회는 무엇보다 평안도, 황해도 등 역사적으로 형성된
서북지역의 특수성이 정체성의 근간을 이루고 있었다.[30] 보다 주목하고
싶은 것은『서우』의 다음 특징이다. 정치적 참여의지를 감추지 않았던

26　「婦人宜讀」,『조양보』1-7, 1906.6-1906.10. 한자로 된 제목 옆에는 '부인이맛당이일글
　　일'과 같이 한글풀이가 되어있다.
27　대한자강회는 교육과 관련된 여러 가지 문제제기를 했다. 그들이 정부에 제출한 건
　　의안만 살펴보아도 의무교육실시, 학부교과서편집문제, 사범학교건립건, 각 사립학교
　　연락건, 조혼금지, 음양술(陰陽術) 금지 등의 교육 문제를 폭넓게 다루고 있다. 이지우,
　　「대한자강회의 활동에 대하여」,『경희사학』9·10(1982), 67면. 즉 이러한 건의를 제기
　　하는 공식 창구는『대한자강회월보』였다. 그러나 영국, 독일, 헝가리, 프랑스, 마케도
　　니아 등 공간을 초월한 각국 역사와 문명, 애국적 일화와 같은 각양각색의 교육적 이
　　야기가 번역되던 공간은『조양보』였다.
28　이송희,「한말 서우학회의 애국계몽운동과 사상」,『한국학보』26(1982), 38면. 박은식
　　이 좋은 예다. 그러나 서우학회의 계몽운동이 대한자강회의 연장선에 있었다고 쉽사리
　　단정할 수는 없다. 박은식의 경우, 대한자강회 관련 활동을 멈춘 직후 이어서『서우』의
　　주필을 맡게 되는데 그 이유를 대한자강회 내의 운동성 차이에서 분리된 것으로 보는
　　연구도 있다. 홍인숙·정출헌,「『大韓自强會月報』의 운동성과 지향 연구 -자강회 내부
　　의 이질적 그룹과 그 성격을 중심으로」,『동양한문학연구』30(2010), 374면.
29　홍인숙·정출헌, 앞의 글에서는 '핵심적 대일협력 그룹', '자강주의 대의명분 그룹', '한
　　시적 동조 그룹', '근대지 번역 주력 그룹' 등 필진의 정치성을 크게 네 가지로 구분하
　　고 있다.
30　정주아,『서북문학과 로컬리티 -이상주의와 공동체의 언어』, 소명출판, 2014, 33~34면.

대한자강회와 견주어보면 서우학회의 운동 방향은 보다 교육 방면에 집중되어 있었다.[31] 서우학회의 「본회취지서」는 이 대목을 명료하게 보여주고 있다.

> 무릇 사물이 고립되면 위태로워지고 모이면 강하며, 하나가 되면 이룰 수 있고 떨어지면 패배하는 것은 본래 한결같은 이치이다. 하물며 오늘날 세계의 생존경쟁은 천연[天演]이요, 우승열패는 공예(公例)라고 말해지고 있음에랴. 고로 사회가 단체를 이루는 여부로 문명과 야만을 변별하고 존속과 멸망을 판별할 수 있다. 오늘날 우리가 이같이 극렬한 풍조를 맞부딪쳐 크게는 국가(國家), 작게는 가문을 스스로 보전하는 방책을 강구하면, 우리 동포 청년의 교육을 힘써 개도해 인재를 양성하며 중지를 계발함이 바로 국권을 회복하고 인권을 신장하는 기초이다.[32]

취지서는 서두에서부터 '敎育의 勉勵'와 '人才의 養成'을 강조하고 있으며, 그 구체적인 실천 방안으로 "各 私立의 校務를 贊成", "遊學靑年을 導率獎勸"[33] 등을 설정하고 있었다. 실제로 서우학회는 당시를 "학교설립의 시대"[34]로 만든 주역이 된다. 그들은 학교를 설립하고 교원을 양성했으며, 기타 사립학교에 교무지도를 실시하고 운동회 등을 통해 지역 학교들의 연합을 이끌어내기도 했다.[35]

---

31 김도형, 『대한제국기의 정치사상연구』, 지식산업사, 1994, 137면.
32 박은식 외 11명, 「本會趣旨書」, 『서우』 1, 1906.12, 1면.
33 위의 글, 1면.
34 김도형, 앞의 책, 132면.
35 이에 대한 상세한 내용은 권영신, 「한말 서우학회의 사회교육 활동에 관한 연구」, 성균관대 박사학위논문, 2005, 87-101면 참조. 참고로 서우학회가 처음 설립한 학교는 교사양성을 목적으로 1907년 1월에 개교한 서우사범학교였는데, 이 학교는 동년 11월 서우학교로 개편되었다. 한북학회와의 통합 이후인 1908년 1월에는 서우학교를 한북의숙(漢北義塾)과 합쳐 서북협성학교라는 이름으로 다시 열었다.

교육의 문제가 가장 큰 의제였던 만큼, 기관지『서우』역시 지속적으로 이를 쟁점화했다. 예를 들어『서우』의 창간호만 보아도 우선「教育이 不興이면 生存을 不得」(박은식),「體育·德育·智育」(유동작),「美國教育 進步의 歷史」(박은식),「學校之制」(박은식) 등 교육 및 학교 관계 논술들이 즐비하다. 그런가 하면『서우』는 독자들을 위한 전문지식의 공급처였으며, '이야기'의 영역까지 함께 갖추어 민족주의에 입각한 교훈을 생산·유통시키기도 했다. 요컨대『서우』는 단체의 기관지로서 대한자강회의『대한자강회월보』에 해당하는 동시에, 직접적인 교육 콘텐츠를 다룬다는 측면에서『조양보』의 성격도 포괄하고 있었다.[36] 발화 창구가 단일화되어 있다 보니 이론과 실천을 모두 담아낼 필요가 있었던 것이다.

이렇듯, 결국『조양보』나『서우』의 교집합은 '교과서의 역할'로 정리된다.

> 만약 사람을 가정에서만 있도록 한다면 필시 그 자질을 그르치게 만들 것이요, 학교에만 있게 하면 필시 그 제자들에게 누가 될 것이니 사회교육으로써 급무 중의 가장 급무를 삼아야 할 것이다. 이는 조양보사(朝陽報

---

36 세 잡지의 구성 항목을 비교해보았다. 잡지체재의 완비기라 할 수 있는 간행기간 중반에 해당하는 호를 기준으로 삼은 것이다.

조양보(제6호)	대한자강회월보(제6호)	서우(제8호)
〈논설〉〈교육〉〈실업〉〈담총(談叢)〉〈관보초록(官報抄錄)〉〈내지잡보〉〈해외잡보〉〈소설〉	〈논설부〉〈교육부〉〈식산부〉〈문원(文苑)〉〈사조(詞藻)〉〈본회회보〉〈해외기사〉〈관보적요(官報摘要)〉〈방언(方言)〉〈소설〉〈회원명부〉	〈논설〉〈교육부〉〈위생부〉〈애국정담〉〈잡조(雜俎)〉〈아동고사(我東古事)〉〈인물고(人物考)〉〈사조(詞藻)〉〈문원(文苑)〉〈시보(時報)〉〈회보(會報)〉

『서우』의 후속지『서북학회월보』(1908.6~1910.1)로 가면 '이야기'의 구성은 보다 확대된다.『서우』때부터의 〈아동고사〉, 〈인물고〉 등이 계속 유지되는 가운데『조양보』에서도 확인되는 〈담총(談叢)〉란이『서북학회월보』에 등장하게 되며, 〈가담(街談)〉이라는 항목도 따로 추가되기 때문이다.

社) 여러 사람들이 월보를 발간하는 까닭이다. 조야(朝野)의 사군자들에게 병촉지학(秉燭之學)을 공급하려는 것이니, 그 내용인즉 일종의 교과서요, 그 의도인즉 독립회복을 꾀하는 것이다. 삼가 고심의 붓을 잡고 토해낸 피의 먹을 적셔 이 땅 안의 동지들에게 두루 고하는 바이다.[37]

또한 자제 교육을 깊이 발달코자 하면 먼저 그 부형(父兄)의 열심을 격기(激起)하여 배고픈 자의 음식과 목마른 자의 마실 것과 같이 이를 얻은즉 살고, 이를 얻지 못한즉 죽는 줄로 인식케 한 연후에 자제교육을 위하여 거리끼거나 아낌없이 하고 힘을 다해 실행해나갈지니, 이로써 본회에서 매월 잡지를 발간하여 학령이 지난 사람들의 구람(購覽)을 공급하여 보통지식(普通知識)을 개유(開牖)코자 함이니[38]

『조양보』 창간호의 서문은 『조양보』의 내적 정체성을 '교과서'라 자인한다. 서우학회 또한 『서우』의 간행 목표로서 보통지식, 즉 기본 학문의 공급을 내세우고 있다.[39] 당시는 교육을 총괄하고 교육제도를 통제할 수 있는 정부의 권한이 사실상 부재한 상태였다. 따라서 학회지가 교과서 역할까지 담당하려한 것은 자연스러운 흐름으로 볼 수 있다. 다만 이 시기의 민간 학회의 교육 이념은 비상시의 그것일 수밖에 없었다. 근대의 분과학문을 번역하여 소개할 때도 균형적·단계적 계획을 수립하는 것은 불가능에 가까웠다. 파편적으로나마 소개할 수 있었던 일부가 없진 않았지만,[40] 역량이 있는 한 모조리 국권회복, 독립, 자강, 문명 등

---

37   李沂, 「朝陽報 序」, 『조양보』 1, (현대어 역은 민족문학사연구소 편역, 『근대계몽기의 학술·문예·사상』, 소명출판, 2000, 360~361면). 이하 강조 표기는 인용자에 의한 것이다.

38   「本會趣旨書」, 『서우』 1, 1906.12, 1~2면.

39   이용직이 작성한 『서우』의 「序」에도 "撮其各種學問之最緊最要者"라는 대목이 등장한다. 이용직, 「序」, 『서우』 1, 1906.12, 3면.

국가 담론의 활성화에 집중해도 모자랐을 것이다. 그런데 이러한 담론 이야말로 '國'을 '愛'할 수 있는 '공덕'으로서의 수신이 수반되지 않고서는 공허한 울림에 불과했다. 이상의 맥락에서, 본고 2장에서 살펴본 바와 같은 서사적 특질의 『애국정신담』이 『조양보』와 『서우』의 수신교과용 콘텐츠로서 선택되었던 것이다.

4. 「애국정신담」의 번역 양상 비교

이제 『조양보』와 『서우』의 「애국정신담」을 분석할 차례다. 우선 매체 내의 배치 관계를 비교해보자. 『조양보』의 「애국정신담」은 〈소설〉란에, 『서우』의 「애국정신담」은 '고정 분류 항목'이 아닌 제목 자체가 독립되어 있던 경우다.[41] 『조양보』의 〈소설〉란과 『서우』의 독립 항목에 해당하는 전체상을 각각 정리하면 다음과 같다.

---

40 권영신은 『서우』가 소개한 학문 분야의 기사 19개를 역사학, 지리학, 가정학, 위생학, 체육, 실업, 임업, 광업, 법학, 식물학으로 분류한 바 있다. 권영신, 앞의 글, 97면. 14개 호로 간행된 『서우』의 총량에서 19개 기사는 결코 많은 분량이라 할 수 없다.

41 여기서 '고정 분류 항목'이라 함은, 거의 매호 빠지지 않던 『서우』의 기본 항목인 〈논설〉, 〈교육부〉, 〈위생부〉, 〈잡조(雜俎)〉, 〈아동고사(我東古事)〉, 〈인물고(人物考)〉, 〈사조(詞藻)〉, 〈문원(文苑)〉 〈시보(時報)〉, 〈회보(會報)〉를 의미한다. 이따금 〈축사(祝辭)〉나 〈별보(別報)〉가 포함되는 경우가 있는데, 따로 반영하지 않았다. 한편 『서우』 내에서 이렇게 독립 항목으로 처리된 경우는 「애국정신담」 외에도 더 있었다. 이를 특정 항목으로 분류하기 애매하기 때문이라고는 보기 어렵다. 만약 그 이유에 해당한다면 〈잡조(雜俎)〉란으로 묶는 것이 보다 설득력 있다. 결국 「애국정신담」을 비롯, 독립 항목들은 『서우』가 나름대로 주목을 유도하려 했던 기획된 부류로 보아도 무방하다.

〈표2〉 『조양보』와 『서우』의 「애국정신담」 연재 지면 추이

구분	『조양보』〈소설〉란	『서우』독립 항목
제1호	※ 없음	※ 없음
제2호	파란혁명당의 기모궤계(奇謀詭計) 비스마룩구 청화(淸話)1	※ 없음
제3호	비스마룩구 청화(淸話)2	본회전도(本會前途)의 관하여 호상경고(互相警告) 국민(國民)의 성질(性質)과 책임(責任) 설지빙천(雪地氷天) 논산학(論筭學)1
제4호	비스마룩구 청화(淸話)3	아한(我韓)의 광산개요(鑛産槪要)1 논학회(論學會) 논산학(論筭學)2
제5호	비스마룩구 청화(淸話)4 야만인(野蠻人)의 기술(奇術)	아한(我韓)의 광산개요(鑛産槪要)2 논산학(論筭學)2
제6호	비스마룩구 청화(淸話)5 세계기문(世界奇聞)	국채보상문제(國責報償問題) 논산학(論筭學)3
제7호	비스마룩구 청화(淸話)6	애국정신담(愛國精神談)1
제8호	비스마룩구 청화(淸話)7 동물담(動物談)[42]	애국정신담(愛國精神談)2
제9호	비스마룩구 청화(淸話)8 애국정신담(愛國精神談)1	애국정신담(愛國精神談)3 경찰시찰담(警察視察談)
제10호	애국정신담(愛國精神談)2	애국정신담(愛國精神談)4 세계약론(世界約論)
제11호	비스마룩구 청화(淸話)9 애국정신담(愛國精神談)3	간도내역(間島來歷) 박람회(博覽會) 국내우체요람(國內郵遞要覽)1
제12호	애국정신담(愛國精神談)4 세계저명(世界著名)한 암살기술(暗殺奇術)	국내우체요람(國內郵遞要覽)2

	외교시담(外交時談)	
제13호	※ 12호로 폐간	※ 없음
제14호		※ 없음. 15호부터 『서북학회월보』로 발간

〈표2〉를 통해 알 수 있듯, 두 매체의 「애국정신담」은 공통적으로 해당 항목에서 높은 비중을 차지하고 있었다. 『조양보』의 「애국정신담」은 〈소설〉란 중 「비스마룩구 淸話」와 함께 단 2종의 연재형 서사물이었고, 『서우』의 「애국정신담」은 독립 항목 중 「논산학(論算學)」과 더불어 가장 많이 연재된 글이기도 했다. 「논산학」은 학술 기사에 해당하였으므로, 『서우』에서 가장 비중이 큰 서사물은 결국 「애국정신담」이었던 셈이다. 고정 항목의 서사물을 비교 대상에 추가해도 마찬가지다. 〈논설〉류를 제외하면 『서우』는 한 가지 콘텐츠를 지속 연재하는 경우가 거의 없었다. 즉, 단일 콘텐츠로서 「애국정신담」은 『서우』 내에서도 특별했다. 두 매체를 비교하면 또 하나의 흥미로운 지점이 도출된다. 『조양보』의 〈소설〉란은 예외 없이 '세계 각국'의 이야기를 담고 있다. 반면 『서우』의 독립 항목은 '국내'를 다루는 내용이 지배적이다. 〈아동고사(我東古事)〉, 〈인물고(人物考)〉 등의 고정 항목 역시 철저히 자국사에 해당하는 소재로 구성되어 있었다. 이러한 경향은 '세계'를 지향하던 『조양보』와 '민족'을 지향하던 『서우』의 기본적인 성격 차이에서 비롯된다고도 볼 수 있으나, 여기서 지적하고 싶은 것은 바로 그 이유로 인해 『서우』 내에서의 「애국정신담」이 보다 이채를 띤다는 사실이다.[43] 「애국정신담」은 『서우』의 독립 항목 중 외국의 역사를 다룬 유일한 서사물이었다.

---

42 량치차오(梁啓超)가 저술한 「동물담」은 『서우』 제3호의 〈문원(文苑)〉란에 실리기도 했다. 문체는 〈문원〉란의 특성대로 순한문이었다.

43 〈잡조〉나 〈문원〉란의 세부 기사로 들어가면 다른 사례들을 찾을 수 있으나 목차에서부터 독립되어 있던 경우 중에서는 「애국정신담」이 유일했다.

『서우』의 「애국정신담」이 지닌 『조양보』와의 차이는 또 있다. 바로 번역자 정보의 존재 유무다. 번역자가 명시되지 않는『조양보』와는 달리,『서우』의 경우 1회 연재분의 제목 옆에 "著作人 法人 愛彌兒拉 譯述者會員 盧伯麟"이라 명시되어 있으며, 나머지 연재분 역시 원저자는 생략하면서도 "譯述(者)會員 盧伯麟"은 빠지지 않는다. 황해도 출신의 서우학회 회원 노백린(盧伯麟, 1875~1926)은 일본 육군사관학교 출신의 군인으로서, 언새 당시는 대한제국군의 핵심 간부였다.[44]『애국정신담』의 프랑스어 원저자와 일역자가 모두 육군 장교였던 것을 감안한다면, 이는 군인이 번역자로서 임한 또 하나의 사례가 된다. 역자의 면모도 문제적이거니와, 번역 콘텐츠의 비중이 상당했던 당시 학회지를 보면 역자를 명시하는 경우 자체가 희소한 편이었다. 이런 상황에서 자신의 이름을 내거는 행위는 곧 책임 있는 번역을 하겠다는 일종의 선언이며, 내용의 긴요함을 보장한다는 자신감의 발로이기도 했을 것이다.

그렇다면『서우』의 「애국정신담」은 매체 내에서 어떠한 역할을 부여받았던 것인가? 잠시 언급했듯『서우』는 한국적 콘텐츠를 통해 민족 이데올로기를 구축하는 전략을 구사했다. 주로 〈인물고〉가 그 역할을 했는데, 여기에 연재된 인물은 을지문덕, 양만춘, 온달, 장보고, 강감찬, 이순신 등 대부분 걸출한 군인들이었다. 즉, 〈인물고〉야말로 '애국'이라는 추상적 가치를 자국영웅담을 통해 구현하는 전형적인 수신교과용 콘텐츠라 할 것이다. 그러나 이러한 자국 역사담은 민족적 정서를 함양하는 데는 실익이 있다 하더라도, 주로 먼 과거에 긴박되어서 당시의 국제정

44　노백린의 활약은 해외망명 이후가 보다 두드러진다고도 할 수 있다. 그는 1923년 임시정부의 국무총리로 임명되기도 했던 중요한 독립운동가로 남아 있다. 자세한 사항은 독립기념관 한국독립운동사연구소 편,『노백린의 생애와 독립운동』, 독립기념관 한국독립운동사연구소, 2003을 참조.

치적 상황에 적합한 교훈을 배출하기 어려웠으며, 또한 예외 없이 유명한 영웅을 내세워 독자 개개인의 실천적 모델이 되기에도 한계가 있었다. 이때 『애국정신담』은 보완제의 역할을 담당하기에 충분했다. 이 서사물은 문자 그대로 '애국의 정신'을 환기하면서도 프로이센과 프랑스, 중국과 베트남 등이 직접적으로 연관된 현대사를 다룰 뿐 아니라 어디에나 있을 수 있는 무명인들의 활약상을 골자로 하고 있었다. 또한 자국의 사례만이 아닌 이공간의 애국담을 소개하여 궁극적으로는 '애국'이라는 가치의 보편성을 강화하는 데도 기여할 수 있었다. '자국'에 방점이 있던 『서우』 역시 여전히 '세계'를 포섭할 필요성은 있었던 것이다. 결과적으로 「애국정신담」은 『조양보』와 『서우』 모두에게 긴요한 수신교과용 콘텐츠였다.

한편, 이러한 맥락에서 의미심장한 것이 『조양보』와 『서우』가 연재한 새뮤얼 스마일즈의 *Self-Help*(이하 '자조론')이다. 이는 두 매체가 공통적으로 번역한 또 하나의 수신교과용 콘텐츠였다.[45] 영국의 자본주의 윤리가 투영된 『자조론』은 근대의 수신서 중에서도 동아시아에 가장 큰 반향을 일으킨 텍스트로서, 독립된 개개인의 일화들을 통해 자기수양의 덕목들을 추출하는 구조로 되어 있다. 특이하게도 『조양보』와 『서우』는 둘 다 이를 〈논설〉란에 배치하였다. 이는 일차적으로 매체 내에서의 전진 배치를 통해 이 텍스트 자체를 강조하기 위함일 것이다. 『조양보』의 경우 창간호부터 「자조론」을 번역해 실었으며, 『서우』는 연재분 3회 중 2회를 해당 호의 첫 기사로 배치하는 노력을 보였다. 수신서가 '이야기' 지면을 벗어나 〈논설〉란에까지 이른 것이다. 그렇다면, 『자조론』과 같

---

45 『조양보』는 1호부터 3호(1906.6~1906.7)까지, 『서우』는 12호부터 14호(1907.11~1908.1)까지 각각 『자조론』 제1편에 해당하는 내용을 연재했다.

이 개인의 수양에 초점이 있는 수신서가 어떻게 국가담론 과잉의 시대에 거듭 번역될 수 있었을까? 해답 역시 '국가'에 있다. 『조양보』의 「자조론」 첫 회에 붙어 있는 짧은 서문을 살펴보자.

> 此 論은 영국 근년 碩儒 스마이르스 씨의 著한 바라. 大凡 개인의 성품 사상이 국가운명에 관한 力이 심대함으로 이에 書를 著하야 국민을 각성케 함이니 세계 도처에 씨의 저서를 번역함이 極多한데 자조론이 즉 其一이라. 今에 其 著論 중에 적실한 處를 譯하여 독자로 한 가지 斯 道를 강구코자 하노니 그 중흥을 圖함에 庶乎 근본의 力을 得하리라.[46]

개인의 근면과 노력이 모여 '국가의 운명'을 좌우한다는 『자조론』의 메시지는 당연히 『조양보』의 교육적 지향에도 일치했다. 『조양보』의 「자조론」 서문이 간략하게 텍스트 소개의 취지를 밝힌 정도였다면, 『서우』의 경우는 아예 첫 연재분 전체를 『자조론』의 소개로 할당할 정도로 이 콘텐츠에 대한 의욕을 보였다. 이 첫 회는 『서우』 측의 「자조론」 소개, 최초의 일역자 나카무라 마사나오(中村正直)의 「자조론 총론」과 그가 『자조론』의 본문 각 편에 붙인 개별 서문 중 제1편, 제4편, 제5편, 제9편에 해당되는 내용으로 구성되어 있었다. 이렇듯 이미 『서우』는 실질적인 번역에 들어가기 전부터 『자조론』의 주요 내용을 취사선택하여 소개한 셈이었는데, 그 초점 역시 '국가'와 관련되어 있었다. 『자조론』 제1편인 「국가와 인민」의 소개 내용에서 핵심은 개인의 품행 수행, 즉 수신이 강국을 만든다는 것으로서, 이 1편의 소개 분량이 나머지 4, 5, 9편의 소개글을 다 합친 것보다 많았다.[47] 아울러, 두 매체는 약속이라도 한 듯 각기 3회

---

46 「自助論」, 『조양보』 1, 1906.6, 5면.

47 내용 일부를 옮겨본다. "余譯是書에 客이 過ᄒ야 問ᄒᄂᆞ者 有ᄒ야 曰 子何 故로 兵書

씩을 연재했는데 각 본문이 끝나는 지점도 전술한『자조론』제1편의 말미까지로 동일했다. 제1편의 첫 문장은 "天은 自助ᄒᆞᄂᆞᆫ 者를 助ᄒᆞ시ᄂᆞ니 自助의 精神은 個人에 眞正 發達ᄒᆞᄂᆞᆫ 根祗오. 多數ᄒᆞᆫ 人이 此 精神을 實行ᄒᆞᆷ이 此 實國家强盛ᄒᆞᄂᆞᆫ 眞淵源이니라."[48]로 시작된다.「국가와 인민」이라는 제목이 의미하는 바는 이 문장에 이미 명백하게 드러난다. 결국 두 매체의『자조론』번역은 그 소개의 방점 자체가 '개인'이 아니라 '국가'에 있었기 때문에 이루어질 수 있었다.

『조양보』와『서우』는『자조론』을 소환하여 개인의 가치가 국가에 이바지하는 구도를 펼쳐보였다.『애국정신담』또한 같은 문맥 속에서 이해할 수 있다. 본고의 2장에서 논의했듯『애국정신담』은 애국이라는 가치를 여러 각도에서 조명하는 수많은 개인의 이야기로 구성되어 있다. 『자조론』의 경우 근면, 전념과 끈기, 의지와 용기, 역경의 극복, 검약 등 근대 수신서의 전형적 가치들을 다양하게 반영하고 있다. 그런데 이 덕

를 譯지 안이ᄒᆞᄂᆞ뇨 余曰 子謂兵强則國賴以治安乎며 且謂西國之强이 由於兵乎아 是大不然ᄒᆞ니라 夫西國之强은 人民이 天道를 篤信ᄒᆞᆷ으로 由함이며 人民이 自主의 權이 有ᄒᆞᆷ으로 由ᄒᆞᆷ이며 政이 寬ᄒᆞ고 法이 公ᄒᆞᆷ으로 由ᄒᆞᆷ이니 拿破倫이 戰을 論ᄒᆞ야 曰 德行의 力이 身體의 力에서 十倍라 ᄒᆞ고 斯厲爾斯(卽스마이루스)也라 氏曰 國의 强弱은 人民의 品行에 關ᄒᆞ다 ᄒᆞ고 又曰 眞實良善이 品行의 本이된다ᄒᆞ니 蓋國者ᄂᆞᆫ 人衆이 相合ᄒᆞᆷ을 稱ᄒᆞᆷ이라 故로 人人 品行이 正ᄒᆞᆫ 則風俗이 美ᄒᆞ고 風俗이 美ᄒᆞᆫ則 一國이 協和ᄒᆞ야 合成一體ᄒᆞ리니 强을 何足言이리오 若國人品行이 未美ᄒᆞ며 風俗이 未美ᄒᆞ고 徒汲汲乎兵事之是講이면 其陷하야 好鬪嗜殺의 俗이 되지 안이 ᄒᆞᆯ者 幾希ᄒᆞᆯ지니 治安을 尙何可望哉아 且天理로 由ᄒᆞ야 論ᄒᆞ면 强코져 ᄒᆞᄂᆞᆫ 一念이 大悖於正矣라 何者오 强者ᄂᆞᆫ 對弱의 稱이라 天이 斯民을 生ᄒᆞᆷ에 人人이 安樂을 同受ᄒᆞ며 道德을 同修ᄒᆞ며 知識을 同崇ᄒᆞ며 藝業을 同勉코져 ᄒᆞ시ᄂᆞ니 엇지 此ᄂᆞᆫ 强ᄒᆞ고 彼ᄂᆞᆫ 弱ᄒᆞ며 此ᄂᆞᆫ 優ᄒᆞ고 彼ᄂᆞᆫ 劣케 코져 ᄒᆞ시리오"「自治論」,『서우』12, 1907.11, 12~13면. 이 글은 명백히 『자조론』에 대한 소개이므로,『서우』의 해당 제목에 '자치론'이라 되어 있는 것은 '자조론'의 단순 오식으로 판단된다.

48 『서우』의 문장을 예로 들었다.「自助論」,『서우』13, 1907.12, 1면.

목들의 지향이 『조양보』나 『서우』가 보여주는 구도대로 '강국'인 이상, 결국 『자조론』의 모든 자기 수행은 '애국' 행위로 수렴된다. 근면도 용기도 검약도 모두 애국인 셈이다. 사실 『애국정신담』이 여러 에피소드를 내세워 갈파하는 것도 이 지점이었다. 『조양보』와 『서우』의 「자조론」이 개인의 입신양명 자체를 부정하지 않듯이, 「애국정신담」도 단순히 모든 것을 국가주의로만 환원하는 것은 아니다. 국가라는 최종심급이 존재할 뿐 실상 '애국'의 주체는 개인이고, 따라서 그것은 자기수양의 문제이자 다채로운 양상을 띨 수 있음을 『애국정신담』은 예거하고 있었다. 다음은 『조양보』와 『서우』의 「애국정신담」을 에피소드별로 구분하여 대비한 것이다.

〈표3〉 『조양보』, 『서우』 연재 「애국정신담」의 에피소드별 번역 양상

구분	저본		조양보	서우
	챕터명	에피소드		
第一章	팔스부르 함락	1 팔스부르의 요새사령관 타이언이 프로이센의 포위 공격 속에서 용맹스럽게 항거함. 프로이센의 첫 번째 항복 권고를 거절	1회 (1906.11)	1회 (1907.6)
		2 프로이센이 재차 사자를 보내어 항복을 권고하나 타이언이 거절함. 이후 모든 식량이 고갈되고 결국 투항		
		3 용장 타이언에게 경의를 표하는 프로이센 장군		
		4 타이언과 눈물로 이별하는 병사들		
第二章	프랑스 포로, 프로이센인들의 학대를 받다	5 교사 보드리, 팔스부르 방어전에 동참. 알자스 출신 어린 병사 아파루의 복수를 함	2회 (1906.11)	2회 (1907.7)
		6 팔스부르 함락 후 포로가 된 보드리와 프랑스인들. 프랑스 중사 르네 곰보가 프로이센 하사관에 의해 억울하게 군법회의에 넘겨져 총살당함		
		7 곰보의 복수를 모의하고 있는 프랑스인 포로들에게 보드리가 즉흥적 감정에 따르지 말고 와신상담해야한다고 설득	3회 (1906.12)	

		8	프랑스인 포로 모두가 일치단결하여 고된 노역을 성실히 감당해나감		
		9	이그 반도의 포로수용소에서 온 포로 한 명이 가축과 같은 취급을 받으며 죽어나가던 그곳의 참상을 증언		3회 (1907.8)
		10	또 다른 포로가 메츠 성 함락 때 포로들의 참상 증언. 프랑스의 장교와 병사들이 이별하며 서로의 안위를 걱정하고 복수를 다짐했던 것을 회상		
		11	열악한 수용소 조건과 의복, 식량의 문제 속에서 건강 악화로 죽어가는 포로들의 상황		
		12	보드리, 프로이센 군사에게 학대당하다가 죽어간 프랑스 농민의 비극을 증언		4회 (1907.9)
第三章	보드리, 귀국하여 제자들의 애국심을 불러일으키다	13	보드리, 화친조약 이후 감격의 귀향길에 오름. 이후 보르페르의 교사가 되어 열심히 청년들을 교육함	4회 (1907.1)	※연재중단

두 연재본이 모두 미완인 채 끝난 관계로, 총 12장까지로 구성된 『애국정신담』 중 『조양보』는 3장의 도입부까지, 『서우』는 불과 2장까지를 역재하는 데 그쳤다. 연재가 계속 이어졌다면 전혀 다른 국면들 속에서 훨씬 다양한 개개인의 사연들이 형상화되었을 것이다. 하지만 위의 연재분 안에서도 에피소드에 따라 용기, 충직, 동료애, 인내, 지혜, 단결, 성실, 열정 같은 많은 개별 덕목들이 확인된다. 이는 굳이 '국가'와 결합하지 않더라도 개인의 인생에서 충분한 의미가 있는 것들이다.

그러나 『애국정신담』은 엄연히 『자조론』과 다른 면모를 지닌 텍스트이기도 했다. 개인이 기본이 되는 『자조론』과는 달리 『애국정신담』은 개별적인 에피소드를 연결시키는 최소한의 서사구조가 갖추어져 있었다. 개별 덕목 역시 이 구조 속에 놓여 있었기 때문에 국가와의 결합이 보다 명시적으로 드러나게 된다. 여기서 그 서사구조란 결국 프랑스의 역사다. 예컨대 두 매체의 연재분에 해당하는 『애국정신담』의 1장과 2

장은 패망한 프랑스/프랑스인을 그렸다. 패전 과정의 비참함과 포로로서 겪은 학대들이 에피소드의 기본 토대가 되었다.[49] 이하의 논의를 고려하면 이 지점은 기억해 둘 필요가 있다.

『조양보』와 『서우』의 「애국정신담」은 둘 다 미완으로 끝났지만 사실 그 경위는 다르다. 우선 『조양보』의 「애국정신담」은 예기치 못한 중단을 맞이했다. 「애국정신담」은 이미 『조양보』의 유력 콘텐츠로 자리를 잡아가고 있었고,[50] 〈표3〉에서 나타나듯 제3장의 도입부를 역재했다는 것은 다음 호에서 연재를 이어갈 예정이었음을 방증한다. 연재분 마지막에는 "(未完)"이라는 단서가 붙어있기도 했다. 그러나 1907년 1월의 제12호를 끝으로 결국 『조양보』는 더 이상 간행되지 않았고, 「애국정신담」역시 그 상태로 종결될 수밖에 없었다. 반면, 노백린이 번역한 『서우』연재본은 「애국정신담」의 연재가 끝난 지 4개월이 경과한 1908년 1월까지 존속했다.[51] 『서우』의 「애국정신담」은 마치 의도적으로 2장까지만 소

---

49 『조양보』와 『서우』의 번역은 모두 담아내지 못했지만, 3장부터는 다시 일어서는 과도기의 프랑스다. 학대의 경험담은 계속되지만 새로운 세대에 대한 군사교육이 시작되고, 4장부터는 군인이 된 젊은이들이 본격적인 훈련에 돌입하여 관련 일화들이 쏟아진다. 후반부는 예상 가능하듯 강대국으로서 승승장구하는 프랑스다. 알제리와 베트남 등 식민지 정복과 관련된 일화들이 등장하고 프랑스군의 최종적인 승리가 대미를 장식한다. 이와 같이 『애국정신담』 자체는 개개인의 독립된 이야기를 모은 것이지만 프랑스의 명운이 기승전결을 형성하고 있었다.

50 「애국정신담」은 4회의 연재기간 동안 누락되지 않고 『조양보』의 〈소설〉란을 책임졌다. 하지만 「애국정신담」이 〈소설〉란에 등장한 후 『조양보』의 최장기 연재물이던 「비스마룩구 淸話」가 두 차례 누락되는 사실이 확인된다. 「애국정신담」이 「비스마르크 청화」를 밀어낸 형국인 것이다.

51 서우학회는 한북학회와 통합하여 서북학회로 거듭나게 되는데, 이에 따라 『서우』 역시 제15호(1908.2)부터는 『서북학회월보』라는 제호로 바꾸었다. 다만 『서북학회월보』의 경우 제17호(1908.5)까지는 『서우』의 연번을 이어받다가, 1908년 6월부터 다시 제1권 제1호부터 시작하기 때문에 진정한 창간을 이 시기로 보는 시각이 우세하다. 본고는 제호 자체를 기준으로 두고 『서우』의 간행기간을 1908년 1월까지로 잡았다.

개하려는 듯, 4회 연재 이후 모습을 감추게 된다. 마지막 연재분에 '미완'의 표기도 남기지 않은 상태였다. 실상 '여기까지'라는 무언의 공지를 한 것이었다.

이와 같이, 외적 요인으로 연재가 끝난 『조양보』와는 달리 『서우』의 「애국정신담」 연재 중단에는 내부의 판단과 선택이 개입되어 있었다. 그 이유는 뭘까? 일단 번역자 개인과 학회라는 두 변수를 모두 고려해야 할 필요가 있다. 노백린의 번역 연재기간은 그가 군대에서 높은 보직에 연달아 임명되던 시기와 겹친다.[52] 그런데 1907년 6월에 있었던 헤이그 특사 사건의 여파로 7월 20일 고종이 강제로 퇴위되고, 8월 1일부터는 대한제국 군대가 해산되는 상황에 놓이게 되었다. 군대는 해산되었지만 군부 자체는 한시적으로 존속되었는데, 노백린은 바로 이때 무관학교 교장으로 임명된다.[53] 노백린은 군 안에서의 영향을 가장 크게 확장해가던 시기에 「애국정신담」의 번역을 시작했으나, 무관학교의 교장이 된 이후로는 군의 재건을 도모하거나 적어도 훗날을 위해 간부급 자원을 직접 예비하는 데 역량을 집중할 필요가 있었을 것이다.[54] 한편, 『서우』의 「애

---

52 노백린이 『서우』에 「애국정신담」을 연재하고 있던 1907년 7월, 『서우』의 〈회보〉란 중 「회원소식」에는 "본회 평의원 노백린 씨는 군부교육국장으로 이갑 씨는 군부교육국 교무과장으로 본회원 송우영 씨는 육군 무관학교 학도대 중대장으로 (중략) 피임되었다더라"(「회보」, 『서우』 8, 1907.7, 47~48면)라는 내용이 실리고, 얼마 후인 1907년 8월 22일자 『대한매일신보』에는 "노백린 씨는 무관학교장을 피임하고 조성근(趙性根) 씨는 군무국장을 피임다더라"(「兩氏被任」, 『대한매일신보』, 1907.8.22, 2면)라는 기사가 등장한다. .

53 노백린이 무관학교 교장직을 사임한 것은 1908년 5월 22일이었다.

54 노백린과 마찬가지로 서우학회 회원이면서 후에 해외독립운동을 펼치게 되는 이갑은 "우리 군대가 비록 해산을 당하였다 하더라도 나라의 먼 앞날을 생각해야 한다. 마침 무관학교에 결원이 생겼으니 너는 이 기회에 거기에 가서 군사학을 배워 실력을 연마하도록 해라."는 내용의 편지를 이응준에게 보낸 바 있었다. 당시는 노백린이 무

국정신담」 연재기간은 통감부가 본격적으로 정치적 서사물을 검열하기 시작한 때와 맞물려 있기도 하다. 1907년 7월 18일자 『대한매일신보』는 안국선의 『금수회의록』이 각 서포에서 압수된 사실을 보도한다. 7월 24 일에는 정미칠조약의 체결과 동시에 향후 수십 년간 한국의 언론자유를 심각하게 침해하게 되는 광무 신문지법이 법률 1호로서 발효되었다. 7월 27일에는 법률 2호인 보안법이 공포되었고 8월 21일에는 그 보안법에 의해 대한자강회가 강제해산되기도 했다.[55] 즉 노백린 개인의 사정이 아 니었더라도, 기관지를 간행하는 입장에서는 '애국'이라는 표제를 내세운 연재물이 부담스러운 시기가 도래한 것이다. 『서우』가 「애국정신담」을 접은 후 「자조론」 연재를 시작한 것은 이상의 흐름 속에서 전자의 수신 교육 기능을 대체하려던 시도로 추측해볼 수 있다. 「자조론」은 수신과 애국이 결합하는 구도로 포섭 가능하면서도 개인과 국가와의 표리관계 가 가시적으로 드러나지는 않기 때문이다.[56]

하지만 이상은 '부득이하게 번역하지 못한 사정'을 유추한 것일 뿐, 『서 우』의 「애국정신담」은 처음부터 2장까지의 소개만을 겨냥한 기획이었을 지도 모른다. 다시 말해 3장 이후의 내용은 한국적 상황에 불필요·부적 절하다는 판단이 작용했다는 것이다. 큰 국면의 전환들이 존재하는 『애 국정신담』에서 『서우』가 연재한 2장까지는, 사실상 일본에 의해 국세가

관학교를 담당하던 시기였다. 이응준 외에도 지청천, 이대영, 홍사익, 박승훈, 김준원, 신태영 등이 노백린이 학교장으로 있던 시기에 배출된 인물들이다. 독립기념관 한국 독립운동사연구소 편, 『노백린의 생애와 독립운동』, 독립기념관 한국독립운동사연구 소, 2003, 39면.

55 손성준, 「한국 검열연표」, 정근식·한기형 등 엮음, 『검열의 제국 −문화의 통제와 재 생산』, 푸른역사, 2016, 532면.

56 그 외에도 동시기에 『서우』는 개인의 수양이 결국 국가를 위한 길이라는 것을 우회 적으로 보여주는 선진국의 또 다른 사례를 준비했다. 〈잡조〉란에 게재된 「미국대통령 류스벨트씨」(『서우』 14, 1908.1)가 그것이다.

기운 한국의 암울한 미래를 예견하는 것과 진배없었다. 보불전쟁에서의 일방적 참패, 포로로 잡힌 프랑스 군인들과 지역 민간인들이 겪는 온갖 수모와 고통, 그리고 죽음들이 다양한 일화의 형태로 1, 2장을 채우고 있었다. 3장부터는 포로 신분에서 풀려난 주인공 보드리와 그의 제자가 되는 모리스를 중심으로 한 군사교육 및 군인들의 실제 활약상이 펼쳐진다.[57] 군대가 해체된 마당에 — 번역자 노백린은 누구보다 그 내부 사정에 밝았다 — 3장부터의 번역이 긴요할 리 없었다. 이러한 측면에서 대한제국의 상황은 참담한 패전 이후의 프랑스보다 오히려 나빴다. 프랑스는 거액의 배상금과 중요한 영토 일부를 패전의 대가로 치러야 했지만, 국민을 교육시키고 군인을 양성할 권리까지 빼앗기지는 않았기 때문이다. 『서우』의 「애국정신담」 연재는 사실상 대한제국이 일본의 식민지화에 대항할 수 있는 모든 가능성이 봉쇄되어버린 1907년 9월에 끝났다. 노백린이 번역한 지점은 『애국정신담』에서 가장 암울한 일화만으로 점철되어 있었다. 번역자는 원작 후반부의 승리의 개가(凱歌) — 이는 곧 알제리와 베트남 등을 정복하는 제국주의적 욕망의 전경화 대목이다 — 는 당연하고, 중반부의 희생과 헌신의 일화들마저도 번역의 대상에 넣지 않았다. 이는 프랑스식 와신상담(臥薪嘗膽)이 식민지인의 투쟁 노선과 한참의 간

---

57 제3장부터의 구성은 다음과 같다. 노백린이 저본으로 삼았던 중국어본을 기준으로 하였다. 제3장 波德利歸國鼓吹青年之愛國心(보드리, 귀국하여 청년들의 애국심을 고취시키다), 제4장 麥爾西之怯懦與莫利斯之奮發(메르시에의 나약함과 모리스의 분투), 제5장 莫利斯觀授與軍旅式於巴黎(모리스, 파리에서 군기수여식을 관람하다), 제6장 莫利斯入南昔聯隊(모리스, 낭시 연대에 들어가다), 제7장 莫利斯養病遊於波氏之門(모리스, 병가로 보드리의 집에서 요양하다), 제8장 麥爾西因破軍紀遭放逐之刑(메르시에, 군의 기강을 어겨 강제퇴역의 형을 받다), 제9장 波德利率子弟觀鏖戰練習(보드리, 제자들을 데리고 대항훈련을 관람하다), 제10장 莫利斯再役入亞熱利軍(모리스, 재입대하여 알제리에 있는 부대에 들어가다), 제11장 莫利斯從軍安南(모리스, 베트남 출정군에 들어가다), 제12장 莫利斯建功東京(모리스, 통킹에서 공을 세우다)

극이 있다는 현실을 직시했기 때문일 수 있다. 노백린, 그리고 『서우』는 단지 『애국정신담』의 1장과 2장을 통해 전시상황 혹은 '포로된 자들'의 수신 덕목 몇 가지를 소묘(素描)하는 데서 멈춰섰다.

5. 수신과 애국, 그리고 개인

『애국정신담』의 수신서적 면모는 1905년 이후 활성화된 민간학회의 교육적 지향과 적극적으로 공명했다. 이 텍스트가 집중적으로 번역되던 시기, 통감부 체제의 학부(學部)는 '자부심', '충성', '용기', '희생', '인내' 등 국가와 결합된 공덕(公德)들을 배제한 수신교과서를 간행하고 있었다. 동시기의 민간 계몽단체들은 이러한 교육현실을 비판하며 여러 대안들을 모색했으며, 학회지의 정기간행을 통해 공교육이 담당했어야 할 분과학문의 지식들을 대신하여 공급하였다. 『조양보』와 『서우』가 공통적으로 연재한 「애국정신담」은, 학회지들이 빈번하게 역재(譯載)하던 역사담들의 존재 이유가 상당 부분 공덕에 초점을 맞춘 수신교육에 있었다는 사실을 예증한다. '관'이 초래한 국가권력의 부재 상태를 '민'은 국가에 대한 담론으로 채우고자 했다. 『조양보』나 『서우』와 같은 당대의 학회지는 '민'의 교과서를 지향하며 다양한 지식을 유포했다. 그 가운데서도 역점을 둔 것은 통감부 체제하의 수신교육에서 공백 지대로 남겨진 덕목, 즉 애국심을 감발하는 교육 콘텐츠를 생산하고 번역하는 일이었다. 이렇듯 1900년대 후반 『애국정신담』의 좌표는 다양한 윤리적 강령 중에서도 애국이라는 내용과 민간주도라는 형식의 접점에 위치했다. 시대적 이념으로 부상하여 식자층에게는 이미 최우선의 덕목으로 통용되던 '애국'이 정작 유소년 교육 현장에는 올라올 수는 없는 반어적 상황,

바로 이 구한말 공론장의 특수성이야말로 민간주도형 애국운동이 크게 일어나게 된 기폭제에 다름 아니었다. 개화와 자강을 역설하던 당대의 지식인들이 직접 나서 다수의 역사물과 전기물을 번역한 이유도 이와 무관할 수 없다.

간과해서 안 될 것은, 계몽의 대상이란 결국 개인이라는 사실이다. 비록 1900년대의 계몽주체가 가지고 있던 진화론적 세계관의 인식적 한계나 민중 동원의 논리에 긴박된 목적상의 한계가 자명하다 할지라도, 역설적으로 그 모든 계몽의 노력 속에서 머리를 들게 되는 것은 수신과 애국의 공통분모인 개인의 가치 그 자체였다. 같은 맥락에서, 당대의 주류서사였던 역사물과 전기물들 역시 단순히 애국주의나 영웅주의의 산물만이 아니라 결국 개개인의 가치를 새롭게 발견하는 도정 속에 함께 놓여 있던 수신용 콘텐츠이기도 했다. 이러한 관점에서 보면, 개별 국가의 이해관계가 상호 충돌하는 역사담들이 어떻게 하나의 매체 안에서 공존할 수 있었는지도 설득력 있게 설명된다. 예컨대 이미 살펴보았던 『조양보』에는 프랑스 입장의 서사물인 「애국정신담」뿐 아니라 프로이센 입장의 서사물인 「비스마룩구 淸話」가 동시에 게재되기도 했다. 『조양보』는 어느 한 쪽의 편을 들지 않고 서사가 지닌 교훈적 특성 자체에 집중했다. 그 교훈이란 결국 자기수양의 필요성과 개인이 갖추어야 할 덕목들을 역사적 사례를 통해 강조하는 수신의 영역이었다. 『애국정신담』 자체도 마찬가지다. 이 텍스트는 철저히 사회진화론에 입각한 자국 중심주의의 산물로서 종국에는 '애국'의 근대적 폭력성을 적나라하게 현시한다. 그럼에도 불구하고 수신교육을 국권수호의 최후 보루로 삼을 수밖에 없었던 구한말의 지식인들은 이 텍스트를 거듭 소환하는 편을 택했다.

2부

유학과 이주 – 중국,
일본에서의 시선

제2부의 표제는 "유학과 이주－중국, 일본에서의 시선"이다. 여기 실린 논문들이 다룬 텍스트의 무대는 한국이 아닌 중국이나 일본이다. 식민화, 근대화가 진전되면서 유학이나 생업 등을 위해 고향을 떠나는 이들의 대열이 두터워졌고 이들은 도착지에서 새로운 경험과 인간관계를 형성해나갔다. 가게모토 츠요시의 「벗어난 자들의 조선－식민지기 도쿄 동부의 한국문학」은 도쿄의 유학생과 노동자들을 그린 소설에 지정학적 공간을 넘어 생활의 장소로 나타나고 있는 '조선'의 의미를 묻는다. 정한나의 「어떤 '아시아주의'의 상상과 저항의 수사학」은 일본 동경에서 조선인이 편집, 출간한 다국어 잡지 『아세아공론』(1922~1923년)에 표출된 조선인, 중국인, 일본인 들의 교류와 불화를 읽어냄으로써 수평적 연대로서 기도된 '아세아'의 의미를 조명한다. 육령의 「주요섭의 상하이 후장대학 시절과 소설 「첫사랑 값」」은 후장대학의 교지 『천뢰(天籟)』(1924-1927년)를 발굴하여 주요섭의 유학생활을 재구성하고 소설 「첫사랑 값」의 배경을 실증적으로 탐구했다. 세 편의 논문을 통해 우리는 식민지기 한국문학의 상상계가 매우 폭넓고 두터웠음을 확인할 수 있을 것이다.

벗어난 자들의 조선

식민지기 도쿄 동부의 한국문학

가게모토 츠요시

1. 이동과 생활, 도쿄 동부의 부각

한국근대 문학은 수많은 '조선'을 그렸다. 그것은 한편으로는 민족주의에 입각한 것이며 다른 한편으로는 민족주의를 의식하지 않으면서도 조선에 사는 것이다. 채만식은 해방 후 소설 「소년은 자란다」에서 '만주'로 이민을 간 조선인들을 '조선사람이 아니지 못하는 조선사람'[1]이라고 표현한 바 있다. 즉 적극적으로 조선인으로 살려고 했던 이들보다 훨씬 많은 조선인이 조선을 산 것이다. 채만식이 일찍 농업노동자의 이동을 민족주의나 계급주의가 아닌 방식으로 그려낸 것처럼[2], 이동한 조선인들의 대다수는 유학생이 아니라 경제적 이유 때문에 고향을 떠난 농민들이었다. 이민자들의 타향으로의 이동은 온전히 '주체적'인 것이라기보다는 흘러서 도달하는 것이었다. 40년대 이후의 강제동원, 징용, 징병, 남양으로의 농민 이주를 포함하면 조선인의 삶의 터전은 아시아 태평양

---

1   채만식, 「소년은 자란다」, 『채만식전집』 5권, 창작사, 1987, 288쪽.
2   가게모토 츠요시, 「식민지조선의 또 하나의 프롤레타리아 문학」, 『혁명을 쓰다』, 소명출판 2018.

전체에 확대되었다.[3] 이러한 이동은 조선인의 정체성을 흐리게 하는 것이라고도 논의할 수 있다. 그러나 영토성에 종속하지 않고 생활의 자리에서 조선을 살아내는 이들의 존재가 부각될 때 한반도라는 영토성이 각인된 한국문학을 보다 현실에 맞게, 그리고 이념보다 생활에 입각해 논의하기 위한 계기가 될 수 있다.

본 논문의 목표는 도쿄를 무대로 한 문학표현을 모아 계보를 그리며 분석하는 데에 있다. 도쿄를 무대로 한 한국 문학이라고 할 때 '조선'이라는 그것 자체를 진지하게 고민하여 3·1 운동의 중요한 계기가 된 유학생들의 문학 활동이 논의되어왔다. 『학지광』이나 『창조』가 도쿄 유학생을 중심으로 일본에서 발간되었다는 사실의 중요성은 이미 많은 연구가 논의해왔다.[4] 그런데 본 논문에서는 이러한 '조선'을 고민했던 유학생들이 아니라 조선을 온몸으로 살아낸 노동자나 온전한 노동자라고 말하기 힘든 실업자들을 중심으로 논의를 구성할 것이다. 물론 이들을 문학적으로 형상화한 것은 지식인에 의해서였다. 지식인들이 그리지 않을 수 없었던 것은 생활하는 조선인들의 존재였다. 기존 연구가 보여주는 것처럼 유학생들은 도쿄에서의 경험을 통해 조선과 일본을 분절했다.[5] 조선과 일본이 정치적으로 분절되는 한편, '조선'이 지식인과 비직인으로 분절된 것이다. '살다'는 동사로 표현되어야 하는 영역은 바로 후자에 해당한다. 그것은 특히 도쿄의 동부나 남부를 그려내는 여러 서사들에

3　樋口雄一, 『日本の朝鮮·韓国人』, 同成社, 2002, 23쪽.

4　大村益夫편, 『近代朝鮮文学における日本との関連様相』, 研究成果報告書, 1998. 大村益夫, 『朝鮮近代文学と日本』, 緑蔭書房, 2003. 波田野節子편, 『植民地期朝鮮文学者の日本体験に関する総合的研究』, 研究成果報告書, 2009. 심원섭, 『일본 유학생 문인들의 대정·소화 체험』, 소명출판, 2009. 김영민, 『1910년대 일본 유학생 잡지 연구』, 소명출판, 2019.

5　허병식, 「장소로서의 동경 - 1930년대 식민지 조선작가의 동경표상」, 『한국문학연구』, 38, 2010, 72쪽.

서 부각된다.[6] 재일조선인 문학사의 서술에서는 일본어 창작자인 김사
량과 장혁주만이 논의되어온 경향이 있다.[7] 이는 연구자의 언어적 조건
에 기인한 것으로 조선어로 썼던 작가들은 재일조선인문학사에서 분리
된다.[8] 즉 식민지기 도쿄(일본)라는 같은 현장을 연구대상으로 설정하면
서 재일조선인문학연구와 한국문학연구가 접속하지 못하고 있는 것이
다. 본 논문이 식민지 시기 도쿄에서 생활한 조선인들을 묘사한 소설들
을 논의하려는 것은 이 두 연구영역을 접속시키려는 시도이기도 하다.[9]
  한국문학사에 등장하는 작가들의 대다수는 도쿄 유학을 경험했다. 대
일본제국의 수도인 도쿄는 대외침략과 이에 따른 경제발전에 의해 계속
발전했다. 도쿄의 중심부와 주변부에는 경제적 격차 또한 당연히 존재
했다. 이광수나 김동인은 주로 도쿄 중심부의 야마노테(山手) 지역을 그
렸다. 이는 나츠메 소세키(夏目漱石)의 문학적 무대와 겹친다. 이광수는
「사랑인가」(1905)에서 시부야(澁谷)를 그렸으며, 「혈서」(1924)에서는 혼고

---

6 식민지기 일본에서의 조선인노동자의 문학적 형상화에 대해서는 다음 선행연구가
   정리한 바 있다. 권은의 연구는 도쿄의 장소를 분절해 부각시켜주고, 이행선의 연구는
   선행연구에 없던 비교적 길이가 있는 작품을 발굴하며 노동자의 문학적 형상화의 한
   사례를 보여준다. 권은, 「한국 근대소설에 나타난 동경의 공간적 특성과 재현 양상
   연구」, 『우리어문연구』, 57집, 2017. 이행선, 『식민지 문학 읽기』, 소명출판, 2019.
7 선구적인 연구자인 이소가이 지로는 "'재일'조선인의 일본어문학"을 연구대상으로 한
   다고 명시적으로 쓰고 있다. 磯貝治良, 『始原の光 在日朝鮮人文学論』, 創樹社, 1979.
8 최근 송혜원은 김달수를 시발점에 두는 재일조선인 문학사를 재구성하며, 조선어로
   작성된 글이나 활자화되지 않았던 여성들의 글쓰기를 포함한 연구를 발표한 바 있다.
   이는 기존의 문학사를 성립시켜왔던 이데올로기를 상대화시켰다. 宋惠媛, 『「在日朝鮮人
   文学史」のために - 声なき声のポリフォニー』, 岩波書店, 2014(한국어판 송혜원, 『재일조
   선인'문학사를 위하여』, 소명출판, 2019).
9 이 구도는 재일조선인사 연구자 도노무라 마사루의 논문에서 차용했다. 外村大, 「日本
   史・朝鮮史研究と在日朝鮮人史-国史からの排除をめぐって」, 『近代交流史と相互認識Ⅲ 一
   九四五年を前後して』, 慶応義塾大学出版会, 2006.

(本鄕), 『그 여자의 일생』(1934~5)에서는 시나가와(品川) 지역을 그렸다. 도쿄의 어디를 무대로 삼았는지에 따라 등장인물의 경제적 조건을 알 수 있다. 나츠메 소세키는 서민들이 사는 도쿄 동부를 의미있는 장소로 그리지 않았다.[10] 나츠메 소세키 소설에서 기혼 여성이 모두 주부인 이 유는 여유 있는 생활을 할 수 있는 계층이기 때문이다.[11] 한마디로 도쿄 동부는 나츠메 소세키의 등장인물과 같은 인텔리들이 행동하는 장소가 아니었다. 일본문학에서 도쿄 동부는 나츠메 소세키의 계열과 단절한 프롤레타리아 문학의 무대가 되거나(사타 이네코佐多稲子「칼라메르 공장에 서」) 모더니즘의 무대(가와바타 야스나리川端康成「아사쿠사 홍단」)가 되거나 사창가(나이 카후永井荷風「묵동기담」)로 그려졌다. 또한 김사량이 「빛 속으 로」에서 그리게 되는 도쿄제국대학교의 세틀멘트가 만들어진 지역 또한 도움을 필요로 하는 사람들의 거처인 도쿄 동부였다.[12]

1923년의 관동대지진은 도쿄의 지리를 일변시켰다. 근대이전부터 하층민이 살던 지역은 불탔으며 부흥이 시작됨과 동시에 신주쿠(新宿) 등 도쿄 서부 지역이 본격적으로 개발되기 시작했다. 1929년에 일본 유학 길에 떠난 박태원은 지진 후 부흥해나가는 신주쿠에 대해 다음과 같이 서술한 바 있다.

"그러하던 것이 저 유명한 관동대지진재를 겪고 나자 갑자기 급속한 발 전을 하였다. 신숙은 진재에도 타지 않았다. 그러나 진재 후의 신숙은 결 코 진재전의 신숙이 아니었다. 진재에는 타지 않았어도 새로운 건설을 위 하여서는 우선 사람 손에 도괴될 필요가 있었다.

---

10 石原千秋, 『漱石入門』, 河出書房新社, 2016, 237쪽.
11 石原千秋, 위의 책, 111쪽.
12 池田浩士, 『ボランティアとファシズム』, 人文書院, 2019, 56쪽 이하.

> 길을 닦는 요한한 곡괭이 소리. 곡괭이 소리 뒤에 일어나는 아스팔트
> 굽는 연기. 그 연기와 함께 새로운 건물, 광대한 건물의 한층, 두 층, 세
> 층, 네 층 높게 더 높게 쌓아 올라갔다.
>
> 백화점이 생기고, 극장이 생기고, 요리점, 카페, 음식점, 마찌아이(待合),
> 땐스홀, 그리고 또 온갖 종류의 광대한 점포-
>
> 양편에 늘어선 그 건물 사이를 전차, 자동차, 자건거가 끊임없이 다니고,
> 그리고 그보다도 무서운, 오- 군중의 대홍수
>
> 밤이면 붉게 푸르게 밤 하늘에 반짝이는 찬연한 네온싸인 문자 그대로
> 의 불야성 아래 비약하는 근대적 불량성-"[13]

박태원은 리듬이 있는 묘사는를 통해 발전해나가는 도시의 분위기를
전해준다. 그러나 이러한 부흥과 발전에는 조선인을 비롯한 많은 비도쿄
인들의 노동력이 필요했다. 그들이 산 지역은 바로 도쿄 동부였다. 도쿄
동부는 가난한 사람들이 사는 곳으로 지진 후에도 의미가 크게 달라지지
않았다. 20년대의 송영, 30년대의 안용만, 김승구, 40년대의 김사량에 이
르기까지 도쿄 동부는 조선인 노동자들의 집주지역 중 하나이었다. 1930
년대에 서울과 평양의 다음에 조선인 인구가 많았던 곳은 오사카이다.
오사카는 1923년부터 제주도와 직항 항로가 개설된 곳이었으며 제주인
을 비롯한 조선인들이 공장에서 노동했다.[14] 오사카를 언급한 글은 재일
조선인에 의한 문학작품을 비롯해 사후적으로 쓰여진 것은 많으나[15] 동
시대 문학에서는 살짝 언급될 뿐 크게 부각되지 않는다.[16] 그러한 의미에

---

13 박태원, 「반년간」, 『윤초기의 상경』, 깊은샘, 1991, 339~340쪽.

14 金贊汀, 『朝鮮人女工のうた 一九三〇年・岸和田紡績争議』, 岩波書店, 1982. 杉原達, 『越境
   する民 近代大阪の朝鮮人史研究』, 新幹社, 1998. 서지영, 『경성의 모던걸: 소비 노동 젠더
   로 본 식민지 근대』, 여이연, 2013.

15 鄭承博, 「電灯が点いている」, 『文学界』, 文藝春秋, 1973년1월호. 梁石日, 『血と骨』, 幻冬
   社, 1998 등.

서 오사카를 그린 문학작품이 많지 않다는 것은 그 자체가 문제라고 할 수 있다. 이에 비해 도쿄는 조선인 지식인이 많이 유입한 곳인 만큼 많은 텍스트가 남아 있어 조선인들의 모습을 문학적으로 재구성할 수 있다. 도쿄에 산 조선인들은 결코 목적적으로 산 것은 아니며 '생활하다'라는 동사적 형태로 '조선을 산다는 어떠한 것일 수 있는가'를 알려준다.

2. 민족과 멀어지는 나날 속의 민족성

도쿄에서 조선인 학생을 만날 것이면 간다(神田), 문화층 지식층이면 긴자(銀座), 근로층이면 후가가와(深川)나 혼조(本所)라는 식으로 도쿄를 세 지역으로 나누어 인식하는 경향이 있다.[17] 한국문학자들이 그린 도쿄는 유학생이 집주하던 간다를 비롯한 도쿄 중심부나 와세다(早稻田)나 고엔지(高円寺)와 같은 도쿄 서부가 대부분이다. 그러나 그들은 유학생 집단을 그려냈을 뿐만 아니라 조선에 있던 무렵에는 만난 일이 적었을 노동자나 노동자에 미달한 자들도 그렸다. 그것이 도쿄 '동부'와 시바우라 해안 일대를 무대로 한 문학이다. 그 조선인들은 규율화된 공장노동자가 된 것도 아니기 때문에 프로문학과도 거리가 있다.

1923년, 소설가 나가이 가후(永井荷風)는 일기에 다음과 같이 썼다. "행인이 큰 소리로 길을 물어보는 것을 들으면 지나(支那)어가 아니면 조선이이다. 이 주변에 공장에는 지나나 조선의 이민을 많이 쓰는 것으로

---

16 이인직의 『혈의 누』도 무대 중 하나가 오사카이지만 옥련이나 구완서는 노동하러 간 것이 아니다. 이기영의 「야생화」에서는 오사카에서 노동하러 간 오라범이 언급된다. 이기영, 「야생화」, 『문장』, 1939년 7월호, 342쪽.

17 「백만도항동포생활보고 4」, 『동아일보』, 1939년 7월9일. 다음 자료집을 참조했다. 外村大·韓載香·羅京洙 편, 『資料 メディアの中の在日朝鮮人』, 綠蔭書房, 2015, 348쪽.

보임".[18] 이는 도쿄 동부를 묘사한 부분이다. 1923년의 도쿄 동부에서 이민자들은 이미 가시적 존재였다.

1923년 9월 1일의 관동대지진과 그 후의 조선인학살은 식민지조선에서 발행된 미디어에도 등장하며 동시대 문학에 영향을 주었다. 1924년 11월 발행의 『조선문단』 제3호에 게재된 원소(권환[19]) 「아즈매의 사」는 여름방학이 되자 지진공포 때문에 거의 모든 조선인학생이 귀국한 가운데 혼자 도쿄에 남게 된 도쿄제대 의학부의 조선인 학생이 주인공이다. 그는 도쿄 교외 공장지대에 있는 바라크에 사는 조선인노동자들 사이에 들어가 술집에서 일하는 조선인 여인을 알게 된다. 그러나 그 여인은 조선인 남성에 희롱을 당해 양심이 부끄럽다는 유서를 남기고 자살한다. 그는 남편을 찾아 일본으로 건너왔지만 결국 남편을 찾지 못해 바라크에서 술을 팔고 있던 것이다. 이 소설에서는 방학이 되자마자 조선으로 돌아가는 유학생들의 모습을 통해 지진에 대한 공포가 언급된다. 그러나 바라크에서 생활하는 사람들은 지진에 대한 공포를 갖기 전에, 우선 각자의 자리에서 생활을 꾸려야한다는 문제가 존재한다. 학살의 기억은 지식인 문인들에게 무게가 있지만 노동자들에게 도쿄는 '부흥' 때문에 일자리가 있는 무엇보다도 생활의 장소인 것이다. 또한 이 소설에서는 "경상남도 사투리",[20] "전라도 방언"[21] 등 조선 각지에서 노동자들이 왔다는 것이 방언을 통해 표현된다. 이 소설은 일본인과 조선인의 민족

---

18 '지나'는 중국멸시적인 함의가 있는 단어이지만 역사적 맥락상 그대로 인용한다. 나가이 가후 일기 『断腸亭日乘』, 1923년 5월19일. 川本三郎, 『大正幻影』, ちくま文庫, 1997, 161~2쪽에서 재인용.

19 권환은 도호쿠 지방(동북지방)의 야마가타에서 고등학교를, 교토에서 대학을 다녔기 때문에 도쿄를 아예 모르는 것은 아니었다고 추정된다.

20 원소, 「아지메의 사」, 『조선문단』 3호, 1924년 11월, 22쪽.

21 원소, 위의 글, 23쪽.

적 정치적 분절을 의식한 상태에 있는 지식인이, 또 다른 분절, 즉 지식인과 노동자들의 분절을 비로소 의식하기 시작했음을 보여준다.

1920년대에 남성 노동자는 일본에 단신으로 건너왔다기보다 그들의 가족을 데리고 와 함께 살았다. 이는 일본을 일시적인 일터로 생각하고 산다는 것이 아니라 가족규모로 '정착'한다는 것이다. 하나의 사례로 도쿄 동부 닛포리(日暮里[22])를 무대로 한 염상섭의 「유서」(1926)에는 목욕탕에 갔다 온 여성이 골목에서 조선어로 지껄이는 모습이 기입된다.[23] 이렇듯 일시체류를 전제로 하는 유학생들의 삶과 근본적으로 다른 생활이 도쿄에는 있던 것이다. 그것을 지식인들도 잘 알고 있었고 특히 '후카가와(深川)'라는 하층민들의 생활지역은 핵심적인 지명으로 거듭 언급된다. 조명희는 도쿄에 거주하던 시절을 회고하면서 학비가 없어서 고민하다가 "문학이 다 무엇이야. 영어공부가 다 무엇이야. 지금부터 혼조(本所)나 후카가와(深川)같은 데로 가서 품팔이나 하자!"[24]는 생각을 했다고 회고한다. 유진오는 1923년 말부터 24년 초를 시대 배경으로 삼은 「귀향」에서 노동운동의 무대로 후카가와를 설정했다.[25] 일본도항경험이 없기 때문에 도쿄에 대한 지리감각이 다른 작가에 비해 떨어진다고 추측할 수 있는 이효석의 「계절」(1935)에서 주인공 건이 도달한 장소도 도쿄 동부인 '후카가와'였다.[26] '후카가와'는 노동자가 살 만한 장소로서 이효석에게도 인식되고 있었던 것이다. 이러한 도쿄 동부의 지명들은 1935년

---

22 염상섭이 살던 당시 닛포리는 아직 '도쿄시'에 편입되기 이전이었다.

23 염상섭, 「유서」, 『염상섭전집』, 9권, 257쪽.

24 포석, 「생활기록의 단편 – 문예에 뜻을 두던 때부터」, 『조선지광』, 65호, 1927년 3월, 문예면 9쪽.

25 유진오, 「귀향(중)」, 『별건곤』, 1930년 6월호, 138쪽.; 「귀향(하)」, 『별건곤』, 1930년 7월호, 162쪽.

26 이효석, 「계절」, 『이효석 단편전집 1』, 가람기획, 2006, 440쪽.

안용만은 데뷔 시 「강동(江東)의 품 - 생활의 강 '아라카와'여」에서 '생활'
현장으로서 호명된다.

　"가장, 매력 있는 지구였다. 강동은……
　남갈(南葛)의 낮은 하늘을 옆에 끼고 아라카와의 흐릿한 검푸른 물살을
안은 지대다.
　수천 각색 살림의 노래와 감정이
　먼지와 연기에 싸여 바람에 스며드는 거리 - 이곳이 내 첫 어머니였다.

　내가 사랑튼 지구 - 강동……아라카와의 물이여!
　세 살 먹는 갓난애 적…… 살 곳을 찾아 북국의 고향을 등지고 현해탄에
눈물을 흘리며 가족 따라 곳곳을 거쳐 닿은 곳이 너의 품이었다.
　누더기 모멩옷 입고 끊임없이 사이렌이 하늘을 찢는 소란한 거리 빠락에서
맨발 벗고 놀 때 '석양의 노래'를 너는 노을의 빛으로 고요히 다듬어주었다.
　(중략)
　강동……아라카와의 흐름이여!
　네 봄의 따뜻한 양광에 포만된 노래를 가득히 싣고 흐르는 푸른 얼굴을
바라볼 때
　몇 번 - 보지 못한 반도강산 그리고 고향의 북쪽 하늘가 멀리…… 얄루
(鴨綠)강의 흐름을, 그리었는지
　너는 안다. 너는 잔디 우에 누워 약조 마칠 때 설움의 마음으로 속삭이
든 고향의 이야기를 깨어지는 물거품에 담아 실어 갔다.
　(중략)
　아라카와요! 네 상류 - 물살에 단풍이 낙엽 지고 우리들의 지난날의 일
을 추억의 품속에 되풀이하든 가을날!
　나의 갈 곳은 고향 - 얄루 강반으로 결정되었다
　내 일생의 기록의 페이지에서 사라지지 않을 그날! 나는 너를 버리었다
　그리하야 수평선 아득한 현해의 해협을 건너

고향의 산천도 바라볼 틈 없이 베르트의 반주 속에 너의 그리움의 노래
－기쁨과 설음의 멜로디－를 부르노라(후략)"[27]

이 시는 어릴 때 가족과 함께 도쿄 동부에 와서 아라카와(荒川)의 물의
흐름과 함께 자란 젊은 남자가 발화한 것으로 설정되어 있다. 제목이
보여주듯 이 시에는 생활 현장에서 당당하게 사는 조선인의 모습이 그
려진다. 그는 아라카와 부근에서 직공으로 일을 시작했는데 어떠한 임
무를 띠어 압록강으로 떠나려 한다. 안룡만은 아라카와 부근에서 자란
조선인이 된 것처럼 압록강(얄루)와 아라카와라는 두 개 강을 서로 울리
면서 그곳에서 사는 조선인을 노래하고 있다. 안룡만은 아라카와를 일
본어 발음으로 표기하는 것과 동시에 압록강을 중국어 발음('얄루')으로
표기했다. 시의 화자인 '나'는 교육을 받은 지식인은 아니다. 그러나 이
동과 생활의 경험을 통해 갖게 된 시야는 이미 조선에 한정되지 않는다.
안룡만은 도쿄에서 중국으로, 일본어에서 중국어로 이르는 탈조선어적
인 상상력을 통해 당당하게 생활하는 조선인을 그렸다. 안룡만은 해방
후에 북한에서 시인으로 활동했으며 「대동강변의 아침」[28]을 그린다. 이
는 「강동의 품」과 동형적 내용이며 희망을 노래하고 있지만 시에서 사
람들의 생활은 삭제되고 말았다. 「대동강변의 아침」에서는 백성의 가난
이나 역사의 흐름 등 생활에 대해서가 아니라 상식적인 역사적 관점에
서 강이 묘사되었다.

도쿄에서 노동자 경험을 한 작가로는 송영이 있다. 『개벽』 1925년 7월

---

27 안룡만, 「강동의 품」(『조선중앙일보』, 1935년 1월 1일), 『안룡만 시선집』, 현대문학,
    2013, 33~5쪽.
28 안룡만, 「대동강반의 아침」, 위의 책, 405~7쪽. 처출은 안룡만, 『새날의 찬가』, 조선
    문한예술총동맹출판사, 1964.

호에 실린 「늘어나는 무리」는 스미다강(隅田川)의 지류 오나기강(小名木川) 변의 조선인 함바(飯場)를 무대로 한다. 예전에 도쿄에 조선인이 적었을 때에는 조선인끼리 서로 도와주기도 했었지만 1925년의 도쿄에는 이미 수많은 조선인이 존재했기 때문에 동포의식이 희박해졌다는 지적도 나온다. 조선인이 많아짐에 따라 조선인들끼리 경쟁을 하게 되어 결과적으로 '조선'이라는 단결의식이 없어졌다는 것이다. 직업소개소나 신문소개란을 통해서 일자리를 얻는 일에 실패한 승오는 지인의 소개로 조선인 함바를 찾아간다. 그는 그때까지 '하얀 손의 사람의 노동'을 해온 측의 인간이지만 거기에 있는 노동자에게 '조선의 친구이십니까?'라고 말을 건다. 하얀 손의 인간, 즉 인텔리가 노동자에 대해 비 위계적인 용어('친구')로 부르는 것은 당시 한국문학에 큰 영향을 주던 투르게네프『산문시』에 수록된 「거지」의 영향권에 있다는 것이다.[29] 이 소설에서 하얀 손의 인간은 노동자가 되는 일을 통해서만 '친구'가 될 수 있다는 의식이 반영되어 있다. 투르게네프의 시처럼 서로 다른 입장을 가졌음에도 불구하고 쉽게 화해되는 화목함은 없다. 즉 빈부격차 문제에 대한 위계를 유지한 채 봉합하는 투르게네프적 인도주의를 넘어서려는 단서가 엿보인다. 그것은 승오가 그때까지 자부해온 지도자로서의 생활을 스스로 부정해 나가는 과정이기도 하다. 그 과정에는 함바에서 다른 조선인 남성한테 성폭행을 당하는 것까지 포함되어 있다. 이러한 과정을 통해 자세히 그려지지 않았지만 승오는 노동자들의 일원이 되었다.

이 소설에 등장하는 함바 주인은 조선인이다. 조선인 함바 주인은 '오야카타(親方)'라고 불리는 중간착취자이다. 도쿄 동부를 그리는 소설들은 조선인 하층노동자를 그려내기도 했으나 동시에 같은 민족의 노동자

---

29 김진영,『시베리아의 향수』, 이숲, 2017. 특히 제6장.

를 중간착취하는 인물들 또한 등장한다. 김사량 「무궁일가」(『改造』1940년
9월호)에서는 동포를 착취하고 축재하는 악한이 등장하기도 하다. 송영
의 소설이 발표된 지 10년 후 시바우라(芝浦) 해안을 무대로 삼은 것으로
추정되는 김승구의 희곡 「유민」에서도 조선인 함바 주인이 등장한다.
이 희곡에는 "상연시에는 적당한 곳에 파도 바람, 보- '우인찌'등의 효과
가 필요하다"[30]라고 배경이 바닷가임을 거듭 강조하는 지시문이 나온다.
시바우라의 조선인 바라크는 1940년 개최예정이었던 도쿄 올림픽 때에
찾아올 해외사람들에게 더러운 빈민굴을 보여줄 수 없다는 이유로 반복
해서 철거명령이 내려지고 있던 지역이기도 했다.[31] 또한 안룡만도 북한
에서 재일조선인 귀국운동을 노래한 시 「귀국선 첫 배가 닿으면」에서
재일조선인의 생활사를 압축적으로 노래한 바 있는데, 거기에 '시바우라'
라는 지명이 기입된 바 있다.[32] 이렇듯 시바우라는 일본에 사는 조선인
노동자들에게 매우 실감이 있는 지명이었다. 스스로의 작품에 대해 김
승구가 "예술작품이라기보다 단순한 생활기록"[33]이라고 썼듯이 이 희곡
에는 조선인노동자의 매일 변화 없는 생활이 묘사되었다. 「유민」에서는
조선인 김영수가 오야카타로 경영하는 '기라쿠야'라는 식당 겸 함바가
등장하는데, 그 이층에서 노동자가 생활하고 있다. 항구에 배가 들어와
도 조선인노동자에게는 일이 돌아오지 않는다.[34] 술을 사람들은 '노세노

---

30 김승구, 「유민(완)」, 『동아일보』, 1938년 2월 1일. 「유민」은 신문지면에서는 12회로 완
    결되었다고 되어 있지만 두 번에 걸쳐 연재 횟수의 오식이 많아서 실제로는 연재 13회
    로 완결된다.

31 김용재, 「도쿄의 사나가와 매립지」, 『사해공론』, 1938년 6월호. 外村·韓·羅, 앞의 책,
    참조.

32 안룡만, 「귀국선 첫배가 닿으면」, 안룡만, 앞의 책, 408쪽.

33 김승구, 「유민(2)」, 『동아일보』, 1938년 1월 7일.

34 김승구, 「유민(10)」, 『동아일보』, 1938년 1월 29일.

세 젊어노세'[35]라고 반복되어 변화없는 일상에 대한 노래를 부른다. 또한 전차금으로 조선에서 데리고 온 조선인여성이 일하는 조선 술집도 있다. 이 생활은 전진해 나가는 생활이 아니라 단순재생산의 나날이다. "술주정, 노름, 쌈"[36]이 계속 반복되는 것이다. 이를 참다못해 젊은이들은 생활 현장에서 도망간다. 이러한 단순재생산의 나날은 송영의 「석탄 속 부부들」(1928)이 묘사한 변함없는 나날로서의 생활이다.

> "점심 먹으라는 기적 소리는 비온 뒤의 대순과 같이 <u>동경의 동쪽 교외</u>를 뒤집어 놓았다.
>
> 모양은 다르나 실상은 같은 여러 가지의 사람의 기계들은 팔다리가 더속히 돌아가라는 기름인 찬밥덩이를 먹느라고 야단들이 났다. 그들의 기쁜 것은 이것- 요 순간밖에 없다.
>
> 지금은 봄이다. 나비도 건드럭거리고 고운 꽃만 찾아다니고 눈에 보이지 않는 작은 벌레까지도 구석구석에 맞붙어 움직이고 있다.
>
> 어떻든지 쾌락이며 행복이며 자유다. 그러나 이 <u>동쪽 마을</u>만은 변한 것들이 없다. 있다면은 그들의 가슴속뿐일 것이다."[37] (밑줄은 인용자)

이렇듯 변함없는 나날이 지속되면 사람들은 민족주의와 멀어지게 될 것이라는 논의를 할 수도 있다. 그러나 조선에서 온 외부인을 통해 민족적 사고는 갑자기 솟아난다. 송영 「늘어나는 무리」나 원소 「아지메의 사」에서는 조선의 여러 지방에서 사람들이 모였기 때문에 조선어는 여러 지방 방언으로 묘사되었지만 대략 10년 후에 쓰인 김승구 「유민」에서는 등장인물들의 말이 충청도 방언으로 통일되었다. 김승구 「유민」의 인물

---

35 김승구, 「유민(4)」, 『동아일보』 1938년 1월 9일.
36 김승구, 「유민(완)」, 『동아일보』, 1938년 2월 1일.
37 송영, 「속탄 속 부부들」(1928), 『송영소설선집』, 현대문학, 2010, 142쪽.

들은 충청도의 한 마을에서의 인맥을 통해 사슬처럼 일본으로 이동해온 셈이다. 그만큼 도쿄가 노동력을 흡수하는 경제적 힘을 가지고 있던 것이다. 도쿄에서 성장한 정락현의 어렸을 때의 모습을 술자리에서 어른들이 회고한다.[38] 조선에서 찾아온 정락현의 아버지에게 고향의 상황을 물어보고 함께 옛 이야기를 나눈 것으로 외부인은 도쿄에서의 단순재생산의 나날 속에 고향을 기입시킨다. 무국적적 노동인 항만노동의 반복적 시간성에 조선에서 온 외부인이 균열을 내는 것이다. 여기에서 말하는 '조선'은 조선 일반이 아니라 그들의 마을의 문화나 사람들이다. 김승구「유민」에서 오야카타의 아내는 조선에서 죽고 싶다고 말한다.[39] 도쿄에서 고향과 단절되어 마치 일본에서의 나날에 매몰한 생활 속에서 노동자들은 '조선'에 대한 의식이 없는 것처럼 보인다. 그러나 그들의 조선에 대한 마음은 간헐적으로 쏟아진다. 조선은 지속적이면서 의식적인 영역에 있는 것이 아니라 무의식적이며 가시적이지 않는 곳에 있다. 따라서 그것은 없어진 것처럼 보이고 민족의식이 없는 것처럼 보이지만 어떠한 외적인 계기를 통해 그 의식이 불러일으켜질 때 조선은 얼굴을 내민다.

이처럼 도쿄의 조선인 노동자들을 그린 많은 서사에서는 나날 속에서 조선을 잊어버린 사람들이 등장한다. 그런데 갑자기 조선인 의식은 분출된다. 이 서사들에서 그려진 조선은 추상적으로 발화되는 조선이라기보다 오히려 조선 외부에서의 삶 속에서 잊어버려지면서도 생활의 현장에서 간헐적으로 솟아나는 것이다. 이들이 그린 조선은 관념적이거나 지리학적인 조선과는 완전히 다르다. 바로 조선과 관련이 없을 것 같은 변화 없는 나날 속에서 조선과 거리가 먼 것처럼 보이는 그 자리에서

38 김승구, 「유민(3)」, 『동아일보』, 1938년 1월 8일.
39 김승구, 「유민(7)」, 『동아일보』, 1938년 1월 15일. (7)이라고 표기되었으나 실제로는 연재 8회.

생활하는 조선을 찾아내는 것이다.

3. 위계의 무장에서 수평의 무장해제로 – 김사량의 도쿄 소설

관념적이거나 지리적인 것으로 회수될 수 없는 '조선'은 김사량 소설에 나오는 일본에서 태어난 2세들의 모습에서도 읽을 수 있다. 조선을 사는 것은 조선이라는 장소에 한정되지 않는다. 김사량은 '조선으로 도피할 수 없는 존재들'에게서의 '조선'을 그렸다. 조선이라는 영토적 기둥을 가지지 않으면서 어떻게 조선인으로서의 보람을 가질 수 있을까? 진정한 '조선인'의 본질을 회복해야 한다는 소외론이 아니라, 곳마다 때마다 구성되는 조선을 인정한다는 의미에서의 조선인성이다. 「빛 속으로」는 스스로 조선인이라는 점을 강력히 부정하는 야마다 하루오(山田春雄)가 자기긍정을 통해 스스로를 회복해 나가는 줄거리이다. 그런데 그 회복은 소외론이 가정하는 본질로의 회귀가 아니라 바로 그곳에서의 회복이다. 이렇게 볼 때 김사량이 구성하려고 했던 조선이란 바로 그것으로부터 자신을 긍정할 수 있는, 자신의 자유로운 생활의 최대치를 발휘할수 있는 것이었다.

「빛 속으로」는 오시아게(押上), 코토(江東)가 무대이며 송영이나 안룡만의 문학표현과 겹치는 도쿄동부 소설이다. 야마다 하루오는 조선인을 비하한다. 그가 남(南)이라는 조선인대학생과 만나는 과정에서 정체성을 회복해나가는 소설이다. 하루오의 아버지는 조선인과 일본인의 '혼혈'이며, 어머니 또한 도쿄 동부 지역인 수자키(洲崎)의 조선요리집에 팔려온 조선인이다. 하루오는 조선인의 피를 가지면서 조선을 부정하고 있다. 남은 하루오에 대해 다음과 같이 생각한다. "본능적으로 어머니에 대해

가지고 있는 애정을 비롯한 것이 이 소년에게만 결여되고 있다고 생각할 수 없다. 그것은 단지 왜곡된 일에 불과하다."[40] 남은 하루오의 결여가 회복되면 하루오가 인간적으로 타자와의 관계를 재구축할 수 있을 것이라고 생각한다. 하루오의 근본에 있는 조선인에 대한 비하감정을 제거하는 것은, 하루오 자신 그리고 하루오의 가족에 대한 비하감정을 제거하는 것이기 때문이다. 그러나 이러한 읽기에 머물면 일본이라는 '어둠'에서 조신이라는 '빛'으로 이행하는 것으로 읽어버리게 된다. 이러한 읽기 방식으로는 하루오나 남은 회복할 수 있지만 다른 등장인물들은 버림을 당한다.

같은 시기의 신문이나 잡지에 실린 글에는 오사카나 도쿄에 사는 조선인 아동이 조선을 잃어버리고 있다는 지적이 나온다. 특히 언어문제가 반복적으로 논의된다. 조선인 취락에서 조선어가 통하지 않는 아동이나 "완전한 도쿄 노동자 말"을 구사하는 조선 아동[41] 등 언어문제는 가장 가시적으로 '미흡한 조선'을 보여준 셈이다. 후자의 필자인 장혁주는 "학교에도 다니지 못하고 어두운 환경 속에서 평생을 마치게 될 것이라고 생각하면서 나는 쉽게 거기에서 움직일 수 없었다"[42]고 조선어를 할 줄 모르는 일을 부정적으로 파악한다. 이러한 부정성은 표면에 나타나기 쉬운 언어능력을 기준으로 위계를 만들어진다. 위계는 본질을 설정하고 소외론을 만들기 일쑤이다. 그러나 김사량 소설은 그 현장에 사는 것을 최대한 긍정하려고 했다. 도쿄에 사는 조선인은 조선과의 관련 여부나 조선어의 수준 등에서 각자 다른 조건을 가지고 있다. 그러나

---

40 金史良, 「光の中に」, 『光の中に』, 講談社, 1999, 29쪽.

41 홍종인, 「지방 재유 조선인 문제 (13)」, 『조선일보』, 1934년 10월 27일. 張赫宙, 「朝鮮人 聚落を行く」, 『改造』, 改造社, 1937년 6월호. 두 자료는 外村·韓·羅편, 앞의 책을 참조.

42 張赫宙, 위의 글, 53쪽(外村·韓·羅편, 앞의 책, 164쪽).

생활한다는 점에서는 위계가 없기 때문에, 김사량의 소설은 그러한 위계 없음의 수평성을 최대치로까지 밀고 나간다. 「충」에 나오는 지기미의 말 "고향이란 게 꿈에서도 갈 수 있는 곳이지. 너든 나든 멀리에서 생각하는 것만으로도 고향은 있단 말이야. 근데 불쌍한 이놈들은 멀리에서 생각하는 것만으로는 어찌할 수도 없지"[43]라고 말한다. 이는 생각만으로도 존재하는 고향과, 생각하든지 안하든지 간에 그 이전에 이미 생활 현장에 존재하고 있는 '이놈들'을 대비시켜 이 곳에서 산다는 것이 무엇보다 우선이라는 주장이다. 이 말은 조선어나 조선과의 관계의 밀도 등의 위계와는 전혀 관계없이 발화되었다. 지기미는 고향이 어딘지를 잊었지만 시바우라 지역에서의 조선인노동자들에게 필요한 존재가 되고 싶다고 생각한다. 그 의식이 강한 나머지 "네가 내 약을 먹으면 더 사이가 좋아질 텐데"[44]라고 주변의 노동자들을 모르핀 중독자로 만든 일을 통해 위계의 수평화를 시도한다는 웃음직한 일면도 가진다. 지기미는 육체노동을 하지 못하는 신체를 갖고 있기 때문에 노동자들의 도박 지킴이를 하는 것밖에 현금수입의 수단이 없다. 신체문제와 나이 때문에 날품팔이에 나갈 수도 없지만 시바우라라는 생활 현장에서 새벽부터 동무라고 생각하는 조선인 노동자들을 깨우고 또 저녁에는 마중을 나가는 역할을 가지려고 한다. 고향도 실명도 잊은 지기미의 조선은 시바우라의 조선 함바에서 시바우라의 조선인노동자와 함께 생활하는 것을 통해서만 발현된다. 그는 '진정한 조선'을 핵심에 두는 위계상으로 가장 보잘것없는 존재이다. 그러나 지기미의 존재를 통해 시바우라의 사람들은 모두 같은 평면에 있다는 것을 제시하며, 지기미의 온 존재를 긍정하는

43　金史良, 「蟲」, 『新潮』, 1941년 7월호. 大村益夫・布袋敏博편, 『近代朝鮮文学 日本語作品集(1939~1945) 創作篇 3』, 緑蔭書房, 2001, 387쪽에서 인용.

44　金史良, 「蟲」, 위의 책, 382쪽.

것이다. 적어도 소설 화자인 '나'는 지기미에게 스스로의 존재를 긍정 받고 있다.

「무궁일가」의 최동성(崔東成)은 그 자신의 이름에 "동쪽나라에 한번 건너온 이상 적어도 너만이라도 성공해라"[45]라는 의미를 가지는 일본출신 조선인이다. 그는 "생활에 대해 매우 고민해 힘들"[46]어한다. 그는 현재의 길이 막힌 상황(가족, 경제문제)을 타개하기 위해 일본에서 훌륭한 에지니어가 되어 소선에 돌아가려고 한다. 이는 길이 막힌 인생의 탈출구로서 조선을 상상하고 있다는 것이다. 또 최의 집에 세를 낸 강명선은 전신주의 찌라시에 있는 감언을 보고 홋카이도의 탄광으로 출발한다. 강명선이 집을 비운 사이에 강의 아내가 출산한다. 최동성은 노동자 함바에 있는 강의 남동생에게 출산을 알리려고 가는 길에 다음과 같이 생각했다. "나 혼자만이 바닥에서 고투한 건 아니다. 우리는 모두 다 한명도 빠짐없이 힘들어 하고 있다. 그리고 그것은 우리 각자에게 연결되고 있는 힘들임이며 또 그것을 돌파하고 진정해나가는 고민도 용기도 동경(憧憬)도 투쟁도 모든 사람의 것이다. 그렇게 우리가 지금까지 살아왔으며, 앞으로도 또 극한 고생과 희열 속에서 영원에 사는 일에 틀림없다."[47] 그리고 그는 "나 혼자가 아니다. 나 혼자가 아니다"[48]라고 혼잣말을 한다. 현재 생활의 조건들을 규정하는 타자와의 공동성 속에서야말로 고생과 희열을 발견할 수 있다고 깨닫는 것이다.

김사량이 제시하는 것은 '진정한 조선'에 도달하려는 견고한 주체를 내세움으로써 얻을 수 있는 회복이 아니라 일본 생활에서 '무장'[49]할 수밖

---

45   金史良, 「無窮一家」, 『光の中に』, 254쪽.
46   金史良, 「無窮一家」, 위의 책, 212쪽.
47   金史良, 「無窮一家」, 위의 책, 260쪽.
48   金史良, 「無窮一家」, 위의 책, 262쪽.

에 벗는 조선인들이 '무장해제'를 함으로써 얻을 수 있는 회복이다. 「빛 속으로」의 남이 "나는 이 땅에서 조선인임을 의식할 때는 항상 무장해 있어야 했다"라고 언명할 때 남은 '이 땅'(일본)에서 무장하는 존재로서의 모습을 보여준다. 무장의 전 단계에는 공포가 있다. 「빛 속으로」에서 하루오의 어머니 정순이 "하루오는 내지인입니다……하루오는 그렇게 생각 하고 있습니다……"[50]라고 남에게 일본어로 말한다. 조선인에 대해 일본 어를 써야 만 하는 어떤 공포가 있다. 이는 "조선인임을 죽임으로써 가능 해지는 사랑"[51]을 대면할 때 정순에게 요구되는 무장에 연결된다. 그 무 장은 '이 땅'이라는 환경에 규정되어 있기 때문에 한 개인이 '진정한 조선 인'이 되는 것으로 해결되지 않는다. 김사량 소설이 제시하는 것은 한 개인이 소외로부터 회복되는 것이 아니라 그와 그를 무장하게 만든 환경 모두가 집단적인 긍정으로 이르는 길을 모색하는 것과 관련 있다. 그리 고 그 공포의 원인은 제도적 법적인 것에 머물기보다 생활에서 사귀는 관계 속에 있다. 그를 무장하게 만든 일본사회를 구성하는 모든 존재들 이 달라짐으로써 공포의 조건들을 풀어나가야 한다. 회복의 길은 무장해 제를 통해 공포의 원인을 제공하는 생활 속에서의 관계를 풀어나감으로 써 다른 관계 가능성을 열어 조선인들의 '이 땅'에서의 생활가능성이 최 대한으로 긍정되는 것이다.

「빛속으로」에는 "소년 하루오는 지금 모든 사람 속에 있다"나 "공원도 평소같이 않게 많은 사람들이 있었다"[52]라는 장면묘사를 통해 하루오와 남이 사람들 속에 들어갔다는 것을 보여준다. 사람들 속에서 하루오는

---

49 「빛 속으로」에 나오는 말이다. 「光の中へ」, 위의 책, 34쪽.

50 金史良, 「光の中へ」, 위의 책, 44쪽.

51 磯貝治良, 앞의 책, 44쪽.

52 金史良, 「光の中へ」, 『光の中へ』, 50쪽.

당당하게 웃을 수 있었다. 이 '사람들'은 조선인만으로 이루어진 공동성
이 아니다. 하루오는 예전에 "게와 같이 황으로 걸어 몇 번도 부딪치면
서"[53] 걸어갔었지만 회복해 나가는 그는 이제 시노바즈 연못(不忍池)의
보트를 타기 위해 돌계단을 달려 내려간다. 한 명의 소외회복이 아닌,
무위계적인 생활 공동성이라는 관점에서 본 각각의 삶의 방식이 긍정되
는 길에 대해 김사량 문학은 묻는다. 그것은 도쿄를 산 조선인들의 생활
의 힘에 의해 인도된 물음이다. 이 물음은 환경을 구성하는 사람들이
무장해제의 조건을 만들어나감으로써 응답되는 것이며, 지금에 이르기
까지 끊임없이 시도되고 있다.

그런데 김사량의 무장해제는 「빛 속으로」, 「무궁일가」, 「충」에서 보이
는 것처럼 순수하지 않은 조선인들과 일본인까지를 포함한 공동성 속에
서 시도된 것인 반면 전혀 다른 방향에서 시도되기도 했다. 「광명」(1941)
또한 무장해제의 소설이다. 조선인 가장과 첫째 딸이 도요라는 조선인
하녀를 가혹이 학대한다. 그 조선인 가장은 대학교를 나왔으나 직업이
없으며 일본인 아내의 호적에 들어가 있는 인물이다. 그는 "나는 이래도
고등관에 상당하는 지위에 있고 대신각하도 직접 뵐 수 있다"[54]고 기세
를 부린다. 또 그의 딸들은 「빛 속으로」의 하루오처럼 스스로의 조선성
을 부정하기 때문에 조선출신의 하녀를 학대한다. 학대는 무장의 반영
이다. 돌이켜보면 하녀가 조선에서 온 이유는 일본인 아내가 딸들에게
조선의 긍정적 측면을 흡수시키고자 했기 때문이다. 그러나 하녀 학대
는 그 의도가 성공하지 못했음을 의미한다. 일본인 아내는 그것을 갑자
기 반성하기 시작하며 관계를 재출발하려고 한다. 거기에서 시도된 것

53 金史良, 「光の中へ」, 위의 책, 14쪽.
54 金史良, 「光冥」, 大村·布袋편, 앞의 책, 277쪽.

은 방공연습 속에서 만들어지는 공동성과 수평성을 통해 이루어지는 회
복이다. 방공연습에서는 괴롭힘을 당하던 아이들도 자신의 어머니들이
활약한 모습을 보고 기운이 나기 시작한다. 여기에는 노랑머리의 외국
인도 참여한다.[55] 언덕도 있고 노랑머리 외국인도 있는 「광명」의 무대는
도쿄 동부가 아니다. 방공연습 날, 가장 혹하게 조선인 하녀를 학대하던
첫째 딸은 조선인 스케이트선수와 눈을 마주쳐 미소를 짓고 있다. 조선
인 학대를 둘러싼 여러 무장의 모습이 방공연습을 통해 돌발적으로 해
제되어 간다.[56] 일본의 전쟁에 참여하는 것을 통해서 수평성을 달성하려
고 한다는 점에서 「광명」은 한 가지 해결의 가능성을 보여주지만 그 해
결을 보여줌으로써 문제 자체를 보이지 않게 봉합한다.[57] 결국 일본의
영토와 시스템에 조선성을 합치시킴으로써 생활의 영역을 보이지 못하
게 하는 것이다.

4. 나가며 – 벗어난 자들의 한국문학을 위하여

본 논문은 한반도라는 지리적 배경에 한정시키지 않는 방식으로 조선
을 산 이들을 그린 문학적 표현을, 도쿄 동남부를 중심으로 계열화한

---

55 金史良, 「光冥」, 大村・布袋편, 앞의 책, 290쪽.

56 곽형덕은 이 결말에 대해 "표면적으로는 내선일체 정책을 직접적으로 비판하고 있는
    소설이 아닌 것처럼 보이게 구성했다"고 지적했다. 곽형덕, 『김사량과 일제 말 식민지
    문학』, 소명출판, 2017, 227쪽.

57 본 논문에서 본격적으로 논의할 수 없지만 베이징을 무대로 한 「향수」는 결국 동시
    대를 살고 있는 베이징의 조선인들이 아니라 고려시대 정자나 이조시대 백자 등 도자
    기를 통해 조선을 발견하려 한다. 생활과 거리가 있는 옛날의 유물에서 조선을 찾았다
    는 것은 결국 영토성을 넘어서는 상상력의 근거를 생활이 아니라 역사에서만 찾았다
    는 것이라 할 수 있다.

것이다. 도쿄의 동남부에 거주한 사람들이 생각하는 '조선'은 민족성과 거리가 멀다. 그들은 때로 조선임이라는 의식조차 없는 것처럼 보이기도 한다. 자본의 축적을 지탱하는 값싼 노동력으로 일본에 유입된 그들의 존재는 사회의 재생산을 위해 필요한 것으로 취급되었다. 동시에 그들은 차별과 멸시의 대상이기도 했다. 때로는 민족주의자들에게 '조선을 잃었다'는 식으로 조선인지식인에게 부정되기도 했다. '의식'을 강조하는 프롤레타리아 문학에서도 그들은 의식 없는 존재로 비하될 것이다. 그러나 본 논문에서 계열화한 존재들은, 스스로 순수하지 않다는 점을 당당하게 인정하면서, 산다는 점에서의 수평성을 밀고 나간다. 본 논문은 문학적으로 밀고나간다는 것의 최대치를 확인 하려고 했다. 그런데 이는 김사량이 「광명」에서 보여준 것처럼 쉽지 않은 방향성을 갖고 있다. 민족이나 계급의 틀로는 해명할 수 없는 그들의 생활이 갖고 있는 힘이 작가들을 자극했기 때문에 작가들은 그들을 비하하지 않는 방식으로 그들을 서술한 것이며, 작가가 묘사한 그들의 생활에서 '힘'이 느껴지는 것이다. '힘'에 끌려온 작가들이 써낸 서사들을 통해 우리는 민족주의로도 계급주의로도 정리하기 힘든 어떤 공동성을 목격하게 된 것이다. 굳이 동아시아라는 말을 쓰기 이전에 이미 조선을 산 사람들은 영토성을 잃고 있던 것이며 그것은 결코 부정적인 일이 아닌 것이다.

어떤 '아시아주의'의 상상과 저항의 수사학

잡지 『아세아공론』을 중심으로

정한나

1. 들어가며

이 글은 1922년 조선인 청년 유태경이 도쿄(東京)에서 발간한 『아세아 공론(亞細亞公論)』의 안과 밖을 두루 살피고, 『아세아공론』에 게재된 단신 형식의 글들을 통해 『아세아공론』의 지향과 반제국주의적 글쓰기 양상을 살펴보는 것을 목적으로 한다. 그간 식민지기 유학생 잡지에 대한 연구는 꾸준히 진행되어 왔음에도 불구하고 『아세아공론』이라는 잡지의 이름은 생소한 것이 사실이다.[1] 그런데 이 잡지를 조금만 살펴보면

---

[1] 1910~1920년대에 발간된 동경에서 발간된 조선인 유학생잡지로는 『학지광』이 대표적이고 그 외에 『여자계』, 『기독청년』, 『현대』, 『삼광』 등을 들 수 있다. 이와 관련된 최근의 연구성과로는 이철호, 「1910년대 후반 도쿄 유학생의 문화 인식과 실천」, 『한국문학연구』 35, 동국대학교 한국문학연구소, 2008.; 조윤정, 「유학생의 글쓰기, 사상의 오독과 감정의 발현 -잡지 『여자계(女子界)』를 중심으로」, 『대동문화연구』 73, 성균관대 동아시아학술원, 2011.; 이한결, 「학지광 연구」, 연세대 석사논문, 2013.; 김민섭, 「1910년대 후반 기독교 담론의 형성과 '기독청년'의 탄생」, 『한국기독교와 역사』 38, 한국기독교역사연구소, 2013.; 김민섭, 「1920년대 초 동경 유학생의 "사회", 사회주의 담론 수용연구」, 『한민족문화연구』 47, 한민족문화학회, 2014.; 이혜진, 「신여성의 근대적 글쓰기 -『여자계』의 여성담론을 중심으로」, 『동양학』 55, 단국대학교 동양학연구원,

『아세아공론』이 연구에서 소외된 사정은 어렵지 않게 짐작된다. 이 잡지는 조선인 청년이 도쿄에서 발간했다는 점에서 유학생 잡지에 근접한 듯 하지만, 『학지광』과 같은 잡지와는 언어와 필진 등에서 큰 차이를 보인다. 물론, 『아세아공론』은 공교롭게도 『학지광』이 발간되지 않았던 시기에 발간되어 조선인 청년들의 사상을 엿볼 수 있는 통로 역할을 하기도 한다.[2] 그러나 『아세아공론』은 동인지적 성격이 강한 유학생 잡지와 애초에 그 출발섬과 지향을 달리 하고 있다. 이 잡지는 일본어를 주언어로 삼고 있으면서도 중국어, 조선어 등 일본어 이외의 언어를 포함한 다국어 잡지였고, 필진도 조선인보다는 일본인들이 압도적 다수를 차지했다. 이와 같은 이질성과 혼종성으로 인해 『아세아공론』은 사각지대에 놓여 있었던 것으로 보인다. 이에 더해 대부분이 글들이 일본어라는 점도 연구의 장벽으로 작용했을 것이다.

『아세아공론』은 일본에서 20世紀日本のアジア関係重要研究資料 시리즈 중 하나로 복각되면서 주목을 받기 시작한다.[3] 복각본에는 『아세아공론』의 자료적 가치와 특징, 주필인 유태경의 행적, 동아시아 청년들의 지식교류 등에 주목하며 『아세아공론』의 전체적 지형을 그리고 있는 세 편의

2014.; 서은경, 『근대 초기 잡지의 발간과 근대적 문학관의 형성』, 소명출판, 2017.; 안남일, 「재일본 한국유학생 잡지〈창간사, 발간사〉연구」, 『한국학연구』 64, 2018.; 김선아, 「동경조선기독교청년회의 『基督青年』발간과 『現代』로의 개편」, 『역사연구』 34, 역사학연구소, 2018.; 김영민, 『1910년대 일본 유학생 잡지 연구』, 소명출판, 2019 등을 들 수 있다.

2 裵始美, 「雑誌『亜細亜公論』と朝鮮」, 『コリア研究』(4), 2013.

3 일본에서 발표된 관련논문은 다음과 같다. 後藤乾一, 「雑誌『亜細亜公論』と石橋湛山」, 『自由思想』 145, 2017.; 羅京洙, 「再発見された国際的言論空間 雑誌「亜細亜公論」と柳泰慶(上,下)」, 『Journalism』 241, 2010.5~6.; 後藤乾一, 「大正デモクラシーと雑誌『亜細亜公論』-その史的意味と時代背景」, アジア太平洋討究 / 早稲田大学アジア太平洋研究センター 出版・編集委員会 編 (12) 2009 등.

논문이 함께 실려 있는데,[4] 『아세아공론』에 관한 연구성과로는 이 논문들이 선구적이라 하겠다. 이후 『아세아공론』에 게재된 조선 관련 논설에 주목한 논문이 발표되었고[5], 다이쇼기 도쿄의 대만 유학생을 연구하는 과정에서 『아세아공론』이 언급되기도 했다.[6] 그런가 하면 한국에서 『아세아공론』은 동북아역사재단이 주최한 학술대회를 통해 소개되었으나 관련 연구는 그다지 축적되지 못한 상황이다.[7] 특히 『아세아공론』에 관한 한국 쪽의 연구는 극히 부족하여 본고가 발표되기 이전 『아세아공론』을 다룬 논문은 『아세아공론』에 게재된 황석우의 글을 분석한 권정희의 논문이 유일한 정도이다.[8]

『아세아공론』은 1차 세계대전 이후 국제질서가 재편되는 가운데 민족자결주의의 목소리가 고조되는 한편, 일본 국내에서는 다이쇼 데모크라시의 분위기가 지배적이었던 시기에 등장했다. 아시아의 연대와 인류애를 주창한 『아세아공론』은 당대의 시대정신을 고스란히 반영하고 있다. 발행기간만 놓고 보면 『아세아공론』은 단명한 잡지라 할 수 있다. 1922년 5월에 창간하여 1923년 1월까지 총 9호가 발행되었으며, 1923년 7월

---

4 編集復刻版 『亜細亜公論·大東公論』(龍渓書舎, 2008)에 수록된 세 편의 논문은 다음과 같다. 後藤乾一, 「日本近現代史研究と『亜細亜公論』-「アジアの中の日本」を考える素材として」; 羅京洙, 「朝鮮知識人柳泰慶と『亜細亜公論』-移動·交流·思想」.; 紀旭峰, 「「半植民地中国」·「植民地台湾」知識人でから見たアジア」.

5 裵始美, 앞의 글.

6 紀旭峰, 「雑誌『亜細亜公論』にみる大正期東アジア知識人の連携 ― 在京台湾人と朝鮮人青年の交流を中心に」, 『아시아문화연구』 19, 가천대학교 아시아문화연구소, 2009.; 紀旭峰, 『大正期臺湾人の「日本留学」研究』, 龍渓書舎, 2012.

7 동북아역사재단 편, 『동아시아의 지식교류와 역사기억』, 동북아역사재단, 2009.; 참고로, 『동아시아의 지식교류와 역사기억』에 수록된 논문 중 『아세아공론』이 직·간접적으로 언급된 논문은 세 편인데, 이 중 두 편은 복각본에 실린 논문과 대동소이하다.

8 권정희, 「『아세아공론』 소재 황석우의 글쓰기」, 『한국문화연구』 26, 이화여자대학교 한국문화연구원, 2014.

『대동공론』으로 개제하여 발행을 이어가지만 얼마 가지 못해 폐간되고 만다.[9] 그러나 비슷한 상황에 놓여있던 다른 잡지들과 비교해보면 그저 '단명한 잡지'로 치부할 수도 없다. 「재동경조선인 경영 간행물 발행 상황」을 살핀 특고경찰자료를 참고하면 1922년 1월부터 11월까지 간행된 잡지는 총 8종인데, 5개월 이상 지속적으로 발간된 잡지는 『아세아공론』 뿐이다. 발행부수 면에서도 최대발행부수를 자랑했으며, 다소간의 부침 은 있었시만 폐간될 때까지 안정적인 수치를 유지했다.

　잡지의 구성을 살펴보면 『아세아공론』은 평론과 문예를 두 축으로 하 는, 당시 일반적인 종합잡지가 취하던 지면구성을 보여준다.[10] 이 잡지 에서 가장 먼저 눈길을 사로잡는 것은 당대 명성을 떨치던 지식인들의 이름이다. 본문에서 상세히 살펴보겠지만 『아세아공론』에는 대표적인 다이쇼 데모크라트인 언론인과 학자들의 평론이 즐비하게 실려 있다. 이 낯선 잡지가 어떻게 이렇게 다양한 필진을 섭외할 수 있었을까 하는 궁금증이 자연스럽게 고개를 들게 된다. 그런데 이러한 호기심이나 평 론과 문예를 나누는 장르적 프레임으로는 놓치기 쉬운, 사소하지만 중 요한 글들이 있다. 『아세아공론』에서 빠지지 않고 등장하는 단신 형식 의 게재물들이 그것이다. 『아세아공론』은 거의 매호 「평론일속」, 「편견 만화」, 「주마등」, 「현미경」과 같은 명칭의 게재란을 포함하고 있는데, 여기에 실린 글들은 내용과 형식면에서 유사성을 보이며 그 존재감을

9　복각판에는 『대동공론』 창간호만이 포함되어 있지만, 이외에도 현재 확인되는 『대동 공론』은 한 호 더 있다. 이와테현 미즈사와시의 사이토 마코토(齊藤實)기념관에 소장 된 1924년 2월호가 그것이다. 이 자료는 교토대의 미즈노 나오키(水野直樹) 교수를 통해 입수할 수 있었다. 이후로 더 발간된 것 같지는 않으나 단정하기는 어렵다.

10　이것은 당시 지식인을 독자로 상정하여 발행되던 『중앙공론』 『개조』의 형식을 본 딴 것이기도 하다. 後藤乾一, 「大正デモクラシーと雑誌『亜細亜公論』-その史的意味と時 代背景」.

과시하고 있다. 이 글들은 본격적인 평론에 비하면 무척 짧은 길이의 글들이지만 민감한 시사적 주제를 다루고 있다는 점에서 눈길을 끈다. 이 글에서는 이러한 글들을 단형시평(短形時評)이라 칭하고, 기존의 연구에서 거의 주목받지 못했거나 단편적으로 언급되었던 이 글들에 착목할 것이다.[11] 단형시평은 주로 아세아공론사의 내부 필진들에 의해 집필되었기 때문에 『아세아공론』이라는 낯선 잡지를 파악하기 위해서는 특별히 주목할 필요가 있다. 이 글들을 통해 『아세아공론』의 정체성과 정치적 입장을 가늠해볼 수 있는 것이다. 따라서 본고는 단형시평들을 수사적으로 분석하여 『아세아공론』의 담론전략을 재구함으로써 『아세아공론』이 제국주의에 저항하는 방식을 살펴보려 한다.

본격적인 논의에 앞서, 아세아공론사의 사장이자 잡지의 주필로서 핵심적인 역할을 했던 유태경이라는 인물의 삶을 조망하고 『아세아공론』의 전체적인 윤곽을 살필 것이다. 또한 『아세아공론』의 주요 테제로 등장하는 아시아주의가 지면에서 어떻게 구상, 실현되고 있는지도 함께 고찰하려 한다.

---

11 '단형시평'이라는 용어는 근대계몽기의 짧은 서사물인 '단형서사'를 차용한 것이다. 김영민은 근대소설의 발생 과정을 재구하는 과정에서 근대계몽기의 신문, 잡지 등에 게재된 이러한 짧은 글들에 주목한 바 있다. 이와 같은 글들은 『근대계몽기 단형 서사문학 자료전집 상·하』(김영민 외, 소명출판, 2003)에서 확인할 수 있다. 이러한 서사물들은 '서사적 논설', '토론체 단형소설', '개화기 단형 서사체', '개화기 단편 서사물' 등의 다양한 용어로 지칭된다. 그중에서도 '단형서사'는 짧은 길이라는 형식적 특징과 서사물이라는 내용적 특징을 아우르는 직관적 용어로서 두루 수용될 수 있는 것으로 보인다. 이러한 점에 착안하여 본고는 『아세아공론』에 게재된 짧은 시사평론을 '단형시평'이라는 용어로 지칭할 것이다. 단형시평의 구체적인 모습에 대해서는 본문에서 다룬다.

2. 유태경과 『아세아공론』

『아세아공론』의 주필이자 사장인 유태경(柳泰慶)에 대해서는 라경수가 발표한 몇 편의 논문을 참조할 수 있다.[12] 그럼에도 불구하고 그의 이름은 여전히 생소하며, 그의 행적은 호기심을 불러일으키기에 충분하다. 여기서는 선행연구를 참고하면서 새롭게 밝혀진 전기적 사실을 추가하여 그의 생애를 추적해보도록 하겠다. 단, 시간적 흐름에 따르기보다는 지적 배경, 직업 등 분야별로 나누어 그의 삶을 재구성하는 방식을 취할 것이다. 그의 생활반경은 동아시아 전반, 나중에는 미주까지 확장된다. 특히 『아세아공론』이 창간되던 1920년 전후에는 거의 2년 간격으로 거주지를 옮기고 있으며 그에 따라 많은 것들이 변화한다. 따라서 시간적 순서를 따르기보다는 영역별로 살펴보는 것이 그의 삶을 더 선명하고 입체적으로 파악할 수 있을 것으로 판단된다.[13]

유태경은 1892년 평안북도 영변에서 출생했다. 먼저 그의 지적 배경에 대해 알아보도록 하겠다. 그는 어린 나이에 한문학을 배우고, 1906년부터 2년간 경성의 보성학교에서 공부한다.[14] 이후 그는 도쿄로 건너가

---

12 羅京洙, 「朝鮮知識人柳泰慶と『亞細亞公論』-移動·交流·思想」, 『亞細亞公論』 해제. 동북아역사재단 편, 『동아시아의 지식교류와 역사기억』, 동북아역사재단, 2009.; 「再発見された国際的言論空間 雑誌「亞細亞公論」と柳泰慶(上,下)」, 『Journalism』 241, 2010.5〜6

13 이하 유태경의 전기적 사실은 라경수와 裵始美의 선행연구를 바탕으로 한국역사정보통합시스템, 국가보훈처 공훈전자사료관, 한국사데이터베이스, 독립기념관 한국독립운동정보시스템, 동아일보·조선일보 아카이브, 『도산안창호전집』 등을 참고하였다.

14 유태경의 생애에 대해서는 유태경 본인이 직접 자필로 작성한 흥사단 단우 이력서가 큰 도움이 된다. 예컨대, 그가 보성학교에서 공부한 경험이나 흥사단 단원으로 활동한 이력은 선행연구에서 전혀 언급되지 않았다. 그러나 이 문서는 베일에 싸여 있는 그의 학력과 관련해서 커다란 수수께끼도 함께 안긴다. '학업'란에 '修學'과 '修業'이 혼용되고 있기 때문이다. 구체적으로 살펴보면, 보성학교, 정칙영어학교, 와세다대 정치경제과는 '수업'으로, 소학교와 북경대학교는 '수학'으로 적고 있다. '수업'과 '수학'의 차이가

정칙영어학교(正則英語學校)에서 2년간 공부한 후 1910년에 와세다대 정치경제과로 자리를 옮긴다. 이후 그는 중국의 청도대학(青島大學), 북경대학(北京大學)을 거쳐 1920년 다시 동경으로 돌아온다. 그는 1922년에 『아세아공론』을 창간하여 언론활동을 하던 중 "요시찰조선인"으로 분류된다.[15] 이듬해에 당국의 압박과 경영상의 어려움으로 인해 결국 아세아공론사에서 물러나 미국으로 건너간다.[16] 미국에서는 콜롬비아대학을 거쳐 펜실베니이아주에 위치한 서스퀘나대학에서 사회과학 전공으로 학사학위를 받았다. 이후 버지니아주에 있는 베다니대학에서는 '특별학생' 신분으로 몸을 담기도 했다.[17] 주로 정치학, 경제학, 역사학을 공부했던 것으로 알려져 있다. 1930년 1월에 조선으로 귀국한 이후에는 공식적인 교육의 경험은 없었던 것으로 보인다.

유태경은 이처럼 근대적 지식을 열성적으로 흡수하는 모습을 보였으나 생활에 무감각한 학자형의 인물은 아니었던 것 같다. 그가 경험한 직업 또한 실로 다양하기 때문이다. 그가 직접 기록한 첫 번째 직업은 일본인이 경영하는 신문사의 '기자'이다. 그가 봉천에 거주하던 시기(1916~1918)의 일이었다. 유태경이 예민한 현실감각을 소유한 인물이었다는 점은 그가 직접 주재한 『아세아공론』을 통해서도 엿볼 수 있다.

무엇인지 현재로서는 정확히 파악할 수 없다. 본문에서는 이러한 형편을 감안하여 '수업'과 '수학'을 모두 사용하지 않았다. 도산안창호선생전집편찬위원회, 『도산안창호전집』 10, 도산안창호선생기념사업회, 2000.

15 荻野富士夫, 『特高警察関係資料集成〈水平運動・在日朝鮮人運動〉〈国家主義運動〉』第32巻, 東京 : 不二出版, 2004, p.131.

16 유태경은 「華府軍縮의 結果 - 春洋丸에서 柳泰慶」라는 글을 『개벽』에 기고하는데, 이 글에는 미국으로 향하던 중 하와이에서 이승만을 비롯한 교민 사회의 주요인사들과 만나 짧은 시간을 보냈다는 내용이 담겨 있다. 「自由通情」, 『개벽』 41호, 1923년 11월.

17 많은 나이 탓에 정식 학생으로 등록할 수 없었다고 한다. 라경수, 「유태경과 『아세아공론』」, 『동아시아의 지식교류와 역사기억』, 180쪽.

『아세아공론』은 경영난을 타개하기 위해 다채로운 광고를 게재하고 있는데, 이 역시 사업가로서 그의 수완을 짐작할 수 있는 지점이다. 만주에서 생활하던 때(1918~1920)에는 '회사원'이나 '자영 무역상'으로 일하며 생활인의 면모를 보였다. 1930년에는 하얼빈에서 행정장관의 외교자문으로 활동하는 한편, 고향인 평안북도 등지에서 서원(書院)을 경영하거나 임업과 광업에 종사했던 흔적도 엿보인다.[18] 해방 이후에는 사천군수(守), 울산군수에 취임했던 것으로 알려져 있다.[19]

유태경의 흥사단 활동은 이전까지 언급되지 않았던 부분인데, 이는 그의 정치적 지향과 사상적 면모를 보여주는 대목인 만큼 자세히 살펴볼 필요가 있다. 그는 1923년 콜롬비아대학 재학 당시 정인과(鄭仁果)의

---

18 『동우회 공함』 제5회(1932.2.29.).; 朝鮮總督府官報 1933.8.17.; 「광업권 설정」, 『조선중앙일보』 1936년 8월 6일.

19 덧붙이자면 라경수의 논문은 유태경의 생애를 서술하는 데 있어서 일정 부분을 아내 김태은의 진술에 의존하고 있다. 그런데 확인된 바에 따르면 유태경이 사상적·사회적으로 가장 활발하게 활동했던 일본, 미국생활기에 혼인관계에 있었던 이는 김태은이 아니라 전등지(全蹬志)라는 인물이다. 유태경은 『아세아공론』이 발간되던 해인 1922년 2월 자신보다 3살 어린 전등지와 결혼한 후, 『아세아공론』 발간을 이어가던 중 당국의 압박을 피해 1923년 미국으로 함께 건너간다. 그러나 귀국은 유태경 홀로 하게 된다. 유태경은 형 유선경(柳善慶)의 사망(1929년)을 계기로 귀국했는데, 부인인 전등지는 "죽기 전에는 조선으로 나가지 않겠다"고 말하며 그대로 미국에 남았다. 실제로 『신한민보』나 미주 흥사단 활동 기록을 통해 유태경의 귀국 후에도 교민 사회의 다양한 활동에 활발히 참여했던 전등지의 흔적을 확인할 수 있다(단, 전등지라는 본인의 이름이 아니라 '유태경 부인'으로 지칭된다). 이에 유태경은 신의주지방법원에 전등지를 상대로 이혼소송을 제출하고 1935년에 전등지와의 이혼이 법적으로 완료된다(「고국 오기 싫다는 아내 걸어 이혼소」, 『조선중앙일보』 1935년 11월 12일). 그러나 이때는 이미 전등지와 연락조차 닿지 않는 상황이었으므로 실제 혼인관계는 유태경의 귀국과 함께 종결되었다고 보아야 할 것이다. 한편, 『아세아공론』의 지면을 통해서도 전등지에 관한 흥미로운 일화를 확인할 수 있다(「경찰관의 폭행과 조선의 정치」, 『아세아공론』 3호, 1922년 7월). 그러나 관련 자료가 지극히 부족하고 본고의 주제와도 부합하지 않으므로 전등지에 대한 논의는 그치도록 한다.

권유로 홍사단에 가입한다. 정인과는 1923년 콜롬비아대학에서 문학사 학위를 받고 동 대학원에서 교육학을 공부하고 있었다. 같은 학교라는 점에 더해 두 사람 모두 기독교 신자였다는 점이 둘이 가까워지는 데 일정 부분 역할을 했을 것으로 추측된다. 잘 알려진 것처럼 홍사단은 도산 안창호가 미국 샌프란시스코에서 창립한 민족운동 단체이다. 1925년 국내단체와 '수양동우회'로 통합하여 '동우회'로 개칭을 하고, 1926년에는 기관지『동광』을 발간한다.『동광』에서 유태경의 이름이 종종 발견되는 것으로 보아, 그는 귀국한 후에도 홍사단 활동에 비교적 적극적으로 참여했던 것으로 보인다. 이후 1932년에는 북경으로 망명한 후 1938년부터는 중경에서 임시정부 활동에 참여한다. 신익희의 명의로 발급된 신분증을 통해 독립운동에 투신한 유태경의 모습을 확인할 수 있다. 1918년 만주에서 독립운동을 전개하다가 검거되어 옥고를 치른 일도 있다는 기록을 참고하면,[20] 그의 삶에서 독립운동이 차지하는 부분 역시 적지 않다고 하겠다.

이렇듯 종횡무진의 행적을 보인 그의 삶에서 일관적인 무언가가 있다면 그것은 언론활동일 것이다. 전술한 것처럼 일찍이 그는 봉천의 일본인 신문사에서 기자로 일하기도 했고, 이후 아시아의 언론기관을 세우겠다는 원대한 꿈을 품고 다국어 잡지를 직접 창간하기도 했다. 1930년대에 들어서는 동우회에서 활동하며 기관지『동광』에 관여한 흔적도 발견된다. 그는 휴간 상태인『동광』의 속간을 계획하는 단계에서 이사 역할을 맡았는데, 과거『아세아공론』을 발간했던 이력이 평가를 받았을 것으로 추정된다.[21] 이때 유태경 외에도 김윤경, 정인과 등의 인물이 이

---

20 라경수, 「유태경과『아세아공론』」, 180쪽.
21 『동광』의 매체적 특성과 휴간 및 속간에 관해서는 이철우, 「『동광』의 매체 특성 연구 ―사상과 문학론의 변화 양상을 중심으로」, 『문창어문논집』 50권, 문창어문학회, 2013.

사직을 맡았으며, 주필과 주간의 자리에 각각 이광수와 주요한이 오를 것이 결정되었다.[22]

후술하겠지만 『아세아공론』의 언어운용은 매우 특이한데, 이는 유태경의 사상을 반영한 것이라 할 수 있다. 유태경은 민족어로서 조선어를 고집하기보다는 외국어 매체발간의 파급력과 확장성을 중시했던 것으로 보인다. 일본어를 주로 하고 중국어, 조선어를 동시에 편집한 『아세아공론』은 이러한 그의 생각을 잘 보여준다. 유태경의 매체관을 엿볼 수 있는 사례는 또 있다. 1930년 재미 조선인 유학생들은 영문잡지 발간을 계획한 바 있는데, 잡지 발간을 위한 후원금 기부자 명단에서 유태경의 이름이 발견되는 것이다.[23] 신문의 발행일은 1930년 2월 27일로, 유태경의 귀국일(1930년 1월 15일)보다 늦다. 이동시간을 고려하면 귀국 직전에 후원금을 전달했을 가능성이 크다. 귀국이라는 생활의 큰 변화를 목전에 두고도 영문 잡지 창간을 위한 후원금을 전달했다는 사실은 그가 외국어 매체 발간의 중요성에 크게 공감했다는 근거로 들 수 있을 것이다.

다음으로 『아세아공론』의 매체적 특징에 대해 살펴보도록 하겠다. 『아세아공론』의 발간에 대해서는 당시 일본 신문도 보도한 바 있는데, 그 내용은 다음과 같다.

> 동경에 거주하는 유태경 씨는 인류주의를 표방하여 동문 동종족의 아시아 제휴를 기본으로 하여 세계인류가 악수해야 한다는 의견으로 먼저 이를 이끄는 일본이 각성해야 한다는 경종을 울릴 목적으로 이번에 잡지 『아세아공론』을 내게 되었다. 이것은 일본에서 조선인이 내는 최초의 잡지로 일본,

---

참고.

22 「동우회(同友會) 회무근황(會務近況) 통지의 건」(1930.11.6.)

23 「학생총회에서 영문잡지 기본금 모집」, 『신한민보』, 1930년 2월 27일.

조선, 지나 삼국어로 편집되어, 영리를 피하고 실로 아시아 문제를 해결하겠다는 열망을 피력하고 있다. 씨는 "일본의 정책이 실로 정복주의에서 벗어나 화친주의가 되지 않는다면 아시아를 구할 수 없다"고 말하고 있다.[24]

이 기사는 『아세아공론』이 "일본에서 조선인이 내는 최초의 잡지"라는 점을 강조하고 있다. 그러나 익히 알고 있듯이 이것은 사실이 아니다. 일본 내 조선인 잡지의 역사는 1896년 『친목회회보』의 발간부터 시작되기 때문이다. 이는 『아세아공론』의 창간보다 20년 이상을 거슬러 올라간 시점이다. 물론 가장 대표적인 유학생 잡지인 『학지광』을 포함한 거개의 잡지가 조선어로 발간되었으니 이러한 오해가 발생한 것도 무리는 아니었을 것이다. 즉, 이 대목을 조선인이 '일본어로' 발행한 최초의 잡지라 읽을 수도 있다는 것이다. 그러나 이렇게 독해한다 하더라도 이 기사는 오보이다. 『아세아공론』보다 3개월 앞서 정우영(鄭又影)의 『청년조선』이 발간된 바 있기 때문이다.

하지만 이러한 기사는 역으로 『아세아공론』의 의미를 강조하는 측면이 있다. 『청년조선』이 일본어 잡지임은 사실이지만 필진의 사회적 명성이나 분량의 측면에서 『아세아공론』은 『청년조선』과 비교불가능한 우위를 점하고 있었다. 신문 형태의 8면으로 발행된 『청년조선』에서 유명 필자의 글을 찾기는 쉽지 않다. 또한, 사회주의 색채를 노골적으로 드러내고 있었기 때문에 확장성도 약했다. 결국 『청년조선』은 당대의 숱한 잡지들이 그러했듯 생명력이 짧은 '3호 잡지'로 남고 말았다. 반면, 『아세아공론』은 당대의 담론을 선도하던 정재계, 학계, 언론계의 오피니언 리더들이 대거 참여했으며, 시사적 논설과 문예를 두루 다루며 종합

---

24 「日本で出す朝鮮人最初の新聞」, 『東京朝日新聞』, 1922年 5月 11日. 이하 본고의 『아세아공론』을 포함한 일본어 자료의 인용은 모두 필자의 번역이다.

잡지로서 손색없는 면모를 보여주었다. 즉, 이 오보는 기왕의 재일본 조선인 발간 잡지와는 달리 『아세아공론』이 일본 사회 내에서 확고한 의미와 존재감을 과시하고 있었다는 점을 방증하는 기사라 볼 수 있는 것이다.

또한, 매체의 발생 경위와 유통의 측면에서도 『청년조선』과 『아세아공론』의 위상에는 차이가 있다. 이 무렵 조선의 사회주의 잡지들은 식민지 조선에 비해 검열의 기준이 다소 유연한 일본을 출판공간으로 선택하는 경우가 있었다. 조선에서 발행하는 잡지의 경우 사전검열이 의무화되어 있었던 반면, 일본에서는 발행 3일 전 제본 2부를 내무성에 납본하는 것으로 출판절차가 마무리되었기 때문에 일본에서는 간행물이 발매반포금지 처분 등을 받더라도 출판물이 내용이 손상되지 않은 채 유통될 가능성이 열려있었기 때문이다. 사회주의 매체는 이러한 제도적 차이를 의도적으로 이용하기도 했다.[25] 따라서 『청년조선』이 도쿄에서 발행된 배경에 이러한 법역의 차이가 고려되었을 가능성을 배제할 수 없다. 즉, 이 잡지가 일본 내에서 발행되었던 것은 도쿄에서의 발행과 배포를 목적으로 했기 때문에 아니라 검열의 기준이 엄격한 조선을 피한 결과였다는 것이다. 그런 점에서 『청년조선』에게 도쿄는 차선책으로 선택된 담론공간이었다고 할 수 있다. 그러나 『아세아공론』은 그 출발점부터 탄생지가 도쿄여야만 하는 필연적 이유를 배태하고 있었다. 일본의 아시아주의와 대항하며 새로운 방식의 동아시아 연대를 모색하고, 그를 위해 다양한 필진을 포섭하고자 했던 『아세아공론』에게 도쿄 이외의 다른 장소는 담론공간으로서 상상하기 어려웠을 것이다.

'난산'으로 세상 빛을 보기는 했어도 신문 광고도 없이 발매된 창간호

---

25 한기형, 『식민지 문역』, 성균관대학교 출판부, 2019, 38~39쪽.

가 완판되었을 뿐 아니라 창간호 구입을 원한다는 독자들의 요청이 회사
로 쇄도했다고 하니,[26] 『아세아공론』의 첫걸음은 일정 부분 성공을 거두
었던 것으로 보인다. 물론 이 역시 문면 그대로 받아들이기 조심스러운
측면이 있다. 잡지의 영향력을 과시하기 위해 발행부수를 부풀려 말하는
일이 없지 않았기 때문이다. 일례로, 『데모크라시(デモクラシイ)』에 관한
기록을 참고할 수 있다. 『데모크라시』는 요시노 사쿠조가 깊이 관여하고
있었던 신인회의 기관지이다. 『데모크라시』 2호는 편집후기를 통해 "초
판 5,000부가 전부 매진"이라고 기록하고 있는데,[27] 『데모크라시』의 실제
발행부수는 500부 내외였을 것으로 추정되고 있다.[28] 실제 발행부수의
열 배에 가깝게 판매부수를 과장하고 있는 것이다.[29] 『아세아공론』도 이
와 같은 관행을 따랐을 가능성을 배제할 수 없다. 그러나 이러한 정황을
감안하더라도 『아세아공론』의 가치를 평가절하 하기는 어렵다. 동시기
에 발간되던 조선인 잡지 중 발행부수로 보나 발행기간으로 보나 단연
독보적인 위치를 유지하고 있었던 것이 바로 『아세아공론』이기 때문이
다. 당시 특고경찰 자료 등을 종합하면 『아세아공론』의 발행부수는 편차
를 고려해도 2,000~3,000부 정도인데, 이는 조선인 경영의 다른 잡지들

---

26 "첫호부터 난산이었다. (중략) 그러나 창간호로서는 비교적 발행부수를 많이 했음에
　　도 불구하고, 금세 점두에 진열된 것이 다 팔렸을 뿐 아니라, "창간호를"... 이라고 신
　　청이 쇄도해 거의 답신하기에 어려운 지경. (중략) 신문광고조차 이용하지 않았는데
　　이렇게까지 팔릴 것은 전혀 예상하지 못했다." 「편집여언」, 『아세아공론』 2호.

27 「編集便り」, 『デモクラシイ』 第2号, 1919年 4月(雨宮史樹, 「「大正デモクラシー」期にお
　　ける知識人の社会的視野―新人会と宮崎龍介の東アジア観を中心として」, 『駿台史学』 第162
　　号, 2018年2月.에서 재인용)

28 Henry DeWitt Smith, *Japan's first student radicals*, Cambridge, Mass. : Harvard
　　University Press, 1972.

29 雨宮史樹는 이에 대해 매체를 통한 대중운동을 중시한 신인회가 기관지인 『デモクラ
　　シイ』의 영향력을 과장하기 위해 발행부수를 부풀렸다고 보았다. 雨宮史樹, 앞의 글.

과 비교했을 때 월등히 앞서는 수치이다. 또한 9호로 폐간된 『아세아공
론』을 그저 단명한 잡지로 치부할 수도 없다. "재동경조선인 경영 간행
물 발행 상황"을 살핀 특고경찰자료를 참고하면 1922년 1월부터 11월까
지 간행된 잡지는 총 8종인데, 5개월 이상 지속적으로 발간된 잡지는
『아세아공론』이 유일하기 때문이다.[30]

　『아세아공론』은 이처럼 외형적으로는 안정적인 발간을 유지하는 듯
보였지만 고충도 적지 않았다. '영리'보다는 '아시아 문제의 해결'에 주력
하겠다고 천명했으나 경영은 현실적인 문제였다. 이에 돌파구로 모색된
것이 광고였다. 『아세아공론』은 경영난을 타개하기 위해 동양척식주식
회사, 조선식산은행 등 식민지 경영에 깊이 관계하는 기업의 광고까지
마다않고 게재한다.[31] 그러나 『대동공론』으로 제호를 바꾸어 근근이 명
맥을 이어가던 이 잡지가 폐간을 피하지 못한 이유도 결국에는 '경비'의
어려움 때문이었다. 물론 잡지의 폐간에는 당국을 자극했던 비판적인
언사나 그로 인한 발매금지 처분,[32] 이에 더해 조선인 경영의 언론사라
는 특수성에서 오는 고충도 작용했을 것이다.[33]

　다음으로 『아세아공론』의 독자층에 대해 간략히 살펴보도록 하겠다.
발간지와 유통경로, 사용언어 등을 고려했을 때 『아세아공론』의 독자 중
에는 일본인이 압도적이었을 것으로 추정된다. 6호부터 8호에 걸쳐 게재

30　『아세아공론』 외에 조사대상이 되었던 잡지는 『學之光』『大衆時報』『前陣』『赤蓮』
　　『螢雪』『黑濤』『太い朝鮮』이다. 당국의 자료에 따르면 『아세아공론』은 창간호 및 6월
　　호가 2000부, 7월호 3000부, 8월호 2000부, 9～11월호 2500부가 발행된 것으로 기록되
　　어 있다. 紀旭峰, 『大正期臺湾人の 「日本留学」 研究』, 龍溪書舍, 2012, p. 334.

31　後藤乾一, 「大正デモクラシーと雑誌 『亜細亜公論』-その史的意味と時代背景」

32　창간호는 조선에서 발매금지, 2호는 일본에서 발매금지 및 전책 몰수 처분, 9월호는
　　다시 조선에서 발매금지 처분을 받았다.

33　「편집후기」, 『아세아공론』 3호.

된 「독자와 기자」를 통해 확인되는 독자의 지역분포도 이를 뒷받침한다.[34] 그렇다면 다음과 같은 질문이 남는다. 『아세아공론』은 조선인이 사장의 직책을 맡고 있었다는 사실 외에도 지면 곳곳에서 조선에 대한 관심을 숨기지 않고 드러내며 조선과의 연결고리를 뚜렷하게 드러낸다. 그럼에도 불구하고 우리에게 익숙한 조선인 필자들의 글이 드문 이유는 무엇일까. 달리 말하면, 유학생 잡지로 알려진 『학지광』, 『기독청년』, 『현대』와 필진이 공유되지 않았던 이유는 무엇일까. 먼저, 언어적 장벽을 무시할 수 없을 것이다. 전술한 것처럼 『아세아공론』은 다국어 잡지를 지향했지만 이 지향은 창간호에 한해 구현되었고, 현실적인 여건으로 인해 2호부터는 일본어와 중국어로 편집되었다. 즉, 조선인 필자들은 외국어를 통해서만 화자가 될 수 있었던 것이다. 물론 유학생활을 통해 이들의 일본어 실력이 크게 향상되었던 것은 사실이지만 조선어 잡지에 글을 쓰는 것보다는 부담이 되었을 것이다. 일본어 글쓰기가 필자 제한의 요인으로 작용할 수 있다는 사실은 『아세아공론』 역시 인지하고 있었다.[35]

34　「독자와 기자」의 독자들은 보통 '지역+필명'의 형식으로 익명투고하고 있기 때문에 이 게재란을 통해 『아세아공론』 독자들의 지역적 분포를 짐작할 수 있다. 참고로 「독자와 기자」에 질문을 보낸 독자들을 정리하면 아래와 같다.

지역(명)	호	투고 독자
일본 (8명)	6호	福岡YM生, 千葉憤慨生, 東京三水生, 小石川一愛讀者, 江戸志士
	7호	本郷田中生, 鎌倉一教員
	8호	澁谷の男
조선 (3명)	7호	平壤不逞
	8호	朝鮮平南湖僑生, 忠北閔生
기타 (3명)	7호	奉天某生, 上海紅葉生
	8호	哈爾賓 K생

35　'忠北 閔生'이라는 필명의 독자는 『아세아공론』의 사장과 발행인이 조선인임에도 불구하고 "집필인 중에 우리 동포는 사장 선생 외에 한두명에 불과한" 이유를 묻는다. 이에 대해 사측은 "문체가 일본문이기 때문에 기고 등에 있어서 불편이 많기 때문이라고 알고 있"다고 답한다. 「독자와 기자」, 『아세아공론』 8호.

또 다른 이유로는 유학생 사회 내에서 기고 잡지를 선별하는 일종의 묵계가 있었을 가능성도 상정해볼 수 있다. 좀 더 직설적으로 말하면 일본어 매체를 꺼리는 분위기가 깔려 있었을지 모른다는 것이다. 일례로, 김우영은 동경제대 법학부 변론단체인 녹회(綠會)에서 연설을 하고 일본어 잡지에 글을 썼다는 이유로 유학생 사회에서 구설수에 오르내렸던 경험을 이야기하고 있다.[36] 그는 일본의 조선 지배를 비판하고 독립을 주장했음에도 불구하고 연설이나 글의 내용과는 무관하게 단순히 일본어로 연설을 하고 글을 썼다는 이유만으로 비난받았다는 것에 억울함을 표하고 있다.[37] 이러한 서술에 기대어 볼 때, 일본어 잡지에 글을 기고하는 것 자체가 어느 정도의 각오를 필요로 하는 일이었다고 볼 수 있다.

그렇다면 조선인 필진의 빈약함이 곧 조선인 독자의 과소함을 증명하는 근거가 될 수 있을까. 사실 조선인 필자의 글이 드물다고 해서 일본 내 조선인들이 『아세아공론』을 읽지 않았다고 단정하기는 어렵다. 재일본 조선인들은 『아세아공론』의 지면에 얼굴을 드러내지 않는 독자로 존재했다. 그런 그들이 얼굴을 엿볼 수 있는 틈이 바로 『대동공론』 2호에서 발견된다. 「편집후기」에 따르면 『대동공론』 2호가 발간되어 인쇄소

---

36 이 잡지는 『第三帝國』이다. 松尾尊兌, 『民本主義と帝國主義』, みすず書房, 1998.

37 "나는 이런 쥐새끼(총독부의 스파이-인용자) 같은 놈들께서 가끔 해를 입었다. 물론 나뿐만 아니지만 이런 분자들이 이간을 꾸며 "김우영과 장덕수는 일본인에게 대하여 일본말로 연설을 하니 친일파이며 또 그들은 일본놈 잡지에다 글을 썼으니 자치파이다" 이런 따위의 상식에서 벗어난 주장이 가끔 사람들 새에 떠돌며 이야기꺼리가 되었었다. 일본사람께 배우려 온 학생이 일본사람에게 올바른 교섭 더욱이나 일본 사람에게 대하여 말로써 조선의 독립을 주장하는 것이 어찌 친일파가 되며 자치파가 되는 것인지 예사 상식으로서는 도무지 겉잡지 못할 노릇이었다." 김우영, 『회고』, 신생공론사, 1954, 67쪽. 이 대목에서 김우영은 자못 감정적인 어조를 보인다. 김우영의 회고록을 읽어가다 보면 독립운동에 관한 서술에서 다른 대목과 약간 다른 필치를 보인다는 느낌을 지우기 어렵다. 이와 관련하여 이 회고록이 반민족행위자로 수감되었다가 출옥한 후, 자신의 무고함을 밝힐 목적으로 쓰인 측면이 있다는 점을 고려해야 할 것이다.

에서 서점으로 향하던 날, 관동대지진이 발생했다. 그 결과 판매를 앞둔 2호는 사라지고 만다. 그렇게 『대동공론』 창간호의 뒤를 이어 발간된 것이 1924년 2월호이다. 여기에는 「사죄의 말씀」이라는 제목으로 다음과 같은 내용의 글이 실려 있다.

> 9월 2일 이래 우리 고국 동포는 모두 惨虐을 받았다. (중략) 그러한 상황이 한창일 때 우리 회사의 주간 및 사원 일동은 온갖 어려움을 무릅쓰고 생명을 하늘에 맡기고 빨리 동포의 위문 및 고국 부형에 대한 통신을 전했다. 그런데 9월 14일 저녁 志野의 수용소 방문을 위해 그 지역으로 출발하려고 할 때, 某某 간첩 등 때문에 일동은 四谷경찰서의 지하실로 향해 20일간 불법감금을 당했다. (중략) 이러한 사정 하에 동포 제군으로부터 받은 주소 씨명 및 서한 중 이미 발송 또는 통신한 것도 많습니다만, 다음 분들은 부득이하게 즉시 통신 또는 전신을 발신하지 못했다. 방면 후는 시기에 늦어서 제군이 귀국한 이후일 것이라고 생각했기 때문에 그대로 방치해두었습니다. 우리는 우리의 충정으로, 뜻을 다하지 못한 점을 무척 유감으로 여기는 형편입니다. 이에 삼가 사죄의 말씀을 올립니다. 모쪼록 용서를...[38]

위의 글을 바탕으로 관동대지진 이후의 상황을 그려보면 다음과 같다. 조선인들은 관동대지진이 발생하자 대동공론사로 부탁의 편지를 보낸다. 조선에서 자신의 안부를 걱정할 가족들에게 안녕을 전해달라는 것이었다. 잡지의 동인들은 이 부탁에 응해 조선으로 편지 발송 작업을 하던 중 뜻하지 않게 20일 간 불법감금을 당했고 그 때문에 모든 독자들의 부탁을 이행하지 못하게 되었다. 『대동공론』은 관동대지진이 발생한 후 5개월 가량이 지난 시점에서 한 사람 한 사람의 이름을 일일이 거론하며 "사죄의 말씀"을 올린다. 여기에는 '全南 張化枸'을 비롯하여

---

38 「사죄의 말씀」, 『대동공론』 1924년 2월.

50명 남짓의 이름과 출신지역이 표기되어 있다. 이러한 글을 통해 표면에 드러나지 않는 조선인 독자들이 도쿄 지역에 존재했음을 확인할 수 있다.

조선인 독자들은 절체절명의 위기상황에서 자신의 안부를 부탁을 할 곳으로 『대동공론』을 떠올릴 정도로, 이 잡지에 대해 신뢰를 품었던 것이다. 이 신뢰가 민족적 동질감에서 기인한 것인지, 혹은 『학지광』을 비롯한 다른 유학생 잡지사에 비해 대동공론사(아세아공론사)가 경제적으로든 인적으로든 더 탄탄한 조직체를 갖추고 있었기 때문인지, 그것까지는 확인할 수 없다. 이 무렵 『학지광』을 비롯한 다른 조선인 유학생 잡지가 공백상태에 있었으므로 자연스럽게 이 잡지가 떠오른 것인지도 모른다. 그 어떤 가능성을 고려하더라도 이 지면은 조선인 유학생들이 이 잡지사에 품고 있었던 감정을 엿볼 수 있는 대목이라 하겠다. 이러한 장면은 유학생을 위해 현실적인 도움을 주려고 했던 아세아공론사의 당초의 지향이 실현된 사례로 볼 수도 있다.[39]

『아세아공론』은 각 도시에 판매처를 설치하고 해외발송, 해외지사 설립에도 힘쓰는 등 유통에도 신경을 썼다. 조선의 경우, 경성에서는 회동서관(滙東書館), 광익서관(廣益書館), 평양에서는 광명서관(光明書館)를 판매처로 삼았다.[40] 이중 광익서관과 평양의 광명서관은 『학지광』의 판매

---

39 "본사는 진지한 노력 하에 아래의 사업을 시행하고자 한다. (중략) 2. 유학생의 걱정을 위무할 목적으로 운동회, 음악회, 강연회, 연설회, 전람회, 활동사진회 등을 개최한다. (중략) 4. 각 국가 사정의 차이 등으로 형사상의 문제에 저촉된 경우 또는 질병, 천재 등으로 곤궁한 경우에는 상담 상대가 될 것"「본사의 사업」, 『아세아공론』 창간호. 창간호의 이 포부는 1년 남짓 지나 일정 부분 실현된다. 『대동공론』 창간호는 고학생의 직업상담 업무를 담당하는 '고학생 직업소개부'와 유학생들의 생활과 적응을 돕는 '안내부'가 설치되었다는 소식을 전하고 있다.

40 『아세아공론』에 매호 소개된 판매처를 정리하면 다음과 같다. 8호부터 평양 지역에 基督書院 추가되어 『대동공론』까지 이어진다.

처이기도 했다.[41] 『아세아공론』 9호는 「사고」를 통해 만선총지사(滿鮮總支社)를 설립했다는 소식을 전하고 있다. 약 2~3개월의 수고 끝에 지사 설립에 성공한 것이다.[42] 경성부 서대문 외 아현리에 위치한 만선총지사 는 남북만주 및 조선 전 지역을 관할하며 잡지 청구 및 영업에 관한 모든 업무를 담당했다. 조선과 만주 지역에 독자가 어느 정도 분포되어 있었 는지는 확인할 수 없으나, 『아세아공론』의 광고란과 독자 참여란을 통해 서 그 실체를 확인할 수는 있다. 또한 조선어 신문에 광고를 꾸준히 게재 했다는 점 역시 조선 반도 내의 독자를 포기하지 않았음을 방증한다.[43]

지금까지 『아세아공론』의 위상과 잡지 발간의 중추적 역할을 했던 유 태경의 생애에 대해 알아보았다. 조선인 청년 유태경은 조선, 중국, 일

표 7 『아세아공론』, 『대동공론』 판매처

호	지역	판매처
2호	도쿄	上田屋, 北隆館, 至誠堂, 東海堂, 東京堂
3~7호	도쿄	上田屋 北隆館 至誠堂 東海堂 東京堂
	교토	大盛社
	경성	회동서관(滙東書館), 광익서관(廣益書館)
	평양	광명서관(光明書館)

41　裵姈美, 「雑誌 『亜細亜公論』と朝鮮」, p.98.

42　"김광현 - 7월 중순 귀경한 김광현 씨는 8월 말, 다시 고국 조선을 향한다. 본사 지국 설립을 위해서이다." 「근인동정 -8월 15일까지의 소식」. 『아세아공론』 5호. 김광현은 『아세아공론』의 편집인이다.

43　『동아일보』에는 광고와 「신간소개」란을 통해 『아세아공론』이 여러 차례 소개되었으 며, 『동아일보』에 비하면 적은 횟수지만 『조선일보』의 「신간소개」에서도 『아세아공론』 의 흔적을 발견할 수 있다. 두 신문의 차이에 대해서는 『아세아공론』이 『동아일보』에 우호적인 태도로 일관했다는 점, 『조선일보』와 유태경 사이에 큰 충돌이 있었다는 점을 고려할 수 있을 것이다. 『조선일보』는 유태경에 대한 부정적인 기사를 게재한 바 있는 데, 유태경은 이에 격노하여 경성 지방법원에 명예훼손 및 신용훼손으로 『조선일보』를 고소했다(『読売新聞』, 1922.12.27.) 이 과정에서 친일 정치낭인 박춘금이 유태경을 폭행 하는 사건도 발생했다. 『아세아공론』은 「사고」를 통해 이 사태에 대해 직접 보도할 것을 약속했지만 결국 이 약속은 이루어지지 않았고(「사고」, 『아세아공론』 8호), 해당 시기의 『조선일보』도 전혀 남아있지 않아 더 상세한 사실을 파악할 수는 없다.

본을 오가며 다양한 체험을 쌓았고, 지적인 배경을 넓힌 것으로 보인다. 이러한 경험 속에서 그는 날로 노골화되는 일본의 제국주의에 대한 문제의식을 예각화 하여 『아세아공론』을 발간하기에 이른다. 이 잡지는 아시아 각국을 대표하는 유명인사들을 필집으로 섭외하며 아시아의 횡적 연대를 지면 위에 구현하려 노력했다. 이처럼 초국적 관점의 다양한 담론을 수용함으로써 아시아의 연대라는 『아세아공론』의 지향은 단순한 구호를 넘어설 수 있게 되었다.

3. 『아세아공론』의 아시아주의와 언어운용

이번 장에서는 『아세아공론』의 지향이자 핵심사상이라 할 수 있는 아시아주의가 『아세아공론』에서 어떻게 구현되는지를 살펴보도록 하겠다. 앞서 유태경의 행적을 살펴보았지만 그가 어떤 계기로 잡지 사업에 본격적으로 뛰어들게 되었는지, 또 어떻게 당대의 걸출한 유명인사들의 글을 실을 수 있었는지는 여전히 미지수이다. 다만 이 잡지가 '아시아'라는 관점과 공간을 특히 강조한다는 점으로 보아, 조선과 일본, 중국의 여러 도시를 오가면서 쌓은 경험 속에서 형성된 자신의 문제의식을 드러내는 방편으로 잡지를 선택하지 않았을까 짐작해볼 뿐이다. 다음은 『아세아공론』이 직접 밝힌 「본지 발간의 의미」이다.

> 원래 본지는 아시아 각 국에 있어서 인종적 차별감에서 오는 여러 폐해를 일소하고, 각국 사람에게 세계적 인류애의 자각을 촉진하여 이 자각을 기초로 하여 각 사람의 천분(天分)을 발휘케 하려는 요망 아래 생겨난 것이다. 현재 일본에서 발행되는 잡지는 매우 많고, 또한 아시아, 동방문제를 다루는 잡지도 적지 않다. 그러나 아시아에 있어서 학대당하는 어떤 나라

등의 실황을 공평하게 전하고 또한 인류적, 정의인도를 기초로 하여 발행
되는 것이 과연 몇 종이나 될까?[44]

이처럼 『아세아공론』은 아시아, 더 나아가서는 세계를 사유의 범위로
삼고 있다. 이러한 태도는 광고에서도 일관된다. 『동아일보』에 실린 『아
세아공론』 광고는 "직접 아시아문제의 해결을 보고자 하는 자는 읽으라.
동아언론계의 최고 권위"라는 문구로 눈길을 사로잡고 있다.[45] 『아세아
공론』은 특정한 한 국가의 잡지가 아니라 인류애에 기반한 '아시아'의
잡지이기를 지향한 것이다.

단, 『아세아공론』이 일본을 맹주로 위치짓는 팽창적 아시아주의와는
선을 긋고 있다는 점을 유념할 필요가 있다. 『아세아공론』이 창간되었
던 1920년대 초반은 자유와 평등, 인류애를 중시하는 '다이쇼 정신'에 기
반하여 군비축소를 주장하는 목소리가 커지고 있었으나 동시에 이를 반
대하는 세력도 결집하는 시기였다. 메이지기부터 이어진 탈아론은 1차
세계대전 이후 더욱 강화되는 경향을 보였다. 전쟁은 서구 역사와 문화
의 실패를 증명하는 것이고, 그 실패의 해답이 동양에 있으며, 일본은
동양 유일의 '문명국'으로서 소임을 다해야 한다는 것이 주장의 핵심이
었다. 이때의 아시아주의가 이웃 국가들에 대한 약탈과 침입을 정당화
하는 이데올로기가 되기도 했다는 점은 새삼스레 재론할 필요도 없을
것이다.[46] 사정이 이러한 만큼 『아세아공론』이 내건 '아시아'라는 테제는
자칫 군국주의적, 팽창적 아시아주의로 오인되기 쉬웠다. 『아세아공론』

---

44 「본지 발간의 의의」, 『아세아공론』 8호.

45 『동아일보』, 1922년 10월 16일, 4면.

46 주지하듯 '아시아주의'의 함의는 고정적이지 않다. 이 글에서는 '팽창적 아시아주의'
라는 용어로 일본을 맹주로 설정하는 침략적 아시아주의를 표현할 것이다.

도 이러한 오해의 소지를 잘 알고 있었던 듯 보인다. 『아세아공론』은
이런 세간의 우려에 대해 '별로 상관이 없다'고 말하면서도 독자들의 마
음을 얻기 위해서라면 기꺼이 제호를 바꾸겠다고 말한다. 그러면서 다
음과 같이 말한다.

> 때때로 『아세아공론』은 "딱딱한 군국주의자나 내놓을 법한 제목이다"라
> 는 비난이 있다. (중략) 『아세아공론』은 무엇도 아시아민족의 단결이라든
> 가 통일이라든가, 그런 보잘 것 없는 생각이 아니다. 인류주의의 표징으로
> 이러한 제목을 선정한 것이다. (중략) 현재 상황에서 생각하면 반드시 첫
> 걸음으로서 아시아인은 각성을 필요로 한다. 그리고 어식어(魚食魚) 근성
> 에서 벗어나야 한다. 이 의미에서 '아세아공론'이라고 한 것이다.[47]

위의 인용문은 『아세아공론』은 창간호와 2호, 두 번에 걸쳐 게재된
「잡지제목 현상공모」이다. 이 글은 『아세아공론』이라는 잡지 제목이 야
기할 수 있는 오해에 대해 먼저 언급하고, 자신들의 지향은 결코 "그런
보잘 것 없는 생각"과 무관하다고 말하며 팽창적 아시아주의와 선을 긋
고 있다. 현 상황에서 무엇보다 절실한 것은 "어식어 근성"에서 벗어나
는 것, 즉 다른 물고기를 잡아먹는 어류의 근성을 타파해야 한다는 것이
다. 다른 물고기를 잡아먹는 물고기가 일본에 대한 비유임은 명백하다.
그런 점에서 『아세아공론』은 수평적이고 횡적인 아시아 연대를 모색하
는 장으로 기능하고자 했음을 알 수 있다.[48]
주지하듯 당대의 '아시아주의'는 제각기 다른 함의로 사용되곤 했다.

---

47 「잡지제목 현상모집」, 『아세아공론』 창간호.
48 "영웅 도량(跳梁)시대는 지났다. 무엇도 길항할 필요는 없다. (중략) 그리고 지상에게
　 민족과 민족이 서로 으르렁대는 구획적 국가 대신 횡으로 통하는 길드 소셜이 생기는
　 것이다." 「평론일속 - 아시아협력과 나」, 『아세아공론』 2호.

이러한 현실은 『아세아공론』을 통해서도 확인할 수 있다. 국제사회 속에서 일본의 역할을 강조하고 식민통치의 필요성을 역설하는 다수의 단체는 거의 예외 없이 일본적 아시아주의에 기대고 있었다. 그리고 팽창주의적 욕망은 종종 '평화'나 '단결'과 같은 수사로 포장되곤 했다. 『아세아공론』은 이런 미사여구로 치장된 아시아주의의 본질을 간파하고 맹렬히 비판한다. 다음은 「소위 투란연맹이란」의 일부이다.

> 시대는 나아가 인류평등공영공존을 절규한다. 오늘날 아시아 민족이 단결하여 백인종에 저항 운운하는 것은 시대착오적으로 취할 만한 것이 아니다. 군국주의에 중독된 일본의 낭인 일부 학자 정치가는 대찬성으로 그렇게 한다면 일본이 하나의 아시아의 맹주라도 되어 크게 대동단결하여 아시아를 통일하고 백인종에 대항하려고 할 것이다.[49]

투란민족이란 지역적으로는 알타이산맥과 카스피해 사이에 위치한 투란고원에 기원을 둔 민족들을, 언어적으로는 서쪽의 핀-우고르어족부터 퉁구스어족에 이르는 우랄-알타이어게 언어를 사용하는 민족들까지 총칭하는 광범위한 용어이다. 언어를 기준으로 했을 때 일본을 포함한 동아시아의 여러 나라들이 투란동포로 묶일 수 있었다. 여기에 속하는 여러 민족이 동포민족으로 연대하여 구미에 대항할 것을 주장한 것이 범투란주의, 투란주의운동이다. 유태경이 이 글을 발표한 1922년은 일본에서 투란주의 운동이 막 시작된 시기였다. 인용문에서 언급된 것처럼 초창기 투란주의운동에 대한 반응은 미미했다. 그러나 만주사변 이후 투란 민족에 대한 관심이 높아지고 관련 조직의 활동이 본격화되자 투란주의운동은 1945년까지 다양한 형태로 전개되면서 만몽(滿蒙)과 신

---

49 「평론일속 - 소위 투란연맹이란」, 『아세아공론』 2호.

장(新疆), 나아가 중앙아시아로의 일본 진출을 정당화했다.[50] 유태경은 투란연맹 결성 당시 아시아의 연대를 추구하며 이 단체에 가담했지만 수평적 연대를 지향하는 자신의 이상과 맞지 않음을 깨닫고 이내 결별한다. 그는 투란연맹을 구성하는 "군국주의에 중독된 일본의 낭인 일부 학자 정치가"들이나 "일본이 하나의 아시아의 맹주"가 되는 데에 "대찬성"할 것이라며 이 단체를 신랄하게 비판한다. 이러한 비판은 훗날의 대동아전쟁에 대한 경고처럼 들리기도 한다.

아시아를 강조하는 『아세아공론』의 관점은 잡지의 초국적 성격과 공명한다. 『아세아공론』의 표지는 단 한 번의 예외도 없이 복수의 언어로 잡지의 제호를 표기하고 있다. 호에 따라 약간의 차이는 있지만, '亞細亞公論', 'THE ASIA KUNGLUN(5호부터는 THE ASIA REVIEW)', '아시아공론(『아세아공론』)' 중 두 개 이상의 언어를 함께 표기하고 있는 것이다. 이와 같은 표지 디자인은 그 자체로 『아세아공론』의 지향을 상징적으로 드러낸다. 단일한 언어가 아니라 서로 다른 언어가 한 지면 안에 공존하게 함으로써 일국적 관점을 배격하고 있는 것이다. 이러한 태도는 독자의 의견에 답하는 형식으로 구성된 「독자와 기자」란에 실린 다음 글을 통해 확인할 수 있다.

---

50 野副重次, 『범투라니즘과 경제블록(汎ツラニズムと經濟ブロック)』(東京: 天山閣, 1933)의 장신, 「자료해제」; 이형식, 「'조선군인' 가네코 데이이치(金子定一)와 대아시아주의운동」, 『역사와 담론』 84, 2017. 일본 내 투란주의운동에 관해서는 야마무로 신이치, 정선태·윤대석 옮김, 『사상과제로서의 아시아』, 소명출판, 2018, 197~202쪽 참고.

그림 1 『아세아공론』 창간호 표지

그림 2 『아세아공론』 7호 표지

문 - 사장 각하 저는 『아세아공론』의 세계적으로 그 웅장한 모습을 나타
낼 것을 바라는 한 사람입니다. 그런 의미에서 우리 잡지에 각국 애국적
의견교환란이 없음을 안타깝게 생각합니다. 부디 조만간 설치해주기를 희
망합니다. (시부야 남자)

답 - 사장 입원 중이라 책임 있는 답변은 할 수 없지만 특별히 애국적
의견교환란은 불필요하다고 생각합니다. (代記者)[51]

「독자와 기자」는 사장인 유태경이 직접 답하는 경우가 많았는데, 이
때에는 불가피한 사정으로 사장이 아닌 동인이 답한 것으로 보인다. "애
국적 의견교환란"을 요청하는 독자에게 보내는 사측의 답은 단호하고도
분명하다. "특별히 애국적 의견교환란은 불필요"하다는 것이다. 답변자
는 사장의 의견이 아니라는 점을 먼저 밝히며 다소 조심스러운 태도를

---

51 「독자와 기자」, 『아세아공론』 8호.

취하고 있지만 이후에도 '애국적 의견교환란'은 설치되지 않았다. 이로 미루어 보아 이 답변은 유태경의 의중과 『아세아공론』의 지향에 부합했다고 평할 수 있다.

그렇다면 『아세아공론』이 애국적 의견교환을 위한 별도의 지면이 불필요하다고 판단한 이유는 무엇일까. 『아세아공론』의 초국적 지향의 근저에는 일국적 사고에 대한 경계가 자리잡고 있다. 소위 "애국"이 침략의 논리로 쉽게 변질될 수 있음을 간파하고 있었던 것이다. 주지하듯 '국가'는 뚜렷한 경계 없이는 성립될 수 없다. 애국의 이데올로기가 경계를 고수한다면, 아시아, 나아가 세계와 인류를 강조하는 『아세아공론』의 이데올로기는 그 경계를 초월하는 데 있었다.

이 잡지를 좀 더 면밀히 살펴보면 『아세아공론』의 지향이 공허한 표어로 그치지 않았음을 확인할 수 있다. 『아세아공론』의 필진은 실로 광범위하여 일본인과 조선인은 물론 중국인, 대만인, 인도인까지 포괄하고 있다. 주된 독자가 일본인이라는 점, 주필이 조선인이라는 점을 감안한다면 일본인과 조선인이 필자에 포함된 것은 그리 놀랍지 않지만 그 외의 여러 국가의 지식인들까지 두루 수용하고 있다는 점은 특기할 만하다. 먼저, 조선인 필진으로 익숙한 이름은 황석우, 백남훈 정도를 들 수 있고, 그밖에도 이상수[52], 김희명,[53] 김금호 등이 있다. 무엇보다 눈길을 끄는 것은 일본인 필자인데, 당시 여러 방면에서 다이쇼 데모크라시 담론을 주도하던 인물들이 다수 포진되어 있다. 당시로서는 파격적인 식

---

[52] 이상수에 대해서는 박진영, 「문학청년으로서 번역가 이상수와 번역의 운명」, 『돈암어문학』24, 돈암어문학회, 2011. 참고.

[53] 김희명의 생애와 문학활동에 대해서는 박경수, 「일제하 재일 문학인 김희명(金熙明)의 반제국주의 문학운동 연구 : 그의 시와 문학평론을 중심으로」, 『일본어문학』 37, 일본어문학회, 2007.; 이수경, 「재일 디아스포라 작가 김희명(金熙明)」, 『재외한인연구』 45, 재외한인학회, 2018. 참고.

민지 방기론을 주장했던 미우라 데쓰타로(三浦鐵太郎)와 이시바시 단잔(石橋湛山), 쑨원(孫文)의 일본 망명을 도왔던 미야자키 도텐(宮崎滔天)의 아들로서 중국측 인사들과 활발히 교류했던 미야자키 류스케(宮崎龍介), 기독교 사회주의자로 유명한 아베 이소(安部磯雄), 사회주의 담론의 견인차 역할을 했던 오야마 이쿠오(大山郁夫), 2·8 독립선언의 주동자로 검거되었던 최팔용, 송계백과 대역사건으로 구속된 박열의 변호를 맡았던 후세 다쓰지(布施辰治) 등, 화려한 필진이 『아세아공론』의 지면을 풍성하게 채우고 있는 것이다. 정치적 입장에 다소 차이가 있음에도 불구하고 이들이 공통적으로 『아세아공론』에 글을 기고하고 있다는 점은 눈길을 끈다.[54] 이밖에 대만 쪽 필자로는 대만 유학생들 사이에서 지도력을 발휘하며 유학생 잡지 『대만청년(臺灣靑年)』을 발간했던 차이페이훠(蔡培火), 중국 쪽의 필자로는 정치가 다이지타오(戴季陶) 등을 들 수 있다. 영국 총리를 향해 폭탄을 투척하고 일본으로 망명한 인도의 독립운동가 보스 라스비하리(Rash Behari Bose)의 글도 다섯 편이 실려 있다. 이처럼 다채로운 필진 구성은 일국적 관점을 넘어 아시아의 문제를 논하기 위해 시도된 담론적 실천으로 볼 수 있다.[55]

보다 흥미로운 점은 『아세아공론』의 언어운용 방식이다. 『아세아공론』의 창간호는 일본어, 중국어, 조선어가 혼재된 모습을 보이고 있다. 비중

---

54 나리타 류이치는 관동대지진을 거쳐 1920년대 후반에 민본주의, 마르크스주의·사회주의, 국수주의의 세 부류가 정립되었다고 본다. 이 셋은 중첩되고 분기되면서 서로를 지탱하고 또 견제하기도 했다. 이 분류에 따르면 『아세아공론』의 필자들은 주로 민본주의와 마르크스주의·사회주의 영역에 속한다. 나리타 류이치, 『다이쇼 데모크라시』, 이규수 옮김, 어문학사, 2013, 285~287쪽.

55 그러나 입장차가 분명한 이들을 동시 수용한다는 것은 『아세아공론』이 지향점으로 삼았던 연대가 좌절될 위험성을 내포하는 일이기도 했다. 이에 대해서는 정한나, 「재일본 조선인 잡지의 초국적 연대담론과 수사학 - 기독교, 사회주의, 아시아연대」, 연세대 박사논문, 2020, 5장 참고.

으로 보자면 일본어 글이 압도적으로 많으나 히라가나, 한자, 한글이 동시에 배치된 잡지는 그 자체로 눈길을 끌기에 충분하다. 창간호에는 황석우, 백남훈, 그리고 필명으로 기고된 4편의 글이 한글로 쓰였고, 중국어로 실린 대만, 중국 유학생들의 글이 있다. 『아세아공론』은 독자들의 투고를 안내, 독려하며 "중국문, 조선문, 영문 기타 어떤 국문으로 하여도 환영한다"[56]고 말한다. 도쿄에서 유학하던 조선인 청년들이 미숙한 일본어 때문에 여러 고충을 겪었다는 사실은 자서전 등을 통해 쉽게 확인할 수 있다.[57] 중국어 화자들이 조선인 학생들에 비해 일본어 학습 진도가 뒤쳐졌다는 점을 감안한다면,[58] 외국인 유학생들에게 공히 언어의 문제가 무거운 부담으로 작용했으리라는 것은 어렵지 않게 상상할 수 있다. 특히, 언어에 민감하게 반응하며 언어를 무기로 활용해야 하는 '문과' 학생들에게 이 부담은 더욱 가중될 수밖에 없었다. 파농의 말을 빌자면, 일본어 화자가 될 때 이들은 일본어 구사능력에 따라 동화의 정도를 평가받아야 했다.[59] 반대로 보자면 '어떤 국문으로 글을 써도 무방하다'는 『아세아공론』의 투고조건은 필자의 발화가능성을 비약적으로 증대시킨다. 즉 어느 필자라도 외국어(일본어)로 글을 써야 한다는 부담에서 자유로워지고, 일본어를 구사하지 않음으로써 일본인 되기의 정도를 평가하는 시선에서 벗어나게 된다. 필자는 어디까지나 모어 화자로 존재하는 것이다. 시사문제에 상당 지면을 할애하는 『아세아공론』은 필자의 모어 사용을 보증함으로써 정치적으로 민감한 사안에 대해 다양한 의견을 폭넓게 수용하는 담론장

---

56 「투고환영」, 『아세아공론』 창간호.

57 1910~1920년대에 동경에서 유학했던 최승만, 백남훈, 김준연 등은 자서전을 통해 일본어로 학업을 하는 어려움에 더해 또 다른 필수 외국어인 영어공부까지 병행해야 했던 고충을 토로하고 있다.

58 「주마등 - 유학생과 일본어」, 아세아공론 3호.

59 프란츠 파농, 『검은 피부, 하얀 가면』, 이석호 옮김, 인간사랑, 2003, 24쪽.

으로 기능하려 했다. 이 구상이 실현되기만 한다면『아세아공론』은 여러 종류의 언어가 공존하는 잡지가 될 터였다. 이는『아세아공론』이라는 잡지의 지면 위에 아시아, 나아가 세계를 구현하는 일이기도 했다. 그런 맥락에서 창간호의「삼국어교습」은 특히 눈길을 끈다. 중국어와 일본어에 능통했던 유태경이 직접 담당한 이 지면은 '네, 아니오'에서 시작하여 '가지고 가십시오, 잊지 마십시오' 등 초보적인 수준의 문장을 소개하고 있다. 한중일 언어가 한 페이지에 동일한 비중으로 동시에 노출된 이 지면은『아세아공론』의 이상이 섬광처럼 실현된 공간으로 보인다.

그러나 결론부터 말하자면 지면 위에 아시아, 세계를 구현하겠다는 구상은 너무 빨리 좌절되고 만다.『아세아공론』은 삼개국어 편집을 "독자제군에게 자랑으로서 고할 수 있는 일"[60]로 여기고 있었지만 그것은 그만큼의 부담이 따르는 작업이었다. 창간호부터 3호까지『아세아공론』인쇄소가 계속 바뀌었다는 점은 이를 잘 보여준다. 특히 조선어 활자는 이 구상에 가장 큰 걸림돌이 되었다. 삼개국어를 모두 포함하면서『아세아공론』의 언어이상을 유일하게 구현하고 있는 창간호는 복음인쇄소(福音印刷所)에서 인쇄되었다. 요코하마에 위치했던 복음인쇄소는『아세아공론』이 창간될 당시 일본에서 조선어 활자를 갖춘 몇 안 되는 인쇄소였다.[61]『학지광』과『기독청년』을 비롯한 조선인 주재의 잡지가 대부분 이곳에서 인쇄되었던 이유도 여기에 있었다. 삼개국어 편집을 고수한다면『아세아공론』에게 주어진 선택지는 극히 제한적일 수밖에 없었다. 이러한 현실 속에서 한글이 제일 먼저 포기된 사정은 충분히 짐작할 수 있다. 일본어와 중국어는 공유할 수 있는 활자의 비중이 컸지만, 한글은

---

60 「편집여언」,『아세아공론』창간호.

61 복음인쇄소에 관해서는 小野容照,『朝鮮独立運動と東アジア : 1910-1925』, 思文閣出版, 2013. 참고.

별도로 마련해야만 하는 활자였기 때문이다. 이러한 제약으로 인해 2호부터는 조선어가 제외되고 일본어와 중국어로 편집된다. 창간호는 다음호에 2편의 한글 논설과 「삼국어교수」가 실릴 것을 예고하고 있으나 정작 2호에는 이 중 어느 것도 실리지 않았다. 특히 「삼국어교습」은 『아세아공론』의 미완의 꿈이자 숙원사업처럼 남아있었다. 매호 싣고 싶지만 현실적인 여건 때문에 어쩔 수 없이 "당분간 중지"했다는 점은 이 기획에 대한 아쉬움의 표현이라 하겠다.[62]

마지막으로 『아세아공론』이 조선에서 수용된 양상을 엿보며 이 장을 마무리하도록 하겠다. 이와 관련하여 『아세아공론』 9호의 광고는 단편적이기는 하지만 하나의 예로 살펴볼 만하다. 1923년 1월에 발간된 『아세아공론』 9호는 신년을 맞이하여 특별호로 제작되었다. 특별호에 걸맞게 면수가 증가했고, 특별가가 책정되었다. 현저한 증면에는 광고도 한 몫하고 있다. 잡지의 뒷부분에 9페이지에 걸친 개인 광고가 게재되고 있기 때문이다. 여기에 광고를 의뢰한 이들은 『아세아공론』을 구독하는 데에서 한 걸음 더 나아가 자금을 지원했던 적극적 독자라 할 수 있을 것이다. 개인광고 게재자 중에서는 3명의 조선인이 확인된다. '京城府 長洲洞 79' 이진호(李軫鎬), '월간 「나고야 가제트(名古屋ガゼット)」 사장, 일간 「아세아통신(亞細亞通信)」 사장' 한세복(韓世福), '대구청년회장' 서상일(徐相日)이다. 이진호는 한일병합 직후부터 요직에서 근무한 친일인사이다. 이 광고가 실릴 무렵에는 동양척식 경성지점 촉탁, 조선총독부 조선중앙위생회 위원으로 활동하며 일선융화단체인 대정친목회(大正親睦會) 감사를

---

62 문. 기자님 저는 귀지의 애독자입니다만 (중략) 귀지 창간호에 기재되었던 수천 선생의 삼국어를 계속해서 실어줄 수 없습니까? (후쿠오카 YM생) / 답. 그것 지금부터 매호 싣고 싶지만 인쇄소에 조선활자의 설비가 없기 때문에 당분간 중지했습니다. 「독자와 기자」, 『아세아공론』 6호.

지냈고, 1924년 12월에는 한국인 최초로 조선총독부 국장급에 오른 인물이다.[63] 다음으로 한세복은 관동대지진 이후 조선인 학살사건 조사를 위해 임시정부의 파견기사로 활동한 경력이 있으며[64] 1929년 변호사 시험에 합격하여 1930년 5월 함흥에서 변호사 활동을 시작한 인물로, 신간회 나고야 지회를 담당한 인물이다.[65] 이 정도의 정보로 한세복이라는 인물의 전모를 파악할 수는 없겠지만 적어도 그가 이진호와는 다른 결의 인물이라는 점은 짐작할 수 있을 것이다. 그가 이끌고 있었던『나고야 가제트』나『아세아통신』이 어떤 성격의 매체인지 구체적으로 확인할 수는 없다.[66] 그러나 그가『학지광』에 기고했던 글로 미루어 보건대, 일본어 잡지에 대한 그의 관심이「나고야 가제트」를 통해서도 표출되고 있다 하겠다.[67] 마지막으로 '대구청년회장'으로 소개된 서상일은 현재 독립유

63　한민족문화대백과사전(http://encykorea.aks.ac.kr/Contents/Item/E0046135). 단,『아세아공론』의 광고에는 이진호의 주소가 '京城府 長洲洞 79'로 기입되어 있는데, 이는 '長沙洞'의 오식으로 보인다. 한국역사정보통합시스템의『한국근현대인물자료』에 따르면 그의 주소는 "京城府 長沙洞 79"로 확인된다.

64　김광열,「1923년 일본 관동대지진 시 학살된 한인과 중국인에 대한 사후조치」,『동북아역사논총』48호, 2015, 126~140쪽.

65　『한국근현대인물자료』,『독립운동사자료집』.

66　당국의 자료에 따르면「나고야 가제트」는 다이쇼 11년 3월 1일에 창간되어 부정기적으로 발행된 일본어 잡지이다. 다이쇼 11년은 서기 1922년이므로, 이 발행일이 정확하다면「나고야 가제트」는『아세아공론』보다 2달 가량 앞서 등장한 재일본 조선인 발간 일본어 잡지이다. 1회 약 1,000부 가량 발행된 이 잡지는 나고야 인근 지역과 조선 일부지역에 배포되었다. '정치 학술 기타 화류 기사 등'을 게재한다고 조사되어 있는 것으로 보건대 정치 관련 기사와 상업적 기사를 두루 취급하는 잡지였을 것으로 추정된다. 朴慶植,『在日朝鮮人關係資料集成 第2卷 1』, 三一書房, 1975, p.92.

67　「천사의 미소」,『학지광』5호. 이 글에서 한세복은 당시로서는 일본 언론계에서 급진적인 식민지론을 펼쳤던『제3세계(第三世界)』에 대해 언급한다.『제3세계』는 조선독립을 역설하는 김우영과 장덕준의 글을 게재한 잡지이기도 하다. 松尾尊兌,『民本主義と帝國主義』, みすず書房, 1998, pp. 171~174.

공자 명단에 올라 있는 인물이다. 보성전문학교 법과를 졸업한 그는 시찰목적으로 중국과 일본 등지를 둘러보았을 뿐, 유학 경험은 없었다. 그는 3·1운동에 참가하여 1년간 복역한 후 대구광복단을 조직하여 해외에서 무기를 밀수입하는 등 무력운동을 전개하기도 하였다.[68] 지나치게 범박한 분류이기는 하나, 이 세 인물의 태도를 정리하자면 공교롭게도 적극적 협력, 온건한 방식의 저항, 급진적 저항으로 긱기 다르게 분류된다. 『아세아공론』의 필자들이 제각기 다른 방식의 아시아, 식민통치론을 펼쳐보인 것처럼, 『아세아공론』의 독자들 역시 『아세아공론』을 읽으며 각자의 방식으로 아시아의 연대를 구상했을지 모른다.

요컨대, 『아세아공론』은 잡지의 제호를 통해 드러나는 것처럼 아시아주의를 핵심사상으로 하고 있었다. 그러나 일본을 중심으로 두는 아세아주의는 철저히 배격하면서, 수평적이고 횡적인 초국적 연대를 구상했다. 일본, 조선, 중국, 대만, 인도를 아우르는 잡지의 필진 구성은 『아세아공론』의 지향을 잘 드러내고 있다. 비록 현실적인 벽에 부딪혀 다양한 언어로 아시아를 구현한다는 목표는 쉽게 좌절되고 말았으나 중국어 글은 꾸준히 게재된다. 다음 장에서는 『아세아공론』에 지속적으로 게재되었던 단형시평을 구체적으로 살펴보면서 이 글들에 나타난 수사적 전략과 그 의미를 짚어보도록 하겠다.

4. 한계 속에서 말하기 – '단형시평'의 담론전략과 수사법

문제제기론이라는 독특한 방법론으로 철학사를 재독한 신수사학의 대표학자 미셸 메이에르는 다양한 수사[69]를 문제제기의 정도에 따라 세

---

68   공훈전자사료관, 『한국근현대인물자료』.

가지 유형으로 분류하고 각각의 특징과 예를 정리한 바 있다. 이 분류법에 따르면, 명확한 해결기준이 없는 의심스러운 문제, 예를 들면 정치적 논쟁과 같은 것들은 문제성을 최대화하는 방식으로 이루어진다. 그 문제를 해결할 수단이나 바람직한 답에 대한 화자와 대화자의 공통인식이 부재하기 때문이다. 미리 결정되어 있거나 선험적으로 받아들인 해결의 기준이 없으므로 이성적인 논증에서 극단적으로 감정적인 것에 이르기까지, 다양한 수사가 총동원되기 마련이다. 이러한 상황에서 발화자의 사회적 역할, 그의 '위치'는 특히 중요해진다. 공통의 기준이 없기 때문에 발화자의 주장을 신뢰할 수 있는가, 발화자가 그 분야의 전문가인가 하는 문제가 강조되는 것이다. 이와 함께 자연스럽게 청중의 역할도 증대된다. 즉, 청자가 발화자의 주장에 설득되느냐 설득되지 않느냐는 매우 중요한 문제로 부상한다. 반면, 이미 해결된 문제는 가장 약한 문제제기성을 띤다. 의례적으로 행해지는 추모사나 일상 대화가 그러하다. 이런 경우에는 화자의 권위와 제도상의 위치보다는 그 상황에 기대되는 발화가 우선시되곤 한다. 장례식을 예로 들면 '누가' 추모사를 읽느냐보다는 고인에 대한 애도를 적절하게 표현하는 것이 중시된다. 청자들의 반응도 그 상황에 걸맞게, 즉 장례식이라는 상황에 어긋나지 않도록 슬픔을 표현하는 것으로 고정화된다. 마지막으로, 이 양극단의 중간 위치를 점하는 것이 법이다. 법은 그 자체로 답들의 출처가 되며, 논쟁도 제도화되어 있다. 이때의 문제들은 추도사보다는 문제제기적이지만, 공통의 합의점(법제도)이 있다는 점에서 정치적 평의만큼 강한 문제제기성을 보이지는 않는다.[70]

---

69 수사는 보통 청중을 설득하는 기술, 능변의 기술로 정의되지만, 단순한 웅변술이 아니라 담론의 언구나 설득기술, 그리고 조직기술까지도 포괄하는 용어이다. 미셸 메이에르, 『수사 문제』, 전성기 옮김, 고려대학교출판부, 2012, 14쪽.

이상의 분류에 따르면 『아세아공론』에 게재된 글들은 대부분 최대의 문제제기성을 나타내는 글의 범주에 속한다. 주로 식민정책 비판, 세태비평 등 정치적 사안들을 문제 삼고 있기 때문이다. 본고가 주목하는 단형시평도 예외는 아니다. 단형시평은 「평론일속」(창간호, 2호), 「주마등」(3호, 8호, 대동공론 창간호), 「편견만화」(4호), 「민선사정」(5호), 「현미경」(6~7호), 「대동풍운」(대동공론 1924.2), 「민선사정」(5호), 「조선사정」(7호) 등의 게재란에서 발견된다. 일반적인 평론에 비해 길이가 현저하게 짧은 이 글들은 개별 제목을 단 여러 편이 하나의 게재란을 구성하고 있다. 예를 들어, 창간호의 「평론일속」에는 '재만일본인 경영의 전당포는 민국인의 사형집행장인가', '경성 매일신보의 비열 행동' 외 총 9편의 글이 실려 있다.[71] 단형시평은 주로 『아세아공론』의 내부인에 의해 집필되었던 것으로 보인다. 「평론일속」은 유태경의 필명인 '수천(壽泉)'이 필자로 명기되어 있어 어렵지 않게 필자를 파악할 수 있다. 그런가 하면 '내언생(內言生)'이나 '특파기자'의 이름으로 되어 있는 경우에는 필자를 특정할 수는 없지만 『아세아공론』의 내부 필자에 의해 쓰인 글이라는 정도는 추측할 수 있다. 그밖에 필자를 파악할 만한 어떠한 표지도 없는 무기명의 글도 있다.

이 글들은 잡지의 배치나 장르적 관점에서 놓치기 쉬운 지점에 놓여 있다. 잡지의 앞부분에 놓인 당대 일본 지식인들의 무게감 있는 논설과 비교해 볼 때, 잡지 중후반부에 배치된 이 글들은 단편적인 소회 수준을 벗어나지 못하는 것으로 보인다. 진지한 논의가 전개되기에는 역부족일

---

70 위의 책, 35~36쪽.

71 참고로 비슷한 시기 조선에서 발간되던 잡지에서 '단형시평'과 형식적 유사성을 띠는 것으로 『개벽』의 「문단시평文壇時評」을 들 수 있다. 『개벽』 제56호(1925.2)의 「문단시평」은 김기진의 「平生所願」, 박월탄의 '作家와 風俗', 박영희의 '文壇을 너머선 文藝', 성해(星海)의 '親切이 적은 文壇, WW生의 '文壇의 暗面', 이상 다섯 편의 짧은 글로 구성된다.

정도로 길이도 그리 길지 않다. 평론과 문예작품 사이에 끼어 있는 듯
자리 잡은 이 글들은 장르적으로 볼 때 짜임새를 잘 갖춘 평론으로도,
근대문학의 범주로도 분류되기 어렵다.

그러나 그 어느 곳에도 속하지 않는, 그래서 지나치기 쉬운 이 글들은
그 자체로 분석될 필요가 있다. 먼저 이 글들이 대부분 『아세아공론』을
이끌었던 유태경이나 사내 인사들에 의해 쓰였다는 점을 유념해야 한
다. 그런 점에서 단형시평은 『아세아공론』의 내면을 가장 투명하게 드
러내고 있다고 하겠다. 『아세아공론』이라는 낯선 잡지의 속내를 파악하
려면 바로 이 지면에 집중할 필요가 있다는 것이다.

또한, 이러한 글들의 존재방식을 잡지의 판매전략이나 검열과 연관지
어 생각해 볼 여지도 있다. 저명하고 영향력이 있는 필자의 글을 잡지의
첫머리에 놓는 것은 잡지 편집에서 지금까지도 이어지는 관례이다. 필
자의 명성이 잡지의 판매량에 유의미한 영향을 미치기 때문이다. 거의
매호 유명인사들의 글을 선보이는 『아세아공론』으로서는 굳이 단형시
평을 앞쪽에 배치할 이유가 없었다. 또한 뒤에서 살펴보겠지만, 이러한
글들은 당국을 자극하는 도발적인 발언을 서슴지 않는데, 이 짧은 글
속에 다채로운 수사가 전략적으로 활용되고 있음을 확인할 수 있다. 이
는 검열을 의식하면서 주제를 전달하고 설득력을 극대화하기 위해 백방
으로 궁리한 흔적이라 하겠다. 다른 한편으로는 당국에 비판적인 발언
자체가 판매량을 촉진시키는 요소가 되기도 했다.[72] 이때 무엇보다 중요
한 것은 적절한 수위를 지키는 것이었다. 비판이 지나치게 되면 검열로
인해 글 자체가 소멸될 우려가 있었고, 독자들로부터 외면당할 가능성

---

72 "동시에 약간 빨간 것을 끌어들여 당국에 삭제를 당한다. 호기심으로 그러한 것을
　　읽는 자가 많은 현대이다." 「주마등」, 『아세아공론』 8호.

도 있었다. 그런 점에서 단형시평은 줄타기와 같은 긴장감을 유지해야
했다. 물론, 이러한 전략에도 불구하고 이 글들이 삭제를 완전히 면하지
는 못했다. 이러한 사실들을 염두에 두고 해당 글들이 어떠한 수사적
전략을 구사하는지 살펴보도록 하겠다.

4.1. 경계 만들기와 재정의의 의미투쟁

먼저 살펴볼 글은 「재만일본인 경영의 전당포는 민국인의 사형집행장
인가」이다. 이 글은 만주지방에서 전당포를 경영하는 일본인들이 실제
로는 모르핀 등 중독성이 강한 마약류의 약물을 판매하며 수익을 올리
는 행태를 비판하고 있다. 이 글은 단형시평 치고는 긴 편에 속한다. 따
라서 글의 구성방식을 좀 더 면밀히 분석할 여지가 있다. 이 글은 중화
민국 각지에서 일본인이 경영하는 전당포는 "인간의 獸性"이 적나라하
게 폭로되는 곳이라 꼬집으며 시작된다. 글은 다음과 같이 이어진다.

> 그들은 우연히 일본인으로 태어났기 때문에 (중략) 커다란 간판의 배경
> 으로 주먹을 흔드는 무뢰한 무리이다. 물론 빈주먹의 무리라도 [전당포는
> ― 인용자] 쉽게 경영할 수 있고 돈을 많이 버는데, 그 영업정책은 실로 간단
> 명료하며 군국주의자나 공명할 듯한 교묘한 살인업이다. (중략) 사람을 죽
> 이고 죄가 되지 않는 것은 군인뿐이라고 생각했는데 저들은 사람을 죽이고
> 그에 더해 상업이라는 미명으로 장식하고 있으니 참을 수 없다. (중략)
> 내가 일찍이 남북 지나 각지를 여행하는 중, 전당포 경영자 중 한 사람
> 이 말하기를
> "참모 본부나 정부의 정책은 정말이지 실패다. 실로 골계 천만이 아닌
> 가. 헛되이 저 다대한 물질과 인명과 가축을 희생하며 침략하는 촌스러움
> 의 극치다. 우리가 하고 있는 기묘한 침략은 그런 것이 아니다. 이 기묘한
> 살인제를 사용하여 돈을 빼앗는 인도주의에 걸맞은 것이다. 한편으로 시시

한 인간은 자연스럽게 사형당하고, 다른 한편으로는 다대한 이익을 모아 국가에 대한 공헌!! (중략) 이 국가적 대사업자인 우리를 존중하지 않을 것인가."[73]

이 글의 발화자(필자)에 대해 먼저 알아보자. 이 글은 유태경이 쓴 것이지만, 텍스트 내부에서 필자의 정체성으로 드러나는 것은 『아세아공론』사의 사장이라는 지위가 아니라 "일찍이 남북 지나 각지를 여행"한 경험이 있는 사람으로 드러난다. 이러한 서술은 이 글의 내용이 자신의 직접적인 체험에 근거한 것임을 보이며 신뢰성을 높이는 한편, 이 사안에 대한 발화자로서 자신의 권위를 드러내고 있다. 이는 앞서 언급한 것처럼 청자의 설득을 목적으로 하는 정치적 언설에서 중요한 요소 중 하나이다.

인용문의 첫 줄에 등장하는 "그들"은 만주에서 전당포를 경영하는 일본인들이다. 이때 "그들"은 단순한 지시어 이상의 함의를 지닌다. 여기서 '그들'은 지금 여기에서 발화하는 나, 혹은 '우리'를 전제로 하며, '우리'와의 거리감을 드러내고 있다.[74] '그들'은 '우리'와 다른 존재임을 암시하는 단어인 것이다. 달리 말하면 '저들'은 만주라는 저 먼 곳에 위치한 인물들이기도 하지만, "인류도덕을 존중하는 우리"와는 끝내 같을 수 없음을 의미한다 하겠다.

---

73 「평론일속 - 재만일본인 경영의 전당포는 민국인의 사형집행장인가」, 『아세아공론』 창간호.
74 이 푸 투안은 청자와 화자의 거리를 나타내는 공간적 지시대명사와 위치부사 등(이것/저것, 여기/저기 등) 친밀감 형성에 영향을 미친다고 지적한다. 예컨대, 『리처드 2세』에서 반복적으로 나타나는 'this'라는 단어가 애국심을 고취시키는 데 부분적으로 기여했다는 것이다. 이 푸 투안, 『공간과 장소』, 구동회·심승희 옮김, 대윤, 2007, 83~86쪽.

이어서 이 글은 저들 일본인이 "대국인(大國人)"의 자격을 얻은 것이 단지 "우연"이라고 말한다. 그렇다면 실질적으로 이들은 어떤 사람들인가. 필자의 평가에 따르면 이들은 우연에 불과한 일본이라는 국적을 자랑으로 삼는 "무뢰한 무리"며 "빈주먹의 무리"이다. 필자는 "대국인"을 "무리"로 치환하면서 이들의 지닌 국적의 의미를 박탈한다. 필자는 여기서 한 걸음 나아가 그들을 "짐승 같은 사람들"이리고 칭하면서 그들의 인성 사체를 의심하기에 이른다. 그 이유는 이들이 "군국주의자나 공명할 듯한 살인업"에 종사하고 있기 때문이다. 이 문장은 일본 국외인 만주에서 전당포를 경영하는 "무뢰한 무리"와 일본 국내에서 팽창적 아시아주의를 신봉하며 군비 확장을 주장하는 군국주의자들을 동시에 겨냥하고 있다. 아울러 "사람을 죽이고 죄가 되지 않는" 군인과 "사람을 죽이고 그에 더해 상업이라는 미명으로 장식을" 하는 전당포 경영자를 비교하는 문장도 눈길을 끈다. 이 문장은 전당포 경영인을 비판하는 듯 보이지만, 군인이 '사람을 죽인다'는 지극히 당연한 사실을 상기시킴으로써 군인 또한 비판의 대상에 포함시키고 있는 것이다.

비판의 대상이 되는 집단은 또 있다. "의회 근처의 한가로운 사람들"로 표현된 정치가들이 그들이다. 앞에 제시된 노골적인 비판에 비하면 그다지 눈길을 끌지 못하는 수준이지만, 이들은 "인간성의 약점을 이용당한" 사람들의 "한"에 무관심하다는 점에서 결국 전당포 사업을 방조하고 있었던 셈이다. 이는 사실 근거 없는 비난이 아니다. 러일전쟁의 승리로 만주 지역의 행정권을 획득한 일본은 1915년 자선단체인 대련굉제선당(大連宏濟善堂)에 아편 전매업무를 위임했고, 이 글이 발표되었을 즈음인 1924년에는 아편령을 제정하여 아편의 점진적인 금지정책을 도입하였다. 그러나 이러한 결정은 국가가 아편사업의 주도권을 잡기 위함이었다.[75] 아편전매제는 성공적으로 안착했고 일본에 막대한 수익을 안

겨주었다.[76] 이처럼 일본은 이 지역의 아편문제에 있어서 통제권을 쥔 당사자였으나 표면적으로는 아편을 금지하는 태도를 취하고 다른 한편으로는 아편의 유통을 묵인하는 모순적 태도를 취하고 있었다. 자신들의 사업을 "국가에 대한 공헌"이라고 주장했던 전당포 주인들의 주장이 틀린 말은 아니었던 셈이다. 과연 이것은 실로 무력을 앞세운 촌스러운 침략과는 질적으로 다른, "인도주의에 걸맞은" "기묘한 침략"이라 할 만한 것이었다.

이 대목에서 또 하나 눈길을 끄는 것은 "살인업"이라는 조어이다. "살인업"이라는 단어는 '살인'에 일종의 '직업'이라는 근대적 노동행위를 결합시키고 있다. 즉, 이 두 단어의 결합은 살인이라는 야만적, 반인륜적 행위가 '문명국'에서 공공연하게 용인된다는 점, 나아가 "일본의 충국애국"으로 포장되고 있는 현실을 꼬집는 것이다. 이렇게 '살인업'에 종사하는 전당포 경영가들은 일본의 애국주의와 연결된다. 이러한 서술은 일본의 침략주의, 군국주의와 공명하는 대목으로, '안으로는 입헌주의, 밖으로는 제국주의'를 외치며 제국주의 경쟁에 뒤처지지 않기 위해서는 무력도 얼마든지 용인될 수 있다고 여겼던 다이쇼시대의 이중성을 드러낸다.[77] 결국 만주지방의 전당포 경영자, 일본 국내의 군국주의자와 정치가들이 거대한 공모관계에 있는 집단임을 이 글은 말하고 있다.

---

75 江口圭一, 『日中アヘン戦争』, 岩波書店, 1988, p.31. 한편, 일본 정부가 중국에서의 마약, 아편 사업에 깊숙이 개입되어 있었던 사실은 청도 지역의 예에서 명징하게 드러난다. 일본은 1차 세계대전 이후 산동반도를 군정하에 두게 되었는데, 청도군정서는 아편전매제를 취하면서 劉黎山(劉子山)에게 이 사업을 위탁한다. 유여산은 '대일본아편국'이라는 간판을 내걸고 아편 소매를 실시했다. 유여산과 군정서 사이의 계약에는 이 사업을 통해 얻어지는 이익을 군정서 7할, 유여산 3할로 분할한다는 내용이 포함되었고, 제품 운반에는 일본군 병사호위열차가 동원되기도 했다. 같은 책, 35쪽.

76 구라하시 마사나오, 박강 옮김, 『아편제국 일본』, 지식산업사, 1999, 142~154쪽.

77 마쓰오 다카요시, 오석철 옮김, 『다이쇼 데모크라시』, 소명출판, 2011, 49쪽.

이어지는 일본인 전당포 주인의 말은 이들의 비도덕성을 명징하게 보여준다. 이들은 자신들의 비인도적 사업을 "인도주의에 걸맞은 것"이라 말할 뿐 아니라 "국가에 대한 공헌"이라 말하며 스스로를 "국가적 대사업자"로 지칭한다. 이들은 노골적인 침략주의를 펼치는 참모 본부와 정부 당국을 비판하며 "골계 천만"이라 말하고 있지만, "살인업"의 효용을 강변하는 이들의 발언이야말로 "골계"의 극치이다. 그리고 필자는 다시 질문을 던진다. "누구라고 이것을 사실로 듣겠는가." 이 말은 다시금 필자가 지닌 발화자로서의 위치, 즉 직접 체험한 자라는 강점을 다시 환기시키며 독자의 수긍을 이끌어내는 역할을 한다.

위의 글이 전당포라는 특수한 업종에 종사하는 좁은 범위의 일본인을 비판하고 있다면, 보다 일반적인 차원에서 일본인을 공격한 글도 있다. 다음의 글들을 보자.

> 세계 어느 나라도 또한 서로 반드시 별명을 붙여서 부르지만, 일본인처럼 악한 감정으로 사람을 낙심하도록, 악의적으로 말하는 자는 드물다. 일본인은 조선인을 부름에 있어서 "요보"라는 말을 쓴다. (중략) 이 말의 의미는 일본인이든, 한국에 있는 자든 막론하고 모를 리가 없다. 그런데 저들은 왜곡된 근성으로 경멸적 의미를 더해 (중략) 조선인의 대명사로 사용하고 있다. 실로 저들의 근성이 미워하는 것을 표명하고 있다. 이것은 단순히 조선인 평(評)이 아니라 중화민국인에 대해서도 마찬가지로 볼 수 있는 바이다. (중략) 지나인, 조선인을 경멸하고 있는 것은 일본이 메이지유신 이래 급진적으로 개화하고, 일청 일로의 요행적 승전에 의한 것임은 물론이다. 그러나 동양 유일의 문명국이라고 해도 같은 동아의 인민에 대해 이러한 태도로 나오는 것은 일본 이외의 동아민족으로부터 반감, 원한을 산다는 것을 일본인은 잊어서 안 될 것이다.[78]

---

78 「조선사정 - 조선인의 대명사인 '요보'의 의의와 일본인의 근성」, 『아세아공론』 7호.

이 글의 필자는 조선어를 칭하는 '요보', 중국인을 뜻하는 '챵'이라는 말의 유래와 의미를 설명하고 있다. 이 글에서 경계는 일본인과 조선인-중국인들 사이에 그어진다. 조선인과 중국인은 일본인에게 각각 '요보', '챵'이라는 경멸적인 호칭으로 불리기 때문이다. 일본인들이 조선인과 중국인을 이렇게 부를 수 있는 것은 전쟁에 "요행"으로 승리했기 때문이라고 이 글은 판단한다. "요행"이라는 단어는 이 짧은 글에 두 번이나 등장한다. 이는 일본의 승리가 국력과는 무관한 것임을, 또한 전승의 결과로 일본 국민들이 누리고 있는 모든 것이 정당하지도, 적합하지도 않다는 인식을 드러낸다. "작은 섬나라 근성"을 지닌 일본인들은 전쟁의 승리를 통해 조선인과 중국인을 끝없이 멸시할 뿐이다. 이 "작은 섬나라 근성"의 대척에 있는 것이 "대륙적 근성"이다. 후자가 전자보다 우월하게 설정되어 있다는 것은 말할 필요도 없다. 일본이 "요행적 승전"의 결과로 조선인과 중국인을 경멸적인 어투로 부르고 있지만, 기실 더 우월한 것은 대륙적 근성을 품은 조선인과 중국인이라는 것을 암시한다 하겠다. 그러나 이러한 민족차별적 발언은 『아세아공론』의 기본 지향과 어긋난다. 인류애와 평등을 강조하는 다른 글들과는 결을 달리 하는 것이다. 이 차이는 어떻게 해석해야 좋을까. 이는 민족적 차별과 멸시를 일본인들에게 돌려줌으로써 일종의 충격을 가하기 위한 의도적인 발화일 수도 있다. "요행적 승전"에 취한 일본인들의 열등감을 자극함으로써 경멸당하는 것의 의미를 맛보게 하려는 것으로 읽을 수도 있는 것이다. 물론, 이 글의 필자에게 잠재된 민족적 배타성이 이 대목에서 현시되었다고 독해할 가능성도 없지 않다.

'조선인'의 일본어 발음인 '조센징' 그 자체에 부정적 함의가 있는 것은 아니다. 조선인들에게 자주 사용했던 '요보'라는 단어도 마찬가지다. 그러나 제국과 식민지 사이의 기울어진 권력관계는 여기에 비하와 멸시의 감정을 투영한다. 조선인과 중국인이 제국의 언어로 지칭될 때, 환언하면 이들이 스스로 '조선인'이나 '쭝꿔런(中國人)'이라고 표명하는 것이 아니라 일본인들에 의해 '조센진'이나 '창코로'로 불릴 때, 이들은 제국인의 타자인 식민지인의 자리에 고정된다. 동시에 이들의 민족성은 열등한 위치로 전락하고 만다.

> 원래 교육에는 국경이 없고, 민족적 차별 등이 있을 리가 없는데, 이 학교의 모 교수는 항상 조선 및 민국여자 유학생에게 대하여 무슨무슨 군(君)이라고 부른다고 한다. 일본여자에게는 '상(さん)', 유학생에게는 君이다. 사소한 일 같으나 그것이 간단한 문제가 아니라는 점은 모든 인간생활의 역사가 보여주고 있으므로 굳이 수다스럽게 설명할 필요는 없겠지만, 모 교수군, 편견과 외고집이 아니라 충심으로 반성하는 것이 어떠한가?
> 이러한 일도 있다. 유학 여학생이 참고서를 빌려달라고 청하자,
> "그것은 안 됩니다. 우리 동포인 일본인부터 먼저 교육해야 하니까요..."
> 라고 말하며 종종 경멸적 태도를 가지는 경우가 있다고.[79]

이 글은 다른 분야는 몰라도 교육에서만큼은 민족적 차별이 있을 수 없다는 서술로 교육이라는 분야에 특수성을 부여하면서 시작한다. 이는 교육에서 민족적 차별 행위가 발생한다면 그것은 더욱 엄격하게 비판되어야 한다는 의미이다.

이어서 필자는 한 학교의 교사가 일본인 학생들에게는 "상(さん)"이라는 호칭을 쓰지만, 중국인과 조선인 유학생들은 "君"으로 부른다는 이야기를 전하고 있다. 필자는 이것이 사소한 문제인 듯 보여도 실은 결코 사소하지 않다는 점을 "역사"가 증언하고 있다고 말한다. 이것이 일반적

---

79 「평론일속 - 동경 여고사(女高師) 교수의 교육차별」, 『아세아공론』 창간호.

인 형태의 평론이었다면 이러한 차별적 호칭과 관련된 역사적 사건을
서술하는 방향으로 글이 전개되었을 것이다. 그러나 이 글은 이러한 전
개를 취하는 대신 다른 쪽에서 상당히 상세한 정보를 제공한다. 이러한
일이 "일본의 여자 중 최고학부"인 "오차노미즈 여자고등사범학교"에서
일어났다는 것을 구체적으로 밝히고, 모 교사의 발언을 직접인용하고
있는 것이다. 이러한 글쓰기는 실제로 일어난 사실을 예로 든 후 이를
바탕으로 글을 전개하는 예증법에 속하는데, 이는 논리적 정합성이 미
약하기는 하지만 깊은 인상을 남기기 때문에 정치적 장르에 적합한 수
사법이다.[80] '요보', '챵코로'라는 말로 식민지인의 민족성이 폭로되는 것
처럼, 교실에서의 호칭에 따라 학생들의 민족성은 폭로되고 차별과 배
제는 일상적 차원에서 지속된다. 이 글은 '모 교사군'의 충심어린 반성을
촉구하며 마무리된다. 이는 조선인과 중국인 학생들의 이름에 붙이던
'군'이라는 호칭을 이 교사에게 돌려준 것이다.

이에 더해 필자는 교육에서의 평등권이 전혀 보장되지 않는 현실을
고발한다. "우리 동포인 일본인부터 먼저 교육해야 하니까요"라는 교사
의 말은 교육권에 차등이 엄존한 현실을 보여주는 한편, 식민당국이 내
건 일선융화가 얼마나 공허한 표어에 불과한지를 잘 드러낸다. 일선동
조론을 비롯한 여러 종류의 동원담론에서 "동포"의 범위는 조선까지 확
장되지만 현실적 차원에서 "우리 동포"라는 말은 조선인을 철저히 배제
하고 일본 민족으로 축소되고 있음을 여과 없이 보여준다.

「동경여고사교수의 교육차별」이 교육을 특수화함으로써 평등의 원칙
을 배반하는 일본인을 공격하고 있다면, 「현대기독교신자의 유령」[81]은

---

80 올리비에 르불, 『수사학』, 박인철 옮김, 한길사, 1999, 33쪽.

81 「평론일속 - 현대기독교신자의 유령」, 『아세아공론』 창간호.

종교를 특수화함으로써 제국의 논리를 비판한다. 유태경이 쓴 이 글은 일본인 목사와의 대화를 옮기고 있다. 일본인 목사는 병합이전의 조선은 불행했는데 병합 이후에 "모든 것이 향상발달"했음에도 불구하고 불령의 무리들이 판을 친다고 말하며, 이러한 불령의 무리를 일망타진하고 일시동인의 열매를 거두어야 한다고 주장한다. 이 말을 들은 유태경은 일단 "옳고 그름은 차치하고"라는 말로 이 주장이 사실이 아니라는 것을 암시하지만, 그는 "옳고 그름"보다 "기독교 신자로서 이러한 무람없는 폭언을 뱉는다"는 사실을 문제 삼는다. 그는 이러한 발언을 서슴지 않는 목사를 향해 무자본으로 아멘을 파는 한심한 "사이비 신자"라고 신랄하게 비판한다. 기독교신자라면 응당 갖추어야 할 "인류애"를 결여하고 있다는 것이다. "종교는 죄악 구제에는 이용되어도 그것(죄악 - 인용자)의 조장에 이용되어서는 안 된다"는 것이 유태경의 주장이다.

이 글은 종교적 측면에서 조선을 식민지화하려 했던 일본을 향한 비판의 메시지라 할 수 있다. 일본조합교회는 1911년부터 '정서적 동화'라는 명분을 내걸고 조선전도에 나섰다. 진정한 동화는 정치적 병합만으로는 불충분하므로 정신적인 지도자가 필수적인데, 정서적인 감화를 일으키고 일본 국민으로서의 긍지를 심어주는 정신적 지도자는 종교가 아니면 할 수 없다는 주장이었다. 총독부와 일본 내 정재계의 든든한 후원을 배경으로 일본조합교회의 조선전도는 큰 성과를 거두었다.[82] 이 글에서 "조합교회"가 총독부와 결부되어 언급되는 것은 이 때문이다. 이 글은 기독교적 신앙과 사상을 바탕으로 일본 제국주의와 절합된 기독교 신앙을 비판하고 있는 것이다.

---

82 도히 아키오, 『일본 기독교사』, 김수진 옮김, 기독교문사, 1991, 287~292쪽.; 옥성득, 「개신교 식민지 근대성의 한 사례」, 『한국기독교역사연구소소식』112, 한국기독교역사연구소, 2015.

일상에서는 '요보'와 같은 멸칭에서 드러나듯 조선인을 향한 직접적인 비하가 비일비재하게 일어났다면, 언론에서는 조선인을 위험한 존재로 이미지화 하는 표상정치가 진행되었다. 나카지마 요시미치는 타인에 대한 부정적인 감정을 불쾌, 혐오, 경멸, 공포로 세분하여 정밀하게 탐색하는데, 그중에서도 차별감정의 근저에 자리잡고 있는 감정으로 공포를 꼽는다. 그는 과거 '천민'에 대한 공포심에는 경외심과 두려움이 공존하고 있었으나 메이지기 이후 근대 일본사회에서는 피차별자를 단순한 두려움의 대상으로 표상화하는 경향이 강화되었다고 지적한다.[83] 이 공포를 조장하는 데 적지 않은 역할을 하는 것이 신문이다. 신문이 민족이라는 상상의 공동체를 형성하는 데 결정적인 역할을 한다는 앤더슨의 저 유명한 주장을 상기한다면, 신문이라는 매체가 민족의 경계를 구획하고 그 경계 바깥의 존재들을 가시화하는 역할도 동시에 수행했음을 짐작할 수 있다. 다음의 글을 보자.

> 걸핏하면 일본의 신문은 선인(鮮人)이라고 쓸 때에 반드시 '불령(不逞)' 이라는 글자를 넣는 것을 잊지 않는다. 우리가 행동하는 모든 것에 '불령' 이라는 고마운 말을 넣음으로 인해, 우리 조선인이 어떠한 감정을 갖는지를 살피기를 바란다. 인류애를 주창하며, 정의인도를 부르짖는 사람들을 칭하여 불령이라고 하는 사람들이야말로 도리어 불령인이 아닌가.[84]

「우리는 언제까지 불령선인인가」라는 제목은 당대의 현실을 거울처럼 담아내고 있다. 3·1 독립운동을 기점으로 일본 언론에서 '불령선인'이라는 단어의 사용은 현저히 증가했다. 그 결과 '불령'은 마치 조선인에

---

83   나카지마 요시미치,『차별감정의 철학』, 김희은 옮김, 바다출판사, 2018, 93~102쪽.
84   「평론일속 - 우리는 언제까지 불령선인인가」,『아세아공론』 2호.

게 필수적인 수식어처럼 따라다니고 있었다. '불령'의 사전적 의미는 '원한, 불만, 불평 따위를 품고서 어떠한 구속도 받지 아니하고 제 마음대로 행동함. 또는 그런 사람'[85]이다. 일본어사전의 뜻풀이도 크게 다르지 않다. '불령선인'이라는 단어에 담긴 통제 불능의 이미지는 조선인을 경제적, 법적 질서를 위협하는 존재이자 잠재적 범죄자로서 표상화 했다. 불만에 휩싸인 채 체제 전복을 꾀하고 범법을 일삼는 조선인의 이미지는 곳곳에 편재했으며 지속적으로 등장했다. 이러한 표상화의 결과 조선인에 대한 차별과 혐오는 강화되었고 감시와 처벌이 정당화되었다.[86]

이 시기 도쿄에 거주하던 박열은 '불령선인'이라는 차별적 발언을 비웃기라도 하듯 『후토이센진』이라는 제목의 잡지를 발간한다. '불령'의 일본어 발음인 '후테이'와 '뻔뻔하다'는 의미의 '후토이(太い)'가 비슷하다는 데에서 착안한 제호였다. 『후토이센진』이라는 제목은 일본인들의 차별의식을 정면에서 응수하고 있었다. 「우리는 언제까지 불령선인인가」도 일정 부분 『후토이센진』의 정신을 공유하고 있다. '불령선인'이라는 지칭과 그 단어의 의도를 직접적으로 비판하기 때문이다. 이 글은 제목부터 '우리'와 '저들(일본인)'을 구분하며 시작한다. 앞서 살펴본 글들에서는 '일본인 대 조선인과 중국인'의 대립이 강조되었다. 그 결과 조선인과 중국인으로 구성된 '우리'가 창출되었다면, 이 글에서 '우리'는 명백히 '조선인'으로 한정된다. '우리는 일본인에 의한 불령선인이다'라는 논법은 '일본인이 우리를 불령선인이라 칭한다'로 치환되는데, 여기서 '우리'의 요구와 '일본인'의 행위가 재조명되면서 '불령'의 의미가 조정된다. 이 글의 논리에 따르면 독립운동으로 대변되는 저항적 운동에 가담한 사람들은 "인류

---

85 국립국어원 표준국어대사전.

86 Joel Matthews, "Historicizing "Korean Criminality"". *International Journal of Korean History* 22(1), 2017.

애를 주창하며, 정의인도를 부르짖"을 뿐이다. 이에 대해 '불령'이라는 수식을 붙일 수는 없다. 그럼에도 불구하고 이 행위를 '불령'으로 부르는 무리가 있다면 도리어 그 무리가 불령하다는 것이다. 『아세아공론』은 '불령'이라는 말을 지우고 조선인들의 행동을 의미화한 후, 이 행위에 불령이라는 단어가 적합한지를 묻는 방식으로 '불령'을 재의미화한다.

「소위 친일파와 배일파」도 이와 비슷한 전개방식을 취한다. 이 글은 발매금지의 원인으로 지목될 정도로 당국을 자극하는 발언으로 점철되어 있다.[87] 그를 증명하듯 그리 길지 않은 분량임에도 불구하고 상당 부분이 삭제되어 글의 전모를 분석하기는 어렵다. 그러나 남아있는 부분만 살펴보아도 충분히 도발적인 내용임을 알 수 있다. 이 글 역시 '친일파'와 '배일파'를 새롭게 정의하고 있다. 친일파란 "(민)족을 고통스럽게 하고 있는 철면피를 쓴 파렴치한"이며 배일파는 "정의인도를 외치며 인류평등을 고창하는 자"라는 것이다. 이어서 필자는 "배일이란 일본인이 붙인 이름"이라는 근본적인 문제까지 짚어낸다. 나아가 이 글은 기묘한 역설에 다다른다. 배일이란 공연히 일본을 싫어하는 것이 아니므로 깊이 따져보면 그것은 결국 일본을 위하는 주장이고, 따라서 "진정한 친일파"라는 것이다. 같은 논리로, "소위 친일파"는 "진정한 의미에서는 배일 즉 일본을 해하는 것(害日)이며 비인류적"이라고 말한다. 기실 어떤 의미에서 "친일"은 더 이상 정치적 어휘가 아니었다. 「일선융합의 직업행상」은 고학으로 학업을 잇는 유학생들의 물건은 팔리지 않지만 "친일"을 외치는 보따리장수들의 물건은 잘 팔린다는 사연을 전한다.[88] "친일"은 매출을 늘리기 위한 광고문구 같이 정치적 의미를 상실한 어휘였으나, 즉

---

87 「『아세아공론』 다시 한번 발매금지」(國民新聞 기사 전재), 『아세아공론』 4호.
88 「평론일속 - 일선융합의 직업행상」, 『아세아공론』 2호.

각적인 이익을 담보할 만큼 실질적인 효과를 발휘하는 그 무엇이었다.

『아세아공론』은 이런 글들을 통해 언어의 의미를 둘러싼 싸움에 가담했다. 사실 '불령선인'이나 '배일파'와 같이 불온한 주체를 이르는 수사는 유동적이고 관계적이라는 특징을 지니기 때문에 그 개념이나 함의는 결코 고정적이지 않았다.[89] 『아세아공론』은 '불령선인', '친일', '배일' 등 당대를 풍미하던 보편적 수사에 의문을 던지며 의미의 확산과 재생산을 저지하고, '인류애'라는 가치를 들어 반박을 시도한 것이다. 이처럼 『아세아공론』은 일본 언론에서 시작된 의미 투쟁에 가담하여 제국의 표상 정치에 제동을 걸며 제국의 논리에 저항하는 담론을 펼쳐 보인다.

4.2. 풍자와 냉소라는 전략

앞서 살펴본 것처럼 단형시평은 '일시동인' 같은 미사여구의 무의미함과 '불령선인'이라는 단어에 내재된 제국주의적 함의를 짚어낸다. 『아세아공론』은 언어 차원에 머물지 않고 현실에서 벌어지는 '일선융화'의 시도에도 비판을 가한다. 그 예로 「동광회는 무엇을 하는가」를 들 수 있다.

동광회(同光會)는 일본 우익의 원류인 흑룡회 계열이 1921년 2월 도쿄에서 '내선융화'를 목적으로 만든 단체이다. 이들은 조선통치 실패의 책임을 정부와 총독부에게 돌리고 '합방의 진정한 정신'을 회복하여 조선인과 일본인이 대등하게 결합해야 한다고 주장했다. 나아가 '조선소요' 사건이 동화의 본의를 져버린 총독부의 실정에 대한 증거라고 말하며 총독부를 공격하는 한편, 한일병합 당시 공을 세웠던 친일파의 권위 복권을 약속하며 조선 내 친일파들과 연합을 꾀했다. 이는 과거 한일병합

---

89 임유경, 「1960년대 '불온'의 문화 정치와 문학의 불화」, 연세대 박사논문, 2014, 28~32쪽.

에 적극적으로 가담했던 일진회 회원들이 동광회에 대거 참여한 까닭이
기도 했다. 아울러 동광회는 '문화정치' 이후에도 충족되지 않았던 정치
적 권리에 대한 조선인들의 욕구를 전면화하여 '내정독립운동'을 전개하
기도 하였다. 그러나 이 '내정독립운동'은 '내정'이라는 특정한 국면에만
'독립'을 한정함으로써 궁극적으로는 전면적인 독립을 가로막으려는 의
도를 숨기고 있었다. 그러나 총독부로서는 '독립'이 텅 빈 시니피앙에 불
과하다 할지라도 편하게 받아들일 수 없었던 데다, '조선소요'를 야기한
실정의 주체로 지목되었기 때문에 동광회의 활동을 마뜩치 않게 여겼
다. 그 결과 총독부는 1922년 10월 동광회의 해산 명령을 내리게 되고,
이후 동광회는 점차 소멸하게 된다.[90] 이러한 사실을 염두에 두고 다음
의 글을 살펴보자.

> 그 동광회(同狂會)의 취지서를 보면, 실로 훌륭한 것으로, 말하기를 "지
> 금의 정치는 일한합병의 정신에 반한다", 말하기를 "일시동인을 철저히 하
> 라", 말하기를 "사업으로서는 주권평등의 교육진흥, 종교, 곽청(廓淸), 효자
> 열부의 표창, 유학생의 보호 등" 인간다운 항목은 대충 갖추어져 있지만,
> 그들 일파의 방식을 알아보면 그것은 모두 꿈에서나 볼 일로, 즉 근세유행
> 의 이용술 간판인 것이다.[91]

인용문에 제시된 동광회 설립 취지는 동광회 측에서 낸 취지서와 거
의 일치한다. 이 글이 전형적인 평론이나 논설문의 형태를 갖출 만큼
긴 글이 아닐지언정, 최소한의 자료조사와 성실성마저 져버리지는 않았

---

90 동선희, 「동광회의 조직과 성격에 관한 연구」, 『역사와현실』 50, 2003.; 이태훈, 「일제
   하 친일정치운동 연구」, 연세대학교 박사학위논문, 2010.
91 「현미경 - 동광회는 무엇을 하는가」, 『아세아공론』 7호.

다는 것을 알 수 있다. 필자는 표면적으로 드러난 동광회의 설립취지가 '실로 훌륭한 것'이라고 평하고 있으나 이것이 반어적 표현이라는 것은 글의 곳곳에서 드러난다. 이 글의 첫 문장도 그 증좌이다. "다이쇼 10년 2월 직업적 낭인 한 무리가 同狂하기 시작하여 동광회(同光會)라는 성질 취지 모두 무척 이상하고 묘한 단체를 조직했다." 즉, 이 모임이 결국 '함께 미쳐서' 만들어진 단체라는 것이다. 同光과 同狂의 발음이 유사하다는 사실을 염두에 둔 표현임은 의심의 여지가 없다. 이 대목은 동광회가 일본 우익과 조선 내 친일세력의 결탁으로 만들어진 단체라는 점과 이 단체가 표방하는 '독립'이 유명무실한 것임을 동시에 암시하고 있다. 이 글은 同光會와 同狂會를 의도적으로 혼용하며 "일시동인"의 허명을 비꼰다.

이 글은 풍자적 글쓰기의 단면을 보여준다. 추악한 내면을 감추고 고결한 가치를 내세우는 위선자들이 주로 풍자의 대상이 된다는 점을 상기한다면[92] 동광회 역시 풍자 대상으로 꽤 적합하다 할 수 있다. 총독부의 정책을 비판하며 일본인과 조선인의 평등을 주장하고 조선인의 정치적 권리 신장과 인권 향상을 요구하는 듯 보이지만, 기실 이 단체는 오로지 사적 이익에 골몰했기 때문이다. 전술한 것처럼 동광회는 일본 정부, 구 일진회, 총독부 사이의 복잡한 이해관계망 가운데 존재하면서 이 알력관계를 악용하여 사적 이익을 취하기도 했다. 그런 점에서 동광회는 그릇된 식민정책에 기생하는 존재였다고 할 수 있다. 인용문은 동광회의 이러한 성격을 꿰뚫어 보고 있다.

풍자가 지닌 또 다른 특징 중 하나는 독자와의 공감을 구하는 설득의

---

92 안혜련, 「〈풍자〉의 수사학」, 전성기 외, 『텍스트 분석방법으로서의 수사학』, 유로서적, 2004.

메커니즘을 내장하고 있다는 점이다. 풍자적인 글의 독자는 적극적인 역할을 요구받는다. 이상과 현실, 진실과 허위를 첨예하게 대립시키고 이 양자의 차이를 뚜렷하게 보이면서 독자에게 진실과 허위를 구별하고 허위를 깨닫기를 요청하는 수사법이 바로 풍자이기 때문이다.[93] 풍자의 대상은 보통 극단적으로 묘사되는 경우가 많은데, 이러한 서술은 결과적으로 쉽게 도달할 수 있는 도덕적 표준을 제공함으로써 독자를 설득하는 데 기여한다.[94] 동광회를 대표하는 인물인 우치다 료헤이(內田良平)에 대한 평가에는 이러한 풍자적 특징이 잘 드러나 있다.

> 그는 일찍이 구한국시대 조선으로 건너가, 당시 한반도를 좌우하던 예의 일진회 고문으로서 그 단체(일진회 - 인용자) 및 이용구, 송병준 일파를 먹이로 삼고, 일한합병을 성사한 (인물로 - 인용자) 조선인으로서는 잊을 수 없는 기념적인 인물이다. 그는 이용술과 착취술에 뛰어나고, 한국시대는 합병을 필요로 삼아 운동을 일으켜 크게 이름을 날려서 자기 배를 채웠다. 이제 이를 다시금 들추어 음미하고 싶어 이 묘한 단체를 조직한 것이다. 외면으로는 당국을 공격하고, 이면으로는 이와 타협하며 이익을 꾀하고, 유수의 부호, 조선관계의 특수은행 회사로부터 거액의 기부를 취해 일인극으로 소동을 떨고 있는 것이다. (중략) 천상천하 유아독존이라는 마음의 소유자이다. 으스대는 것, 경멸하고 회욕(悔辱)하는 것을 생명으로 여기며 (중략) 실로 말로 다 할 수 없는 남자이다.[95]

동광회의 주창자인 우치다 료헤이에 대한 『아세아공론』의 비판은 매섭기 그지없다. 그는 '이용술'과 '착취술'을 발휘하여 합병을 성사시킨

93 안혜련, 위의 글, 359쪽.
94 이상섭, 『문학비평 용어사전』, 민음사, 2001, 358쪽.
95 「현미경 - 동광회는 무엇을 하는가」, 『아세아공론』 7호.

'기념비적 인물'이자, 조선과 일본 모두를 이용하여 사리사욕을 채우는 파렴치한이다. 이렇듯 명백한 비판의 이유는 독자의 공감을 강화한다. 필자는 우치다뿐 아니라 동광회라는 조직 역시 이렇다 할 성과를 거두지 못하는 무능한 단체로 그리고 있다. 이어 『아세아공론』 8호에 실린 「동광회의 단정치 못함」이라는 제목의 글은 동광회가 서울에 머물 당시 식당에서 "접시 던지기 경쟁"에 열을 올리며 난투를 벌였다는 소식도 전한다.[96]

비단 이 글뿐 아니라 단형시평의 여러 글들은 냉소를 공통요소로 지니고 있다. 풍자가 글의 전반을 좌우하는 태도라면 냉소는 단발적인 발언으로 그친다는 점에서 풍자보다는 후퇴한 것처럼 평가되기도 하지만,[97] 『아세아공론』이 보여주는 짤막한 냉소적 표현은 검열망을 빠져나가면서 문제를 비판하는 수단으로 주효했다. 아울러 냉소 자체가 저항적이고 전복적인 특징을 지닌다는 점도 상기할 필요가 있다. 페터 슬로터다이크는 냉소주의의 대표격인 디오게네스가 플라톤식의 이성적이고 논리적인 대화 논증을 거부하고, 전복적 성격을 띤 비플라톤적 대화를 개진함으로써 새로운 철학의 계보를 썼다고 본다. 알렉산더 왕을 향해 '태양을 가리지 말고 비켜 달라'고 말한 유명한 일화는 그가 말이 아니라 삶으로 상대를 반박했음을 보여주는 실례이며, 그가 야망이나 인정욕구 등 사회에서 당위적으로 통용되는 가치를 내면화하지 않았음을 증거하고 있다는 것이다. 이것이 냉소주의가 행하는 저항이라 할 수 있다.[98]

---

96 「조선근사 - 동광회의 단정치 못함」, 『아세아공론』 8호.

97 예컨대, "풍자의 대상이 막강하면 단발적인 냉소로 위축되기도 한다"(이상섭, 앞의 책, 359쪽)는 서술은 풍자와 냉소 사이에 위계를 전제로 하고 있다.

98 페터 슬로터다이크, 이진우 옮김, 『냉소적 이성비판』 1, 에코리브르, 2005, 205~211쪽·298~301쪽.

이러한 논의에 기대어 본다면 단형시평에 나타난 냉소의 의미가 비로소 파악된다. 이 냉소는 제국주의의 가치를 내면화하지 않고 끝까지 비판의 대상으로서 남겨두면서, 제국주의적 이데올로기를 반박하고 그에 저항하기 위한 수사적 기법으로 기능하고 있는 것이다. 이처럼 냉소적 기법은 저항적 성격을 담지하고 있었고, 그로 인해 긴장감과 흥미를 유발했다. 냉소가 지닌 이러한 효과는 필자와 독자가 공통적으로 인식하고 있었던 것으로 보인다. 일본의 한 독자는 유태경의 기발한 단상을 무척 좋아하므로 계속해서 게재해달라는 요청의 글을 보낸다. 이에 대해 유태경은 다음과 같이 대답한다. "쓰고 싶은 것은 무척 많지만 기발하게 하면 언론의 자유가 없는 우리로서는 위의 눈치가 문제입니다."[99] 유태경은 '기발함' 때문에 '눈치'를 볼 수밖에 없다고 말한다. 여기서의 '기발함'은 풍자적이고 냉소적인 필치로 바꾸어 읽을 수 있다. 그의 글쓰기 스타일이자 독자들의 흥미를 자극했던 풍자와 냉소가 당국을 자극하는 요소가 되었던 것이다.

다음으로 「조선귀족 및 부호의 반성을 구한다」[100]를 보자. 이 글은 한일병합에 적극 가담한 '조선귀족부호'들을 두고 '한국망국사 상에 특필명기할 만한 산물'이자 '우리 민족으로 하여금 오늘날의 영광스러운 지위(榮位)'를 누리게 한 원인이라면서 비아냥댄다. 식민지민으로 전락한 조선인들의 처지가 결코 '영광스러울' 수는 없다. 사실을 말하자면 도리어 치욕적이라 해야 옳다. 조선인을 이런 지위로 강등시킨 것은 이천만 민족의 고혈을 짜서 귀족의 사치 영화를 자랑하며, "불 난 곳의 도둑처럼 아무것도 모르는 체 하기로 작정한 채, 편안하고 한가하게 여생을 보내

---

99 「독자와 기자」, 『아세아공론』 6호.
100 「평론일속」, 『아세아공론』 창간호.

는" 조선의 귀족과 부호들이다. 필자는 조선의 부호들이 누리고 있는 "영
광"을 "우리 민족"을 수식하는 자리에 놓음으로써 조선 귀족들이 누리는
호사를 강하게 비판하고 있다. 글의 마지막 문장은 이들이 자신들의 행
위를 부끄럽게 여기지 않는다면 "무관의 검사"에게 기소당해 "사회라는
법정"에 서게 될 것이라고 경고한다. 이와 같이 『아세아공론』의 냉소는
제국, 혹은 제국주의에 영합하는 이들을 향한 비판을 내장하고 있다.

마지막으로 살펴볼 글은 무척 짧다. 그러나 이 글은 일본과 조선의
대조, 풍자적이고 냉소적인 어법, 그리고 검열로 삭제된 흔적까지, 단형
시평의 글이 안고 있는 특징을 총체적으로 보여준다.

> 나는 일본의 여러 곳을 유랑할 때, 자주 공동변소 등의 벽에 낙서를 보
> 았는데, 그 제목은 모두 외설적인 것뿐으로(그 내용을 여기에 가지고 오면
> 또 2만부 정도의 이 잡지가 풍속괴란(風俗壞亂)으로 헛일이 될 우려가 있
> 으므로 생략하지만, 요컨대 주로 춘화 등 입에 담기조차 비야한 것뿐으로,
> 조금 나은 것이라면 "낙서하는 사람 머리를 자른다." "네 머리부터 자르자"
> … 이런 것. 이번 나는 고국의 어느 작은 역에서 역시 공동변소의 낙서를
> 조금 보았는데, 그 문구는 일단 다음과 같았다. (삭제) 등 정치적 의미가
> 있는 것으로 비속한 말은 하나도 없었다. 조금 상등의 것으로도 "恭, 寬,
> 信, 敏, 惠"가 있다. 어쨌든 재미있는 대조가 아닌가.[101]

화장실 낙서는 언론의 자유가 허락되지 않는 현실 속에서 익명성에
의존하면서도 자신의 생각을 타인에게 인정받고 싶은 욕구가 표현된 것
이라 할 수 있다.[102] 이 때문에 일본 당국 역시 낙서에 주목하고 있었다.

---

101 「주마등 - 낙서의 사회상(社會想)」, 『대동공론』 창간호.
102 변은진, 「일제 전시파시즘기(1937~45) 조선민중의 '불온낙서' 연구」, 『한국문화』 55,
　　2011, 315쪽.

낙서는 사회의 밑바닥에 흐르는 사상의 표현으로서 사상범죄의 동향을 살피는 데 상당히 중요한 역할을 하므로 가볍게 여길 수 없다고 보고 취체 대상으로 삼았던 것이다.[103] 특히 전시체제기에 접어들면 전국적으로 조사를 벌일 정도로 적극적인 자세를 보이는데, 불온한 낙서를 했다는 이유로 처벌을 받은 사례는 1920년대에도 발견된다.[104]

위의 글은 일본과 "고국"인 조선의 화장실 낙서를 대조하고 있다. 먼저 일본 화장실의 낙서는 잡지에 옮길 수 없을 정도로 외설적이고 "비야한" 것뿐이라고 말한다. 이 글은 굳이 그 내용을 옮기지 않는다. "또 2만부 정도의 이 잡지가 풍속괴란으로 헛일이 될 우려"가 있기 때문에, 즉 발매금지에 처할 위험이 있기 때문이다. "또"라는 단어는 이미 조선과 일본에서 세 차례나 발금처분을 당한 『아세아공론』의 전력을 암시한다. 다만 『아세아공론』의 발금 원인은 풍속괴란이 아니라 안녕질서 괴란이었을 것이다. 또한 여기서 『대동공론』(『아세아공론』)이 "2만부 정도의 잡지"라는 것은 과장일 것이다. 하지만 수치상의 시비보다 더 중요한 것은 "동양 유일의 문명국"임을 자랑하는 일본의 국민들이 이런 종류의 낙서를 즐긴다는 사실이다.

반면, 조선의 낙서는 어떠한가. 모두 "정치적 의미가 있는 것으로 비속한 말은 하나도 없었다." 필자는 "정치적 의미"의 낙서를 옮겨 적어 독자들에게 전달하려 한다. 그러나 이 메시지는 검열에 의해 삭제됨으로써 결국 전달되지 못한다. 그런데 이 공백은 의외의 효과를 발생시킨다. 이 시기의 검열은 여백이나 뭉개진 자국 등 흔적을 남기는 방식으로

---

103 朝鮮總督府 高等法院 檢事局 思想部,「落書とビラに關する調査」,『思想彙報』第15號, 1938年 7月.;「유언비어 취체 변소에 낙서하면 엄벌」,『매일신보』1939년 8월 27일
104 「松山師範學校및 그곳의 學校에 不敬落書, 사회주의자 직공 네 명 검거」,『동아일보』, 1921년 11월 11일.

진행되었는데,[105] 의미 파악에 장해물로 놓인 이 공백은 역설적이게도 삭제의 흔적을 드러냄으로써 삭제된 것을 강력하게 존재하게 하며, 나아가 독해를 촉진하는 효과를 발휘한다.[106] 독자는 복자나 공백을 무의미한 기호로 남겨두지 않고, 오히려 적합한 의미를 부여하려는 노력을 기울이면서 독서행위를 지속하기 때문이다. 그 결과 무의미한 기호를 해독하는 능력은 자연스럽게 체화된다.[107] 비단 필자뿐 아니라 독자 역시 검열의 힘을 의식하며 독서에 임하게 된다는 것이다. 독자들은 검열 이전의 원문을 끝없이 상상하게 된다. 그 결과 검열이 지운 불온한 서술은 독자의 상상력을 통해 각양각색으로 복원되고 만다. 이로써 불온한 메시지가 존재했던 텅 빈 자리는 그 무엇보다 강력하게 독자의 불온한 상상력을 자극하는 계기로 부활한다.

5. 결론을 대신하여

1922년 5월부터 1924년 2월까지 발행된 『아세아공론』(『대동공론』)은 채 만 2년을 채우지 못하고 사라지고 말았다. 그러나 『아세아공론』은

---

105 이후 검열제도가 변경되면서 검열은 그 흔적을 남기지 않는 방식으로 변경되었다. 이에 관해서는 정근식, 「식민지검열과 '검열표준' - 일본 및 대만과의 비교를 통하여」, 『대동문화연구』제79집, 2012.; 이민주, 「검열의 '흔적지우기'를 통해 살펴본 1930년대 식민지 신문검열의 작동양상」, 『한국언론학보』61, 한국언론학회, 2017. 참고.

106 鈴木登美 外, 『檢閱・メディア・文學 : 江戸から江戸から戰後まで』, 新曜社, 2012, p.13.; 牧義之, 『伏字の文化史 : 檢閱・文學・出版』, 森話社, 2014, p.17.

107 이와 관련하여 다음의 서술을 참고할 수 있다. "나는 종합잡지나 사회과학 서적도 읽기 시작했는데, 그것들은 종종 발매금지가 되어 (중략) 부분적으로 삭제되고, 혹은 글 중에 다수의 글자가 어쩔 수 없이 복자 처리가 되었는데, 복자에 대해서는 그것을 추정하면서 읽는 훈련이 자연스럽게 몸에 배게 되었다." 小田切秀雄・福岡井吉 編, 『昭和書籍新聞雜誌發禁年表』, 明治文獻, 1965, p.3.

인류애에 기반한 수평적이고 초국적 연대의 필요성을 주장하며 일본을 맹주로 하는 아시아주의에 대항한 이례적인 잡지였다. 다국어 편집 방침은 이러한 지향에서 비롯된 것이었다. 동시에『아세아공론』은 일본, 조선, 중국, 대만, 인도 등 여러 국적의 필진을 대거 수용함으로써 다채로운 담론공간으로 기능하고자 했다. 필진을 이처럼 폭넓게 섭외할 수 있었던 것은 이 잡지가 제국의 수도인 도쿄의 위치적 특성을 십분 활용한 결과였다. 마지막으로『아세아공론』에 게재된 단형시평은 일본 국내뿐 아니라 조선, 만주 등에서 일어나는 제국주의적 침탈과 차별을 다양한 수사를 동원하여 비판한다. 특히, 풍자와 냉소는 단형시평의 글들을 관통하는 특징이라 할 수 있다. 이러한 글쓰기 방식은 검열의 압박 속에서 제국의 폭압적 권력을 비판하기에 유효한 글쓰기 전략이었다. 단형시평의 글들이『아세아공론』의 입장을 가장 직접적으로 엿볼 수 있는 글이라는 점을 상기할 때,『아세아공론』의 정치적 입장은 보다 뚜렷하게 부각된다 하겠다.

물론 필자가 다양했던 만큼『아세아공론』에 게재된 논설의 입장차는 명백하게 드러난다. 이러한 논설을 깊이 독해함으로써『아세아공론』이 보여주는 저항담론과 그 한계를 면밀히 검토할 필요가 있다. 이는『아세아공론』의 지향과 실천 사이에서 발생된 괴리를 파악하기 위해 필수적으로 요구되는 작업이라 하겠다. 또한『아세아공론』을 실마리로 하여 이와 비슷한 경향의 잡지들이 있는지 조사해볼 필요성이 있다. 이러한 연구 성과가 축적될 때 일본 독자를 대상으로 한 조선인 매체의 담론전략을 재구할 수 있을 것이다.

아울러 유태경과『아세아공론』을 둘러싼 여러 요소들에 대해서도 밝혀질 것들이 많다. 유태경의 삶을 추적한 라경수는 그를 "디아스포라의 지식인"이라고 칭한 바 있다. 대륙을 옮겨가며 지식욕을 발휘하는 동시

에 언론활동을 펼쳤던 그는 실로 "디아스포라의 지식인"이라 칭할 만하
다. 그러나 그의 삶과 『아세아공론』에 대해서는 여전히 여러 궁금증이
남는다. 와세다대에서 지위와 활동은 어떠했는가. 당시 함께 유학했던
이들의 기록에서 유태경의 이름을 찾아볼 수 없는 이유는 무엇인가. 당
대의 기라성 같은 필진들을 섭외한 비결은 어디에 있었던 것일까. 또한
『아세아공론』의 지면 곳곳에서 발견되는 '외지'의 독자들에게 '아시아'는
어떻게 상상되고 구획되었으며, 그 속에서 『아세아공론』은 어떠한 자리
를 점했는가. 아직 남은 질문들은 후속 과제로 풀어가고자 한다.

주요섭의 상하이 후장대학 시절과 소설 「첫사랑 값」

후장대학 『천뢰(天籟)』(1924.10~1925.10)를 중심으로

육령

1. 서론

작가 주요섭은 1923년~1927년에 중국 상하이에 위치한 후장(滬江)대학에서 교육학을 전공하였다. 1925년에 주요섭은 「인력거꾼」, 「살인」, 「영원히 사는 사람」 등 여러 중국인을 주인공으로 삼은 단편 소설을 발표하였는데 「첫사랑 값」도 같은 시기에 쓰인 중편소설이다. 『조선문단』 1925년 9~11월호에 연재되었다가 한동안 중단된 뒤 1927년에 주요한이 원고의 후반부를 공개함에 따라 『조선문단』 2월호와 3월호에 다시 연재되었는데 이후 미완의 상태로 남았다. 이 소설은 중국 상하이에 유학 중인 한국인 학생 (리)유경이 자살하기 전에 친구 김만수에게 남겨준 일기가 김만수에 의해 공개되는 것으로부터 시작한다. 소설의 주요 내용은 유경이 N이라는 중국인 여학생을 사모하지만 N과 연애 여부를 두고 격렬한 심리적 갈등을 겪는다는 것(1924.8.28~1925.6.20의 일기)과 N을 잊기 위해 평양으로 돌아와 유치원 교사 K와 약혼하고 자신의 타락을 고백한다는 것(1925.6.25.~1925.7.22의 일기)으로 구성된다.

주요섭의 상하이 시기의 소설에 대한 연구는 이미 오래전부터 진행되어 왔다.[1] 그중에 소설 「첫사랑 값」을 상대적 자세하게 다룬 논문으로 이승하, 최학송과 고재석, 그리고 박자영의 논문이 있다. 이승하[2]는 "이 소설이 겉포장은 연애소설이지만 내용은 중국인과 조선인의 결혼, 상해 학생운동 전개 과정에서 겪는 조선 유학생의 고민, 정신적인 사랑과 육체적인 사랑의 차이, 유학생 신분인 식민지 지식인이 느끼는 무력감 등 여러 가지 중요한 문제를 다루고 있는 소설이다"고 한다. 그러나 이승하는 소설 속 주인공 유경이 5·30운동에 대해 방관자적 태도를 가지고 있다고 하며 조선 유학생으로서의 소외감과 이방인이라는 신분을 시종 지나치게 의식하고 있다고 주장하며 독립운동의 근거지로서 임시정부가 13년 동안 머문 도시로서의 면모가 나타나 있지 않다는 점과 주인공을 "상황을 방관하거나 상황에 순응하는 나약한 유학생"[3]으로 설정하는 것이 아쉽다고 지적하는데 이 몇 가지 비판을 다시 검토할 여지가 있다고 본다. 최학송[4]의 논문은 중국을 배경으로 또는 중국인을 주요 인물로 하는 주요섭의 상하이시기 소설들은 한국 근현대문학의 배경 확장과 인물의 다양화에 일조했다고 한다. 또한 소설 「첫사랑 값」의 자서전적 성격을 강조하며 기독교에 대한 부정과 사회주의적 의식의 작품화라는 작가의 의식세계에 치중하여 이 소설을 분석한다. 고재석에 의하면, 「첫사랑 값」은 민족의식과 자유연애라는 대립적 가치 사이에서 방황하던 관념적

---

1 손지봉, 「1920~30년대 한국문학에 나타난 상해의 의미」, 한국정신문화연구원 부속 대학원, 석사논문, 1988. 표언복, 「상해 유이민소설의 전개와 특징, 해방전 중국 유이민 소설연구」, 한국문화사, 2004.

2 이승하, 「주요섭 초기작 중 상해 무대 소설의 의의」, 『비교한국학』 17권 3호, 국제비교한국학회, 2009.

3 이승하, 위의 논문, 421쪽.

4 최학송, 「주요섭의 상하이 생활과 문학」, 『한중언어문화연구』(vol.31), 2013.

인 식민지 유학생의 일그러진 자화상이라고 한다.[5] 최근에 이 소설을 비교적으로 상세하게 분석한 박자영의 논문이 있다. 그는 이 소설에 대해 "월경적 연애를 통하여 공통감각의 친밀한 교류와 공유가 가능한지를 질문하고 탐색하던 주요섭은 민족적 경계를 강화하는 방식의 귀환을 경유하여 인물의 죽음을 선언한다. 그런데 이 선언의 세부적인 내용은 알수 없다. 자살과 미완성으로 끝난 소설은 민족과 연애의 구도에서 민족적인 것으로 수렴될 때 잘 처리되지 못하는 잉여의 문제가 현실에 남아있다는 것을 알려주는 것으로 징후적으로 독해될 수 있다"[6]고 주장한다.

필자는 위의 연구자와 좀 다른 각도로 이 소설을 다루고자 한다. 첫째, 주인공의 5월 30일 일기 내용과 유경과 N씨의 사랑이 학생운동의 성공으로 인해 고조된다는 직접적인 내용을 통해 유경은 방관자가 아니라는 것을 알 수 있다. 뿐만 아니라 작가 주요섭의 5·30운동의 직접 참여 등 전기적 사실을 소설 내용과 대조해 봐도 이 점을 확인할 수 있다. 두 번째, 위의 선행연구들은 실증적 자료에 치중하고 작품분석에 있어 작가의 사실주의적 창작태도와 반-기독교적 사회주의경향에 집중한다. 그러나 필자는 후장대학과 상하이라는 공간 자체가 작가의 창작에 대해 어떤 영향을 미쳤는지 또 이런 영향이 소설 속에서 어떻게 반영되었는지를 고찰하는 데 주목하고자 한다. 국제적 도시인 상하이에 위치한 미국 침례교의 지원을 받아 세워진 후장대학은 서양 교사가 많으며 영어로 강의하고 소통하는 풍습이 있다. 조선인유학생인 주인공 유경은 여기서 "Mr.Lee"라고 불린다. 또한 중국인학생들의 눈에는 "공부 잘하고

---

5 고재석, 「식민지 지식인의 갈등과 고뇌 그리고 허위의식」, 『우리말글』 47집, 2009, 374쪽.

6 박자영, 「1920년대 상하이의 조선인 작가 연구 - 월경(越境)의 감각과 경험의 재구성 주요섭의 경우」, 『중국어문학논집』(vol.98), 2016, 219쪽.

운동 잘하고 곱게 생기고 글 잘 쓴" 동창친구이다. 그리고 당시 남녀공
학의 선구인 후장대학은 남녀주인공이 수업을 같이 듣고 연극을 같이
보며 학생운동을 같이 참여할 수 있는 기회를 제공해준다. 즉 이 곳은
국가/민족/남녀의 차이를 잠시 잊게 하는 장소이자 민족주의를 넘어선
"평등"의 공간이며 유경의 "첫사랑"을 가능하게 만든 곳이며 근대지식인
으로서 자유연애를 배운 장소이기도 한다. 바로 이런 의미에서 주요섭
이 상하이 시기의 경력, 특히 후장대학 시절의 기록을 정리하는 작업이
필요하다.

　기왕의 연구들은 상하이 전체 역사와 문화적 상황과 관련된 통계자료
아니면 상하이의 유학생들의 회고록 등을 통해 주요섭의 상하이 시절의
삶을 검토했다. 주요섭이 후장대학 학생자치회가 주최한『천뢰』(天籟)란
교내신문에 영어편집을 맡았고 영어로 뉴스를 정리했다는 사실이 있는
데 극소수의 논문에서 언급되었을 뿐이고 아직 구체적으로 다뤄지지 못
했다.『천뢰』(天籟)는 주요섭(그리고 주요한을 비롯한 한인유학생들)이 상하
이 유학 시절의 중요한 실증적 자료를 제공하는데 큰 의미를 지닌다.
뿐만 아니라 이 소설에서 나타난 사건들이 대부분 주요섭이 편집한 뉴스
들과 밀접한 관련이 있다. 따라서 필자는 소설과 관련된 자료―『천뢰』
(天籟)(1924.10～1925.10)를 수집하고 정리함으로써 우선 소설에 대한 실증
적 고찰을 진행하고자 한다. 특히 이 소설에서 직접 언급된 일본여자와
영국남자의 결혼을 배경으로 한 존 파리스의 소설『기모노』(1921)가 있는
데 기왕의 연구들에 의해 다뤄지지 못했다는 점도 아쉽다고 생각한다.
이국적 사랑을 주제로 삼고 일영동맹 사이의 갈등이라는 정치적 의미도
포함한 이 소설은 작가에게 근대문명에 대한 생각, 여성의 해방, 도시화
와 기생문제 등 여러 면에서 많은 시사점을 보여준 소설이라고 짐작된
다. 더 중요한 것은 유경이 이 소설 속 남녀주인공의 사랑의 좌절을 자신

의 연애의 실패를 예측하는데 적용한다는 점이다. 그 다음에 후장대학 시절의 독서체험(존 파리스의 『기모노』(1921)와 엘렌 케이) 및 학생운동(중국의 5·30운동)이 작가의 연애관의 형성에 미친 영향을 검토하며 연애의 문제화라는 점을 살펴보겠다. 마지막으로 이 인생관에 대한 고민과 결부된 소설의 의미를 파악하고자 한다.

「첫사랑 값」은 단지 연애소설만이 아니다. 1920년대 중반에 창작된 이 소설 속의 연애/사랑은 항구적 모티프로서가 아니라 구조적으로 역사적으로 다뤄야 할 대상이다. 그리고 '일기'라는 형식은 소설의 가장 뚜렷한 특징인데 소설 속의 화자는 영적 사랑과 육체적 사랑, 감정과 이성 등 여러 이항대립의 구조 아래 자기 자신과 자신의 삶을 분석하고 사유하는 주체이다. 이상과 같은 작업을 통해 필자는 한국 근대문학사에서 중국에서 유학하고 생활했던 작가 주요섭의 특별한 경력과 국제적 또는 탈경계적 시야, 그리고 모태신앙과 사회주의사상, 민족주의와 국제주의, 개인의 사랑과 공동체를 위한 희생 사이의 갈등에 대한 근대지식인으로서의 주체적 분석을 잘 보여준 이 소설의 가치를 재조명하고자 한다.

2. 실천의 공간으로서의 후장대학과 대학생활의 소설화

1923년에 『개벽』에 실린 장독산(張獨山)의 「상하이잡감(上海雜感)」을 보면 상하이의 프랑스공원의 풍경에 대한 기록이 있다.

> 이곳은 상해(上海)란다 동양(東洋)의 란돈/…(중략) …/ 상해 육대공원 (六大公園) 녹음(綠陰)이 푸러/ …(중략) …/ 공원의 출입예복(出入禮服) 양복(洋服)이란다/ 동양복(東洋服)(일본복(日本服))도 거절을 당해/ 양복의

그 세(勢)— 과연 크도다/ 그로나 고려복(高麗服)은 어듸나 자유(自由)이로
보아 우리옷도 공인(公認)이 넓고/ 아니아니 우리네 「꼬려」인(人)들도 세
계(世界)적 인물(人物)됨이 분명(分明)하도다[7]

위의 기록은 중국인에 의해 "고려인"으로 불린 조선인들이 일본 세력
이 개입하기 어려운 프랑스조계에서 상대적으로 자유로우며 세세석인
인물이 된다는 느낌을 그대로 보여준 예이다. 1920년대 상하이에 이주한
조선인들은 대부분 프랑스조계에 거주했다.[8] 프랑스조계는 독립운동가
에 의해 전개된 혁명 활동에 대해 기본적으로 불간섭정책을 취했기 때문
에 초기의 독립운동가들도 주로 프랑스조계에서 활동했다. 이것은 프랑
스의 인권을 중요시하는 역사적 전통과도 관련이 있고, 신한청년당을 대
표하여 파리평화회의에 참가한 김규식(金奎植)이 파리에서 적극적으로
선전활동을 한 것과도 관련이 있다고 한다.[9] 1921년 3월에 동경에 있는
세이쇼쿠영어학교(正則英語學校)를 졸업한 후 친형 주요한을 따라 중국으
로 유학의 길을 걷게 되었던 주요섭도 당시 안창호 위주로 결성된 민족
운동단체 흥사단의 행사를 적극적으로 참여했다. 조선총독부의 기록에
의해, 1925년 1월 28~29일 흥사단의 회의 참석자 명단에 상하이거주자
주요한·주요섭·현정주·신형철의 이름이 나와 있었다.[10] 소설 「첫사랑

---

7 장독산(張獨山), 「상하이잡감(上海雜感)」, 『개벽』 32호, 1923년 2월 1일, 74쪽.
8 1921년 프랑스조계에 거주하는 조선인은 458명(공공조계 69명, 중국인지역 60명);
   1925년의 경우, 프랑스조계 514명, 공공조계 253명, 중국인지역 28명. 1926년의 경우는
   1925년과 비슷하다. 일본외무성아시아국의 『지나재류본방인 및 외국인 인구통계표』
   (1925~1931)와 1921년 9월 28일 상해주재 일본 총영사 川崎馨이 외무대신 康田哉에게
   보낸 원고 참조. 손과지, 『상해한인사회사1910-1945』, 한울아카데미, 2001, 63쪽.
9 손과지, 앞의 책, 222쪽.
10 「上海에서의 興士團會議의 狀況에 관한 件」(1925년 3월 6일), 「不逞團關係雜件-鮮人
   의 部-在上海地方 5」, 조선총독부경무국, 1925.3.6. 한국사데이터베이스 참조.

값」에 "A선생이 언젠가 불쌍한 민족을 위하여는 가족도 재산도 명예도 행복도 마지막에는 목숨까지는 즐거운 마음으로 희생하라는 권고를 간절히 하던 말이 다시 귀에 들리는 것 같았다"[11]는 구절이 있는데 이 A선생은 안창호를 가리키는 가능성이 높다.

주요섭은 1921년 4월부터 6월까지 후장대학(滬江大學)의 부속중학교인 쑤저우 안청중학교(蘇州晏成中學校)를 다녔고 1923년에 후장대학에 진학했으며 1927년에 졸업했다. 후장대학의 전신은 미국 침례교에 의해 세워진 상하이미션학원이었다. 주요한도 일찍이 이 학교를 다녔다. 그는 "내가 4년간 재학중에 우리 한국인 학생은 들숭날숭하기는 했지만 최고 16명 (그중 두 명은 여학생)에 달한 때도 있었다. 그러나 그중 4명만이 졸업하고 그 나머지는 중퇴하거나 타교로 옮겨갔다."[12]고 회고한다. 그때 특히 주요섭과 가까이 지냈던 사람은 같이 교육과[13]에 다녔던 신형철(申瑩澈)[14]이었다. 두 사람은 교내의 체육활동 뿐만 아니라 교외의 정치적 활동에도 같이 참여했다. 1923년 상해에 있는 한인학생은 총 100여명이 있었다. 1923년 10월 6일에 한인유학생회가 프랑스조계 모처에서 정기 총회를 열어 새로운 회장을 임명하였는데 새로운 회장은 바로 후장대학의 신형철이다. 상하이한인유학생회 내부의 갈등으로 인해 1921년 가을 일부 학생이 화동한국유학생회(華東韓國留學生會)를 따로 결성하였는데 본부는 처음에 남경에 있었다가 1924년 여름 상하이 프랑스조계 길익리

---

11 주요섭, 「첫사랑 값」, 『사랑손님과 어머니』, 문학과지성사, 95쪽.

12 주요섭, 「내가 배운 후장대학」, 『사조』, 1966, 215쪽.

13 후장대학 교육과는 1950년대 이후 해체되어 현재 상하이의 화동사범대학(華東師範大學)으로 변신하였다.

14 신형철은 만주에 발행된 종합문예선집 『만주조선문예선』(신경:조선문예사, 1941)과 소설집 『싹트는 대지(萌动的大地)』(신경:만선일보출판부, 1941)의 담당 편집자이며 『신여성』 잡지에 조선의 여성문제와 결혼문제에 대해 많은 글을 발표했던 인물이다.

(吉益里) 16호로 이전하였다.[15] 주요섭은 이 유학생회의 서무위원이며, 주요한은 편집위원이고 신형철은 운동위원이었다.[16]

『후장대학년간(滬江大學年刊)』(1927년) [17]속에 졸업생 주요섭에 대한 소개가 있다. 이 글을 집필한 사람은 같은 과인 교육과의 중국 학생 주순금(朱舜琴)이다. 주순금에 의하면, 주요섭은 후장대학에 있을 때 독서를 좋아하고 동양과 서양의 각종 학설을 모두 열심히 공부하며, 중국어·일본어·조선어(이 글에서는 '고려문'이라고 지칭함)·프랑스어·영어에 다 능통했다. 또한 교내신문 『천뢰(天籟)』(영문: The Voice)의 영어부 편집장을 맡고 영어 변론 능력도 매우 뛰어났다. 오후에 수업이 끝날 때마다 달리기 연습을 하곤 하며 1925년 필리핀에 열린 극동올림픽대회에서 1만 미터 달리기 경주에서 3등을 얻었다. 늘 고국을 그리워하며 희망을 품어 새로운 나라를 건설한다는 큰 뜻을 가진 사람이기도 했다고 한다.[18] 그러나 바로 『후장대학년간』에서 자신의 좌우명을 "평화를 실현하기 위해 철혈(鐵血)로 무너진 세상을 구하겠다(원문: 漫以和平为政策, 敢将铁血挽沉沦)"로 정하며 이렇게 민족 독립운동에 적극적으로 참여했던 주요섭이 같은 시

---

15 『동아일보』, 1924년 9월 28일.

16 손과지, 『상해한인사회사1910-1945』, 한울아카데미, 2001, 184~185쪽.

17 滬江大學年刊은 후장대학의 대학생 졸업기념 간행물이다. 1915년부터 그해 해당 졸업생들에 의해 만들어진 간행물이며 중국어와 영어 두 가지 언어로 구성된다. 출처: 왕세영, 「후장대학 신문 및 잡지 출판개요」, 『상하이이공대학학보(38권 2호)』, 2016, 195쪽. (王细荣, 《沪江大学校报校刊出版述要》, 《上海理工大学学报》, 38卷 2期, 2016年6月)

18 『후장대학년간 1927』, 상하이시당안관 소장. 이 시기 주요섭의 상하이체험을 비교적 구체적으로 다룬 논문으로 최학송의 「주요섭의 상하이 생활과 문학」(『한중언어문화연구』(vol.31), 2013)과 최창륵·왕맹청의 「항쟁과 치유: 주요섭의 중국체험과 탈경계서사」(崔昌笏·王孟青, 《抗争与治愈:朱耀燮的中国体验与跨界叙事》, 《东疆学刊》, 2018年 3期) 등이 있다. 박자영의 「1920년대 상하이의 조선인 작가 연구 - 월경(越境)의 감각과 경험의 재구성 주요섭의 경우」(『중국어문학논집』(vol.98), 2016)도 이 년간 속의 주요섭의 자료를 언급했다.

기의 소설에서는 자국인과 외국인, 본민족과 타민족의 구분을 최대한 약화시켰다. 예를 들면, 주요섭이 자기 자신도 '고려인'임에도 불구하고 소설 「인력거꾼」(1925)에서 중국 인력거꾼 아찡이 꺼우리(고려) 신사에게 박탈당한 장면을 그렸다.[19] 소설 소재를 택할 때 상하이의 하층인물인 인력거꾼의 고단한 생활을 반영하는 데 중심을 두고자 했는데, 이는 국적이나 민족을 넘어선 것이다. 이런 관념을 갖게 된 것은 중국사회, 특히 학교의 국제주의적·사회주의적 분위기 때문이라고 짐작할 수 있다.

위에서 보여주듯, 상하이 시절의 주요섭은 민족 독립을 위한 투사의 모습과 국경을 넘는 후장대학의 학생의 모습이 서로 얽혀 있었다. 그는 한인유학생회의 행사에 참여하기도 하며 후장대학 학생자치회의 구성원으로서 학생이 만든 교내신문의 영어 기사 편집도 하고 심지어 중국을 대표하여 국제경기에도 나갔다. 흥사단의 활동은 물론, 중국의 5·30 운동에도 참여했다.

후장대학은 미국 침례교에 의해 세워진 학교이며, 주순금에 의하면, 이 학교의 가장 큰 특징은 바로 국가와 민족의 한계를 벗어난 초국가성과 초민족성이란 진보적 종교의 특징이라고 한다.[20] 또한, 후장대학의 대부분 교수들이 다 서양 사람이기 때문에 일반적으로 영어로 강의했다. 따라서 제3의 언어인 영어는 중국인과 조선인이라는 구분을 더 약화

---

19 아찡이 8년동안 인력거를 끄던 기억을 회고하면서 하는 말인데 "한 번 밤이 새로 두 시나 되어서 대동여사(大東旅舍)에서 술이 잔뜩 취해 나오는 꺼우리(高麗人) 신사 세 사람을 다른 두 동무와 같이 태우고 법계 보강리까지 십리나 되는 길을 가서 셋이 도합 십 전 은전 한 닢을 받고 어처구니없어서 더 내라고 야료 치다가, 그들은 이들한테 단장으로 죽도록 얻어맞고 머리가 깨어져서 급한 김에 인력거도 내버리고 도망질쳐 나오던 광경이 다시 생각이 났다."는 것이다. 주요섭, 「인력거꾼」, 위의 책, 35쪽.

20 주순금, 「20년 이래 본교에 대한 조감(二十年來本校底鳥瞰)」, 『천뢰』, 1926년특간(特刊), 4쪽.

시킨다. 뿐만 아니라 학교라는 공동체의 한 구성원으로서 학생이라는 신분도 그것에 크게 작용했다. 가장 대표적인 예는 주요섭이 중국을 대표하여 1925년 5월 필리핀에 열리는 극동올림픽대회에 참전했다는 사실이다. 필리핀 마닐라에서 열린 이 극동올림픽대회는 중국·필리핀·일본 세 나라만의 경기였다. 당시 주요섭은 후장대학의 현정주(玄正柱) 및 기타 한인학생 총 4명이 중국을 대표하여 대회에 나갔다. 중국팀을 대표하여 경기에 나간 이유는 아마 그때 주요섭이 전 중국 안에서는 오천 미터 경주의 기록보지자이었기 때문이다. 그리고 그의 이름은 체육관 벽에 금자로 새겨져 있었다고 한다.[21] 주요섭은 많은 경기에서 우승했고 그는 후장대학 야외경주팀(CROSS-COUNTRY RACE)의 팀장이었으며 학교 신문에도 자주 등장했다. 그의 이름은 화동지역으로부터 전 중국, 심지어 해외에도 널리 퍼져 있었다고 한다. 후장대학은 운동을 중요시하는 학교이며 축구, 농구와 테니스, 그리고 하키 등 항목의 경기에서 좋은 성적을 받았지만 1915년 야외경주팀 정식적으로 성립 이래 1923년까지는 다른 학교보다 실력이 매우 약한 상황이었다. 1924년부터 주요섭의 가입 덕분에 야외경주팀의 실력은 크게 향상되었다. 『천뢰』 속 주요섭의 경기 참여 경력과 관련된 기사는 부록의 〈표1〉를 참고하기 바란다. 소설 「첫사랑 값」의 화자는 "나는 항상 걸음을 빨리 걷는다. 그것은 연전에 어떤 서양 사람이 동양 사람 걸음걸이는 사흘 굶은 사람 걸음 같다는 평을 듣고 분개하여 걸음 빨리 걷는 습관을 만들려고 한 일 년 동안 애쓴 결과 이제는 아주 버릇이 되었다."[22]는 진술이 있다. 이 진술에서 알 수 있듯 주요섭이 달리기 경기에 적극적으로 참여하는 것은 물론 개인

---

21 주요섭, 위의 글, 215쪽.
22 주요섭, 「내가 배운 호강대학」, 『사조』, 1958, 56쪽.

의 경쟁심과 재능 등의 요소와도 관련이 있겠지만 무엇보다도 당시 동
양인을 멸시하는 오만한 서양인에 대한 반항이며 그들과 경쟁하고 이기
려는 의지 때문이다. 또한, 이는 흥사단 내부의 체육과 건강을 강조하는
교훈과도 관련이 있다.

또한, 주요섭은 당시 중국의 애국운동인 5·30 운동에 참여하기도 했
다. 1925년 5월 15일 상해에 있는 일본계 방직공장에서 중국인 노동자들
을 구타한 사건이 발생하여 고정홍(顧正紅)이란 중국인 직공이 사망한 사
건이 일어났다. 이는 중국 각 계층의 반발을 불러일으켰고, 일본 순경과
영국 순경의 폭행으로 학생 수십 명이 죽고 부상당했다. 5월 30일 상해의
노동자·학생 등 2000여 명이 공공조계에서 전단을 배포하고 연설을 하
면서 시위활동을 벌었다. 이를 계기로 5·30운동은 시작되었다.[23] 주요섭
은 당시의 상황에 대하여 "학생이 주동된 배일(排日)·배영(排英)운동이 봉
기되었다. 일(日)인이나 영(英)인이 경영하는 공장 직공은 전부 동맹파업
을 하고 강만경마장(江灣競馬場)으로 집합하였다. (…) 그리고 대학에서는
국민계몽대를 조작하여 근방 촌락으로 돌아다니며 '타도일본제국주의'
'타도영국제국주의'를 울부짖었다. 나도 10명 단위로 조직된 계몽대의 1
원이 되어 순회했다."고 회고한다.[24] 「첫사랑 값」 속에 주인공 유경이 쓴
5월 30일의 일기 내용— "토요일이다. 오후에 상해 나갔던 S(S는 나와 한방
에 유하는 중국 학생이다)가 저녁에 돌아와서 오늘 남경로(南京路)에서 학생
이 연설하다가 영국 관헌에게 총살이 되었다는 슬픈 소식을 가지고 들어
왔다."와 6월 1일의 일기 내용— "학생자치회 결의로 동맹 파학했다. (중
략) 학교 교장[25]은 '질서를 유지한다' 하는 학생 측 규약으로 불간섭주의를

---

23 손과지, 앞의 책, 267쪽.
24 주요섭, 「내가 배운 호강대학」, 『사조』, 1958, 217쪽.
25 당시 총장은 F.J.WHITE임.

쓰기로 선언했다. 학교 학생 대표 열 사람을 뽑아 상하이학생연합회에 매일 참석하게 하고 학교에서는 매일 아침마다 강당에 모여서 대표의 보고를 듣고 연보도 하고 하기도 했다. (…) 출판부 회계부 선전부 사찰부 조사부 등을 내었다."[26], 그리고 6월 3일의 일기 내용— "어제 우리 학교 학생 선전대의 노력으로 학교 바로 옆 일본인 공장과 강 건너 포동(浦東)에서 노동자 만여 명이 오늘 아침부터 파공했다는 보고가 들어왔다."[27] 등의 서술이 보여준 것처럼, 소설의 내용은 당시 후장대학의 실제 상황과 일치하다.[28] 또한, 주요섭을 포함한 후장대학의 조선인학생들도 5·30 운동에 참여했다는 사실은 조선총독부의 기록을 통해서도 잘 알 수 있다. 즉 "후장대학 선인 학생 주요섭, 주요한, 현정주, 김필주(金弼主), 장건식(張健植), 김석(金錫), 최남식(崔南植), 김현택(金顯宅), 심중유(沈重英(?)), 안원생(安原生) 안준생(安俊生) 등 12명이 5월 30일 오전 10시에 租界外閘北에 전단을 배포 중이며, 오후 2시 경 南京路 학생총살 된다는 소식을 듣고 위험을 느껴 중국측 학생에 동정의 뜻을 표하며 운동에 참여했다"[29] 는 것이다.

　5·30 운동에 참여하는 것은 당시 조선과 중국을 제국주의 침략을 받고 있는 운명공동체로 본다는 인식, 사회주의사상을 바탕으로 한 국제주의 정신 때문이기도 하는데, 또 한 가지 지적해야 할 것은 바로 상하이 특히 후장대학이란 공간이 갖고 있는 민족과 국가를 초월하는 국제

26　주요섭, 「첫사랑값」, 『사랑손님과 어머니』, 문학과지성사, 2012, 109쪽.

27　주요섭, 위의 책, 108쪽.

28　당시 5·30운동 때 성립한 이 각 부문들이 모두 1919년 5·4운동 때 조직된 부문을 다시 동원한 것이라고 한다. 주순금, 「20년 이래 본교에 대한 조감(二十年來本校底鳥瞰)」, 『천뢰』, 1926년 특간, 10~11쪽.

29　조선총독부 상해총영사, 「上海事件에不逞鮮人의后援狀況의 件」, 「不逞團關係雜件-鮮人의 部-在上海地方 5」, 조선총독부경무국, 1925.6.23.

성이다. 1915년에『신청년』잡지의 발간과 함께 신문화운동이 전개되며
사회주의사상이 중국에서 폭넓게 전파되었다. 특히 5·4운동 때 학생들
에게 많은 영향을 미쳤다. 1921년에 중국 공산당이 공식적으로 성립되
었다. 사회주의사상의 영향과 국내의 제국주의 비판의 소리가 커지면서
신문화운동도 초기의 문학혁명으로부터 사회혁명으로 그 방향을 바꾸
었다. 1920년대 초반 많은 사회주의자들이 대학에서 연설을 하며 '사회
주의' 혹은 '사회혁명'을 선전했다. 후장대학은 비록 기독교의 지원을 받
아 세워진 학교이지만 교내신문『천뢰』을 보면 후장대학 안의 사회주의
분위기를 쉽게 느낄 수 있다. 이를 테면, 1924년에 구추백(瞿秋白)의 연
설문 「사회문제와 사회혁명」(1924년 14권 2호), 혁명문학을 주장하는 1924
년 14권 3호의 권두언, 그리고 사회주의사상과 사회주의사상을 바탕으
로 각종 당파에 대해 정리하고 소개하는 「사회주의에 대한 간단한 해석
(社會主義淺釋)」(1924년 14권 4호) 등이 그것이다. 주요섭은 흥사단의 활동
을 참가하면서 마르크스주의와 관련된 강연도 했고 특히『천뢰』에 정리
한 영문 기사 혹은 글에서 소비에트 러시아와 사회주의사상에 대한 관
심을 보여주었다. 특히 그는 이런 주의를 관철하기 위해 모태신앙인 기
독교적 관념과 결별하려고 했다.[30]

『천뢰』의 1925년 14권 11호 즉 손중산 기념 특집에 주요섭은 「DR.SUN'S
ADHERENCE TO RUSSIA"(손중산 선생의 러시아에 대한 애착)」이란 글을 발표
했다. 이 글에서 주요섭은 손중산이 민생문제를 중요시하는 점과 민족주

---

30 "벌써 삼 년 전에 이십여 년이나 믿던(날 때부터 믿었으니까) 종교라는 것이 무가치
한 염가의 위안물인 것을 깨달은 이래 나는 늘 종교가들을 저주해오지 않았는가? 그런
데 오늘에 이르러 내 마음에 번민이 좀 있다고 삼 년씩 욕하던 기도를 내가 자진하여
드릴 것인가? 아! 나는 너무도 약하다. (중략)마침내 나는 이겼다. 나는 기도 아니 하고
견뎠다. 삼 년동안 절조를 깨드리지 않았다. 내 주의를 관철했다." (주요섭, 앞의 책,
77쪽)

의를 공산주의와 사회주의로 결합시킨다는 것의 의미를 강조했다.[31] 그 다음호(12호)에 주요섭이 정리한 영문기사 중에 "SOVIET RUSSIA!"를 제목 으로 하는 기사가 있는데 미국 뉴욕에 있는 유니언 신학교의 해리 워드 (Harry Word) 교수가 후장대학을 방문하고 러시아의 경제, 정치와 종교와 관련해서 보고를 했다는 기사이다.[32] 제목 속의 느낌표부터 이미 그를 포함한 후장대학 학생들의 소비에트 러시아에 대한 관심이 드러난다. 이와 같은 국제화된 도시 상하이에서 다양한 신분을 갖게 된 주요섭의 의식세계 혹은 인생관은 다양할 수밖에 없다.

정치운동과 체육운동 이외에, 특별히 주목해야 할 것은 주요섭이 『천 뢰(天籟)』[33]의 영문 기사를 정리했다는 사실이다. 『천뢰』는 1912년부터 상하이 침회대학당 천뢰사의 명의로 발행한 정기간행물이다. 민국정부 가 성립한 1912년부터 계속 발행해왔던 이 신문은 20세기 10, 20년대 중국 사회의 정치·경제 상황, 학술사상, 사회사조 등을 잘 반영하는 데 중요한 역사적, 문화적 심지어 문학적 가치를 갖춘다. 새로운 사조를 주 장하고 사회를 개량하여 학술을 연구하는 간행물로서 오사운동 당시 베 이징대학의 『신조(新潮)』, 칭화대학의 『칭화학보(清華學報)』에 비견할 만 하다는 평가도 받았다.[34] 이 간행물은 신문[35]이지만 잡지의 성격에 가깝 고 중국어와 영어 두 가지 언어로 되어 있는데 영어 이름은 'the voice'이

31 『천뢰』, 1925년 14권 11호(1925년 4월 1일) 영문부분, 22~24쪽.

32 『천뢰』, 1925년 14권 12호(1925년 4월 15일) 영문부분, 46쪽.

33 천뢰(天籟)란 이름은 장자의 「제물론(齊物論)」에서 유래된 것이며 지뢰(地籟)와 인뢰 (人籟)와 상대한 것이다.

34 김동일, 「30주년 "천뢰"를 말하기를」, 『천뢰』(1936년 25권 2호) (金冬日, 「三十周年紀 念話"天籟"」, 『天籟』, 1936, 25권, 2쪽).

35 영어 판을 보면 "PUBLISHED BY THE STUDENTS OF SHANGHAI COLLEGE(후장대학 학생들에 의해 발행됨)", "Registered at the Chinese Post Office as a newspaper(중국우 정국에서 신문으로 등록됨)"라는 표기가 있다.

다. 초기의 천뢰사의 사장은 나중에 후장대학 생물학 교수가 된 정장성 (鄭章成) 박사이었다. 시인 서지마(徐志摩)도『천뢰』의 초기 편집자이었 다. 1918년에 항저우(杭州)의 혜란중학교(蕙蘭中學校), 쑤저우(蘇州)의 안 성중학교, 그리고 닝보(寧波)의 침회중학교(浸禮中學校) 이 세 학교와 같 이 발행하는 것으로 개편되었다. 원래 한 분기에 한 권씩 발간하는 발행 주기가 한 달에 한 권씩으로 바뀌게 되어 그 후 월간의 형식을 오래 유 지되었는데 1921년에 이름을 아예『후장대학월간』으로 바꾸었다. 1922 년에 경영난으로 폐간되었다가 1924년에 정장성 박사의 도움으로 후장 대학학생자치회에 의해 다시 간행되었다. 학생들이 학기마다 반 원의 돈을 내는 식으로 경영 문제를 해결한 것이었다. 따라서 학생들의 취향 에 맞추어 학교 안에 일어난 사건들에 대한 보도를 많이 추가하고 후장 대학과 부속중학들 간의 소통을 강화하면서 학생들의 창작활동을 전시 하며 학생들의 생각 혹은 이념을 반영함으로써 학생들만의 목소리를 내 는 것을 취지로 삼았다. 1924년 13권 1호의 「발간사」에 의하면, 후장대 학학생자치회는 조직을 체계화하기 위해 학생자치회출판부를 새로 조 직하여 편집부와 집행부 및 발행부 등을 나누었다. 출판부 부원은 학과 대표 10명으로 구성되었다.[36] 1924년 14권 1호에 이르러 주편집자의 교 체에 따라『천뢰』는 반월간(半月刊)으로 바뀌게 되어 내용은 더욱 학술 적인 방향으로 나갔다. 주로 연구논문, 문예작품, 통론(通論, 즉 사설), 학 교기사 등으로 구성되었다.[37] 1924년 10월, 강절전쟁(江浙戰爭)이 폭발되 어 중요한 편집자들의 결석으로 인해 조직을 다시 조절했는데 특히 각 학년에서 추천을 통해 중국어와 영어 통신원(通訊員) 10명을 뽑아 교문

---

36 오송경(吳嵩慶), 「발간사」, 『천뢰』 13권 1호, 1924.3.15., 1쪽.
37 구배호(邱培豪), 「20년 이래의 본보(二十年以來之本報)」, 『천뢰』(1926年特刊), 32~ 38쪽.

(校閱)란의 편집자로 채용했다. 주요섭은 바로 이때부터(즉『천뢰』14권 1
호부터) 영어 통신원이 되어 영어 기사의 편집을 맡게 되었다. 소설『첫
사랑 값』의 배경은 후장대학인데 주인공 유경의 일기 내용 즉 소설에
나타나는 개강날짜, 신입생 환영회, 도서관, 생물학 수업, 연극, 항저우
답사, 학생자치회의 5·30운동 참여 등 여러 정보들이 대부분『천뢰』에
나온 학교 기사와 일치한데 특히 주요섭이 편집한 영어 기사와도 관련
이 있다. 표로 정리하면 다음과 같다.

〈표2〉. 소설 속 일기 내용과 『천뢰』 속 기사 대조

차례	소설 속 일기 내용	『천뢰』속 기사
1	8월 28일: 찻간은 무던히 좁았다. 정거장마다 피란민들이 들이밀린다. 아무래도 전쟁은 시작되나 보다. 나는 착간에서도 형형색색의 참담한 구경을 보았다. 인생 생활이란 본래 이런 것인가 하고 생각하니 한끝 가이없다. 발 옮겨놓을 틈도 없어서 내내 오뚝 서서 오는데 더구나 차가 다섯 시간이 연착이 되어서 퍽 괴로웠다. 상해는 피란민으로 우글우글한다. (54쪽) 9월 10일: 개학했다. 학생은 절반이나 왔을까! 그러나 자꾸 오는 중이다. 또 한 학기 동안 머리를 썩여야 하겠다. 방학이 좀 지루한 것도 같더니 다시 공부할 생각을 하니 기쁘다. (54쪽)	원문: 9月11日為本校秋季開學之期, 上午九時半, 教員全體學生齊集於大禮堂舉行開學典禮, 雖江浙開戰, 交通阻滯, 而莘莘學子, 仍按時到校, 不因此阻其向學之念雲 (「교문(校閱)」,『천뢰(天籟)』14권1호, 1924.10.20, 30쪽.) 9월 11일은 본교 가을학기 개강의 날인데 오전 11시 반, 전체 교원 및 학생들이 대예당에 모여 개강 대회를 열렸다. 무릇 강절(江浙)전쟁이 폭발하여 교통 침체가 심했음에도 불구하고 학생들이 여전히 제 시간 학교에 도착했다. 전쟁도 학생들이 공부에 향한 마음을 막아주지 못하리라. -필자 역)
2	9월 20일: "어젯밤 일이었다. 강당에서 청년회 주최로 신입 학생 환영회를 열었다. 열시가 넘어서 회를 마치고 나오려고 막 일어서다가 우연히 바로 앞줄에 앉았다가 일어서는 어떤 여학생 한 분하고 눈이 마주쳤다."(55쪽)	청년회 환영회와 관련된 기사. 『천뢰(天籟)』14권 1호, 1924년 10월 20일, 32쪽.
3	10월 1일: 여름 동안 여행을 갔다가 늦게야 돌아온 생물학 교수가 오늘부터 교수를 시작한다는 광고를 들었다. 나는 작년에 시간 상치로 생물학	『천뢰(天籟)』, 1926특간(1926年特刊), 학과 소개. 당시 후장대학 교무장은 교육과 교수로 재직하고 있는왕종해(汪宗海)이다.

	공부를 **빼놓았다.** 그런데 그 과목이 이 학교 필수과이어서 금년에는 꼭 배워야 한다는 교무장의 명령이었다.(58쪽)	
4	11월 15일: 그런데 어젯밤에는 새로운 한 경험이 있었다. 세계 일주를 한다는 연극가 영이란 사람이 자기 마누라와 함께 세계 각처로 다니면서 독연을 한다. 그런데 어젯밤 학교에서 청해다가 구경을 했다. 나는 언제나 하는 버릇대로 방에서 잡지장을 뒤적거리고 앉았다가 연극을 시작한다는 종소리를 듣고야 뛰쳐나가서 강당으로 갔다.(62쪽)	YOSEB, 「LEO WALLACE YOUNG ENTERTAINS」 Dec.8. Upon the request of the English Dramatic Club, Mr. and Mrs. Leo Wallace Young, expert impersonators of the Shakespearian classics who had travelled all around the world showing their wonderfull art to millions of people, came to our campus, Monday evening, Dec.8. They entertained the student body and the faculty members with several acts from "Julius Caesar", "The 'Merchant of Venice'", and in addition impersonated, several charecters from many famous dramas by Shakespeare.[38] 『천뢰(天籟)』(THE VOICE)14권 5호, 1924년 12월 16일, 11쪽. (12월 8일. 영어연극클럽의 초청으로 전 세계를 다니면서 수백만 사람들에게 경이로운 예술 재능을 보여준 셰익스피어 고전 희극 전문가 Leo Wallace Young부부가, 12월 8일 월요일 저녁에 우리 학교에 왔습니다. 그들은 "줄리어스 시저"와 "베니스상인" 속의 몇 가지 장면과 셰익스피어의 다른 많은 유명한 희극 속의 인물을 흉내내며 학생 전체와 교직원들을 즐겁게 했다. - 필자 역)
5	*소설과 직접적 상관성이 없지만 작가의 제국주의와 전쟁에 대한 비판을 드러낸 글이다. 이 글에서 주요섭은 일본을 거쳐 상하이에 도착하고 학생들에게 "THE LEAGUE OF NATIONS(국제연맹)"(1919년 6월 28일, 베르사조약이 맺은 후 1920년 1월 10일에 세워진 조직, 1946년에 해체됨)의 조직 기능에 대해 강연을 한 니토베가 전쟁을 일으키는 가장 큰 원수인 제국주의를 무시하고 평화를 가지고	주요섭의 글—「A WORD TO DR.NITOBE」(니토베에 대한 한마디) 부록⟨2⟩ 참고. (1925년 14권 9호(1925.03.01.), 영어부분 12~13, 16쪽.) 주요섭이 정리한 기사: 「THE LEAGUE OF NATIONS」(국제연맹) Feb.20. Dr I.Nitobe, one of the secretaries of the League of Nations, who was passing

	대중을 속인다고 지적하면서 중국의 운동의 직접적 원인인 파리 평화회의 21조 사건을 거론하며 중국의 만주지역과 조선반도를 침략하고자 하는 일본을 비롯한 제국주의세력을 강력하게 비판했다. 니토베는 그의 연설(1925년 2월 20일)에서 생물학자들이 주장한 적자생존의 이론을 가지고 "the warfare is but a normal state of mankind"(전쟁은 인간의 일반적 상태일 뿐이다)라고 하며 전쟁에 대한 혐오를 줄이고 평화를 사랑하는 마음을 기워야 한다고 주장했다. (같은 호, 영어부분 7~12쪽)	Shanghai on his way to Geneva from Japan, spoke in college chapel. He pointed out the aim and needs of the League of Nations, and explained in quite detail its organization and the functions of its officials. (일본에서 제네바로 가는 길에 상하이를 지나던 국제연맹의 비서장 중 한 명인 니토베 박사(Nitobe Inazö 즉 니토베 이나조(新渡戶稻造, 1862년~1933년) -필자)가 대학 예배당에서 언설했다. 그는 국제 연맹의 목표와 필요성을 지적하고, 그 조직과 관계자들의 기능을 상당히 상세히 설명했다. -필자 역)
6	* 이 글에서 주요섭이 손중산이 민생문제를 중요시하는 점과 민족주의를 공산주의와 사회주의와 결합시키는 데 크게 기여하다고 평가했다. 또한 이 글을 통해 주요섭이 학교 교수 Hanson에게서 민족주의에 대한 지식을 배웠다고 알 수 있다.	주요섭의 글― 「DR.SUN'S ADHERENCE TO RUSSIA(손중산 선생이 러시아에 대한 애착)」 『천뢰(天籟)』, 1925년 14권 11호(1925년 4월 1일), 영문부분, 22~24쪽.
7	* 주변 청년 학생의 자살사건이 일어났는데 소설의 창작에 대한 영향이 있는지 불명확함.	1925년 14권 9호(03.01), 10호 및 12호에 보도된 후장대학 학생 하초범(夏超凡)/하정영(夏貞瑩) 1925년 2월 16일 황푸장(黃浦江) 투신 자살 사건.
8	4월 25일: 어제 학생 전체로 항주로 왔다. 생물학반에서 생물학 표본 모집하러 온 것이다.(92쪽)	생물학반 답사 소식 및 일정에 대해 『천뢰(天籟)』1925년 14권 14호(5.16), 26쪽.; 15호(06.01), 30쪽.
9	5월 1일: 메이데이라고 저녁에 기념 대회가 있었다. 상해서 유명하다는 사회주의자가 와서 혁명을 고취하는 연설을 했다. 학생들이 모두 무엇에 취한 것 같았다. 무엇이나 모두 희생할 용기가 나는 듯했다.(103쪽)	원문: 社會問題研究社於五月一日勞動節晩六時半, 敬請前浙江省議會議長現任民國日報編輯沈玄廬先生演講革命與人生, 先生演講此題之各方面頗為闡發, 子到會者頓受無數刺激教益焉. 『천뢰(天籟)』1925년 14권 13호(05.01), 27쪽 (사회문제연구사의 초청으로, 5월 1일 노동절 당일 6시반, 전 절강성의회장 현 민국일보 편집 심현노 선생이 혁명과 인생을 제목으로 연설을 했다. 선생의 이 연설은 여러 방면에서 깊은 의미를 담겨 참석자의 공명을 일으켰다. -필자 역) 주요섭 정리― 「MAY DAY!(메이데이!)」

		May 2. The memorable day was observed by the students here. The Social Study Society invited Mr. Y.L.Sing to speak on the subject. "Revolution and Life." The audience were overwhelmed with deep enthusiasm. (내용은 앞의 기사와 똑같음) 『천뢰(天籟)』 1925년 14권 13호(05.01), 영어부분, 16쪽. 「혁명과 인생」 강연문은 1925년 15권 1호에 실렸다.
10	5월 30일 일기, 남경로 연설 중인 학생 영국 관헌에게 총살당함. 6월 1일 일기, 학생자치회 동맹파학. (108~109쪽)	동맹파학과 여러 부문을 설치한다는 기사: 本校既決定停課而在此停課期內不得不有相當工作以示援助, 本埠工商學罷工罷市罷課之意, 故大會時決定在此停課期內, 共分六部辦事, 其辦事人員由各級舉定二人充任再由各代表互選其職員, 茲將各部部長姓名錄下 : (一)編輯部張文昌(二)印刷部徐煥明(三)演講部陳蕃陳蕃葆, (四)經濟部巢紀梅, (五)庶務部吳志春, (六)糾察部黃克練, 其一切總務事項由自治會委員會擔任之. 1925년 14권 15호(1925.06.01.)

위의 대조에서 보듯, 학교 신문에 가을학기가 개강한 날, 전쟁의 폭발 때문에 교통이 침체된 상황에 대한 기사가 8월 28일의 일기 내용과 일치하다. 또한, 5월 1일의 사회주의자의 연설도 실제상황과 일치하다. 기타 필수과목인 생물학강의, 생물학답사, 5·30운동 때 학교의 동맹파학 등 정보도 마찬가지다. 특히 소설 속 다음과 같은 일기 내용이 있다.

11월 15일
세계 일주를 한다는 연극가 영이란 사람이 자기 마누라와 함께 세계 각

---

38   주요섭, 「LEO WALLACE YOUNG ENTERTAINS」, 『천뢰(天籟)』(THE VOICE)14권 5호, 1924년 12월 16일, 11쪽.

처로 다니면서 독연을 한다. (…) 오십 전 주고 표를 사 가지고 들어가니 마침 빈자리가 없고 맨 앞줄이 몇 자리 비었을 뿐이라 그래 저벅저벅 걸어 가서 앉으려다가 나는 놀랐다. 걸상 저편 끝에는 그 N씨가 순서지를 들고 앉아 있다가 나를 힐끗 쳐다본다. 그래 어름어름하면서 N씨와 두어 자리 둥이 뜨게 비워놓고 남학생들 가까이 앉았다.[39]

주요섭이 『천뢰』지에 정리한 영어 기사 즉 1924년 12월 8일에 레오 월리스 영(Leo Wallace Young) 부부가 후장대학에서 셰익스피어의 「베니스상인」과 「줄리어스 시저」 등을 비롯한 셰익스피어의 작품들을 연극했다는 사실을 보면, 여기서 언급된 영이란 사람은 바로 레오 월리스 영임이 틀림없다. 다만 주요섭이 실제 연극을 보는 경험을 바탕으로 소설화할 때 날짜를 고쳐 썼다.

위와 같이, 이 소설의 일기 내용을 보면 주요섭이 실제 후장대학의 경력을 바탕으로 소설화했다는 것을 확인할 수 있다. 더 나아가 일기책이라는 형식으로 채택하여 구성된 이 소설의 내용은 작가의 영어 기사 작업과 밀접한 관련이 있다고 짐작된다. 이외에 소설 속 주인공 유경이 칠팔년 해외에서 유학했다[40]는 것도 작가 자신의 경력과 일치한데 여기까지 우리는 이 소설의 자서전적 성격을 알 수 있다. 기존 연구들이 주인공 유경을 작가 주요섭과 동일시하며 소설의 자서전적 성격을 언급하긴 했지만 위와 같이 후장대학의 교내 신문인 『천뢰』를 검토하는 것이 이 점을 보다 더 설득력 있게 증명할 수 있을 것이다.

---

39 주요섭, 앞의 책, 62쪽.
40 "나는 본래 유경이 부모와 가깝고 유경이가 칠팔 년이나 해외에 있는 동안도 여러 번 평양 갈 기회가 있을 때마다…"(주요섭, 앞의 책, 51쪽)

3. 남녀공학 및 근대지식인의 연애의 문제화

후장대학에서 남녀공학에 대한 제안은 1917년부터 이미 제출되었고 1919년에 이사회에 의해 통과되었고 1922년에 이르러 남녀공학을 전면적으로 실시했다. 특히 1923년에 학교는 기부금 10만 양위엔(洋元)을 받아 여학생기숙사를 세웠다. 전체 건물이 매우 화려하며 사무실·강의실·식당·음악실·홀·헬스장·온수기 등 다양한 시설들이 갖추어져 있었다.[41] 학교가 파티나 행사를 열린 공간이기도 했다. 또한, 이 기숙사의 준공에 따라 학교의 여학생 수도 늘어났다. 1924년 9월 새 학기 후장대학의 총 학생 수(연구소를 다니는 학생 포함)는 704명이며, 그 가운데 여학생 수는 52명이다.[42]

1924년 14권 4호(12월 1일)에 발행한 『천뢰』는 "HOW FAR HAS CO-EDUCATION GONE IN OUR COLLEGE?(우리학교의 남녀공학이 어디까지 진행해왔는가?)"라는 글은 당시 학생들의 남녀공학에 대한 관심을 보여준다. 후장대학에 다녔던 피천득은 후장대학의 여학생에 대해 상세하게 회고하였다.

> 中國 대학 중에서 맨 먼저 공학을 시작한 것이 滬江이오 지금은 학생수 3分之 1 이상이 女同學이다. 이 여학생들은 대부분이 中西女塾이나 聖 마리아 학교를 거처온 부유한 가정의 따님들노서 그들이 넘어 사치하기 때문에 滬江으로 하야금 귀족 대학이란 말을 듣게 한다. 그러나 그들은 놀

---

41 주순금, 앞의 책, 4쪽.

42 주요섭이 『천뢰』지에 정리한 뉴스 원문: the total number of students this term is now 704. In the college there are 421 while in the academy there are 283. Among them there are 208 new students in college, and 100 new students in the academy. / Of the 421 college students 52 are girls while 369 are boys. 주요섭, 「WE ARE 704」, 『천뢰(天籟)』(THE VOICE)14권 3호, 1924년 11월 16일, 15쪽.

낼만치 머리가 좋고 또 勤하다. 하로 왼종일 실험실에서 현미경을 들여다
보고 있는 여학생도 있었고 도서관 문을 열 때 들어가서 닫을 때야 나오는
얼굴 햇슥한 여성들도 있었다. 그들의 英語는 회화만 유창할 뿐 아니라 저
서까지 할 수 있는 실력을 가졌다. 그들은 딴스도 하고 활도 쏘고 토요일
날이면 활동 사진 구경도 간다. 방과후에는 잔디 우으로 녹음 사이로 둘씩
나란히 것는 동모들도 애인들도 있다. (…) 토요일 오정이 되면 上海 시
내에서 자동차가 滬江으로 몰려나와서 학생들을 호텔로, 파티로 극상으로
실어간다.[43]

이 글에서 나온 후장대학 여학생의 모습은 소설 속 유경이 사랑에 빠
진 대상인 중국 여학생 N에 대한 묘사와 매우 흡사하다. 그 이외에 소설
속에 N은 피아노를 칠 줄 알며 크리스마스 예배에 피아노 연주 청탁도
받았다고 한다.[44] 이어령이 정리한 주요섭의 전기를 보면, 피천득의 회
고로는 주요섭이 후장대학 시절에 남녀 혼성음악단의 단원이자 음악대
학 다니는 중국인 호(胡)양과 친하게 지냈는데 호양의 집안은 주요섭이
조선인이라는 이유로 두 사람의 교제를 반대했다고 한다.[45] N의 원형은
이 호양일 가능성이 큰데 단언할 수는 없다.

후장대학 남녀공학의 분위기는 남녀 간의 자유로운 교제와 연애를 가
능하게 만든다. 소설 속 주인공 유경이 N씨와 만나게 되는 장소는 신입
생 환영회, 생물학 수업, 기도회, 도서관 앞, 연극을 보는 강당, 생물학
답사로 가는 항저우, 동맹파학 후 성립된 회계부 사무실(강당 문 맞은 복도

---

43 피천득, 「상하이후장대학 유학시대(上海滬江大學 留學時代)」, 이훈구(李勳求) 외, 「敎
    授로 大學生으로 支那 諸大學 時代의 回想」, 『삼천리』 제12권 제6호, 1940년 06월 01일,
    130쪽.

44 주요섭, 앞의 책, 73쪽.

45 이어령, 「주요섭」, 『한국작가전기연구(하)』, 동화출판공사, 1980, 144~145쪽.

끝에 있는 교실), 우편소 등이 있다. 그 가운데 유경이 청년회 신입생 환영회에 N을 처음 만나는 장면을 살펴보겠다. 즉 "어젯밤 일이었다. 강당에서 청년회 주최로 신입 학생 환영회를 열었다. 열시가 넘어서 회를 마치고 나오려고 막 일어서다가 우연히 바로 앞줄에 앉았다가 일어서는 어떤 여학생 한 분하고 눈이 마주쳤다."[46]는 것이다. 당시 후장대학에는 실제로 청년회가 신입생을 위해 환영회를 열어주었다는 사실이 있다.[47] 그 다음, 「베니스상인」 연극을 같이 보게 된 남녀주인공은 처음으로 친밀하게 접촉할 수 있는 기회를 얻었다.

> 지금은 아주 N과 내 사이에는 빈자리가 없게 되었다. 의자가 꽉 들어찬 것이다(이 의자는 기다랗게 만들어 한 의자에 예닐곱 여덟씩 앉게 되어 있다). (중략) 그러나 내 겨울 양복 저고리와 그의 약간 솜을 둔 저고리는 스칠 듯 스칠 듯하고 있었다."
>
> 나는 무의식적으로 N을 돌아다보면서 빙긋 웃었다. N도 씽긋 웃고 무엇을 찾아내려는 듯이 나를 열심으로 쳐다보았다.[48]

1920년대 초기, 3·1운동 이후의 한국 지식인과 오사운동 이후의 중국 지식인들은 사랑을 자유·평등·독립의 상징으로 인식하고 사론은 물론, 시, 소설, 연극 등 다양한 형식으로 자유연애담론을 적극적으로 내세웠

---

46 주요섭, 앞의 책, 55쪽.

47 『천뢰(天籟)』(THE VOICE)14권 1호, 1924년 10월 20일, 32쪽.

48 주요섭, 앞의 책, 63쪽. 이와 같은 육체적 접촉에 대한 묘사로 "그의 왼팔과 내 바른 팔이 똑 달라붙었다. 따스한 기운이 건너온다. 나는 정신 잃은 사람처럼 되었다. 나는 여자의 살김을 이렇게 몸에 받아 보기는 이것으로 두 번째였다."(64쪽)와 "그래 끌어 올리려고 하는 순간에 나는 더듬더듬하는 N의 손을 꼭 쥐었다. 온몸이 찌르르하고 아팠다."(66쪽) 등이 있다.

다. 한 개인의 연애 혹은 낭만적 사랑을 새로운 사회 제도의 조직원칙에 집어넣으려는 것이었다. 예를 들어, 후쓰(胡適)의 단막극 「자유연애」 (1919)가 그것이다. 개인의 본성과 욕망에 따라 낡은 도덕에서 벗어나는 새로운 생활을 고양하고 유교적 가문과 봉건적 가부장적 이데올로기와 결렬한 개인주의자가 되라는 것이 일시적으로 사회의 풍조가 되었다. 과거의 가부장적 체계 아래 혼인제도는 항상 가문의 명예와 재산의 계승을 위한 것이다. 다시 말해 남녀교제는 공동체와 관련된 일이었다. 그러나 결혼 자유와 연애의 신성함을 강조하는 관념들이 유행해지면서 연애는 개인의 사적 영역에 들어온다.

권보드래는 『연애의 시대』(2003)에서 근대의 연애는 "박래품" 즉 서양 또는 일본을 통해 배운 것이라는 점을 강조하기 위해 「첫사랑 값」에서 남녀주인공이 영어로 표현한 대사를 인용한 바 있다.[49] 즉 "나는 마음을 잔뜩 먹고 문밖 좀 어둑신한 데 나와서 N에게 귓속말로/ 'I love you'하고 말해주고 싶었다. 그러나 기회는 놓쳤다."[50]라는 대목이다. 또한, 12월 21일의 일기에서, 도서관 앞에서 피아노 연습하고 내려오는 N과 마주치고 N을 여학생기숙사까지 데려다 주고 나서 기숙사에 돌아온 뒤, 친구T군의 질문에 유경은 "방금 연애하고 왔으니까"라고 대답했다.[51] "연애"라는 말이 직접 나온 것이다. 다만 유의해야 한 것은 연애 관념의 형성에 있어 서양의 영향이 크지만 그 연애가 실제 발생하는 공간은 전쟁 중인 중국 상하이이고, 연애의 주체는 조선인이며 연애의 대상은 중국인 여학생이라는 사실이다.

---

49 권보드래, 『연애의 시대 -1920년대 초반의 문화와 유행』, 현실문화연구, 2003, 99쪽.
50 "T군이 "왜 자네 얼굴이 해쓱하이?"하고 쳐다본다. 나는 "방금 연애하고 왔으니까"하고 웃어버렸다." 주요섭, 앞의 책, 67쪽.
51 위의 책, 76쪽.

　주요섭의 단편 소설 「살인」에서는 '사랑'은 사람에게 반항의 용기를 부여주고 사람을 과거의 윤리나 도덕의 구속에서 벗어나 자기 자신의 운명을 스스로 개척하게 만든 도구로 그려진다.

> 　사랑은 사람을 깨게 한다. 무식이 사랑 앞에서 스러진다. 우뽀는 이때껏 자기 몸, 또는 자기 생활에 대해서 절실한 생각과 연구를 해본 적이 없었다. 그러나 오늘 그는 일생 처음으로 제 몸을 생각해보게 되었다.[52]

　위의 인용문이 보여준 듯, 사랑은 인간으로서의 각성과 개인의 독립과 자유와 결부된다. 이 소설의 화자 유경은 당시 "벌써 집에 안 가본 지가 칠 년째"였는데 즉 1918년부터 집을 떠났다. 1924년에 근대화와 국제화된 남녀공학의 학교— 자유연애의 가능성이 이미 열린 공간—에서 첫사랑을 경험했다. 연애의 '초보자'이므로 그는 성숙하지 못한 모습—의심과 질투—을 드러냈다. 이 소설에서 유경은 주로 근대적 매체와 그와 같은 근대적 지식인의 연애 이야기를 통해 연애를 배웠다. N의 마음을 파악하지 못할 때마다 주변 친구 T군이 기생에게 버림을 당했다는 이야기, 잡지에 실린 어떤 문사의 여성을 비하하는 담론, 활동사진 「what a fool he was!」(어떤 여자가 남자를 유혹하고 놀리며 남자를 자살하게 만든다는 내용을 다룬 영화)[53] 등 간접적 경험을 통해서 여자에 대한 부정적 관념들을 가져오기도 했다. 그리고 무엇보다도 그는 N과의 연애를 단념하고자 할 때 우선 독서 경험을 동원하였다. 예를 들면, 엘렌 케이의 연애·결혼관과

52　주요섭, 「살인」, 위의 책, 47~48쪽.

53　"그 사진으로 보면 어떤 여성(절세의 미인 여성) 하나가 많은 남자를 홀리는 것을 유일의 낙으로 삼아서 많은 남자들을 속이고 끌어들였다가는 마침내 남자들이 자살하고야 마는 지경까지 끌어들이는 것이었다. 그러면 N은 그와 같은 여자였던가?", 주요섭, 위의 책, 69쪽.

존 파리스의 소설 『기모노』 등이 있다.

엘렌 케이는 스웨덴 출신의 교육학자이며 1920년대 한국에 많은 영향을 끼친 인물이다. 1921년에 시인 노자영이 『개벽』에 '여성 운동의 제일인자 엘렌 케이'라는 제목으로 글을 발표하고 1927년 이 글이 『개벽』사에서 발행한 『세계 10대 사상가』라는 책에 포함되면서부터라 할 수 있겠지만, 『아동의 세기』, 『사랑과 결혼』, 『사랑과 윤리』 등 그의 주요 저작은 1910년 중반 이후 일본어로 번역되어 널리 읽히고 있었다.[54] 같은 시기에 엘렌 케이의 이론이 중국에서도 수용되었다.[55] 주요섭이 후장대학에서 교육학을 전공했기 때문에 이때 엘렌 케이의 사상을 접하게 된 것도 필연적인 일이었다. 이것은 『천뢰』의 영어편집부 동인이자 그의 동창인 주순금(朱舜琴)이 1923년에 엘렌 케이의 『연애와 결혼』을 중국어로 번역한 사실에서도 확인할 수 있다. 엘렌 케이는 '행복'이라는 개념에 주목함으로써 새로운 삶의 윤리를 구축하였고, 개인의 내면과 욕망을 긍정하였으며, 사랑을 최선의 자리에 올려 놓았다고 주장한다.[56] 소설속 "목숨보다 소중한 나의 첫사랑"이라는 표현들에서 알 수 있듯, 화자도 사랑을 매우 소중하게 생각한다. 다만 여기서 화자는 N과의 연애가 불가능하다는 이유를 분석할 때 엘렌 케이를 언급했다. 그는 엘렌 케이가 말하는 연애가 없는 결혼은 간음이라는 것을 시인하면서 결혼을 무시하는 연애는 또한 간음에 지나지 않으며 연애는 결혼을 그 목적으로

---

54 권보드래, 앞의 책, 104~105쪽.

55 呂芳上, 「1920年代中國知識分子有關情愛問題的抉擇與討論」, 『無聲之聲(Ⅰ) : 近代中國的婦女與國家(1600~1950)』, 臺北 : 中央研究院近代史研究所, 2003. ; 徐仲佳, 『性愛問題 : 1920年代中國小說的現代性闡釋』, 北京 : 社會科學文獻出版社, 2005. ; 李海燕, 『心靈革命 : 現代中國愛情的系譜學』, 北京大學出版社, 2018. 張競, 『近代中國と「恋愛」の発見 : 西洋の衝撃と日中文学交流』, 東京 : 岩波書店, 1995. 참고.

56 권보드래, 앞의 책, 109쪽.

하지 않으면 안 된다는 것으로 생각했다. 따라서 만약에 N과 결혼하면 민족이 다른 N이 자신의 가족과 어울릴 수 있는지에 대한 걱정을 토로했다. 이때 존 파리스의 소설 『기모노』가 언급되었다.

(가) 나는 이것을 생각할 때마다 존 파리스의 「기모노」가 연상한다. 「기모노」의 주인공들이 그냥 영국에서 살았던들 비참한 파열이 생기지 않았을 것이다. "일본으로 돌아가지 마시오"하는 간곡한 충고를 받고도 그냥 갔다가 결과는 어찌 되었는가? 내게도 또한 마찬가지 운명이 아니 이르리라고 누가 장담하겠는가? 역사, 사회, 도덕, 환경, 언어, 풍속, 모든 것이 편이한 고향으로 만일 N씨를 인도한다면 N은 응당 고독을 느끼고 증오와 싫증을 일으킬 것이다. 그러면 그때 그 고통은 지금 단념의 고통보다 더 심할 것이다.[57]

(나) 그리고 소설(「기모노」)의 일이 다시 생각되었다. 상투튼 불쌍한 사람들이 눈앞에 나타났다.[58]

존 파리스의 본명은 애슈턴-그와트킨 프랭크(Ashton-Gwatkin, Frank, 1889 ~1976)이고, 1913년부터 1919년까지 영국주일본영사관에서 근무한 외교관이었다. 이 『기모노(KIMONO)』란 소설은 존 파리스가 1917년부터 쓰기 시작하여 1919년에 탈고한 작품이다.[59] 1921년 5월에 초판본이 나왔다.

---

57 주요섭, 앞의 책, 80쪽.

58 위의 책, 95쪽.

59 Ashton-Gwatkin, 'The life and times of John Paris', Bulletin of the Japan Society of London, 21, 1957 Feburary, p.13. 橋本順光, 「英国外交官の黄禍論小説－ジョン・パリスの 『キモノ』(1921)と裕仁親王の訪英」, 大阪大学大学院文学研究科紀要, 57巻, 2017.03, 9쪽 재인용. 일영동맹은 1902년 영국과 일본이 러시아의 극동에서 확장하는 것을 막기 위해 결성된 군사적 동맹이다. 극동지역의 세력을 강화하고자 하는 영국은, 조선반도와 중국 동북 지방을 침략하기 위해 러시아의 세력을 억제할 수 있는 동맹자를 찾고 있는 일본과

책등에는 "일영동맹(日英同盟)"(The Anglo-Japanese Alliance), 표지 위에는 "일영동맹은 하늘의 뜻이오(日英同盟是天意也)"라는 문장이 적혀 있다. 이 문장은 당시의 조선총독 데라우치 마사타케(寺內正毅)의 제자(題字)이었다.[60] 이 소설 속의 내용은 존 파리스가 근무했을 때의 기밀문서의 내용과 많이 중복된다고 하는데 존 파리스는 중국 만주지역에 대한 침략정책을 세우고 조선의 독립운동을 감시하고 있는 일본의 욕신과 "Bushido Propaganda(부시도 프로파간다)"에 대해 비판적 태도를 보여준다. 그리고 그는 타이밍을 기다리듯 1921년 일본 황태자 히로히토(皇太子裕仁)가 일영동맹의 재계약을 위해 영국을 방문하기로 결정했을 때 출판 계획을 세웠다. 5월에 황태자가 영국에 방문하는 도중 이 책이 출판되었다.

국제적인 도시 상하이에 또 서양도서 기증을 많이 받은 후장대학에 있기 때문에 주요섭은 이 소설을 읽게 된 것은 어려운 일이 아닐 것이다. 이 소설은 1913년에 런던에서 프랑스 양부모 밑에 자란 일본 여자 아사코(Asako)가 귀족이자 군대의 장관이었던 영국 남자 제프리(Geoffrey)의 결혼식으로 시작하는데 이 두 사람의 결혼은 곧 영일동맹의 상징으로 볼 수가 있다. 이 신혼부부가 유럽에서 허니문을 마치고 주변 사람들이 모두 다 반대함에도 불구하고 일본으로 떠났다. 원래 일본에 대한 환상을 품었던 제프리는 일본의 빈궁하고 낙후된 모습을 보고 환상이 깨지게 되었으며 아사코가 점점 '일본화'되는 것을 보고 두 사람 사이의 민족적 차이를 느끼게 되었다[61]. 나중에 교양 있는 아내의 돌아가신 아버지가

『영일동맹조약』을 체결했다. 영일동맹의 결성은 일본으로 하여금 러일전쟁에서 승리하고 중국과 조선에 대한 침략을 더욱 순조롭게 진행하게 만들었다. 1921년 일본과 영국의 관계가 긴장해지고 미국의 간섭, 즉 1921년 12월 13일 워싱턴회의에서 미국·영국·프랑스·일본이 『사국협정』의 맺음에 따라 일영동맹은 해체되었다.

60 橋本順光, 위의 논문, 11쪽.

61 "To his surprise and disgust, his wife was dressed in the Japanese kimono and obi,

기생사업을 통해서 부자가 되었다는 것과 아내가 속한 후지나미(Fujinami) 집안의 가족들이 요시와라의 유곽을 운영하고 있다는 것까지도 알게 되었다. 순수한 아사코의 유산을 탐내는 후지나미 집안 사람들이 계획을 세워 두 사람을 헤어지게 만들었다. 마지막에 아사코는 제프리의 영국 친구의 도움으로 영국으로 돌아갔다. 그러나 소설가에 의해 1차 대전 참전할 제프리는 곧 사망할 것이라고 암시되고 있다. 이 소설은 영국남자 제프리의 시선으로 일본을 포함한 동양을 바라보고 있는데 오리엔탈리즘적이고 유럽중심주의적인 사유방식이 강하게 작용되고 있다는 점에서 황화론(yellow peril) 소설이라고 평가되기도 한다.[62] 그러나 위의 인용문 (가)(나)에서 주요섭은 자신의 연애의 참조로서 두 사람을 "불쌍한 연인"으로 보고 있으며 두 사람의 민족의 차이를 강조한 것이다.

위와 같이 소설에서 여자에 대한 인식, 연애에 대한 관념들은 화자의 근대적 독서와 문화 체험에서 나온 것이다. 그리고 이 관념들이 모두 부정적으로 그려지며, 주인공이 중국 여자 N과 연애할 수 없는 이유로 작용하고 있다. 초기의 이 부정적 관념들은 유경이 N의 마음을 확인할 수 없다는 것과 두 사람의 미래에 대한 불안에서 기인한 것으로 짐작된다. 4월 25일 생물학반에서 생물 표본 모집하러 간 항저우에서 N과 마주쳤을 때 유경은 N에게 "I do not love you."라고 먼저 말해주었다. 그러나 바로 먼저 N을 거절하고 외면하는 이 자신의 불안을 드러낸 성숙하지 않은 방어적 행동은 그의 N에 대한 사랑이 심화된다는 것을 증명되

---

which had once been so pleasing to his eyes. Her change of nationality seemed to be already complete." John Paris, Kimono, LONDON: W.COLLINS SONS& CO.LTD, 1922, p.258.

62 예를 들어, 제프리는 일본의 신비로움을 좋아하고 기모노를 입은 아사코를 처음 만났을 때 그녀를 "작은 나비"로 비유한다. 소설에서 늘 서양인의 "big"와 동양인의 "small"을 강조한다.

었다.[63] 희생과 봉사의 생활을 해야 하는 자신은 부자 집 딸인 N과 일생을 같이 할 동무가 될 자격이 없다고 생각하는 것이다. 유경은 "연애만 인간의 행복이 아니다."라는 이유와 "사리를 헤아리지 않는 연애가 장래 행복보다도 더 괴로움을 가져온다는 진리"로 단념하려 했다. 그런데 5월 1일 "희생"을 강조한 「혁명과 인생」이란 강연을 듣고 나서 그는 '희생'의 논리에 대해 다시 생각했다.

희생의 생활에 대해서 주요섭이 다른 글에서도 이미 언급했다. 여름방학 때 학교 주변의 길거리에 중국의 선봉대를 보고 "길 인도하고 싸움 방법도 가르치고 척후도 해 올 사람은 오직 지금에 배우는 가운데 잇는 우리 학생들에게 잇는 것이다. 우리 배우는 리유가 곳 그들에게 먹을 것을 주고 자유를 준다는 다만 한 가지 목적이 있는 것이다."[64]고 하며 자신의 책임을 인식하고 조선의 선봉대의 지휘관(「첫사랑 값」)에서는 책임성이 있는 희생적인 '등탑불')이 되기 위해 희생해야 한다는 의지를 보여준 것이다. 소설 속 화자도 자신의 책임은 공부를 열심히 하고 나중에 수만 명의 조선 어린이를 교육하고 북간도에 가서 봉사한다는 것에 있다고 천명한다. 그리고 인생 생활을 연애의 생활과 희생의 생활로 나누었고 연애의 생활보다 희생의 생활이 더 중요하다고 인식한다. 따라서 '문명인'이 되고자 하는 화자는 의지로 감정을 억제하려고 한다.[65] 그러나 N에 대한 사랑이 깊어지면서 그는 그 희생에 대해서 점점 회의하기 시작했다. 밤의 별을 보고 우주와 세계의 무한함을 감탄하여 "아시아의 한

---

63 내가 N을 사랑한다. 숨길 수 없는 사실이다. 더구나 첫사랑이다. 내 양심이 증명한다. N도 나를 사랑한다. 아직 서로 그런 말을 해본 적은 없으나 그의 눈이 이를 말한다. (주요섭, 위의 책, 98~99쪽.)

64 주요섭, 「선봉대, 學生들아 우리는 지휘관」, 『개벽』, 제52호, 1924년 10월 1일, 107쪽.

65 "생활에는 연애 생활보다도 더 거룩하고 더 깨끗하고 더 아름답고 더 생활다운 생활이 있는 것이다. 그것은 희생의 생활 봉사의 생활이다." 주요섭, 앞의 책, 101쪽.

모퉁이"에서 명예니 책임이니 자유니 그리고 자연의 비밀을 해결해보겠다고 "옅은 지식으로 바스락거리는 그 생활은 무엇인가? 희생이 무엇인가"하고 "남을 위해서 연애를 희생했다고 누가 기억해줄 것인가 또는 누가 이 고통을 알아나 줄 것인가"하는 허무주의적 의식을 드러낸 질문을 했다. 특히 5월 23일, 생물학 실험 표본을 그리기 위해 현미경의 사용하여 파라메시움(짚신벌레)을 관찰하고 있는 유경은 '나'와 '우리'의 관계, 특히 생존경쟁에서 '우리'의 승리를 위해 개인의 행복을 희생한다는 논리에 대해 의문을 제기한다.

> 최선의 생존경쟁은 나의 승리를 의미하는 것인가 또는 우리의 승리를 의미하는 것인가? 그것이 만일 후자이랄 것 같으면 나는 우리의 승리를 위해서는 나라는 것까지 희생하지 않으면 아니 된다는 것이 과거 수다한 철학자의 결론이었었다.

> 그럼 우리는 또 무엇인가? <u>우리, 우리! 우리는 전 세계 인류를 총칭하는 말은 될 수 없는가? 왜 인류라는 것은 성을 쌓고 담을 막고 울타리를 치는 가? 왜 인류 사회에는 큰 우리 속에 또 작은 우리들이 있는가? 큰 우리를 위한다는 점에서 나는 내 행복과 큰 우리의 행복을 동시에 경영할 수가 있지 않을까?)</u> (⋯) 박테리아가 미바아(아메바의 오기)를 먹지 말고 서로 돕고 서로 사랑하고 서로 붙들어주는 물방울을 만들기 위해 곧 약육강식과 생존 경쟁의 생활 법칙을 부인하고 상호부조(相互扶助) 생존상애(生存相愛)의 생활 법칙을 깨워놓기 위해서 남는 몸을 바치노라고 뭇사람 앞에서 맹서를 하지 않았는가. 아⋯⋯ 왜 나는 그것을 위하여는 내 몸에 행복이라는 것은 단념하여야 하는가?[66] (밑줄은 인용자)

---

66 주요섭, 앞의 책, 106쪽.

위의 인용이 보여주듯, 크로포트킨의 상호부조론의 관점을 받아들인
유경은 민족을 넘어 "큰 우리"란 개념을 내세워 '나'의 행복('나'와 중국인
N의 연애)을 정당화하려고 한다. 이러한 관점은 영국과 일본을 비롯한
제국주의자들에 대한 저항을 동일한 목표로 삼는 중국과 조선의 연대의
식으로부터 영향을 받았을 것이다.

5월 1일의 일기에서 유경은 "메이데이라고 저녁에 기념 대회가 있었
다. 상해서 유명하다는 사회주의자가 와서 혁명을 고취하는 연설을 했
다. 학생들이 모두 무엇에 취한 것 같았다. 무엇이나 모두 희생할 용기
가 나는 듯했다"[67]고 한다. 앞에서 『천뢰』에 대한 고찰을 보면 전 절강성
의회(浙江省議會) 의장이었던 국민당 기관지 『민국일보(民國日報)』의 편집
심현노(본명 심정일)[68]는 「혁명과 인생」을 제목으로 강연을 했다. 이 강연
은 먼저 고려(高麗) 어떤 운동단체의 대표가 일본에서 손중산을 찾아 만
난 장면으로 시작한다.[69] 이 예를 들어 심현노는 고려인들이 손중산에

---

67 주요섭, 「첫사랑 값」, 앞의 책, 103쪽.

68 중국 공산당의 초기 조직자였다가 국공협력이 파열되고 나서 국민당이 공산당을 청
    산했을 때 크게 도와주었다고 한다. 1928년 12월 28일에 암살당했다.

69 그 대표가 자기들이 엄격한 검사를 받고 있기 때문에 손중산 선생을 몰래 만날 수밖
    에 없다는 어려운 사정을 토로하면서 조선에서 손 선생과 같은 "자상한 부친, 성실한
    지도자, 용감한 대가(大家)"를 찾기 힘들다고 여기며 또 눈물 섞인 격분한 어투로 손
    선생이 그런 자애함과 열정으로 조선을 제국주의의 억압 속에서 벗어나게끔 도와주기
    를 바란다고 말하는 장면이다.("記得中山先生有一次到日本的時候, 高麗有一個團體派
    了代表到孫中山先生那裏去, 那代表對先生說, 我們很要歡迎先生但是我們不敢, 因為
    若是今天我們在此歡迎先生, 明天就會被捉到監牢裏去的, 不過今天要簡單和先生說幾
    句話, 就是我們高麗人很羨慕中國有這樣一個慈愛的父親, 忠實的導師, 勇敢的大家, 同
    時感覺我們高麗沒有像先生這樣的人, 所以很希望先生把你的慈愛的熱血, 灑到我們高
    麗人身上, 把我們從帝國主義壓迫之下救出來！"他說到此處就大哭不止。中山先生當時
    也沒有和他講什麼, 現出一種很沉默的態度對著他。那代表臨走又說："先生我今天只能
    夠在這間屋子裏面哭, 倘使在這屋子外面的地方哭, 被員警看見, 我立刻就會被他捉
    去！"高麗人對孫中山的態度是如此) 심현노(沈玄廬), 「혁명과 인생(革命與人生)」, 『천

대한 존경함을 보여주는 동시에 제국주의를 비판했다. 제국주의세력의
침략, 특히 영국제국주의자들의 경제 침략이 심한 오늘날, 중국청년들이
모두 힘을 모아 삼민주의(三民主義)를 잘 배우고 중국뿐만 아니라 전 세
계의 인류를 위해 혁명을 외치고 혁명에 헌신하고 제국주의를 타도하여
야만 한다고 고취한다. 그리고 지식은 혁명의 유일한 무기이며 혁명의
인생을 체득한 다음에 국민들에게도 알려주고 그들로 하여금 우리의 혁
명을 지지하도록 만들어야 한다고 주장한 것이다.

3·1운동과 5·4운동의 상관성과 그 직후 중국의 혁명가들과 한국의
독립운동가 사이의 교류와 협력은 이미 많은 연구를 통해서 알려져 있
다. 1912년 전후 상하이 난징 지역에서 신규식(申圭植) 등을 중심으로 만
들어졌던 산아동제사(新亞同濟社)[70]와 1920년 10월 국민당 지도자 오산(吳
山)과 서겸(徐謙)과 임시정부 요인들의 만남에서 논의되고 1921년 봄부
터 전국적으로 조직되고 발전해간 중한호조사(中韓互助社)는 이러한 반
제국주의적 연대관계의 대표적인 예들이다. 특히 중한호조사가 한인유
학생들에 대한 지도와 한중무역진흥정책을 위해 한어강습소(漢語講習所)
도 설립했다.[71]

앞에서도 언급했는데, 1925년 5월 30일 한인유학생의 5·30운동 참여
도 역시 그러한 연대의식을 반영해준다. "N아! 나는 그대의 사랑이 없이
는 죽을 수밖에 없노라."고 외치는 것처럼 유경이 N에 대한 사랑이 점진
하면서 5·30사건을 계기로 두 사람 사이의 감정이 정점에 도달했다. 학
교가 동맹파학 때 여러 부문을 세우고 노동자들에게 동맹파업을 선전했
다. 유경은 회계부의 부장으로 당선되었는데 회계부원이 된 N과 또 우

뢰』, 15권 1호, 5~9쪽.

70   배경한, 『손중산과 한국』, 한울, 2007, 61~66쪽.

71   「내용을 확장한 호조사」, 『동아일보』, 1922.10.30. 참조.

연히 만나게 되었다. 6월 11일, 회계부 사무실로 들어온 유경은 무심코 차이나 프레스[72]를 보고 있다.

> 열어놓은 출입문으로는 늦잠 자다 늦게야 오는 학생들의 숨찬 쾅쾅 소리가 들리더니 얼마 안 있어서 중국 국가 곡조 피아노 소리가 들리고 학생들의 우렁찬 국가 합창 소리가 돌려 들려왔다.
> "동맹 파공한 노동지 수 도합 이십만"하고 특호 활자로 박힌 헤드라인을 보고 있을 적에 나는 슬쩍하는 옷 스치는 소리와 함께 출입문이 스르르 닫기는 소리를 들었다. (밑줄은 인용자)

조선인 학생인 자신이 중국학생과 같이 참여한 학생운동이 성공했다는 소식을 보게 되자마자 자신이 사랑하는 여자 N이 "봄 동산의 꽃 같은 여자"처럼 들어오는 것이다. 일기 속 N의 외모와 장미꽃 같은 향기에 대한 관능적 묘사가 이어진다. 그 다음, 잠깐의 침묵 뒤에 두 사람은 눈으로 서로를 읽어내고 껴안고 키스를 했다. 개인의 연애와 반제국주의 활동의 승리가 겹쳐진 장면이다. 그러나 유경이 자기가 세상 가장 행복스런 사람이었다고 생각할 때 "대포들이 상해로 떠나던지 자동차를 처음 트느라고 푸르푸르 하고 기계소리"에 꿈을 깨웠다. "나는 그 소리를 들으며 다시 내가 어디 있는 것을 알게 되었다."고 말했다. 피난민으로 몰려든 상하이의 정치적 상황, 즉 몸으로 체감되는 현실 앞에서 희생의 논리를 따지는 일이 더 이상 중요하지 않고 단지 책임감이 있는 지식인

---

72 즉 "The China Press"이다. 1911년 8월 29일부터 1949년 5월까지 상하이에서 발행된 영문 신문. 손중산, 오정방(伍廷芳), 당소의(唐昭儀) 등이 자금을 모아 미국인 Thomas F.Millard의 명의로 만들어졌고 신해혁명 이후 전적으로 미국의 자본가들에게 장악되었다. 신해혁명은 물론, 오사운동, 5·30운동 등 중대한 사건들에 관한 상세한 내용을 보도했으며 여성·패션·광고·영화·교육 등 다양한 주제로 구성되었다.

들, 또는 유경의 말로 "시체청년보다 좀 더 다른 사람이 되어보겠다는 욕심" 때문에 그 책임을 지키고자 하는 지식인들에게는 희생 그 자체가 중요하다. 바로 이 때문에 유경은 학생운동의 전개를 위한 사무실에서 연애의 단맛에 심취한 자신에 대해 무척 실망했다. 그 죄책감 때문에 회계부부장을 사면했다.

1924년과 1925년은 자유연애가 신성한 시대정신이었던 시기가 지나가고 혁명과 공동체를 위한 '희생'의 시대가 다가오는 시기였다. 또한 사회주의진영의 전환 시기이기도 하였다. 1923년 말에 이르러, 중국에서 문화혁명으로부터 출발하여 사회혁명으로 전환된 신문화운동은 점점 정치를 개조하기 위한 국민혁명운동에 의해 대체되었다. 따라서 "가정을 파괴하여 개인을 표방한다는 것(破家立我)"이란 개인의 가치를 중요시하는 사상이, 점차적으로 "가정을 파괴하여 국가를 세운다는 것(破家立國)"이란 집단적 동원에 의해 대체된 것이다. 개인의 사적 영역에 속한 연애와 결혼은 다시 되돌아와 공적 영역에 들어간다. 다만 이때는 가정이 아니라 국가와 혁명과 결부된다.[73]

4. 「첫사랑 값」 : 인생관에 대한 미완의 고민

주요섭의 이 소설은 이광수의 「혈서(血書)」(『조선문단』, 1924.10) 속의 "사랑보다도 더욱 큰일"을 추구하고 "오직 나라에 몸을 바치는 중과 같은 생활을 하기로 맹세"를 했기 때문에 일본 여학생 M 즉 마쓰다 노부꼬(松田信子)의 사랑을 거절한 조선유학생 김군을 연상시키기도 한다.[74] 식

---

73 呂芳上, 「1920年代中國知識分子有關情愛問題的抉擇與討論」, 『無聲之聲(Ⅰ) : 近代中國的婦女與國家(1600~1950)』, 臺北:中央研究院近代史研究所, 2003, 86쪽.

민지 지배자인 일본의 땅에서 일본 여성의 사랑으로 탈식민화하려는 원한의 화자인 이광수와 달리, 주요섭의 이 소설은 '사랑'을 중심자리에 놓는다. 국경과 결혼 등 문제는 모두 이 사랑에 의해 끌어낸 문제들이며 작가에 의해 인생관과 관련된 고민으로 상승된 것이다. 소설의 화자는 이미 "사랑에 국경이 없다"는 전제를 인식한 사람이다. 이것은 중국인 N과의 사랑에 대해 "목숨보다도 더 소중한 첫사랑"이라고 여긴다는 것에서 알 수 있다. 이러한 차이의 원인은 바로 상하이라는 공간, 특히 후장대학이 위치하고 있는 일본의 세력이 개입하기 어려운 프랑스조계의 특수성 때문이다. 이 공간에서 조선인유학생은 "세계적 인물"이고 이들의 탈식민적 노력이 이미 어느 정도 정당화되어 있었다. 따라서 식민지에서 유학하는 사람들의 피식민자로서의 원한보다는 중국인과의 반제국주의적 연대의식을 더 강하게 느꼈을 것이다. 다만 어느 공간에서든 국가와 민족을 위해 희생해야 할 지식인으로서의 책임감은 똑같다.

점점 N의 유혹에 빠져 책임성을 잃는다고 고민하는 유경은 마침 여름방학이 시작할 때 평양으로 떠나갔다. 처음에 집에 돌아와 "대동강과 평양은 항주보다 나으면 낫지 못하지는 않다"고 생각하며 평양은 "20세기적 대도회로 부끄러움이 없을 것이"라고 생각하는 유경은 점점 조선이 아직 사상에 있어 낙후된 것을 느끼게 되었다. 평양은 아직 자유연애가 이루지 못한다고[75] 인식한 유경에게 그의 인생관이 이곳에 자리 잡을 자

---

74 주요섭의 이 소설에는 유경도 나라와 더 큰 일을 위해 희생한다는 것을 스스로의 책임으로 삼았다. 그러나 두 인물은 상당한 차이를 보여주고 있다. 김군의 일본인으로부터의 결혼 제의를 거절하는 행동은 탈식민적이고 방어적 선취이며 노부꼬의 조선말 공부라는 설정은 제국과 식민지의 위계를 뒤집는 또 하나의 지배와 피지배의 관계를 낳는다. (이경훈, 「원한의 화자 이광수」, 『현대문학의 연구』 45, 2011, 303~308쪽.)
75 "아니 그것보다도 조선서 연애라는 것이 성립될 가능성이 있는가? 젊은 남녀의 교제라는 것이 일에서 열까지 꼭 금지된 이 사회 제도 속에서 연애를 찾아보겠다는 내가

리까지도 없으며 그의 모든 생각들은 "미친놈의 말"이고 그 말을 들어줄
사람조차 없다. 더구나 아버지에 대한 효도 때문에 자신이 사랑하지 않
은 기독교 장로인 예쁜 유치원 여교사 K과 약혼했다. 다시 말해, 그는
자신이 관철하는 주의 때문에 미웠던 기독교에 항복하고, 가부장적 제
도와 유교적 관념에 항복하고 육욕에 항복했다. 따라서 "나는 이렇게 타
락했구나!"라고 외쳤다. 평양으로 돌아간 뒤 유경의 반-기독교적 사회주
의사상, 자유연애의 관념, 플라토닉 러브 즉 영적 사랑, 그리고 희생의
인생관은 모두 좌절되었다는 것이다. 소설은 여기까지 미완의 형태로
남았다. 주요한이 「첫사랑값 속재(續載)에 대(對)하여」[76]에서 이 작품은
"원작자가 연전에 조선문단에 삼회까지 발표하다가 중지된 것인데 이제
동지(同誌)가 계간됨에 제하여 편자와 독자의 요구가 있음으로 나의 수
중에 보관되어 있던 하반을 다시 실리게 하였으나 기간 원작자의 창작
태도가 혹시나 변천됨이 있으면 이 작품을 속재키를 원치 아늘런지도
모를것이매 제재의 전책을 원고보관자인 나로서 지게 되는 것을 부기하
는바며 또 독자제위의 편의를 위하야 전 삼회의 대략을 부술하노라."고
한다. 작가 본인이 아니라 형인 주요한에 의해 발표된 것은 1925년 11월
~1927년 2월 사이 작가의 고민은 아직 끝나지 않고 이 소설의 결말을
짓지 못한다는 것을 보여준다.

미친놈이 아닌가? 남녀 교제는 말도 말고 여자들을 볼 수도 없다." 또 "남녀 교제라는
것이 사방으로 꼭 틀어막힌 이 사회에서 남녀 교제가 가장 공공연하게 시인된 데는
꼭 한 곳이 있다. 거기는 기생사회이다. 시대는 내가 이곳을 떠날 때보다도 말할 수
없이 변했다. 지금에 와서는 난봉이나 상인들은 말도 말고 학생모 쓴 학생까지도 기생
과 사귀는 것은 떳떳한 일인 것처럼 그것도 한 유행이 되었다. (…) 기생은 조선 여성
의 반역자이다. (…) 여성 혁명의 봉화를 들고자 하는 여성이 없다. 남의 욕이 무서워
서. 남의 오해가 무서워서. 그러나 남의 오해를 안 받는 영웅이 어디 있더냐?" (주요섭,
앞의 책, 140~141쪽.)
76 주요한, 『조선문단』, 1927년 2월호, 141쪽.

김기진은 이야기 주인공의 자살이나 살인이 1925년의 문단의 한 개의 색다른 경향을 이루고 있다고 하는데 1925년 6월에 발표된 주요섭의 「살인」도 그 중에 포함된다.[77] 「첫사랑 값」에서도 주요섭은 처음부터 유경의 자살을 설정했다. 이는 독자의 관심을 끌기 위한 소설기법이라고 볼 수도 있지만, 자살(죽음)이라는 것의 설정은 "life"(삶/생활/인생)에 대한 사고, 다시 말해 화자이자 작가의 인생관을 폭로시킨 장치이라고 볼 수 있다. 화자는 누가 이 일기를 읽을 거라고 의식하고 있다.[78] 특히 친구 김만수의 손을 통해 일기를 세상에 공개하려고 하는 것은 곧 이 인생관에 대한 고민과 고통을 독자에게 전달하기 위해서이다. 이 "life"의 문제, 즉 인생관이란 것은 N의 질문을 통해서 빙하의 수면으로 올라온 것이었다.

> "Do you know what is life?Mr.Lee!"
> "Yes. I do know!"하고 나는 'Do'에 힘을 주어 대답했다.
> "No, you don't!" 하고 나를 노려본다.[79]

이 "life"의 의미는 화자 자신의 번역[80]과 소설의 전체적 맥락으로 봤을

---

77   김기진, 「文壇最近의 一傾向 (一六月의 創作을 보고서一)」, 『개벽』 61호, 1925.07.01., 124쪽.
78   나는 지금 그래도 연락 있는 내 일기를 쓰느라고 여기다 써놓았는데 일후 누가 이것을 읽어보고 미친 이의 짓이라고 웃어줄는지 누가 알 것인가?
79   주요섭, 앞의 책, 114~115쪽.
80   아까 N은 나더러 "생활이라는 게 무엇인지 아세요!"하고 물었다. 내가 "알아요!" 대답하니 "아니, 당신은 모릅니다"하고 저편에서 반박을 했다. 그러면 N 저는 나보다 더 잘 아노라는 말이다. 그러면 자기가 아노라는 그것은 곧 N 자기의 생활 철학일 것이다. 그러면 왜 나에게 그것을 물어보았을까? 항주 일 때문에? 응, 항주 일로써 N은 적어도 내 인생에 대한 태도를 짐작했을 것이다. (주요섭, 앞의 책, 121쪽.) 또한, 소설 속 유경은 처음부터 "인생 생활"에 대한 관심을 보여준다. 친구 김만수를 통해 밝혀진 유경의 일기책의 첫 장면 즉 8월 28일, 유경이 항저우 서호(西湖)에 젊은 남녀들이

때 일단 인생 생활로 해석될 수 있다. 분석의 수행은 근대적 지식인의 삶의 양식이다. "자기의 생활에 대해 절실한 생각과 연구"(「살인」)를 중요시하는 주요섭이 상하이의 근대적 학교 후장대학 안에서, 생물학과 교육과의 필수과목인 보통심리학을 공부했으며 소설에서 정신주의를 직접 언급한 것과 동창인 주순금의 회고에서 말해주듯, 각종 "주의"(학설)를 배우기도 했다. 문학작품 자체는 체험적 정신분석이라는 점에서 보면 미완성된 이 작품은 오히려 작가의 분석이 아직 진행 중인 것을 말해주고 있다. 또한, 주요섭의 이 작품은 이광수가 『조선문단』 창간호의 권두사에서 외쳤던 '인생을 위한 예술' '거룩한 사랑의 예술' 우리는 오직 이것을 믿고 이것만을 믿는다는 관념의 영향을 받아서 창작된 것일지도 모른다.

5. 결론

작가 주요섭은 1923년~1927년에 중국 상하이에 위치한 후장(滬江)대학에서 교육학을 전공하였다. 1925년에 여러 중국인을 주인공으로 삼는 단편 소설을 발표하였고 「첫사랑 값」도 같은 시기에 씌어진 중편소설이다. 주요섭이 후장대학 학생자치회가 주최한 『천뢰』(天籟)란 교내신문에 영어편집을 맡았고 영어로 뉴스를 정리했다는 사실은 전에 연구되지 못했는데, 필자는 『천뢰』(天籟)(1924.10~1925.10)를 바탕으로 우선 주요섭의 후장대학 시절의 생활과 소설에 대한 실증적 고찰을 진행했다. 국제

쌍쌍이 공원 안으로 거니는 것을 보면서 어떤 이성과 같이 아름다운 해지기를 봤으면 좋겠다고 생각했는데 다음에 좁은 찻간과 정거장마다 들이밀린 피란민들을 보고 전쟁이 곧 시작되나 보다고 짐작하면서 "인생생활이란 본래 이런 것인가 하고 생각하니 한끝 가이없다"고 감탄했다.

화된 도시 상하이에서 다양한 신분을 갖게 된 주요섭의 의식세계 혹은 인생관은 다양화될 수밖에 없다. 당시 주요섭은 조선과 중국을 제국주의 침략을 받고 있는 운명공동체로 본다는 인식과 사회주의사상을 바탕으로 한 국제주의 정신, 그리고 상하이 특히 후장대학이란 공간이 갖고 있는 민족과 국가를 초월하는 국제성 때문에 중국의 애국운동인 5·30 운동에 참여하기도 했다. 또한, 이 소설의 일기 내용은 주요섭이 실제로 후상대학의 경력을 바탕으로 소설화했다는 것이 확인되는데 일기책이라는 형식으로 구성된 이 소설의 내용은 작가의『천뢰』의 영어 기사 작업과 밀접한 관련이 있다.

1920년대 초기, 3·1운동 이후의 한국 지식인과 5·4운동 이후의 중국 지식인들은 한 개인의 연애 혹은 낭만적 사랑을 새로운 사회 제도의 조직원칙에 집어넣으려고 자유연애담론을 적극적으로 내세웠다. 유교적 가문과 봉건적 가부장적 이데올로기와 결별한 개인주의자가 되라는 것이 일시적으로 사회의 풍조가 되었다. 가족 공동체와 관련된 남녀교제는 결혼 자유와 연애의 신성함을 강조하는 관념들이 유행해지면서 개인의 사적 영역에 들어왔다. 후장대학 남녀공학의 분위기는 남녀 간의 자유로운 교제의 장소를 제공했다.

또한 후장대학 시절의 독서체험, 사회주의자의 강연 및 학생운동(중국의 5·30운동)이 작가의 연애관의 형성 즉 자유연애의 '배움'에 영향을 미쳤다. 소설에는 유경이 N의 마음을 확인할 수 없고 불안하고 N과의 연애를 단념하고자 할 때 엘렌 케이의 연애·결혼관과 존 파리스의 소설『기모노』의 독서 체험을 동원했다. 그러나 유의해야 할 것은 연애 관념의 형성에 있어 서양의 영향이 크지만 그 연애가 실제 발생하는 공간은 전쟁 중인 중국 상하이이고, 연애의 주체는 조선인이며 연애의 대상은 중국인 여학생이라는 사실이다. 주요섭은 일영동맹의 정치적 의미를 담는 소설『기모노』속의 남녀주인공의 이국적 사랑을 자신의 연애의 참조로 삼았다. 두 사람을 "불쌍한 연인"으로 보고 그들의 민족의 차이와 운명을 강조한 것이다.

마지막으로 소설 속 연애의 의미를 살펴보았다. 이 소설에서 연애는 희생과 "life" 즉 인생의 문제와 결부된 것이다. 1924년과 1925년에 상하이에서 중국의 복잡한 정치 상황과 전쟁을 체감하고 있는 화자는 연애와 희생해야 할 현실의 갈등의 심화로 인해 이 땅을 탈출하고 평양으로 떠나갔다. 그러나 이때의 평양은 아직 자유연애가 이루지 못하고, 자신의 인생관이 오히려 자리 잡을 자리까지도 없으며 그의 모든 생각들은 "미친놈의 말"이고 그 말을 들어줄 사람조차 없다. 그는 아버지의 명령대로 어떤 장로의 딸인 유치원 여교사와 약혼하고 자신의 타락을 탄식만 하게 되었다. 그의 반-기독교적 사회주의사상, 자유연애의 관념, 플라토닉 러브 즉 영적 사랑, 그리고 희생의 인생관은 모두 좌절되었다. 작품의 화자는 근대적 지식인으로서 각종 주의와 관념을 끌어오고 연애와 희생과 인생관 사이의 갈등 즉 그의 고민과 좌절을 전유한다. 이런 점에서 이 소설은 그 시대 지식인의 심각한 고민을 반영했다는 점에서 중요한 의미를 지니고 있다.

부록

1. 〈표1〉. 후장대학『천뢰』속 주요섭과 관련된 기사 1- 체육운동

권/호수	기사 요약	기사 원문
1924년 14권 1호 (1924.10.20.)	우리학교 야외경주팀 신형철·주요섭 군은 여러 번 상을 받았으며 그들의 명성이 널리 퍼진지 이미 오래되었다. 그리고 이번 가을에 모든 팀원들을 조직하여 매임매일 연습히고 있다.	本校野外跪隊申朱二君疊獲獎標, 久巳口碑載道, 金秋已整集隊員日事練習矣, 人才相繼而起, 希望實屬無窮, 凡我隊員其勉諸。 (36쪽)
1924년 14권 3호 (1924.11.16.)	한 달 동안 연습의 결과, 주요섭은 3마일 경주에서 16분의 기록으로 1등을 차지하였다.	CROSS-COUNTRY: After one month practice the team had a time tryout over the course of about three miles on the highway. Captain Chu came home first covering the course in 16minutes and Wong and Zee followed pretty closely. Is is expected to have the time tryout every weekend.
1924년 14권 5호 (1924.12.16.)	주요섭이 팀장으로서 6개 대학 간의 첫 번째 야외경주 경기 출전 예정.	CROSS-COUNTRY: The first E.C.I.A.A Cross-country race will be held on the Military Road on the 15th inst. at 2:30pm. Six insititutions joined-they are St. John's University, Fuhtan university, Soo-chow University, Southeastern University, Nanyang University and Shanghai College. Messers Y.S.Chu-Captain, Andrew Zee, N.Zee, T.H.Woo, C.H.Chu and W.D.Koo will represent our college in the contest. We expect Captain Chu to get individual champion and the others to follow him closely.
1925년 14권 9호 (1925.03.01.)	상하이 야외경주 경기 참가하기 위해 팀장 주요섭의 지도와 팀원 신형철의 감독으로 매일 오후 4시부터 *시까지 연습한다고 한다.	為加入上海越野賽跑會故本校已從事練習, 由隊長朱耀燮君及指導, 申瑩澈君領袖, 以每日下午四時至**為練習時間雲。 (35쪽)
1925년 14권 10호 (1925.03.16.)	3월 14일: 음력 2월 28일, 2학년 축구 경기와 영외경주 경기의 우승을 축하하기 위해 주요섭군이	3.14 2月念八日晚七時, 大二為慶祝足球錦標及八大學越野賽跑個人第一朱君耀燮開宴會於

	여학생기숙사에서 밤 10시까지 파티를 열었다. 주요섭군이 5마일 경주에서 28분 18초의 기록으로 1등을 차지하였다.	女生宿舍至十時方盡歡而散。(30쪽) CROSS-COUNTRY THE FIRST TRIAL: Chu runs Five-Miles in 28min. 18sec.-After one month training the first trial was held last Saturday March 14 over about five miles-two miles on the track and the rest out on the country road. Mr. Chu came first covering the distance in a pretty good time, 28min. and 18 sec. Mr. Wong followed hime closely coming home 1min. and 40 sec. later The second time trial will be held next week over the same distance.
1925년 14권 12호 (1925.04.15.)	주요섭이 5마일 달리기 경기에서 25분 59초란 영국의 유명한 선수와 똑같은 기록을 획득하였다.	CHU WIN FIVE MILE RACE IN REMARKABLE TIME 25 MI 59 SEC-Shanghai crosscountry squad ran five mile Crosscountry race against Shanghai Amateur Athletic Club last Saturday afternoon-March 28. Y.S.Chu was the first man to home closely followed by McMillian, a famous runner four year ago in his school days in England. He covered the distance in 25 minutes and 59 seconds. Chu was not well supported by his members and the team champion went to the visitors. For Shanghai Wong came in sixth while Chu and Ahnn came ninth and tenth respectively. Why not Pavo Nurmi come to Shanghai to compete with Chu? Well, he is not yet known to the world as he is a new runner. It is hoped that there will be some day Chu will go to other lands for series of races as Pavo Nurmi does now.
1925년 14권 13호 (1925.05.01)	마닐라에 열릴 극동올림픽대회 참전 예정. 주요섭은 상하이 15년만에 나타난 1500미터와 5000미터 경기의 기록 보유자다.	FIVE TO NATIONAL MEET AND TWO MANILA- SHANGHAI MAN FIRST HOLDS

		NATIONAL RECORD—Five of the varisty members namely Captain Ling, Chu, Hyen, Wu, and Shen showed well in the E.C.I.A.A meet and are qualified to represent East China in the National Meet at St.John's May 1 and 2. Y.S.Chu, winning both 1500 and 5000meters run in new record, is qualified for Manila. Paul was unable to run in the meet; as his time in 400 meters is better than that of the meet he is asked to go with Chu to Manila. Chu is the only record holder Shanghai ever produced in her 15years history.
1925년 15권 1호 (1925.10.01)	주요섭군의 이름은 오랜 전부터 이미 후장 대학과 화동지역에서 널리 알려져 있고, 이번 전국운동회를 통해 그가 전국으로 이름을 떨쳤다. 또한, 극동올림픽대회가 끝난 다음에 지금 해외 사람들도 그를 알게 되었다.	本校之越野賽跑隊雖在滬上中西各校及東方八大學中雖未曾得團體比賽第一，然個人之第一則非本校之隊長朱耀燮君莫屬。是滬大長跑之名早震於華東人士之耳鼓矣。本屆全國運動會既開，朱君之長跑遂馳名全國，及遠東運動會畢而朱君之名又聞於海外矣。本學期朱君仍為該隊長而舊隊員一如昔日，新隊員則僅王建績君等少數人加入，而王君亦我校之健者也。如是以觀，我校之本屆越野跑個人錦標則前途勝利，定操左券。 (27쪽)《本校此學期運動之一斑》康少卿編

3부

‘월경하는’ 텍스트와 접촉지대
– 1945~1953년의 ‘견문’ 서사와
‘개작’ 실천

제3부 "'월경하는' 텍스트와 접촉지대 - 1945~1953년의 '견문' 서사와 '개작' 실천"에서는 해방 직후부터 한국전쟁 시기까지 지리적·텍스트적·언어적 경계를 넘나들며 작성된 텍스트에 주목하여 미국, 소련, 중국, 일본, 남/북한 등 여러 정치적 세력들이 서로 얽혀 격렬한 각축을 벌인 동아시아에서 역사 현실의 착종과 한국 문인들의 지적 변동의 궤적을 살펴보고자 한다. '월경' 텍스트로서의 내포와 결들을 세 가지 측면에서 살펴볼 텐데, 첫째, 조영추의 「정치적 유토피아와 전통지향적 미학의 이합(離合)관계」는 이태준의 소련·중국 기행문과 분단 현실에 관한 소설을 겹쳐 읽음으로써 정치적 이념과 전통지향적 미학의 관계를 살펴본 글이며, 둘째, 왕캉닝의 「『뇌우(雷雨)』를 다시 읽는다, 유치진과 차오위(曹禺)의 만남」은 해방 후 김광주가 번역한 중국 극작가 차오위의 작품이 다시 유치진에 의해 개작되고 그가 원작의 준거틀을 넘어 당시의 남한 정세에 맞춰 한국적 판본을 고안한 실천의 양상을 조명한 글이며, 셋째, 장세진의 「기지(基地)의 '평화'와 전장의 글쓰기」는 한국전쟁기 일본과 한국, 남/북의 영토와 언어의 경계를 동시에 넘어섬으로써 얻은 경험을 일본어 르포르타주와 소설로 담아낸 장혁주의 글쓰기를 분석한 글이다. 이 글들은 이태준과 유치진, 그리고 장혁주가 각각 북한과 남한, 그리고 일본이라는 문제적 장소에서 출발하여 지리적·텍스트적·언어적 '월경'의 경험을 획득하고 창작을 추진하였다는 점에 주목했다. 이들이 쓴 텍스트는 해방 후 남·북 사회의 내부와 외부를 연결하여 일종의 문화적·역사적·정치적 접촉지대(혹은 완충지대)를 문자화·가시화함으로써 동아시아의 역사 변동의 다양한 스펙트럼을 보여준다고 할 것이다.

정치적 유토피아와 전통지향적 미학의 이합(離合)관계

이태준의 소련·중국 기행문과 소설 「먼지」 겹쳐 읽기

조영추

1. 들어가며 : 전통지향적 미학의 새 여정과 도전

해방 후 이태준의 문학적 세계와 정치 행보를 논의할 때 항상 거론되는 것은 그의 소련 방문 경력과 이를 토대로 쓰인 기행문 『소련기행』 (1947.5)[1]이다. 1946년 10월에 소련 방문을 마친 이후 북쪽에 체류하기로 한 이태준의 선택은 당시 남한 사회와 문단에 큰 파장을 불러일으켰으며, 향후 그의 문학 창작과 삶에 있어서 결정적인 전환의 계기가 된 것으로 언급되곤 한다. 1948년 단정 수립 이후 남/북한 사회와 문단에서 이태준에 대한 평가와 위상이 판연하게 달라지게 된 것은, 남한에서 그

---

1 이태준의 『소련기행』은 당시 남과 북에서 각각 출판되어 두 가지 판본이 있다. 하나는 조소문화협회·조선문학가동맹에서 발행하고 백양당에서 출판한 『蘇聯紀行』(1947.5) 이며, 다른 하나는 정명원(鄭明源)을 발행인으로 하여 북조선출판사에서 출간한, 이강 국의 「序」가 수록된 『蘇聯紀行』(1947.5)이다. 『이태준 전집(6) : 쏘련기행·중국기행 외』 (2015, 소명출판)에 수록된 판본은 백양당에서 출판한 것이다. 이 두 가지 판본은 거의 동시에 발간되었지만, 자세히 살펴보면 문장이나 어휘 사용 등 면에서 다른 부분이 많고, 삭감되거나 추가된 문구도 종종 발견된다. 기존 연구에서 이에 관한 논의는 아직 발견되지 않는데, 더 면밀한 검토는 다른 지면에서 수행할 것이다.

의 『소련기행』이 월간 잡지 『우리문학』과 『문학』, 그리고 『무정』, 『미국
군정사』 등 기타 서적과 함께 1948년 12월 10일 서울 수도관구경찰청으
로부터 판매금지령을 받은[2] 반면에, 북한에서는 그가 작가 대표로서 폴
란드와 중국 등 사회주의 국가를 연이어 방문하여 기행집을 남겼다는
사실을 통해서 엿볼 수 있다. 구체적으로 보면, 그는 1949년 10월 혁명
32주년 축하 행사에 참가하기 위해 모스크바를 재차 방문하며, 그를 토
대로 「혁명절의 모스크바」(1950.3)라는 비교적 짧은 기행집을 문화전선
사에서 출판한다. 이후 1950년 11월 16일에 폴란드 바르샤바에서 열린
제2차 세계평화옹호대회에 참석하며, 각국 대표의 대회 연설 요지를 주
로 기록한 참관기인 『조국의 자유와 세계평화를 위하여』(1951.9)를 국립
출판사에서 펴낸다. 다음으로, 1951년 9월에 그는 관례단의 일원으로 중
국을 방문하게 되는데, 중화인민공화국 건국 2주년 행사와 세계평화옹
호대회, 항미원조(抗美援朝) 참전 1주년 기념대회 등 행사에 참석한 뒤,
다른 외국 작가 대표들과 함께 중국 정부의 지원으로 베이징, 상하이,
항저우, 난징, 톈진 등 도시를 약 2개월 동안 여행한 바 있다. 그 경험에
기초하여 쓰인 그의 기행집 『중국기행-위대한 새 중국』(1952.4) 역시 국
립출판에서 출간된다.[3] 요컨대 한반도에서 냉전 질서가 고착화되면서
이태준은 남한에서는 점점 그 흔적이 지워지고 또 금기의 대상으로 묻

---

2 「蘇聯紀行等 發賣禁止, 首道廳서」, 『釜山新聞』 1면, 1948.12.12.

3 1951년 2월 이태준은 북한 대표로 '제2차 평화옹호세계대회'에 참가하기 위해 세 번
째 소련을 방문하게 되었다. 박태일의 조사에 따르면, 이태준이 이 행사에 관련된 정
론과 수필을 각각 한 편 쓴 것으로 나타나는데, 하나는 「강대한 평화옹호 진영은 우리
전선의 무궁한 후방이다」(『로동자』 3월호, 로동자신문사, 1951)이며, 다른 하나는 「제2
차 평화옹호세계대회에서의 박정애 여사」(『로동신문』, 로동신문사, 1951.4.23)이다.
박태일, 「재북 시기 리태준의 문필 활동 실증」, 『외국문학연구』 61, 한국외국어대학교
외국문학연구소, 2016, 149면 및 153면.

혀버린 동시에, 사회주의권에서는 북한의 국가 공식 대표로 환대를 받는 귀빈, 즉 '세계'를 무대로 하는 작가로 부상한 것으로 나타난다.

그 동안 학계에서 소련 기행문에 대한 연구는 1990년대 말부터 본격적으로 이루어지기 시작한 것으로 보이는데, 주로 이태준의 '월북'이라는 선택과 사회주의에 대한 태도를 논의하기 위해 이태준의『소련기행』을 참조하거나 이태준과 프랑스 작가 앙드레 지드의 소련 기행문을 함께 분석할 필요가 있음을 강조한 연구이다.[4] 이후 10년 동안 김재용, 임유경, 박태상 등 학자들이 당시 이태준과 함께 '방소사절단'의 일원으로 소련을 방문한 다른 성원들, 즉 이기영과 이찬, 허민 등이 집필한 기행문 원문 자료와, 이어서 소련을 방문한 한설야와 오장환, 민병균 등 문인들이 남긴 기행문 자료도 연이어 발굴 및 보완함으로써 소련 기행 체험 및 기행문 발간에 관하여 더 심도 있는 연구를 이끌었다.[5] 그 가운데 최근 10년 동안 이태준의 소련 기행을 분석 대상으로 하는 연구만이 아니라, 소련 기행이 성사되도록 한 조소문화협회를 비롯한 관련 북조선 기관들의 형성 과정 및 운영 상황을 분석하여 그것이 지니는 문화 기획 사업의 성격을 제시하거나[6], 기행문에서 드러나는 문인들의 소련 및 사

---

4 박헌호,『이태준과 한국근대소설의 성격』, 소명출판, 1999. 신형기,「해방 이후의 이태준」,『근대문학과 이태준』, 깊은샘, 2000. 임유경,「소련기행과 두 개의 유토피아: 해방기 "새조선"의 이상과 북한의 미래」,『민족문학사연구』61, 민족문학사학회, 2016.

5 박태상,「새로 발견된 이기영의『기행문집』연구: 공산주의적 유토피아로서의 "소련"」,『북한연구학회보』Vol.5.No.2, 북한연구학회, 2001. 김재용,「한국전쟁기의 이태준:『위대한 새중국』을 중심으로」,『상허학보』13, 상허학회, 2004. 임유경,「미(美) 국립문서보관소 소장 소련기행 해제」,『상허학보』26, 상허학회, 2009. Tatiana Gabroussenko, *Soldiers on the Cultural Front: Developments in the Early History of North Korean Literature and Literary Policy*, Honolulu: University of Hawai'i Press, 2010.

6 임유경,「'오빼꾼'과 '조선사절단', 그리고 모스크바의 추억: 해방기 소련기행의 문화정치학」,『상허학보』27, 상호학회, 2009.

회주의에 대한 관점이 각각 어떤 편차들을 가지고 있는지 등 보다 폭넓
은 연구가 시도되었고 많은 성과를 축적해왔다.

　해방 후 이북에서 발간된 많은 외국 기행문 중에 특히 이태준의 기행
문들은 학계에서 가장 많은 관심을 받고 있는데, 연구 초점의 차이를
중심으로 세 가지로 분류하여 살펴볼 수 있다. 첫째로는, 당대에 '소련'
이라는 여행 목적지가 가진 역사적·정치적·문화적 의미에 집중한 경우
로, 기행문에 드러난 이태준의 소련 인식을 분석하면서 소련을 모델로
하여 '새조선'을 건설하려는 구상과 욕망의 구체를 짚어본 연구가 있는
가 하면, 소련 기행문을 이태준의 정치적 입장의 확실한 전환을 소시(昭
示)한 텍스트로 인용하여 해방 이후 그의 문학적 생애와 정치적 행보를
분석한 연구가 주가 된다.[7]

　둘째로, '기행문'이라는 장르 연구의 틀 안에서 여러 기행문들을 비교
연구하는 관점이 있다. 그 가운데에는 식민지 시기 이태준의 기행문 창
작 상황과 함께 해방 이후의 소련 및 중국 기행문을 통합적으로 고찰함
으로써, 소련 기행문이 식민지 시대에 그가 보여주었던 선비 정신과 비
평 정신을 잃어버린 정치 자체로서의 텍스트가 되어버렸음을 비판한 연
구[8]가 있는가 하면, 해방 이후 김사량과 한설야 등 여러 작가들의 다양한
기행문과 함께 이태준의 기행문을 거론하며 해방 이후 출판된 한국의

7　정종현,『제국의 기억과 전유: 1940년대 한국문학의 연속과 비연속』, 어문학사, 2012,
　　143~176면. 배개화,「북한 문학자들의 소련기행과 전후 소련의 인식」,『민족문학사연
　　구』50, 민족문학사학회, 2012. 이행선,「해방공간, 소련·북조선기행과 반공주의」,『인
　　문과학연구논총』36, 명지대학교(서울캠퍼스)인문과학연구소, 2013. 배개화,「탈식민
　　지 문학자의 소련기행과 새 국가 건설: 1946년 조선 문학자의 소련기행을 중심으로」,
　　『한국현대문학연구』46, 2015. 김진영,「이태준의 '붉은 광장': 해방기 소련여행의 지형
　　학」,『러시아연구』Vol.26.No.2, 서울대학교 러시아연구소, 2016.
8　권성우,「이태준 기행문 연구」,『상호학보』14, 상호학회, 2005.

기행문 양상을 논의하는 연구도 보인다.[9] 이태준의 중국 기행문은 소련 기행문과의 비교 속에서 비교적 최근에야 주목을 받기 시작했으며,[10] 이태준의 소련 기행문을 당대 조선 문인들의 가장 대표적인 소련 기행문으로 위치시키면서 비슷한 시기 소련을 방문한 중국 작가 궈모뤄의 기행문과 함께 대조하여 유사점과 차이점을 짚어내는 연구도 나타났다.[11]

셋째로는, 소련 기행문과 이태준의 다른 문학 작품을 겹눈의 독법으로 읽음으로써 소련 '기행문'과 그의 '문학' 세계와의 연동성을 발견하고자 한 연구가 있다. 예컨대 소련 기행문과 소설 「해방전후」, 「먼지」 등과의 상호텍스트성을 밝히거나,[12] 소련 문화 제도에 대한 인식과 수필 『신문장강화』에서 드러난 이태준의 언어 의식을 연결하여 논의한 연구가 그 예[13]이며, 이태준의 소련 방문 경험을 후대 작가 최인훈의 작품을 경유하여 새롭게 독해하려는 시도[14]도 보인다. 이러한 시도들은, '이데올로기'에만 초점을 맞추어 소련 기행문의 정치성만 강조한 초기 연구 경향에서 벗어나 새로운 시사점을 제공해주고 있다.

이처럼 2000년대부터 이태준의 소련 기행문 연구가 많은 진전을 이룬

9 신형기, 「인민의 국가, 망각의 언어: 인민의 국가를 그린 해방직후의 기행문들」, 『상허학보』 43, 상허학회, 2015.

10 이상우, 「이태준의 기행문 『위대한 새 중국』에 나타난 중국인식」, 『통일인문학』 67, 건국대학교 통일인문학연구단, 2016. 이해영, 「이태준과 『위대한 새 중국』」, 『현대문학의 연구』 59, 한국현대문학회, 2016.

11 趙帥, 『李泰俊與郭沫若蘇聯紀行比較硏究 (이태준과 궈모뤄의 소련기행 비교연구)』, 中國海洋大學碩士學位論文, 2015.

12 테드 휴즈 지음, 나병철 옮김, 『냉전시대 한국의 문학과 영화: 자유의 경계선』, 소명출판, 2013. 유임하, 「월북 이후 이태준 문학의 장소감각: 체험된 공간과 소설 속 공간의 의미 연관」, 『돈암어문학』 28, 돈암어문학회, 2015.

13 이혜령, 『한국소설과 골상학적 타자들』, 소명출판, 2007.

14 손유경, 「혁명과 문장」, 『민족문학사연구』 63, 민족문학사학회, 2017.

것은 한국 학계에서 한때 주변적 텍스트로 취급되어 온 수필, 수기, 일기, 기행문 등 장르를 재조명하고 담론화한 새로운 연구 추세와 무관하지 않으며, 문화지정학 등 문화연구의 시각을 도입하여 해방기 및 냉전 시기 한국 작가들의 문학작품과 심상지리를 폭넓게 읽어내고자 하는 작업들의 활성화와도 관련이 있을 것이다. 그러나 이러한 연구 성과들은 이태준의 소련기행문이 가진 정치성과 그가 월북에 대한 입장 진술의 의도를 보이고 있음을 밝히는 데에 초점을 맞추다 보니, 미학적 관념과 창작 방법 및 특유의 창작 관행 등, 이태준이 작가로서 발전시켜온 문학 세계의 논리가 어떻게 새로운 정치적 실천이라는 계기를 통하여 재사유되고 발전되었는지를 규명하는 데 이르지는 못하고 있다. 이태준이『소련기행』에서 사회 제도와 이데올로기, 경제, 과학, 문화 등 제반 영역에서의 소련의 선진적인 모습을 소개하는 데에 집중하고 있는 것은 사실이지만, 다른 한편 자신의 미학적 시선과 상상력, 그리고 식민지 시대의 많은 작품에서 이미 두드러지게 드러낸 바가 있는 전통지향적인 기술도 종종 보이고 있다. 테드 휴즈는 일찍이『소련기행』과 소설「먼지」[15]를 여행기 형식의 글쓰기로 파악하여 이를 통해 이태준의 미학적 사회주의

---

15 기존의 연구는 주로 한뫼 선생이라는 인물의 문제성을 통하여 남분 분단 체제 하의 사회의 폭력성을 지적한 바 있으며, 이 작품과 해방 이후 이태준이 창작한 다른 작품과의 상호 텍스트성을 규명함으로써 해방 직후부터 월북 이후로 줄곧 이어진 이태준의 문제의식과 작품의 주제의식을 짚어보기도 하였다. 예컨대, 한뫼 선생은 전통지향적이며 '민족주의자'적인 면모를 지닌 늙은 문화인으로서, 남북 분단의 현실이 기성 사실화 되던 때에 중간파에 가까운 시대착오적인 정치입장을 보인다는 의미에서「먼지」와「해방전후」와의 상호 텍스트성을 규명한 연구들이 있다. 대표적인 연구로는 신형기,「해방 이후의 이태준」,『근대문학과 이태준』, 깊은샘, 2000.; 정종현,『제국의 기억과 전유 : 1940년대 한국문학의 연속과 비연속』, 어문학사, 2012, 143~176면.; 김준현,「해방 이후 문학 장의 재편과 이태준 :「해방전후」와「먼지」를 중심으로」,『어문논집』64, 민족어문학회, 2011.; 유임하,「월북 이후 이태준 문학과 '48년 질서'」,『상허학보』39, 상호학회, 2013 등이 있다.

가 제시되고 있다고 지적한 바 있다.[16] 그는 이태준이 소련이 다양한 민족 문화를 존중하고 허용하는 점을 찬양하면서 사회주의 제도 하 노동과 생산은 "자유로운 사람들의 창조적 기능"이 아우러낸 "일대 공동 아틀리에"임에 감명하고 있다는 것에 주목한다. 또한, 「먼지」의 경우 한뫼 선생이라는 고서적 수집가를 등장시킴으로써 "담론적 장치(글쓰기로서의 조선 왕조 텍스트)를 물질적인 것(관찰·소장·소유·페티시된 텍스트)으로 전환시킴으로써 민족성을 스스로 천명하는 것을 허용"하고 있으며, '전통'의 개념을 재작동시킴으로써 좌파 사회와의 제휴를 생산한다고 주장한다. 따라서, 이태준의 미학적 사회주의는 두 가지 측면에서 그 의미를 파악할 수 있는데, 하나는 이태준이 "1930년대 향토주의를 프롤레타리아적 문학생산과 화해시키려는 것"이며, 다른 하나는 "1945~1948년에 작가와 지식인이 재연한 1920~1930년대 초반의 '좌파/예술을 위한 예술' 논쟁을 매개하려는 보다 광범위한 노력이"다.[17]

위와 같이 테드 휴즈는 사회주의적인 담론 및 노동 생산의 환경에서 '민족'이나 '전통'의 요소들을 재작동시키는 작가의 의도와 인식을 '미학적 사회주의'라고 명명했다. 이 관점은 이태준이 자신의 미학관념을 동원하여 사회주의 사회에 접근하고자 한 시도에 주목하고 있다는 점에서 시사적이다. 하지만 문제는 이 '미학적 사회주의'라는 개념의 구체적인 내포와 외연이 무엇인지, 그것이 단지 노동 및 생산의 차원에서만이 아니라 사회주의 사회의 다른 영역들을 인식하는 데에 어떤 방식으로 작동하고 있었는지를 파악하고 나아가 이러한 미학적 관념의 변화 추이를 그려내는 것이다. '미학'과 '사회주의'의 만남의 양상을 자세히 살펴보는 일이

---

16 테드 휴즈 지음, 나병철 옮김, 『냉전시대 한국의 문학과 영화: 자유의 경계선』, 소명출판, 2013.
17 테드 휴즈, 위의 책, 135면~139면 참조.

보다 구체적으로 이루어질 때, 이 겹눈의 독법이 이태준의 사회주의 국가 기행문 쓰기와 월북 이후의 소설 창작을 재조명하는 데에 어떻게 유효한 틀이 되어줄 수 있는가를 보다 폭넓게 논의해갈 수 있을 것이다.

따라서 본고는 이태준의 사회주의 국가 여행 경험과 글쓰기가 시종일관 견지한 미학적 질문이나 고민이 있다면 그것이 구체적으로 무엇인지, 또 작가가 이를 어떻게 사유해갔는지를 묻는 것에서 해방 후 이태준의 궤적을 다시 읽는 작업을 시작하고자 한다. 이를 위해, 이태준이 1946년 8월부터 10월까지의 소련 방문 경험을 기록한 『소련기행』과 1950년 3월에 발표한, 이북에 사는 '한뫼 선생'이 1948년 단독정부 수립을 전후하여 서울을 탐방한 이야기를 서술한 소설 「먼지」[18], 한국전쟁 초기인 1951년 9월부터 12월 사이 중국 방문 경험을 기록한 기행문 『위대한 새 중국』[19] 등 세 가지 텍스트를 한데 묶어서 분석하고자 한다. 이 세 텍스트는 그 시대적 배경이 각각 해방 초기, 남/북한 정부 수립기, 한국전쟁이라는 세 역사적 단계에 놓여 있다는 점과, 작가 혹은 소설 주인공이 '여행의 주체'로서 평양을 출발하여 모스크바, 서울, 베이징이라는 '문제적' 장소들을 경험하는 가운데 '장소들' 간의 역학 관계를 드러내게 된다는 점에서, 일종의 서사적인 서열 속에서 독해될 수 있을 것으로 보인다. 여행 주체의 '경험'의 차원에서 소련이나 중국의 장소성이 어떻게 소설 텍스트들에서 재현 및 변주되는지를 살핀 연구들이 있지만, 본고는 '경험'의 의미화를 가능하게 하는 동시에 경험 자체에 의해 끊임없이 파열되고 재구

---

18   원작은 1950년 3월에 북조선문학예술총동맹의 기관지인 『문학예술』 제3권 제3호에 발표되었다. 본고의 인용문은 『이태준문학전집(4): 농토, 첫전투, 먼지』의 면수를 밝히기로 한다.

19   본고의 『위대한 새 중국』과 『소련기행』 인용문은 『이태준문학전집 (6): 쏘련기행 중국기행 외』의 면수를 밝히기로 한다.

성되는 '심미적 주체'의 차원에 집중하고자 한다. 즉, 전통지향적인 심미적 취향을 가진 이태준 텍스트의 주체가 '여행'(혹은 모험)이라는 방식을 통해 냉전 질서에 의해 형성된 각 공간에서의 구체 '현실'들과 조우할 때, 그 심미적 주체성이 변모되거나 마멸되는 과정을 재조명할 것이다.

2. 소련행과 심미안에 비친 도원경(桃源境)

여러 연구자들이 지적한 바가 있듯이 『소련기행』은 소련과 사회주의 제도에 대한 긍정적인 인식을 드러내는 언어들을 통해 이태준의 이념적 지향이 소련 측으로 기울고 있었음을 드러내 보여주고 있지만, 이 시기까지만 해도 "미국에 관한 명료한 인식을 제시하거나 미국의 표상을 처리하는 데 있어서는 미온적인 태도가 엿보인다"[20]는 지적 역시 보다 중요하게 다루어져야 할 것이다. 이태준은 미국이라는 대척점을 설정하여 소련을 찬양하는 방식을 취하기보다는, 탈식민 상황에서 민족국가 건설의 방향과 방법론을 모색해야 했던 해방 직후의 조선과 사회주의 국가의 '모델'로 여겨졌던 소련과의 관계를 구축하는 데에 더 집중하고 있다. 여행을 통해 소련에서 본 풍경과 얻은 정보로 이태준은 '미래'의 이미지를 구성하고 조합하는 한편 조선 및 '나'의 과거와 현재를 한데 연결하고 그 사이의 간극을 봉합하려는 노력을 종종 보인다. 특히 고전적 민족 문화의 상징물이나 풍물을 차용하여 소련에서 목격된 풍경을 형상화하는 경우가 많다.

그는 소련으로의 출발 첫날에 비행기에서 내려다봄으로써 새로운 시

20　임유경, 「'오빼꾼'과 '조선사절단', 그리고 모스크바의 추억: 해방기 소련기행의 문화
　　정치학」, 『상허학보』 27, 상허학회, 2009, 255면.

각적 경험, 즉 수평적인 시선이 아닌 수직적인 풍경을 처음으로 접하게
되는데, 이로 하여 그는 조선과 소련의 국토를 새롭게, 그리고 보다 광
폭의 시야에서 인식하게 된다.

> 시선은 이내 수평이 소용없어진다. 솔개미의 신경으로 물상(物象)의 정
> 수리만 내려 더듬어야 하니, 나는 이 눈에 선 수직풍경에 우선 당황해졌다.
> 처음 보는 대동강을 지나 모란봉(牡丹峰)도 한 줌 흙만 한 것을 지나 큰
> 집이라야 골패 짝만큼씩 한 시가가 한편 귀가 번쩍 들리며 회전한다. 평양
> 에 익지 못한 나는 어디가 어디인지 한군데 알아볼 수 없다.(13면)

> 비행장만큼씩, 축구장만큼씩, 연달아 나오는 장방형의 밭들, 그 중간, 중
> 간에 장방형의 농촌들, 다시 장방형의 채전과 장방형의 집들, 장방형의 인
> 류문화에 가장 많은 형태여서 '골-든 카-드'라 한다거니와 공중에서 보는
> 쏘련의 대륙이야말로 일대 '골-든 카-드'의 조각보다.(40면)

그는 모스크바와 소련의 다른 공화국으로 이동하는 과정에서도 비행
기에서 내려다보이는 풍경들을 종종 기록하고 있는데, 주목할 만한 것
은 조선의 산이나, 강 등 이미지들에 기대어 조선과 소련의 유사성을
짚어내는 상상력이다.

> 기하(機下)에서 호광(湖光)이 사라진 뒤에는 이내 평양 대동강처럼 맑은
> 물의, 크기는 훨씬 더 큰, 이쁜 강이 나왔다. 바이칼로 들어가는 물은 큰
> 것만 30여 강인데 바이칼로부터 나오는 것은 이 물맑기로 전 연방 내에서
> 첫째인 '앙카라'강뿐이란다.(43면)

> 그리고 아직껏 보아온 쏘련의 자연과는 딴판이다. 삼복 때 조선 남부의
> 어느 곳 같다. 동북으로 중첩한 산이 둘리고 남향해 바다에 임한 전원의

아늑함도 조선 어디 같은데 다만 다른 것은 설봉이 솟은 것, 모양 이상한 나무들이 어둡도록 그늘 짙게 우거진 것이다.(90~91면)

이 해발 5천 5백 미터나 되어 남방임에 불구하고 만년설을 실은 아라트는 아르메니아민족과, 마치 백두산과 조선민족처럼 오래고 깊은 연고가 있는 산이다.(96면)

이처럼 비행기라는 처음 체험하는 근대적 사물을 통해 이태준은 외부 세계를 관찰하는 새로운 시각과 경험을 얻게 된다. 부감(俯瞰)을 통해 얻어진 시각적인 이미지는 자연 풍경에 있어서 조선과 소련의 유사성 내지는 친근함을 부각하는 데에 조력한다. 러시아말을 구사할 줄 몰랐으며 문학 작품을 제외하고는 소련의 문화나 역사에 대해 보다 깊이 접할 길이 없었던 구 식민지 작가인 이태준에게 있어서, 이 수직적인 관찰의 시선은 소련과 조선의 관계를 상상하는 일에, 그리고 여행자이자 기록자로서 그 자신이 소련을 관찰하고 묘사하는 방법을 찾아가는 일에 주요한 요소로 활용된다. 더욱이 이태준은 산이나 강 등 대표적인 지표의 모습뿐만이 아니라, 자연 풍물의 유사성과 차이성도 적극적으로 제시한다. 예컨대, 소련의 백화나무를 '봇나무'라 하며 함북지방에서 백화의 꺼풀로 "구물 베리도 만들고 동고리 같은 그릇도 만든"(39면)다는 점을 언급하거나, 자연생 유도화(柳桃花)를 보고서는 "조선서는 온실에서 분에나 심고 보는 유도가 그의 고향이 여기든가!"(92면)라고 연상한다.

이처럼 이태준은 자연 풍경의 유사성을 발견하고 연상함으로써 조선과 소련을 비교하고 그들의 관계를 구축하는 시좌(視座)를 마련한다. 여정이 전개됨에 따라 이태준은 다양한 계층과 신분의 소련인도 만나게 되는데, 그는 여전히 조선 전통 문화 속의 실제 인물이나 고전 이야기에서 나오는 대표적 인물들이 전유하는 특정 이미지를 적극적으로 차용하여 소련인을 형상화한다.

여기 사람들은 카츄샤를 조선 사람들이 춘향이나 심청이 이상으로 사랑한다.(24면)

밤에 비라보는 레닌묘는 사각의 피라미드, 고구려시대 장군총(將軍塚)을 연상시키는 건축이다.(67면)

스탈린 대원수는 몸을 기웃거려 가누더니 선두에 선 전차대 기(旗)를 향해 모자 가까이 손을 든다. 혁명박물관에서 본 젊었을 때 얼굴은 하관이 빠르고 눈도 날카로웠으나 빈발(鬢髮)이 반백을 넘은 오늘의 대원수는 얼굴 뿐 아니라 전신에 부드러운 덕윤(德潤)이 흐른다.(84면)

'워로실로프'의 천진한 셰스트라 양들, 처음 사귀되 적년 구우(積年舊友)와 같이 신뢰와 의리의 베드로호 중좌와 미하에로흐 소위, 만나면 그냥 즐겁기부터 한 쏘또우 중좌와 박 장교, 묵묵 진실의 사보이호텔 사람들, 일종[의] 외교 사업임에 불구하고 처음부터 속 털어놓고 대하는 모스크바, 예레반, 트빌리시의 복스의 여러분들, '스홈'에서 본 아이스크림 파는 처녀들, 스탈린그라드 콜호즈에서 만난 당원과 농촌청년들, 대신 급이나 말단하관들이나 관료기분이라고는 조금도 보이지 않는 평민태도들, 모두다 '요순 때 사람'인 것이다.(181면)

이태준은 조선과 소련 간의 차이성을 강조하기보다 조선 사회에서 잘 알려진 고전 이야기와 관련 표상들을 낯설고 이질적인 소련의 문화적 공간과 점철시킨다. 이는 조선이라는 '전통'과 소련이라는 '현대'를 동시적으로 접촉한 자로서 그 근접성을 발견하고, 그에 입각하여 서로 대응할 만한 표상들을 골라 비유적으로 연결시킴으로써, 두 문화의 간극을 메워나가려는 일종의 문화적·심미적 '번역' 행위라고 할 것이다. 그러나 때때로 이러한 행위는 문화 요소 사이의 다층적인 지대를 고찰하지 않은 채 자신의 미학적 취향과 지식 체계를 동원하여 임의적으로 문화적 콜라주를 만든 행위이기도 하다. 그리하여 문화 요소들이 각각 그 소속 사회의 콘텍스트에서 지니는 다층적인 문화정치적 의미가 가려지는 한계를 보이고 만다. 이태준의 소련기행문이 당대의 식자들에게 주관적인 색채가 강하고 소련의 진정한 모습을 객관적으로 전달하지 못했다는 느낌을 준 원인도 이러한 문화의 미학적 '번역' 행위와 무관하지 않은 것으로 보인다.

그러나 전통과 과거적 안목에 의해 발견된 조선과 소련의 유사성은 단순한 미학적인 시선의 결과물만이 아니라, 일정한 정치적 의미도 내포하고 있다. 위에 인용된 대목들에서 보듯이, 이러한 '과거'적 표상들은 사회주의 나라의 풍물과 인민들을 설명하는 경우에 적용될 뿐만 아니라, 사회주의 제도를 기반으로 하는 '덕치(德治)' 사회와 그 인민들의 도덕적 품성을 '동양 사회'가 추구하고자 한 윤리적인 이상향의 모습으로 접맥 혹은 동일화하는 데에 활용되기도 한다. 특히 "요순 때 사람"과 같은 소련인들에 대하여, 이태준은 "그 전 오랫동안 조선에서나, 일본에서나, 만주나, 상해 등지의 여행들에서 별로 구경할 수 없던 사람들을 나는 여기서 단시일에 얼마든지 만날 수 있는 것이다"(181면) 라고 다소 과장된 표현을 덧붙인다. 갓 해방된 예비 '국가'인 조선에게 있어서 소련이 구현해주는 '미래'는 아직 낯설고 토착화하기가 어려운, 앞으로 '도래할' 사회주의 사회이기도 하였지만, 동시에 "조선에서나, 일본에서나, 만주나, 상해 등지의 여행들에서 별로 구경할 수 없던", 오히려 동양 문화의 가치관에 부합하면서 동양 국가에서는 그동안 식민 통치로 인해 차단되었던 미완

의, '미처 실현되지 못한 미래'도 대신 실현해 줄 수 있는 무엇처럼 그려
진다. 다시 말해, 소련이라는 청사진과 조선 전통의 이상향이 겹쳐져 구
성된 '미래'야말로 이태준이 소련 기행을 통해서 새로 획득한 전정한 '미
래'의 모습이었다.

  정유유(鄭毓瑜)가 지적하듯이, 전통 요소를 활용하여 현재의 사물을
형용하는 행위는 "기존의 지식체계에 기초하여 새로운 사물을 위치짓는
만큼 '부분적인 번역' 혹은 '오역'으로 되어버릴 수 있지만, 새 사물에 대
한 '번역'이 새로운 관계와 환경에서 이루어지는 만큼 사용자는 그러한
고전 이야기를 편의상 사용하거나 심지어는 역으로 사용하게 될 경우도
있다. 이때 '번역' 행위는 오히려 기존의 지식체계에 충격을 가하게 되
며, '전통' 속의 '비전통'적인 요소를 재발견하는 계기가 될 수도 있다."[21]
이 관점에 따르면, 이태준이 과거로 시선을 돌린 것은 단순한 전통지향
적인 문화적·미학적 관념의 추동에 의한 것이 아니라, 조선의 전통 요
소들을 소환하여 사회주의 사회의 모델 국가인 소련을 인식하고 형용하
는 가운데 역으로 조선 문화와 역사에 내재된 가능성들, 다시 말해 전통
요소들이 잠재적으로 지니고 있는 '비전통'적인 성격들을 재발견하는 과
정이기도 했다. 여기서 중요한 것은 조선과 소련이라는 이질적인 두 나
라의 자연 풍광과 인간 품성의 유사성에 대한 발견이 아니라, 이러한
유사한 자연과 사람으로 구성된 인간 사회는 그 역사적 발전의 궤적에
있어서도 유사할 것이라는 논리를 제시한 것이다. 이는 식민지에서 갓
벗어난 조선이 사회주의 제도를 정립·발전시키고 새 국가를 건설할 수
있는 문화적·물질적 가능성과 역사적 당위성을 구축하기 위한 작업이

---

21 鄭毓瑜, 〈第六章: 舊詩語與新世界(제6장: 낡은 시어와 새로운 세계)〉, 『引譬連類: 文學
   研究的關鍵詞(비유와 연상: 문학연구의 키워드)』, 聯經出版公司, 2012, 271면.

라고 할 것이다. 이는 이태준이 사회주의 국가 소련을 방문하는 과정에서 얻어진 일종의 내적 논리이자 조선의 새 국가 건설 담론을 생산하는 일종의 미학적 기제였으며, 그로 하여 이러한 전통주의적 미학성은 미래를 향한 정치적 의미를 내포하게 된다.

하지만 이태준은 자기의 전통지향적인 미학 관념과 조선의 사회주의 사회의 형성과 발전을 연관시키고 있지만, 단순히 '다양한 문화를 존중한 사회주의 제도'의 우월성에 안착하려 한 것만은 아니었다. 그는 모스크바나 아르메니아 공화국, 그루지야 공화국에서 작가나 문화인들을 만날 때 그들이 어떻게 고전 문학작품을 보고, 고서적을 보관하고, 관련 문화 사업을 추진하는지에 특별한 관심을 돌리면서도, 자신에게 사유의 바탕이 되는 전통지향적 지식 체계와 감각 체계 자체가 가진 '낙후성'이나 한계를 극복해야 한다는 각오도 보이고 있다. 그는 여행이 끝나갈 무렵인 10월 5일에 "꼭 보고 싶은" 고리키박물관을 방문하게 되는데, 그곳에서 동양 사상과 미학에 의존해온 자기의 모습을 반성한다. "우리 조선은 처음으로 세계사적 전환을 하고 있"으며 "조금도 불순한 것이 섞기여선 안 될 엄숙한 현실인 것"이라고 판단하면서 그는 "아편과 같은 이 아시아 감정의 신비경"이 이제는 새로운 현실을 호흡하는 데에 오히려 지장이 되는 것이라 반성을 한다. 이에 그는 이와 결별해야 할 것 같은 마음을 토로한다.

> 아시아사상은 "구라파 사람들로 하여금 자본주의 기구 밑에 달게 예속케"한 것보다 아시아사상은 그의 노복들 '아시아 사람들로 하여 봉건체제 속에 깊이 마비된 꿈을 깨지 못하게' 한 악덕이 몇 백 배 클 것이다. 노신(魯迅)이 일찍이, 청년들에게 '동양 책을 가까이 말라' 경계한 것은, 후진들로 하여 다시금 봉건노예가 되지 않게 하기 위함이었을 것이다. 그러나 일

종 아편과 같은 이 아시아감정의 신비경은 때때로 우리에게 향수를 짜내게 하여 내 자신의 머리부터 시대와 모순되는 불투명한 속에 즐겨 깃들어오곤 하였다. 그러면서도 일제 밑에서는 이런 고고(孤高)와 독선의 정신이 추하지는 않게 용신할 도원경(桃源境)일 수도 있었던 것이다. 그러나 이제는 우리에게도 현실을 호흡할 자유는 왔다.(176~177면)

인용문에서 보다시피 여행자로서의 역할을 끝내고 이번 여정의 출발지이자 '전통'의 현장으로 다시 돌아가야 할 무렵에 이태준은 조선의 현실을 마주한 작가로서의 역할을 어떻게 충실하게 이행해야 할지를 사색하였다. 어떤 면에서 보면 『소련기행』의 전반부 내내 드러낸 전통지향적인 심미안은 결국 이태준이 '아편'을 미처 끊지 못한 채 만들어낸 산물인지도 모른다. 전통지향적인 심미안은 더는 주체가 연습과 노력을 통해 다지고 축적한 능력과 소양, 학문적 성취가 아니라, 나쁜 습성이자 지양되어야 할 것으로 취급되고 만다. "나는 오늘 이 고리키선생의 전당 속에서 한낱 미미한 후학이나마 일편의 솔직한 술회는 행여 내 자신을 위해 무의미하지 않기를 수시로 바라는 바다."(177면) 이태준이 작가로 등단한 초창기부터 창작과 문화 실천, 그리고 세상을 바라보는 자세로 응용하고 발전시켜온 전통지향적 미학 관념은 어찌보면 동양 사회 전반이 공유하였던 전통적 정감이자 지식 체계였을 것이다. 해방기이자 진통기(陣痛期)였던 당대를 사는 개인들은 역사의 폭력으로 인한 정신적 고통과 상처를 피할 수가 없었다. 새로운 세계 및 민족 현실을 호흡하는 과정에서 전통지향적 미학을 독약으로서의 아편이 아닌 치유의 처방으로, 조선의 사회 발전을 위한 방안으로 활용하는 것이 가능할 것인가? 이태준에게는 이제, 소련 여행의 마지막 단계에서 얻어진 이 새로운 각오를 어떻게 실천으로 옮길지, 즉 '동양적'인 사상 전통과 미학 관념을

지닌 개인과 그것을 지탱해주던 전반적인 문화 체계가 점차 고착화되어
가는 냉전 질서와 갈등하는 현실 속에서 어떤 변화를 꾀해야 할지, 그리
고 그러한 변화를 통해 어떻게 조선 현실에 유익한 발전을 이루어낼지
에 대한 새로운 차원의 고민과 과제가 생긴다.

소련 여정은 끝나고, 이태준은 그 기간에 이미 많은 변화를 겪은 조선
의 새로운 현실로 다시 돌아가 계속 탐색을 이어갈 수밖에 없었다. "이
제 우리 조선도 '해방이 되었으니 모든 것이 일제 때보다 나으리라' 혹은
'우리 정부만 서면 모든 게 마음대로 되리라' 이런 생각이 이념에서라면
옳은 것이나 현실에서 곧 바란다면 그건 철없고 염치없는 수작일 것이
다. 한 새로운 이념에 합치되는 현실이란 허다하게 있을 수 있는 모순당
(矛盾撞)을 극복해내는 실제라는 고해의 피안일 것이다."(138면) 소련 방
문을 통하여 이태준은 조선에서 곧 실현될 미래의 모습을 앞당겨 '미리
보기'를 하였음에도, 작가로서의 자신이 어떻게 전통지향적인 미학관념
과 사회주의 현실 사이에서 유의미한 계기이자 매개가 될 수 있을 것인
가에 대한 고민과 과제가 쉽게 해결될 수 있는 것이 아님을 자각하고
있었으며, 관념과 현실의 모순 및 충돌을 미리 예감하고 있었다. 이태준
에게 안정적인 귀속감을 보장할 수 있던 전통지식과 미학의 '도원경'을
떠나, 사회주의 이념에 합치되는 실제라는 고해의 피안을 거쳐서, 사회
주의 사회의 유토피아에 도달하는 것은 과연 구체적 전망을 획득할 수
있는 것이었을까. 그의 소련기행문에는 전반적으로 사회주의 현실에 대
한 낙관적 전망과 뉘앙스가 농후하게 깔려있는 것이 사실이지만, 행간
에 잠깐씩 스쳐 지나는 내면적 통찰력과 우려의 어두운 그림자도 무시
할 수는 없다. 그리고 이는 이태준이 맹목적으로 사회주의 제도를 자신
이 꿈꾸는 '미래'로 동일시하고 선정적인 언술을 통해 그에 대한 선동에
참여한 것이 아니라, 자신의 문제의식과 미학적 관념, 문화적 이상에서

출발하여 사회주의의 실현과 발전 과정에서 부딪치게 되는 여러 가지 난제에 대해 시간을 두고 검토하고 사색하였다는 것에 다시금 주목하게 해준다.

3. 서울행과 감별안에 비친 분단 현실

이미 많은 연구자들이 지적했듯이, 식민지 시기 이태준 소설의 주인 공들은 이태준 자신의 개인적 성향 및 생애와 겹쳐진 부분이 많으며, 일종의 자전적 글쓰기 경향을 보여준다. 소설 「먼지」의 주인공인 한뫼 선생 역시 전통지향적인 미학 관념을 견지하며 고서적 등 옛 문물을 애 호하는 이태준의 면모를 집약적으로 드러낸 인물로 보인다. 앞에서 살 펴봤듯이, 이태준은 전통지향적인 시선을 통하여 소련의 자연 풍경이나 사람들의 모습을 형상화하고 있는데, 이 역시 이태준이 사물을 바라볼 때 옛 문물을 대하듯이 그 윤곽과 세부들을 즐겨 감별한 시선과도 중첩 된 것이었다. 이태준이 식민지시기에 창작한 고완품에 대한 산문들을 보면 그의 옛 문물의 아름다움을 포착하고 형용하는 언술 방법이 『소련 기행』에서도 동원되었음을 알 수가 있다. 예컨대, 여행 과정에 교통수단 으로 이용된 비행기는 그의 심미안을 경유하면서 "재미있는 기구", "발 동기 위에 커버를 덮고 나래와 꼬리 관절에 고정기를 끼여 놓으면 무슨 고고학품처럼 고요한 놈"(44면)이 된다. 그리고 그가 외국 물품과 구별되 는 조선의 옛 문물의 정수(精粹)를 짚어낼 때 사용했던 '덕윤'[22]이라는 말

---

22 "옛 물건의 옛 물건다운 것은 그 옛사람들과 함께 생활한 자취를 지녔음에 그 덕윤 (德潤)이 있는 것이다. 외국의 공예품들은 너무 지교(至巧)해서 손톱 자리나 가는 금 하나만 나더라도 벌써 병신이 된다. 비단옷을 입고 수족이 험한 사람처럼 생활의 자취

이, 이번에는 외국인인 스탈린의 모습을 형용하는 데에 활용된 것도 그
예가 된다. 일견 모순된 것처럼 보이지만, 실은 일찍이 식민지 시기 이
태준에게 고완품을 감상하는 일이란 옛 것을 미화하는, 복고주의적인
목적으로 진행되는 심미적 행위가 아니라, "완상이나 소장 욕에 그치지
않고, 미술품으로, 공예품으로 정당한 현대적 해석을 발견해서, 고물(古
物)그것이 주검의 먼지를 털고 새로운 미와 새로운 생명의 불사조가 되
게 해주어야 할 것이다. 거기에 정말 고완의 생활화가 있는 줄 안다."[23]
라는 주장 속에 담긴 '현대' 지향적인 심미적 행위였다. 그에게 있어서
'고완'을 감상하는 미학적 실천은 현대의 생활과 유기적으로 결합하여
새로운 해석의 가능성을 모색하는 행위이며, 고완에 진정한 생명력과
가치, 그리고 품격을 부여하는 행위였다. 즉 오로지 생활과 미학관의 상
호 촉진을 통해서야 감상자와 감상 대상인 옛 문물이 함께 지적·미학적
성장을 이룰 수 있는 것이다.

　기존 연구는 「먼지」의 주인공인 한뫼 선생에 대하여 주로 그가 고서
적 수집상으로서의 '수집벽'이 있다는 점, 남북통일의 염원을 가진 자로
서 북한의 정책과 보도 내용을 그대로 믿지 않고 이남행(以南行)을 감행
하지만 남한의 암울한 정세에 실망하고 다시 임진강을 건너서 월북하다

가 남을수록 보기 싫어진다. 그러나 우리 조선시대의 공예품들은 워낙이 순박하게 타
고나서 손때나 음식물에 절수록 아름다워진다. 도자기만 그렇지 않다. 목공품 모든
것이 그렇다. 목침, 나막신, 반상, 모두 생활 속에 들어와 사용자의 손때가 묻을수록
자꾸 아름다워지고 서적도, 요즘 양본(洋本)들은 새것을 사면 그날부터 더러워 만지고
보기 싫어지는 운명뿐이나 조선 책들은 어느 정도로 손때에 절어야만 표지도 윤택해
지고 책장도 부드럽게 넘어간다."
　이태준, 「고완」, 『이태준 전집(5): 무서록 외』, 소명출판, 2015, 131~132면. 원작 출처
는 1941년 9월에 박문서관에서 출판된 수필집 『無序錄』이다.
23　이태준, 「고완품과 생활」, 『이태준 전집(5): 무서록 외』, 소명출판, 2015, 135~136면.
원작 출처는 1940년 10월 『문장』 제2권 제8호이다.

가 "총탄의 소나기"(303면)에 쓰러지고 만다는 삶의 결말 등 서사적 요소에 주목한다. 그러나 이러한 연구들은 작품 내부에서의 인물에게 부여된 특성과 플롯을 진행시키는 계기 및 연쇄의 논리 사이의 긴밀한 관계, 즉 고서 수집가로서의 주인공의 직업적 소양과 안목, 그리고 이에 의해 형성된 주인공의 사유 및 행동 방식이 어떻게 작품을 관통하는지에 대하여는 자세히 다루지 않는다.

"한뫼 선생의 사물에 대한 의심벽은 다년간 고서적 중개인들에게 시달린 데서도 굳어지기만 했다고들 볼 수 있는 것이다."(248면) 30여 년간 "먹을 것 먹지 않고, 입을 것 입지 않고"(246면) 고서적을 수집하여 세심하게 보존한 한뫼 선생은 수집가 및 감정가로서 늘 자신이 접하게 되는 정보와 문물의 진위에 대해 회의적인 입장을 고수하면서, 관련 지식에 대한 학습과 심미적 훈련을 거듭하면서 보다 엄밀하고 신중하게 식별하는 능력과 소양을 갖추어야 했다. 그는 관찰자이자 감별자였으며 늘 진위를 가리고자 하는 학문적 정신과 이를 받쳐줄 전문적 지식의 소유자였다. 전문분야에서의 오래된 경험은 그로 하여금 수많은 모조품 속에서 유일한 진품을 식별할 수 있는 능력을 갖추도록 하였으며, 평범한 사물에 깃든 독특한 미감을 발견할 수 있는 안목을 갖추도록 하였다. 그리고 이러한 '안목'은 복잡다단한 시국과 민생의 현장을 관찰하는 데도 작용하는 것이었다.

특히 이러한 '감별안'은 소설 전반에 걸쳐 묘사된 한뫼 선생의 '눈'을 통해서 엿볼 수 있다. 작가는 소설의 서두에서 한뫼 선생은 듣기보다는 봐야 믿음이 간다는 신념을 가진 사람으로 묘사하고 있으며, 그가 남행하여 겪는 각종 경험에 따라 어떻게 '눈'의 상태가 달라지는지 세밀하게 부각하고 있다. 현실의 충격과 더불어 실제 미군의 폭력을 당하게 되며 그의 '눈' 상태는 점점 악화되는데, 이는 한뫼 선생이 남쪽에서 목도한

현실을 '식별'하고 '통찰'하려 하지만 결국 그것이 가능하지 않았음을 시
력적인 측면에서 암시할 뿐만 아니라, 일종의 은유로서 식민지 시대부
터 축적해 온 안목과 사유 방식에 기대어 급변하는 시국을 판단하고 그
에 따라 행동하는 것은 궁극적으로는 좌절을 당할 수밖에 없는 것임을
예시하기도 한다. 이야기 전개에 따른 한뫼 선생의 눈 상태의 대한 묘사
를 구체적으로 살펴보면 아래와 같다.

우선, 소설은 "한뫼 선생은 오래간만에 손가방, 그 특별한 종이 노가
방을 찾아내었다."(243면)는 문장으로 시작하여, 한뫼 선생의 '서울 기행'
이야기를 전개한다. 이 노가방은 "일제 말년 가죽 물건이 금제품(禁制品)
으로 되었을 때, 고도서 중개인 성 씨가 휴지 값도 안 되는 『사략(史略)』
『통감(通鑑)』 따위를 뜯어 노를 꼬아" 만든 것인데, "고졸(古拙)하나 문아
(文雅)한 품이 있"다. "고서적 수집가이며 조선 것과 옛것을 즐기어 아호
까지 순조선 고어로 '한뫼'라 한"(243면) 한뫼 선생은 이 노가방에 마음을
들어서 성 씨로부터 후한 값으로 사갔다. 보다시피, 한뫼 선생의 심미안
은 이 노가방을 통해 구체적 물성(物性)으로 드러나며 하나의 상징처럼
소설의 머리 부분에 묘사된다. 여기서 중요한 것은 한뫼 선생이 일상에
서 쓰는 물품까지도 그것이 지니는 특별한 문화적 질감과 아름다움을
간파해내는 안목의 소유자라는 점이다. 그리고 그는 노가방을 얻기 위
해 그에 상응하는, 심지어는 그 이상의 값을 지불하는데, 그 모습은 그
가 '모리배'가 아닌 고물 애호가로서의 순수함을 가지고 있다는 것을 드
러낸다. 소설의 초반부에서 집중적으로 그려지는 한뫼 선생의 수집가로
서의 직업적 소양과 미적 안목은, 그가 이남행을 선택한 이유가 단순히
당대의 정세 하에 시행착오적이며 '보수적인' 정치 입장을 지녔기 때문
이 아니라, 다른 두 가지 이유에서였음을 추측해 보게 한다.

하나는 그가 남쪽의 현실을 직접 확인하고자 했기 때문인 바, 그는

북쪽의 뉴스와 선전에 의해 '사실'이 '오도'되는 것을 경계하였다. "그가 북조선의 정치노선을 옳다고 인정하게 된 것도 자기 신변에 국한된 극히 사소한 것이나 자기의 그 가느나 안정(眼精)이 날카로운 눈으로 똑똑히 본 데서부터였다."(248면) 그리하여 그는 "백문이 불여일견, 남조선도 내가 가서 내 눈으로 한번 보고야……."(253면)라며 서울행을 결심한다. 한뫼 선생님의 이남행은 마치 그가 북쪽 정치 노선을 인정하기까지 한동안 주변 사람의 삶과 사회 전반 양상을 직접 살핀 다음에야 결론을 내린 것처럼, 남쪽에 대해서도 현재 진행 상황을 자기의 눈으로 보고나서 정론을 도출해야 한다는 자기 나름의 소신이자 행동방식에서 비롯된 것이었다. 즉 직접 자기 눈으로 확인한다는 것은 한뫼 선생에게 단순히 '사실'을 확인한 목격자 및 증언자가 된다는 '지위 점유'의 문제를 넘어서, '감식안'을 가진 자가 정보의 진위를 가릴 만한 '소재'를 구하고 제반 현실에 대한 '진실'을 추출해 가는 '자기 윤리'의 문제였던 것이다. 그는 선험적 진실로 주어지는 이데올로기나 언론 매체의 뉴스 혹은 무성한 소문들에 기대는 것이 아니라, 오랜 세월 골동품을 수집하고 소장해온 경험에서 비롯된, '진위'를 가리는 학문적 정신과 이를 받침해주는 일련의 '연구 방법'에 근거해 올바른 정치적 선택을 하고자 했던 것이다.

또 하나의 이유는 한뫼 선생이 "자기가 이 책들을 모으기에 고심하던 가지가지, 자기 장서계통 특색을 알며 그전부터 부러워하던 동호인들이 서울에 더 많았"기 때문에, 서울에 돌아가는 것이 그가 현재까지 소유한 장서량과 질을 더 높일 수는 방편이라 믿었기 때문이다. 수집벽에 가까운 한뫼 선생의 행위 배후에는 앞으로 통일이 되어 나라가 안정되면 "문학에 대한 관심과 열의가 전국적으로 고조될 때 자기의 비장(秘藏) 진본(珍本)들을 비로서 세상에 피로(披露)하는 전람회를 열어 학계의 큰 충동을 주며 여러 친구들과 학자들의 흠망과 치하 속에서 나라에면 나라에 대학에면 대학에 번치나게 헌정하고 싶은 욕망이"(246면) 깔려 있었다. 요컨대, 한뫼 선생의 이남행은 당시 분단 형국으로 치달아가는 정세에서 일종의 모험이었으며 남이 이해하기가 어려운 행동이었지만, 그 자신에게 있어서는 수집가로서의 사명 의식과 직업적인 소양 및 인식 방식에 의해 이루어진 심리적 및 현실적 동력이 작동한 결과였다.

한뫼 선생은 지인인 심의사와 함께 남행길에 오르는데, 남한에서는 마침 5·10 단독 선거를 반대하는 민중들을 탄압하는 중이었으므로 그들은 서울에 도착하자마자 바로 경찰서 유치장으로 끌려가 감금당한다. 나중에 그들은 심의사의 사촌 아우인 심기호와의 관계 덕분에 출옥하게 되며, 때가 늦어져 심기호의 자택에 간다. 거기서 그들은 공교롭게도 모리배들이 미국 장교 우드 각하와 함께 식사하고 노는 자리에 참석하게 되는데 좌중에서 미국 장교가 "평양서는 생활란으로 대동강에 빠져 죽는 사람이 매일 몇 십 명씩 된다지요? 선생께서도 그 비참한 광경을 많이 보셨겠지요?"(268면)라고 묻는다. 장래를 고려하여 미국 장교의 발언이 맞다고 인정한 심의사와 달리, "눈은 작으나 날카롭고 자기 눈으로 본 바에는 소신을 굽히지 않"(269면)는 한뫼 선생은 이를 반박하려다 말고 "동양 도덕으로 남의 술자리에 뛰어들어 파흥까지 시키는 건 옳지 못하다고 자신을 변명하며 사이다 잔을 집어다 목을 적시었다"(269면). 한뫼 선생은 일찍 그 자리를 벗어나 남대문에서 고서적 중개인으로 일하는 친구 성씨를 찾아간다. 한뫼 선생은 그를 통하여 옛 지인들의 행방과 남한의 정치적 부패와 타락, 그리고 민중들에 대한 탄압과 민중들의 생활고에 대해 점차 알게 되며 충격을 받는다.

그 가운데 그는 자신이 예전부터 눈독들이던 『완당집(阮堂集)』이 한 서화 경매장에 나타났다는 소식을 듣고서는 책을 경매할 돈을 마련하기 위해 해방 이전부터 소규모 종이 공장을 경영해온 인천의 옛 친구를 찾아간다. 그는 "돈 겨우 5천 원을 돌려가지고 돌아오는 길에 경인선 각지와 영등포 공장지대를 갈 때와 달리 유심히 살펴보니 과연 굴뚝이 열이면 겨우 한둘이 연기를 흘릴 뿐, 지붕까지 벗겨먹고 시뻘겋게 녹슨 기계만 노출된 공장이 많"(280면)다는 것을 발견한다. "이런 공장들은 거대한 무덤이요, 이런 기계는 거대한 시체 같았다"(280면)고 탄식하던 그는 차가 용산역에 들어서자 진짜 사람의 시체를 목격하게 된다. 기차에 탄 어떤 미국 장교가 구둣발로 움직이는 찻간에 매달린 용산역 조역(助役)의 가슴을 차 내던지는 참사가 발생했던 것이다. 이를 목격한 한뫼 선생은 "용산서 경성역까지 오는 동안 크진 않으나 안정은 날카롭던 눈이 현기증이 나도록 침침하였다."(280~281면)

경매장에 나간 한뫼 선생은 또 다른 이채로운 광경을 목격하게 된다. "손님에도 낯익은 반가운 사람이 많았고 특히 일본 사람들이 안 보이는 대신 미국 사람들이 군복인 채, 구두 신은 채 많이 올라와 서성대고 있는"(281면) 것이었다. 경매장에서 "조선인 동호자들끼리는 어떤 물건이고 그 물건에 대한 욕망이 자기보다 더 간절한 사람에게는 서로 사양하는 예의가 있으므로 한뫼 선생은 속으로 저윽 안심하면서 벽오동 책갑에 든 『완당집』다섯 권을 떨리는 손으로 안아내었다."(282면) 그러나 결국 군복을 입고 구두를 신은 한 미국 장교가 2만 원에 달하는 입찰가로 『완당집』을 차지해 버렸다. 결코 귀중한 고도서를 사기 위해서가 아니라 단지 "스포츠 삼아 장난질"처럼 경매를 하는 미국 사람들의 모습을 보고 한뫼 선생은 "저 사람들에게 『완당집』이 하관(何關)고"라고 탄식하며 "눈에 그만 모래가 든 듯 깔끄러워지고 말았다."(283면) 『완당집』은 그 자체가 지닌 문화적 가치와 희귀성보다 "딸라라는 괴물"(285면)에 의해 '팔려'갔을 따름이며, 이 고서적의 중요성과 역사적 의미를 설명하고 지탱해주는 조선 문화와 역사의 지적인 토대, 즉 오랫동안 조선 수집가들끼

리 준수해온 경매장의 규칙과 윤리는 참담한 현실 속에서 효력을 잃고
만다.

한뫼 선생은 남한에서 자기가 조우하고 목격한 현실을 미처 다 이해
하기도 전에, 큰 사위가 피검되어 가난에 시달리는 딸과 손자들의 사식
비 마련을 위해 자신이 20년 간 근속했던 중학교의 박교주를 찾아간다.
그러나 박교주가 이미 모리배가 된 것을 모르고 있던 그는 박교주 집
앞에 있던 미군 경비원에게 매를 맞고 단번에 "넉아웃"이 되어 "뻣-벗하
게 나가떨어지고 만다."(292면)

> 아버진의 그런 봉변은 차라리 당연한 결과라 하고 싶도록 아버지가 그
> 따위 이승만 도당에게, 자식들이 목숨을 걸어 싸우는 그따위 원수 도당에
> 게, 자식들의 용감한 투쟁을 무슨 딱한 궁상이나처럼 사정을 하러 갔다는
> 것이 딸은 치가 떨리게 분하였다.(293면)

> "난 불편부당이다! 공정헌 조선 사람인 것뿐이다!"
> "아버지 여태 꿈속에 계셔요. 불편부당이란 게 얼마나 모호헌 건지 여태
> 모르시는 말씀이세요. 지금 어정쩡한 중간이란 건 있을 수 없는 거야요.
> 자긴 불편부당을 가장 공정한 태도로 알구 중립이구 허지만 그는 자기도
> 모르는 새 자꾸 반동에 유리헌 역할을 노는 거야요."(294면)

> "지금 시대가 어떻게 급격한 회전(回轉)인지 아세요? 어름어름 허구 떠
> 도시다간 날려버리구 마십니다. 력사의 주인공은 못 되시나마 력사의 먼지
> 는 되지 마세요……"(294~295면)

인용된 대목에서 볼 수 있는 바와 같이 딸은 미군에게 맞아 부상당하
여 병원에 누워있는 한뫼 선생에게 역사의 주인공이 되지 못할지언정

역사의 먼지가 되어서는 안 된다고 일침한다. 침대에 누워 딸의 말을 듣던 한뫼 선생은 한쪽 눈을 붕대로 감은 채 맞은편 벽에 걸린 색맹검사표(色盲檢查表)만 바라보았다. 그는 서울에 머무는 동안에 자기가 진정 제대로 현실을 관찰하고 인식했는지를 자문한다.

> '내 눈은 북조선을 보는 데 색맹이었던가? 전체는 보나 어느 한두 가지를 제대로 못 본……'
> (…중략…)
> '나는 보았다. 남조선을 이 눈이 터지도록 본 셈이다! 나는 더 보기 싫어졌다! 더 보기 실어진 이게 내가 반동이 아닌 표다!'(300면)

그러나 여기서 딸이 말한 역사는 과연 무엇일까? 딸에게 있어서 역사란 미군과 결탁한 이승만의 통치에 대한 거부일 것이며 인민 모두가 일어나 항거해야 하는 '정확한' 진로였을 것이다. 딸의 이러한 입장에서 보면 아버지 한뫼 선생이 견지하는 통일론은 오히려 "반동"적인 것인지도 모른다. 그러나 한뫼 선생에게 있어서 역사는 눈앞의 위태로운 시국과 이미 진행되고 있는 '역사'만이 아니라, 유구하고 심원한, 민족 전반의 '역사'였다. 즉 골동품과 고서들이 담지하고 보존하고 있는 민족의 찬연한 문화 역사였다. 이런 의미에서 보면, 그는 '역사'와는 무관한 먼지와도 같은 존재라기보다는 평생을 고서 수집에 이바지함으로써 장구한 역사를 수호하고자 한 진정한 역사의 '주인공'인지도 모른다. 다만, 분단 상황과 이념 대립에 의해 좌우되는 현실 속에서 한뫼 선생이 소중히 여긴 이 '역사'는 먼지와도 같은 존재로 되어버릴 위험을 늘 수반하였다. 쉽게 타 버리고 쉽게 앗아갈 수 있는 것이자 한낱 저잣거리에서 거래되는 상품이자 장신구와도 같은 존재였기 때문에 민족의 유구한 문화와 역사를 담지하고 있는 골동품과 고서적은 실은 취약하기가 짝이 없었다. 그래서 이러한 역사 문물을 소중히 여기고 감별할 수 있는 능력과 식견을 갖춘 이들마저 시대의 버림을 받고 만다면 골동품과 서적은 물론 민족문화와 역사의 내면적 정신과 넋마저 재나 먼지가 되어 사라져버리고 말 것이었다. 실제로 먼지란 그 어떤 특징이나 가치도 지니지 않는 존재 혹은 허무인 것이다.

결국 소설은 한뫼 선생이 딸과 친구들과 인사도 하지 않은 채 서둘러 월북을 하던 도중, 종이 노가방을 등에 짊어지고 강을 건너다가 불현듯 총알을 맞고 죽음을 맞는 장면으로 마무리된다. 불과 달포 전에 걸어본 길이었기에 한뫼 선생은 붕대를 풀어버리고 혼자 자신 있게 평양으로 가는 귀로에 올랐던 것이다. 즉 그는 기왕의 경험에 기대어 얼마든지 이북으로 돌아갈 수 있으리라 자신하였던 것으로 보인다. 그러나 그가 이처럼 무모했던 것은 경험의 가치를 지나치게 맹신하였기 때문이며, 남북 분단이 초래한 폭력의 일상화에 대해 충분히 인식하지 못했기 때문이기도 하다. 그의 서울행의 목적들 중에 하나는 고서 수집이었으나 귀로에 오른 그의 종이 노가방은 텅 비어 있었으며, 그 가방은 결국은 주인과 함께 강바닥에 가라앉고 만다. 이는 한 인간의 역사가 강물 속에 묻히는 장면이자 이러한 개인사의 가치와 의미에 대해 해석 가능한 집단적 문화가 결국에는 봉인되고 마는 현장이며 은유일 것이다. 일찍이 정종현은 38선 경계의 강가에서의 한뫼 선생의 죽음은 "하나의 통일된 민족국가 기획의 좌절의 은유이며, 어느 곳으로도 회수되지 않는 그의 주검은 38선을 경계로 지정학적으로 구성된 분절적 국가에 포획되지 않는 잉여의 상징"[24]이라고 설명한다. 이 관점의 연장선상에서 소설의 마

---

24 정종현, 『제국의 기억과 전유: 1940년대 한국문학의 연속과 비연속』, 어문학사, 2012,

지막 장면은 한뫼 선생의 주검뿐만이 아니라, 주검에 딸린 그 종이 노가방도, 이 노가방이 담아내던 식민지 조선 사회의 사회상도, 그 '오래된 것'에 대한 한뫼 선생의 애정과 손때 묻은 흔적들도, 이 모든 것의 의미와 가치를 설명하고 감상할 수 있는 조선의 역사와 문화 기억들도 다 함께 역사의 '먼지'가 되어 가라앉아 버리는 광경을 보여준다.

그러나, 진실을 찾기 위해서였든지 고서 수집의 꿈을 이루기 위해서였든지 한뫼 선생은 민족의 땅인 남한에 애틋한 정을 지니고 있었다. 그는 평양으로 돌아가기 전에 예전에 늘 찾아가던 취운정에 오른다. 거기서 그는 한때 일본군이 점령하였던 경복궁 일대가 지금 미군에 의해 차지된 모습을 보고 "한 눈은 붕대로 싸매고 한 눈은 눈물에 글썽해 자못 비장한 한숨을 쉬었다." 이는 "어렸을 때 그것도 자기 눈으로 똑똑히 본 한국 말년의 한양 풍경이 회상되었"(302면)기 때문이다. 사람은 눈을 통하여 외부세계의 모습을 포착할 뿐만 아니라, 자신의 내적인 감정을 외부를 향해 표출하기도 한다. 한뫼 선생은 수집가로서의 안목과 전문적인 소양을 통하여 급변하는 현실을 인식하고 적응하는 데에 실패했지만, 민족의 땅과 문화, 역사를 깊이 사랑하는 민족 구성원이었다는 면모만큼은 변함이 없다. 다만 '반동'인지 아닌지로 한 인간을 재단하고 그에 따라 인간관계도 재설정되던 당대의 사회 상황에서 한뫼 선생의 이러한 모습과 감정은 더 이상 중요하지 않은 것으로 취급되었을 뿐이다.

결국 분단 역사의 폭력성이 한뫼 선생의 서울행에 종지부를 찍어주었다 할 것이다. 이는 여정의 새로운 경험과 소감 등을 체화한 주체가 다시 출발지로 돌아가서 여정을 통해 획득한 것들을 재사유하고 출발지의 현실과 결합하여 새로운 '현실'로 전환할 기회를 상실하고 말았음을 의

174면.

미한다. 역사의 폭력성은 개인의 유동적인 여행을 종결시키고 경험의
교환과 갱신도 단절시키고 만다. 그렇다면 워낙『소련기행』에서 형성된,
새롭게 접한 사물들과 새로 탄생한 감각들에 대한 미학적 사유, 그리고
현실사회의 발전과 미학을 연계시키고자 한 이태준의 고민은 소설「먼
지」에서 어떤 국면을 드러내고 있었던 것일까. 한뫼 선생이라는, 작가의
분신과도 같은 인물의 서울행과 그의 죽음이라는 결말이 이태준의 그러
한 미학적 노력이 무화(無化)되어가고 있었음을 보여주는 것이라고 보아
야 하는 것일까? 아니면 이는 전혀 새로운 여행 주체와 미학적 과제의
탄생을 예시하는 것일까?

4. 중국행과 '과거'를 경유한 전쟁담론

「먼지」를 창작하고 발표한 지 약 1년 후인 1951년에 이태준은 사회주
의 신생 국가인 중국을 방문한다. 당시 한국전쟁은 이미 교착기로 접어
들어 미·중 간에 정전회담이 진행되던 때였다. 이태준은 조선문학예술
동맹 부위원장 겸 평화옹호전국민족위원회 부위원장의 신분으로서 중
국의 초청을 받아 다른 다섯 명의 관례단 성원들과 함께 중화인민공화
국 건국 2주년 기념행사에 참가한다.[25] 그는 9월 27일에 평양에서 출발
하여 약 40여 일 동안 중국에 머물렀는데, 선양, 베이징, 지난, 항저우,
난징, 톈진 등 대도시와 인근 농촌을 방문하였으며, 북조선 대표로서 중
국인민지원군의 항미원조 참전 1주년 기념대회, 아시아 작가회의, 그리

---

25 이태준의 중국 기행을 둘러싼 역사적 맥락과 관례단 성원들의 구성에 대하여서는
    이상우, 「이태준의 기행문『위대한 새 중국』에 나타난 중국인식」,『통일인문학』 67,
    건국대학교 통일인문학연구단, 2016 의〈제2장:『위대한 새 중국』 탄생의 정치·사회
    적 배경〉, 150~157면을 참조할 수 있다.

고 각종 좌담회와 환영식 등 행사에 참석했다. 또한 항미원조 전쟁에 동원된 중국 지원군 군인 가정, 지원군 무기 제조공장, 토지개혁 전람회와 물자교류 전람회 등을 방문했으며, 문화계의 유명한 작가와 예술가를 직접 만나기도 했다.

이태준은 『소련기행』 서문의 첫 문단에서 소련과 중국 방문에 대한 기대와 그 동기를 밝힌 바가 있다. "이제 우리도 대외관계가 징궤(正軌)에 오르면 어느 나라보다 중국과 소련은 한번 가보고 싶었다. 중국은 우리 문화의 과거와 연고 깊은 나라요 쏘련은 우리 문화의 오늘과 장래에 지대한 관계를 가질 사회이기 때문이다."(11면) 이태준에게 있어 북한의 사회 체제가 정비되어 가는 과정에 소련과 중국은 각각 "우리 문화"의 과거 및 곧 도달할 미래라는 직선적인 역사관의 맥락에 놓여 있었다. 그러면 5년 후인 1951년에 이태준이 한국전쟁을 비롯한 냉전 체제의 고착화로 인한 역사 변동 속에서 실제로 중국을 방문하게 되었을 때, 이태준이 과연 "우리 문화"의 과거인 중국을 만났을까, 또한 어떻게 이 '과거'로서의 중국 표상을 포착하여 서술하였을까. 『위대한 새 중국』을 구체적으로 살펴보면, 이태준이 예전에 말한 바와 같이 조선 문화의 '과거'를 상징하는 '문화중국'을 경유하여 중국을 인식하면서, 동시에 "우리 형제나라이며 우리 전우의 나라"(261면)로서의 '새 중국'에 관한 견문을 많이 적고자 했음을 알 수 있다. 그러나 여기서 주목해야 할 것은, 조선 문화의 '과거'를 상징하는 '중국'에 대한 묘사를 당시 진행 중인 한국전쟁에서 '전우의 나라'인 사회주의 새 중국을 부각시키는 작업과 연결시키려는 작가의 서술 의도와 전략이다. 이태준이 중국 기행문에서 기술한 '과거'로서의 중국은, 사회주의 제도가 실행된 현재의 새 모습과 대비하고 사회주의 국가로서의 현 중국 제도의 우월성을 입증하기 위해 소환한 봉건사회로서의 중국이자, 미국 제국주의 침략 전쟁의 파괴성과 불합리성을 피력하기 위해 서술한 손상된 고대 문물로서의 중국이다. 전자는 사회주의 사회 발전에 있어 지양하고 도태해야 할 찌꺼기로서의 '과거'이며, 후자는 한 국전쟁과 '미제'라는 부정의에 의해 '부당하게 소실되어 버린', 자본주의 적 '희생'의 상징으로서의 '과거'라고 볼 수 있다. 여기서 이태준이 스스로 중국을 바라보고 서술하는 위치를 인민민주주의 사회라는 새로운 질서 와 새 생활을 분명한 지향점으로 가지고 있는 북조선의 '국민'이자, 한국 전쟁을 '미국 제국주의'의 파괴력에 맞서는 투쟁으로 인식하는 '인민'의 자리에 놓고 있었다는 것이 드러난다. 이는 그가 본격적으로 중국의 여 러 대도시 여행 경험을 서술하기 앞서 먼저 자기의 관찰·서술 방식을 언급하고 있는 부분에서부터 엿볼 수 있다.

> 그러나 중국은 이런 코스만으로 그 대체를 보았노라 하기에는 너무 넓 고 이런 단시일의 구경만으로는 전부를 이해하기에 너무 깊다. 단지 과거 5개년 간 우리 북조선의 인민민주 사회질서 속에서 살아본 나의 새 생활의 경험은 새 인민민주 중국의 여러 가지 전변을 이해하는 데 많은 도움이 되었던 것은 사실이다.(279면)

인용문에서 보듯이, 이태준은 5년 동안의 북조선 인민민주주의 사회 에서 겪은 경험을 토대로 중국의 다양한 면모를 '설명'해 보겠다는 의지 를 보이면서, 중국 기행문의 서술 초점과 기조를 제시했다. 즉 전통적인 동양 사회에서 공통적으로 지녀온 문화적 유사성과 교류의 '역사'를 이번 중국 방문을 통하여 되찾거나 입증하는 것이 목적이 아니라, 사회주의 사회를 향하여 현재 인민민주주의 단계를 밟고 있는 두 나라의 현실에 입각하여 기행문의 서술 초점을 조정한 것이다. 『소련기행』은 조선의 전 통성에 기대어 소련의 현재를 이해하고자 노력했고, 「먼지」는 동양 전통

문화와 윤리의 좌표에 분단 현실을 보다 적극적으로 위치지어 보고자
했다는 점에서, '과거'와 '현재'라는 연속된 시간성 속에서 여정의 출발지
와 목적지의 성격을 규정한 통시적 성격의 텍스트라고 한다면, 『위대한
새 중국』은 조선과 중국이 공통적으로 처해 있는 현재적 상황을 동시적
으로 바라본 공시적 성격의 텍스트라고 볼 수 있다. 이러한 목적의식
속에서, 이태준은 중국의 '과거'를 늘 새 중국의 모습과 대조되는 '지나간
것'으로서 소환한다.

> 옛날 중국의 어느 임금은 애첩에게만 몇 천리 밖에 나는 '여지'라는 과실
> 을 먹이기 위하여 기병들을 동원시켰다 하거니와 오늘 새 중국에서는 천하
> 만인의 식탁에서 몇 만 리 밖 과실과 반찬이 제 고장 물산처럼 풍성하게
> 오르게 되었다.(265면)

> (…중략…) 중국 속담에 "관리와 길과 황하는 3대 우환이라"일러온다 한다.
> 　그러나 새 천지 중화인민공화국에서는 이미 첫째 우환을 완전히 청산하
> 였고 다음 우환들도 대규모의 자연개조가 시작되었으니 이 앞으로는 이런
> 속담도 주석이 달리지 않고는 이해하지 못할 것이다.(315면)

이처럼 이태준은 옛 중국 사회의 모습과 대비시킴으로써 사회주의 새
중국의 발전 양상을 드러낼 뿐만 아니라, 한국전쟁에 참전한 현재 중국
과 조선의 상황을 서로 연결하면서 전쟁 상황에 동원된 중국 사회의 새
모습을 기술하기도 한다. 『위대한 새 중국』에서는 중국 당국이 지정해
준 코스와 일정으로 구성된 철저한 '현재'로서의 '중화인민공화국'을 체
험하는 시간선과, 한국전쟁의 두 주체로서 공동의 적과 싸우고 있는 전
쟁 현실의 시간선이라는 두 가지 '현재성'이 겹쳐져 있다고 볼 수 있다.
이는 중국 기행문에서 이태준이 종종 여행하던 도시들의 현지 신문 내

용을 소개하는 내용을 통해서 파악할 수 있다. 이태준이 중국에서 실시간으로 보도되는 기사들을 가져와 자신의 '기행문'에 반복하여 노출시킨 것은, '중화인민공화국'이 진정한 '인민공화국'으로 나아가고 있는 현재의 모습과, '자본주의의 파괴력'을 상징하는 미국 제국주의에 맞서 '사회주의' 혹은 사회주의 체제의 정당성을 공고히 해가는 현재의 모습을 적극적으로 겹쳐 보여주기 위해서였다. 예컨대, 이태준은 선양의 『동북일보』를 인용해 노동자 증산 상황과 진행 중인 애국운동에 대하여 전술하거나, 지난의 『대공일보』를 통해 조선인민군 총사령부의 보도와 정전담판, 그리고 군중재판의 소식을 전하며, 쉬저우의 『대공보』에 실린 중국에서 진행 중인 언문(말과 글) 정리운동을 소개하는데, 그는 신문에 게재된 중국 주요 도시의 시사보도와 '항미원조' 전쟁에 관한 중국 대중들의 목소리와 움직임에 특히 주목한다. 여행기의 마지막 날에도 그는 "싸우는 조국강토에 들어서는 길로 신문에서 「10월 혁명과 조선인민의 민족해방 투쟁」이란 김일성 장군의 논문을 읽었다"(376면)고 하면서, 논문의 부분적 내용을 옮기는 식으로 여행기를 마무리한다. 체제 바깥과의 전쟁과 체제 내적인 발전은 서로의 정당성을 보증해주는 동시적 '현재'였고, 이태준은 이 동시성을 '인용'의 방식으로 보여줌으로써 '현재'라는 역사의 진실성을 증명해내고자 했던 것이다.

이 '증명'의 과정에서 무엇보다 핵심적으로 작동된 서술 전략은 문화풍속이나 풍물로 상징화된 '과거'가 '미제야수'에 의해 얼마나 잔혹하게 파손되었는가를 거듭 확인하는 것이었다. 이태준은 중국 기행에서 특정한 사물들을 응시하면서 그로부터 조선의 과거를 연상하는데, 이 과거는 특정한 '상실'의 기억을 떠올리게 만듦으로써 이 상실을 야기한 '원흉', 즉 미국에 대한 폭로로 나아간다.

궁전 마당마다 4,5백 년씩 되었다는 향나무들의 그 정정한 체목과 늘어
진 가지들이 운치 있었다. 중국에서는 이 향나무를 잣 백자 '백(栢)'이라
하여 괴석을 그린 '석수도'와 함께 늙은 향나무를 그린 '노백도'를 어떤 악
풍 고우와도 싸워 이기는 불로장생의 상징으로 존중히 여긴다.

(…중략…)

이 백송을 나는 20여 년 전 우리 서울 수송동에서도 먼눈으로 바라본
기억이 있는데 금년에는 없어지고 말았다. 향나무도 조선에도 많았다. 촌
에서는 제가 때 향목으로 깎아 쓰기 쉽게 조상들의 무덤밭치에 많이 심었
고 먼지를 가리기 위해 우물둔덕에도 많이 심어 상당히 보기 좋은 고목이
많았으나 이것은 일제 놈들이 관청과 관사와 요릿집 뜰안들에 강탈적으로
뽑아갔고 그것들이 이번에는 미제 놈들의 폭탄으로 타죽는 운명에 빠져
있다.(281면)

『소련기행』에서 언급된 소련의 풍물들은 조선 독자로 하여금 두 나라
의 유사성과 친숙감을 느끼게 만들었다고 한다면, 위의 인용문에서 볼
수 있듯『위대한 새 중국』에서 거론된 풍물들은 유사성으로 맺어진 중
국과 조선이 아닌 '미제'라는 제3자를 구상화하고 그에 대한 독자의
적대감과 증오심을 환기시키는 데에 목적을 두었다고 할 수 있다. 이러
한 서술 전략은 중국의 고대 문물을 언급하는 상황에서도 부지런히 작
동하고 있다. 어떤 경우에는 전쟁의 진행 상황과 크게 관련이 없는 뉴스
내용에 대해서도 이태준은 이러한 해석 전략을 활용하여 그 뉴스 내용
을 '항미원조' 전쟁과 관련짓는다. 이는 단순히 중국의 현재 사회 양상을
소화하고 전달하기 위해서가 아니라, 조·중 양국이 전쟁과 발전이라는
공동의 현실에 처해있으며, 같은 궤도 위에서 같은 속도로 함께 달리고
있음을 역설하기 위함이었다. 예컨대, 그는 베이징에서의 공식 일정을
끝내고 황하 연안을 향하여 달리는 차 속에서 중국 문련 기관지인『문예

보』에 실린 「양한(兩漢)의 예술」[26] 이란 글을 읽게 된다. 이 글은 당시 중국 문화부 문물국(문화유산의 관리 및 보전을 총괄하는 기관) 국장인 작가 정전둬(鄭振鐸)가 쓴 글로, 이태준은 정전둬가 이 글에서 중국 양한(兩漢) 시대의 예술을 소개하면서 지금의 조선 평양 교외에서 발굴된 '채색상 자'를 언급하고 있다는 점을 강조하여 전한다. 그리고 뒤이어 그는 이런 보물도 "야만 미제 침략군대 앞에는 돼지에게 진주격이어서 싸고 싸 깊 이 묻은 것을 놈들은 뒤져내어 굳이 구둣발로 짓밟아버린 것이"며, "형 태조차 맞추어보기 어렵게 바스라진 부스러기만 남았다"(313면)고 '폭로' 한다. 이어서 그는 여러 사례를 추가로 들면서 이른바 문명국인 미국이 조선의 문물을 파괴하는 행위를 비판하는데, 그 중의 한 사례는 다음과 같다.

> 이 미국 야만들은 1945년 가을에 서울에 들어와 서울대학을 항공부대 숙사로 차지하였다. 서울대학 관리위원회에서는 도서관만은 우리가 지키 겠노라 간청하였으나
> "우리 미국군대는 문명국 군대니까 도서를 존중할 줄 아니 염려 말라"하 고 도서관까지 강점했었는데 사흘이 못가 놈들은 종이가 부드럽고 질긴 고서적으로 골라뜯어 구두를 닦는 것이 발견되었던 것이다.(313면)

여기서 흥미로운 것은, 아래의 인용문에서 보듯이 이 사례는 소설「먼 지」에서 한뫼 선생이 서울에서 고서적에 관한 정보를 수집하며 전해들 은 이야기로 이미 소개된 바 있다는 점이다.

---

26 이 글은 정전둬가 『문예보』 1951년 제4권 제1호부터 제11·12 합본까지 연재한 「偉大 的藝術傳統(위대한 예술전통)」의 일부이다. 인용문 출처는 1951년에 『문예보』 제 4권 제11·12 합본에 실린 「兩漢的藝術(양한의 예술)」이다.

그리고 해방 후 전적(典籍) 이야기에 옮아, 서울대학 법문학부 자리에 미군 항공부대가 들어 있었는데 미군들이 총과 구두를 닦기 위해 조선 귀중본 여러 백 권을 찢어 없앤 것과 이왕가 장서에서도 조선에 한 벌밖에 남지 않았던 이조실록이 굴러 나와 휴지로 팔리는 것이 발견되어 일부는 회수하였으나 일부는 가뭇없이 사라지고 말았다는 딱한 이야기도 들었다.(273면)

『위대한 새 중국』에서 동양 문물의 실체와 가치는 미군에 의해 훼손되고 파괴된 모습으로 등장한다. 미군이 서울대 도서관의 고서적을 파괴한 이야기가 「먼지」에서는 하나의 '소문'으로서 이야기 진행을 위한 맥락의 일부로 서사화된다면, 『위대한 새 중국』에서는 일련의 문명 파괴 행위를 한 미군의 악행을 폭로하기 위한 기정사실로 제시되는 것이다. 전쟁이라는 폭력적 환경에서, 고대 문물은 그것이 지닌 미학적 가치보다 민족문화의 정체성에 대한 상징이라는 정치적 의미가 더욱 확대되어, 전쟁 담론의 일부로 회수된다. 문물은 결국 적(敵)과 아(我)를 가름하는 기준이 되는데, 이 담론 속에서 문물이 온전히 보존된 것은 인민이 공동 재산으로서 그것을 '보호'했기 때문이며, 소실된 것은 '미제'의 파괴 때문이라는 수사적 전략이 작동하게 된다. 이러한 서술 방식이 사실에 대한 진술이기보다 수사 '전략'에 가까운 것인 이유는, 중화인민공화국과 북조선이라는 두 지정학적 공간을 역사적 공동체로 엮어내는 이태준의 작업 속에서 역사란 사회주의 체제를 발전시키고 자본주의의 공격으로부터 방어해내는 오늘 여기의 '현재'일 따름이었고, 그 '현재'에는 '과거'의 유물들을 소중히 '보존'하는 작업이 개입될 여지가 없었으며, 따라서 유물로 상징되는 '과거'는 그 자체로 '보호'될 것이 아니라 '현재'를 부각시키기 위해 동원되는 아이템 정도에 그치는 것이었기 때문이다. 전쟁이라는 '현재'를 배경으로 '과거'란 이미 항상 소실된 것, '현재'에는 더이상 남아있지 않은 것, 돌이킬 수 없을 정도로 '단절'된 것으로서만 소환되었고, 이태준이 고수해왔던 전통지향적 미학은 '현재'라는 역사와 더 이상 겹쳐질 수 없는 것으로 사라져가고 있었다.

여행기간 중국 현지에서 보도된 한국전쟁과 관련된 내용을 전술(傳述)한 것 외에도 이태준은 중국에서 자신이 '본 것'을 묘사하기보다는 각종 회의에서의 고위 인사들의 연설, 박물관이나 전람회 안내원의 해설, 모범 노동자와 지원군 사병들이 서술한 '사적(事迹)'과 경험담 등 '들은 것'에 의해 얻어진 '사실'과 정보를 나열하는 데에 큰 지면을 할애한다. 그는 이러한 자료적 '사실'을 통하여 미군의 제국주의적 야만성을 피력함으로써 '미제'가 중국과 조선 인민의 원수임을 강조하여 그려냈다. 이때 이태준은 단순한 전달자가 아니라는 점이 중요하다. 북조선의 국가 대표로서 사회주의 새 중국을 방문하여 그들의 목소리를 인용하고 그들의 사실을 '사실'로서 강조하여 발화하는 이태준은 발화의 주체로서 '역사의 주인공'으로 거듭난다. 예컨대, 이태준은 항미원조 1주년 기념대회에서 주최자 측이 다른 나라에서 온 작가 대표들과 달리 "조선서 온 나에게는 시간 제한없이 언권을 준다"(358면)고 기록하고 있으며, 환영대회에서 "조선인민을 대표하여 화동지구와 상해인민들에게 형제적이며 전우적인 뜨거운 우의와 결의로서 답사하였다. 내가 연단에 오르자 전 군중은 총 기립하여 박수와 환호를 보내주었고 내말이 끝나자 장내가 떠나갈 듯이 '김일성 장군 만세!' 와 '영웅적 조선인민 만세!'소리가 폭발하였다."(323면)면서, 대회의 성황만이 아니라 자신이 '대표'한 북조선 지도자와 전체 인민들이 중국에서 주목받고 지지받는 '모습'을 전달한다.

이처럼, 『위대한 새 중국』에서 이태준은 이국적 공간에서 여행 경험을 체화하고 기록하는 주체만이 아니라, 현장으로서의 역사, 그리고 거대서사가 구축한 '역사'에서 실제 역할을 수행하는 주체로 거듭나고 있다. 특히 그는 전쟁에 관한 북조선 측의 관적 서사를 구축하는 '주체'로서 중국 방문의 견문을 서술하고 있으며, 결코 외국인이라는 '타자'의 시선을 내면화하고 있지 않다는 것을 짐작할 수 있다. 앞에서 살펴본 『소련기행』에서 여행 주체는 여행이라는 실천을 경유하여 자신의 미학적 관념이 타지에서 조우한 사회주의 사회이 현실과 어떻게 상호작용 혹은 충돌하는지를 드러내고 있으며 소설 「먼지」에서는 참담한 분단 현실에 의해 전통적 문화 가치가 소실되고 단절되는 상황을 그려냈다면, 『위대한 새 중국』에서의 여행 주체는 경유(經由)하는 자의 여행이 아니라, 여행 서사라는 담론 형식을 이용하여 역사의 '현장'에서 사회주의적인 미학과 상상 기제를 스스로 '구축'하고 있다고 할 수 있다.

5. 나가며

이태준의 사회주의 국가 여행기는 한 조선 작가의 눈에 비친 사회주의 사회가 어떤 모습인지를 보여줄 뿐만 아니라, 그 여행 과정에서 서사 주체가 작가로서 어떤 새로운 사고의 근거를 발견하고 획득하는지와 어떻게 새로운 문제를 제기하게 되는지를 드러내 준다. 이태준은 식민지 시기의 복잡한 문화 정치 체제에서 축적해온 자신의 전통지향적인 미학 관념을 소련과 분단된 조선, 그리고 중국 등 사회주의 제도의 실현 정도가 각각 다른 문화·역사 공간과 콘텍스트 속으로 호출한다. 그 가운데 서사 주체의 전통지향적인 미학 관념은 여행지에서 보고 느꼈던 현실과 상호 작용을 하거나 모순을 품은 채 어긋나게 되며, 이러한 작용 혹은 반작용을 관통하면서 작가의 미학적 경험이나 정신적 추이, 그리고 미적 관념을 대변해주는 언어 등 세부적인 요소들은 함께 변화하게 된다. 구체적으로 보면, 소련 방문 당시 그는 전통지향적 심미안으로 새로운 사회주의 국가의 실제 모습을 바라봄으로써 그 심적 거리를 줄이고 소련이라는 '유토피아'를 자기 민족에게도 해당되는 미래의 것으로 상상하게 된다. 그러나 소설 「먼지」의 주인공은 '남조선의 서울'이라는 장소에서 민족적이며 전통적인 사물들이 미군에게 짓밟히는 현실을 발견한 뒤 다시 '북조선의 평양'으로의 귀환을 선택하며 귀로에 죽음에 이른다. 이는 냉혹한 현실 앞에서 심미안적 주체가 설 자리가 없음을 보여주며, 그러한 심미안이 결코 현실의 옳고 그름을 판단하는 '감별안'으로 효과적일 수 없음을 보여준다. 그리하여, 이후 사실상 문화적으로 근접한 중국에 이르게 됨에도, 이태준은 전통적이며 문화적인 기준에 의해서가 아니라 조선과 함께 한국전쟁에 참전한 사회주의 맹우로서의 중국을 부각시키며 사회주의 사회와 전쟁이라는 현실성에 주목한다. 그리하여 서사 주체는 거대 타자로부터 전달되는 '진실'에 만족함으로써 심미적 '주체'로서의 능동성과 창조력을 상실하게 되며, 새로운 사실을 경험하고 사유하는 여행 주체로서의 기능도 상실하고 만다.

다시 말해, 소련이라는 장소에서 심미안과 미래에 대한 전망이 연동되어 생산적인 인식 방식으로 작용하던 것으로부터, 남조선과 북조선의 경계선 위에서 분단 현실과의 충돌로 인하여 심미안이 그 효력을 잃게 되는 장면을 거쳐, 다시 중국이라는 장소에서 심미안과 과거 혹은 문화와의 '만남'이 '탈각'되고 현장성 혹은 이데올로기적 관념만이 남게 된다. 요컨대, 『소련기행』에서 이태준은 사회주의 제도에 대한 막연한 인식과 동경을 토대로 소련을 관찰한다면, 「먼지」에서는 한뫼 선생의 남조선이라는 타자를 경유하여 사회주의 제도 정립의 정당성 및 한계성과 그 초기의 사회 난상을 드러내며, 『위대한 새 중국』에서는 사회주의 제도가 정립된 후 이미 상당한 경험을 가진 '주체'로서 사회주의 동반자이자 또 다른 '현장'인 중국에서 이미 얻어진 관념과 의미를 '재확인'하는 일련의 과정을 거치고 있다고 말할 수 있다.

이처럼 본고는 세 텍스트를 시간적, 공간적 경험의 연쇄로 바라보고 자 하였으며, 이태준의 문학 세계에서 새로운 세계와 진실을 탐구하는 심미적 주체가 어떻게 그 여정을 시작하고, 어떠한 손상 과정을 경유하 면서 그 존재의 정당성을 잃고 마는지를 다룸으로써, 북조선의 사회주 의 제도 정립 과정에 수반된 이태준의 전통지향적인 미학 관념의 변화 궤적을 살펴보았다. 이는 그간의 연구들이 도달한 결론과는 달리, 소련 방문이라는 외적인 정치적 행위의 '결과'로서 이태준의 문학 세계가 변 화된 것이 아니라, 분수령적인 시/공간을 경유한 '심미적' 주체의 내적 변주 과정 즉, 주체적 '보기'의 일종으로서 '심미안'의 존립 여부가 이태 준 문학 세계의 변화를 가져온 것임을 밝히고자 하는 작업이었다.

〈뇌우(雷雨)〉를 다시 읽는다, 유치진과 차오위(曹禺)의 만남

유치진 연출 〈뇌우〉 공연(1950)을 중심으로

왕캉닝

1. 들어가며

〈뇌우(雷雨)〉는 '동양의 입센'으로 불리는 중국의 천재작가 차오위(曹禺, 1910~1996)[1]가 24세에 쓴 데뷔작이자 대표작이다. 5년 동안 연극에

1　본명은 만가보(萬家寶), 자(字)는 소석(小石)으로 1910년 9월 24일 톈진(天津)에서 태어났다. 관료 집안 출신의 자제로 어렸을 때 집으로 선생을 모셔 경서(經書)와 시문을 통독하였다. 특히 『홍루몽』, 『수호전』, 『서상기』 등의 소설과 희곡을 즐겨 읽었다. 차오위는 어릴 적에 생모를 여의었고 계모의 슬하에서 자랐는데, 계모는 희곡을 매우 좋아하였으며 그와 함께 당시의 희곡과 문명희(文明戲)를 즐겨보았다. 이는 그가 이후 희곡에 관심을 갖고 극작에 종사하게 된 주된 계기가 된다. 차오위는 1925년 난카이신극단(南開新劇團)에 가입하여 본격적으로 희곡에 대한 열정을 불태우기 시작하였으며, 1929년 난카이대학(南開大學) 정치학과에서 칭화대학(淸華大學) 서양문학과로 옮겨 그리스 비극, 셰익스피어, 입센, 유진 오닐, 체호프 등의 작품을 본격적으로 연구하기 시작하였다. 처음에 그는 본명으로 소설을 썼으며 차오위라는 이름으로 1934년에 발표한 희곡 〈뇌우〉 4막극에 의해 일약 극작가로서의 명성을 얻었다. 이후 〈일출(日出)〉(1936), 〈원야(原野)〉(1937), 〈태변(蛻變)〉(1940), 〈베이징인(北京人)〉(1940), 〈집(家)〉(1943), 〈밝은 날(明朗的天)〉(1954), 〈왕소군(王昭君)〉(1979) 등 예술성이 뛰어난 작품들을 창작하였다. 그는 작품 창작 외에도 직접 연기를 하고 연출을 맡는 등 활발한 연극 활동을 벌였을 뿐 아니라 교육자로서 많은 희곡 관련 종사자를 배출해 냈다. 중화인민공화국이 성립되고 나서는 사회활동가로서 중외 문화 교류를 위해 심혈을 기울이기도 했다.

종사한 경험을 바탕으로 완성한 〈뇌우〉는 바진(巴金)의 혜안으로 1934년 7월 1일 베이징에서 발행된 『문학계간(文學季刊)』 제1권 제3기에 발표되었으며, 1936년 1월에 상하이 문화생활출판사(文化生活出版社)에서 단행본으로 출판되었다. 〈뇌우〉는 중국 현대극 발전 초기의 미숙한 문명희(文明戱)나 1930년대의 설교적인 좌익 연극과 확연한 거리를 두고, 파격적으로 서양 현대극의 형식과 구성을 도입하면서도 중국적인 특색을 살려 모색한 작품으로 중국 현대희곡의 새로운 지평을 보여주었다고 평가할 수 있다.

1935년에 도쿄 제국상과대학교의 중국 유학생에 의해 창립된 극단 중화화극동호회(中華話劇同好會)는 도쿄에서 〈뇌우〉를 중국어로 공연했다. 그리고 얼마 지나지 않아, 공연 당시 주평 역을 했던 중국 유학생 형진탁(邢振鐸)과 일본인 가게야마 사부로(かげやま-さぶろう, 影山三郎)는 이를 일본어로 번역하여 1936년에 도쿄 기데기사(東京汽笛社)에서 단행본 『뇌우』로 출판하였다. 당시 일본에서 〈뇌우〉 공연을 관람했던 궈모뤄(郭沫若)는 〈뇌우〉의 일역본 서문에서 "〈뇌우〉는 참으로 보기 힘든 수작이다. 작가는 극 전체의 구조, 스토리의 진행, 대사의 운용, 영화의 기법을 무대예술에 도입하려고 막대한 심혈을 기울였는데, 이 모든 것이 너무나 자연스럽고 빈틈이 없었다."라고 극찬한 바 있다.[2] 일본에서 〈뇌우〉가 성공리에 공연되었다는 소식이 중국으로 전해지면서 1936년 8월 중국 톈진 사립사범학교의 고송극단(孤松劇團)에 이어, 중국여행극단(中國旅行劇團)이 본격적으로 〈뇌우〉를 톈진, 상하이를 비롯해 대대적으로 순회공연하면서 1936년이 아예 '뇌우의 해(雷雨年)'라고 불릴 정도로 커다란 센

---

2 郭沫若, 「關於曹禺的〈雷雨〉」, 『曹禺硏究專集』 上, 王興平·劉思久·陸文璧 편, 海峽文藝出版社, 1985, 544면에서 재인용.

세이션을 불러일으켰다.

현재까지 〈뇌우〉는 뮤지컬, 오페라, 영화, 발레극, 탄사(彈詞) 등 다양한 형식으로 각색되어 영어·일본어·한국어·러시아어·독어·불어·베트남어·루마니아어 등 수많은 외국어로 번역·출판되었으며, 전 세계에서 외국어로 가장 많이 공연된 작품으로 손꼽힌다. 또 〈뇌우〉에 대한 해석 작업은 현재까지도 지대한 관심을 받고 있으며 작품 안팎을 넘나들면서 다양한 재해석의 가능성을 보여주고 있다.

한국의 경우, 일찍이 1946년에 김광주(金光洲)가 『뇌우』를 번역해 선문사(宣文社)에서 출판하였다. 김광주는 스토리를 완벽하게 전달하는 것을 넘어 각 장면의 디테일까지 일일이 재현했다. 양질의 번역본에 힘입어 〈뇌우〉는 한국에서 1946년부터 시대의 흐름에 따라 여러 차례 공연되었다.

공연 기간	극단	연출
1946, 1947, 1949	낙랑극회	이서향
1950	국립극단	유치진
1950~1954(피난지)	신협극단	이해랑, 유치진
1988	국립극단	이해랑
2004	국립극단	이윤택

차오위는 서문에서 자신이 정감상(情感上) 〈뇌우〉에서 표현하고 싶은 것은 세계의 잔인함과 우주의 신비한 힘에 대한 동경에 있다고 고백한 바 있다.[3] 그러나 원작의 작가의식과 다소 무관하게 〈뇌우〉는 본토인 중국과 외국에서 다양한 시대와 공간의 변모에 따라 수차례 무대화되는

---

3 曹禺, 『雷雨』, 文化生活出版社, 1936, iv ~ v 면.

과정을 거치며 계속 재해석되었다. 한국의 경우도 역시 그러했다. 여기서 눈여겨보아야 할 것은 다른 공연보다 1950년에 국립극단에서 유치진이 연출한 〈뇌우〉 공연이다. 늘 농촌 모티브와 역사극에 애착을 보이며 희곡 창작을 모색해 왔던 유치진은 예상치 않게 그것과 동떨어진 중국 시대극 〈뇌우〉를 국립극단의 제2회 정기 공연작으로 선정했으며, 그것도 기적같이 한국 공연사상 공전의 히트를 기록했던 것이다. 〈뇌우〉는 당시 관객이 1만 명만 들어도 대성공이라는 극장에서 보름 동안 36회 공연에서 무려 7만 5천 명이 관람했고, 서울 인구의 1/6 정도가 이 연극을 관람했을 정도였다. 김동원은 "이 연극을 보지 않고는 문화인 소리를 들을 수 없다고 할 만큼 지식층의 호응을 받은 것도 우리 연극사에 전무후무한 일"이라며 당시의 공연 성황을 회고한 바 있다.[4] 따라서 본고는 한국 공연사상 최고의 흥행 기록을 낳은 1950년 유치진 연출의 〈뇌우〉 공연을 중심으로 유치진이 차오위의 〈뇌우〉를 '만나'게 된 경위와 양자가 '만나'면서 파생된 일련의 양상을 포착해 보고자 한다.

　기존의 〈뇌우〉의 한국 공연에 대한 연구로는 김남석의 「〈뇌우〉 공연의 변모 과정에 대한 연구」(2004), 윤일수의 「중국 희곡 〈뇌우〉의 한국 공연 양상」(2005), 그리고 리우 커의 석사논문인 「중국 희곡 〈뇌우〉의 수용 양상 연구」(2009) 등 세 편이 있다.[5] 김남석과 윤일수의 논문은 한국

4　김동원, 「국립극단 창단 무렵」, 국립극장 편, 『국립극단 50년사』, 연극과인간, 2000, 149~150면.
5　김남석, 「〈뇌우〉 공연의 변모 과정에 대한 연구」, 『한국연극학』 22, 한국연극학회, 2004.
　윤일수, 「중국 희곡 〈뇌우〉의 한국 공연 양상」, 『배달말』 37, 배달말학회, 2005.
　리우 커, 「중국 희곡 〈뇌우〉의 수용 양상 연구」, 경북대 석사논문, 2010.
　박운석·리우 커, 「論柳致真對〈雷雨〉的接受」, 『중국과 중국학』 14, 영남대학교 중국연구센터, 2011.
　참고로 리우 커는 「중국 희곡 〈뇌우〉의 수용 양상 연구」(2009)중에 유치진판 〈뇌우〉

의 〈뇌우〉 공연사의 전반적 흐름에 대한 연구에 초점을 두고 있으므로
지면 관계상 유치진이 연출한 〈뇌우〉 공연을 비교적 간략하게 다루는
데 그쳤다. 김남석은 1946년 이서향판, 1950년 유치진판, 1988년 이해랑
판 〈뇌우〉의 세 가지 중에서 유치진이 연출한 〈뇌우〉 공연을 가장 높이
평가했다. 또 김남석은 각 막별로 유치진 대본의 수정 양상과 무대화
메소드를 분석하면서 유치진이 〈뇌우〉가 치정극으로 흐르지 않도록 작
품의 운명적 요소를 강화했다고 지적했다.

한편 김남석의 연구 성과 상당 부분을 보완해 낸 윤일수는 유치진 연
출의 1950년판 공연의 주제를 "억압받는 자들의 아우성"으로 파악했다.
윤일수는 유치진판 〈뇌우〉가 주씨 집안과 노씨 집안의 주종 관계에 더
큰 비중을 두고 있다며 근친상간을 소재로 했다는 비난에서 조금이나마
벗어날 수 있었다고 설명했다. 그러나 두 연구자 모두 중국문학 전공자
가 아니기 때문에 〈뇌우〉의 작품성을 소화하는 데에 제한적이었다. 한
국 공연의 연출 양상을 분석해 나가는 데에 있어서도 그 한계가 그대로
노출되었다. 원작 내용과 주제에 대한 심층적 해석이 결여된 채 한국의
공연 정황, 특히 대본에 직접적으로 나타난 연출 상황에 치중하여 논의
하는 경향이 엿보인다.

한편 리우 커는 수용 미학이라는 방법론을 도입하여 중국 원작이 한
국에서 공연 대본으로 재전유되면서 생기는 차이와 그 수용 양상을 비
교적 입체적으로 재조명했다. 그러나 리우 커의 논리에 전적으로 동의
하기는 힘든데, 무엇보다 원작 〈뇌우〉의 작가의식과 작품성에 대한 해
석에서 필자의 견해와 다소 엇갈리기 때문이다. 이에 대해서는 본론에

공연에 관련된 내용을 「論柳致真對〈雷雨〉的接受」라는 제목으로 2011년에 『중국과
중국학』에 발표했다.

서 논의를 진행하면서 반영하도록 하겠다.

2. 국립극단의 설립과 모험작 〈뇌우〉의 선정

'국립극장 설치안'은 이미 1946년경부터 예술계 일각에서 제기되었다. 각계 언론의 도움에 힘입어 급기야 '국립극장 운영위원회'가 발족되고 운영부서와 명단이 성급하게 발표되기까지 했다. 그때 참여한 인사 대부분은 좌익계였다. 그러나 1948년 총선거가 실시되고 대한민국 정부가 수립되면서 정세가 급격히 바뀌자 그동안 연극동맹에 가입하여 연극 활동을 해 왔던 대부분의 극작가, 연출가, 연기자들이 대거 월북하거나 지하로 잠입하게 되었으며, 1949년 6월 사상 전향을 하도록 '보도연맹'이 발족되자 이른바 민족진영 연극인만 남겨진(적어도 겉으로는 그렇게 수렴된) 상황이었다. 1949년 10월 21일 문교부가 '국립극장 운영위원회'를 조직하게 되자 운영위원장으로 문교부장관, 위원으로는 문화국장, 치안국장, 공보국장 등이 임명되었고, 공직자와 민간 예술인으로는 서항석, 유치진, 안석주 등 6명이 내정되었다. 전(前) 위원 가운데서 유일하게 남은 사람은 서항석이었다. 그리고 초대 극장장에는 단정 수립 후 남한 연극계에서 위상을 점차 공고히 해 가던 유치진[6]이 임명되었다.[7]

개관을 앞두고 유치진 극장장은 전속극단, 공연 체제, 레퍼토리, 무대

---

6   유치진은 그 무렵에 좌익 측의 '조선연극동맹'에 대항하는 전국연극예술협회(1947.10)와 한국무대예술원(1948) 이사장에 연이어 취임했고, 대한민국 정부 수립 후 '우익 연극 측의 최종 승리'를 확인하는 무대예술인대회(1949.1.14)에서 대회장을 맡았다. 이상우, 『유치진 연구』, 태학사, 1997, 366면.

7   이상에서 국립극단의 설치 상황에 관해서는 차범석, 「국립극단의 화려하고도 짧았던 꿈」, 국립극장 편, 앞의 책, 22~24면.

미술, 연출, 출연료 등의 문제에 관해 6개항을 세웠다.[8] 방침이 서자 국립극장은 1950년 1월 19일에 '신극협의회'를 설치하고 극작가 이광래를 간사장으로 앉혔다. 신극협의회는 산하에 예술국과 지방국을 두고 그 밑에 극작분과, 연기분과, 무대분과를 설치했다. 이어서 국립극장은 당시 가장 견실한 민족극단 극예술협의회 스태프진까지 고스란히 끌어들여 전속극단 '신협'을 구성했다. 신협의 창립단원은 이해랑, 김동원, 박상익, 최삼, 전두영, 송재로, 이화삼, 박경주 등 남자배우와 김선영, 유계선, 황정순, 백성희 등 여배우였다.[9]

전속극단 신협이 발족되면서 개관 레퍼토리는 자연스럽게 유치진 극장장에게 맡겨졌다. 그는 1950년 4월 30일에 창단 공연으로 유치진 작, 허석 연출의 〈원술랑〉을 무대에 올렸다. 이는 신극 운동을 시작한 이래 최대 관객을 동원한 역사적 기록을 남긴 공연이었다. 보름 동안 무려 5만이 넘는 관객을 동원했다는 것은 외국의 경우에도 흔치 않은 대기록이었다.[10] 성공적인 첫 출발에 이어 유치진은 두 번째 공연작으로 〈뇌

---

8 첫째가 전속극단 문제였다. 우선 신극협의회라는 기구를 두고 극장을 운영하되 전속배우를 두고 않고 전속극단 2개를 두며, 극단은 '신협'과 '극협'으로 하고 한 극단은 남녀 15명에서 20명 이내로 구성한다는 것이다. 둘째는 두 극단이 격월로 신작 1편씩 2주일 동안 공연하는 연중무휴 공연 체제를 갖추겠다는 것이다. 셋째는 레퍼토리 문제인데 창작극을 위주로 하되, 번역극도 곁들이고 신인 발굴과 소설가의 참여도 유도하며 원고료는 전 입장료의 5%를 지불한다는 것이다. 넷째는 무대미술 문제로 장치는 물론 조명, 의상, 대소도구 등은 모두 극장 무대와 제작계에서 전담한다고 했다. 다섯째로 연출의 경우 각 극단의 자주성을 위하여 극단에 완전 일임한다고 했다. 끝으로 출연료 문제인데, 이는 전 입장료 수입금 중에서 작품 공연료를 공제한 잔액의 10분의 3을 극단이 갖고 극장은 그 나머지 10분의 7을 배당받는다는 것이다. 유민영, 「국립극단의 형성 과정」, 국립극장 편, 앞의 책, 12~13면.

9 원래 신극협의회 산하에는 두 개의 극단을 둘 예정이었으나 '극협'만 흡수되었을 뿐 다른 한 개 극단은 미처 구성되지 못한 채 6·25 동란을 맞게 되었다. 김동원, 「국립극단 창단 무렵-〈원술랑〉과 〈뇌우〉 공연」, 국립극장 편, 앞의 책, 147면.

우〉를 선정했다. 그 결과 〈뇌우〉가 중국에서 창작된 지 15년이 지난 1950년에 한국에서 "중국 명극 〈뇌우〉"라는 공연 광고가 신문에 실려 세간의 눈길을 끌었다. 〈뇌우〉의 공연 소식은 1950년 6월 2일부터 『경향신문』, 『동아일보』 등 주요 일간지에 대대적으로 보도되었다.[11]

〈뇌우〉의 출연진은 김동원(주복원 역), 유계선·백성희(주번의 역), 이해랑(주평 역), 신태민(주충 역), 박상익(노귀 역), 김선영(노시평 역), 박성수(노대해 역), 황정순(노사봉 역), 고설봉(노복 갑 역), 오사랑(노복 을 역), 박의규(노복 병 역) 등으로 이루어졌다.[12] 유치진이 연출한 〈뇌우〉 공연 역시 대성공을 거두며 〈원술랑〉보다 더 화려한 공연 기록을 남겼다. 원래는 1950년 6월 6일부터 15일까지 열흘 동안만 공연하기로 계획되었지만 관람을 하지 못한 시민들이 불만을 터뜨리자 다음 공연 작품인 창극 〈만리장성〉을 닷새만 무대에 올리고 6월 19일부터 23일까지 〈뇌우〉를 연장 공연했다.[13] 김동원은 6·25 전야 무대가 된 〈뇌우〉가 그때까지 공연되었던 무대 가운데 최고의 예술무대였으며 원작이 지닌 예술적 향기와 연출, 연기, 장치 등이 빚어낸 절묘한 앙상블이 무대와 관중을 열광시켰다고 회상했다.[14]

---

10 이상 국립극단의 부서 설치와 〈원술랑〉의 흥행 상황에 관해서는 유민영, 앞의 글, 12~14면.

11 『중국 명극, 〈뇌우〉 국립극장서 상연』, 『경향신문』, 1950.6.2.; 「뇌우」, 『동아일보』, 1950.6.3.; 6.4.; 6.5.; 6.7.; 6.11.

12 '만년 주인공'으로 불리던 김동원이 아닌 이해랑이 '주평' 역에 캐스팅되었다. 이해랑은 이 역을 고사했다고 한다. 왜냐하면 그때까지 남자 주인공 역은 주로 김동원이 도맡아 했고, 이해랑은 노역이나 악역을 주로 맡았기 때문이다. 그러나 유치진의 캐스팅 의지는 단호했고, 자신의 연출 방향은 낙랑극회와는 다르다면서 이해랑을 격려했다. 김남석, 앞의 글, 117면.

13 유민영, 『이해랑 평전』, 태학사, 1999, 250~251면.; 윤일수, 앞의 글, 378면에서 재인용.

14 김동원, 앞의 글, 앞의 책, 149면.

　예컨대 1950년 6월 17일부터 『경향신문』에 실린 〈뇌우〉 연장 공연 광
고는 "뇌우 또 뇌우, 직장에서 가정에서 가두(街頭)에서 교정(校庭)에서
차중(車中)에서 가는 곳 모이는 곳마다 〈뇌우〉의 이야기뿐"이라는 제목
으로 세간의 이목을 집중시켰다. 이 광고에 문예평론가 백철이 「우리
극단의 큰 수확」, 작가 김수영이 「현명의 기획」, 예술대학 음악부장 현
제명이 「세계 수준에 육박」,『한성일보』 문화부장 채정근이 「열의에 찬
무대」, 영화제작자 이강수가 「일본보다도 우위」, 작가 오영진이 「조우(曹
禺)의 심오」라는 관람 평을 각각 달았다.[15] 〈뇌우〉는 그야말로 당시 모

<hr>

15　「뇌우」, 『경향신문』, 1950.6.17.; 6.18.; 6.21.
　　「우리 극단의 큰 수확-문예평론가 백철」 "대담한 감명을 받았다. 우리 연극이 이렇게
　　높은 경지에까지 도달하였다 함은 실로 반가운 일이다. 〈뇌우〉는 확실히 우리 극단의
　　큰 수확이다."
　　검사 최복렬 "〈뇌우〉를 읽은 지 오래되어 신협의 상연을 본즉 번의의 고정(苦情)보다
　　시평의 고민이 더 크게 형상화되었다. 나의 기억으로는 번의의 고민이 더 큰 줄 알고
　　있었는데 이 기억을 의심할 것이라면 이는 확실히 연출 씨의 혜안과 심로(心勞)의 공
　　인 줄 알았으며 여사히 외국 희곡을 완전히 소화하여 큰 성과를 거두었음은 연기자
　　제씨의 높은 수준을 백번 가상하여 남음이 있음이 있다."
　　「현명의 기획-작가 김수영」 "잘 쓰여졌습니다. 그리고 잘들 합니다. 나는 이 작자와
　　연출자 출연자 제위(諸位)에 커다란 감사를 올리며 이 〈뇌우〉 상연을 기획한 당사자
　　의 현명을 찬양하고자 합니다."
　　「세계 수준에 육박-예술대학 음악부장 현제명」 "놀라운 희곡이고 놀라운 연기고 놀
　　라운 무대효과이다. 모든 예술부문에 있어서 선진국에 뒤떨어진 우리들이 연극에 있
　　어서만이라도 세계수준에 육박하였음은 기쁘기 짝이 없는 일이다."
　　「열의에 찬 무대-한성일보 문화부장 채정근」 "국립극장이 생긴 지 한 개월이 못되는
　　데 이미 다른 극단에서 일찍 상연을 보았던 작품을 다시 내어 걸었다는 데에 다소
　　의아한 느낌이 있었으나 신협이 감히 이의 상연을 꾀한 데에는 그만한 핸디캐프를 무
　　찔러 버리려고 한 열의와 용의가 역력히 무대에 넘쳐흐름을 보고 안심하였다."
　　「일본보다도 우위-영화제작자 이강수」 "나는 일본에서 십여 일 전에 돌아왔습니다.
　　동경에서는 문학좌의 〈화려한 일족〉을 보고 왔습니다. 돌아와서는 국립극장에서는
　　〈뇌우〉를 보았는데 일본의 연극과 우리연극이 그 수준에 조금도 차가 없을 뿐 아니라

든 문화인의 극찬과 갈채를 한 몸에 누렸다.

그러나 실제로 〈뇌우〉는 불과 몇 년 전인 1946~1947년과 1949년에 이서향 등에 의해 공연되었는데, 당시 신파극적인 색채를 짙게 풍기면서 '근친상간'과 '불륜'의 치정극으로 지목되어 한동안 논란에 휩싸인 바 있었다. 그럼에도 불구하고 유치진은 왜 굳이 이 희곡을 제2회 공연작으로 선정한 것일까? 차범석은 그 이유에 대해 희곡 자체가 예술성이 높으며 사상적으로 어떤 하자가 있는 게 아니라면 무방하리라는 생각에서 극장 장인 유치진이 직접 연출까지 맡게 되었으리라 지적하면서, 이해랑과 번 역자인 소설가 김광주가 개인적으로 친분이 두터웠다는 점도 배제하지 못할 것이라고 추측했지만[16] 이것만으로는 충분한 해명이 되지 못한다.

유치진이 국립극장의 초대 극장장으로 임명된 1950년대는 연극인의 대규모 월북으로 인해 남한 연극계가 꽤 삭막해진 때였고, 그러한 상황 에서 그는 〈원술랑〉을 시발점으로 하여 남한 연극의 지평을 시급히 확 장해야만 하는 막중한 임무를 짊어지고 있었다. 따라서 공연작을 선정 하는 것은 더없이 신중하고 또 신중해야 할 일이었다. 그럼에도 불구하 고 그는 민족연극이 아니라, 당시 적대국인 중국의 연극을 수입하여 그 것도 이미 격렬한 논란을 한때 불러일으킨 '전과'가 있는 〈뇌우〉를 무대 에 올렸다. 물론 국립극단이 국제 문화 교류를 촉진하기 위해 〈뇌우〉에 이어 발레 〈인어 공주〉와 사르트르 원작의 〈붉은 장갑〉(원작명 〈더러운

오히려 우위인 것을 〈뇌우〉를 보고 나서 확실히 말할 수 있습니다."
　「조우의 심오-작가 오영진」 "등장인물 모두가 극 진행에 중대한 역할을 가지고 어느 인물 하나 간단히 넘겨버릴 수 없는 작품이었다. (…중략…) 중국 극단의 거성 조우의 〈뇌우〉도 그런 류의 작품이다. (…중략…) 〈뇌우〉를 보고 아직 내가 몰랐던 조우의 심 오를 비로소 엿본 듯한 느낌을 가졌다."
16　차범석, 앞의 글, 26면.

손))을 기획하고 있었으며, 그 후로도 칼 쉰헤르의 〈신앙과 고향〉(1957),
코프먼 하트의 〈태풍 경보〉(원작명 〈조지 워싱턴 여기에서 잠들다〉)(1957), 에
드몽 로스탕의 〈시라노 드 베르주락〉(1958) 등 외국 연극을 계속 적극적
으로 수입하기는 했으나, 현대극의 본산인 서양의 연극에 앞서 한국과
매한가지로 현대극의 전통이 빈약한 중국의 연극을 극장의 첫 번역극으
로 결정했다는 것은 당시로서는 매우 파격적인 일이라 하지 않을 수 없
다. 또 당시 친일파로 낙인 찍혔던 유치진이 자신의 정체성을 갖은 수를
써서 표백하고 미화해도 모자랄 판에 안전한 루트를 선택하지 않고 오
히려 꽤 예민할 수도 있는 연출작을 건드린 것은 일종의 모험에 다름없
었다. 게다가 당시 악극과 미국 영화가 범람하던 서울의 극장에 무려
7만 5천 명의 관객이 몰려들어 공연을 자발적으로 관람한 것 또한 쉽사
리 해명할 수 있는 현상이 아니다. 따라서 유치진판 〈뇌우〉 대본을 자세
히 점검하면서 그의 연출 의도부터 무대화 양상, 관객의 수용 태도에
이르기까지 두루 살펴봄으로써 실마리를 찾도록 한다.

　〈뇌우〉의 대본 내용을 검토하기에 앞서 일단 유치진판 〈뇌우〉 대본의
판본 문제부터 설명할 필요가 있다. 윤일수에 의하면 유치진은 1950년
국립극장 두 번째 공연작으로 〈뇌우〉를 연출한 것 외에 각각 1951년,
1954년에 피난지에서도 공연 연출을 맡았다고 한다.[17] 지금 서울예대에
보관되어 있는 〈뇌우〉 극본은 속표지에 도장과 같이 빨간색으로 적혀
있는 '東朗'이라는 유치진의 서명이 첨부되어 있는 것으로 보아서 유치진
이 당시에 사용했던 연출 대본임이 틀림없다. 그러나 이것이 1950년 국립
극단 제2회 정기공연 때 사용된 것인지 아니면 그 후에 피난지에서 공연
할 때 사용했던 것인지는 분명치 않다. 김남석은 이것이 1954년의 것일

17　윤일수, 앞의 글, 387면.

확률이 더욱 높다고 지적했는데, 필자 역시 이러한 의견에 동의한다.[18]

그 외에 국립극장에도 유치진판 〈뇌우〉 극본이 소장되어 있는데 이는 당시 1950년 국립극장 제2회 공연에서, 그리고 1954년 7월에 피난지의 〈뇌우〉 공연에서 각각 주평 역을 맡았던 이해랑과 김동원이 선후로 사용했던 대본인 것으로 보인다. 윤일수의 지적대로 표지에 "극단신협소장 A THUNDERSTORM BY CHO WOO"라고 명기되어 있으며 표지의 좌우편에 각각 '郎'과 '金東園'이 적혀 있다. 본문을 살펴보면 주평 역의 모든 배역 명에 붉은 색연필로 꺽쇠 표시가 되어 있다. 이러한 정황에서 미루어 보면 이 대본은 처음에 주평 역을 맡았던 이해랑이 사용한 것이고 나중에 주평 역을 맡은 김동원에게 넘어간 것이라고 짐작할 수 있다. 1954년에 유치진은 「운명극 〈뇌우〉─〈뇌우〉의 연출가로서」라는 글[19]에서 "5년 전 초연 시의 플랜을 그대로 사용했다"고 밝힌 바 있다. 바꿔 말하자면 두 대본, 즉 유치진의 연출용 판본과 이해랑·김동원 배우용 판본은 공연 연도나 사용자와 상관없이 동일한 판본이라고 볼 수 있다.

실제 두 소장본을 확인한 결과에 의하면 등사(騰寫)로 만들어진 두 대본은 대폭적인 수정 흔적이 보일 뿐 아니라 36면과 85~86면에 해당되는 부분이 검열로 인해 모두 백지로 되어 있다. 다만 지금으로서는 본래 백지였던 부분이 모두 육필로 채워져 있다. 그리고 흥미로운 것은 두 판본이 36면의 육필 내용은 동일하지만 85~86면에 추가된 내용은 연출용 판본과 배우용 판본이 다르다는 점이다.[20] 이는 공연 때마다 각각 다르게 수정·상연되었기 때문인 것으로 추측된다. 85~86면의 육필 내용

---

18 그 이유는 3장에서 노대해에 대한 개작 양상을 살펴보면서 밝히도록 한다.

19 유치진, 「운명극 〈뇌우〉」, 『경향신문』, 1954.7.18.

20 참고로 윤일수는 앞의 글에서 백지로 되어 있는 면수(85~86면)를 76~77면으로 잘못 표시하고 있다.

을 제외하고는 대본 위에 가해진 나머지 수정 흔적은 몇몇 군데에서 사소한 차이가 보이나 두 판본이 동일한 대본이라고 보아도 무방하다.

본고에서는 국립극장과 서울예대 소장 〈뇌우〉 대본을 주 텍스트로 삼을 것이며, 1950년 유치진판 〈뇌우〉의 공연 양상을 연구 대상으로 삼되 1951년 및 1954년의 공연 상황을 함께 고찰할 것이다.

3. 작가의식의 육체화, '신비한 힘'에 대한 명명

중국 연극계가 1920년대 말과 1930년대에 연극의 사회·정치적 기능에 관심을 기울이게 되면서 서양 현대극 양식, 특히 입센 연극을 수용하는 과정에서 중국의 리얼리즘 현대극, 즉 '문제극(問題劇)'이 탄생하게 되었는데, 이는 점차 중국 전통극과 문명희(文明戲)를 능가하는 연극계의 주류로 급부상하였다. 그러나 당대 연극인들이 이러한 연극 양식이 지닌 '전투성'과 사회·정치적 '공리성'에 과도하게 의미 부여를 한 결과 입센의 연극을 제대로 소화하지 못한 채 참혹한 현실을 반영하고 사회 문제를 신랄하게 고발하는 데에만 머무른 천편일률적인 연극 작품이 난무하게 되었다. 이처럼 중국 연극계가 피상적으로 입센 연극을 수용한 판국에 차오위는 사뭇 다른 리얼리즘 연극 양식을 세간에 내놓으며 중국 리얼리즘 현대극의 새로운 시대를 열어주다시피 했다.

그러나 차오위는 이 작품을 쓸 당시만 해도 "뭔가를 바로잡거나 풍자하거나 공격"한다고 하는 뚜렷한 작가의식이 없었다. 그가 서언에서 고백했듯이, "첫 시작에서 〈뇌우〉라는 모호한 영상을 떠올렸을 때에 내가 흥미를 가졌던 것은 한두 단락의 플롯과 몇몇 인물, 그리고 복잡하고도 원시적인 정서였다." 단적으로 말하자면 차오위는 어떤 "감정의 절박함"

과 그 감정의 쏠림에 따라 인물과 장면을 만들어 내고, 그 정감으로 인
해 우주 속에 존재하는 신비에 대하여 말로 형용할 수 없는 동경이 생겼
던 것이다.

> 나에게 〈뇌우〉는 유혹이었다. 〈뇌우〉에 수반되어 생긴 정서는 나로 하
> 여금 우주의 수많은 신비로운 사물에 대해 말로 **표현할 수 없는 동경에 품**
> **게 하였다.** 〈뇌우〉는 나의 '남겨진 야성'이라고 할 수 있다. 원시시대 조상
> 들이 이해할 수 없는 여러 가지 현상에 대해 놀라운 눈으로 바라보는 것처
> 럼 말이다. 〈뇌우〉를 추동시킨 것이 귀신이나 운명 또는 어떤 분명한 힘에
> 서 비롯되었다고 단정할 수는 없다. 감정상 〈뇌우〉가 상징하는 것은 나에
> 게 있어서 일종의 신비로운 매력이자 나의 심령을 움켜쥐고 있는 신비한
> 손이었다. 〈뇌우〉가 드러내는 것은 인과응보는 아니고, 내가 느끼기에는
> 세상의 '잔인함'(이런 자연의 '냉혹함'은 사봉과 주충의 처지가 가장 대표적
> 인데, 자신들은 아무런 잘못도 없이 죽음을 당한다)이다. 만약 독자들이
> 이 마음을 세심하게 이해한다면 이 연극에서 비록 몇 단락의 긴장된 장면
> 이나 한 두 캐릭터가 주의를 끈다 하더라도 이 숨겨진 비밀, 즉 우주 안에
> 서 투쟁하는 '잔인함'과 '냉혹함'이 있는 듯 없는 듯 **끊임없이 드러날 것이**
> **다.** 이 투쟁의 배후에는 자신의 관할권을 행사하는 주재자가 있다. 이 주재
> 자를 유대의 선지자들은 '하느님'이라고 떠받들고 그리스의 희곡 작가들은
> 그것을 '운명'이라고 하였다. 근대인들은 이런 알 수 없는 관념을 버리고,
> 단도직입적으로 그것을 '자연의 법칙'이라고 하였다. 그러나 나는 그것에
> 적당한 이름을 붙이지 못했고, 그것의 참모습을 형용할 능력도 없다. 그것
> 은 너무 크고 너무 복잡하기 때문이다. 내 감정은 내가 우주라는 것에 대한
> **동경을 표현할 것을 강요한다.**[21](강조는 인용자)

---

21   曹禺, 『雷雨』, 文化生活出版社, 1936년, iv～v면. 번역은 차오위 저, 하경심·신진호
　　공역, 『조우 희곡선』, 학고방, 2013, 570～571면에 의거함.

저자가 직접 쓴 서언에 의하면 차오위는 애초에 대가정의 비극이나 가부장제의 죄악을 폭로하려고 이 작품을 기획한 것이 아니라 우주의 '불가해한 힘'에 대한 동경과 두려움에서 발현된 신비주의, 잔혹의 미학을 표출하려던 것이었다. 차오위는 〈뇌우〉를 '문제극'보다 "한 편의 서사시"로 간주하고 있었다. 이 작품에서는 자연과 인간에 대한 추상적 사유를 모색한 그리스 비극의 흔적이 곳곳에서 발견된다. 보편적인 휴머니즘 정신을 가진 저자는 깊은 연민을 품은 채 "잔혹한 우물과 같은" 우주 속에서 아무리 소리쳐도 이 어둠의 구덩이를 빠져나올 수 없는 인간들을 형상화했다. 특히 그는 그리스 비극의 코러스처럼 음악이 울려 퍼지는 서막과 종막을 덧붙여 극의 완충 장치로 작용하게 함으로써, 급격하게 전개되는 스토리에서 관객들을 해방시켜 이로 해서 일종의 "감상의 거리"를 획득하게 된 그들이 우주의 주재자 혹은 '하느님'의 시점에서 비참한 운명에 맞닥뜨린 생명들을 목격하고 연민하도록 유도하였다. 요컨대 〈뇌우〉는 입센 연극의 리얼리즘적 성격을 갖추고 있는 한편 극히 철학적이고 상징적이며 그리스 비극의 성격을 풍기는 작품이다. 차오위는 〈원야〉, 〈일출〉 등 여타의 창작극과 달리 유독 〈뇌우〉 앞에 '4막 비극'이라는 제목을 덧붙였다.

   작품 해석에 있어 나는 우선 이 작품의 비극성을 환경에서 찾으려 하였다. 작중인물(아버지인 주박원(周樸園)을 위시하여 그 아내인 번의, 그 아들인 평과 충, 그리고 그 전처인 노시평 등) 모두가 이 작품이 제시한 사건에 엉키어 고민하고 있는데 이 고민은 그 인물의 각자 성격의 소치이기는 하지만 그와 동시에 중국 당시의 봉건주의 제도가 빚어내는 중압에서 오는 것이다. 봉건주의의 모순된 중압에 억눌리어 인간 본연의 자태에 돌아가려는, 아니 인간 본연의 자태를 찾아내려는 작풍 인물들의 피눈물 나는 발버

둥이 이 작품의 주제가 되어 있는 것이 아닌가.

주평이 그 계모와 불의의 정을 맺은 것이며 노시평이 전남편에게서 버림을 받은 것도 모두 봉건주의적 가족제도의 불합리성에서 오는 과실인 것이며, **봉건주의를 가장 깊이 체득하여 그 생활에 가장 적응하고 있는 것으로 보이는 아버지 주박원조차도 봉건주의의 덫에 걸리어 마침내 비극적인 고민을 청산 못함이 아닌가.**[22]

유치진은 「운명극〈뇌우〉—연출가로서」라는 글에서 이 작품의 비극성을 환경의 중압에서 찾아보려 한 것이며, 이 작품을 일종의 "운명극"으로도 보고자 한다고 밝혔다. 위의 인용문이 보여주듯이 '환경'은 구체적으로 봉건주의 제도가 빚어내는 중압을 가리킨다. 유치진의 해석에 의하면 〈뇌우〉의 주된 플롯은 봉건주의의 억압에 억눌린 인간들이 아무리 피눈물 나게 발버둥을 치더라도 끝끝내 환멸에 봉착할 수밖에 없다는 것으로 요약해 볼 수 있다. 유치진의 이 글과 앞서 인용한 차오위의 서언을 대조해 보면 두 글이 상당히 일치함을 알 수 있다. 다만 차오위의 다소 모호하고 감성적인 작가의식은 리얼리즘을 신봉한 유치진에 의해 한결 명확해졌다. 차오위가 "그것에 적당한 이름을 붙이지 못했고 참모습을 형용할 능력도 없다"며 늘 동경심과 두려움을 표했던 '신비로운 힘', 또는 '우주'는 유치진에 의해 '운명'이라는 보다 구체적인 이름을 가지게 되었다. 또한 위 인용문에서 '운명(의 기원)=환경=봉건주의의 중압'이라는 등식을 도출할 수 있듯이, 유치진에 의해 차오위의 '신비로운 힘', 또는 '우주'는 운명, 환경, 또는 봉건주의의 중압으로 치환될 수 있게된다. 다만 유치진의 이러한 해석은 중국에서의 〈뇌우〉에 대한 평가, 소위 "봉건적 대가정의 죄악을 폭로한 리얼리즘 극"이라는 식의 평가와 상

---

22 유치진, 앞의 글.

당히 다르다는 점에서 주의를 요한다. 이른바 "봉건적 대가정의 죄악"이 어떻게 보면 모두 주씨 집안의 가장인 주복원이라는 한 사람을 겨냥해서 나온 발화라면 유치진이 제기한 "봉건주의 제도의 중압"은 작중 특정 인물을 지목하지 않았다. 유치진의 눈에는 주복원을 포함한 모든 작중 인물이 봉건주의 제도의 희생자이자 피해자이다.

요컨대 유치진은 차오위의 낭만적이고 시적인 기질을 그대로 받아들이지 않고 '신비로운 우주'에 "환경"과 "봉건주의 제도"라는 실체를 부여해 주었다. 그러나 문맥적으로 점검해 보면 이른바 "운명"이니 "환경"이니 "봉건주의 제도의 중압"이니 하는 개념 역시 차오위의 "우주"와 마찬가지로 실체가 아니라 모호하고 추상적인 차원에 머무르고 있음을 알 수 있다. 사실 이러한 양상은 유치진의 희곡 창작 경향과 서로 맞물려 있는 문제이기도 하다. 일관되게 리얼리즘 극을 모색해 왔던 그는 작중 인물의 비극적 결말의 원인을 항상 주변의 환경에서 찾고자 했다. 예컨대 1930년대의 〈버드나무 선 동네 풍경〉과 같은 작품에서 유치진은 비극이 발생한 이유를 작중인물에서 찾는 것이 아니라 시대적 환경인 '가난'으로 귀결시킨 경향이 있다. 실제로 당시 나웅을 비롯한 비평가들은 유치진이 제시한 '가난(궁핍)'이 여전히 표상적이고 모호한 개념이라고 지적하기도 했다.[23]

한편 작품의 비극성을 환경에서 찾고자 했던 유치진의 연출 의도를 친일파라는 그의 처지와 연관 지어 생각해 볼 수도 있다. 1946년 제1차

---

23 "작가는 농촌의 궁핍을 그리려 하면서도 그들의 생활을 다른 모든 세계와 떠난, 즉 문자 그대로 '있는 그대로' 표면적 묘사에 그치고 말았다. 현실적 농업공황과 그들이 그렇게 된 원인의 상호관계의 배후에는 조금도 접촉치 않았다. 마치 무인도와 같이 고립화되었으며 그 본질이 구체적으로 묘사되지 않았다." 나웅, 「극예술연구회 제5회 공연을 보고」, 『조선일보』, 1933.12.8.; 12.9.; 양승국 편, 『한국근대연극영화비평자료집』 6, 국학자료원, 1993, 131~132면에서 재인용.

미소공동위원회 결렬 이후 이승만 중심의 우익 세력이 남한 단독정부 수립 운동을 펼쳤고 그 과정에서 친일 인사들의 정치적 재기가 이루어졌으며 친일파의 범위를 축소시키려는 의도가 관철되었다. 이에 따라 친일 잔재 청산의 문제는 '개인의 양심', 곧 개인의 문제로 축소되었다.[24] 사회와 법률의 공식적인 지탄과 징벌에서 한결 자유로워진 친일파, 또는 '친일 혐의'의 인사들은 다양한 수단을 통해 자신의 과거 행보를 은폐하거나 해명, 또는 미화하려고 했다. 이 무렵의 유치진도 역시 그러했다. 8·15 해방 직후 한동안 침묵하며 자신의 친일 과오에 대해 반성의 시간을 보내야만 했던 유치진은 다시 연극계에 복귀했다. 그는 작품을 통해 과거의 친일 행각에 대한 정치적 반성의 발화를 암암리에 드러내고 철저한 반일의 함성을 외치기에 이르렀다. 3·1운동 소재의 희곡 〈조국〉(1946)에 이어 8·15 해방의 감격을 축제적 분위기로까지 승화시킨 희곡 〈흔들리는 지축〉(1947)에 와서 반일의식과 애국주의는 한층 더 고양되었다.[25] 그런가 하면 〈조국〉에서는 국가에 대한 충과 어머니에 대한 효 사이에 고통스럽게 갈등하는 박정도의 모습이 정면으로 부각되었는데, 이는 일제강점기에 "부득이하게" 친일 행위를 범한 유치진 자신의 내면을 의도적으로 비추는, 또는 미화하려는 책략으로 간주할 수 있다. 또 국립극장 창단 공연으로 유치진이 창작한 〈원술랑〉(1950)에서는 철저한 애국주의가 고취되는 동시에 원술을 통한 자기변명적 단면이 내포되어 있기도 한다. "계율을 어긴 죄 곧 불충"라는 무거운 죄의식이 마음속 깊이 못 박힌 원술은 마지막에 왕이 내린 면죄부를 사양하면서 자신의 공 대신에 죄를 청사(靑史)에 남겨 달라고 청한다. 끝까지 뼛속 깊은 참

회의식에서 벗어나지 못하면서 국가에 견고한 충성을 바치려는 원술랑의 모습 역시 사회를 향한 유치진의 일종의 정치적 고백을 대변하는 것으로 작용하고 있다.

이러한 맥락에서 유치진이 비슷한 무렵에 〈뇌우〉를 통해 전달하고자 했고 또 각별히 부각시킨 이러한 '환경결정론'도 과거의 친일 행위에 대한 일종의 변명으로 읽힐 여지가 없지 않다. 즉 그는 '친일'이 시대 환경적인 중압에 아무리 발버둥을 쳐도 거역할 수 없고 어쩔 수 없는 선택이었다는 식의 논리를 꾀하려던 것이다. 따라서 유치진이 〈원술랑〉에 이어 〈뇌우〉를 국립극장의 제2회 공연작으로 선정한 이면에는 〈원술랑〉 공연에서 세간에 보여줬던 원로급 연극인으로서의 뛰어난 연출력을 외국의 수작 〈뇌우〉를 통해 다시 한 번 대중에게 증명하고자 하는 욕심과 함께, 친일 행위의 책임을 '일제 강점기의 시대 환경'에 전가시키려는 일석이조의 계산도 깔려 있었다고 볼 수 있다.

요컨대 〈뇌우〉에 대한 유치진의 해석에서 자신의 친일 행각을 해명하려는 의도가 암암리에 드러나고 있는 것이다. 그러나 전체적으로 봤을 때, 특히 유치진이 작품을 운명적인 비극으로 파악하고 등장인물들을 인간 본연의 자태로 돌아가려고 강렬하게 몸부림치는 불행한 생명으로 포착하고 있다는 점에서, 그의 해석은 원작의 작가의식과 작품성에 상당히 근접했다고 말할 수 있다. 백성희에 회고에 의하면 유치진은 대본의 해석에 충실한 연출가였으며, 그는 배우들과의 연습에서 읽기를 강조하고 작품 해석에 많은 시간을 할애했다고 한다.[26] 그런데 이는 유치진의 개인의 노력과 깊이 연관되어 있지만 〈뇌우〉의 최초 한국어 번역본을 내놓은 김광주의 공적도 한몫했다.

---

26 김남석, 앞의 글, 119면.

김광주는 일제강점기와 해방기를 관통하는 유일한 중국문학 번역가이며 특히 해방기에 중국 근대문학의 역사를 문학사적으로 조망하는 데 가장 큰 책임을 떠맡았던 인물이기도 하다.[27] 1946년에 그는 루쉰의 주요 작품을 번역하여 『노신단편소설집』 두 권으로 엮은 바 있으며, 무엇보다 주목할 점은 차오위의 대표작인 〈원야〉, 〈일출〉, 〈태변〉, 〈뇌우〉가 전적으로 김광주에 의해 각각 〈원야〉, 〈태양이 그리워〉, 〈매미는 껍실을 벗다〉, 〈뇌우〉라는 제목으로 번역되었다는 점이다. 달리 말해 해방기에 차오위의 여러 작품이 한국에서 상연될 수 있었던 것은[28] 김광주와 결코 떼어놓을 수가 없다. 또한 유치진이 연출한 〈뇌우〉 공연이 공전의 대성공을 거둘 수 있었던 것은 김광주가 탄탄한 밑받침을 마련해 주었기 때문에 가능한 일이기도 하다.

125면으로 출판된 『뇌우』는 본문에 앞서 안중근의 조카 안우생(安偶生)이 쓴 서문, 중국문학 전공자 정내동(丁來東)의 서문, 그리고 역자 서문과 차오위가 1936년 문화생활사에서 출판된 단행본에 부친 긴 서언 중의 몇 문장으로 간추려진 저자의 서문으로 장식되어 있다. 본문을 들여다보면 김광주는 몇 가지 소소한 착오를 제외하고는 서막, 전 4막, 종막을 모두 매끄럽게 번역했다. 사실 중국 건국 직후의 정치적 분위기에 따라 원작의 서막과 종막이 저자 차오위에 의해 직접 삭제되었을 뿐 아니라 원작의 정신이 완전히 훼손되다시피 할 정도로 내용이 대폭 수정

---

27 박진영, 「중국 근대문학 번역의 계보와 역사적 성격」, 『민족문학사연구』 55, 민족문학사학회, 2014, 138~140면.

28 "이서향판 〈뇌우〉(1946)의 상연으로 비로소 우리 극단에 조우(曹禺)가 소개되자 그의 작품을 상연하려는 기운이 높아져 극단 혁명극장이 〈원야〉를, 신지극사(新地劇社)가 이진순(李眞淳) 연출로 〈일출〉을, 여인소극장(女人小劇場)이 박노경(朴魯庆) 연출로 〈태변〉을 각각 상연하였다." 박민천, 「비극의 연원-〈뇌우〉 상연에 관한 노-트」, 국립극단 제2회 정기공연 〈뇌우〉 팸플릿, 1950.6.

된 1951년판[29] 이전에 김광주가 본래의 판본을 저본 삼아 번역했기 때문에 박진영이 지적했듯이 김광주의 〈뇌우〉는 그야말로 최선의 원작에 가장 가까운 번역본이라고 할 수 있다.[30]

차오위 작품에 대한 한국 공연 상황에 시종일관 관심을 가졌던 김광주는 상연작에 대한 평을 꼬박꼬박 써 왔으며 그동안 공연의 연출 상황과 관객의 관람 태도에 대한 아쉬움과 섭섭함까지 직접 토로했다.[31] 따라서 유치진이 연출한 〈뇌우〉에 대한 기대감 역시 그만큼 컸다. 사실 김광주는 상하이에서 〈뇌우〉 공연을 관람했을 때부터 이 작품을 한국어로 "번역하고 싶은 정열을 느꼈"으며 나중에 작품을 번역할 때에도 무대에 올릴 것을 염두에 두었다고 밝혔다.[32] 그리고 이만한 희곡을 무대에 올릴 만한 우수한 연출가가 우리 극단에 없으리라고는 믿고 싶지 않다며 마음속의 답답함과 기대감을 직접 드러낸 바 있다. 김광주는 이서향 연출의 〈뇌우〉에 대한 아쉬움을 금치 못한 데 비해 유치진 연출의 〈뇌우〉에 상당한 기대를 걸었다. 그는 연출자, 배우, 관객이 〈뇌우〉를 더 정확히 이해하거나 연출할 수 있도록 「인간이 약하다」라는 해설을 직접

29 1951년에 개명서점(開明書店)에서 출판된 〈뇌우〉를 가리킨다. 참고로 1954년 인민문학출판사판은 서막과 종막을 제거했지만 문화생활사판 〈뇌우〉(1936)의 내용을 거의 회복하여 출판했다. 1957년에 역시 서막과 종막이 제거된 채 중국희극출판사(中國戱劇出版社)판 〈뇌우〉가 나왔다. 이 판본은 사소한 수정이 가해져 있으며 1936년 문화생활사판의 서언을 부분적으로 편입했다. 1959년에 중국희극출판사에서 다시 상당한 수정이 가해진 〈뇌우〉가 출판되었다. 그리고 1984년에 이르러서야 문화생활사는 처음으로 서막과 종막을 포함시켜 1936년에 출판된 〈뇌우〉 단행본의 내용을 회복하여 출판할 수 있게 되었다. 자세한 내용은 謝國冰, 「〈雷雨〉的版本與曹禺的文學思想」, 『海南師範學院學報(社會科學版)』, 2006, 第4期 참조.

30 박진영, 앞의 글, 140면.

31 「〈原野〉閑談 그 上演을 보고·譯者로서」, 『경향신문』, 1947.2.2.; 「매미는 껍질을 벗다」, 『경향신문』, 1950.1.30.

32 「역자 서」, 차오위 저, 김광주 역, 『뇌우』, 선문사, 1946.

써서 〈뇌우〉의 팸플릿에 실었다.

> 曹禺는 중국 유일의 희랍극 연구가로서 그의 작품세계는 항시 자연법칙
> 의 결과로 중국의 역사와 중국의 사회가 빚어내는 운명극적인 요소를 토대
> 로 극단과 모순 속에서 빚어내는 심각한 치정적인 운명을 전율 할 만한 인
> 간의 원시적 본능적 잔인성에 육박하면서 대담 진밀한 착상(着想)과 우수
> 한 연극구성의 수법으로 엮어놓는 것이 그 특색이요 매력이다.
> (…중략…) 소위 치정적이요 후모를 침범하는 연극 운운하는 표면적인
> 견해에 관하야 역자로서 몇 마디를 가하지 않을 수 없다. 〈뇌우〉에 나타난
> 표현적인 사실은 틀림없이 치정적인 사실인지도 모른다. 그러나 우리는 여
> 기서 이 작품의 근저를 흐르고 있는 보다 더 중대하고 심각한 인간문제를
> 간과해서는 안 될 것이다.
> 차오위가 뇌우에 있어서 탐구하야 마지않은 것은 단지 작품의 표면에
> 나타난 동양도덕을 무시하고 윤리를 무시한 단순한 색정의 세계도 아니오
> 저속한 치정이나 복수의 세계가 아니고 원시적이요 본능적인 인간성의 약
> 점에 대한 무자비하리만치 엄숙한 육박이다.
> (…중략…) 다시 말하면 자기 운명을 자기 맘대로 못하고 그 저지른 죄악
> 가운데서 허덕이는 약한 인간심리를 교묘하게 파악함으로써 작자 조우는
> 우리 인간 생활에 있어서 인과도 아니오 보복도 아니오 대지의 잔인함과
> 자연의 냉혹함과 운명에 강하지 못한 인간본연의 자태를 심각하게 표현한
> 것이다.[33]

인용문에서 알 수 있듯이 김광주는 차오위를 중국의 리얼리즘 극의
대표 극작가가 아니라 "중국 유일의 그리스극 연구가"로 평가하고 있다.
그리고 〈뇌우〉에 드러난 작가의식은 인과도 복수도 아닌 자연의 잔인함

---

33 김광주, 「인간이 약하다-〈뇌우〉의 역자로서」, 국립극단 제2회 정기공연 〈뇌우〉 팸플
      릿, 1950.6.

과 냉혹함, 그리고 운명에 강하지 못한 인간 본연의 자태를 표현하고자 하는 데에 있다고 귀결하고 있다. 유치진의 해설이 "환경" 또는 "봉건주의 제도의 중압"이라는 조항을 새로 편입시킴으로써 원작의 작가의식을 보다 육체화했다면 김광주의 해설은 거의 아무런 굴절 없이 원작의 정신을 그대로 전달했다고 보아도 무방할 듯하다. 사실 김광주의 글뿐만 아니라 실제 1950년 〈뇌우〉 공연의 팸플릿에 실린 여타 논자의 논평을 보면 팸플릿 전편의 기조 자체가 〈뇌우〉에 대한 정확한 해독에 초점이 맞추어져 있음을 알 수 있다.

> (가) 어머니가 아들을 사랑하고 오빠가 누이동생을 사랑하고 골육이 상쟁하는 이러한 것을 상연한다고 비난을 한다. 〈뇌우〉가 단지 이러한 **파륜적인 면이 강조되었다고만 보는 것은 지나친 근시안적인 관찰이다. 뇌우의 비극성을 이렇게 윤리적으로만 해석하여 결론을 지으려는 것은 조급하고도 평면적인 해결이다.**
> 작가 조우는 중국의 사회를 주박원의 대가정으로 축소식혔다. 그래서 몰락하여 가는 중국의 봉건사회 생활상을 무자비하게 척말(剔抹)하면서 그 어둡고 침침한 제도 아래서 허덕이고 있는 여러 인간상을 그렸다. 이 참혹한 비극에서 우리는 허무러져 가는 옛것의 만가(挽歌)를 들을 수 있으며 벅찬 새것의 태동을 본다. 그러나 이곳엔 단지 신구(新舊)의 필연적인 투쟁만이 있는 것이 아니다. 조우가 말하듯이 원시적인 생명감이 이 비극의 참된 동력이며 작자의 의도하는바 또한 이것에 있지 않을 가. 작자는 봉건제도에 대한 강렬한 비판과 공격을 이 작품의 테두리를 삼았으나 이 비극의 양성(釀成)은 실로 발가벗은 인간의 끝일줄 모르는 생명욕에서다. (박민천, 「비극의 연원-〈뇌우〉 상연에 관한 노-트」)

> (나) 조우가 <뇌우>를 쓴 것은 부패한 봉건제도가 붕괴해가는 과정을 그려 통렬히 사회를 비판할라는 의도라고도 할 수 있으나 이것은 부대적인

포인트고 그의 이 극에 있어서의 참 의도는 실로 인간으로 하야곰 본연으로
도라가라고 외치고 있는 것이다. (허백련, 「생의 발견-〈뇌우〉 소감」)

(다) 단지 아래에 조우가 어떻게 〈뇌우〉를 구상했으며 왜 〈뇌우〉를 썼
는가? 하는 것을 간단히 말하야 관중들이 극작자의 심령에 조곰이라도 접
근하는데 도움이 되고자 한다.

(…중략…) 이 여인(번의)이야말로 버개불 같은 성격의 소유자요 그의 생
명은 가장 잔혹한 사랑과 가장 참을 수 없는 원한으로 교차되며 그는 행동
에 있어서 여러 가지 모순을 가지고 있으니 이 모순이라는 것이 또 한모디
극단적이다. 극단과 모순은 뇌우가 비저내는 분위기가운데서 가장 자연스
러운 조화의 기본이요. 이 두 가지의 기본으로 엮어놓은 악보가 곧 번의라
는 여성이오 또한 〈뇌우〉인 것이다.

(…중략…) 그(번의)에게는 불과 같은 정열이 있고 앙칼진 마음이 있으며
그는 감히 모든 질곡을 깨트려 부시고 피투성이가 되여 즘생처럼 싸워 본
것이다.

물론 결과에 있어서는 의연히 불바다에 떠려져서 그의 정열이 그를 태우
고 그를 미치게 하였지만 이것이 더욱 불상하기도 하고 존경도 할 수 있는
점이 아니냐! 구데기같이 불긇은 못생긴 남자들이 평범하고 어리석은 생활
을 위하야 부들부들 떨면서 하로하로를 값없이 보내는데 비하면 번의라는
여성은 얼마나 우리들이 존경해서 좋은 여성이냐! (한유한, 「뇌우는 무엇
을 계시하는가?」)

위의 인용문에서 볼 수 있듯이 1950년 〈뇌우〉 공연의 팸플릿은 〈뇌
우〉를 이서향판이 그랬던 것처럼 '불륜극'이니 '치정극'이니 하고 반대하
는 논란에 말려드는 것을 사전에 막기 위해 유치진에 의해 철저히 계산
된 결과물임을 알 수 있다. 작품 경개(梗槪) 소개부터 역자 김광주를 비
롯한 여러 논자의 논평에 이르기까지 모두 그러한 의도 하에서 배치되

었다. 팸플릿의 논평들은 차오위가 중국 봉건 제도의 죄악을 비판하고 있으나 궁극적으로는 인간 본연의 생명 의식을 형상화하려 한다고 작품의 중심 주제를 해석하고 있으며, 또 이 작품이 불륜극으로 읽히는 데 가장 큰 요인으로 작용하고 있는 주번의의 형상이 관객들에게 더 이상 오해를 사지 않도록 누차 설명하고 있다.

이처럼 공연 팸플릿을 통해, 유치진은 〈뇌우〉의 기획·연출에 있어 의식적으로 이서향판의 그것과 그 출발점에서부터 확연한 거리를 두고 있음을 확인할 수 있다. 다만 이러한 경향을 단지 전(前) 무대의 실패한 교훈을 적극적으로 받아들인 결과로 귀결시키는 것은 다소 표면적인 해석으로, 이면에 숨은 맥락을 놓칠 위험이 있다. 당시 이서향은 1948년 월북 후 북한의 국립연극단의 전신인 국립연극극장 연출가로 활동하고 있었고, 〈뇌우〉의 주연이었던 황철 역시 월북 후 국립연극극장 배우로 무대에 한창 서고 있었다. 다시 말해 낙랑극회에서 〈뇌우〉 공연에 참여했던 다수의 인물이 월북해서 초기 북한연극계에서 활약하는 동안 〈뇌우〉는 남한에서 유치진의 연출에 의해 국립극장 무대에 올려진 것이다. 앞서 언급했듯이, 순조롭게 진전되어 나간 북한 연극계에 비해 남한 연극계의 사정은 더없이 삭막했으며, 국립극장의 첫 극장장인 유치진은 북한 연극에 맞설 수 있는 남한 연극의 정체성, 정통성을 하루 바삐 확립해야 할 당위적 과제에 직면하고 있었다. 이 시점에서 북한 연극인에 의해 전에 이미 한 번 연출되었던 작품 〈뇌우〉를 전혀 다른 연출법으로 다시 성공리에 무대에 올리는 것은, 한창 상승세를 타고 있는 북한의 연극계에 대응하여 남한 연극계의 저력을 보여줄 수 있는 유력한 방책이었다. 따라서 〈뇌우〉에 대한 낙랑극회의 해독법과 사뭇 다른 방안을 정연하게 세간에 내놓은 유치진의 공연 팸플릿에는 남한 연극계의 헤게모니 구축과 직결된 당위적 일면이 담겨져 있었다. 이러한 정치적 측면을 고려할 때, 남한에 남아 유치진과 긴밀한 관계를 유지했던 김동원, 이해랑, 또는 김광주 등의 이서향판 〈뇌우〉 공연에 대한 회고를 액면 그대로 신뢰하기는 어렵다고 할 것이다.[34]

다만 그렇다고 하더라도, 연출 의도나 팸플릿의 내용 등에서 드러나듯이 유치진판 〈뇌우〉가 이서향판 〈뇌우〉에 비하여 더 원작의 정신을 전달하는 데에 초점이 맞추어져 있었다는 것은 확실한 사실로 보인다. 실링 〈뇌우〉에 대한 유치진판의 해석 지점은 차오위의 작가의식과 완전히 일치한 것이 아니더라도, 이에 상당히 근접하거나 같은 맥락으로 포섭될 수 있는 것들이다. 이는 〈뇌우〉가 그동안 중국에서 겪었던 정황을 상기하면 더없이 아이러니컬하면서도 의미심장한 일이다. 〈뇌우〉는 그동안 중국에서 대대적으로 호응을 받았음에도 불구하고 단 한 번도 '그리스 비극'과 관련지어 공식적으로 홍보되지 못했다. 하물며 유치진이 그랬던 것처럼 그리스 비극적인 분위기에 맞춰 차오위의 무대 지시대로 바흐의 미사곡 B단조까지 공연에 삽입했다는 것은 더더욱 중국에서 상상할 수 없는 광경이다.

이 연극은 일본 유학생에 의해 처음 공연했을 때부터 좌익 투쟁극으로 기획되었다. 그 후에도 '불륜의 사랑'에 초점을 맞춘 대중 통속극, 혹은 주박원으로 표상되는 봉건적 대가정의 가장 또는 자본가를 규탄하는 사회 문제극이니 계급 투쟁극이니 하는 명목으로 받아들여졌다. 그리고 1950년에 '운명극', 또는 '그리스 비극'이라는 각도에서 유치진이 처음 〈뇌우〉를 연출하고, 1951년과 1954년에 피난지에서 무대에 올릴 무렵은 아이러니하게도 원작자 차오위가 중국 국내의 한결 긴장된 정치적 분위

---

34 이상에서 이서향이 연출한 〈뇌우〉에 대한 평가 및 낙랑극회에서 〈뇌우〉 공연에 참여했던 이서향, 황철 등 인원의 동향에 대해 귀중한 정보와 의견을 주신 『민족문학사연구』의 심사위원에게 감사드린다.

기를 견뎌야 했던 때였다. 차오위는 〈뇌우〉의 제4막을 다시 쓰다시피 개작했을 뿐 아니라 1954년과 1959년에는 베이징 인민예술극원(北京人民藝術劇院)에서 "반봉건"이나 아예 국책 연극에 맞물린 "강렬한 계급 투쟁극"으로 〈뇌우〉를 연출해야만 했다.[35] 요컨대 중국의 시대적 분위기에 따라 원작자와 연출가의 손으로 완전히 굴절되어 버린 〈뇌우〉는 비슷한 시기에 오히려 적대국이었던 한국에서 거의 본모습대로 소환된 것이다.

4. 인물의 형상화와 '뇌우'의 재현

〈뇌우〉의 '불가해한 우주'로 호명된 거대한 외곽을 헤쳐 그 속으로 파고 들어가 보면 그 내부의 탄탄한 대사로 이어가는 플롯이 드러나게 된다. 아침부터 같은 날 새벽까지 단 하루 동안 풍부한 내면을 가진 등장인물 여덟 명이 겹겹의 갈등을 끊임없이 쌓아가며 절정으로 치닫고 또 철저히 파멸되고 만다.[36] 차오위는 온갖 장치를 동원해 그의 등장인물을

35　중국 국내의 〈뇌우〉 공연에 관한 자세한 상황에 대해서는 孔慶東, 「從〈雷雨〉的演出 史看〈雷雨〉」, 『中國現代文學研究叢刊』, 1991, 第3期 참조.

36　국립극단 제201회 정기공연 〈뇌우〉 팸플릿(2014.4) 32면에 의거해 줄거리를 정리해 보면 다음과 같다.

　서막: 교회 부속 병원의 특별 응접실 안
　겨울날의 어느 오후, 한 노인이 이 병원에 입원해 있는 어떤 부인을 면회하러 온다. 병원의 특실에는 '미친 여자'로 알려진 여성 환자 두 명이 장기간 입원해 있는데, 이들 두 사람 모두 노인과 관련이 있다. 이 병원은 노인이 기증한 집으로, 어느 해인가 이 집에서 남녀 셋이 죽었다는 이야기가 비밀스럽게 떠돈다.

　1막: 10년 전 어느 여름날 무더운 아침—주씨 집 안의 응접실 안
　광산회사 사장인 주복원(周朴園)의 집. 이 집에는 후처 주번의(周繁漪)와 전처의 아들 주평(周萍), 주복원과 주번의 사이에서 태어난 아들 주충(周沖), 하인 노귀(魯貴)와 그의 딸이자 하녀인 사봉(四鳳)이 살고 있다. 봉건적이고 억압적인 스타일로 집안의 분위기를 무겁게 하는 남편에게서 이미 마음이 떠난 주번의는 그가 집에 없는 틈을 타

하나하나 궁지에 몰아넣어 한 발짝조차 후퇴할 수 없게 만든다. 〈뇌우〉
는 인간의 강렬한 '발악함'과 우주의 은밀한 '폭력' 간의 팽팽한 길항 양
상을 중심으로 전경화하면서 인간 내면의 깊숙한 곳에서 발현된 극한의
두려움과 비통함을 환기시킨다. 또한 〈뇌우〉는 독자와 관객들로 하여금
질식할 정도로 급박한 발악함 속에서 역설적으로 진정한 자아를 추구하
려는 인간의 갈망과, 용기를 내어 절박한 난국을 돌파하려는 강한 생명
의 힘을 발견하도록 한다.

현실을 다루되 일상적 현실을 피상적으로 구현하는 경계를 넘어 현실

의붓아들인 주평과 불륜을 저지른다. 그러나 주평의 마음은 어느새 하녀 사봉의 풋풋
함에 이끌리게 되고, 주번의의 친아들인 주충마저 사봉을 사랑하게 되어 그녀와 결혼
하고픈 마음을 내비친다. 한편 사봉의 오빠 노대해(魯大海)는 주복원이 소유한 광산의
노동자로 파업을 일으킨 후 임금 인상 투쟁을 위해 사장을 만나러 이 집으로 온다.

2막: 같은 날 오후
주평의 사랑을 잃은 데 대해 분노한 주번의는 사봉을 내쫓기로 결심하고 사봉의 어
머니인 노시평(魯侍萍)을 집으로 불러들인다. 노시평은 이 집에 들어서면서 과거에 자
신을 버린 주복원과 재회하게 된다. 노시평은 결국 딸 사봉의 연인인 주평이 자신의
친아들이란 사실을 알게 되고, 주복원은 자신에게 덤벼드는 노동자 노대해가 자신이
버린 둘째아들이란 사실을 알게 되어 놀란다.

3막: 노씨 집의 작은 안방-같은 날 밤 10시
주평은 광산으로 떠날 것을 결심하고, 노시평은 근친상간을 막기 위해 억지로 사봉을
데리고 떠나기로 한다. 그러나 이미 주평의 아이를 가진 사봉은 그날 밤 주평을 따라
도망가기로 결심한다.

4막: 주씨 집 응접실-그날 밤 2시
주번의는 자신은 자식도, 남편도, 집도 필요 없고 오직 평만이 필요하다며 매달리고
애원하지만 평은 그런 주번의를 야멸치게 뿌리친다. 이에 주번의의 분노는 격렬해져
서 급기야 두 사람이 불륜을 저질렀다는 사실을 온 가족들 앞에서 폭로하며 분노를
폭발시킨다. 모든 사실이 드러나고, 이에 충격을 받은 사봉은 밖으로 뛰어나가다가
감전사(感電死)를 당하고 사봉을 붙잡으려던 충도 함께 감전사를 당한다. 평은 권총으
로 자살하고, 노대해는 길을 떠나고, 주번의와 노시평은 충격으로 미쳐버린다.

종막: 다시 10년 후 어느 겨울 오후
연말이 되자 아들 대해가 돌아올지 모른다며 끊임없이 서성이는 노시평, 그녀를 안타까
운 눈으로 지켜보는 주복원. 10년 동안 아무도 찾지 않았고 아무 일도 일어나지 않았다.

에 반응하는 인간의 풍부하고 다층적인 심리 공간을 형상화해 내는 것은 〈뇌우〉가 보여준 리얼리즘 극의 매력이다. 여덟 명의 극중 인물은 각각 저마다의 강렬한 욕망을 가지고 있다. 주박원은 '가정의 조화로운 질서'를 추구하고 있는 인물이며, 주번의는 어둠침침한 주씨 집안에서 자신의 마지막 희망인 주평을 붙잡으려고 주박원의 권위에 미치광이처럼 반발한다. 주평은 무거운 죄의식을 안겨 준 주번의의 괴롭힘에서 하루 빨리 벗어나려고 사봉의 사랑을 해결책으로 삼고 있다. 한편 사봉을 사모하는 주충은 그녀와 '참 세계'로 떠나가고 싶어 하지만, 사봉은 주평과 함께 살 수 있기를 간절히 염원한다. 노시평은 사봉이 자신처럼 비참한 삶을 살지 않도록 주씨 집안사람과 결연하기를 그녀에게 강요한다. 노귀는 돈을 제일 믿음직한 것으로 생각하는 인물로 주씨 집안의 일자리를 그대로 유지하려고 주번의를 협박하기까지 한다. 한편 노대해는 노동자의 임금 인상을 위해 자본가인 주박원과 투쟁하려고 온갖 애를 쓰고 있다.

이처럼 각기 다른 욕망을 가진 사람들이 힘껏 발버둥치지만 결국 발악했던 만큼 철저한 파멸로 끝을 맺기에 이른다. 주박원은 자신의 조화로운 가정을 잃게 되며 주번의는 주평을 잃고 미치고 만다. 주평은 사봉과의 사랑이 곧 근친상간이라는 사실을 알게 되자 총으로 스스로 목숨을 끊는다. 사봉 역시 감전사로 자살하게 되고 그녀를 구하려던 주충은 그녀를 뒤따라 죽게 된다. 노시평은 하루 만에 아들과 딸을 잃는 비극을 겪고 노귀는 돈을 가져올 수 있는 주씨 집안의 일자리를 더 이상 붙잡을 수 없게 된다. 노대해 역시 주박원과의 합의에 실패하고 말며 그 후로 종적을 감춘다.[37]

---

37 이상 〈뇌우〉 원작에 대한 해석 방법은 錢穀融, 「關於《雷雨》的命運觀念問題」, 王興平

요컨대 이와 같은 비극적인 스토리가 유치진에 의해 구체적으로 어떻게 전개되었으며 갖가지의 욕망을 가진 등장인물들이 또한 어떻게 형상화되었는가?

> 무대 면에는 위선 깜작 놀래였다. 우리의 솜씨도 그동안 이만하였던가? 국립극장으로서의 관록도 섰거니와 도대체 그만 하면 만족이었다. 본질적으로 평면에 빠지기 쉬운 무대건축이 그같이도 완전한 입체로 구성되었다는 것은 장치자 강씨의 공인지 연출자 유씨의 공인지 하여간 나로서는 처음 본 성공이었다.
>
> 이층 계단을 곡선으로 한 것 삼면으로 드나드는 좌, 우, 중 등퇴장구(登退場口)가 다 각각 특이한 심도[奧行]를 가지게 한 것. 특히 서재에 개폐문을 통하여 잠간 보이는 외벽의 글씨족자 그 간단한 장식 때문에 얼마나 입체화되었는지 모르겠다. 더구나 북벽(北壁)을 전창(全窓)으로 하여 시각을 넓게 하는 동시에 '호리존르'의 합리적 활용은 조명과 아울러 광대한 정원을 연상시키기에 충분하였다. 그리하여 무대면이 응접실만을 가지고도 이 주인공의 굉장한 저택을 완전히 입체화하였다.
>
> 있지도 않은 이층, 서재, 문옥(門屋), 정원 등등을 실존시키어 관중의 착각을 최대한으로 역용한 수법은 진실로 훌륭하였다. 바람이 불고, 빗방울이 부디치고, 천둥이치는 의음적 효과라든가, 번개를 비롯하여 하룻동안의 시간적 변화를 알맞게 색채화 한 조명등 모두 실감이었다.[38]

설의식의 관람 평에서 볼 수 있듯이 유치진은 〈뇌우〉의 등장인물, 그리고 인물 간의 복잡다단한 플롯을 관객들에게 최대한 생동감 있게 전달하기 위해 우선 무대 면에서 상당히 애썼으며 탄탄한 밑받침을 마련

· 劉思久·陸文璧 편, 앞의 책, 645~646면 일부 참조.
38 설의식, 「뇌우의 이모저모」 상·하, 『동아일보』, 1950.6.22~6.23.

했다. 입체적 무대 디자인부터 음향의 삽입, 색채와 조명의 활용에 이르기까지 〈뇌우〉를 최대한 완벽하게 재현하려는 연출자의 야심이 남김없이 투영되어 있다.

유치진은 서막과 종막을 제외하고 본 4막을 무대에 올렸다. 백성희에 증언에 의하면 대사를 대폭 축소하여 공연 시간이 3시간 정도 걸렸다고 한다.[39] 그리고 실제 대본을 확인한 결과, 원래 대본은 김광주의 역본에 의해 작성되었으나 군더더기 같은 대사나 부수적인 플롯, 그리고 필요 이상으로 설정해 놓은 복선들[40]이 삭제되었다. 유치진은 원래 대본 위에, 특히 2막에 해당되는 68~87면과 4막 엔딩 부분에 해당되는 135~164면의 내용에 대폭 수정을 가한 것으로 보인다. 또 백성희의 회고에 의하면 유치진은 무려 40여 일에 달하는 연습 시간을 가졌으며, 원작자 차오위가 서언에서 주문한 대로[41] 배우들에게 〈뇌우〉가 지닌 풍부한 심

---

39 김남석, 앞의 글, 120면. 참고로 국립극장 공연 녹화 비디오에 의하면 원작의 서막과 종막을 모두 살려 거의 아무 내용 삭제 없이 연출한 2004년 이윤택판 〈뇌우〉 공연은 4시간 정도 걸렸다. 원작의 대사를 대폭 삭제하여 연출한 1988년 이해랑판 〈뇌우〉 공연은 2시간 정도였다. 이해랑판 공연은 다소 밋밋한 느낌이 없지 않았으나 원작에 비해 지나치게 조잡하거나 아예 못 볼 정도는 아니다. 따라서 유치진판 공연은 이해랑판보다 한 시간 정도 더 소요된 셈이기 때문에 꽤 양질의 공연물이라고 판단된다. 또한 언어상의 차이가 있겠지만 중국에서 가장 으뜸으로 손꼽히는 베이징인예술극원(人民藝術劇院, 약칭: 베이징인예)판 〈뇌우〉 공연은 2시간 50분 정도 소요된다.

40 예컨대 1막에서 노귀와 사봉이의 대화에서 노시평이 주씨 집안에 온다는 대목이 삭제되었다. 또 주번의가 노귀에게 떨어진 전선을 수리해야 한다는 대화가 제거되었다. 그 외에 주박원이 노시평에게 둘째아들 즉 노대해에 대해 물어보는 장면도 안 보인다. 이는 작중에서 여러 번 나타나는 복선들이기 때문에 하나만 남기고 나머지는 대체로 지워진 것으로 보인다.

41 차오위는 서문에서 등장인물의 성격을 세밀하게 분석하고 있으며 각 역별로 해당 연기자의 연기 메소드까지 신신당부하고 있다. 다소 논외의 대목이지만 유치진은 〈조국〉(1946)의 본문 앞에 이전과 달리 〈성격 연구〉라는 독특한 지시문을 삽입했는데 이 것은 〈뇌우〉의 서문 스타일에서 받은 영향이 아닌가 한다.

리적 요소를 강조하며, 신파극적 연기와 확연히 구별되는 절제되고 계산된 연기와 내면 표출 방식을 요구했던 것으로 보인다.[42] 대본에 대한 유치진의 수정 양상과 인물의 형상화에 대해서는 김남석, 윤일수, 리우커가 앞서 논의한 바가 없지 않으나 두 가지 사항을 더 지적할 필요가 있다.

우선 노대해에 대한 개작이다. 원작에 따르면 노대해는 충동적이면시도 내때로 조리 있게 문제를 설명할 줄 알고 좌익적인 성향을 보이는 노동자인데, 유치진은 공연에서 노대해의 이미지를 여전히 충동적이지만 좌익 색채가 거의 안 보이는 노동자로 설정했다. 앞에서 언급했듯이 검열 혐의로 백지로 처리된 부분이 두 군데가 있는데, 이들 모두 노대해에 관한 내용이다. 무엇보다 흥미로운 것은 36면에는 원작 내용 그대로 다시 손으로 옮겨 놓았지만 85~86면 백지 부분은 국립극장과 서울예대 소장 대본이 각각 다르게 원작 내용을 첨삭 또는 개작을 가했다는 점이다. 85~86면에 추가된 육필 내용은 다음과 같다.

국립극장 소장 대본
복: 파면을 악화식힌 노동자대표라는 것을 알 뿐이다. 그래 무슨 일이냐?
대: <u>그렸습니다. 그렇기 때문에 좀뵙겠다는 것입니다.</u>
복: <u>그래 무슨 일이냐?</u>
대: <u>사장*당신*께서는 무엇하러 제가 왔다는 것을 아시겠음니다그려.</u>
복: <u>나는 모른다. (머리를 흔들며)</u>
대: <u>우리는 오늘 멀리 광산으로부터 이곳까지와서 당신네문간방에서 아침여섯시부터 여태기대렸습니다.</u> 그러면 사장*당신*께 뭇습니다. 대체우리노동자의 조건을 드러주심니까 안드러주심니까?

---

42   김남석 편, 『백성희의 삶과 연극: 연극의 정석』, 연극과인간, 2015, 60면.

복: 그러면 다른 세 사람의 대표는?

대: 그들은 지금 다른 공장과 연락을 취하러 갔음니다.

복: 그래. 그들이 너에게 <u>다른 말은 안하든가?</u> *하는 말이 없든가?*

대: 하고 안하고 당신께 무슨 야랑곳임니까? 당신께서는 대체 우리를 어
　　찌하여 주실 셈이오.

(주평 식당으로부터 나오다가 사람이 있는 것을 보고 도로 드러가랴 한다)

복: (평을 보고)평아, 거기섯거라.

평: 네 아버지.

복: <u>평아 이리와 서 있거라.</u>(대해에게) 네 성미만 가지고는 무슨일이고
　　교섭할 수 없는 거야.

대: <u>당신네들 수단을 잘암니다. 당신네들은 이렇게 시간을 질질껄고 사</u>
　　<u>람답지않은 놈들을 몇놈 매수해 가지고 우리를 잠시동안 속이잔 말</u>
　　<u>이지오?</u>

복: <u>그렇게 생각하는것도 일리가 없지 않어.</u>

대: 모든게 당신네 잠못임니다. 내가 여기 온 것은 당신께 애걸하러온
　　것은 아님니다. 똑똑히 드르십시오. 애걸하러 온것이 안임니다. 승
　　락하시겠으면 승락하시고 승락치 않으신다면 우리는 끝까지 파업
　　할 계속 따름이지오.

복: 너는 너의들의 대표나 지도자들이 미덤직하다고 생각하느냐?

대: 적어도 <u>당신네들 돈만아는 사람들보다는 미덕직하지오.</u>

(밑줄: 공연 시 다시 삭제. 이탤릭체: 공연 시 다시 수정)[43]

　위의 인용문은 노대해와 주복원이 대면하는 장면이다. 국립극장 소장
대본에 육필로 추가된 내용은 원작의 해당 부분을 거의 그대로 따랐지
만 유독 김광주 번역본의 "이번 저의들의 파업은 단결과 조직을 가지고
있음니다"라는 좌익적 성향을 직접 노출한 문구가 삭제되었다. 그리고

43　국립극장 소장 〈뇌우〉 대본, 85~86면.

국립극장 소장 대본의 해당 장면에 관한 문맥을 대강 정리하자면 주복원이 노대해에게 파업을 지도한 대표들이 믿음직한가 하는 질문에 노대해가 적어도 당신보다는 믿음직하다고 대답하자 옆에서 대화를 듣고 있는 주평이 분노하여 아버지에게 무례한 행동을 한 노대해를 때리기에 이른다는 것이다. 그러나 원작에 의하면 주평이 대해를 때리기 전에 훨씬 더 많은 일들이 발생한다. 실제로 인용문 뒤에 곧이어 나오는 장면, 예컨대 주복원이 광산에서 이미 일을 시작했다는 전보와 매수당한 다른 대표들이 서명한 계약서를 노대해에게 보여주는 대목, 노대해가 약이 올라 주복원이 경찰을 불러 광산의 여러 노동자를 죽였던 일과 하얼빈에서 다리 공사를 맡았을 때 일부러 강 제방을 위험하게 만들어 놓은 일을 일일이 폭로하는 내용들은 국립극장 소장 대본에서는 전혀 보이지 않는다. 요컨대 노대해의 활약상을 현저하게 드러낸 원작의 장면은 국립극장 소장 대본에서 유치진의 대폭 삭감으로 급격히 축소되었다. 그 결과 노대해의 이미지가 훨씬 희미해진 동시에 자본가로서 주복원의 악한 일면 역시 희석되었다.

서울예대 소장 대본
복: 파업을 악화시킨 노동자 대표라는 것을 알 뿐이다. 그래 무슨 일이야.
대: <u>당신은 무엇하러 내가 이곳에 왔다는 것을 아시겠지요.</u>
복: (머리를 흔들며) 나는 모른다.
대: 그럼 당신께 묻겠습니다. 대체 우리 노동자의 조건을 드러주시겠습니까 안드러주시겠습니까?
박: 그러면 다른 세 사람의 대표는?
(··중략··) [이 부분의 내용은 국립극장 소장 대본과 거의 비슷하므로 생략함]
복: 너는 너의들에 대표나 지도자들이 믿음직하다고 생각하느냐?
대: <u>당신네들 같이 돈만 아는 사람보다는 미덤직하지오. *적어도 당신들*</u>

보다는……

복: 크러면 너희 지도자며 대표자인 王大傑(?)이란 자는 국제 공산당의
   비밀 당원*이야*이란 것을 너는 모르지.

대: 무엇이 그럴 리가.

복: 왕대궐이는 순진한 너이들을 속였어. 노동자라는 미명하에 너이를
   이용하여 이 국가대세를 기우리게 할여하는 거야. 그 음모에 넘어
   간 게 너이들야. 그러나 현장의 노동자들은 이 음모를 파괴시켰다
   는 것을 알아야 해.

대: 거짓말이다. 거짓말!

복: <u>그러면 네게 보여줄 것이 있다.</u> *이걸 봐라.* (복원 책장에서 전보를
   끄내 대해에게 주며 <u>이것은</u> *그것이* 어제 광산에서 온 전보다.

대: (받아들고 읽으며) 뭐 그들이 다시 일을 시작했다고? (전보를 내던지
   며) 그럴 리 없다. 그럴 리 없어.

복: 광산의 노동자들은 어제 아침부터 일을 시작했다. 대표라는 너는 그
   것도 모르느냐!

대: 흥 이것은 위조다. 당신네들이 위조하여 나를 이간질하는 거다.

복: <u>쓸데없는 소리 마라라.</u>

노: 대해야, 아무말 말고 가자.

대: <u>흥 나는 당신의 해온 일을 다 압니다.</u>

(밑줄: 공연 시 다시 삭제. 이탤릭체: 공연 시 다시 수정)[44]

한편 서울예대 소장 대본은 전자보다 훨씬 더 많은 내용을 보충했다.
국립극장 소장 대본의 육필 내용에 비해 서울예대 소장 대본에서 새로
추가된 내용은 거의 김광주 번역본을 따랐지만 눈여겨보아야 할 점이
있다. 유치진은 국립극장 소장 대본에서 노대해라는 인물이 지닌 정치
적 예민성을 최대한 지우기 위해 개작한 반면에 서울예대 소장 대본에

---

44 서울예대 소장 〈뇌우〉 대본, 85~86면.

서는 자신의 반공적인 성향을 직접 정면으로 노출했다. 즉 원작에 없는 국제 공산당의 비밀 당원을 따로 설정하면서 파업 사건의 모든 책임을 죄다 이 가상 인물에 전가시켰다.[45] 이처럼 공산당에 대한 적개심이 직접적으로 투영되었다는 점을 통해 미루어 보면 이 대본은 1950년이 아니라 이데올로기 갈등이 한층 더 격화된 1954년 공연에서 사용된 것일 가능성이 더 높다. 그 방증으로 1954년에 유치진이 「운명극〈뇌우〉-〈뇌우〉의 연출가로서」에서 "봉건주의보다 더 참혹한 공산주의의 중압에서 희생되는 조우 자신의 자서전적 참상이 그려질 것을 기대"한다는 발언도 이와 맥을 같이 하고 있다. 이 무렵에 유치진은 반공극 〈조국은 부른다〉(1953)와 〈나도 인간이 되련다〉(1953)를 직접 창작하기도 했다.

어쨌거나 유치진의 이러한 개작으로 인해 노대해는 이 사건에 앞장선 선동자가 아니라 그저 공산당의 음모에 넘어간 순진한 노동자이자 희생자로 형상화되었다. 그와 동시에 주복원의 이미지도 크게 변모했다. 원래 파업 대표들을 매수하고 많은 악행을 저지른 광산주 주복원은 하루아침에 비밀 당원의 음모를 간파하고 현장 노동자를 타이르는 구원자 형상으로 탈바꿈된다. 그는 이 사건의 해결자인 동시에 현장 노동자와 똑같이 공산당 비밀 당원의 이간질을 당한 피해자이기도 하다. 이와 더불어 본문 앞부분에서 노대해가 사봉에게 주복원의 죄행을 폭로하는 대목이 유치진에 의해 삭제된 점, 무엇보다 노시평과 주박원과의 첫 대면 장면에서 대화 내용이 많이 삭제되거나 대화 순서가 교묘하게 조정되는 것[46]을 연결해 보면 당시 우익에 속한 유치진은 주복원이라는 자본가에

---

45 가상 인물의 이름은 왕대걸 혹은 왕대궐로 보이는데, 윤일수는 앞의 글에서 왕대복이라고 읽었다.

46 원작 내용과 대조한 결과 유치진은 주박원과 노시평 간의 대화 내용을 미묘하게 재배치하거나 대폭 삭제함으로써 과거의 무책임한 행각을 돈으로 청산하려는 주박원의

상당히 호의적인 시선을 보내고 있으며 그의 형상을 미화했다고 할 수 있다. 요컨대 차오위는 노대해와 주복원에 대한 형상화를 통해 원작에서 좌익적인 정치적 무의식을 드러내고 있는 반면, 유치진은 노대해와 주복원에 대한 개작과 가상인물의 추가를 통해 우파적·반공적 정치성을 작품 속에 투사하고 있다. 이 점에서 작가와 연출자가 텍스트를 매개로 상통하는 지점 못지않게, 정치적 (무)의식의 차이로 인해 길항하는 지점 역시 뚜렷이 나타나고 있다.

그다음으로 주번의와 노시평에 대한 개작 부분도 살펴보자.

> 나는 연출의 비중을 구태여 번의에게만 두려 하지 않고 오히려 작품의 중요 인물 전체에다가 고루고루 두며, 특히 수동적 입장으로 묘사되어 있는 전처 노시평에게서 그 비극성의 보다 무거운 면을 찾아내려고 애썼다. 연출을 번의에게만 중점을 두면 이 작품이 하나의 운명극이라기보다 흔히 있는 치정극이 되기 쉬운 폐단도 있거니와 봉건적 중압을 운명인 줄 알고 참고 견디려는 노시평이야말로 봉건주의의 가장 대표적인 인물이며 그 고민이야말로 모성애의 극치임을 간과할 수 없기 때문이다.
>
> 조우가 아무리 번이에게 많은 지면을 할애하였다 하여도 이 작품의 대단원은 계모 번이에게보다 전처 노시평에게 내맡기지 아니하였는가? 이로써 보더라도 조우 역시 노시평의 비극을 이 작품에서 얼마나 중대시하였는가를 짐작할 수 있을 것이며 결국 이 작품의 비극성을 전신에 느껴 최후의 애끊는 비명으로써 막을 닫게 한 노시평에게 이 비극의 전체를 내맡긴 것으로 해석치 아니할 수 없는 것이다.[47]

인용문에서 드러나듯이 유치진은 〈뇌우〉의 주인공을 주번의에서 노

위선적인 모습을 확연하게 씻어낼 수 있었다.

47 유치진, 앞의 글.

시평으로 바꾸었다.[48] 주인공을 교체한 것에 대해 유치진은 그동안 이서향판 〈뇌우〉가 한국 국내에서 봉착했던 문제, 즉 자신이 연출한 〈뇌우〉 공연 역시 봉착할 수도 있는 논란의 상황과 연출자로서 작품에 대한 자신의 해석 태도를 그 이유로 밝혔다. 더불어 그는 굳이 차오위의 작가의식으로부터 주인공을 바꾸어도 무리가 없다는 증거를 찾으려고 했다. 이는 다른 한편으로 원작의 정신을 되도록 굴절하거나 훼손하지 않으려는 유치신의 의도를 엿볼 수가 있다. 즉 유치진에게 최선의 연출 청사진은 〈뇌우〉의 본모습을 최대한 환원하면서도 자신의 연출 의도대로 주번의가 아니라 노시평을 주인공으로 상연할 수 있다는 것이었다.

그렇다면 정작 연출 대본에서는 주번의와 노시평의 형상이 어떻게 개작되었을까? 단적으로 말하자면 주인공이 교체되는 만큼 유치진은 주번의와 관련된 신을 확연하게 줄였다. 주번의, 노시평과 관련한 구체적인 개작에서 특히 지목할 만한 지점은 다음과 같이 세 군데가 있다.

> 번: 평, 지금 사봉이와 무슨 얘기를 하고 있었어?
> 평: 그걸 무르실 권리는 없습니다.
> 번: 평, 걔가 그대를 이해한다고는 생각지마러.
> 평: 그건 무슨 뜻입니까?
> 번: 나를 또 속이려구 똑똑이 말해봐. 어데로 간다고 그랬어?
> 평: 무르실 필요가 없에요. 좀더 신중히 구세요.
> 번: 말해 봐. 오늘밤에 어델 갈 작정인가?

---

48 인용문에서 보여주듯이 유치진은 〈뇌우〉의 원래 주인공을 주번의로 보고 있다. 그러나 〈뇌우〉의 주인공은 흔히들 주번의로 받아들여지고 있지만 필히 그렇다는 것은 아니다. 심지어 저자 차오위 자신마저도 시기에 따라 때로는 등장인물 중에 주번의를 가장 좋아한다고 내세우기도 하고 때로는 〈뇌우〉의 주인공이 노시평임을 선언하기도 한다. 그런가 하면 작품의 중심 주인공이 없고 등장한 여덟 인물이 모두 주인공이라고 주장한 바도 있다.

평: 나…나요?(갑작이) 나는 걔를 찾어감니다. 어찌하란 말임니까?

번: (위협적으로) 걔는 어떤게집아해고, 그대는 어떤 사람인 것을 아는가?

평: 몰러요. 나는 지금 내가 걔를 좋와하고, 걔도 나를 좋와한다는 것밖게 모름니다. 지낸날의 일은 당신이 잘알고 게시지요. 그것을 당신이 이 자리에서 설파해야만 된다면 나도 당신을 속이고 말하지않을 필요도 없지요.

번: 그대와같이 고등교육을 바덧다는 사람이 일개 하인의 딸하고…천하게집아해하고…

평: (폭열적으로) 듯기싫여요. 당신은 걔보고 천하다고 할 자격이 없에요, 걔는 당신같은 사람이아니예요. 걔는…

번: (냉소) 조심해. 조심해. 실망한 여자에게 너무몹쓸짓을 허지마러. 여자란 한번맘먹으면 못할 일이 없는 거야.

평: 나는 벌서 작정이 있음니다.

번: 좋와. 가겠으면가지. 그러나 조심해. 지금 (창밖을 내다보며 무슨 흉한 전조를 암시하듯이 혼자말) 폭풍이 이러날 모양인데…

평: (아렀다는 듯) 고맙슴니다. 나도 잘알고 있음니다.
……49

우선 인용문에서 보이는 바대로 2막 후반부에서 사봉이를 두고 주번의와 주평이 말다툼하는 장면이 삭제되었다. 이 부분은 주평, 사봉, 주번의가 얽힌 불륜의 사랑을 정면으로 드러낸 장면이기도 하다. 문맥에 의하면 이때 주평이 보여준 냉소적 태도 때문에 큰 실망감과 복수심에 불타게 된 주번의는 나중에 주평을 뒤따라 사봉의 집에 갔다가 창문까지 닫아버리고 결국 4막의 참극을 촉발하기에 이른다. 어떻게 보면 이 장면은 4막에서 발생하는 모든 사건을 초래하는 가장 직접적인 도화선

---

49 차오위 저, 김광주 역, 『뇌우』, 선문사, 1946, 74~75면.

이다. 그러나 이 장면이 삭제됨으로써 주평, 사봉, 주번의를 둘러싼 불륜극이니 치정극이니 하는 색채가 훨씬 희미해졌고, 무엇보다 4막에서 참극의 발생이 한 여인, 즉 주번의의 복수에 의해서라는 인상이 한결 미약해졌다.

다음으로 4막에서 주평이 주씨 집안에 찾아온 노대해와 단둘이 대면하면서 계모의 괴롭힘에 오랫동안 시달려 살아온 자신이 사봉을 만나면서 새로운 삶을 살게 되었다는 이야기를 장황하게 고백하는 장면[50]은 유치진에 의해 대폭 간추려져 전달되었다. 이는 위 예와 같이 근친상간과 불륜극의 논란을 최소화시키려는 의도를 내포하고 있는 동시에 사건의 빠른 진행을 위해 유치진이 군더더기와 같은 대사를 삭제한 결과라고 보면 타당할 것이다.

마지막으로 이 대본에서 가상 인물의 설정에 이어 두 번째로 가장 명확한 개작은 바로 4막 클라이맥스 신에서 주번의의 부재이다. 원작에 따르면 주번의는 4막의 삼사양광(三死兩狂)의 참극을 누구보다도 직접적으로 촉발한 사람이자 무대에서 자초지종을 목격한(겪은) 사람이기도 하다. 그러나 유치진에 의해 4막에서 인물의 혈연관계를 알고 나서 큰 충격을 받은 주번의는 참극이 발생하기 직전에 "정신병자와 같이 퇴장"[51]하고 만다. 이로 인해 주번의는 비극 현장의 부재자로 거듭나게 되어 불륜으로 저지른 죄악에서 한결 자유로워지게 된다. 이러한 인물 처리는 앞서 첫 번째로 지목한 대목과 서로 맞물려 있기도 한다. 그 결과 원작에서 비극을 초래, 발생, 전개하는 데 큰 분량을 차지하는 주번의는 유치진의 대본에 와서 그 해당 신의 자취가 상당히 감춰지게 된다.

---

50 차오위 저, 김광주 역, 위의 책, 108~112면.; 국립극장/서울예대 소장 〈뇌우〉 대본, 141~144면.

51 국립극장/서울예대 소장 〈뇌우〉 대본, 161면.

요컨대 원작에 비해 주번의는 4막에서 관객들에게 강렬한 인상을 남
겨주지 못한 채 다소 어정쩡하게 인물의 끝을 맺고 관객의 시선에서 사
라지고 만다. 그리고 그 참극의 모든 무게는 어머니인 노시평으로 가게
된다.

> (서재에서 총소리 들린다. 실내에는 죽엄같이 고요하다.)
> 노복 (갑작이) 앗! (서재로 뛰여간다. 복원*시평* 꼼작않고 멍하니 서 있
> 다. 조곰 있다가 미친 듯이 뛰여나간다) 평! 평이가 *복원은 총소리*
> *난 곳으로 뛰여간다. 조금 있다가 뛰여나오며)*
> 복: (*시평에게*) 평! 평! 평이가…
> (복원과 번의 함께 뛰여나간다. 사봉에미 이러서서 서재로 두어거름가
> 다가 무대중앙에서 아래로 쓰러진다. 서막 끝에 노부인의 쓰러진 모양
> 과 같다. 무대 점점 어두워지며 서막의 음악(High Bach)소리 들리며 무
> 대가 완전히 어두워질 때 제일 크게 들리고 서막 끝에 음악과 같어질
> 때 막이 나리며 종막으로 계속된다.)
> -막-
> (밑줄: 공연 시 삭제, 이탤릭체: 공연 시 수정 또는 추가된 부분)[52]

위의 인용문은 〈뇌우〉의 4막 중 마지막 장면이다. 서재의 총소리를
듣고 뛰어가 주평의 죽음을 목격한 사람은 유치진에 의해 주번의에서
주복원으로 바뀌었다.[53] 그리고 주평의 자살을 확인한 주복원은 "시평에
게" 아들의 죽음을 전달한다. 결과적으로 이 참극의 커다란 무게는 불륜
을 범한 주평의 계모인 주번의가 아니라 그토록 간절히 그리워했던 아

---

52 서울예대 소장 〈뇌우〉 대본, 164면.
53 유치진의 대본에서 처음에 "앗" 소리를 내고 서재로 뛰어간 사람은 노시평으로 되어
있지만 원작에서는 주번의가 그 역할을 담당하고 있다.

들을 30년 만에 만났지만 만나자마자 바로 아들을 잃게 된 노시평에게
실리게 된다. 사실상 이 비극의 씨앗은 애초에 주박원을 비롯한 주씨
가문이 뿌린 것이지만 따져 보면 그것이 참극으로 비화된 것은 노시평
이 30년 후 주씨 집안에 다시 찾아오면서부터였다. 유치진의 결말 처리
에 의해 〈뇌우〉가 그려낸 비극은 주씨 집안에 찾아온 노시평에서부터
시발되고 또 아들과 딸의 죽음을 동시에 껴안게 된 노시평으로 끝을 맺
게 된다. 결국 유치진은 처참하게 쓰러진 노시평의 모습을 공연의 대단
원으로 부각시키면서 한 어머니의 비극으로서 〈뇌우〉의 막을 내린다.
유치진이 회고했듯이 "이 작품의 비극성을 전신에 느껴 최후의 애끊는
비명으로써 막을 닫게 한 노시평에게 이 비극의 전체를 내맡긴 것이다."

이처럼 무대 한가운데에서 무력하게 쓰러진 노시평의 모습은 흥미롭
게도 유치진의 〈토막〉 대미에서 명서의 처가 아들의 백골을 껴안고 중
얼거리며 합장하는 장면을 연상케 한다. 또한 〈버드나무 선 동네 풍경〉
에서 자신의 딸인 계순이와 덕조를 잃게 된 계순 모와 덕조 모를 떠올리
게도 한다. 그동안 리얼리즘 극을 모색해 온 유치진은 어머니 형상에
극도로 애착을 가진 듯하다. 〈뇌우〉의 노시평처럼 유치진의 작품에서
나타난 어머니는 항상 모든 비극을 견뎌야 하며 그 무게감을 짊어져야
하는 주체이자 희생자이다. 그런가 하면 〈조국〉에서 아들을 시위장으로
보내고 국가에 대한 충성심을 성취시키고자 하는 한편 어머니로서 아들
의 죽음을 차마 보지 못해 갈등에 괴로워하는 정도 어머니, 〈원술랑〉에
서 아들로 하여금 아버지의 임종을 지키게 하고 싶지만 또 한편으로는
아버지의 원칙을 어기려고 하지 않는 원술의 어머니는 꼭 〈뇌우〉에서
불륜의 사랑을 범한 자신의 아들과 딸을 보내느냐, 안 보내느냐 하는
윤리적 선택을 해야 하는 노시평의 고통스러운 모습과 흡사하다. 이는
어쩌면 차오위와 유치진이 미묘하게 상통하는 일면이고 처음에 〈뇌우〉

가 심정적으로 유치진의 눈길을 끌게 된 연유였을지도 모른다.

요컨대 유치진이 〈뇌우〉에서 노시평을 주인공으로 바꾸었다는 것은 줄곧 어머니로서의 비극성, 어머니의 내면적 갈등을 중요시하는 유치진의 작가의식과 같은 맥락으로 수렴될 수 있다. 다시 말해 주인공의 교체는 단순히 근친상간의 불륜극 논란에서 산출된 결과가 아니라 설령 그러한 논란이 없었더라도 유치진은 매한가지로 주번의가 아니라 노시평을 주인공으로 삼아 연출했을 공산이 크다.[54]

끝으로 한 가지 더 지적할 만한 대목은 차오위가 그토록 애착을 표했던 '뇌우'를 유치진이 놀랍게도 리얼하게 재현해 냈다는 점이다. '뇌우'는 차오위가 동경하는 '불가해한 우주'를 시청각적으로 구현하는 메타포이자 등장인물 8명의 비극을 목격하는 존재이기도 하다.

> 〈뇌우〉에는 원래 아홉 번째 배역이 있었고, 게다가 매우 중요한 배역이었는데, 나는 그것을 써넣지 않았다. 그것은 바로 '뇌우'라 일컬어지는 남자였다. 그는 거의 모든 장면에 등장하고 있고 그의 수하에서 나머지 8명의 꼭두각시가 조종되는 것이다. 그런데 나는 억지로라도 이 사람을 추가시키는 데에 실패했다. 결과적으로 연출자들 역시 그를 잊은 것 같았다. 나는 〈뇌우〉 공연을 몇 번 본 적이 있는데 볼 때마다 나는 무대가 매우 적막하다고 느꼈다. 단지 몇 사람만 뛰어다니지 그 중간에 생명이 결여되어 있었다. 나는 그 이유를 뇌우라고 불리는 남자가 등장하지 않아서라고 생각했다. 연출자들은 무의식중에도 그를 누락시켰다 (…중략…) **〈뇌우〉를**

---

54 물론 실제 관객의 입장에서 유동적인 시선 차가 드러나기도 한다. 유치진의 의도대로 노시평을 주인공으로 바라보는 관객이 있는가 하면 노시평이 아니라 사봉의 연기에 더 눈길이 끌린 관객, 또 주인공이 교체되었음에도 불구하고 노시평보다 주번의가 가장 주목되었다고 평한 관객도 없지 않다. 「뇌우」, 『경향신문』, 1950.6.17.; 6.18.; 6.21.; ○○수, 「〈뇌우〉를 보고」, 『경향신문』, 1950.6.13.; 설의식, 「뇌우의 이모저모」 하, 『동아일보』, 1950.6.23.

쓰면서 나는 억지로라도 옛날 희곡 대본에서처럼 한손에는 못을 들고 한
손에는 해머를 들고 푸른 얼굴에 붉은 머리카락을 한 뇌공(雷公)을 써서
〈뇌우〉에서 알 수 없는 신비로움을 상징할 수 없다. 그것은 기교적으로 허
락되지 않았다.[55]

'뇌우'는 차오위가 훗날에 밝혔듯이 언제나 극중에 수반되어 있으며
관객들과 함께 있었다. 그는 '우주'와 '운명'을 은유하는 뇌우를 부각시키
기 위해 아예 제목으로 정하고 극중에서 또한 온갖 장치를 통해 그의
존재를 독자와 관객에게 환기시키려고 했다. 원작자는 경극처럼 뇌신(雷
神)을 직접 출현시키지 못하지만 날씨에 대한 직접적 묘사[56], 혹은 "큰
부채로 좀 바꿔 다오, 도통 숨을 쉴 수가 없네.", "왜 이렇게 답답하냐."
같은 인물의 대화나 폭우에 흠뻑 젖은 인물의 모습을 통해 수시로 '뇌우'의
존재를 암시하고 있다. 등장인물의 심리 변화, 스토리의 기복에 따라 '뇌
우'는 멀리에서부터 가까이로 다가오면서 은밀한 복선으로 스토리 내부
에서 줄곧 흐르고 있으며 플롯의 전개를 암암리에 조명하는 기능을 하고
있다. 따라서 등장인물들이 제1막부터 초조함 속에서 서로 갈등을 쌓아가
며 클라이맥스인 제4막에 이르러 절정까지 부딪히다가 삼사양광(三死兩
狂)의 결말에 봉착하면서 무대는 비 내리기 전의 답답하기만 한 분위기에
서 천둥과 번개는 물론 비바람까지 쏟아지는 장면으로 이어진다.

그러나 중국의 경우를 포함해 역대 공연에서는 '뇌우'에 대한 '연출'에
전혀 소홀했다고 할 수 없지만 번개, 돌풍, 강한 빗줄기와 함께 비밀과

---

55 차오위, 「〈日出〉 발(跋)」, 하경심·신지호 역, 앞의 책, 593면.
56 예컨대 제1막에서 "집안은 아주 답답하고 무더워 사람을 압박하고 공기도 무겁게 짓
    누르고 있다. 밖에는 햇빛이 없고 하늘은 잿빛으로 폭우가 내릴 듯한 기세이다.", 제3
    막에서 "좀 전에 폭우가 한바탕으로 내렸음에도 날씨는 여전히 견디기 어려울 정도로
    무덥고 컴컴한 하늘은 잔뜩 찌푸린 먹구름으로 가득하다." 등 지시문이 그것이다.

복선, 반전을 거듭하는 이 드라마를 재현하기에 효과가 여의치 못했다. 그러나 유일무이하게 유치진은 뇌성과 번개의 음향 사용과 함께 무대 주변에 파이프까지 설치해 놓았다. 특히 무대 안쪽으로 창을 설치했고 비가 오는 장면에서는 그 창문을 통해 쏟아지는 물줄기를 구경할 수 있도록 배치했다. 이는 현재의 〈뇌우〉 공연에서도 거의 볼 수 없는 광경이다. 당시 연극에 몰입했던 관객 중에는 연극이 끝나고 우산 걱정을 하는 사람도 있을 지경이었다. 그러나 이는 단순히 리얼한 분위기를 내기 위한 무대 효과에 그친 것이 아니다. 백성희가 회고했듯이 이것은 등장인물의 심리적 위험성을 나타내고 다른 한편으로는 그들 사이의 대립과 충돌을 암시 혹은 강화하는 심리적 두께를 마련하는 방편이기도 했다.[57] 요컨대 유치진은 〈뇌우〉의 생명으로 상징된 '뇌우'를 놀랍게도 무대에 구현함으로써 차오위가 그렇게 바랐던 "아홉 번째 인물"을 드디어 등장시키기에 이르렀다.

5. 결론을 대신하여 : 남은 문제들

1950년의 〈뇌우〉 공연이 이어 중국 연극이 한국 국립극단에 의해 다시 무대에 오른 것은 무려 50년이나 지난 1999년에 이르러서였다. 1999년에 기획된 '한중일 동양 3국 연극 재조명 시리즈' 통해 루쉰 원작의 〈아Q정전〉과 일본의 고보 원작 〈친구들〉이 공연되었다.[58] 요컨대 〈뇌우〉야말로 반세기에 걸친 커다란 공백을 지탱해 준 유일한 중국 현대극 공연이라는 점에서 위상과 중요성을 거듭 강조할 가치가 있다. 유치진

---

57 김남석 편, 앞의 책, 62면.
58 김윤철, 「고전 위주의 작품 선정」, 국립극장 편, 앞의 책, 78면.

은 비록 서막과 종막을 삭제하고 부분적인 개작을 감행하는 등 원작을 원형 그대로 연출하지는 않았지만, 팸플릿 계획부터 작품 무대화, 관람평에 이르는 전반적인 과정을 통해 보건대 〈뇌우〉를 가장 성공적으로 연출하였다고 평가할 수 있다.

1950년대 유치진의 공연 이후에도 〈뇌우〉는 한국 문예계에서 신화나 다름없는 전성기의 기억으로 소환되었다.[59] 그런데 이러한 신격화된 기억 방식의 한편에는 이데올로기와 검열에 의한 억압이 존재하기도 했다. 예를 들어 1958년에는 "문교부 예술과 이씨가 성보영화사 제작 국산 영화인 〈운명의 여인〉을 검열함에 있어 삭제할 곳을 묵인해 주고 업자로부터 2만 환가량을 수회한 혐의를 받고 있다"는 기사가 보도되었다.[60] 기사는 이 영화가 중공 작가 루쉰의 작품 〈뇌우〉를 윤색한 작품이라고 전하고 있다. 한국 연극사의 맥락 속에서 최고의 명예를 얻은 〈뇌우〉가, 현재형으로 존재할 때에는 검열이란 장벽에 부딪혀 억압받게 된 것이다. 즉 〈뇌우〉는 연극사적 맥락 속에서만 허용되어 합법적 명예를 누릴 수 있었다.

〈뇌우〉의 원작자가 차오위에서 루쉰으로 오인된 것 역시 흥미로운 현상이다. 1954년만 해도 유치진이 공전의 히트를 친 〈뇌우〉를 다시 무대에 올렸는데, 불과 4년밖에 지나지 않아 차오위의 이름은 사람들의 기억 속에서 순식간에 지워지게 되었다. 얼마 뒤인 1960년에 개최된 「제2공화국에 바라는 문화정책」이라는 좌담회에서도 똑같은 착오가 일어났다.[61] 그 무렵에 김광주는 루쉰의 「아Q정전」을 『세계명작해설: 세계문학

---

59 이해랑, 「1955년의 극계 지양된 대 관객의 호흡」, 『동아일보』, 1955.12.29.

_____, 「연극운동 형로 십 년 건국 열 돌에」, 『동아일보』, 1958.8.10.

「좌담회 제2공화국에 바라는 문화정책」, 『동아일보』, 1960.9.10.

60 「문교부 예술과 이씨를 구속」, 『경향신문』, 1958.5.14.

의 압축판』(수문관, 1955)에 편입하고 있으며, 고금출판사에서도 「아Q정전」이 요약 수록된 『세계문학전집』(1955)이 출판되었다. 그뿐만 아니라 여타의 중국 작가와 달리 루쉰의 작품은 사실 1950～1970년대에 줄곧 출판되었다. 이처럼 차오위에 대한 빠른 망각, 〈뇌우〉와 루쉰에 대한 용인과 검열, 한국의 문화 장 내에서의 루쉰의 위치는 당시 한국 문단, 출판 시장, 검열 정책에 내재된 착종적 일면을 드러내 주기도 한다.

검열의 문제 외에, 〈뇌우〉의 후속 공연에 대해 살펴보는 일 역시 하나의 흥미로운 연구 거리이다. 유치진의 연출에 이어 〈뇌우〉가 다시 상연된 것은 1988년 이해랑에 의해서였다. 그러나 중앙국립극장의 개관 15주년 기념공연으로 선정된 〈뇌우〉는 유치진판의 3시간 정도에서 2시간 가까이로 줄어든 결과 인물의 성격, 인물 간의 극적인 충돌이나 클라이맥스 신이 제대로 부각되지 못했고, 결국 왕년의 〈뇌우〉 신화를 재현하는 데 실패하고 말았다. 〈뇌우〉의 서막과 종막을 전부 살린 무대는 2004년 이윤택의 연출에 의해 이루어졌다. 이는 현재 중국에서도 보기 드문 공연 형식이다. 그러나 이윤택의 공연은 연극계에서 애용된 대담한 성적 표현에 의해 현저하게 이윤택만의 색깔을 띠었다. 예컨대 원작에서 "꼭 안아 줘요, 무서워 죽겠어요."라는 사봉의 몇 마디는 무대에서 베드신으로 전경화되었고, 주평은 노씨의 집에서 사봉이와 애정 행각을 벌이며 심지어 노대해의 주먹을 피하기 위해 무대에서 나체로 도망치기까지 한다. 이러한 맥락에서 볼 때, 유치진판 〈뇌우〉는 한국의 〈뇌우〉 공연사에 있어 작품의 본모습과 가장 가까운 버전이라고 볼 수 있으며, 따라서 유치진판의 〈뇌우〉를 재조명하면서 이를 기준으로 여타 연출자

---

61 "노신의 뇌우 같은 거 좀 좋아요? 작가가 자유중국이 아니니까 공연이 안 되지만 좀 더 심각한 질의 검토가 필요하다고 봅니다."「좌담회 제2공화국에 바라는 문화정책」, 『동아일보』, 1960.9.10.

에 의한 공연들을 어떻게 볼 것인가 하는 시각을 정립하는 문제가 추후의 연구 과제라 하겠다.

또한 앞서 언급했듯이 차오위의 다른 작품이 1950년대 전후에 한국에서 연이어 공연된 바 있으므로, 한국 연극계에서 차오위에 대한 수용 양상을 보다 입체적으로 조망하기 위해서는, 비단 〈뇌우〉에만 국한하지 않고 차오위의 다른 작품이 한국에서 어떻게 공연되었는지 그 상황도 병행하여 살펴보아야 할 것이다. 자료가 부족하기 때문에 아쉬움과 곤란함이 적지 않은 것이 사실이지만, 이러한 후속 연구를 통하여 해방 직후와 1950년대 한국 연극계에서 차오위의 여러 작품에 대한 연출 양상을 보다 풍성하게 재조명할 수 있을 것으로 기대한다.

기지(基地)의 ‘평화’와 전장의 글쓰기

장혁주의 한국전쟁 관련 텍스트(1951~1954)를 중심으로

장세진

1. ‘전시/평화’의 동아시아적 분할, 그리고 장혁주의 글쓰기

가라타니 고진(柄谷行人)은 일본의 전후헌법 9조가 이제껏 제대로 실행되지 않았음에도 불구하고, 70여년이 지나도록 여전히 살아남은 이유를 설명하는 과정에서 그동안 충분히 언급되지 않았던 한 가지 사실을 일깨워준다. 널리 알려진 대로, 영구 전쟁 방기(放棄)를 약속하는 동시에 육·해·공군 및 기타 전력을 보유하지 않는다는 9조의 내용은 전후 일본 헌법을 일명 ‘평화헌법’으로 불리게 만들 정도로 세계(사)적으로 유례를 찾아볼 수 없는 조항이다. 그러나 가라타니에 의하면, 신헌법 제정 당시의 헌법 9조란 이보다 훨씬 더 중요하게 간주된 헌법 1조를 관철시키기 위해 실은 편의적으로 덧붙여진 일종의 덤 혹은 패키지의 일부였다는 것이다. 요컨대, 헌법 9조는 아시아·태평양전쟁의 핵심 전범인 천황을 처벌하지 않을 뿐만 아니라 오히려 천황제를 국체(國体)로서 계속 인정한다는 헌법 1조의 내용을 방어하기 위해 만들어진 조항이었다. 점령 당국(GHQ)과 일본 정부의 협업으로 탄생한 1조의 발상이 당시 국제 여론에 미칠 악영향을 차단하기 위해 사전에 고안된, 국제사회를 향한

'증여'의 제스츄어가 바로 9조였던 셈이다.[1]

헌법 9조의 탄생이 이처럼 '우연적인' 것이었다면, 상황의 변화(하지 않더라도)와 함께 이 조항을 수정하거나 폐기하려는 이러저러한 시도가 언제든 나타날 것이라는 점은 거의 필연적으로 보인다. 실제로, 신헌법이 제정된 지 채 4년이 되지 않은 시점에서 발발한 한국전쟁은 GHQ 측에서 일본 정부에 재군비를 강하게 요구하게 된 결정적 계기였다. 맥아더의 압박에 당시 요시다 시게루 내각이 헌법 9조를 그대로 놔두면서도, 해석의 여지를 적극 활용하는 이른바 해석개헌의 방식으로 교묘하게 대처했다는 것은 잘 알려진 사실이다. 예컨대 일본 영토를 미국의 군사기지로 광범위하게 제공하는 한편, 군사력에는 미치지 않는다는 의미의 '경찰예비대(National Police Reserve, 현 자위대의 전신, 1950.8)'라는 묘한 이름의 조직을 창설한 조치등이 대표적이다. 이처럼 공식적으로는 미국의 요구를 거절하면서도, 실제적으로는 재군비의 길을 살그머니 걸었던 한국전쟁 당시의 이 전략은 '평화헌법' 아래서도 꾸준히 자국의 전력을 증강시켜 온 일본 특유의 대내외적 군사 노선의 기원이 될 터였다. 일본을 '기지국가'로 명명할 것을 제안한 남기정의 분석에 따르자면, '평화국가'라는 일본의 자기규정은 이제 한국전쟁을 통과하며 "현실을 제어하는 이념"이 아니라, 오히려 기지국가라는 "현실을 덮어씌워 감추는 이념" 즉 체제 이데올로기로서 최초로 작동하기 시작한다.[2]

---

1 가라타니에 따르면, 전쟁 방기라는 아이디어는 맥아더보다도 오히려 일본의 시데하라 수상 쪽의 '이상'이었다. 시데하라는 1차 대전 이후 외상을 지냈던 인물로, 전쟁을 위법화하는 파리부전조약(1928)에 대해서 잘 알고 있었다는 것이다. 가라타니는 시데하라가 일본과 독일이 이 조약을 짓밟은 결과로 인해 패전을 맞이했다고 생각했을 가능성이 높았고, 이 대목에서 전쟁 방기를 전후 일본의 진로로 구상했다고 보고 있다. 가라타니 고진, 『헌법의 무의식』, 조영일 옮김, 도서출판 b, 2017, 35~38쪽.

2 남기정, 『기지국가의 탄생: 일본이 치른 한국전쟁』, 서울대학교출판문화원, 2016, 8쪽.

　잘 알려져 있지는 않지만, 실제로 일본은 한국전쟁의 후방 군사 기지였을 뿐만 아니라 8,000여 명으로 추산되는 인원을 한국의 전장으로 투입시킨 또 하나의 숨겨진 '참전국'이었다.[3] 유엔의 공식 참전 16개국 리스트에서는 빠져 있었지만, 8,000명 이상의 인원을 파견한 국가가 미국을 필두로 영국, 오스트레일리아, 캐나다, 터키의 5개국에 불과했던 점을 생각해보면 일본은 상당 규모의 참전국이 틀림없었다.[4] 그러나 한국전쟁 발발 직후 발표된 아사히(朝日) 신문의 논조가 단적으로 보여주듯, 향후 일본 사회의 주류 언설 공간에서 '조선/일본'은 '전시/평화'라는 담론적 분할 속에서 거의 일관되게 표상될 터였다. 예컨대, 조선의 "불타오르는 전화"와 "우리들이 결의한 전후 평화의 방향" 및 그것이 궁극적으로 가리키는 "행복"은 날카로운 대조와 단절을 이루었다. 자연히, 이 대비는 현해탄 너머의 전쟁에 연루되지 않겠다는 강한 의지를 표명하는 쪽으로 귀결되게 마련이었다.

　물론 당시의 평화론이 재군비를 요청한 GHQ나 여기에 적극적으로 편승한 일본 내 우익 세력의 집결에 맞서는 정치적 대결 의식, 나아가 헌법 9조를 지켜내려는 윤리적 결단까지도 포함하고 있었던 것만은 분명하다. 그러나 적지 않은 의의에도 불구하고, 전후 일본 사회가 바로 이 담론적 분할에 기초하여 한국전쟁, 나아가 이후 냉전의 시간들을 내내 기억해왔다는 점 역시 부정할 수 없는 사실이기도 하다. 마루카와 데츠시(丸川哲史)가 정확히 지적했던 것처럼, 이러한 식의 기억 속에서라

3　8,000명이라는 숫자는 전투 행위와 관련된 '참전'에 해당하는 작업에 참가한 인원이다. 일본의 『점령군조달사占領軍調達史』(1956)는 기술자나 전쟁 수행을 위해 동원된 노무자 수를 합해 8만~9만 정도로 추산하고 있다. 남기정, 앞의 책, 재인용, 206쪽.

4　Tessa Morris-Suzuki, Japan and the Korean War: A Cross-Border Perspective, 〈特輯:朝鮮戰爭と日本〉, アジア研究, Vol 61.June 2015.

면 "한국전쟁이라는 불"이 그저 강 건너 불이 아니라 "실은 일본 내부에서도 피어올랐던" 강력한 불길이었다는 점은 구조적으로 망각될 수밖에 없는 까닭이다.[5] 이후 다시 언급하겠지만, 일본이 추구한 평화 노선이란 남·북한은 물론이고, 대륙 중국과 타이완, 그리고 오키나와까지 광역 단위로 전화에 휩쓸린 동아시아를 괄호 속에 넣고서야 비로소 성립 가능한 것이었다는 점에서 실은 문제적일 수밖에 없었다.

 '조선과 일본', '전시와 평화', (냉전의) '내부와 외부'라는 담론적 분할이 이처럼 이데올로기적 성격을 가진 것이었다면, 당시 두 개 항의 경계선에 자리하면서 그 사이를 물리적으로나 심리적으로나 오고갈 수 있었던 한 작가의 존재란 실은 그 자체로 매우 예외적인 경우에 속하는 것이었다. 글쓰기뿐만 아니라 인생의 궤적 또한 상당히 흥미로웠던 그 인물이란 다름 아닌 장혁주 혹은 노구치 가쿠츄 (野口赫宙: 張赫宙의 일본 필명)이다. 일찍이 '내지(內地)' 문단에서 거두었던 화려한 성공 이후, 1936년 경 아예 도일(度日)하여 일본에서의 삶과 일본어 글쓰기를 선택했던 장혁주 (1905~1998)는 일본의 패전 이후 다른 작가들보다 한층 더 표 나게 '친일' 전력이 알려질 수밖에 없는 인물이었다. 해방을 맞이한 조선으로 돌아올 엄두를 내지 못했던 그가 일본에서 새로운 작가적 진로를 모색하며 고전했다는 것, 그러던 와중에 재기의 발판을 얻게 된 계기가 바로 한국전쟁이었다는 사실은 장혁주의 과거 글쓰기나 조선에서의 문단 유명세에 비하자면 확실히 덜 알려져 있는 편이다.[6]

---

5   마루카와 데츠시(丸川哲史), 장세진 옮김,『냉전문화론: 1945년 이후 일본의 영화와 문학은 냉전을 어떻게 기억하는가』 너머북스, 2010, 39쪽.

6   시라카와 유타카(白川豊)는, 한국인에 의한 일본어 창작의 계보에서 가장 중요하게 거론할 만한 이로 3인을 손꼽는다. 「사랑하는 대륙아 愛する大陸よ」(1931)의 시인 김용제, 그와 거의 같은 시기에 소설 「아귀도 餓鬼道」(1932)로 등단하여 그 이후로도 작품 활동을 활발하게 계속한 장혁주, 좀 더 이후인 일제 말기에 유명한 「빛 속으로 光の

실제로, 1951년 7월 마이니찌(每日) 신문사의 후원으로 한 달간 취재
차 방한한 그는 다수의 르포르타쥬와 그것을 기반으로 한 중·단편, 장
편 소설 등을 왕성하게 발표한 바 있다. 한국 취재의 동기에 대해 장혁
주는 주로 외신 보도를 활용한 다른 일본 필자들의 글쓰기가 솔직히 "성
에 차지 않았다"고 고백한다. 뿐만 아니라, 그는 일본의 "필자들이 조선
사람들에 대해 가지는 애정의 방식"이 무엇보다 문제였다고 쓰고 있다.
전장이 되어버린 조선의 비참한 현실을 현지 조선인에 보다 가까운 입
장에서 전달할 수 있다는 자신감, 거기에 덧붙여 "언제까지 방관하고 있
을 수만은 없었다"는 일종의 소명 의식 아래 그의 전쟁 취재와 글쓰기가
이루어진 셈이었다.[7] 당시 매체들의 홍보 문구에서 확인할 수 있듯이,
이는 장혁주에게 원고를 의뢰했던 일본 출판사의 기획 의도와 정확히
일치하는 것이기도 했다.[8]

일본어로 쓰여진 장혁주의 한국전쟁 관련 텍스트들(장편소설 두 권을 포
함한)에 대한 연구는 이제까지 절대적인 분량 자체가 그리 많지 않은 편
이다. 한국어로 작성된 기존 연구들은 주로 장혁주의 텍스트 내부에서

中に」(1939)로 등단한 김사량이 그들이다. 물론, 제국에 대한 저항이라는 관점에서 고
평 받는 이는 단연 김사량이지만, 시라카와는 "적어도 15년간에 걸쳐 왕성히 활동한,
일본어 작가의 제일인자격"인 장혁주를 문학사에서 배제하기는 어려울 것으로 평가하
고 있다. 시라카와 유타카, 『장혁주 연구: 일어가 더 편했던 조선작가 그리고 그의 문
학』, 동국대학교출판부, 2009, 17~18쪽.

7   張赫宙, 「祖國朝鮮に飛ぶ第一報」, 『每日情報』, 1951.9.

8   마이니치 신문사 계열의 잡지 『每日情報』는 본지특약(本誌特約)이라는 구성으로, 장
혁주의 전장 취재를 두 차례(1951년 9월과 11월)에 걸쳐 연재했다. 이 잡지는 연재를
시작하면서 다음과 같은 취지를 독자들에게 전달하고 있다. "일본에 있는 몇 안 되는
조선인 작가의 한 사람으로서, 20여년에 걸쳐 왕성한 집필 활동을 해온 장혁주씨는
동란 발발 이래, 밤낮으로 슬퍼해 마땅한 동포 민족의 운명에 마음 아파하고 있었다.
7월 말 드디어 마음을 굳혀 조국으로 날아가 이내 다음과 같은 열정이 넘치는 제1보를
본지에 보내왔다." 張赫宙, 앞의 글.

특정 작품군들끼리 서로 비교·대조하는 방식으로 분석과 평가가 이루어져 왔다.[9] 예컨대, 식민지 시기 제국의 국책 사업에 협력했던 글쓰기와 한국전쟁 시기 글쓰기의 특징을 대조적인 것으로 파악한다든지 혹은 전장 취재를 토대로 쓰여진 장편소설들에 관한 개별 작품론 등을 들 수 있다. 기존 연구 성과들을 참조하는 한편으로, 이 글에서는 장혁주의 글쓰기가 전쟁이 벌어진 바로 그 실시간대에 한국의 전장과 일본 사이를 오가며 쓰여진 '월경(越境)하는 텍스트'였다는 점에 특히 착안하였다.

이 발상이 의미하는 것은 방한(訪韓)이라는 장혁주의 행위 자체와 그로 인해 가능했던 글쓰기 양자 모두를 당대 한국(어)의 컨텍스트 뿐만 아니라 일본 사회가 처해 있던 조건 속에 배치하려 한다는 뜻이다.[10] 다시 말해, '한국/조선전쟁'을 둘러싼 양국의 군사, 정치, 사회적 상황의 흐름 한 가운데로 텍스트를 의식적으로, 적극적으로 개방하는 한편, 한일 양쪽의 맥락을 서로 교차하여 읽으려 한다는 뜻이다. 이승만 정권 하의 전시 동원이라는 한국(어)의 맥락은 물론 상대적으로 익숙한 것이지만, 함께 참조되는 일본(어)의 맥락으로는 우선 일본 정부의 경무장 지침, 나

---

9 일본문학 연구자인 김학동의 다음과 같은 작업들이 대표적이다. 「6.25 전쟁에 대한 張赫宙의 현지르포와 민족의식」, 『인문학연구』 76권 0호, 2009, 「장혁주의 『아, 조선(嗚呼朝鮮)』 무궁화론:6.25 전쟁의 형상화에 엿보이는 작가의 민족의식」. 『日本學研究』, 2008.5, 신승모, 「전후의 장혁주 문학」, 『日本文化研究』 13집, 2008.10.

10 일본어로 된 연구 중에는 장혁주의 한국전쟁 관련 글쓰기를 일본(어) 컨텍스트에서 자세하게 밝힌 선행 연구들이 있다. 張赫麞, 「朝鮮戰争をめぐる日本とアメリカ占領軍――張赫宙『嗚呼朝鮮』論」, 社会文学 (32), 2010, 고영란의 「조선/한국전쟁」 혹은 '분열/분단': 기억의 승인을 둘러싸고」, 『大東文化研究』, 79집, 2012.9. 이 논문은 한국전쟁 당시를 배경으로 일본공산당 내 재일조선인들의 갈등을 그린 김달수의 『일본의 겨울 『日本の冬』에 관한 작품론이지만, 이 텍스트와 대척점에 있는 작품으로 장혁주의 『아, 조선 嗚呼朝鮮』을 배치하여 적지 않은 비중으로 거론하고 있다. 장혁주의 전후 시기 텍스트를 집중적으로 다룬 학위논문으로는 梁嬉淑, 「張赫宙戰後研究: 終戰から歸化まで」, 埼玉大学大学院文化科学研究科, 博士論文, 2014.

아가 (비공식적) 국가 전쟁 동원이라는 상황을 들 수 있다. 그리고 이에 맞서 호헌의 기치 아래 전개된 일본 지식인들의 일련의 '평화' 담론, 그리고 동일한 평화를 외치지만 이와는 전혀 다른 수단과 결을 선보인 재일조선인 사회의 반전(反戰) 행동 및 재일의용군의 참전 행위까지, 요컨대 '조선전쟁'을 둘러싼 상호 논쟁적이고 대립적인 컨텍스트가 바로 그것이다. 장혁주의 전장 글쓰기라는 텍스트의 탄생 자체, 그리고 그의 글쓰기를 둘러싼 의미망이 그러한 다층적인 조건들과 결코 분리될 수 없었던 만큼, 이 글은 교차하는 여러 문맥들 속에서 장혁주의 한국행과 글쓰기를 읽을 것을 제안한다.

2. 하늘 길과 바다 길 : 전장에 이르는 두 가지 경로

장혁주는 1951년 7월과 1952년 10월, 두 차례에 걸쳐 비행기로 한국과 일본 사이를 오가며 전쟁을 취재했다. 현장성이 강조되는 전장의 메모들은 취재 이후 이내 르포르타주 형식으로 일본 잡지에 게재되었고, 좀 더 시간이 흐른 뒤 이 기록들은 단편이나 장편의 소설 형식으로 개고되어 발표되는 식이었다. 그러나 한국전쟁 취재가 일본의 보통 작가들에게 흔하게 주어지는 기회는 결코 아니었다. 샌프란시스코 강화 조약 발효(1952.4) 이후 일본이 '독립'을 하고 나서야 비로소 한국의 전장에 일본인 특파원을 보낼 수 있었던 사정을 떠올려보면[11], 일본 거주 조선인 작가였던 장혁주의 첫 번째 방한은 그야말로 예외적인 파격 대우였던 셈이다. 더욱이, '외국인 등록령' 발포(1947.5) 이후, 구 식민지 출신자는 일본 내에서 일괄적으로 외국인으로 간주되었던 탓에 일단 출국하면 재입

---

11 남기정, 위의 책, 403쪽.

국이 금지되던 시기임을 고려하면 이 예외성은 한층 명백한 것이었다.[12]

결국, 이 같은 지원과 혜택은 점령당국 GHQ가 연합국과 한국군 측의 전투 지역 내에서 한국전쟁을 취재할 누군가를 필요로 했다는 뜻이고, 이때 상대적으로 당국의 검열 처분을 적게 받아왔던 미디어인 마이니치 신문사가 자사의 특파원으로 선택, 파견한 이가 바로 장혁주였다는 의미이다. 의미심장하게도, 장혁주가 전장 취재 후 발표한 소설 『아, 조선 嗚呼朝鮮』(1952)은 바로 1년 전 일본에서 먼저 출간된 『아아, 조선(ああ朝鮮)』이라는 책과 일본어 발음 상으로는 완전히 동일한 제목이었다. 그러나 후자의 경우 소련 미디어의 특파원이 북한 인민군의 전투 지역을 종군해 쓰인 책이라는 점에서 보자면, 두 텍스트는 정치적 구도 상으로 정확히 대척점에 놓여 있는 것이었다.[13]

장혁주의 첫 번째 한국 행으로 다시 돌아가 보면, 「조국 조선으로 날아가다 (제1보)」에는 하네다 공항에서 그가 옛 지인 양우정을 우연히 만나 비행기에 동석하게 된 에피소드가 비중 있게 다루어진다. 당시 국회의원으로 이승만의 두터운 신임을 받고 있던 최측근 이데올로그 인사답게 양우정은 대통령을 둘러싼 세간의 부정적인 평가가 모두 오해라는 것, 대통령이 노동자·농민을 대변하는 진보적 정치인이라는 사실에는 언제나 변함이 없다는 점을 역설한다. 양우정과 장혁주의 기내 대화는 일본 발(發) 조선행 비행기가 어떤 인사들의 이동 수단이었는지를 대략 짐작하게 하지만, 실은 비행기와 관련하여 보다 더 흥미로운 대목은 상

---

12 Tessa Morris Suzuki, 위의 글.

13 콤소몰스카야 프라우다」지의 특파원 알렉세이 코진이 쓴 책이다. 고영란은 장혁주의 『아, 조선 嗚呼朝鮮』이 『아아, 조선 ああ朝鮮』(1951) 뿐만 아니라, 북한 인민군으로 참전했던 김사량의 종군기 「바다가 보인다」와도 상반된 구도에 놓여 있었다고 평가한다. 이 종군기는 김사량이 전선에서 사망한 것으로 알려진 이후 당시 일본공산당 소속이었던 문인 김달수의 번역으로 『中央公論』(1953)에 실렸다. 고영란, 위의 글.

공에서 내려다 본 지상의 풍경을 기술하는 장혁주의 어조이다.

> 양씨는 상체를 세워 창밖을 들여다보면서 "일본은 아름다워. 정말로, 금
> 수강산이라고 할 수 있는 곳이야."하고 감탄했다. 나는 그 말의 이면에서,
> 거칠고 황폐해진 고국의 산하를 연상했다. 양씨는 몇 번인가 창밖을 엿보
> 았는데, 아름다운 자연과 이별하는 것이 싫은 모양이었다.[14]

일본 국토의 아름다움을 묘사하기 위해 울창한 숲의 녹색이 자주 동
원되는 것에 비해, 원래 민둥산이 많은 데다 폭격으로 만신창이가 되었
을 조선 땅은 그가 이미 대면하기도 전에 흉한 적색의 모습으로 떠올라
선명한 대조를 이룬다. 전장이 된 땅에서 풍경의 아름다움을 기대하는
것 자체가 애초 무리임에도 불구하고, '아름다운 녹색의 일본'과 '황폐한
붉은 조선'을 나란히 병치시키는 장혁주의 시선은 제 2보 르포르타쥬인
「고국의 산하」에서는 좀 더 본격적으로 등장한다. 한 달 가량 취재를
마치고 일본으로 귀국하는 비행기 안에서 그는 "푸르름이 싱싱하게 넘
쳐흐르는 아름다운 나라. 녹색의 나라로 돌아온 행복을 나는 마음 속
깊이 느꼈다."라고 쓴다. 그러나 이 첨예한 대조의 화법이 그로서도 마
음 편한 상황일 리는 없어서, "일본에 돌아온 행복감은 조국에 남아 있
는 나의 육친을 생각하고서 사라졌다. 황폐한 마을, 파괴된 시내가 강렬
하고 분명하게 스며들어와 거기서 살아가고 있는 천만의 고통에 압도되
었다"고 그는 덧붙인다.[15]

문제는 고국을 향한 진정성 어린 연민에도 불구하고 한·일 대비의 프
레임은 한층 뚜렷해질 수밖에 없다는 데 있었다. 확실히, 녹색과 적색의

---

14 張赫宙, 「祖國朝鮮に飛ぶ 第一報」, 『每日情報』, 1951.9.
15 張赫宙, 「고국의 산하 故國の山下」, 『每日情報』, 1951.11.

병치는 두 나라의 풍경 묘사에 그치지 않고 '평화로운 일본'과 '전시 하 조선'이라는 일견 상반된 정치 상황을 일본의 독자 대중들에게 효과적으로 전달했을 터였다. 일반적으로, 높은 상공에서 내려다보는 비행의 조망 시점이란 그 자체로 사태를 단순화하고 현실로부터 거리를 두게 하는, 일종의 소격효과와 미적 아우라를 를 산출하게 마련이다.[16] 그러나 장혁주가 비행기 창 밖 아래로 내려다 본 풍경, 특히 그가 "푸른 바다의 언덕 청해원 (靑海原, 넓디 넓은 바다를 일컫는 말)"[17]이라 감탄을 거듭하며 묘사한 한국과 일본 사이의 바다는 전시 중에 그저 아름답고 평화로운 바다이기만 했을까.

우선, 통로로서의 바닷길이라는 관점에서 살펴보자. 모든 전쟁에서, 전투에서 승리하는 것만큼 중요한 일은 전투에 필요한 병력과 무기를 포함한 군수 물자를 끊임없이 공급하는 보급과 수송의 문제이다. 실제로, 한일 사이의 바다는 한국전쟁이 터지자 곧 한반도로 대거 출격한 일본 주둔 미 육군들의 필수적인 보급 수송 루트로 급변했다. 오랜 세월 침묵을 강요당해 알려지지 않았던 일본의 참전 실태가 하나 둘 씩 밝혀지는 과정에서 거듭 확인된 공통적인 사실은 일본이라는 기지국가의 존재, 그 중에서도 특히 일본의 해운과 선원들이 없었다면 유엔군이 한국전쟁의 초기 국면에서 승기를 잡기란 몹시도 난망한 일이었다는 점이다.

---

16 물론 하늘 길이 바다 길 못지 않게 한국전쟁의 통로였던 것도 사실이다. 오키나와의 미군 기지에서 출격한 미 공군기들이 한반도에 폭격을 수행했기 때문이다. 특히, 북한 지역의 경우 3년 내내 미군의 B-29기에 의해 도시와 농촌이 폭격 당했는데, 그 출격지가 대부분 오키나와였다. 김태우, 『폭격』, 창비, 2013, 67쪽. 한국전쟁 당시 오키나와의 미 공군 기지 가데나, 후텐마 비행장, 우루마 시의 화이트 비치 지구(주일 미 해군 항만시설)는 미군뿐 아니라 유엔군 기지이기도 했다. 「오키나와인들의 선택은 공존과 평화」, 『시사IN』, 2018. 10.17.

17 張林宙, 위의 글.

그 자신 중앙기선의 선장이었으면서 과거 일본 해운과 한국전쟁의 알려지지 않은 관계를 탐구해 온 가바자와 요이치(樁澤陽一)에 의하면, 전쟁이 발발하자 한일 사이의 바다에서 자유로운 민간 교역선의 운행은 재빨리 중단되었다. 대신, 이 시기 한일 사이의 바닷길을 차지한 것은 각종 군용선들이었다. 예컨대, 무장 탱크를 양륙시킬 수 있는 상륙 작전용의 대규모 LST 함정, 군사해상수송사령부 (MSTS, Military Sea Transportation Service)가 전투 병력과 군수 물자 수송을 위해 징발한 일본의 민간 대형 상선들, 연합군의 물자 양륙 작업 시 거룻배 역할을 하는 기범선과 같은 배들이 일본에서 한국으로 가는 바다 길을 가득 메웠다. 뿐만이 아니었다. 2차 대전 후 아직 귀국하지 못한 일본인들을 인양하는 일을 담당했던 귀환 수송선들 역시 전쟁 초기에는 운항 도중 미군 기지들이 있는 도시-사세보, 요코하마, 모지(門司) 등로 즉시 회항하라는 상부의 명령을 받았다.[18] 이 귀환선들은 육군 사단 소속의 미군 장병들을 부산으로 속속 수송하거나 혹은 갑작스럽게 징발된 한국인 젊은이들을 단기간 내 훈련시키기 위해 일본의 기지 도시로 실어나르고 또한 그들을 다시 한국의 전장으로 내보내는 일을 담당했다.[19]

그러나 보다 문제적인 대목은 한국과 일본 사이의 바다가 전장과 기지를 연결하는 군사 보급 통로의 기능에만 국한된 것이 아니었다는 데 있다. 이 바다는 그 자체로 전장의 공간이기도 했는데, 가장 직접적인 일본의 전쟁 협력은 한국의 해역 곳곳에 소해(掃海) 부대를 파견한 일이

---

18 石丸安藏,「朝鮮戰爭と日本の港湾－国連軍への支援とその影響」, NIDS security studies 9(3), 防衛省防衛研究所, 2007-02.

19 樁澤陽一,「朝鮮戰爭と日本人船員-其の二」,『海員』, 2007.9 전쟁 발발 초기에는 일본의 해운은 일본 각지에서 부산을 중심으로 한 한국 쪽으로 물자, 군대 수송 등에 종사했고 그 후 전쟁이 진전되면서부터는 한국 해역 전역에 취항했다.

었다. 소해함이란 문자 그대로 '바다를 청소하는 전함'의 뜻으로, 바다에 부설된 기뢰를 제거하는 부대를 뜻한다. 원산을 비롯한 한국의 주요 해역에 일본 소해 부대를 파견해달라는 극동해군사령부의 요청이 당시 일본 정부로서도 적지 않은 위험을 감수할 정도의 사안이었다는 사실은 두말할 필요도 없는 것이었다.[20] 우선, 소해작업의 성격 상 적군이 부설한 기뢰 폭발 시 죽음을 감수해야 하는 만큼 사실 상의 전투 행위에 해당하는 것이며, 해상보안정은 비군사적 부대라는 것이 명기[21]되어 있어 헌법 9조를 위반할 소지가 다분했기 때문이다.

더욱이, 이 요청은 원산상륙작전(1950.10.2)을 목전에 앞둔 시점에서 이루어진 것이었는데, 이 작전은 미국의 전쟁 확대 정책의 일환으로 38선 이북으로 연합군이 군사 공격을 감행한다는 뜻이기도 했다. 따라서 일본 정부의 소해 부대 파견이란 "유엔이 자신의 전쟁 개입을 정당화했던 경찰 행동 이상의 행위에 협력"한다는 것을 의미했다.[22] 실제로, 이 명령을 받은 일본 소해정장과 대원들 사이에서는 반발의 움직임이 일어났지만, 이내 무마되어 파견되는 쪽으로 귀결되었다.[23] 소해정 뿐만 아니라 군수 물자 수송에 징발된 기범선의 선원들 사이에서도 역시 "조선

---

20 MBC는 2001년 6월 22일, 「이제는 말할 수 있다」라는 프로그램에서 "6.25, 일본 참전의 비밀"이라는 제목의 다큐멘터리를 방송했다. 이 프로그램은 당시 생존해 있던 일본인 소해부대원들과 그들의 가족들을 직접 인터뷰했으며, 일본의 한국전쟁 참전 양상과 이 사실이 은폐된 맥락 등을 자세히 보도했다.

21 鈴木英隆, 「朝鮮海域に出撃した日本特別掃海隊」, *Military history studies annual* (8), 防衛研究所 2005.3.

22 남기정, 위의 책, 189쪽.

23 패전 직후 마련된 법적 조항에는 일본 뿐 아니라 조선 수역의 기뢰는 연합국최고사령부의 지시에 따라 소해작업을 행한다는 내용이 있었다. 이 규정은 물론 전시 상태를 상정한 것은 아니었지만, 일본 소해부대의 작업을 정당화하는 근거로 활용되었다. 鈴木英隆, 위의 글.

전쟁의 수송을 위해 현지에 가지 않을 수 없는 것인가"하는 문제와 일본 헌법과의 관계를 두고 격론이 벌어지게 된다. 아무래도 거역할 수 없는 점령 당국의 명령이라는 이유에서 혹은 배에서 내리는 하선(下船)이 곧 퇴직이나 실직으로 연결되리라 짐작했던 전후 일본 사회의 분위기 속에서 다수의 선장들은 결국 조선행을 불가피하게 받아들이게 된다.[24]

이렇게 해서, 일본 특별소해부대는 원산, 인천, 해주, 진남포, 군산 등의 한반도 해역에 파견되었고, 이 소해 작전에서 전후 일본의 최초 전사자가 발생하기도 했다.[25] 역사학자 테사 모리스 스즈키는 일본의 참전이 "floating War" 즉, 물에 떠 부유한 채 이루어진 형태였다고 지적한다. 다시 말해, 미국은 바다를 눈에 보이지 않는 비가시적인 지역으로 활용한 셈이었는데, 일본의 선원들을 비롯하여 전쟁과 관련된 여타의 군사적 동원이 한국 땅(soli)이 아니라 바다 위에서 이루어지는 한, 일본인들은 엄밀히 말해 "한국에 보내지지 않았다"고 미국은 주장할 수 있었다는 것이다.[26]

물론, 미국 측의 궁여지책에 가까운 합리화에도 불구하고 국제 사회의 반응은 심각한 것일 수밖에 없었다. 무엇보다 전쟁 당사자인 북한군 쪽에서 일본의 소해정 파견에 관해 격렬한 반응이 나왔던 것은 어렵지 않게 예측할 수 있는 일이었다. 1950년 10월, 북조선인민공화국 외상(外相)이었던 박헌영은 "국제연합군에 일본 병사가 참전해 있다"고 비판했고, 소비에트 연방 역시 이 사안이 포츠담 선언 위반에 해당된다는 논리

---

24 野平陽一, 「憲法九条と私の体験」, 『海員』, 2006.9 한편 소수의 기범선 선장들은 '신념' 을 지켜 하선을 요구했고, 이 요구가 받아들여져 귀가 조치가 내려지기도 했다.

25 동원된 소해정과 순시선은 도합 54척이었고, 투입된 인원은 연 1,204명에 달했다고 한다. 남기정, 위의 책, 187쪽.

26 Tessa Morris Suzuki, 위의 글.

로 북한의 비판을 지지하며 가세했다. 미국의 지휘 아래 전쟁에 참전하고 있는 공식 참전국들 역시 이 평화헌법을 선언한 일본의 참전 이슈에 대해서는 깊은 우려를 표시하는 상황이었다.[27] 한편, 미국과 함께 싸우던 한국 측의 반응은 조금 의외여서 흥미로운데, 1951년 4월 이승만은 연합군과 북한 인민군의 격전지 중 하나였던 왜관(倭館, 경상북도 칠곡군 왜관읍을 가리킴)에서 다음과 같이 연설한다. "최근 연합군 중에 일본 병사가 늘어와 있다는 소문이 있다. 그 진위 여부가 어떻든, 만에 하나라도 앞으로 일본이 우리를 돕는다는 이유로 한국에 출병한다면, 우리는 공산군과 싸우고 있는 총구를 돌려 일본군과 싸우게 될 것이다."[28] 한국 정부가 이러한 식의 단언을 실행에 옮길 수 있는 처지는 물론 아니었지만, 어떤 이유로든 일본군이 한반도에 상륙하는 그림 자체가 식민지로부터 갓 벗어난 한국인들 일반에 야기할 수 있는 '본능적인' 거부감을 누구보다 잘 알고 있던 이승만의 공식 대처법이었던 셈이다.

다시 장혁주가 비행기에서 부감했던 1951년 7월의 바다로 돌아가 보자. 이 시기는 최초의 휴전회담(1951.7.10)이 개성에서 개최되던 무렵으로, 민간 상선의 동원이나 징발은 전쟁 초기에 비해 확실히 크게 줄어든 시점이기는 했다. 그러나 "휴전회담 중이라고는 해도, 위험이 없었던 것은 아니다……포성 가운데 해안과 병원선 사이를 병력과 물자 수송에 종사하면서 지근탄(至近彈)을 맞았다"는 일본 선원의 진술처럼 "정세의 변화가 있다고는 해도, 요컨대 전쟁은 전쟁인 것이었다."[29] 더욱이, 이 시점은 여전히 일본의 소해부대가 인천, 목포, 여수, 마산, 부산, 진해 등지

27　Tessa Morris Suzuki, 앞의 글.

28　金贊汀, 『在日義勇兵帰還せず: 朝鮮戦争秘史』. 岩波書店, 2007, 156~157쪽.

29　椛澤陽一, 「朝鮮戦争と日本人船員-其の三」, 『海員』, 2007.10 이 발언은 일본인 선원 柔島 씨의 증언이다.

에서 작업을 계속 하고 있던 시기였다. 공식 기록으로는, 일본특별소해 부대가 활동한 시기가 1950년 10월 10일부터 같은 해 12월 6일까지 약 두 달간으로 한정되어 있지만, 그러나 많은 시간이 흐른 후 공개된 선원들의 증언들이 전하는 사실은 이와는 달랐다. 증언들에 의하면, 일본이 점령통치로부터 독립한 이후인 1952년 8월 시점에서도 선원들은 소해 작업이 제대로 완료되었는지 여부를 확인하기 위해 여전히 시항(試航)을 계속하는 중이었다.[30]

3. '중립'의 컨텍스트

3.1. 『아, 조선』의 '중립'이 의미하는 것

한국의 전장 취재 경험을 토대로 1952년에 발표된 장혁주의 장편소설 『아, 조선』의 기본 발상은 주인공으로 하여금 남과 북의 체제 양쪽 모두를 경험하게 만든다는 것이다. 전체 3부로 이루어진 이 소설의 1부는 주인공 "성일"이 북한의 인민 의용군 모집으로 (강제) 징발되어 전장의 군인도 아닌 남한의 무고한 인민들을 직접 학살하게 되는 이야기를 다루고 있다. 이어 2부에서는 한국군의 포로가 된 주인공이 이번에는 거꾸로 남한의 국민방위군에 차출되어 정부군에 의해 자행된 대규모 제노싸이드를 목격한다는 설정이다. 형식의 측면에서 이전 장혁주의 르포르타쥬들이 '화자-외부자'의 시점에서 참상을 관찰하는 방식으로 기술된 반면, 『아, 조선』의 경우는 이와는 다르다는 것을 알 수 있다. 소설적 허구(fiction)의 힘에 의탁하고 그동안의 취재 경험을 종합하여, 남북의 체제

30 남기정, 위의 책.

양측 모두를 '내부'의 시점으로부터 경험하게 되는 주인공의 위치를 새롭게 고안했다는 점에서, 이 소설은 이전 르포르타쥬들과는 결정적으로 달라지는 까닭이다.

연합군 측의 지원으로 가능했던 장혁주의 방한 경위는 잠시 괄호 속에 넣어둔 채, 일단 내부 논리로만 『아, 조선』이라는 텍스트를 살펴보자. 일본의 장혁주 연구자인 시라카와 유타카 역시 지적한 바이지만, 이 텍스트 속 주인공의 위치와 입장을 표현할 수 있는 단어는 단연 '중립'이다.[31] 실제로, 이 소설은 남과 북 양측 체제의 모순이 1, 2부를 통해 서로 팽팽한 대결을 이루듯 나란히 제시되어 있는데, 적어도 이와 같은 소설 구성이라는 관점에서만 보자면, 『아, 조선』은 1960년 4·19 이후 그해 11월에 발표된 최인훈의 『광장』을 분명 연상시키는 데가 있다. 더욱이 3부의 마지막 결말부, 주인공은 (거제도로 추정되는) 인민군 포로수용소에 갇히게 되는데, "성일"은 북한을 지지하는 포로들과 한국행을 원하는 포로들 양자 모두에게 시종일관 거리를 둔다. "성일"의 태도는 다음과 같이 묘사되는데, "이제는 그의 신념이 된 엄정 중립이 하나의 주의(主義)가 되어 그의 포로 생활을 유지했다."[32]

물론, 주인공 "성일"이 남과 북 모두에 일정한 거리를 둔다 하더라도, 미국에 대해서만큼 전혀 다른 태도를 보인다는 점에서 그의 정치적 중립이 냉전의 진영 논리 속에서 결국 어느 쪽을 지향하고 있는가 하는 점은 재론의 여지가 없다. 그가 장래 영문학자가 되고 싶다는 열망으로 미국 유학을 준비하던 영문과의 학생이었다는 것, 독실한 크리스트교 신자 집안에서 교리를 믿으며 유복하게 성장했다는 사실 또한 그의 정

---

31 白川豊, 「朝鮮近代知日派作家, 苦悶の奇跡」, 勉誠出版, 2008, 296~298.

32 장혁주, 장세진 엮고 옮김, 『아, 조선: 장혁주 소설선집 1』, 소명출판, 2018, 335쪽.

치적 지향을 가늠해주는 근거들이기도 하다. 더욱이, 그가 포로수용소로 끌려가기 직전까지 자신의 집을 고아원으로 개조해 전쟁 고아들을 보살피는 과정에서, 미군과 PX의 존재가 그의 으뜸가는 경제적 후원자였다는 점도 이러한 판단을 뒷받침해주는 사실로서 전혀 부족함이 없다.[33] 물론, 미국에 대한 이 일관된 선의와 호의는 당국의 검열 시스템을 의식한 측면도 전혀 없지는 않을 터였다.

그러나 주인공의 삶 깊숙이 (무)의식적으로 내재화된 정치적 지향성에도 불구하고, 이 텍스트의 2부에서 자세하게 제시된 남한 정부에 대한 비판의 양과 질은 결코 가볍게 볼 수 있는 성격의 것은 아니다. 알려진 대로, 한국전쟁 최대의 흑역사라고도 할 수 있는 국민방위군 사건(1950.12~1951.2)과 거창 양민 학살 사건(1951.2)은 각각 전쟁 중에 벌어진 군대 내 군수 물자 횡령 비리와 자국민 살해의 대형 참사에 해당된다. 『아, 조선』의 2부는 한국군이 된 "성일"을 자신도 모르는 사이, 이 은폐된 비극들의 한 가운데서 사건을 직접 경험하는 당사자, 그리고 목격자의 신분으로 각각 설정하고 있다. 이 비극들은 그 자체로 충분히 문제적이지만, 한국 군대와 관료들의 비윤리성, 그리고 그보다 더한 무능함을

---

33 張允麐의 경우, 『아, 조선』에 나타난 미국에 대한 입장에 관해 상당히 흥미로우면서도 전혀 다른 해석을 내린다. 그 근거로 의용군이 된 성일이 유엔군이나 한국군에 대해서는 적(敵)이라는 표현을 사용하지만, 국민방위군에 소속된 성일이 인민군을 적으로 표현한 적이 없다는 점을 지적한다. 張允麐의 연구는 장혁주의 소설에 내재한 미국에 대한 비판 의식을 부각하고 있다는 점에서 다른 연구들과 구별된다. 張允麐, 위의 글. 물론 『아, 조선』에 미군에 대한 크고 작은 부정적인 묘사들이 등장하는 것은 사실이며, 이러한 묘사가 같은 시기 미국 점령 하에 놓여 있던 일본 독자들에게 어떤 종류의 공감을 불러일으킬 수 있는 가능성도 배제할 수는 없다. 그러나 그러한 사실을 인정한다고 해도, 3부에서 확연히 드러나듯 이 텍스트가 전체적으로 미국에 호의적이라는 점은 변함이 없다. 말하자면, 남과 북에 대해서는 동일한 거리를 두고 있지만, 미국에 대해서는 호의와 선의의 뉘앙스가 계속된다.

정조준하고 있다는 점에서 궁극적으로는 이승만 정부의 실책들을 강도 높게 비판하는 것이었다. 이승만을 칭송하는 과거의 문인 동료들과 조우하는 에피소드들을 집어넣고, 그들의 주장에 별다른 이의를 달지 않은 채 전달하는 태도를 취했던 이전 그의 르포르타쥬에 비하자면, 『아, 조선』에서 구현된 장혁주의 정치적 입장은 훨씬 더 날카롭게 벼려지고 선명해진 셈이었다.

무엇보나, 『아, 조선』에서 가장 인상적인 대목은 남한의 국민방위군 소대장이 광기에 사로잡혀 자국의 양민들을 학살하는 장면을 목격한 이후, "성일"의 몇몇 동료들이 인민군에게 투항할 것을 마침내 결심하는 장면이다. 북한 체제에 희망을 거는 그들에게 완전히 동의할 수는 없으면서도, "성일"은 지리산을 향해 들어가는 그들이 제발 무사히 인민군과 조우할 수 있도록 진심으로 소망한다. 더욱이, 멀어지는 그들을 향해 그는 "몇 번인가, 이봐 기다려!" 턱 밑까지 가득 차오른 외침의 충동과 그들과 합류하고 싶은 마음을 간신히 참아내기까지 한다. 이별의 순간 "성일"에게 찾아온 이 진지한 내적 동요로 인해, 인민군 측에 자발적으로 가담하는 한국군의 이탈 행동, 나아가 그 시절을 감당했던 어떤 이들이 결국 선택한 월북이라는 행위 역시 충분히 납득할 만하고 공감할 만한 수준의 결정으로 재현되는 효과가 이 대목에서 발생하는 셈이다.

이 효과가 가지는 적지 않은 의의와 관련해서는, 한국 작가들이 오랫동안 한국전쟁을 재현해 온 특정한 관습이나 패턴들을 떠올려 볼 필요가 있다. 반공 이데올로기를 노골적으로 전시하는 종군기 류의 소설까지 굳이 거론하지 않는다고 해도, 전쟁의 참상을 강박적으로 재현하거나 그 논리적 귀결로서 '보편적인'(통속적인) 휴머니즘에 호소하는 텍스트들이 1950년대의 주류를 이루어 온 것이 사실이다. 그렇다면, 이런 식의 휴머니즘을 거부한 당대 문제작들의 경우라면 어떨까. 이 경우 역시 대립된 두 이데올로기 양자 모두에 대한 환멸이 너무나 극심했던 나머지, 비판의 초점이 인류의 근대 문명 자체에 대한 추상적이고도(이기 때문에 오히려 더) 급진적인 부정과 회의로 제어 없이 경사되는 경향이 강했다. 그에 비하자면, 『아, 조선』의 전쟁 비판은 남한의 실제 통치 권력을 에두름 없이 직접 겨냥했다는 점에서 보다 구체적일 수 있었다. 무엇보다, 평범한 시민들을 하루아침에 난민화 하는 대립된 힘의 구조를 나란히 제시했다는 점에서 보자면, 실은 보기 드물게 '객관적'이기도 했다. 물론, 이 모든 성취가 한국 정부의 엄격한 검열로부터 자유로운 일본어 글쓰기와 일본의 출판사라는 미디어 환경을 통해 가능했던 것은 분명하다.

그런데 주인공 "성일"의 '중립'을 텍스트 내부의 논리와 한국(어)의 컨텍스트를 넘어서서, 다시 말해 당시 한국전쟁을 둘러싼 일본(어)의 컨텍스트 내로 옮겨서 배치하여 그 의미를 좀 더 세밀하게 따져보면 어떨까. 일본어로 쓰인 만큼 일본(어) 컨텍스트를 참조하는 것은 실은 당연한 일이기도 한데, 이를 위해서는 일단 중립의 개념을 짚고 넘어갈 필요가 있다. 원래 국제정치 상의 용어인 중립은 크게 세 가지 층위로 나눌 수 있다. 먼저, "타국들 간의 갈등 혹은 전쟁에 휘말리지 않기 위해 일시적으로 취해지는" 노선이 이른바 '전시중립(war neutrality)'이다. 이에 비해 '중립화(neutralization)'는 일반적으로 열강에 둘러싸인 약소국이 영구적으로 안전 보장을 얻기 위해 선택하는 길이라 할 수 있다. 중립화는 해당 지역의 '비군사화'라는 전제 아래, 주변 강대국들의 합의와 보장이 있어야 비로소 가능한 상태라는 점에서, 보다 포괄적이며 '전시중립'과는 확연히 구별되는 범주이다. 마지막으로, '중립주의(neutralism)'는 강대국들의 합의와 보장 없이 해당 국가의 주장만으로 이루어지는, 일종의 지향과 선언(manifesto)으로 이해할 수 있다.[34]

중립의 다양한 구현 양태라는 관점에서 볼 때, 일단 『아, 조선』 식의 거리두기는 '전쟁에 참가하지 않은 국가가 교전국 雙방에 대하여 가지는 국제법 상의 지위'라는 '전시중립'의 정의와 깊은 연관이 있어 보인다. 다시 말해, 이때의 중립은 교전국 雙방에 대한 '공평', '無원조'의 원칙에 의해 규정된다.[35] 그러나 전시중립이라는 개념 자체가 전쟁에 참가하지 않음으로써 발생하고 동시에 전쟁의 종료와 함께 소멸하는 것이라고 한다면, 당시 유엔 지휘 하 실질적 참전국이었던 일본의 입장에서 '전시중립'을 주장하는 것은 진행형으로 벌어지는 일련의 사태들에 비추어 현실과 결코 정합하지 않은, 요컨대 이데올로기 차원의 언사일 수밖에 없었다. 비록 "군대를 군대라고, 전차를 전차라고 부르는 것조차 금기시"될 정도로, 전쟁 개입과 재군비의 양상이 일본 대중들에게 최소한으로 공표되는 방식으로 이루어졌다고 해도 말이다.[36]

일본 쪽의 선행 연구를 참조하자면 『아, 조선』식 '전시중립'은 전쟁이 발발한 이래 아사히(朝日)신문이나 마이니치(毎日) 신문, 요미우리(読売) 신문 등 일본의 주류 미디어가 일반 대중을 상대로 조선전쟁을 보도하는 기조와 실은 매우 유사한 것이었다.[37] 예컨대, 전쟁이 터진 직후 발표된 아사히 신문 사설의 목소리는 다음과 같다. "남한에서 불타오르고 있는 전화(戰禍)가 하루라도 빨리 종식되었으면 간절히 바라고 있"다면서도, 동시에 이 전쟁은 "우리와 관계 없는 것을 관계없는 것으로"라는 식으로 표상되었다. 요컨대, 이 전쟁을 현해탄 건너 피안의 사건으로 액자화 하고 일본을 전쟁의 국외자 혹은 안전한 제 3자의 위치에 놓으려는

---

34 엄상윤, 「제 2공화국 시대의 중립화 통일론과 21세기의 한반도 통일」, 『國際政治論叢』, 43집 2호, 2003.

35 『21세기 정치학 사전, 하』, 정치학대사전편찬위원회 편, 아카데미아리서치, 2002.

36 존 다워, 『패배를 껴안고』, 민음사, 최은석 옮김, 716쪽.

37 張允麿, 「朝鮮戰爭と日本とアメリカ占領軍」, 『社會文學』, 日本社會文學會, 2010.6.

기조를 선보인 셈이었다.[38] 물론, 과거 아시아·태평양전쟁에서 놓여나 평화헌법을 가지게 된지 얼마 되지 않은 일본 사회로서는 어쩌면 이는 당연한 반응일 수도 있다. 그러나 문제는 일본의 군사적, 경제적 개입이 이후 점점 노골화됨에도 불구하고, 이 '전시중립'의 기조는 변하지 않을 뿐 아니라 오히려 더 강화되고 있었다는 점이다. 예를 들어, 1952년 발표된 『아, 조선』의 '중립적' 스탠스를 호평한 평론가 나카노 요시오(中野 好夫)는 "북조선 동정자도 아니고, 남조선 측 입장에서도 벗어나 서술하고 있는 점이 아주 좋다"라고 호평했으며, 이러한 식의 '중립' 논리는 일본 내 시민 사회에서 형성되고 있던 재군비 반대와 반전(反戰) 평화 논의로 자연스럽게 결합되는 중이었다.[39] 그러나 경제적으로나 군사적으로 이미 깊숙이 발을 담근 상태임에도 불구하고, 결코 남의 전쟁에 휘둘리지 않겠다는 '전시중립'과 '평화'를 함께 표명하는 이들의 모순은 실은 명백한 것이었다.

3.2. 또 다른 중립
: 홋타 요시에(堀田善衛)의 『광장의 고독 廣場の孤獨』

물론 이 모순을 스스로 의식하고 이를 표현하기 시작한 일본인들이 전혀 존재하지 않았던 것은 아니다. 일본의 '독립' 이후(1952) 한국의 전장에 파견되기 시작한 일본 특파원들은 이 전쟁이 다름아닌 일본의 전쟁이라는 사실을 보고하기 시작했다. "이것은 강 건너 불이 아니다"로

---

38 「社說: 朝鮮の戰亂と日本の態度」, 朝日新聞, 1950.6.26.

39 고영란, 위의 글에서 재인용, 나카노 요시오는 한국전쟁에 의한 호황을 배경으로 1956년 『문예춘추 文藝春秋』 2월호에 「더 이상 전후가 아니다 もはや戰後ではない」라는 제목의 평론을 발표했다. 이 제목은 다음 해 일본 정부에서 발행하는 경제백서에 채택되어 널리 알려졌고, 일본 사회의 유행어가 되었다.

시작되는 아사히 신문 특파원의 보고는 이스즈(ISUZU), 닛산(NISSAN), 도요타(TOYOTA) 등의 일본제 차량이 일본제 무기와 탄약을 실어 나르며, 미군 병사들은 모두 일본제 피복을 착용하고 있는 조선 전장의 풍경을 전달했다. "일본과 한반도 사이에 이제는 바다가 없다고 할 정도로 밀접해진 현실"이라는 것이었다.[40] 한편, 문학계의 사정은 이보다 좀 더 일렀다. 한국전쟁이 발발한 지 두 달 가량 지난 초기 시점에서, 이미 프로문학 평론가 아오노 스데키치(青野季吉)는 다음과 같이 언급하고 있었다. "평화가 요구되고 반전이 외쳐지고 있다. 당연한 요구이나, 그것을 우리들 내심의 문제로 바꿔 말하면 전쟁의 영향을 따져 그것에 강하게 저항해서 사는 것에 지나지 않는다."[41] 실제로, 대중적인 신문 미디어와는 달리 일본 문학계 일각에서는 한국전쟁을 둘러싼 반전 평화 논의에 대해 미묘하게 불편해하는 분위기가 형성되어 있었다.[42] 이러한 일본 문단의 풍토 속에서 등장했고, 그 가운데서도 가장 눈에 띄는 텍스트로 단연 홋타 요시에의 「광장의 고독」을 들 수 있다.[43] 홋타의 이 소설은 한국전쟁 중인 1951년 발표되어 이듬해 아쿠타카와(芥川) 상을 수상하며 더 유명해진 작품으로, 한국전쟁의 리얼리티 자체보다는 이 전쟁과 일본이 어떤 관계 속에 놓여 있는가 하는 문제를 화두로 제시하는 텍스트이다. 이 소설에는 신문사에서 외신 기사를 하청 받아 번역 일을 하는 주인공

---

40 『朝日新聞』, 1952.11.16, 남기정, 위의 책, 재인용, 404쪽.

41 青野季吉, 「戰爭の影向について」, 『文芸』, 1950.8.

42 나카네 다카유키(中根隆行), 「홋타 요시에(堀田善衞) 『광장의 고독』의 시선-한국전쟁과 동시대의 일본문학」, 『한국어와 문화』 7집, 2010.

43 홋타 요시에(1918~1998)는 1942년 게이오 대학을 졸업하고 국제문화진흥회에 취직하여 이 곳에서 파견되는 형태로 상하이에 건너가게 된다. 상하이에서 일본의 패전을 맞이한 그는 중국에서의 경험을 기반으로 일본의 '전후'를 냉전체제 바깥에서 바라볼 수 있는 시야를 획득하게 된다.

"기가키(木垣)"가 등장하는데, 이 과정에서 그는 한국전쟁이 일본과 얼마나 깊숙이 얽혀 있는지 점점 자각하게 되는 인물로, 바다 건너 이 전쟁이 일본의 중공업 공장 지대 풍경을 재빨리 바꾸어 놓는 모습을 아연한 심정으로 관찰한다.

> 차는 이미 롯코바시(六鄉橋)를 지나 가와사키의 중공업 지대로 들어서고 있었다. 지난 번 전쟁(아시아·태평양전쟁을 말함-인용자)의 상흔은 지금도 생생히 남아 있다. 불에 탄 자리에 뼈 같이 생긴 철골이 밤 하늘에 꽂혀 있다. 양손을 모아 무언가를 기도하고 있다. 그 바로 옆의 공장은 불에 탄 공장의 뼈나 두 개골과는 아무런 관계도 없는 듯 밤새 살아 있다. 활활 불타는 주홍빛 불꽃을 토해내면서, 전쟁으로 인해 폐허 속에 놓여 있던 공장이 다시 전쟁으로 인해, 그리고 전쟁을 위해 가동되고 있다는 것을 어떻게 믿을 수 있을까.[44]

이 텍스트가 진정 흥미로운 것은 전(全) 방위로 한국전쟁의 군사기지가 되어버린 일본의 현실을 소설의 무대 정중앙에 올리면서도, 일본은 두 진영 중 어느 편에도 서지 않을 것이라는 '중립'의 태도를 주인공이 여전히 고수하려 한다는 데 있다. 과연, 이 논리는 어떻게 가능한 것일까. 결국, 소설 속에 나타난 "기가키"의 논리는 당시 일본 사회의 주류적인 두 입장 모두를 지양하고 이에 대결하려는 일종의 신념 표명으로 보인다. 다시 말해, 조선의 전쟁을 일본과 관계없는 사건으로 외재화하는 발상으로부터 발원한, 내면적 성찰이 결여된 평화운동을 지양하겠다는 "기가키"의 의지가 한편에 존재한다. 다른 한편으로, "기가키"의 논리는 소설 속에서 미국인 기자 "헌트"의 논리와 팽팽히 대결하고 있는데, 이

---

44 「広場の孤獨」, 『戰爭×文学 冷戰の時代』, 集英社, 2012, 584p.

미국인 기자는 일본이 조선의 전쟁에 이미 깊숙이 "커밋(コミット)"하고 있는 현실을 예리하게 지적하면서도, 오히려 이 현실을 일본이 확실하게 미국의 편에 서야 하는 당위의 논리로 전유(appropriation)하려는 인물이다. 텍스트 바깥에서 보자면, "기가키"를 설득하려는 헌트의 주장은 한국전쟁 발발과 동시에 이루어진 미국의 재군비 요청, 그리하여 많은 일본인들이 이미 동의하기 시작한 재군비 찬성론의 흐름으로 자연스럽게 이어질 터였다. 이러한 맥락에서 보자면, 홋타 요시에는 당시 일본 사회의 대중적인 '평화론'과 '재군비론' 모두에 거리를 두고 양자를 동시에 지양하려 시도한 것이었고, 이 입장의 희소성 혹은 특이성을 바로 소설의 제목인 '광장의 고독'이라는 문구로써 표현한 셈이었다.

그렇다면, 주인공 "기가키"의 입장을 앞서 언급한 중립의 범주로 표현해보면 어떨까. 기가키가 주장하는 중립이란 교전국 쌍방에 대해 공평무사한 거리를 두는 '전시중립'의 논리라기보다는 '중립주의'에 가까워 보인다. 중립을 보장하는 강대국들의 합의 여부와 상관없이, 자국의 중립 의지를 선언하고 국제 사회에 천명하는 마니페스토로서의 '중립주의'. 결국, 이 중립주의는 일본 헌법 9조가 상정하는 평화의 상(像)인 '중립화'의 경지를 필연적으로 지향할 터였다. 헌법 9조를 수호하려는 입장에서 보자면, 이 노선이야말로 자국의 철저한 비군사화를 전제로 유엔의 집단안전보장을 획득하는 길에 해당한다. 그렇다면, 이 상황을 가라타니 식으로 바꾸어 말해보면 어떨까. 이 길은 헌법 9조를 어떠한 꼼수의 해석 개헌도 없이 그야말로 철저하게 문자 그대로 실행에 옮기는 노선이다. 가라타니가 일관되게 주장하는 것은 이것이 결코 자위권의 단순한 방기가 아니라는 점이다. 국제 사회를 향한 '순수한 증여'로 일본은 결코 군사적으로 무력해지는 것이 아니라 오히려 무력보다 더 큰 힘을 얻을 수 있다는, 증여의 현실적 위력에 대한 믿음, 순진한 몽상으로 늘

평가 절하되는 '이상'의 현실성에 대한 확신.[45]

물론, 이러한 홋타 요시에식 '중립주의'의 이상이 이미 한 쪽 편으로 현저하게 기울이진 일본의 전시 궤도 한가운데서 과연 '고독'하다는 표현에 걸맞을 만큼 평화 운동 일반과 선명하게 차별화된 노선의 역할을 할 수 있었을까. 일본은 그 어느 쪽 편도 아니라는 기가키의 선언을 뒷받침해 줄 현실적 근거는 너무나도 미약하여, 전쟁 당시로서는 그저 주관적인 의지에 불과한 것은 아니었을까. 여전히 해소되지 않는 의문이 남는 것도 사실이다.[46] 그러나 적어도 「광장의 고독」이라는 텍스트가 '중립'에서 '평화'로 이어지는 담론의 연결 고리에서 어느새 결정적으로 누락되어버린 '조선/전쟁'과 일본의 긴밀한 연루 양상을, 그저 강 건너 불구경이 아니라 일본과의 관계 속으로 끌고 들어와 일본의 독자 대중들에게 정면으로 노출시켰다는 점만큼은 확실하다.[47]

---

45 가라타니 고진, 위의 책, 132~136쪽.

46 서동주, 「'전후'의 기원과 내부화하는 '냉전': 홋타 요시에의 「광장의 고독」을 중심으로」, 『日本思想』 28호, 2015 남상욱, 「전후 일본문학 속의 "한국전쟁":한국전쟁과 전후 일본의 내셔널 아이덴티티」, 『비교한국학』, 23권 1호, 2015.

47 홋타 요시에의 「광장의 고독」보다 조금 이후에 발표된 작품들이기는 하지만, 프롤레타리아 작가인 사타 이네코(佐多稲子)의 「바퀴 소리 車輪の音」(『文學界』, 1954.3)나 다나카 고미마사(田中小実昌)의 「상륙上陸」(『新潮』 1957.12)과 같은 작품도 일본이 한국전쟁에 군사 기지로서 관여하고 있는 현실을 자세히 그렸다. 「바퀴 소리」에는 한국전쟁 특수로 군수 경기 활황을 맞이한 공장에서, 전쟁이 끝나기를 바라면서도 한편으로는 실직의 두려움 때문에 필사적으로 일하다가 뇌일혈로 쓰러져 죽는 임시직 노동자가 등장한다. 「상륙」은 도쿄 만의 하역 작업을 위해 배를 탄 노무자들 7인이 자신이 탄 배가 한국으로 가고 있다는 사실을 깨닫고 탈출하다 비극적인 죽음을 맞이하는 내용을 그리고 있다. 소명선, 「재일조선인 에스닉 잡지와 '한국전쟁'」, 『日本近代學研究』, 61집, 2018.

3.3. 재일조선인 사회라는 컨텍스트와
『무궁화』(1954)의 '중간파'

장혁주는 한국전쟁 기간 중인 1952년 10월 귀화 신청이 승인되어 일본 국적을 마침내 획득하게 된다. 장혁주와 재일조선인 사회 사이의 갈등은 '해방' 직후부터 이미 심각한 수준이었지만, 그의 일본 귀화라는 사건에 이르러 이 불화는 정점에 달하게 된다. 특히, 점령당국에 의해 사상적 불온성을 의심받아 해체(1949)된 '조련(재일본조선인연맹)'[48] 출신 인사들로부터 그는 민족 배반의 아이콘과 같은 존재로 간주되어, 일상에서 목숨의 위협을 느낄 정도로 격렬한 증오의 대상이 된다. 물론, 그렇다고 해서 그가 조련과 정치적으로 대립 구도에 놓여 있던 '민단(在日本居留民團)'으로부터 환영을 받았던 것도 아니다.[49] 민단의 기관지 편집 일을 잠시 맡아 보기는 했지만, 민단 내에서도 역시 장혁주라는 실명을 공공연히 내걸 수는 없는 상태였다.

알려진 대로, 한국전쟁 시기 재일조선인 사회는 고국의 정치적 대립을 그대로 축소한 듯한 양상을 보였다. 일본공산당과 직접 연계된 재일조선인들은 "미국은 물러가라"는 구호를 외치며 격렬한 반전 시위를 주

---

[48] 조련은 1945년 10월 16일 발족되었다. 강령으로 "신조선 건설에 헌신적으로 기여한다", "세계 평화의 항상적 유지를 기한다","재일동포의 생활에 안정을 기한다", "귀국동포의 편의와 질서를 기한다" 등등의 조항을 내걸었다. 민단의 설립은 이보다 1년가량 늦은 1946년 10월 3일이었다. 김인덕, 「재일조선인단체의 형성 과정-조련, 민단, 총련」, 『내일을 여는 역사』 63집, 2016, 6.

[49] 민단의 초기 단장은 박열(朴烈)로, 그는 조련의 성원들이 사회주의적 성향을 띠는 것을 우려하면서도 전체 조련의 활동에 대해서는 "경의를 표하며, 조국 동포를 위해 이바지한다는 정신을 인정할 수 있다"는 입장이었다. 민단의 성격이 질적으로 변화한 것은 1948년 정부 수립 이후로, 이승만 정부가 재일 민단운동을 통제하면서부터 정권에 대한 충성도가 상부 지도자들의 구성 기준이 되면서부터였다. 가지무라 히데키, 김인덕 옮김, 『해방 후 재일조선인운동(1945~1965)』, 선인, 2014, 38~39쪽.

도하는 한편[50], 동포를 살상하기 위해 한반도로 끊임없이 수송되는 군수 물자 공급을 물리력으로 저지했다. 재일조선인들이 밀집한 오사카(大阪) 중공업 공장 일대에서 벌어진 쓰이타(吹田), 히라카타(枚方) 사건 등에서는 한반도의 전쟁이 일본 열도 내에서 소규모로 고스란히 재현되었을 정도로 일본 경찰과 격심한 물리적 충돌을 빚었다. "오사카에서 벌어진 조선전쟁"이라는 표현 그대로, 이 사건들은 바다 건너 조선의 전쟁이 결코 일본 외부에서 벌어지는 일이 아님을 입증했고, 전장이 된 조선과는 달리 그저 평화롭게만 보였던 일본 사회의 일상에 파열음을 낸 의미심장한 징후들이었다.[51]

한편, 우파 성향의 민단 측 전쟁 대응 양상은 문자 그대로의 '참전'으로 나타났다. 남한 정부군의 불리한 전황에 비분강개한 청년들은 혈서를 쓰며 참전을 지원했고, 이 열렬한 애국의 요청은 그들의 이념적 성향을 확신하지 못했던 이승만에 의해 일단 거부되었다가 SCAP(연합국 최고사령관)의 인가로 마침내 승인되었다. 재일조선인 청년 총 642명의 젊은 목숨을 건 참전이었다.[52] 민단 계열의 참전이든 일본공산당과 연대한 반전 시위이든 재일조선인 사회 전체가 한국의 전장으로 걷잡을 수 없이 휘말려 들어가고 있었지만, 양측 모두에게서 받아들여지지 않았던 장혁주는 일본 귀화를 계기로 이 모든 대립과 더욱 거리를 두게 되었다. 물론 귀화의 후폭풍은 적지 않은 것이어서, 장혁주는 이 상황을 좌와 우 "양쪽 모두가 민족을 모욕했다고 한꺼번에 들고 일어"난 것으로 기술한

---

50 1952년 한국전쟁 2주기를 전후해서 재일조선인-일본공산당원-학생-노동자의 연대로, 대규모 반전 시위가 열렸다. 장세진, 「트랜스내셔널리즘, (불)가능 그리고 재일조선인이라는 예외상태」, 『동방학지』, 157집, 2012.3.

51 西村秀樹, 『大阪で鬪った朝鮮戰爭:吹田・枚方事件の靑春群像』 東京, 岩波書店, 2006.

52 이활남, 『혈혼의 전선』, 재일교포학도의용군자립동지회, 1958, 계문사.

다. 실제로, 그는 「협박」(1953)이라는 자전적 소설에서 귀화 이후의 솔직한 감회를 죄의식보다는 "가슴 후련함"으로 표현한 바 있다.[53]

이러한 맥락에서 보자면, 노구찌 가쿠츄(野口赫宙)라는 일본 이름으로 첫 발표된 장편『무궁화』(1954)가 해방기 이래의 이른바 '중간파' 정치인 집안을 그리고 있다는 사실은 어쩌면 예견된 선택으로도 보인다. '중간파'란 누구인가. '(남북)협상파'라는 이름으로도 불리운 이들은 이승만식 남한 단정에 반대하며 좌우연립정권을 통해 통일된 민족국가라는 과제를 우선적으로 상정한 해방기의 정치 그룹이었다. 그러나 현실 속의 '중간파'가 좌와 우의 연대를 성사시키는 데 실패하고, 오히려 좌와 우 양쪽 모두로부터 거센 비난과 협공을 받으면서 점차 정치적인 입지를 잃어갔다는 현재진행형의 사실에서, 어쩌면 장혁주는 자신과의 실제 유사성 여부와 상관없이 그들로부터 소설 창작의 영감과 정서적인 동질감까지를 함께 얻었을지도 모른다. 물론, 남한의 현실 정치 세력으로서 '중간파'의 이념적 스펙트럼 자체는 좌부터 극우까지 상당히 넓은 것이었는데,『무궁화』에 등장하는 인물 중 하나인 "김명인"은 (좌파에 가까웠던) 여운형이나 (중도 우파의) 김규식 계열이 아닌, 뒤늦게서야 협상파로 전환한, 보다 오른쪽인 김구 계열의 정치가로 등장한다.[54]

시기적으로 보면,『무궁화』는 전장 취재를 토대로 쓰인 장혁주의 글쓰기에서 가장 이후에 창작되었고, 그동안의 글쓰기를 집대성하려는 저

---

53 장혁주, 「협박」,『장혁주 소설선집』호테이 토시히로, 시라카와 유타카 옮김, 태학사, 2002.

54 이데올로기적 스펙트럼에서 보았을 때, 김구 계열은 민족주의 우파이며 때로 극우적 성향도 보였으므로『무궁화』에서 김명인을 중도협상파라고 부르는 것은 사실 정확한 명칭은 아니다. 다만, 협상파 전체를 좌파와 우파의 '중간'으로 인식한 대중적 통념이 실제로 협상파를 '중간파', 혹은 '중도 협상파'로 부르기도 했다는 점을 감안하면, 당대의 언어적 현실에 부합하는 묘사라고 할 수 있다.

자로서의 야심과 기획도 엿보이는 소설이다.[55] 실제로, 이 텍스트는 한
국전쟁이라는 거대한 민족적 참상을 배태한 원인은 무엇인가 하는 질문
에 대한 장혁주 나름의 소설적 답변으로 읽힌다. 과연, 왜, 무엇 때문에
조선은 이런 전쟁을 겪어야만 하는가? 미리 답을 말하자면, 해방기 정국
이래 결정적 모멘텀을 몇 번씩이나 잃어버리고 좌우 테러의 대상으로만
전락해버린 '중간파'의 정치적 좌절이 바로 장혁주가 찾아낸 해답이었
다. 물론, 미·소라는 외삽 세력이 한반도의 분단과 전쟁의 절대 상수로
존재한 결정적 원인이라는 점은 두말할 필요가 없을 것이다. 그러나 외
부 요인을 보다 증폭시켜 극적인 스케일로 대립을 내재화해 버린 좌우
양극 세력과 그들의 욕망에 속절없이 패배한 '중간파'의 정치적 실패와
전략 부재는 한국의 현대사에서 분명 아쉽고 뼈아픈 것이었다. 재일조
선인 사회 내에서의 철저한 고립이라는, 개인적인 창작 동기로 추정되
는 저간의 맥락을 감안한다 하더라도 장혁주의 답안은 따라서 경청할
만한 여지가 있는 것이었다. 특히, 이 텍스트에는 '중간파'를 탄압하며
강경 반공 드라이브 일색이었던 이승만의 부패한 남한 국내 정치가 자
세히 묘사되어 있다. 교회와 서북청년단의 네트워크를 일상적으로 활용
하는 우파 세력의 교묘한 통치와 잇단 백색 테러의 음산한 기술들. 이승
만 정권에 대한 비판이라는 관점에서 보자면, 『무궁화』는 분명 『아, 조
선』보다도 좀 더 날카롭고 진전되어 있다.

---

55 양희숙의 논문에 따르면, 『아, 조선』에 대한 일본 문단의 '박한' 평가나 작품에 관한
장혁주 자신의 불만이 한국전쟁에 관한 두 번째 장편인 『무궁화』를 전작과는 다른 기
획으로 집필하는 중요한 동기로 작용했다. 장혁주는 다음과 같이 『무궁화』의 창작 배
경을 밝힌다. "『아, 조선』이 동란의 표면적인 현상을 지나치게 추적한 나머지, 다소
저널리스틱하게 쓰여진 경향이 있어 스스로 불만을 품고 반성도 하고 있었다. 그래서
좀 더 순수한 형식으로 민족의 슬픔을 표현하지 않으면 안 되었다." 張赫宙, 「ルポルタ
ージュ朝鮮」, 『群像』, 1953.1, 梁姬淑, 위의 글, 88p에서 재인용.

　연관되는 현상이겠지만 『무궁화』는 미국이라는 이슈에 대해서도 『아, 조선』에 비해 한층 비판적인 태도를 보이는데, 이 텍스트에 등장하는 미군의 공중 폭격에 대한 자세하고도 비중 있는 묘사는 확실히 눈여겨 볼만하다. 남한이든 북한이든 한국전쟁 중 가장 많은 인명 손실과 파괴를 야기했던 미군의 공습이 한국전쟁을 다룬 동시대의 남한 소설 속에서 기이할 만큼 과소 재현되어 있다는 것을 떠올려 보면 더욱 그러하다. 이 소설이 발표된 시점이 1954년으로 일단 한국전쟁이 끝난 이후라는 것, 일본의 '독립'(1952) 이후 저자로서 아무래도 검열을 덜 의식하게 된 사정과도 분명 관련이 있어 보인다. 미군 공습에 대한 재현과 정확히 연동되는 현상이기도 하지만, 『무궁화』는 인민군이나 심지어 중공군을 재현하는 데 있어서도 상당히 유연한 모습을 보인다. 예컨대, 주인공 소녀 "옥희"는 중공군에 대한 한국인들의 두려움이 근거 없는 소문과 인종적 편견에서 발원한 것이라고 생각하는 인물이다. 심지어, 그녀의 집을 임시 숙사로 차례로 징발했던 '미군/한국군'과 '중공군'을 비교할 때조차도 그녀는 여자들을 함부로 희롱하고 겁탈했던 전자의 군대보다 어느새 후자를 지지하는 심정이 되어 있다. "설령 몇 주간 밖에 알고 지내지 않았다 해도 여기에는 일종의 질서가 생겨났다는 것, 그 질서가 무너지고 다른 사람들이 다시 오는 것이 유감스럽다는 생각이 들었다. 무엇보다도, 의용병들(중국군을 가리킴)이 인류을 존중하는 태도가 고맙게 느껴졌다."

　전쟁을 통해 이데올로기적인 측면 뿐만 아니라 계급적인 시각에서도 주인공 "옥희"가 사뭇 변화해 가고 있다는 것도 대지주 집안 손녀인 그녀의 '출신성분'을 생각하면 의외의 일이다. 자신과 똑같은 어린 소녀인 하녀들이 인민군 치하의 세상에서 달라진 대우를 받는 것에 진심으로 동의하는 대목은 그저 시련의 연속일 뿐이라고 생각한 이 전쟁을 거치며 그녀가 한 사람의 인간으로서 부쩍 성장한 면모를 보여주기도 한다.

비록 소비에트의 사회의 이상을 다소 낭만화하는 측면이 엿보이기는 해
도, 오히려 바로 그런 점 때문에『무궁화』는 당대의 한국(어) 소설 속에
서 인공 치하를 묘사할 때 자주 등장하는, 전형적이고 도식적인 묘사로
부터 훌쩍 이탈하게 된다.

> 하녀라는 존재를 이렇게 똑똑히 본 적이 없는 옥희는 다른 집에 맡겨져
> 단지 일만 하는 불운한 신세의 고용된 하녀들에게 감상(感傷)적인 동정을
> 기울인 일이 예전에도 있었다. 그렇지만 요즈음처럼 자신과 하녀가 동등하
> 게 보인 일은 없었다. 그녀는 하녀에 대한 기존의 정해진 관념을 일소하고,
> 고용주라든가 고용인이라는 그런 제도가 없는 소비에트 사회라는 것이 올
> 바르다는 사실을 이즈음 몸으로 느꼈다…… 옥희로서는 하녀가 은인처럼
> 고마웠고, 하녀와 같이 불우한 많은 여성들이 진정으로 구제될 수 있다면,
> 이대로 인민정권의 세상이 되어도 좋은 것이라고 생각했다.[56]

다만, 남한에서는 몹시 예외적이었던 이러한 재현들을 근본적으로 가
능하게 했던 일본어 창작과 출판이라는 조건을 고려해본다면, '협상파'
혹은 '중간파' 정치인에 관한 좀 더 전면적인 재현이 이루어졌으면 하는
아쉬움이 남는 것은 어쩔 수 없는 사실이다. 비록 통치 권력에 의해 상
당한 정치적 고초를 겪고는 있었지만, 남한의 협상파는 실은 한국전쟁
직전의 국회의원 선거(1950.5.30)에서 파란을 일으키며 여전히 적지 않은
민심의 선택과 신뢰를 받기도 했다. 그러니 실패로 귀결될지라도 그들
의 활약이 좀 더 서사의 전면에 전진 배치되었더라면 어땠을까. 그러나
이 텍스트는 옥희 아버지이자 협상파의 유력 정치가인 "김명인"을 육체
적으로 이미 극도로 쇠약해져 있는 상태로 등장시킨다. 또한 그는 서사

---

56 장혁주,『장혁주 소설선집 2: 무궁화』, 장세진 엮고 옮김, 소명출판, 2018, 347쪽.

에서 별다른 역할을 수행하지 못한 채 조기 퇴장하고 만다. 그 결과, 협상파의 정치적 과제들을 감당하기에는 아직 너무 어린 소녀 "옥희"가 대신 무대 전면에 놓이는 구조가 될 수밖에 없다. 결과적으로, 유망했던 협상파 정치가 집안의 남김 없는 몰락을 그녀가 그저 무력하게 목격해 가는 과정이 어느새 이 소설의 중심이 되어 버린다.

물론, 당시 한국 문인들의 경우라면 정권의 전 방위적인 압박으로 말미암아 '협상파'라는 소재 자체를 거의 다루지 못했던 것이 사실이다. 예컨대, 『효풍』(1948)이라는 소설을 통해 남북협상의 비전을 진지하게 다루고자 시도했던 한국문단의 중견 염상섭 역시 검열의 압박 속에서 이 소설을 결코 '정상적'으로 마무리할 수 없었다. 국가보안법이 제정(1948.12)되고 보도연맹이 수립된 이후인 1949년에 이르면 대대적인 '전향 공작과 함께 남한의 창작 여건은 더욱 악화 일로를 걷는다. 협상파라는 소재에 여전히 애정을 가지고 있던 염상섭이 『무풍대』(1949)에서 수위를 낮추어 한 번의 시도를 더해 보지만, 알려진 대로 이 시도 역시 중단된다. 그러니, 이렇게 상상해 볼 수도 있지 않을까. 기왕 귀화라는 선택을 통해 한국(어) 컨텍스트의 족쇄들로부터 자유로울 수 있었던 장혁주가 자신이 가진 특유의 조건을 좀 더 '세계' 밀어붙였더라면. 그랬다면 지금 우리가 보고 있는 『무궁화』와는 전혀 다른 결과가 나올 수도 있지 않았을까.

4. 결론 : 어떤 중립, 어떤 평화를 지향할 것인가

1953년 발표된 「눈」(『文芸』)은 한국전쟁을 취재하는 작가 장혁주 자신이 화자로서 그대로 등장하는 단편으로, 어쩌면 소설과 르포르타쥬의 경계선 상에 놓여 있다고 해도 좋을 작품이다. 그런데 이 텍스트가 유독 눈길을 끄는 이유는 『아, 조선』을 비롯하여 장혁주의 전쟁 취재기들이 줄곧 견지해왔던, 예의 '전시중립'의 태도가 여지없이 무너지는 균열의 순간을 의도치 않은 방식으로 누설하고 있는 까닭이다.

「눈」이라는 텍스트의 대부분은 화자가 우연한 기회에 알게 된 두 명의 군인들-아마도 한국군의 특수 기관에 종사할 것으로 추정되는-로부터 38선 이북 지역에서 벌어졌던 전투 경험을 전해듣는 내용으로 구성되어 있다. 이 소설의 내용에 따르면, 일본 잡지 『婦人俱樂部』의 후원으로 1952년 10월 두 번째 방한한 장혁주의 취재 반경은 주로 서울 지역 부근에 한정되어 있었다. 따라서 접근이 어려운 38선 이북의 취재는 이런 식의 간접 경험담을 통해 보완하는 형식이 될 수밖에 없었던 것으로 보인다. 그러나 「눈」이라는 텍스트가 결국 소설로 분류될 수 있다면, 그 까닭은 이 작품의 목적이 당시 서울의 전황이나 38선 이북의 실태를 독자들에게 '보고'하거나 '전달'하는데 있지 않기 때문이다. 오히려 이 텍스트의 하이라이트는 후반부에 제시된, 화자가 느끼는 짧지만 강렬한 어떤 감정에 있다고 보는 편이 정확하다. '장혁주화자'가 수용소에서 난민들을 상대로 자유롭게 취재한 것이 문제가 되어 수용소 측의 제지를 받고 시비가 붙었을 때, 때마침 38선 이북 경험담을 들려주었던 전날 밤의 군인 청년들 중 한 명이 조정자 자격으로 등장한다. 반가운 마음에 도움을 청하려던 화자는 그러나 전날 밤과는 전혀 달라진 청년의 고압적인 자세에 크게 당황한다. 청년이 자신에게 단 몇 시간이라도 구금 조치를 취하게 되면, 촉박한 원고 송부 일정에 크나큰 지장이 생기는 것은 물론이거니와 그 다음 날 오후 일본으로 떠나는 비행기마저 놓칠 수 있다는 데 생각이 미쳐 '장혁주화자'는 두려워 어쩔 줄 몰라 한다.

이제까지 내게는 동란이 나와는 관계가 없는 것처럼 여겨졌다. 이 나라의 정치의 혼란도, **내게는 다른 사람의 싸움이었다.** 동란이 일어나고 나서 이 땅의 인민이 흘린 피도 **내게는 타인의 피였다.** 내가 아무리 그럴 듯하게 조국의 이 사태를 슬퍼하고 마음 아파하고 있다고 말하고 외쳐보아도, 그것은 **관념 상 고통을 함께 느끼고 공감하는 데 그칠 뿐이지 실체로는 역시 다른 집의 화재였다.** 그러나 지금은 눈앞에 비치는 모든 것이 살아서 내게 말을 걸어오는 듯했다. 허리 위로는 올라오지 않는 붉은 벽돌 건물도, 부너져 내린 빌딩도 불에 타 문드러진 민가도 보고 있으면 "아프다"고 외치는 듯한 느낌이었다. 나는 좀 전의 혐의로 동란에 한 발자국 발을 들여놓은 듯한 기분이 들었다. 저 선생님 풍의 청년 마음 속에서 나를 살리고 죽이고 하는 일이 되풀이 되었다. **나도 동란에 휩쓸려 들어간 것이었다.** 과장일지도 모르고 묘한 궤변일지 모르지만, 그런 식의 생각이 내 마음에 싹터 보는 눈이 달라졌다는 것은 확실했다.[57]

한국전쟁이 이제까지 자신에게 그저 강 건너 불이었다는 사실을 깨닫는 이 자각의 순간은 자신 역시 동란 가운데 던져진 일부로서, 생사를 걸고 가까스로 존재한다는 공포의 감정과 거의 동시에 찾아온다. 적어도 이 순간만큼은 한국전쟁에 대한 장혁주의 기존 입장 자체가 송두리째 흔들릴 정도로, 아찔한 '전율'이 그를 사로잡은 것이다. 절망적인 심정으로, 그는 자신을 차갑게 쏘아보며 나직이 위협하던 한국 청년의 눈초리를 뇌리 속에서 지워내기 위해 애쓴다. 그렇다면, 인용문 마지막에서의 독백처럼 '장혁주-화자'가 한국전쟁을 보는 '눈'은 이제 완전히 달라지는 것일까. 그러나 우리가 이미 알고 있듯이, 향후 사태가 그런 식으로 귀결되지는 않을 터였다. 이 텍스트는 새로운 자각의 순간이 이끄는 방향으로는 더 이상 나아가지 않을 뿐만 아니라, 오히려 우연한 사건을

---

57 張赫宙, 「眼」, 『文芸』, 1953.10.

통해 순간적이었지만 강력했던 두려움을 봉합하는 쪽을 선택한다. '장혁
주화자'는 전쟁과 일정한 거리를 둔, 예의 평온한 외부 관찰자의 위치로
되돌아가며, 몹시 "행복한 기분"으로 소설은 끝을 맺는다.

　장혁주가 일련의 전쟁 취재기와 소설들을 통해 일관되게 구현하고 있
는 '전시중립'의 스탠스를 당시의 국제 관계라는 컨텍스트 속에서 다시
요약해보자. 미국 점령 하에서 한국전쟁 참전을 요구받아, 비밀리에 이
를 수행하면서도 공식적으로는 이 사실을 부인해야 했던 일본 정부, 그
리고 대다수 리버럴한 일본 지식인들의 주류적 평화 노선과 장혁주의
입장은 사실상 거의 일치하는 것이었다. 2차 대전 이후 전후 패전국들의
처리 과정에서 독일 문제가 처음부터 다자간(미국, 영국, 프랑스, 러시아)에
함께 풀어나가야 할 이슈로 설정되었던 반면, 일본의 경우 미국의 단독
플레이로 처리되었다는 사실은 알려진 그대로이다. 그 결과, 일본이 사
실 상 참전 중인 한국전쟁의 와중에 체결된 샌프란시스코 강화 조약에
는 미국의 설계대로 중국이나 대한민국, 조선민주주의인민공화국, 타이
완의 참가가 인정되지 않았다. 아울러 소련이나 폴란드, 체코슬로바키
아와 같은 나라들의 경우, 참가는 했지만 조약에 내재한 부당성을 비판
하며 서명은 하지 않았다. 이로써 일본의 과거 식민지였던 국가들과 사
회주의 국가들이 빠진 편면강화 방식으로 진행된 샌프란시스코 조약은
자연히 "일본의 재건과 재무장에 대한 아시아 국가들의 반대나 탈식민
전후 처리를 거의 무시"한 상태로 체결되기에 이른다.[58] 요컨대, 한국전
쟁 중 성립된 샌프란시스코 체제가 기획한 평화란 동서의 진영론을 깊
숙이 내면화하면서 이루어졌을 뿐만 아니라, 그 자체로 진영론을 한층
더 심화시키는 방식인 셈이었다. 1952년 이루어진 장혁주의 귀화는 바

58　김학재, 『판문점체제의 기원』, 후마니타스, 2015, 539쪽.

로 이 샌프란시스코 조약과 동시에 주권 국가로 독립한 일본으로의 영구 귀속인 셈이었다.

그렇다면, 마지막으로 시야를 다시 한국으로 돌려보자. 한국전쟁을 '중립'이라는 관점에서 논하고자 한다면, 아마도 이 드문 계보에서 최인훈의 『광장』을 빼놓을 수는 없을 것이다. 『아, 조선』보다 8년 후인 1960년 4월, 거침없는 시민혁명의 기운과 영감을 받아 그해 11월에 발표된 이 소실은 선행 연구를 통해 정확하게 지적되었듯이,[59] 한국 사회에서 그간 통용되던 중립의 의미를 전격적으로 교체한, 그야말로 야심적인 전복의 텍스트였다. 확실히, 1950년대 한국에서 중립은 공산주의를 용인한다는 의미의 '용공'이라는 수상한 뉘앙스 속에 갇혀 있는 단어였다. 혹은 '자유민주주의'와 '공산주의' 중 그 어느 것도 선택하지 못하는 이도 저도 아닌 비겁과 나약 심지어 도피까지를 의미하는, 결코 명예롭다 말할 수 없는 개념이었다. 그러나 『광장』에 이르러 이제 '중립'의 의미는 변전된다. 제 3국을 선택한 이명준의 중립은 양자택일을 강박적으로 강요하는 냉전 논리의 타당성과 정합성을 오히려 그 근본에서부터 의심하게 만들었기 때문이다. 가공의 인물 "이명준"은 이제 남도 북도 아닌 저 너머의 제 3지대를 상상하려는 사람들의 시대를 초월한 참조처이자 탈냉전적 감수성의 기원으로 확고부동하게 등극한 셈이다.

물론, 이 대목에서 다음과 같은 질문도 가능하다. "이명준"이 『광장』의 결말부에서 그리는 제 3국에서의 평화로운 삶과 『아, 조선』의 "성일"이 몽상처럼 그려 보는 백일몽은 사실상 유사하지 않은가? 아닌 게 아니라, 둘의 상상력이 그 자체로 닮은 구석이 많아 보이는 것은 사실이다.

---

59 권보드래, 「광장의 전쟁과 포로: 한국전쟁의 포로 서사와 중립의 좌표」, 『한국현대문학연구』 53집, 2017.

"이승만도 김일성도 없는, 어딘가 먼 땅에 가서 살 수 있다면 얼마나 좋을까 자주 생각하곤 했다…탈출할 수 있다면, 그는 일본에도 필리핀에도 태평양의 외딴 섬에도 갈 수 있다. 그는 정치가 없는 작은 섬에서 천국과 같은 생활을 하는 사람들을 상상하며 선망했다."[60] "이명준"과 "성일"로 하여금 이러한 식의 평화를 꿈꾸게 상황이 공히 남한의 포로수용소라는 점 역시 동일하다.

그러나 결국 두 인물의 유사성보다 차이가 한층 결정적이라는 점을 덧붙일 수밖에 없지 않을까. 일단 『광장』의 중립이 열전의 한 가운데서, 공고한 진영 논리의 판을 근저에서 뒤흔드는 상상력에서 유래한다는 것은 분명해 보인다. 반면, 『아, 조선』의 중립과 평화는 어떠할까. 마루카와 데츠시의 통찰 그대로, 그것은 냉전(열전)에서 비껴나 있다는 일본 사회 특유의 기묘한 "방관자로서의 의식"[61]으로부터 발원한 것이었다는 점에서, 실은 출발점이 전혀 달랐고 결과적으로 상이한 좌표에 놓이는 것이었다.

---

60 장혁주, 『아, 조선』, 앞의 책, 317쪽.

61 마루카와 데츠시, 앞의 책.

4부

동북아 패러독스의 기원과
타자 인식의 다층성

제4부 "동북아 패러독스의 기원과 타자 인식의 다층성"을 구성하는 세 편의 논문은 한국전쟁의 발발과 종전을 거쳐 동북아에서 냉전구조가 공고화된 이후 한중관계, 한일관계, 남북관계에 대한 지식인들의 인식/대응의 복합적 성격을 점검한다. 먼저 윤영현의 「1950년대 『사상계』의 중국 표상 및 담론 연구」는 1950년대 한국의 지식인 담론장에서 '중국'이 '중공'과 '지나', '자유중국'이라는 세 개의 기표로 분할되어 있었음을 보여준다. 이는 '냉전기 중국'이 단순히 적성국(중공)으로만 인식되지 않았다는 사실을 보여준 점에서 특기할만하다. 이봉범의 「일본, 적대와 연대의 이중주」는 1950년대 지식인들의 대일인식의 기조와 논리가 어떻게 형성·전개되었는지, 또 이승만정권의 반일주의정책과 지식인들의 대일인식의 길항이 문화적으로 어떻게 구현되어 나타났는가를 중심으로 '일본적인 것'의 존재를 탐구한 글이다. 당시 한국 지식인들은 대외적으로는 일본에 대해 반일과 거부의 논리로 일관하였지만 그 이면에는 '일본적인 것'에 대한 의존과 모방의 계기가 존재하고 있었다는 점을 밝힌 것이 이 논문에서 특히 주목할 부분이다. 와다 요시히로의 「김석범의 문학론에 대하여」는 냉전체제가 공고해지면서 재일조선인 작가 김석범의 문학론이 어떻게 변모해 갔는가를 살펴본 논문이다. 이는 일본 내에서 주변화된 존재인 재일조선인의 한국/조선 인식, 지식 생산과 실천 활동을 면밀히 검토했다는 점에서 주목할 만하다. 세 편의 논문을 통해 우리는 현재 심화되고 있는 동북아 패러독스의 기원에 자리잡고 있는 냉전적 타자 인식의 복합성·다층성을 살펴볼 기회를 얻을 수 있을 것이다.

1950년대 『사상계』의 '중국' 표상 및 담론 연구

윤영현

1. 들어가며

　『사상계』지(誌)는 1950년대 초반 창간되어 전후 냉전질서 하 남한에서 미국을 위시한 '자유세계'의 반공주의·자유민주주의 담론을 적극적으로 번역, 전파하는 역할을 자임했던 지식인 잡지였다. 주지하다시피 확고한 냉전 질서의 진영논리에 정위(定位)되어 있었던 1950년대 『사상계』지에 나타난 담론경향을 '반공주의'와 '지식인 중심적 근대화 논리' 간의 결합으로 평가한 연구들은 이미 상당량 제출된 바 있다.[1] 선행 연구들 중 해당 매체의 전체적 담론 경향을 밝히는 데 주안점을 둔 연구들을 간략히 살펴보자면, 『사상계』는 "남한의 반공·자유주의 지식인들"이 주축이 되어 "공산주의와 전체주의에 대립되는 체제 이데올로기로서의

1　대표적으로 김건우, 『사상계와 1950년대 문학』, 소명출판, 2003.; 이상록, 「『사상계』에 나타난 자유민주주의론 연구」, 한양대 박사학위논문, 2010.; 김복순, 「학술교양의 사상형식과 '반공 로컬-냉전지(知)'의 젠더 - 1950년대 『사상계』를 중심으로」, 『여성문학연구』 29, 2013.; 김복순, 「『사상계』기행문에 나타난 아시아 리저널리즘의 재편양상과 재건의 젠더」, 『여성문학연구』 39, 2016.; 최규진, 「한국전쟁 뒤 반공이데올로기 지형과 지식인의 자리 - 1950년대 『사상계』의 사상」, 『사림』 61, 2017.

자유민주의를 한국사회에 보급·정착시키겠다는 명확환 목표의식 아래 발행"[2]된 잡지였다. 특히, 해당 매체에는 '반공주의·자유민주주의' 뿐만 아니라 "목표로서의 민족의 근대화, 그 모델로서의 서양, 방법으로서의 교육과 계몽, 행위 주체로서의 지식인 엘리트"[3]라는 이념형으로서의 목표와 그 목표를 달성하기 위한 참고점으로서의 모델과 방법론 그리고 그 목표를 달성하는 데 중추적 역할을 담당할 주체 세력의 범주까지 비교적 명확히 제시되어 있었다. 이와 같은 선행 연구들의 『사상계』에 내한 분석은 해당 매체의 전체적 담론경향에 대한 총론격의 연구로서 해당 매체의 이념과 지향성(반공, 자유민주주의, 근대화주의)을 적확하게 개괄해 보여주었다 할 수 있다. 물론, 『사상계』 담론이 가진 '반공주의적, 자유민주주의적 속성' 이외의 중층적 함의[4]에 대해서는 더 면밀한 분석이 필요할 것이지만, 『사상계』가 냉전 질서에 기반한 '반공주의, 자유주의 담론'을 통해 전후 50년대 인접 공산권 국가들의 (담론적, 실제적)위협으로부터 '자유세계의 경계선으로서의 남한'을 구축, 수호해 나가기 위한 담론장으로서의 역할을 자임했던 것만은 분명하다고 할 수 있다.

---

2   이상록, 위의 논문, 2010, 56쪽.

3   김건우, 앞의 책, 2003, 57쪽.

4   이에 대해서는 다음을 참고할 수 있다. 조경란, 「1950년대 동아시아의 반공 자유주의 이데올로기에 대한 재검토 -『자유중국』과 『사상계』의 대항담론 형성 가능성」, 『시대와 철학』 제22권 1호, 2011. 조경란은 연구사검토와 문제제기에 해당하는 논문의 서론부에서 "50년대의 자유민주주의와 반공의식을 동태적으로 파악"해야 한다고 강조하면서, 1950년대 지식인들이 "반공선택으로 다른 모든 진보적 가능성과 사유가 정지되어 버리지는 않았으며 반공주의와 권위주의 체제라는 극히 제한된 시공간 속에서 자유민주주의 구상을 수동적으로만 대응해간 것은 아니"었고 "따라서 1950년대의 자유주의자들이 내린 반공의 선택이 다른 모든 것을 결정해버린 것처럼 보는 견해는 1950년대를 해석하는 다른 가능성을 봉쇄해 버릴 수 있다"고 지적하며 『사상계』 자유민주주의 담론이 가진 중층성에 대해 재검토할 필요성을 요청하고 있다.

문제는 이렇듯 반공주의적 냉전 분할 담론의 생산과 자유민주주의의 설파를 긴요한 목표로 설정하고 있었던 1950년대 『사상계』지의 지면에서 "북한을 직접 다룬 글이 없다는 것"[5]이라고 할 수 있다. 이를테면 북한은 『사상계』의 지면에서 거의 '소거'되거나 '삭제'되다시피 했다고 해도 과언이 아니었다. 최규진은 이에 대해 "북한을 말하는 것 자체가 금기였거나 정보가 없었기 때문일 것"이라고 말하는데 이는 테드 휴즈가 말한바 북한을 담론장에서 삭제시키는 '시각적 연출'을 통해 '북한을 보이지 않게 만드는'[6] 냉전 체제 하 권력의 일상적 편재 효과를 잘 예증해 보여주는 한 사례라 할 수 있을 것이다.

중요한 것은, 『사상계』 담론이, 북한이 '보이지 않게 된' 자리에 북한을 대리할 표상으로서 '중국(중공)'을 적극적으로 호출하려는 인상을 보여 주었다는 점이라고 수 있다. (자유민주주의 국가로서의 '남한'이라는 '내부 정체성'을 형성하기 위해 어떻게든 적대감의 표출을 정향시킬 가시화된 외부적 대상은 있어야 했기에.) 흥미로운 부분은 공산주의 종주국으로서의 소련보다 중국이 더 북한에 대한 대리표상으로 기능하는 것처럼 보인다는 점인데, 이는 『사상계』지의 담론지면상에 '공산세계/자유세계' 라는 냉전 분할 구도뿐만이 아니라 '아시아(동양)/서양'이라는 또 다른 한 축의 실정적인 분할선이 깊게 자리해 들어가 영향을 미치고 있었기 때문이었다. 즉, 본론에서 자세히 논의하겠지만, 중국은 소련과 달리 『사상계』 반공담론에 의해 단순히 공산권 국가로만 표상된 것이 아니라 '아시아 국가'로서도 표상되었으며 따라서 '아시아적 정체성(停滯性)'으로 인해 더욱 쉽사리 공산화될 수 있었던 아시아 국가'로 파악되어 이중으로 타자화되었다. 즉,

---

5 최규진, 앞의 글. 2017.
6 테드 휴즈, 나병철 옮김, 『냉전시대 한국의 문학과 영화』, 소명출판, 2013, 25쪽.

중국[중공(中共)]은 전후 냉전질서 하 '선진, 서방, (자유세계)/후진, 동양'의 분할 구도 속에서 '아시아적 정체성(停滯性)과 전제성(專制性)의 종조국(宗祖國)이자 어떻든 동양문화의 '기원'라고 밖에 할 수 없는 전근대 동양의 제국'으로서 남한의 지식인 담론장 내부에서 '보이지 않게 된 "한공(韓共)"'[7]을 대리 표상하는 '(아시아)권역 내 적대적 타자'의 담론적 위치를 할당받았던 것이다.

이 때 '중국(중공) 표상'을 면밀하게 살피는 것[8]이 중요한 이유는 그것이 단순히 전후 냉전 질서 하 남한의 중국, 중국인에 대한 인식을 살펴보는 데 그치는 것이 아니라, '중공'이란 타자를 통해(경유해) '남한의 지식장'이 '자기 자신의 속성을 어떻게 구성하려 했는지'의 여부도 분석해 볼 수 있게 해주기 때문이다. '국가'는 항상 '국가에 대해서 국가'[9]인 것이라면 『사상계』지식인 그룹을 위시한 전후 냉전기 남한의 지식장은 '차이의 수사'를 통해 남한 내부를 권역 내 공산국가와는 '다른' 자유민주주의적 질서로 구축하기 위한 담론실천을 전개해 나갔다고 할 수 있다. 타자를 '경유해' 자기를 인식한다는 것은 근대지(知)의 필연적 속성이기도 하거니와, 이 때 '자기정체성'을 구성하는 주체 측에서 '타자'를 경유하는 동안 어떻게 타자를 '굴절', '왜곡', '변용', '전유'해서 해석했는지를 면밀히 살피는 작업 또한 필수적이라 할 수 있다.

전후 냉전기 한국인에게 '중국'은 잘 알려져 있다시피 한국전쟁에 '항

---

7 김준엽, 「중공혁명노선의 변천」, 『아세아연구』 1958.3.

8 물론 당대(1950년대)의 맥락에서 '중국' 표상은 '공산주의' 표상과 밀접한 동시에, '아시아 및 동양' 표상과도 떼려야 뗄 수 없는 관계를 가지고 있었으므로 본고에서 『사상계』 소재 '중국 표상'을 살피는 작업은 『사상계』지 상의 '아시아 및 동양에 대한 논의들'을 해석한 바탕 위에서 이루어질 것이다.

9 니시카와 나가오, 윤대석 옮김, 『국민이라는 괴물』, 소명출판, 2002, 124쪽.

미원조(抗美援朝)'의 기치를 내걸고 참전했던 적성국(중공)으로 인식되었다. 이것은 새삼 새로울 것도 없는 통념에 해당하겠지만, 주의할 점은, 이러한 통념을 일방적인 방향으로 즉 하향식으로 해당 시기 담론장의 개별 '정치사회적 담론 텍스트들'에 적용하게 되면 개별 텍스트들이 가지고 있는 일의성과 특수성 그리고 중층적 함의들이 통념 내부로 귀속, 환원되어 버릴 위험이 있다는 점이다. 물론『사상계』의 매체 특성 상, 『사상계』지에 나타난 '중국 인식'은 '적성국'이라는 통념에서 크게 벗어나지는 않는다. 하지만『사상계』지를 위시한 전후 50년대의 앎의 체계(담론장)가 '자유세계 대 공산세계(적성국)'라는 냉전 분할의 구획 질서로만 구성되어 있었던 것은 아니다. 당시『사상계』지가 전개한 담론 실천의 목표는 남한을 '북한, 중국, 러시아' 등 인접 공산국가들에 맞선 '자유세계의 최전선'으로서, 견실한 '자유민주주의적 국민국가'로 구축해 나가는 데에 있었지만, 그러한 구축 시도의 담론 실천들은 남한이 결코 '서구'도 그렇다고 '아(亞)서구(일본)'도 아니라는 사실 때문에 단선적인 '서구 발 자유민주주의 담론들'과는 달리 중층적으로 교란, 혼종화된 성격을 띠고 있었다(이에 대해서는 본론에서 상술(詳述)할 것이다). 자유세계의 일원이지만 '아시아 문화권', 더 소급해 기원을 올라가면 '중화 문화권'에 속해 있었다는 지정학적, 역사적 사실을 면피할 수 없는 자리에 놓여 있었던 '자유세계 남한(의 지식장)'은 결국 자유민주주의(반공)담론을 채택하여 '자유세계 내 성원권을 얻어나가는 과정으로서의 담론실천'을 전개해 나가는 동시에 '아시아(동양)란 무엇인가'라는 물음에도 직면할 수밖에 없었던 것이다.

이런 점에서, 전후 냉전기『사상계』지에 나타난 '중국 표상'을 비롯한 '아시아 및 아시아 국가 표상'에 대한 연구는 긴요한 것이라고 할 수 있는데, 이에 대한 선행연구들은 많지는 않지만 주목할 만한 성과를 보여주었다.[10]

선행연구를 간략히 살펴보자면, 정문상은 "일제의 식민지시기와 해방 직후 중국에 대한 한국인의 관심은 대부분 동시대적 또는 시사적 차원에 머물렀"지만 한국전쟁 후 본격적인 한반도 분단냉전체제의 시작 이후부터는 "각 대학이 복구되고 각종 연구기관과 학회가 조직되면서" 중국에 대한 관심이 체계화되었다고 말한다. 그에 따르면 50년대『사상계』지의 중국인식은, 60년대 말에서 70년대에 이르는 본격적인 미중화해와 데탕트 분위기에 이르러 제출되기 시작한 민두기와 리영희의 중국에 대한 비교적 우호적인 평가와 대비되는 형태의 중국인식으로, "냉전 반공형 중국인식"이라 할 수 있다.『사상계』는 반공주의와 문화적 민족주의를 기반으로 서양(미국)을 따라가야 할 모델로 설정하여 중공(中共)을 적대시 했으며, 다수의 구미 발 자유민주주 담론을 번역 게재하는 동시에 그러한 번역 논설들의 논조를 전유하는 것을 통해 중공의 정치체제를 강도 높게 비판하는 적대적 담론전략을 전개했다는 것이다.[11]

김주현은『사상계』지 "동양담론"이 동양을 서구식 자유민주주의와 대비되는 '퇴행적 유교문화권'으로 묘사하며 '아시아적 후진성 극복'을 주장 했으며, 특히 '중국'에 관련해서는 해당 국가의 표상을 "찬란한 유산을 남긴 고대 중국"과 현재의 "불온한 중공"으로 양분해 전근대 중국 문화로 대표되는 동양문화 유산의 의미를 고평하는 동시에 현재의(50년대) 중공은 비난하는 "모순"을 보여주었다고 논의했다. 즉,『사상계』의 필진들이 동양

---

10   김주현,「『사상계』동양 담론 분석」,『현대문학의 연구』46. 2012.; 정문상,「김준엽의 근현대 중국론과 동아시아 냉전」,『역사비평』, 2009.; 정문상,「中共'과 '中國'사이에서 - 1950~1970년대 대중매체상의 중국 관계 논설을 통해 보는 한국인의 중국 인식」, 『동북아역사논총』33, 2011.; 장세진,「전후 아메리카와의 조우와 '전통'의 전유 - 50년대『사상계』의 '전통' 담론을 중심으로」.『현대문학의 연구』26, 2005.

11   정문상,「中共'과 '中國'사이에서 - 1950~1970년대 대중매체상의 중국 관계 논설을 통해 보는 한국인의 중국 인식」, 위의 글, 2011.

문화의 기원으로서의 '중국'과 '중국 문화유산'을 긍정하는 것을 통해 같은 한자문화권으로서의 공통된 유산을 고평하며 "소중화(小中華) 의식"을 드러냈지만, 현재의 '중공'은 반공주의적 인식 하에 타자화했다는 것이다.

장세진의 연구[12]는『사상계』의 전통 담론이 특수한 개별국가의 문화적 정체성을 탐색하려는 과정이었으며 이는 당대적 맥락에서 아메리카라는 보편을 지향하는 것과 '동시적으로 진행된' 정체성 탐색의 과정이었다고 논의한다. 특기할만한 점은『사상계』그룹의 정체성 탐색의 과정이 당시 『현대문학』지를 거점으로 삼고 있었던 문협정통파의 "신라정신'이나 '토속취'에의 경도'와 같은 것이 아니라, 어디까지나 서구의 자유민주주의와 휴머니즘을 이념형으로 상정한 채 전개된 '보편에의 지향'과 '동시적으로 진행'되는 '문화' 탐색의 과정이었음을 밝히고 있다는 점이다. 이는 비단 한국에만 특수한 현상이 아니라 2차 대전 후 '아메리카라는 보편'에 직면한 비서구의 신생 탈식민 국가들에게서 '서구적 문명화(보편)에의 지향성'과 더불어 공통적으로 발견되는 '자기 정체성 형성의 과정'이었다는 것이다.

본고의 주제와 관련해서 선행연구들을 검토하자면, 『사상계』필진들이 같은 동양 문화권으로서 '고대 중국의 정신문화와 문화유산'을 호출하는 것을 통해 한국이 포함된 '동양문화권'의 '문화적 전통'을 고평한 것은 김주현의 말대로 일종의 '모순'으로 보일 수도 있다. 『사상계』지는 '서구식 자유민주주의'라는 이념형을 굳건하게 견지하고 있었기 때문이다. 하지만 일국(一國)보다 큰 범주인 '동양문화권'의 전통을 호출하는 것을 통해 일국이 속한 문화적 전통과 기원을 상기시키고 그럼으로써 자국 문화의 고유성을 동양문화권이라는 비교적 큰 권역적 상상 내에서 고양

12　물론 장세진의 연구는『사상계』소재 전통 담론을 논의한 것이기에『사상계』의 중국 인식을 다루는 본고의 주제와 직접적으로 연관된 선행연구는 아니나, 본고에 시사해 주는 바가 있어 연구사 검토에 포함하였다.

(高揚)시키려는 이러한 심리 메커니즘은[13] 실상 장세진이 논의한 것처럼 (50년대 맥락에서) 새로운 이념형이자 보편으로서의 '팍스 아메리카나'에 직면해서 보편을 추수(追隨)하며 자기갱신의 논리를 고안해내는 것과 〈동시적으로 진행되기 마련인〉 심리 메커니즘일 수 있는 것이다. 이편 이 보다 적확한 설명체계일 수 있는 이유는 『사상계』지 담론 지면상에 보이는 '보편에의 지향'과 '권역 내 고유성의 호출을 통한 자기-재발견'을 '모순'으로 보기에는 『사상계』지의 이념적 지향성이 미국 발 자유민주주 의 담론과 개발주의 담론(보편 지향) 쪽으로 비교적 확고하게 정향되어 있었던 것으로 보이기 때문이다.[14]

---

13 대표적으로 황산덕은 「사대적(事大的) 카리스마와 동양의 재발견」(『사상계』 1959. 2) 에서 프로테스탄트 윤리를 중심으로 한 근대 자본주의 발달사(서구적 근대의 발달사) 의 찬란한 성취들을 개술(槪述)한 후, 아직 "근대화조차도 제대로 못하고 있는" 한국 역시 "빨리 근대화의 길을 걸어야"한다고 말했지만, "'동양의 재발견'이라는 구호 밑에 서 자신을 반성해 보는 것" 역시 동시적으로 필요한 일임을 역설(力說)한 바 있다. 이 는 황산덕의 말을 빌자면 우리는 "수천 년의 고유한 정신적 전통을" 토대로 서구식 프로테스탄티즘 윤리와는 다른 정신, 문화, 생활 방식을 영유해 왔기 때문에 "우리가 아무리 근대화를 위하여 노력한다고 할지라도 앵글로 쌕쓴이 걸어간 길을 그대로 되 풀이 할 수는 없"기 때문이다. 요컨대 황산덕은 제1차 세계대전 이후에 조금씩 드러나 기 시작한 서구식 근대의 폐해와 비참상으로 인해 서구인들마저 그들 스스로 자신들 의 근대화의 역사를 회의하기 시작한 마당에, (물론 '한국의 근대화'는 제1의 이념형이 자 목표이지만) 과거의 서구식 근대의 추동 원리(윤리)를 그대로 반복할 것이 아니라 "우리가 가지고 있는 또는 동양이 가지고 있는 참된 가치"를 "재발견(동양의 재발견)" 하는 일과 더불어 한국을 근대화시키는 일을 고민할 필요성을 요청한 것이다.

14 1950년대 『사상계』지 담론 상에 '동양에 대한 재발견'의 수사가 '약소하지만 대담한 어조를 띤 채' 존재하는 것은 사실이나(이를테면 '동양의 재발견' 특집, 『사상계』 1957.8', '황산덕, 위의 글. 1959.2') 그것은 '남한을 미국식 자유민주주의적 시스템으로 재건해 내기 위해 담론실천을 전개해 나가는 가운데 발생한 부수적이고 병행적인 담 론이지, 선행연구(김주현, 앞의 글)에서 해석한 것처럼 아시아 약소국 지식인그룹으로 서 "소중화(小中華)"의식을 보여준 것으로 해석하기에는 다소 무리가 따른다고 판단하 였다. 이러한 아메리카라는 절대적 대타항에 직면하게 된 전후(2차 대전) 아시아 탈식

이러한 '모순 착시 현상'은 오히려 『사상계』지의 '한국인 필진'들이 '서구식 자유민주주의'라는 확고한 이념형을 견지하고 있었다고 하더라도 '아시아' 및 '아시아 인'이라는 자기 정체성에서 온전히 자유로울 수는 없었음을 방증하는 사례로 인식되어야 할 것이다.

이런 점에서, 본고는 『사상계』 소재 정치사회적 논설들에 나타난 중국 표상과 인식을 분석하는 데에 있어 '화자의 정체성(identity)'을 중요한 심급으로 간주해 텍스트 분석을 수행할 것이다. 정문상은 『사상계』 소재 "반공 냉전형 중공 인식"을 분석하면서 서구권 필자의 번역된 논설과 한국인 필자의 논설을 동일한 범주로 일괄(一括)했는데, 이는 서구권 필진들의 글 역시 한국인 편집진이 필요에 의해 취사선택, 번역, 게재한 것이란 점에서 문제될 것이 없어 보일수도 있으나, 본고는 서구권 필진과 한국인 필진의 글 사이에 '정체성(identity)의 차이'로 인한 식별 가능한 논조와 내용상의 '차이'가 발생했다고 판단해, 필진의 정체성에 따라 글을 두 범주로 나누어 분석하려고 한다.[15]

민 신생국가의 '자기 정체성 탐색에 대한 욕망'이란 기실 한국만의 특수한 사례도 아니며 '냉전기 아메리카라는 자유세계 내 절대적 보편'에 직면해 '보편 내 특수라는 배치'에 더 잘 정위(定位)되기 위한 목적론적 자기 특수화('보편-특수 배치'내의 적절한 자기 위치를 모색하기 위한 착잡한 고유성 탐색)에 가까워 보이기 때문이다.

15 1950년대 『사상계』 소재의 기사(논설)들 중 '중국 인식'을 직접적인 대(大)주제로 다룬 기사들의 건수가 많은 편은 아니다. 물론 아시아(동양)에 대해 논의하는 가운데 간접적으로 '중국'을 언급하는 글들(예컨대 일본이나 인도, 동남아 등을 중심 주제로 다룬 글들)까지 포함하면 분석 대상 기사가 더 늘어나겠지만하지만 '동양'을 대주제로 다루는 글 역시 자국 문제를 다루거나 아메리카(및 서구)의 정치, 문화 등을 소개하는 글들에 비해 그 수가 많지 않았다고 할 수 있다. "거의 매호 조국의 후진성을 매몰차게 꼬집으면서도 『사상계』 전체를 털어 '동양'이란 타이틀을 붙인 제목이 드문 것도 이와 무관하지 않을 것이다.", "『사상계』에서 동양을 기사 제목으로 쓴 글 가운데 주목할 것은 1965년 3월부터 연재된 동양고전 연구물인 「동양의 지혜」 시리즈를 제외하고 특집 4차례 정도이다."(김주현, 앞의 글, 2012)] 본고에서는 본고의 연구 목적에 맞게 '중국'이 비교적 중심 주제로

이러한 범주 분류는 한국전쟁 후 냉전기 남한 지식장의 '중국(중공) 인
식'을 살피는 작업에 정교함을 더할 것으로 기대되며, 또한 『사상계』 소

다루어지는 글들을 우선적으로 추려 연구 대상으로 삼았다. 아래는 본고에서 연구주제로
다룬 기사(논설)들을 독자들이 편리하게 가늠해 볼 수 있도록 정리한 표이다. 표는
본고의 연구방법론대로 '서구 필진'과 '한국 필진'의 두 범주로 나누어 작성하였다.

〈표 1〉 『사상계』 소재 중국 및 아시아 표상 관련 논설들 - 서구 필진

연번	제목	일자	작성자	옮긴이
1	「아세아의 문화적 통일성」	1954. 8.	프랑소와 봉디	M생(生)
2	「공존-두 개의 세계」	1954. 10.	G.L 아놀드	강봉식
3	「아세아민족주의의 새로운 과제」	1954. 12.	W.L 홀랜드	박필재
4	「중공의 강제노동」	1956. 11.	칼 위트포겔	이시호
5	「교화노동-의견의 대조」	1956. 11.	유엔 경제사회 이사회	이시호
6	「불란서에 있어서의 중국연구」	1957. 10.	양켈레비치	미상
7	「쏘련의 아세아정책」	1957. 12.	R. 스웨어린겐	김만기
8	「중국사회의 역사적 연구(上)」	1958. 5.	칼 위트포겔	이시호
9	「중국사회의 역사적 연구(中)」	1958. 6.	칼 위트포겔	이시호

〈표 2〉 『사상계』 소재 중국 및 아시아 표상 관련 논설들 - 한국 필진

연번	제목	일자	작성자
1	「우리 민족성과 동양학-주로 동양학 연구 동기에 대하여」	1954. 1.	배성룡
2	「동양적 쇠퇴사관 개론」	1954. 3.	배성룡
3	「아세아민족주의의 정도를 위하여」	1954. 11.	조효원
4	「중국국민정부는 이렇게 하여 몰락하였다.(上)」	1955. 5.	김준엽
5	「중공의 조풍(朝風) 숙청(肅清)」	1955. 11.	허우성
6	「구라파인의 중국관」	1957. 6.	고병익
7	[동양의 재발견] 특집	1957. 8.	김경탁, 김동화, 황수영, 조기준, 정재각
8	「동양의 역사적 현실」	1957. 8.	정재각
9	「아시아적 침체성(沈滯性)의 제(諸)문제」	1957. 8.	조기준
10	「모택동에의 공개장-양두구육(羊頭狗肉)의 백가쟁명(百家爭鳴)」	1957. 9.	미상(비고:[움직이는 세계]란 소재)
11	「사회주의 공산주의 사회기구」	1957. 10.	신상초
12	「장개석 저 중국과 쏘련」	1957. 10.	김준엽
13	「아세아의 민족주의와 공산주의」	1957. 12.	김기수
14	「중공 혁명노선의 변천」(비고: 『아세아연구』 소재)	1958. 3.	김준엽
15	「사대적(事大的) 카리스마와 동양의 재발견」	1959. 2.	황산덕

재 '중국 표상 및 인식'에 관련된 담론에 나타난 '번역의 효과'를 점검하는 데에도 요긴한 방법론이 될 것으로 판단하였다. 주지하다시피 50년대 『사상계』지에는 이루 열거할 수 없을 정도로 많은 서구 발(주로 미국) '반공 자유주의 담론'이 번역되어 소개되었는데, 이러한 번역된 담론들이 한국인 필진들(종종 해당 서구 발 담론의 직접적인 번역자들이기도 했던)의 담론실천에 구체적으로 어떠한 영향관계(번역의 효과)를 가지고 있었는지 검토하는 것은 필수적으로 요청되는 작업이라 할 것이다.

본론에서 자세히 설명하겠지만, 한국인 필진들의 '중국(중공) 인식'은 서구 발 '중국(중공) 및 아시아 지역학 담론들'과 높은 유사도를 보이면서도 예상하다시피 미묘한 균열을 보여준다. 즉, 번역 게재된 『사상계』 소재의 서구 발 '중국(중공) 및 아시아 담론'에는 없는 어떠한 '정체성'과 관련된 '굴절'이 개재되어 있는 것인데 이는 면밀한 텍스트 분석을 요청하는 흥미로운 주제라고 할 수 있다.

더불어, 본고는 상술한 연구사에서는 검토되지 않은, '전근대 시기 동양문화권의 중심으로서의 중국/현재(50년대)의 중공(中共)'이라는 양분(兩分) 이외의 또 다른 세 번째 유형의 중국 인식에 대한 논의를 통해 냉전기 한국 지식장의 중국 인식을 살피는 하나의 축을 더 개재시킬 것인데, 그것은 '자유중국(自由中國) 대 중공(中共)'이라는 대립구도이다. '자유중국(중국 내 자유주의 정치세력)'과 '자유중국의 지도자들'은 '중공(中共)'에 비해 표상 빈도가 높지는 않았으나 분명 『사상계』지 지식인들에게 '동일시의 대상'이자 '동아시아에 대한 리저널리즘(regionalism)적 상상'을 촉발시키는 중요한 역사적 범주로 다루어졌다고 할 수 있다. 상술했듯이, 본고는 냉전기 남한 지식인 담론장의 '중국 표상 및 인식'을 살피는 것을 통해 해당 표상 및 인식의 속성을 면밀히 파악하는 일차적 목표만이 아니라, 남한의 지식인 담론이 '중국 표상'을 경유해 자기 자신을 어떻게 구

성하고 재현했는지의 여부도 살피려고 하는데, 이 때 '자유중국 대 중공'
이란 인식 유형을 살피는 일 역시 냉전기 한국의 지식장이 그러한 대타
표상을 경유해 '자기 자신에 대한 자아상'을 어떻게 구성해 나갔는지 살
피는 유효한 작업이 될 수 있을 것이다.

2. 보편 번역의 담론 정치 : 구미(歐美) 필진들의 논설에 나타난 '중국, 동양/아시아[16] 인식'을 번역하기

『사상계』에 번역 게재된 프랑소와 봉디의 아시아 지역에 대한 한 홍

---

16 본고에서 논의하는 '동양/아시아' 개념은 상호간에 명확히 구분되는 의미로서 사용되기
보다 서로 많은 부분 중첩되는 의미로 사용되었음을 밝힌다. 물론 '동양'은 '서양'에
대한 대타개념으로서의 성격이 강하고 '아시아'는 '아시아 대륙'에 속한 지대(地帶)를
가리키는 지리적 분할 개념에 가까우나 당시의 '동양' 및 '아시아'에 대한 용례(usage)를
보면 두 개념을 혼용하고 있음을 알 수 있다. 일례로 1957년 8월 『사상계』에 게재된
다음의 글은 '동양'과 '아시아'개념을 "관대"하게 혼용하고 있는데 이는 해당 글의 작성자가
그 개념들 간의 경계선을 명확하게 분할할 수 없음을 인식하고 있었기 때문이다. "이러한
동양이란 호칭의 지리적 신축성(伸縮性)―혹은 원동(遠東)을 또는 원동(遠東)에 인도(印
度)를 플러스한 것을 혹은 아시아를, 또는 아시아에 애급(埃及)을 플러스한 것을 지칭하는
―이 단순히 지리적인 인유(因由)에 의한 것이 아니고 그 성격의 해석 여하에 있는
것인 이상 당연한 결과라고 볼 것이며 더구나 현실의 문제가 「서양」적 존재에 대한
「비(非)서양적」 존재로서의 「동양」의 연명에 있다고 하면 우리는 그 지리적 불안정성에
대하여 약간 관대하여도 좋을 것이다."(정재각, 「동양의 역사적 현실」, 『사상계』 1957.8)
당대의 '동양', '아시아'에 대한 용례의 한 사례를 보여주는 이 인용문을 면밀히 분석해
보면, 남한의 지식장에서 우선 '아시아는 원동(遠東)(극동(極東))+인도'로 인식되고 있으
며, '동양'은 맥락에 따라 '원동(遠東)(극동(極東))'을 의미하기도, '원동(遠東)+인도(아시
아)'로 인식되기도, '원동(遠東)+인도+애급(埃及)'정도의 '광역적 비서구권'으로 인식되
기도 하였다. 따라서 본고는 (물론 약소한 용례이기는 하지만) 당대의 용례를 참고해,
'아시아'와 '동양'을 많은 부분 '서양'에 대한 대타 개념으로서 '중첩되는 개념'으로 사용하
였음을 밝혀둔다.

미로운 여행기는 당시 남한의 『사상계』지식인 그룹이 직면하고 있었던 '(서구적) 보편'이 어떤 식으로 신생 탈식민 아시아 국가 국민들에게 미시적으로 작용하고 있었는지를 구체적으로 예시해 보여준다.

　　교육을 받은 구라파인이라면 그 교양의 배경으로서 모든 구라파적 전통을 포섭(包攝)하는 동시에 자기 자신을 구라파의 정신적 공동체의 일원이라고 느끼고 그것에 대하여 충성과 애정을 아끼지 않는 그러한 사람인 것이다. 이러한 사태는 중세인이건 문예부흥기(文藝復興期)의 사람이건 또는 '볼떼엘'시대의 사람이건 또는 '꿰에테', '크로오체', '토인비', '올테가'의 시대의 사람이건 다 동일하게 말할 수 있는 일이다.

　　이와 반대로 아세아세계의 지도적 인물로서 모든 아세아문명을 포섭하는 견지를 가지고 있다고 장담할 수 있는 사람은 한 사람도 없다고 말해도 과언은 아닌 줄 안다. 나는 어느 날 저녁 '봄베이'에서 인도의 작가들과 자리를 같이 하고 있든 일본의 저명한 작가 고마쓰 기요시(小松淸)를 만난 일이 있다. 그 때 알게 된 일이지마는 '고마쓰'는 '깐디 옹(翁)'의 자서전 이외는 인도인 작가가 쓴 책이라고는 한 권도 읽고 있지 않았다. 그리고 그의 '깐디'에 대한 이해조차도 그리 정확하지도 않고 길지도 않았다. 그는 처음에 일본문학계의 최근(最近) 동향(動向)을 말하고서는 '말로오', '까뮤', '오오웰' 그리고 '헤밍그웨이'에 관한 이야기를 하였다. 일본인 작가와 인도의 작가들 사이의 공통된 유일한 화제꺼리는 서양작가의 작명(作名)뿐이라는 것이 곧 명백(明白)해 졌다. 나는 그날 저녁의 대부분을 불어(佛語)로 말하는 일본작가(日本作家)와 영어(英語)로 말하는 인도(印度)작가(作家)들을 위하여 통역(通譯)을 하는데 보냈든 것이다.[17]

봉디에게 아시아는 권역 내 각국 간의 '매개'가 부족하며 '유사성(통일성)'이 현저히 떨어지는 지리적 집합 개념에 불과한 것으로 서술된다. 인

17　프랑소와 봉디, M생(生) 역, 「아세아의 문화적 통일성」, 『사상계』 1954.8.

도 작가와 저명한 일본 작가 사이를 불어와 영어를 할 줄 아는 프랑스인이 매개해 주어야 했다는 이 삽화는 유럽과는 달리 아시아를 권역 내 동질성이 현저하게 떨어지는 지대(地帶)로 인식하게 한다. 고마스 기요시는 간디 이외에는 어떠한 인도인 저자도 읽은 바가 없으며 인도인들은 식민지 경험을 바탕으로 획득한 영어라는 보편이 있을 뿐이다. 이와 더불어, 서구적 보편과 자국의 전통 양자를 병행하고자 애쓰는 태국인들에 대해 봉디가 취하는 다음과 같은 서술 태도는 일종의 조롱에 가까워 보이기도 한다. "태국에서는 민족적인 민간 전통을 토대로 전설, 신화, 서사시 같은 것을 쓰자는 문학의 유행이 있다. 그런데 이러한 계통의 저명한 대표적 인물의 한 사람인 '프렘 브라차트라' 공(公)은 자기나라의 민간전설을 영어나 불어로 쓰는 것을 좋아한다. 왜냐하면 이러한 서양의 언어가 그에게는 더욱 정답고 아깝게 느껴지기 때문이다."[18]

그렇다면 "인도, 파키스탄, 쎄이롱, 버마, 인도네시아, 베트남, 비율빈, 한국"[19]이라는 신생 탈식민 아시아 8개국 중 하나로 호명된 남한의,『사상계』가 위와 같은 글을 번역 게재했다는 사실은 무엇을 의미하는가.『사상계』는 이를테면 고마스 기요시의 서양(보편) 전유와 프랑소와 봉디에게 파악된 "'프렘 브라차트라' 공(公)"이 처한 궁지를 병행하고 있었다고 할 수 있다. 환언하자면 서구 필진들의 글을 번역 게재하며 끊임없이 자기갱신에의 담론정치에 동기를 부여해 나가는 동시에 "동양의 재발견"[20] 운운하며 전통 담론을 호출하는 것을 병행해 나갔던 것이다. 봉디의 글을 번역 게재한 것 역시 이러한 병행 중 전자에 해당하는 '동기부여 과정'(자기 정체성에 대한 철저한 부정을 동반한)의 일종이었다고 할 수

---

18 프랑소와 봉디, 위의 글.
19 W.L 홀랜드, 박필재 역, 「아세아민족주의의 새로운 과제」,『사상계』 1954.12.
20 [동양의 재발견] 특집,『사상계』 1957.8.

있다.

『사상계』 소재의 '중국 관련 담론들' 역시 위와 같은 '자기갱신을 위한 보편으로서의 서구 번역(전유, 수용) 과정'과 '전통 호출을 통한 자기 정체성 탐색'이라는 이항 병진의 담론 구도의 모양새를 취하고 있었다. 특히 본 장에서 살펴 볼 『사상계』가 번역해 실어 날랐던 '서구인들의 중국에 대한 인식과 시선들'은 이항 병행의 담론 구도 중 '보편 번역'으로서의 담론 정치에 보다 무게를 싣고 있었다.

한국인 필진들에게 중화인민공화국 수립(1949.9)이후의 '50년대 중국'이 한국전쟁에서 적으로 맞부딪혔던 적성국이자 공산국가로서 인식되는 측면이 강했다면 즉 중국이라는 기표로서보다는 '중공(中共)'이라는 기표로서 인식되는 경향이 강했다면, 서구인 필진들에게 '50년대의 중국'은 공산국가로서 인식되는 만큼이나 '아시아 국가'로서도 인식되었으며 여전히 '중국'이라는 기표로 파악되고 호칭되는 경우가 많았다. 『사상계』 소재 서구인 필진들이 1950년대의 공산화된 중국에 대해 보인 첫 반응은 우선 '놀라움'이었으며, 그 '놀라움'을 스스로에게 납득시키기 위해 뒤이어서 취한 태도는 바로 '아시아'라는 개념과 '공산주의'라는 개념을 '원래부터 상호 간 친연성을 가졌던 개념들이었던 것처럼 밀접하게 '내통'시키는 방법이었다.

최근 수년 간 아세아(亞細亞)에는 공산주의세력이 우세하여 졌다. 정확히 말해서 중국에 공산주의 정권이 수립되자 서구인들은 공산주의 세력을 방어할만한 힘이 무엇인가를 알아 내고저 애쓰다가, 유치한 생각이지만, 아세아(亞細亞) 민족주의 세력이야말로, 공산주의를 막어낼 수 있을 것이 아닌가 라고 생각하였다. 중국 공산당이 중국의 민족주의운동의 지도권을 교묘하게 기술적으로 인계받은 것을 보고 서구인들은 놀랐다. 민족주의 세

력을 공산주의 방어에 동원코저 한 서구인의 기대에 반(反)하여 공산주의
혁명에 유효적절하게 민족주의운동이 이용되고 있는 것을 보고 놀랜 것은
당연하다. 그래서 서구민주제국(諸國) 지도자들은 동남아세아(亞細亞) 제
국(諸國)의 인민들이 군사적으로 정치적으로 중국공산당이 일익(日益) 강
대해 감에 황홀한 나머지 이에 부화뇌동(附和雷同)하여 자기네 민족주의
운동의 영도권을 중공에 인계하여 버리지나 않을까 두려워하고 있는 것이
다.(중략)

또 한편에는 대단히 극복하기 어려운 위협이 있다. 즉 아세아인(亞細亞
人)의 성벽(性癖) 속에는 변변치 못한 우월감과 배타성이 있기 때문에, 서
구의 정치적 민주주의라는 제도를 비난하고 잘 융합하려 들지를 않는다.
(중략) 전제정치와 복종이란 동양의 오랜 전통이며 사회적 논리였다. 그래
서 동양인이 서구의 산물인 공산주의 혹은 팟쇼주의를 공통한 전제성(專制
性)과 독재성(獨裁性) 때문에 손쉽게 영접(迎接)하였었다. 아세아인(亞細
亞人)에게서 개인의 철저한 자유와 다수자 지배라는 민주주의의 원칙을 찾
아 볼 수 있었다면 중국이 그토록 용이(容易)하게 공산주의화 하지는 못하
였을 것이다. '자유'와 '민주주의'- 이것은 아세아인(亞細亞人)의 체험이 아
니고 다만 미망(美望)의 대상에 불과하다.[21]

홀랜드는 중국공산당의 쾌속 약진과 성공에 놀랐지만[22] 이내 그러한
받아들이기 불편한 사실을 자신의 인식체계 내로 소화하기 위해('냉전기

---

21 W.L 홀랜드, 앞의 글, 1954.12. 밑줄은 인용자.
22 R.스웨어린겐의 글을 보면 소련의 정책결정자들 역시 중국공산당의 이와 같은 빠른
중국대륙 장악을 예상치 못했던 것으로 서술된다. R.스웨어린겐, 김만기 역, 「쏘련의
아세아정책」, 『사상계』 1957.12. "쏘련은 이 밖에 또 하나의 그릇된 가정을 내리고 있
었던 것으로 간주된다. 즉 모든 징조를 종합해 볼 때 쏘련 지도자들이 당초에 중국
공산주의자(共産主義者) 들의 세력과 잠재(潛在)능력을 과소평가한 나머지 그들이 아
시아 정세 전반에 대해서 중요한 영향을 미치게 되려면 약간의 시일이 걸릴 것으로
생각하였던 것이 사실인 것 같이 보인다. 이와 같은 사실과 가정을 받아들일 때에 종
전 후 초기의 쏘련의 아세아 정책의 성격을 이해할 수 있을 것이다."

중국'이란 타자에 의해 기존의 인식체계가 수정 당하는 것은 허용하지 않은 채로) 중국에 재빨리 "아세아(亞細亞)" 국가'로서의 속성을 부여한다. 중국이 그토록 쉽게 공산화된 것은 중화문화를 그 근원으로 삼고 있는 아시아 인이 원래부터 '개인과 자유의 원리'에 무지하며 전제성과 독재성에 친연성을 가지고 있기 때문인 것이다. 이 때 공산주의는 전제성(專制性)과 독재적(獨裁的) 성격으로만 국한되어 과소 표상되며 아시아인들 역시 '문화적으로 그리고 **본성적으로**' 그러한 공산주의의 전제적 속성을 "용이하게" 받아들일 준비가 되어 있는 대상으로 인식된다.

따라서 이러한 '동양적 전제'[23]의 문화적 기원이라 할 수 있는 '중국'은 이미 '중화인민공화국 수립'을 선포함으로서 전근대적, 봉건적 구습과의 결별을 선언했음에도 『사상계』 소재 서구 자유세계 논자들로부터 '전근대적 동양 문화와 결합된 공산국가'로서의 성격을 부여받았던 것이다.[24] 요컨대, '중화인민공화국(중공)'은 냉전기 자유세계 담론장에서 단순히

---

23 칼 위트포겔, 이시호 역, 「중공의 강제노동」, 『사상계』 1956.11. "부역에 기초를 둔 동양의 전제주의"; 칼 위트포겔, 이시호 역, 「중국사회의 역사적 연구(上)」, 『사상계』 1958.5. "아시아적 '전제 군주' 통치에 대한 고전적인 희랍의 개념을 그대로 계승해서 유럽 학자들은 그 특이성을 '동양적 전제'라고 일컫게 되었다."

24 다음과 같은 칼 위트포겔의 진술 역시 당대의 중공(中共)지도자들의 통치 행태와 전근대 시기 "중국 고래의 통치 관료 계급의 행습"간의 유사성을 지적하는 것을 통해 중국 공산주의를 전근대적 동양(중국)문화의 전제성(專制性)과 밀접한 친연성을 가진 체제로 표상한다. 칼 위트포겔, 이시호 역, 「중국사회의 역사적 연구(中)」, 『사상계』, 1958.6. "공산주의 기구 국가의 패권자들은 농업 전제적인 그들의 선인(先人)과는 여러 가지 면에서 다르다. 그러나 그들의 지위 태도 및 행습의 유사점은 우리가 간과하는 우(愚)를 범해서는 안 될 현대 전체주의의 독재적인 경향을 연구하는 실마리를 주는 것이다. 중국 고래의 통치 관료 계급의 행습도 이에 못지않게 연구할 가치가 있다. 이 집단의 대개 성원 산호간의 관계는 (중략) 자본주의의 경쟁 규범과는 비슷한 데가 없는 반면에 공산주의 전체주의 하에서 널리 볼 수 있는 경쟁 규범과는 의의 깊은 차이점이 있는데도 불구하고 비슷한 데가 있다."(밑줄은 인용자)

냉전 분할 질서의 한 반대축으로서만 인식된 것이 아니라, 아시아 공산
국으로 표상되는 과정을 통해 이중으로 타자화되었던 것이라고 할 수
있다. 이는 냉전질서 하 자유세계 논자들이 동독 등 여타의 서구권 공산
주의 국가들을 표상하는 방식[25]과는 상이한 것으로 1950년대 남한에서
번역되어 유포된 서구 발 냉전 담론이 '공산진영/자유진영'이라는 전통
적인 냉전 분할 구도로서만 구성되어 있었던 것이 아니라 '동양(아시아)/
서양'이라는 지리석, 인종적, 문명적(문명화된 정도) 분할 범주로서도 여전

---

25 '소련'의 경우는 흥미롭게도 『사상계』지에 번역되어 소개된 서구 자유진영 논자들의
글에서 '서구권'에 속하기보다 '동양적 성격'에 가까운 국가로 표상되는 것을 확인할
수 있다. G.L 아놀드, 강봉식 역, 「공존 - 두 개의 세계」, 『사상계』 1954.10. "구라파(歐
羅巴)인(人)으로서 가까운 장래에 쏘련이 과거 수 세기를 두고 진화해 온 서양의 자유
제도를 가지게 되리라 믿는 사람은 적지만 그러나 적어도 식자(識者) 가운데는 쏘련
사회가 어지간히 안정되어 이제는 좀 더 온건한 정치형태를 가질 수 있게 되었다고
생각하는 사람들이 없지 않다. 사실 스탈린이 강요한 동양적(東洋的) 전제(專制)가 영
구히 고정되고 말 리(理)는 없다. 이 전제(專制)가 이제는 쏘련의 경제발전을 저해하게
끔 되었고 또한 신(新)지배층의 지위를 강화 안전케 하려는 '크렘린'의 노력에 지장을
주고 있다."; 프랑소와 봉디, 위의 글. 1954.8. "'로서아'문학은 (아시아 지역에서 - 인
용자) 서구문화의 공통재산의 일부분으로서 환영을 받고 있다. 도처(到處)에서 사람들
은 '고오고라'로부터 '고오리키'에 이르는 위대한 '로서아'의 소설가들의 작품을 읽고
있으며 그 영향은 널리 퍼져 있을 뿐 아니라 상당히 강력하다. '로서아'의 현대문학조
차-전체적으로 보아 그것을 현대문학의 제일급에 속하는 것이라고는 생각되지 않지마
는-아세아의 지식계급들은 서양문학의 일부라고 생각하고 있다."(밑줄은 인용자)
  미국인인 아놀드는 스탈린의 강요를 단순히 '전제(專制)'가 아니라 "동양적 전제"라고
표현하고 있으며, 상술한 인용문에 등장해 아시아의 문화적 토대의 빈곤을 지적하고
아시아문학에 있어서 유럽 문학의 절대적인 영향력을 확인했었던 프랑스와 봉디는
"로서아의 현대문학조차" 서구문학으로 파악하는 아시아인들에게 의아심을 품는다.
약소한 자료이지만 이를 통해 당시 서구인(미국+유럽)들이 '공산국가인 소련'을 '동양'
내지는 '동양적 전제'와 가까운 국가로 인식하고 있었음을 확인할 수 있다. 물론 이는
상술했듯이 '공산주의의 속성을 전제성과 독재성'으로 국한해 규정하고 있는 자유세계
지식인들이 '공산주의' 자체를 '동양' 내지는 '동양적 전제'와 밀접한 것으로 상상, 표상
하고 있었던 사정과 무관하지 않을 것이다.

히 구획되어 있었음을 알게 한다.

따라서 '중공'은 단순히 미개발적(未開發的) 속성(빈곤, 기아)과 '전제(專制)에의 친연성'으로 인해 한층 더 공산주의의 유혹에 '취약한 지대'로 인식, 상상된 '아시아 권역' 내에 '공산주의'를 전염시킬 "인구 오억 오천만 이상을 옹하는 공산세계 제2의 힘의 중심지"[26]로서 '위협적인 존재'로 그려지는 것을 넘어, 일종의 '문명에 대비되는 야만'으로서도 묘사되어야 했다.

피교화자(被敎化者) 측(側)의 의견(意見)

죄수들은 '문화(文化) 교사(敎師)'가 가르치는 '노동 세뇌(洗腦) 교육 반(班)'에 나가야 하게 돼 있었다. 일(一) 주일이면 한 번이나 두 번은 '투쟁회의'라는 것이 열렸는데, 여기서 죄수들 보고 그들이 저질은 죄(罪)를 고백하라고 격려(激勵)하는 것이었다 …… 새 죄수가 들어오면 수용자 중에 섞인 밀고자(密告者)와 스파이가 자발적(自發的)인 척 하고 고백해서 그들을 속여 고백시켰다 …… 수용자들에게는 기술은 가르쳐 주지 않고 막돼먹은 동물처럼 일만 시키는 것이었다.

죄수들은 상오(上午) 5시 30분에 기침(起寢), 9시에 첫 식사를 하면 다시 식사하는 것은 하오(下午) 3시가 된다. 식사 때문에 중단되는 것을 제외하면 그들은 8시까지 실질적으로 하루 종일(終日) 일하는 셈이다. 8시부터 9시까지는 자기비판의 시간이다. …… 많은 죄수가 날마다 죽는데, 죽으면 그냥 강(江)에다 던져 버린다 …… 중병(重病)에 걸린 죄수들도 일해야 되고 …….

밤에도 신문(訊問)하느라고 죄수들을 불러내는 일이 종종 있었다.… 맞아서 죽거나 사살(射殺)이나 당하면 다행(多幸)이었다.…… 구타에도 죽지

---

26 R. 스웨어린젠, 앞의 글, 1957.12.

않고 살아나면 다음 날엔 일을 하게 될 것인데, 그 이상 심한 고문(拷問)은 생각할 수가 없으니 말이다. 1955년 12월 15일 부 유엔 경제사회(經濟社會) 이사회(理事會) 보고(報告) 강제 노동 편(篇)에 발표된 전(前)죄수들의 증언(證言)을 요약한 것.[27]

'동물화된 삶'으로 묘사되는 중공 치하의 삶은 단순히 '공산주의란 이러한 것이다.'라는 선전 효과를 훨씬 초과헤, 인권과 그것을 보증하는 문명이 아예 삭제된 '야만 상태'로 묘사된다.[28]

물론 중공이 이와 같이 자유세계 담론장에서 '문명에 대비되는 야만 상태'로서 묘사되는 이유는 일차적으로는 그리고 주되게는 중공이 '공산주의 적성국가'라는 사실 때문이었겠지만, 상술했듯이 중공 사회가 '동양적 전제'에 친숙한 따라서 공산주의를 그렇게나 "용이하게" 받아들일 만 한 '미개발 아시아 국가'였다는 점 때문이기도 했을 것이다. 서구 필진들의 '중국(중공)' 표상 및 담론은 반공주의와 '초기 제국주의 시대부터 내려오는 아시아(동양)에 대한 오랜 식민주의적 시선'이 결합된 결과로서의 '식민주의적 반공 담론'이었다고 할 수 있다. 그렇다면 이 때 문제로 부상하게 되는 것은 '반공 담론의 선전 효과'를 취하기 위해 이러한 자유세계 서구 필진들의 '중공 표상'을 번역해 실어 나른 『사상계』지 지식인들에게 있어 이와 같은 '서구인들의 동양, 아시아 표상'이 어떻게 받아들여졌는가의 여부라고 할 수 있다. 다음 절에서 상술(詳述)하겠지만, 『사

---

27 유엔 경제사회(經濟社會) 이사회(理事會) 보고(報告), 「교화노동 - 의견의 대조」, 『사상계』 1956.11. 밑줄은 인용자.

28 이과 관련해 『사상계』지에 의해 파악된 중공 내 반체제 인사들에 대한 인권탄압 사례들은 다음을 참고할 수 있다. 「모택동에의 공개장 - 양두구육(羊頭狗肉)의 백가쟁명(百家爭鳴)」, [움직이는 세계], 『사상계』 1957.9.; 허우성, 「중공의 조풍(朝風) 숙청(肅清)」, 『사상계』 1955.11.

상계』 편집진들과 필진들은 그 자신 자유세계 탈식민 아시아 신생국의
오피니언 리더로서 '자유민주주의 국민국가'로의 발전론적 서사를 채택
해 '아시아적 정체성(停滯性)'의 배격을 강도 높게 주장했다. 하지만 그들
의 '발전론적 서사'에는 번역되어 게재된 '서구 필진들의 글'에서와는 다
른 미묘한 균열들이 확인된다. 즉, '반공(자유주의)'과 '개발 담론'은 철저
하게 전유하되, '아시아, 동양, 중국 표상'에 있어서는 서구 필진들의 논
조에 완전히 동일시 될 수 없는 어떤 '정체성(identity) 차원의 균열'이 작
동했던 것이다.

   이런 점에서 한국인 필진들의 논설을 살피는 다음 장으로 넘어가기
전에, 상술한 서구 필진들의 중국 관련 담론들과는 확연히 다른 논조를
지닌 '예외 사례'라 할 수 있는 '양켈레비치'의 다음과 같은 '프랑스에서
의 중국연구의 역사'에 관한 글을 살피는 것은 다음 장으로 넘어가기 위
한 한 문설주가 될 것이다.

> "중국연구라는 학문 발전에 있어서 불란서가 과거에 또 현재에 중요한
> 역할을 하였으며 또 하고 있다는 것은 중국연구에 관심을 가진 사람들은
> 사실 누구나 다 알고 있는 터입니다. (중략) 불란서에 있어서의 중국연구
> 의 역사는 몇몇 시기로 나누어 생각할 수 있습니다. 맨 먼저 초창기라 할
> 십팔세기에 몇몇 학자들-그들은 대부분 종교가들이었습니다만-그들이 이
> 새로운 분야를 개척 탐구하는 일을 하였던 것인데 흔히 그들 자신 또는
> 그들의 동료들이 중국에서 일하는 사명을 띠고 있었던 것입니다. 이 시기
> 의 가장 이름 높은 사람들은 신부(神父)들로서 듀알드(Du Halde)신부(역사
> 가이며 「자치통감」 번역자), 그로지에(Grosier)신부(지리학자), 구빌(Gou-
> bil)신부(「시경」 번역자), 라샤르므(Lacharme)신부 라샤르므 신부의 업적은
> 오늘날에 이르러서는 이미 뒤떨어진 것으로 되어 버리기는 하였으나 그
> 당시에는 훌륭한 것이어서 높이 평가되었던 것입니다. (중략)

십구세기에는 이 선구자들에 뒤이어서 서제인(書齊人)들의 제네레이슌이 나타났습니다. 그들은 박식가(博識家)들이거나 단순한 호사가(好事家)들이었는데 흔히 호기심에 이끌려서 착수하였음에도 불구하고 귀중한 저서들을 남기었고 개중에는 오늘날에 이르러서도 여전히 독보적인 가치를 갖고 있는 것들이 있습니다.(중략) 십구 세기 말에 이르자 중국연구에 관하여 중대한 두 가지 사실이 일어났습니다. 그 하나는 예수회 신부들의 활동의 부활인데 그들은 처음으로 개척한 분야로부터 그들의 뒤를 이어 배출한 세속학자들에게 오랫동안 축출당한 셈이었다가 긴 동면(冬眠)을 깨뜨리고 다시 활동하게 되었던 것입니다. (후략)"[29]

양켈레비치의 위와 같은 프랑스에서의 중국연구사에 대한 개괄은 그 내용에 눈길이 가기 보다는 이와 같은 글이 왜 50년대『사상계』지의 지면에 번역되어 실리게 되었는가에 대해 먼저 생각하게 한다. 양켈레비치는 상술한 글에서 18세기부터 시작된 프랑스에서의 중국 연구를 간략히 소개하면서 연구자들의 이름과 업적을 시기 순으로 분류해 나열하는 데에 그친다. 주목되는(흥미로운) 부분이 있다면 19세기 프랑스의 중국 연구자였던 "에두아르 샤반느(Edouard chavanes)"가 사마천의『사기』를 번역했는데, 그것이 그 탁월성 때문에 후에 "중국인들에 의해서 표절당하는 영광을" 누렸다는 것 정도이다.

양켈레비치의 「불란서에 있어서의 중국연구」가 여타의 『사상계』 소재 서구 필진의 '중국 담론'들과 다른 점이 있다면, 쉽게 알 수 있듯이, '중화인민공화국(중공)'과는 무관해 보이는 고전시대의 중국에 관한 유럽의 연구사를 개괄함으로써 어떠한 반공주의적 적대감이나 아시아에 대한 비하적 태도도 드러내지 않았다는 데에 있다. 그렇다면 이와 같은

---

29 양켈레비치, 옮긴이 미상, 「불란서에 있어서의 중국연구」, 『사상계』 1957.10.

글이 왜 『사상계』지의 지면상에 게재되었을까. 해석해 보건데 그 이유
는 두 가지 정도로 정리해 볼 수 있을 것이다. 우선 『사상계』지의 편집
진은 양켈레비치의 글에서 『자치통감』이나 『시경』, 『사기』등과 같은 고
대 동양문화권(한자문화권)의 고전에 대한 서구인들의 '인정(recognition)'을
번역해 실어 나름으로써, 냉전 체제 하 '동양적 정체성(停滯性)'과 '낙후성'
을 타자화하는 글을 번역, 수용해야 했던 가운데 발생했던 심리적 결여
(나 무의식적 신경증)를 '보상'받으려 했던 것일 수 있다. 더불어 매체의 편
집진은 이러한 '서구의 중국에 대한 지식 형성의 역사'를 번역, 게재하는
것을 통해 자신들의 매체에 게재된 '동양, 아시아, 중국'에 대한 논설들
이 '확고한 전통을 가진 서양의 동양에 대한 앎의 체계사(史)의 연장선상
에 놓여 있는 것'이라는 인상을 주고 싶어 했던 것일 수도 있다.[30]

　다음 절에서 상술(詳述)하겠지만 양켈레비치의 글 같은 것을 게재한
의도에서 드러나는 『사상계』담론의 속성, 즉 '중공(中共)과는 무관해 보
이는 고전시대의 중국을 호출함으로써 동양 문화권 및 그 부분집합으로
서의 한국문화에 대한 재인식의 구도를 마련해 보려는 보상 심리적 차
원'과 '서구의 동양에 대한 지식사(知識史) 상에 자신들의 담론이 놓여 있
다는 것을 주지시키려는 경향성(보편 지향성)'의 '병행 전개'는 『사상계』지
가 아시아 국가들을 호출할 때마다 드러내는 핵심적인 속성이었다고 할
수 있다.

30　고병익의 「구라파인의 중국관」(『사상계』 1957.6) 역시 17세기 초엽부터 본격적으로
　　시작된 "야소회(耶蘇會) 선교사들"의 중국에 대한 보고서에서부터 애덤 스미스, 헤겔,
　　막스 베버의 저작에 이르는 유럽인들의 '중국 및 동양에 대한 앎의 역사'를 시대 순으
　　로 개괄하고 있는데, 이 역시 『사상계』지의 중국 및 아시아 지역학 담론이 이와 같은
　　서구 지성사의 '중국 및 동양에 대한 앎의 역사'의 연장선상에 놓여 있다는 인상을 주
　　는 데에 일조하는 한 사례라고 할 수 있다.

3. '보편-특수' 구도 속 '세(三) 개의 중국'
  : 한국인 필진들의 중국 인식

1950년대 『사상계』지 한국인 필진들의 '중국 인식'은 앞 장에서 상술한 '번역 게재된 서구 발(發) 논설들'과 많은 부분 유사한 내용과 태도를 드러낸다. 그것은 단적으로 말해 50년대의 세계적 냉전 질서를 배경으로 한 '중공(中共)에 대한 반공주의적 태도'와 '아시아적 징체성(停滯性)을 배격해야 한다는 근대화주의적 당위론[31]으로부터 기인한 비판적 시선일 것이다. 하지만 '중국(및 아시아)을 보는 시선'에 있어 한국인 필자들은 그 자신 중국과 같은 아시아 권역 내의 아시아인이라는 '정체성 측면'에 의해 서구 논자들의 글에서는 보이지 않는 '미묘한 심리 내적 균열 지점들'을 드러내기도 했다. 자세한 것은 후술하겠지만 그 지점들이란 대체로 '일국적 내셔널리즘을 규모의 차원에서 최대한 확대시킨 추상적인 동양/아시아 개념'[32] 속에 남한을 위치시킴으로써 당대적 보편으로서의 서양(아메리카)과 "대등한 만남"[33]의 구도를 연출하고자 하는 억압된 심리가 발현되는 국면들이다. 이러한 국면들에서 '중국'은 '중공(中共)'보다는 '전근대시대 동양문화권의 종조국(宗祖國)' 같은 것으로 편향 표상되거나,

---

31 대표적으로 조기준은 「아시아적 침체성(沈滯性)의 제(諸)문제」(『사상계』 1957.8)에서 아시아 사회가 중세시대부터 "중앙집권적 관료국가"로서 왕의 대리인인 관료들의 민(民)에 대한 착취가 만연해 있었기 때문에 유럽과 달리 근대 시민 사회로의 발전 과정에 필수적 요소들이라고 할 만한 '자치적인 상인 길드'나 '상업 중심 도시'같은 것이 발달할 수 없었다고 지적함으로써 "아시아적 침체성"(아시아적 정체성(停滯性))에 대한 비판적 분석을 시도했는데, 이는 상술한 서구권 논자들의 아시아 및 중국에 대한 인식과 매우 유사한 논지를 보여준 사례라고 할 수 있다.

32 장세진, 「상상된 아메리카와 1950년대 문학의 자기표상」, 연세대 박사학위논문, 2007, 20쪽.

33 장세진, 위의 논문, 20쪽.

중국 내의 '자유주의 정치 진영'(자유중국)으로 과소 표상된다. 본 장에서는 먼저 이와 같은 '병행 담론' 즉, 1950년대 『사상계』 지식인 그룹이 취했던 '보편으로서의 서구 발 자유민주주의 반공 담론의 전유'와 '일국적 내셔널리즘이 확대된 동양/아시아 개념을 경유해 자기 정체성을 탐색하려 했던 시도들'의 '병행'에 대해 살피고, 후자의 담론의 연장선상에서 한국인 필진들이 '중국'이라는 대타 표상을 경유해 '자기 정체성(self identity)'의 속성들을 구성해나갔던 담론적 방식에 대해서도 살펴보려고 한다.

3.1. 두 가지 원(源)
: 감염원(感染源)이자 기원(起源)으로서의 '중국'

'공산주의'와 '동양/아시아'가 상호간에 본래적인 연관성을 가지는 것이 아님에도 불구하고 당대의 공산화된 중국을 표상하는 자유세계 담론들은 두 개념을 끊임없이 상호 밀접한 것으로, 정확히 말해 본래적으로 상호 밀접할 수밖에 없는 개념들로 '내통'시키려 했다. 이와 같은 '내통의 담론 전략'은 상술한 W.L 홀랜드의 글에서도 나타난 일종의 '상징 조작'으로서, 『사상계』지 지면상에 반복적으로 나타났던 담론 전략으로 보인다.

김기수는 "공산주의가 아시아 민족에게 현재 그의 세력을 신장할 수 있는 유리한 조건은 서구민족에 비교하여 아시아 민족이 정치적 및 경제적으로 불안정하다는 것과 아시아에 있어서 **중공**(中共)을 이용하여 즉 아시아 민족을 이용하여 아시아 민족을 지배할 수 있다는 점"이라고 말하며 "사람이 빵만으로 사는 선(線)-또는 쌀만으로 사는 선에 가까울수록" "항상 공산당의 호소에 관심을 가지게 될 줄 믿"는다고 우려했다.[34]

따라서 김기수는 "아시아 민족이 중공(中共)과 같이 공산당의 지배하에 들어가"는 것을 미연에 차단하려면 "민족 전체의 생활 보장과 복지를 실천화"하는 방편으로서 "민족국가의 산업화 체제"를 완비해야 한다[35]고 주장했다.[36]

조효원 역시 "아세아인이 가난한 것은 사실"이며 "그 빈곤이 아세아 민족주의의 일면이며 그것이 곧 소련 공산주의가 아세아에 진출할 수 있는 이유도 뇌는 것"이라고 말하며 "아세아의 민족주의"가 공산주의의 아시아로의 진출을 막아내야 함에도 "불구하고 아세아의 민족주의는 소련의 권력적 진출에 극히 관대한 것 같은데 그 이유는 나변(那邊)에 있"는가 라고 묻고 있다.[37] 이 때 소련 공산주의의 아시아 진출에 "극히 관대한" 태도를 보이는 대상으로 지목된 것은 '중공'이다.

상술한 두 논자의 논설에 공통적으로 드러나는 인식은 '아시아'가 그 고유한 경제적 낙후성과 정체성(停滯性)으로 인해 '공산주의'와 밀접한 친연성을 지니게 된다는 인식이며 이는 앞 장에서 상술한 서구권 자유세계 논자들의 반공 자유주의 담론과 궤를 같이하는 것이라고 할 수 있다.[38] 특히 아시아인이 그 특유의 경제적 낙후성과 빈곤으로 인해 "빵만으로 사는 선(線)-또는 쌀만으로 사는 선에 가까울수록"[39] "누구나 다 일

---

34 김기수, 「아세아의 민족주의와 공산주의」, 『사상계』 1957.12. 강조는 인용자.

35 김기수, 위의 글.

36 이 과정에서 '절대적 상수(常數)'로서 요청된 것은 '미국의 원조'였다. 김기수, 위의 글. "미국은 자유진영의 담당자로서 아시아 민족에게 자본과 자원 또는 기술적 원조를 할 의무가 있다. 이것은 아시아 민족이 공산주의화하게 되는 과정을 방지하는 유일의 구제책(救濟策)이다."

37 조효원, 「아세아민족주의의 정도를 위하여」, 『사상계』 1954.11.

38 이는 『사상계』 소재의 한국인 필진들의 논설이 서구 발 자유민주주의 담론(번역되어 게재된)과 일종의 '번역의 효과'로서 영향관계를 가지고 있었음을 예증한다.

39 김기수, 앞의 글, 1957.12.

하고 일한 것만큼의 분배를 받는다."는 "공산주의 사회의 분배 원칙"[40]에 심리적으로 이끌리게 될 것이라는 진단은 논리적, 실제적 설득력을 가진다는 점에서 한층 더 진단의 주체들로 하여금 자기 공포를 증폭시키는 효과를 야기할 만 한 것이었다.

이러한 한국전쟁 후 냉전기의 '공산주의의 전염성에 대한 공포'와 이로 인해 '중공(中共)'을 위시한 (아시아)권역 내의 공산국가들을 일종의 '바이러스(virus) 감염원' 같은 것으로 표상하는 위생 은유적 냉전 담론은 기실 전후 냉전분단 체제의 고착 이후 지금 현재에까지도 미디어 등에서 적잖이 접할 수 있는 것이기에 새삼 낯설거나 새로울 것은 없다(냉전 담론은 분명히 현재진행형의 의제인 것이다).

문제는, 이 때 '중공(中共)'을 타자화하는 위생 은유적 냉전 담론의 맥락에 끊임없이 '아시아'라는 권역 기표가 호출된다는 점이다. '중공(中共)'은 단순히 공산국가가 아니라 철저히 '아시아+공산국가'로 표상되는데, 이것이 중요한 이유는, '서구를 포함한 전체 세계(World) 개념보다는 좁고 일국(一國)보다는 넓은 함의를 지닌 '권역 개념(아시아)'을 사용함으로써, 즉 '권역 내 지근거리에 '적대적 타자'가 '있음'을 강박증적으로 상기시키는 것을 통해, '쉽사리 말하지 못하는 그것'을 행간에서 말하게 하는 담론 효과를 생산해 내기 때문이다. 이를테면 '중공은 공산국가다.'라는 언술행위와 '중공은 아시아 공산국가다.'라는 언술행위는 다른 담론효과를 생산할 것인데, 후자는 환언(換言)하면 '아시아 권역 내에 공산국가가 있다'라는 의미론적 함의와 결부되므로, 이는 간접적으로 위의 언술행위가 행해지는 텍스트의 행간에서 '한반도 이북의 '보이지 않게 된'[41] 지대(地帶)'를 환기(喚起)시키는 담론 효과를 산출해 내게 되

---

40 신상초, 「사회주의 공산주의 사회기구」, 『사상계』 1957.10.

는 것이다.

　서론에서 상술했듯이 당시 『사상계』지 지면에는 "북한을 직접 다룬 글이 없"다시피 했는데(그것은 아마 "북한을 말하는 것 자체가 금기였거나 정보가 없었기 때문"이었겠지만), '중공'을 '아시아 권역'내로 반복적으로 호출해 '권역 내에서 가장 먼저 감염된 감염원' 같은 이미지로 표상하는 담론행위의 행간을 위와 같은 식으로 읽어내는 것이 가능하다면, '중공(中共)'은 많은 지면에서, 은연중에, '쉽게 말할 수 없는 그것'을 대리하는 대리표상으로 작용하거나 환기(喚起)시켜 주는 작용을 하는 '냉전적 담론구조 내의 한 연동(連同)개념'이었을 수 있다.

　중요한 것은, 이 때 '중국'(아시아+공산주의)이 단순히 '적성국'[42]이나 '아시아적 후진성'만을 의미하거나 함의하는 게 아니라, 상술한 바와 같은 '**공산주의의 전제성(專制性)과 독재성에 친연성을 가지는 아시아적 후진성**'의 '**문화적 기원(起源)**'으로도 지목되고 있었다는 사실이다.

　　"우리는 왜 지나학(支那學)을 의미하는 동양학을 연구하지 않으면 안 되는가 자기 자국(自國)도 잘 모르면서 지나학(支那學) 동양학을 연구하려는 것은 사근취원(捨近取遠)의 혐의(嫌疑)를 벗어날 수 없음이 아닐까? 그러나 중국의 문화체계 문화의지 또 국가창조의 정신, 도덕적 법칙, 경제적 원리, 사상적 경향, 민족성, 국민성은 곧 이가 동양학의 골격도 되는 동시에 곧 우리 과거의 골격이었던 것을 잊어서는 안 된다. 적어도 저 실천의 수단 방법, 말단(末端)의 지엽(枝葉)에 이르러서는 다른 바 있으나 그 근간(根幹) 그 원칙(原則) 그 골격(骨格)에 있어서는 중국 형(型)의 동양적인 모든 범주에서 일보(一步)의 벗어남이 없는 것이니 우리의 특수성이라는 것은 한 대동(大同)의 소이(小異)에 불과하는 것일 뿐 아니라 우리의 인생

41　테드 휴즈, 앞의 책, 25쪽.

42　교전(交戰)하고 있는 적국(敵國)을 이롭게 해 주는 나라(출처: 네이버 한자 사전).

철학, 국가철학, 도덕철학, 경제철학, 법도(法度) 예의(禮儀)가 중국을 기원으로 하지 아니한 것이 없고 또 중심하지 아니한 것이 없으니 우리에게는 그를 기술(記述)한 별개(別個)의 문헌(文獻)을 갖지 못한 것이다. 일본 또한 그러한 것이니 모두 그 기원을 발생학적(發生學的)으로 찾고 그 정신의 기초(基礎)이념(理念)을 찾으려면 즉 '뿌리'를 찾으려면 동양학에서 탐구(探究)하지 아니치 못하는 것이다. 우리는 우리의 현실을 보고 현실 중에서 현실의 유래를 밝힐 길이 없다. 천명(天命)을 찾고 왕도(王道)를 찾고 대의명분(大義名分) 인의(仁義)를 찾으며 사농공상(士農工商)을 찾고 유교(儒敎)와 경전(經典)을 찾으며 삼강오륜(三綱五倫)과 충효(忠孝)와 예의(禮儀)를 찾지 않으면 안 되는 것이다. 그가 아니고는 우리의 현재의 실생활도 이해할 길이 없는 것이다. '유네스코' 교육사절단의 조사보고서에서 '한국에는 인습(因襲)의 금기(禁忌)의 힘이 커서 생활개선(生活改善)의 노력(努力)은 일보(一步)의 진전(進展)이 없다'는 것도 아직 고대(古代) 동양적(東洋的) 사고(思考) 고대(古代) 동양적(東洋的) 양식(樣式)의 생활이 그대로 존속(存續)됨을 지적(指摘)함일 것이다. 우리에게 어떤 고유(固有)한 철학(哲學)이 없다면 모르거니와 그가 있다면 중국철학(中國哲學)을 떠나서 별개물(別個物)이 없는 것이니 역시(亦是) (중략) 일체(一切) 관념(觀念)에서 행동(行動)까지 모두 유교(儒敎)의 선왕지법도(先王之法度)이나 무엇 하나 다를 까닭이 없다."[43]

인용문은 한국의 '동양 문화적 속성'의 기원이 '중국'임을 명확히 지시하고 있다. 물론, 배성룡이 이와 같이 '동양학=(즉) 지나학'이라는 등치에 착목하여 동양문화의 기원으로서의 중국을 규명하려는 것은 단순히 '동양학을 위한 동양학을 하겠다.'는 것이 아니라 지금 현재 자국에서 벌어지고 있는 동양문화의 폐단을 **제거**하기 위해 먼저 그 기원을 알아

---

43 배성룡, 「우리 민족성과 동양학 - 주로 동양학 연구 동기에 대하여」, 『사상계』 1954.1. 밑줄은 인용자.

야 하겠다는 것이다. 배성룡의 말을 빌자면 이는 "동양학(東洋學)의 비판적(批判的) 탐구(探究)에 의(依)하여 폐단(弊端)을 **제거(除去)**하려는 노력(努力)"이다. 배성룡이 설정한 이러한 '동양학의 탐구에서 동양 문화의 폐단을 제거할 과학적 방법론을 찾겠다.'는 동양학 연구의 방향성과 목표는 그의 글에서 명시된 바, "백림(伯林) 대학(大學) 교수(敎授) 옷트 푸란게 박사(博士)"의 "저서(著書)『중국국가의 역사』"에서 전유한 것이다. 그는 "중국(中國)에 관한 '푸'박사의 역사탐구(歷史探究) 목표(目標)"에 대해 "우리로서도 이것을 그대로 동양(東洋)에 대한 탐구(探究)의 목표(目標)로 삼지 않으면 안"된다고 말하며, "**백인(白人)들이 멀리서 이와 같은 목표(目標)를 수확(收穫)하고자 중국(中國)을 탐구(探究)하는 때**에 우리는 우리의 직접(直接) 관계(關係) 하(下)에 있는 그런 목표(目標)를 똑바로 적출(摘出)치 못한 것은 실(實)로 등하불명(燈下不明)의 감(感)을 금(禁)치 못한다."고 말한다.[44]

이는 과거의 역사를 규명해(동양학을 수행해) 현재의 동양 문화적 폐단(낙후성, 정체성(停滯性))이 만들어진 원리와 기원을 규명하고 그러한 연후에 규명된 대로 현재의 폐단을 해체, 제거하겠다는 논리로서 '동양학'을 포섭하겠다는 것인데, 이러한 '현실 지양(止揚)'을 위한 방법론으로서의 동양학 탐구'를 전유한 배성룡은 두 달 후『사상계』지면에 발표한 다른 글에서, 역시 "동양적 쇠퇴사관"과 '음양오행설에 기반한 순환사관'에서 벗어나 '서구식 발전사관'으로 전환하는 것이 중요함을 역설(力說)'[45]함으로써 자신의 주장을 다시 한 번 강화(强化)한다.

문제는 위와 같은 배성룡의 글에 어떤 '균열'이 내포되어 있다는 것이

---

44 배성룡, 위의 글. 강조는 인용자.
45 배성룡, 「동양적 쇠퇴사관 개론」, 『사상계』 1954.3.

다. 그는 '동양 문화적 비(非)발전사관(순환사관)과 그 기원으로서의 중국
(문화)'을 강도 높게 비판했지만, 다음과 같은 서술에 보이는 그의 태도와
어조는 전후 50년대의 서구(아메리카)라는 '절대적 보편'에 직면한 당대
『사상계』지 한국인 필진들의 미묘한 심리 내적 균열상을 상징적으로 대
표해 보여준다고 할 수 있다.

> "그런데 우리는 전술(前述)한 바와 같이 구원(久遠)한 역사와 생활경험
> 을 가진 민족인지라 누가 보아도 무시할 수 없는 분명한 문화재의 축적,
> 정치, 도덕, 예술, 기타 일반생활양식에서 보여 주는 풍부한 재료를 가진
> 것은 누구도 부인할 수 없지마는 (후략)"[46]

"누가 보아도 무시할 수 없"다는 강한 어조는 '동양 문화적 후진성'
을 강한 어조로 비판, 비난한 것과 동일한 심리적 근원에서 발생하는
'반대방향의 표현형'으로서, '동양 문화권 내의 한 개체'라는 '정체성
(identiy) 차원'이 작동하여 발생시킨 '균열'이라 할 수 있다. 이것이 '균열
(분열)'인 이유는 동일한 지면에서 "누가 보아도 무시할 수 없"는 '우리
의 문화'를 선제적으로 부정(무시)했던 것이 자기 자신이었기 때문이다.[47]

---

46 배성룡, 「우리 민족성과 동양학 - 주로 동양학 연구 동기에 대하여」, 앞의 글, 1954.1.
47 더불어 앞에서 인용했던 다음과 같은 화자의 말을 볼 때 "'누구가 보아도 무시할 수
    없는" 우리의 문화'라는 것은 곧 맥락 상 '중국의 문화'를 가리키는 것이기도 하다는
    결론에 이를 수밖에 없다. "그러나 중국의 문화체계 문화의지 또 국가창조의 정신, 도
    덕적 법칙, 경제적 원리, 사상적 경향, 민족성, 국민성은 곧 이가 동양학의 골격도 되는
    동시에 곧 우리 과거의 골격이었던 것을 잊어서는 안 된다. 적어도 저 실천의 수단
    방법, 말단(末端)의 지엽(枝葉)에 이르러서는 다른 바 있으나 그 근간(根幹) 그 원칙(原
    則) 그 골격(骨格)에 있어서는 중국 형(型)의 동양적인 모든 범주에서 일보(一步)의
    벗어남이 없는 것이니 <u>우리의 특수성이라는 것은 한 대동(大同)의 소이(小異)에 불과
    하는 것</u> (후략)"(배성룡, 앞의 글, 1954.1. 밑줄은 인용자.)

이러한 '동양적인 것', '동양 문화'에 대한 반동 심리적 인정 욕구의 표출은『사상계』지의 지면상에서 다소간 비논리적인 형태로, 그리고 급작스러운 어조를 동반하여, 여기저기서 무의식의 작용처럼 출몰하는 것으로서, '자유세계/공산진영'이라는 거시적, 정치사적 분할 구도(이를테면 '당대적 당위')에 '정체성(identity) 정치'라는 또 다른 한 축의 담론유형을 개재시킨다.

김기수 역시 '아시아 문화'와 '아시아의 정치, 경제 상황'에 대해 (자기)비하적 발언을 서슴지 않았지만, 아시아의 민족성을 초월적인 것("순진한 민족성", 본원적으로 "가족적 구조")으로 격리(내지는 격상)시키는 것을 통해 갑작스럽게 '아시아에는 그 본래적인 특수성으로 인해 자본주의도 공산주의도 아닌 민족사회주의가 적절하며 그것만이 공산주의의 확산을 막아내는 유일한 길'이라는 논리적 비약을 보인다.[48] 조효원의 논의 역시 '아시아'를 그 '본래적 속성'으로 회귀시키는데, 그의 주장에 따르면 '아시아'는 '물질'을 중시하는 서구정신의 두 가지 표현형인 자본주의와 공산주의 모두에 어울리지 않으며, 중요한 것은 '서구식 물질 중심적 이데올로기'가 아니라 '고유한 정신, 문화, 교육의 창달'임을 강조하는 것을 통해 '아시아'를 '보편적인 역사적 질서' 바깥의 어떤 초월적인 '정신적 공간'으로 상정하려는 논리적 비약을 보인다.[49]

이는 당대적 보편으로서의 '서구(아메리카)'에 직면하여 불현 듯 '아시아/동양'개념을 '본원적으로 특수한 것'으로 위치 지으려는 심리적 경향성의 표출로서, 당대『사상계』지식인 그룹이 직면했던 '보편-특수'의 구도가 어떤 '신경증적'이라 할 만한 '논리 비약적인 아시아, 동양에 대한

48   김기수, 앞의 글, 1957.12.
49   조효원, 앞의 글, 1954.11.

상상, 인식 및 표상'을 생산해내는 구조(구도)로서 작용하기도 했음을 시사한다.

중요한 것은, 이러한 '논리 비약적 담론들'을 어떤 상위적 가치 판단의 기준에 따라 재단하는 것이 아니라, 그러한 '담론들'이 담론장 내부에서 어떠한 "관계의 망 속에서 떠다니면서 여러 가지 선을 형성"[50]했는지 살피는 것이라면, 이와 같은 담론들은 우선 화자들(내지는 필진들)의 '자기 정체성 형성 과정'의 일환으로 분석되어야 할 것이다.

정리하자면, 『사상계』지의 한국인 필진들은 각기 다른 성격이 부여된 '중국 관련 표상들'을 '경유해' '자기 정체성 형성의 과정'을 거쳤다고 할 수 있다. 즉, 첫 번째로 '현재의 중국'과 의미론적으로 가장 많은 교집합을 가지는 '중공(中共)'개념은 '권역 내의 적대적 타자'의 의미를 할당받음으로써 『사상계』지 한국인 필진들에게 스스로의 정체성을 그와는 반대편의 적대자로 형성하게 하는 매개로 기능했으며, 더불어 '한반도 이북'이라는 '쉽게 언급하기 힘든 그 곳'의 삭제된 장소성을 환기시키는 '연동(連同) 개념'으로서도 작동했다고 할 수 있다.

한편, '지나(支那)'개념은 '동양 문화의 기원으로서의 중국'의 면모를 지시할 때 등장하는 개념이었으며 『사상계』지 한국인 필진들에게 '기원'을 환기시켜 자기 자신들이 '동양 문화적 후진성'의 연장 선 상에 놓여 있다는 의미의 '자기 정체성'을 형성하게 해 주는 매개로 작용했다. 따라서 이는 표면적으로 강하게 배척하고 극복해야 할 대상으로 인식되었으나, '논리적 비약'으로서의 급작스러운 '동양 및 동양 문화권 내의 한국 문화'에 대한 '고유성'을 주장하는 '텍스트 내부의 균열'을 생산하게

---

50 미셸 푸코, 이규현 옮김, 「역자 서문」, 『성의 역사 1 - 앎의 의지』, 나남출판, 2004. 6쪽. "푸코의 저서에서는 모든 것이 관계의 망 속에서 떠다니면서 여러 가지 선을 형성할 뿐이다."

하는 매개로서도 작동한 개념이었다. '지나(支那)'라는 호칭과 관련해 특기할 만 한 점은, 이와 같이 중국(中國)을 '중심에 있는 나라(中國)'라는 의미가 소거된 '지나'라는 기표로 호명하는 행위는 식민지 시기 제국일본이 '서양'에 직면해 서양과 대등한 관계를 연출해 보이기 위해 '동양학'을 창안하면서 그 앎의 체계 내에 중국을 재편시켰던 방식과 유사한 것이기도 하다는 점이다. 즉, 제국일본은 중국을 중국 대신 '지나'라고 호명하는 것을 통해 "근대 일본이 아시아의 최선진국으로서 유럽과 대등한 나라이며, 중국과 다를 뿐 아니라 문화적, 지적, 구조적으로 더 우월하다는 점을 확립"하려 한 동시에 중국에 '동양 문화의 기원으로서의 의미'를 부여하려 하였다.[51] 즉, 중국을 '지나'로 부르는 행위는 중국을 대상화하는 행위인 동시에 중국을 "일본이 발전해나간 출발점이기도 한 이상화된 공간이자 시간"으로 간주하는 이중의 인식이 반영된 호명 행위였다고 할 수 있는 것이다. 『사상계』에서 중국을 '지나'라고 부르는 동시에 '지나학은 곧 동양학'이라는 언급이 등장했었다는 사실은 그 자체로 50년대 남한 지식인 담론장의 중국인식에 과거 식민지 시기 제국일본의 동양학의 관점이 영향력을 행사하고 있었음을 암시한다고도 할 수 있다. 이는 냉전기 아메리카라는 절대적 보편과 마주해야 했던 『사

---

51 스테판 다나까, 박영재, 함동주 옮김, 『일본 동양학의 구조』, 문학과 지성사, 2004. "그(에노키-인용자)는 중국의 우월성을 암묵적으로 수용한 '중국'이라는 용어를 일본이 쓴다는 것은 '매우 부적절'하다고 보았다. 그는 '지나'가 더 정확하고 중립적인 명칭이라고 주장한다."(21쪽, 밑줄은 인용자), "'중국'은 일본이 유약하고, 자기 발전을 위해 중국의 문화를 수입하던 때를 상징한다. 이제 일본은 근대국가이기 때문에 '지나'를 사용해야 한다. 일본은 낡은 중국적 세계 질서에서 해방되었다." "'동양사'는 근대 일본이 아시아의 최선진국으로서 유럽과 대등한 나라이며, 중국과 다를 뿐 아니라 문화적, 지적, 구조적으로 더 우월하다는 점을 확립했다. 서양으로서의 유럽은 일본이 자신과 견주는 타자가 된 반면에, '지나'는 또 다른 타자가 되었다. '지나'는 대상이면서, 일본이 발전해나간 출발점이기도 한 이상화된 공간이자 시간이었다."(31쪽. 밑줄은 인용자)

상계』가 과거 제국일본의 '동양학 창출 과정'과 유사한 매커니즘으로 중국을 '타자화의 대상이자 문화적 기원(지나)'으로 인식하고 있었음을 알게 한다.

3.2. 또 하나의 중국
: '자유 중국'[52]과 동아시아 권역 내 우익 민족주의의 계보

한편, '중공(中共)', '지나(支那)'와 더불어, 우파적 자유민주주의 이념과 문화적 민족주의의 이념에 충실했던 『사상계』지의 담론 주체들의 눈에 포착된 '또 하나의 중국'은 바로 손문(쑨원)의 전통에 맞닿아 있으며 장개석(장제스)을 그 수반으로 하는 '자유 중국' 세력이었다.

김준엽은 "누구나 중국의 근 백년사"를 훑어보면 알 수 있듯이 중국의 고질적인 암적 존재였던 "'군벌(軍閥)을 일소(一掃)하였다'는 것만으로도 장개석(蔣介石)의 북벌(北伐)성공은 역사적 가치가 있는 일"이라고 평가했으며, "만일 외국의 간섭-특히 '일본'과 '쏘공(共)'의 음모(陰謀)와 방해(妨害)가 없었던들 장개석을 수반(首班)으로 하는 '국민정부'는 그들의 통일을 공고(鞏固)히 하여 역대(歷代)의 통일제국 진(秦), 한(漢), 수(隋), 당(唐), 송(宋), 명(明)과 마찬가지의 한족(漢族)의 통일국가를 건설하고 그들의 역사적 사명인 근대화를 완수하였을 것이 틀림없는 일"[53]이라고

---

52 최원식, 백영서 엮음, 『대만을 보는 눈』, 창비, 2012, 7쪽. "'죽(竹)의 장막'으로 가리운 붉은 '중공'과 대치한 장제스(장개석, 1887~1975) 총통과 그의 <u>자유중국</u>은 냉전시대 '반공한국'의 가까운 우방이었다. (중략) 그런데 탈냉전시대 도래와 함께 한국인의 중국관은 혼란에 빠진다. '자유중국'은 대만으로, '중국'은 중국으로 분리되어 단교와 수교가 동시에 이루어진 1992년, 이 변화의 정체를 숙고할 새도 없이 우리는 뒤늦은 중국열 속에서 대만을 거의 망각하기에 이른다."(밑줄은 인용자)

53 김준엽, 「중국국민정부는 이렇게 하여 몰락하였다.(上)」, 『사상계』 1955.5.

확언했다.

하지만, 주지하다시피, '자유중국'세력은 중공(中共)에게 패퇴해 대만으로 물러났는데, 김준엽은 위와 같은 서술을 통해 그에 대한 안타까운 마음과 동일시의 감정을 표출하며, 상술한 인용문이 포함된 글에서 중국 국민당 세력의 패퇴(敗退)가 해당 세력의 잘못이나 무능 때문이 아니라 외부적 요인에 의해 희생된 것임을 강조하며 '자유중국' 세력에 대한 우호적인 해석을 제출한다. 김준엽의 중국현대사 해석에 따르면, 중국에서 국민당 정부가 패퇴하게 된 까닭은 크게 세 가지인데 ① '일제의 중일전쟁의 개시와 침략'에 의한 국민정부군의 쇠퇴와 중공군(中共軍)의 강대화 ② 미국의 대중(對中)정책의 착오 ③ 소련의 중공에 대한 적극 원조 때문이다. 즉, 국민당이 패퇴하게 된 것은 항간에서 말해지는 대로 국민정부의 부패와 무능 때문이 아니라, 일제(日帝), 미국, 소련 등 주변 열강들의 방해로 인해 중공(中共)보다 세력이 약해졌기 때문이라는 것이다. 문화적 민족주의와 자유민주주의를 기반으로 한 우파적 이념에 충실한 『사상계』지의 편집주간이었던 김준엽의 이와 같은 역사 인식이 새삼 특별할 것은 없지만, 김준엽을 비롯한 몇몇 『사상계』지 필진들이 보여주는 '자유중국(장개석을 위시한 국민당 세력)'에 대한 '감정적 동일시의 서술'에 대해서는 그 중층적 함의에 대한 보다 면밀한 분석이 필요해 보인다.

김준엽은 "국민정부가 (중략) 일제침략전(日帝侵略戰) 전(前)의 십년간에 혁혁(赫赫)한 정적(政績)을 남겼었"으며, 이는 정치, 경제 등 각 분야에 걸친 "경이(驚異)할 만 한 건설의 성과"였다고 말하는데, 특히 '북벌 성공' 후 '장개석(장제스)'이 "벽운사의 쑨원(손문-인용자)의 영전에 북벌 완성의 봉고제를 거행"하는 장면에 대해 행하는 감탄적 어조의 서술은 김준엽이 '손문에서 장개석으로 이어지는 중국 내 우익 민족주의 세력의 계보'

에 '감정적인 동일시'의 태도를 취하고 있었음을 알게 한다.[54] 이 때 '자유중국의 계보'는 권역 내 유대감과 아시아 리저널리즘을 고양시키는 일종의 역사적, 문화적 레퍼런스로 작용하며 손문과 장개석은 같은 동아시아 권역 내의 본받을 만한 '위인'이자 '선현'의 이미지로 전유된다.[55]

다음의 인용문 역시 이와 같은 아시아 권역 내 유대감과 리저널리즘의 고양을 증거해 보여주는 사례로서 전후 냉전기 김준엽의 '또 하나의 중국, 즉 자유중국'에 대한 '동일시의 시선'이 개인적 사례에 국한된 것이 아니었음을 예증해 보여준다 할 수 있다.

"먼저 십구세기 중엽 이래로 외래 자본주의 열강의 침략을 받고 치외법권 조차지(租借地) 특수권익(特殊權益) 등 가지가지의 국가적 민족적 굴욕을 맛보아 온 중국을 보건데 여기에는 <u>쑨원(孫文)의 탁월한 민족주의론을 찾아볼 수 있다.</u> 쑨원(孫文)의 이른바 삼민주의는 실상 구라파민족주의에서 촉발된 것이나 그의 혁명사상은 구미 제국주의의 침략에서 조국을 구호하려는 데서 발단하였고 그 목적달성을 위하여 먼저 청조의 부패된 전제정치를 타도하여 국정을 혁신하고 그 형식에 있어서 중국통일의 국족주의로 또 그 내용에 있어서 배만흥한의 한(漢)민족주의로 발족하였던 것이다. (중략) 그는 중화민족국가의 건설이라는 중대한 과업을 성취하기 위해서 민족운동을 민중운동과 결합시킬 필요를 절감하였고 따라서 노동계급뿐만 아니라 지식층 농민 상공업자를 포함한 전체민중을 기반으로 하여 초계급

---

54 김준엽, 위의 글.

55 김준엽, 「장개석 저 중국과 쏘련」, 『사상계』 1957.10. 김준엽은 이 글에서도 장개석의 저서에 서평을 달며 '자유중국(국민당) 세력'의 경험을 참고할 필요가 있음을 직접적으로 피력하기도 했다. "더욱이 우리나라와 같이 중국과 접경하고 있을뿐더러 쏘련과 중공(中共)의 직접, 간접의 침략을 받았고 또 장차 그들과 한번은 꼭 대결해야할 나라에 있어서는 장개석 씨가 과거 30년 간 쏘련 및 중공(中共)과 투쟁해 온 경험은 귀중한 참고가 될 것으로 안다."

적인 제국주의 타도전선을 구상하였다. 그러므로 그는 국민의 계급분열을 조장하는 '쏘비에트'적 체재를 반대하고 초계급적 국민협조를 통한 통일 민족국가의 수립 강화를 역설하였다. (중략) 그의 지론은 그 모두가 실로 약소민족 해방과 민족자결을 요결(要訣)로 하는 <u>아세아 민족주의의 숨김없는 발현</u>이었던 것이다."[56]

반쏘비에트(반공주의) 사상과 새로운 민족국가 건설에 대한 열망을 담은 손문의 삼민주의는 『사상계』의 이념과 사상에 알맞게 부합하는 것이었으며 '유대감과 감정적 동일시'를 불러일으킬 만한 주의, 주장이었다고 할 수 있다. 손문의 "지론"을 "실로 약소민족 해방과 민족자결을 요결(要訣)로 하는 아세아 민족주의의 숨김없는 발현"이었다고 평가하는 조효원의 '어조'에는 '반공("쏘비에트적 체제를 반대"하는 손문)'에 대한 단순한 '동의 표시'를 훨씬 초과하는 아시아에 대한 권역적 상상이 동반된 유대감이 드러난다.

더불어 이와 같은 '손문'에서 '장개석'으로 이어지는 같은 동아시아 권역 내 '우익 민족주의 계보의 선현(先賢)들'의 존재는 『사상계』지 지식인들이 당대적 보편으로서의 아메리카에 직면해 아메리카를 맹목적이리만치 추수해야 했던 과정 도상에서 필연적으로 겪을 수밖에 없었던 '정체성 측면의 자존감 손상'을 보상해주는 매개인 동시에 『사상계』지식인 그룹이 자신들의 속성을 손문에서 장개석으로 이어지는 동아시아 권역 내 우익 민족주의의 계보에 맞닿아 있는 것으로 '자기 정체화(self identification)'하게끔 해주는 매개였다고도 할 수 있다. 물론 『사상계』지의 중국 표상 및 담론에 나타나는 이와 같은 '동아시아 권역 내 우익 민족주의의 계보'에 대한 동일시의 서술들은 단순히 동질적 권역 내의

---

56 조효원, 앞의 글, 1954.11. 밑줄은 인용자.

전범(典範)들에 대한 친밀감이나 감정적 동일시의 표출 차원에 머무는 것이 아니라, 분명히 식별 가능한 '이데올로기적 함의'를 내포한 담론 전략이었다. 김준엽은 「중공 혁명노선의 변천」[57]에서 "유독 중국공산당에 관해서만은 여러 사람들이" "어쩐지 민족주의적인 색채가 농후하고 민주주의적"이라는 "환상을 품고 있는 듯하다"고 비판하며 중공에 대해 여타의 공산국가들과 다르다는 "어떠한 환상"을 품는 것은 "어리석은 일"이라고 '경계'했는데, 이는 상술한 '동아시아 권역 내 우익 민족주의의 지도적 인물들'에 대한 존경심과 유대감이 단순히 권역적 동질성과 지리적, 인종적 근접성에 기반한 감정적 친연성에서 기인한 것이 아니라 **우선적으로** '문화적 민족주의를 그 기반으로 하는 우익 민족주의 이데올로기'[58] 간의 상통성(相通性)(『사상계』와 '자유중국 세력'이 상호 간에 가졌던)에서 기인한 것임을 알게 한다.

홍미로운 점이 있다면 「중공 혁명노선의 변천」에서 김준엽이 취하는 위와 같은 '경계의 태도' 자체가 당대의 한국인들("여러 사람들")이 가졌던

---

57 김준엽, 앞의 글, 1958.3.

58 연구사 검토에서 상술(上述)했듯이 『사상계』가 견지하고 있었던 이와 같은 '문화적 민족주의에 기반한 우익 이데올로기'라는 것은 추상적인 단계에 머물러 있는 불명확한 감정적 태도에 머무는 것이 아니라 "목표로서의 민족의 근대화, 그 모델로서의 서양, 방법으로서의 교육과 계몽, 행위 주체로서의 지식인 엘리트"(김건우, 앞의 책, 2003)라는 이념형으로서의 목표와 그 목표를 달성하기 위한 참고점으로서의 모델과 방법론 그리고 그 목표를 달성하는 데 중추적 역할을 담당할 주체 세력의 범주까지 비교적 명확히 제시되어 있는 형태의 '체계화된 이데올로기'였다. 주지하다시피 이러한 탈식민 신생 아시아 국가의 '문화적 민족주의-우익 이데올로기'라는 것은 오랜 식민지 경험을 거친 제3세계 탈식민 사회 내부의 복잡다기한 사회적 실천 영역의 벡터들을('위험'하고 '폭력'적으로 발전할 가능성을 지닌 방식들까지 포함한) '문화', '교육', '계몽'이라는 비교적 안전한 지향성들로 순치(馴致)시키는 것을 통해 당대적 보편으로서의 아메리카식 자유민주주의로의 연착륙을 기도(企圖)하려는 이데올로기였다고 할 수 있다.

'중국이라 불리어 온 권역(그것이 '중공'이라 할지라도)'에 대한 시선에 어떤 "환상"이라 할 만 한 '정체성(identity) 차원'의 우호적 태도가 개재해 작동하고 있었음을 방증(傍證)한다는 점이다.

『사상계』지를 위시한 50년대의 '중국(및 아시아) 표상'과 관련된 담론들[59]에서, 드물지 않게 계속해서 발견하게 되는 것은 '아메리카'라는 절대적 보편에 마주해 '아시아적 정체성(停滯性)'을 타자화해야 한다는 당대적 당위를 실천하는 가운데에서 발생하는 정체성(identity) 차원의 심리 내적 균열상[60]이라고 할 수 있다.

---

59 물론 김준엽의 「중공 혁명노선의 변천」은 『사상계』 소재의 글이 아니라 『아세아 연구』 소재의 글이지만 김준엽이 '대만 대학에 유학했다가 귀국해 『사상계』지에 참여해 해당 매체에 활력을 불어넣은'(김성한, 「불모(不毛)의 박토(薄土)에 뿌리를 박기까지」, [한국 20년 속의 사상계] 『사상계』 1969.12) 중국사 전공자이자, 『사상계』의 '사회과학 분야'를 담당했던 편집위원'(김건우, 위의 책, 2003, 61쪽)으로서 『사상계』의 중국 관련 담론을 주되게 추동하는 핵심 멤버였다는 점에서 김준엽의 타 매체 기고 글 역시 『사상계』 담론과 같은 범주로 묶어 다룰 수 있다고 판단하였다.

60 물론 역사적 사료(史料)라 할 만한 텍스트에서 이러한 '심리 내적 균열상'이나 '심리 내적 신경증' 같은 것에 주목해 보는 것은 '전형적인 역사 서술'(내지는 '역사학적 텍스트 분석 방법')이라기보다는 '문학 텍스트를 읽는 방법'에 더 가까운 것일지도 모른다. 하지만 본고는 『사상계』지에 나타난 '표상'들이 당대의 다른 표상, 개념 및 담론들과 어떠한 관계망을 형성하고 있었는지를 파악하는 데에 목적을 두었기 때문에 '표상들이 가진 함의와 작동 방식 그리고 표상들 간의 관계성'을 파악하는 것을 목적으로 삼는 '표상 문화 연구' 내지는 '담론(개념) 분석 연구'라 할 수 있는 분야의 방법론을 취했음을 밝혀둔다(주지하다시피, 2000년대에 들어 한국 근현대문학 연구자들이 정치, 사회적 개념(및 담론)에 대한 분석을 병행하는 뚜렷한 경향성이 생겨났는데(이에 대해서는 '김현주, 「근대 개념어 연구의 동향과 성과」, 『상허학보』 19, 2007'을 참고할 수 있다), 이 때 문학 텍스트 분석을 훈련한 해당 연구자들이 수행하는 담론 분석 연구는 역사학 분야의 담론 연구와는 다소간 이질적인 특성을 보인다고 생각한다. 그 특성으로는 담론 및 담론 주체들의 언술행위에 내재한 심리 내적 무의식 등을 분석하거나 담론 언어의 표현상의 특질에 주목하는 수사학적 연구 등이 있을 수 있다. 본고 역시 『사상계』 냉전 담론에 나타난 거시정치사적 함의뿐만 아니라, 해당 담론의 배면

물론 이와 같은 '아시아 내셔널리즘' 혹은 '아시아 리저널리즘'이라 불릴 만한 '동아시아에 대한 권역적 상상과 유대감이 추동하는 심리기제'는 '반둥 회의(1955.4)의 정신'에 나타난바 긍정적 의미의 '제3세계 연대(아시아·아프리카 연대)'와 같은 것으로 평가될 수도, 또는 일국적 내셔널리즘의 확대된 버전일 뿐인 것으로 부정적으로 평가될 수도 있겠지만, 본고는 일단 이에 대한 상위적 가치판단을 방법론적으로 보류한 채, 면밀한 텍스트 분석을 통해 이러한 '정체성 차원의 심리 내적 신경증들'이 '냉전 체제의 담론장' 내부에서 여타의 표상, 개념, 담론들과 어떠한 관계망을 형성하고 있었는지를 구명(究明)하는 데에 주안점을 두었다.

4. 나오며

'자유진영 대 공산진영'이라는 냉전기 분할 담론에 개재된 또 다른 하나의 축으로서의 '정체성(identity) 담론'을 살피는 것은 어떠한 함의를 지닐 수 있는가. 그것은 우선 냉전 담론에 내재한 '중층성'을 파악하게 해주며 '지배적 담론'(자유 대 공산)의 하부에 신경증적으로 흐르고 있던 '배면 담론'을 가시화하는 역할에 일조할 수 있을 것이다. 이는, 굳이 비유를 동원하자면, 주류적 '계급 담론'의 분할적 세계 인식(자본가/노동자)에 직면해 그것의 배면에 상존하고 있던 '정체성(identity) 차원의 젠더(gender) 의제'를 가시화하려는 작업과 비슷한 것일지도 모른다. 『사상계』지를 비

에 깔린 담론 주체의 '마음', 즉 '심리 내적 풍경'까지를 살펴보려고 한 시도에 해당할 것이대이 맥락에서 '마음'은 '사적인 내면'을 지시하는 것이라기보다는 "집합적 마음의 구조화된 질서"(김홍중, 『마음의 사회학』, 문학동네, 2009, 7쪽)라는 의미에 가까운 것임을 밝혀둔대).

롯한 전후(한국전쟁 후) 남한의 지식인 담론장이 냉전 분할 구도로서만 과잉 표상되어 온 측면이 없지 않다고 말하는 게 가능하다면, 본고의 작업은 50년대의 담론장에 대한 그와 같은 연구사에 다층성을 더하려는 시도가 될 수도 있을 것이다.[61]

무엇보다 '중국' 표상과 관련하여 『사상계』지 지면상에 나타난 담론들에는 '냉전기 신생 탈식민 아시아 국가의 지식인들'이 당면했던 담론 실천 도상의 '심리 내적 풍경(곤란상)'이 여실히 드러나 있다고 할 수 있는데, 그들이 처했던 이와 같은 '당대적 당위(보편)로서의 아메리카 추수'와 그에 따르는 '심리적 결여'를 자가 보상하기 위한 '동양, 아시아 권역에 대한 호출 욕구'의 '담론적 병행 양상'은 흥미로운 것이라 할 수 있다. 1950년대 남한 지식인 담론장의 '아시아에 대한 상상'은, 1950년대 중반 '반둥 회의'와 '중립을 표방한 아시아 국가들'에 대해 해당 담론장이 보였던 회의적 시각[62]을 일별해 보면 알 수 있듯이 냉전분할구도에 의해 심각하게 위축되어 있었으나, '위축되어 소거되어 있었던' 것이라기보다는 '억압된 채로 간헐적으로 회귀하는 양상'을 보였다고 할 수 있다.

한국전쟁 후 냉전기 담론장에 나타난 일정한 경향성이었다고 할 수 있을 이와 같은 '아시아 리저널리즘'(내지는 '아시아 내셔널리즘')을 주된 논의대상으로 삼아 작성된 논고가 없는 바는 아니지만[63], 그러한 '아시아

---

61 『사상계』가 냉전 질서 하 '반공주의', '자유민주주의'를 표방했던 잡지였음은, 그리고 (그래서) '반공주의적 냉전 분할적 아시아 상상'을 보여주었음은 이미 충분히 논의된 바 있다.

62 이에 대해서는 다음 논문의 분석을 참고할 수 있다. 장세진, 「안티테제로서의 '반둥 정신(Bandung spirit)'과 한국의 아시아 상상(1955~1965)」, 『사이間SAI』 15, 2013.

63 김예림, 「1950년대 남한의 '아시아 내셔널리즘'론 - 동남아시아를 정위하기」, 『냉전과 혁명의 시대 그리고 사상계』, 소명출판, 2012.; 장세진, 「역내 교통의 (불)가능성 혹은

리저널리즘으로서의 심리 내적 충동들'이 '중국 표상'과 관련해 담론장 내에서 어떤 식으로 작동되었었는지에 대해서는 논의된 바가 매우 소략했다고 할 수 있다.

『사상계』지로 대표될 수 있는 50년대 냉전기 지식인 담론장에서 '중국'은 우선 '중공(中共)'이라는 적대적 타자로 표상되어, '번역 게재된 반공 담론'과 '한국인 필진의 텍스트' 양 측으로부터 모두 적대시되었다고 할 수 있다. 하지만 '중공(中共)'이 해당 시기 담론장에서 '중국'을 완전히 삭제하거나 대체했다고 할 수는 없다. '중국'은 또한 '지나(支那)'라는 기표로서, 즉 동양문화의 '기원'으로 표상됨으로써 '아시아적 정체성(停滯性)과 낙후성'의 정신사적 뿌리로 호명되는 동시에 냉전기 남한의 지식인 담론장에서 착잡함을 동반한 권역 내 유대감 표출의 대상으로도 포착되었던 것이다. 이런 점에서 '자유중국'이란 표상은 이러한 포착 욕구에 알맞게 상응하는 '또 하나의 중국'이었다고 할 수 있다.

『사상계』지 지면에서 간취할 수 있는 이와 같은 '단선적인 냉전 분할적, 식민주의적 중국 인식(서구인 필진) 대 다층적인 중국 인식(한국인 필진)'이라는 대립구도는 당시 남한 지식인들의 심리에 내재해 있던 '아시아 리저널리즘에의 무의식적 접근욕망'을 증거한다고 할 수 있겠다.

마지막으로 특기할 만한 것이 있다면, 당연한 말이지만, 이와 같은 한국인 필진들의 '다층적 인식'과 '리저널리즘에의 접근욕망'이라는 것을 간단히 '상술(上述)한 자유세계 서구 필진들의 반공주의적이고 식민주의적(오리엔탈리즘적)인 중국 및 아시아 인식'의 '외부'나 '대안'으로 의미 매김할 수는 없다는 점일 것이다. 그것은 서구적 보편에 직면한 '아시아인

냉전기 아시아 지역 기행」, 『상허학보』 31, 2011.; 장세진, 「안티테제로서의 '반둥정신(Bandung spirit)'과 한국의 아시아 상상(1955~1965)」, 위의 글.

의 자기 정체성 탐색 과정'[64]이라는 신경증적 작용 '자체가'(내지는 '역시도') 이미 "유럽적인 것"[65]이기 때문이다. 요컨대 '동양'이라는 기표를 '별도로' 호출한다는 행위 자체가 이미 서구적 정신의 산물인 것이다. 따라서 본고에서 다룬 냉전기 한국 지식인들의 중국 및 아시아(동양) 인식 역시 (그것이 비교적 다층적인 면모를 보인다고 할지라도) 서구인들의 아시아 인식과 '본질적인 차이'를 내포한다고 볼 수는 없다. 즉, '중국, 아시아, 동양 표상에 대한 인식과 관련하여 본고에서 다룬 서구필진과 한국인 필진의 시각이 보이는 '차이'는 이미 동질화된 세계관(냉전기 '자유진영'의 이데올로기) 내의 '미묘한 차이'에 불과한 것이다.

하지만 본고는 이러한 '필진의 정체성(identity)'의 차이에서 발생하는 '시각의 차이'가 경미하고 미묘한 차이에 불과하다고 할지라도 그것을 면밀한 텍스트 분석을 통해 규명하는 일 역시 필요한 일이라고 판단하였다.

우선 본 논문에서는 '냉전기 한국 지식인들의 중국 인식(아시아 인식을 포함함)'이 가진 함의를 상위적 가치기준에 따라 평가하기보다는, 그것이 당대의 담론장 내부에서 여타의 표상, 개념들과 어떠한 관계망을 형성하고 있었는지를 살피는 데에 주안점을 두었다. '냉전기 한국 지식인들의

---

64 예컨대 '아시아'나 '동양'을 본원적으로 특수한 정신적 공간 같은 것으로 상정해 격리(격상)시키는 것과 같은 사고 과정.

65 다케우치 요시미, 서광덕, 백지운 옮김, 「근대란 무엇인가」, 『일본과 아시아』, 소명출판, 2004. "동양을 이해하고 동양을 실현했던 것은 유럽에 놓여져 있던 유럽적인 것이다. 동양을 가능케 한 것은 유럽이다. 유럽은 유럽에 의해 가능하게 되었을 뿐만 아니라 동양도 유럽에 의해서 가능하게 되었다. 만약 유럽을 이성이란 개념으로 대표케 한다면 이성은 유럽의 것일 뿐 아니라 반(反)이성(자연)도 유럽의 것이다."(26쪽), "아무튼 내게 드는 생각은 진리가 상대적이라는 나의 판단도 역시 유럽적인 것이 아닌가 하는 것이다."(28쪽)

중국을 비롯한 아시아 권역에 대한 인식 및 상상'을 구체적 가치 기준에
따라 평가하고 그것이 한국 및 동아시아 담론사 상(上)에서 가지는 역사
적 함의를 검토하는 작업은 추후의 연구과제로 남겨 놓으려고 한다.

일본, 적대와 연대의 이중주

1950년대 한국지식인들의 대일인식과 한국문화(학)

이봉범

1. 1950년대에서의 일본, '괴로운' 존재

　동북아 패러독스(Northeast Asian Paradox), 즉 동북아지역의 경제적 의존성이 나날이 증대되고 있지만 역사, 영토, 자원을 둘러싼 상호 갈등과 대립은 오히려 격화되는 현상이 심화되고 있다. 미·중 간 패권갈등이 동북아정세를 움직일 지배적 변수로 작용할 것이라는 우세적 전망 속에 지정학적 불리함을 안고 있는 우리로서는 전략적 외교력이 그 어느 때보다 절실하다는 것이 중론이다. 특히 한일 간의 불신, 대립, 마찰의 악순환이 정점으로 치닫는 상황이 지속되면서 (한일협정)'65년체제'의 전환이 요구된다는 주장이 현 지배권력 뿐 아니라 경제, 사회문화 등 민간 차원에서 이구동성으로 비등·발신되고 있다. 그 다방면의 발신은 두 가지 의미를 내포하고 있다고 본다. 첫째, 우리의 생존과 발전적 진로를 위한 동북아외교전쟁(군사, 경제 등) 국면에서 경색된 한일관계를 완화·해결하지 않고는 실질적 성과를 거두기 어렵다는 현실적 이해 및 전망에 기초한 고육책이라는 성격을 지닌다. 상호 패자의 관계는 기본적으로 한일 양국 모두에게 이득이 전혀 없다는 논리이다. 나아가 '한일관계의 조정이 열전과 냉전이 교차하는 아시아의 문제 해결을 위해서만이 아니라 동아시아 만년의 대계를 위한 역사적 과제[1]라는 의의가 이전보다 오히려 더 중시될 수밖에 없는 동아의 현 사태에서 우리의 내재적 필요 이상으로 미국을 비롯한 관련 국가들의 가중되는 압력이 그 전환을 강력하게 추동시킬 것이다. 둘째, 한일 간 불협화음의 악순환 역사 및 그 구조적 성격에 대한 반성과 더불어 이전과 다른 차원의 양자관계 정립에 대한 강한 의지의 표현이라 할 수 있다. 이는 현 한일관계의 구조적 기원인 1965년 한일국교정상화를 불가피하게 다시금 주목·성찰하게끔 만든다. 8·15해방70주년과 한일수교50주년을 맞이해 '65년체제'에 대한 역사화 작업이 어떻게 전개될지 추단하기 어렵지만, 적어도 한일국교정상화 이전 및 이후를 포괄한 한일관계의 역사에 관한 발본적인 접근이 그 어느 때보다 치열할 것임은 충분히 예측 가능하다.

그 일차적 대상으로서의 1965년 한일국교수립은 1951.10 예비회담에서 1965.6 한일기본조약 체결에 이르기까지 파란과 난항으로 점철된 14년간 총 1,500회를 상회하는 교섭이 이루어졌던 한일회담의 귀결이자 또 다른 출발을 의미하는 결절점이라는 의의를 지닌다. 특히 한일회담의 기본 목적이 일본의 식민통치에서 유래한 제 문제를 청산·처리하고 이를 바탕으로 한 국교수립을 꾀하는 것이었고, 재산청구권 문제와 과거사 처리 문제를 주요 의제로 한 양국 간 과거문제가 한일기본조약 및 기타 협정에 의해 적어도 법률론적 의미에서는 완전하고도 최종적으로 해결되었다고 간주되었음에도 불구하고 그 이후에도 여전히 이 의제가 살아 있는 미해결의 현안이며 한일관계를 구속하는 중요 변수라는 점에서 '65년체제'가 갖는 원점으로서의 의미[2]가 더욱 부각될 수밖에 없다. 한일국

---

1 김동명, 「민주아세아의 단결 위한 서설 ①~⑥」, 『동아일보』, 1954.4.12~18.

교수립에 대한 평가는 전문가·일반국민을 막론하고 대체로 양가적이다. 일본의 식민지지배에 대한 명백한 사죄가 없는 굴욕외교의 상징이나 한일 우호협력은 양국 모두에 이익, 즉 아시아에서의 냉전 승리와 한국의 재건·발전에 기여, 냉전 붕괴 후 자유와 민주주의 연대의 모범, 풀뿌리 교류의 지평 확대 등의 효과가 있었다는 지적에서[3] 크게 벗어나지 않을 것으로 보인다. 공/과의 어느 쪽에 무게를 두는 14년간의 교섭이 우리 측의 '해방(탈식민)의 논리'가 끝까지 관철되지 못하고 정치적으로 타결되었다는 근본적 문제에 대해서는 이론의 여지가 없다 하겠다. 따라서 아마도 이 지점에서 한일관계 전환의 방향과 논리가 타진될 것이고 그리하여 우리 내부에서 또 다른 첨예한 논쟁이 촉발되리라 예측된다.

사정이 이러하다면 한일국교수립을 둘러싸고 서로 다른 이념과 논리가 갈등했던 당시의 국면에 주목하지 않을 수 없다. 사회적 공감대가 전무하다시피 한 조건에서 박정희정권이 내세운 논리와 의의는 전후 한일관계의 비정상성을 정상화함으로써 국가발전의 토대를 구축하는 외교의 승리라는 것으로 요약된다. 즉 한일국교수립이 양국의 복지증진에 도움이 될 뿐 아니라 아시아의 질서 확립과 세계평화에 공헌하는 길이고, 한일 장벽을 그대로 두는 것은 동아시아 공산주의세력에 도움을 주는 행위이며 양국민의 최대공약수적 요망을 달성시켜 주는 동시에 격변하는 국제정세 하에서 민족 자주·자립의 전회를 위한 중대 계기라는 것에서 그 정당성을 뒷받침시키는 가운데 결과적으로 국가이익의 실현, 국교정상화의 회복을 통한 경제발전에 공헌, 자유진영의 결속, 적극외교정책의 실현에 따른 국제적 지위 향상, 다각적 경제협력관계의 수립을

---

2   이원덕,『한일 과거사 처리의 원점-일본의 전후처리 외교와 한일회담』, 서울대출판부, 1996, 1~5쪽 참조.
3   오영환,「한일관계, 과거에서 미래를 보다」,『중앙일보』, 2014.7.31.

통한 승공통일의 실현 등의 효과를 기대할 수 있다는 것이다.[4] 냉전의 논리와 경제의 논리가 맞물려 지배적으로 관철되고 있음을 어렵지 않게 확인할 수 있다. 이 같은 정책 결정과정에는 일본과의 관계를 중심으로 동아시아지역 내에서 협력관계를 풀어나감으로써 미국과의 동맹을 강화하겠다는 박정희의 동아시아인식과 대외정책의 구상[5]이 깊숙이 개재되어 있다는 것은 널리 알려진 사실이다. 물론 박정희정권의 대일정책 및 한일국교정상화의 허상과 그 중대한 결함은 당시 반대 또는 저항진영에 의해 논파된 바 있다.

그것의 종합적·체계적 면모는 『사상계』·『신동아』·『청맥』등 저항진영의 미디어적 거점 역할을 했던 잡지들의 관련특집에 잘 나타나 있다. 특히 1950년대에는 한일관계에 대해 특별한 입장을 표명하지 않았던 『사상계』의 역할은 특이하면서도 돋보이는데, 두 번의 긴급증간호(1964.4, 1965.7)와 다소 선정적 제목-'新版을사조약', '開門納賊', '파멸적 타결' 등-아래 수차례 특집편성을 통해 한일회담의 과거와 현재 전반을 집중적으로 분석·비판하고 전망(대안)까지 제시한다. 정부의 선전용 백서에 맞서는 반대(저항) 진영의 백서라고 할 수 있을 정도의 규모와 체계를 갖추고 있다. 논설, 대담(좌담), 르포, 앙케트, 자료 등을 망라한 가운데 한일협정(조약 체결)의 문제점, 이를테면 박정희정권의 굴욕적 외교 혹은 저자세 외교, 반민족적인 외교, 비실리적 협상 조건, 비주권국가적 행태 등과 예측되는 우려, 예컨대 경제적 식민지화, 과거 역사의 반복, 일본문화

4　대한민국정부, 『한일회담백서』, 1965.3, 서문 및 총론(1~9쪽). 가조인 후 국민선전·계몽전의 자료로 발간해 무료로 배포한 이 백서는 기본관계, 법적 지위, 재산청구권, 문화재반환, 선박반환, 어업문제, 경제협력 등 한일협정의 주요 의제에 대한 회담 경과 및 내용 설명과 의의 그리고 반대논리에 대한 반론을 담고 있다.

5　박태균, 「박정희의 동아시아인식과 아시아·태평양 공동사회 구상」, 『역사비평』 76, 2006 가을, 143쪽.

유입에 대한 공포, 반공이데올로기에 입각한 국가정체성 퇴색 등을 경고하는 것을 골자로 하고 있다. 협정체결의 막후 조정자였던 미국에 대한 환멸과 분노 또한 강력하게 제기한다.[6] 기본관계조약의 가조인(1965.2.17)에서 국회비준에 이르는 공식 절차의 진행에 대응하여 논조와 저항의 파고가 강화되는 추세를 보이는데, 중요한 것은『사상계』의 기본 입장은 "舊怨만을 염두에 두는 나머지 일본과의 국교를 무조건 기부하는 섯이 아님"(1965.7 긴급증간호 편집후기)을 표방하고 있는 것처럼 한일국교정상화의 필요성을 인정하지만 그 시기와 방법에 문제가 있다는 것이었다. 그것은 사상계측이 한일회담의 대안을 제시하는 것에서 확연하게 나타난다. 즉 일본이 반공국가가 될 수 없다고 보나 적어도 중립외교를 표방하며 북한을 비롯한 공산주의국가와의 암거래를 통해 우리의 반공체제를 침식하지 않는다는 보장을 받을 것, 경제적으로 일본의 한국에 대한 차별적 태도를 지양하고 파행적인 대한무역을 정상적이고 호혜평등한 무역을 할 용의에 대한 언약을 받을 것, 청구권이 채권이요 배상인 청구권인 이상 그 사용에 대한 주도권을 전적으로 우리의 선택에 맡기며 8·15이전의 한일 경제관계로 복원하지 않는다는 확약을 받을 것, 일본인들의 과거 시혜적인 태도를 지양하고 대등한 입장에서 한국사람과 접촉하려는 태도를 보일 것 등이 전제되지 않는다면 조약 이전의 한일관계가 오히려 양국간에 도움이 될 것이며, 따라서 이 같은 내용을 저버린 한일협정조약은 당연히 폐기되어야 하고, 현 정부가 이를 관철시킬 자신이 없으면 피하는

---

6 「한·일협정조약을 폐기하라」,『사상계』, 1965.7, 9쪽. 미국에 대한 비판은『청맥』에서도 두드러지는데, 일본주도 하 극동반공체제 확립을 위하여(하진오, 「한일회담의 기본적인 문제점」,『청맥』, 1964.8, 2쪽), 또 미국의 경제원조의 삭감과 중단이(이갑섭, 「한일국교의 경제적 배경」,『청맥』, 1965.5, 2쪽) 한일협정의 조기 타결을 종용·재촉한 결정적인 원인이라는 것이다.

것이 차선책이라는 것이다.[7] 이 같은 입장은 비단 사상계측만이 아닌 당시 국민들의 보편적인 태도·정서였다. 한 신문의 전국여론조사결과를 살펴보면, 한일교섭에 대해서는 45%가 찬성을 표하는 가운데 찬성자의 43%가 정부방침의 교섭이 옳다고 지지했으나 교섭에 임하는 정부의 태도에 대해서는 46%가 반대하고 있다.[8] 상당수, 특히 도시 또는 교육수준이 높을수록 한일국교정상화의 필요성은 인정하고 있으면서도 정부방침의 타결에는 대다수가 반대하고 있었던 것이다. 한일국교수립을 계기로 폭발한 저항적 민족주의의 거대한 분출은 이러한 정서의 집약, 즉 국민(민족) 총의의 표현이었던 것이다.

　이 시기를 복원하거나 한일국교수립의 공과를 논하자고 하는 것이 아니다. 명분과 실리 모두를 놓친 한일국교수립의 책임 소재를 따지자는 것은 더더욱 아니다. 본고가 주목하고자 하는 것은 1965년체제를 8·15 해방 후 한일관계의 결절로 간주할 때, 그 이전의 한일관계이다. 하나의 원점으로서 1965년체제가 이후 어떻게 전개되어 오늘에 이르렀는가를 살피는 것도 중요하지만, 경제분야만은 식민지잔재가 어느 정도 청산되

7　「뒤된 길을 왜 서두느냐?-한·일문제의 전면적 재검토」(대담:부완혁/양호민), 『사상계』, 1965.6, 116~117쪽.

8　「대일교섭을 어떻게 보나」(전국여론조사), 『동아일보』, 1965.1.19. 조사 결과와 특징적 양상을 정리하면, ①한일교섭에 대해(찬성 45%, 반대 28%, 모르겠다=태도 미정 27%-) 중학 출신 57%, 대학 출신 81% 찬성, 20대 찬성 57%, 30대 이상은 찬성자 비율이 작아진다), ②교섭에 있어서(정부방침이 옳다 43%, 야당 주장이 옳다 41%, 모르겠다 16%-) 도시층에선 정부 찬성 31%, 야당주장 찬성 52%, 농촌은 그 반대), ③현재 정부교섭 태도에 대해(찬성 19%, 반대 46%), ④지지하는 남북통일방안(유엔감시하 총선거 41%, 중립국감시하 총선거 2%, 무력북진통일 4%, 남북연방안 1%, 남북이 협상해서 정하는 방안 19%, 중립화통일 4%, 기타 1%, 모르겠다 28%). 대일교섭과 관련한 사항에서 세대, 계층, 지역에 따라 미묘한 입장 차이가 존재한다는 사실을 확인할 수 있다. 특히 식민지경험의 차이가 한일교섭에 대한 태도 결정에 상당한 영향을 끼쳤다는 점에 주목할 필요가 있겠다.

어가고 있다는 일부의 진단도 있었으나,[9] 대체로 식민지잔재의 지속·변
형을 동반한 채 대일재예속의 경향이 일정기간 심화되었다는 것이 지배
적인 견해라는 것을 감안해서다. 전후 한일관계가 대부분 현안문제 해결
과 국교정상화란 문제를 중심으로 하여 전개되었으며, 이 문제들은 또한
7차에 걸친 한일회담이라는 테두리 안에서 해결이 모색되어 왔다는 점
에서[10] 한일회담이 본격적으로 시작된 1950년대의 상황을 살피는 것이
유용하리라 본다. 원점의 기원을 추적하는 작업이라고 할 수 있다. 실제
한일국교정상화 국면에서 논란되었던 쟁점, 정부의 논리 및 반대진영의
논리와 태도(정서), 국교수립이 초래할 문제점 등 중요 사항은 이미 1950
년대에 광범하게 제기·논의된 바 있다. 가령 한일관계의 가장 본질적인
문제이자 협상의 실질적인 최대 장벽이었던 한일 간의 외교 전략과 양국
(민) 상호 심적 태도의 비대칭성은 초기 단계의 틀이 그대로 재현된 것이
었다. 한국특파 일본기자들의 지적처럼, 한국인의 일본관은 군국주의적
일본, 좌익적인 일본을 근간으로 한 악의 상징임에 반해 일본인의 한국
관은 무지, 무관심이고, 일본정치세력(자민당, 사회당)의 공통된 한국외교
의 중점은 '한국부재의 한국론', 즉 공산주의 침투에 대한 방파제, 중국대
륙과의 관계의 기반으로서의 한국이라는 하나의 수단으로 간주하는 가
운데 사회당 및 좌익조차 일본의 식민지조선통치에 대한 반성을 전혀
하지 않고 있고 그럴 의향도 없다는 것 등은[11] 초기 단계에서부터 대두된

9　「우리 속에 남아 있는 식민지적 잔재」(좌담회), 『신동아』, 1977.8, 75쪽.

10　엄영달, 「전후일본의 대한정책」, 『신동아』, 1965.10, 97쪽.

11　「대일감정/대한감정」(한국특파 일본기자들의 좌담회), 『신동아』, 1965.10, 138~155
　　쪽. 이들은 일본의 좌우 모두 중국에 대해서는 식민지배(15년간)에 대해 사과를 하는
　　반면에 한국에 대해서는 사과하지 않는, 한국과 중국에 대한 감정 차이는 기본적으로
　　일본의 과거사반성이 **윤리에 바탕을 둔 것이 아닌 산술에 근거를 둔 반성론** 때문이라
　　고 본다. 그러면서 한일국교가 정상화되면 한일 양국(민)의 분규가 본격적으로 시작될

것이었다. 시이나 에쓰사부로[椎名悅三郎]의 '영광의 제국주의'(잡지 『동화
와 정치』, 동양정치경제연구소, 1963/1965년 외무장관으로 한일기본조약 가조인 대
표) 발언,[12] 7차 한일회담 수석대표였던 다카스기[高杉]의 일본의 조선식
민지배의 정당성 주장(1965.1.7)[13] 등은 구보타 망언(3차 한일회담, 1953.10)
에 집약되어 나타난 바 있는 일본정부의 과거 식민지배에 대한 역사인식
이 1965년 시점에서도 여전히 변화하지 않은 채 관류되고 있음을 증명해
준다. 일본인이 볼 때 한국은 '센진'의 나라에 지나지 않고, 반대로 한국
인이 보는 일본인은 '왜놈' 이상의 아무것도 아닌 상태[14] 또한 그대로 유
지되고 있었다. 사상계측이 제시한 대안은 식민지적 주종관계의 잔존인
이 같은 공고한 비대칭적 관계 속에서 이상적 바람일 뿐이었다.[15] 정부가

것이라고 예측하고 있다. 실제 한일관계 개선의 필요성을 거론한 일본학자들의 특별
기고가 신문·잡지에 많이 실리는데 식민지조선 통치에 대한 진정한 반성을 찾아보기
어렵다. 한일 간의 문화적 유사성과 지정학적 특수성 등을 강조하는 것이 태반이다.
가령 踊山政道는 한일관계 교착의 주된 책임이 일본에 있다고 인정하면서도 일제말기
한국에 자치를 주어야 한다는 의론이 나왔을 때 한국 자치정부를 인정했다면 전후 한
일관계가 달라졌을 것이라고 발언하는가 하면(踊山政道,「장래를 생각한다」,『새벽』,
1960.1, 182~183쪽), 神川彦松은 한국문화와 일본문화의 同種同系와 양국이 외국문화
에 의존한 결과 주체적 민족문화를 이룩하지 못한 공통점을 들며 양국에 부여된 세계
적 신문화를 창조해야 하는 공통의 과제를 해결하기 위해 긴밀한 협력관계가 요청된
다고 주장한다(神川彦松,「한일 양 민족의 문화적 사명」,『새벽』, 1960.1, 184~187쪽).

12 문제가 된 대목은 "일본이 명치이래 서구제국주의의 이빨로부터 아시아를 지키고 일
본의 독립을 유지하기 위해 대만을 경영하고 조선을 합방하고 만주에 오족동화의 꿈
을 붙인 것이 일본제국주의라고 한다면, 그것은 영광의 제국주의이며 後藤新平은 아
시아해방의 개척자일 것이다. 나는 그렇게 확신한다."이다.(『동아일보』, 1965.2.16)

13 「高杉 일본수석대표의 중대 실언」(사설),『동아일보』, 1965.1.20. 일본이 한국에 대해
갖고 있는 침략근성과 군국주의 사상을 대변한 것도 문제이려니와 정치적 타결을 서
두르던 한국정부가 다카스기의 발언을 옹호하는 태도를 보임으로써 공분을 샀다.

14 여석기,「일본의 어느 지식인에게」,『신동아』, 1965.10, 130쪽.

15 한일국교정상화 이후 사상계를 비롯해 반대진영의 저항은 급속도로 약화·소멸되기에
이른다. '6·3사태'의 정치적 위기를 정면 돌파한 정치권력이 사상·문화통제를 공세적

밝힌 양국민의 최대공약수적 요망의 달성이라는 것도 허구였기는 마찬가지였다.

1950년대 한일문제에 대해서 본고는 두 차원으로 접근하려 한다, 첫째, 지식인들의 대일인식의 기조와 논리가 어떻게 형성·전개되었는가에 대해서다. 지식인들의 대일인식이 나름의 체계와 규모를 갖추고 대두된 것은 샌프란시스코평화조약에 의한 일본의 독립과 그에 따라 한일회담이 추진·시행된 전후부터이다. 제국/식민관계가 해체되고 패전국/해방국의 과도적 관계를 거쳐 샌프란시스코조약 체결로 대등한 국가관계가 형성·구축되는 것에 대응해 새로운 차원에서 지식인들의 대일인식이 조성되기에 이른다. 따라서 공식적인 한일관계, 특히 한일 모두 공통적으로 미국에 대한 종속적 위치에서 구상된 대외(외교)정책의 동향에

·강권적 방식으로 전면적 전환을 시도한 가운데 재경문학인 한일협정반대성명(1965.7.9/82명), 재경대학교수단의 한일협정비준반대선언(1965.7.12/354명)에 참여했던 지식인들을 중앙정부가 직접 개입해 연행·구금, 해직 종용하고 상시적인 사찰(감시)시스템을 가동함으로써 지식인들의 (집단적) 정치적 의사표시는 위축·불가능하게 된다. 언론기관에 대한 직접적 탄압도 가중돼 대부분의 신문·잡지가 정론성을 상실한 채 순치·무력화된다. 다만 한일국교수립을 계기로 일제시대를 중심으로 한 한국근대사에 대한 관심과 연구가 본격화된 것은 그 역설적 효과로서 주목을 요한다. 『신동아』의 행보가 특기할 만한데, '3·1운동50주년기념시리즈:광복의 증언'(1969.3~12 ⑩회)을 비롯해 '일제 고등경찰이 내사한 한국독립운동에 관한 비밀정보'(1967.1~8 ⑥회), '잡지를 통해본 일제시대의 근대화운동'(1966.1~7 ⑦회) 등의 장기연재물과 별책부록 간행을 통해 민족독립운동사 중심의 근대사복원에 심혈을 기울여 1960년대 붐을 이루게 되는 한국학연구에 기초 자료를 제공했을 뿐만 아니라 유주현의 『소설 조선총독부』(1964.9~67.6, 34회)와 『소설 대한제국』(1968.4~70.5, 26회), 서기원의 『혁명』(1964.9~65.11, 15회), 하근찬의 『야호』(1970.1~71.12, 20회), 송병수의 『소설 대한독립군』(1970.6~72.2, 21회) 등 한국근대사를 새롭게 조명한 장편을 창간호부터 기획·집중 연재해 식민지시기를 배경으로 한 역사소설의 붐을 조성한 바 있다. 이에 대해서는 이봉범, 「잡지미디어, 불온, 대중교양-1960년대 복간『신동아』론」(『한국근대문학연구』 27, 2013), 「불온과 외설-1960년대 문학예술의 존재방식」(『비교어문연구』 36, 2014) 참조.

크게 영향을 받을 수밖에 없었다. 다만 대외정책이 양국 각각의 국내정 치질서의 변동에 따라 부분적인 변용의 과정을 거치나 대체로 일관성이 유지되는 것과 마찬가지로 상호 인식의 근본적인 태도와 방침은 변함없 이 관철되는 특성을 보인다. 한국 지식인들의 대일인식의 기조는 일본 배제론 내지 일본경계론이 지배적이었다. 그것은 제1공화국의 지배이 데올로기 및 이의 정책적 구현으로 제기된 이승만정권의 반일주의에 상 응하는 것이었는데, 이승만정권의 전략적 반일정책과 공명하면서 뒷받 침하는 기능을 하기도 하지만 다른 한편으로 상호 균열·충돌하는 지점 도 다수 존재하는 길항관계를 지닌다. 이 같은 공명·균열의 모순된 맥 락에서 지식인들의 대일인식은 미국인식, 북한인식 등과 상호 제약적으 로 재구성되는 가운데 (동)아시아인식의 차원으로 확산되기도 한다. 또 한 제국일본/전후(패전)일본에 대한 결합/단절된 인식으로 나타나기도 한다. 지식인들의 대일인식이 아시아인식의 차원과 밀접하게 관련되어 제기될 수 있었던 것은 (동)아시아 반공연합체 구상이 애초 군사동맹적 성격에서 미국의 반대로 인해 이보다 낮은 수준의 정치·경제·문화적 협력을 추구하는 방향으로 전환됨으로써 지식인들의 적극적인 참여가 가능해졌던 것과 유관하다. 요컨대 1950년대 지식인들의 일본인식은 통 시적/공시적, 국내/국외, 정치(외교)/경제·사회문화 등 몇 겹의 다른 차 원이 중층으로 교차·결합된 채 착종된 형태로 현시되는 복잡한 내적 체계를 지닌다. 한 지식인이 토로한 것처럼, 지식인들에게 있어 일본은 그 자체로 '괴로운' 존재였던 것이다.[16] 식민지경험에서 발원한 단순한 감정의 수사가 아니라 한일관계의 합리적 모색을 추구했던 지식인들에 게조차 일본은 소용은 매우 크나 버리고 싶은 존재였는지도 모른다. 적

---

16 황산덕, 「한일국교재개와 우리의 희망」, 『신동아』, 1966.1, 60쪽.

대와 연대의 불협화음의 이중주는 이의 산물이다.

둘째, 이승만정권의 반일주의정책과 지식인들의 대일인식의 길항이 문화적으로 어떻게 구현되어 나타났는가의 문제이다. 즉 1950년대 일본 (적인 것)의 존재 양상과 그 대응에 대한 검토이다. 일본적 요소는 서구적 (미국) 요소보다 오히려 실제적으로는 1950년대 나아가 1960년대까지 한국문화의 지형을 주조한 중요한 요소였다. 일부문화에 대한 인식도 식민제국/전후일본의 것이 뒤얽혀 착종된 형태로 나타나기는 마찬가지인데, 기본적으로 일본문화의 침식 나아가 문화적 대일재예속의 우려와 공포가 주조음을 이루었다. 일본문화에 대한 멸시, 달리 말해 우리문화에 대한 우월성을 배타적으로 강조한 이들뿐만 아니라 소수에 불과하나 정치/문화의 분리원칙에 입각해 일본문화에 대한 비판적 섭취의 필요성을 제기한 경우에도 예외는 아니었다. 배제론 및 경계론이 우세했고 또이의 문화정책적 반영으로서 일본문화의 원천적 봉쇄와 차별적인 검열을 강도 높게 시행했음에도 불구하고 일본문화의 광범한 침투와 만연을 저지할 수 없었기 때문이다. 그로 인한 일본문화에의 종속 심화가 일본 재침략의 교두보가 될 수 있다는 점에서 공포감을 고조시켰고 때론 공포가 적의(敵意)로 표출되면서 일본문화에 대한 명백한 차별과 일본적인 것의 근절을 정당화하는 기제로 작용한다. 게다가 식민지적 문화 잔재의 지속과 변형이 결부되면서 이를 더욱 증폭시켰다. 따라서 극단적인 배제와 차별 속에 민족문화의 부정적 타자, 저질문화의 대명사, 군국주의문화, 疑似용공문화 등으로 규정된 일본문화가 문화적 탈식민의 과제와 맞물려 어떻게 당대 문화재편에 작용했는지를 살피는 작업은 이 시기 한일관계를 조감하는데 필수적인 과제라고 할 수 있다. 정치·외교, 경제 분야에 비해 상대적으로 문화 영역에 대한 연구가 저조했던 사실을 감안할 때 더욱 그러하다.

　　위의 지식인들의 대일인식과 일본문화에 대한 의제화는 크게 한일회담의 진행 경과와 밀접하게 관련되면서 고조/약화되는 양상을 띤다. 한일 간의 현안과 물질적·정신적 두 차원의 과거청산을 일괄 타결하고자 했던 우리측의 회담 원칙에 기인한 바 크나 그 과정에서 일본측의 문제적인 협상 태도가 중요하게 작용했기 때문이다. 아울러 몇 개의 또 다른 계기, 예컨대 한국전쟁기 김소운과 장혁주의 친일적 발언·행보, 제네바(평화)회담의 결렬에 따른 냉전의 격화와 태평양동맹의 재추진 및 아시아민족반공연맹의 결성, 인도지나반도 사태에 따른 (동)아시아 질서의 변동, 학·예술원 설립과정에서 빚어진 친일문제의 재대두, 정국은간첩사건, 각종 법률의 제정 과정, 북송문제 등과 결부되면서 그 변용의 폭이 확대/제약되기도 한다. 그 변용은 4·19혁명을 거치며 다른 양상으로 전개되나 5·16후 다시 원상태로 회귀하여 1965년체제로 귀결되는 것이다. 한일회담의 추이를 따라 이 두 측면의 지속과 변용을 중심으로 1950년대에서 일본(적인 것)이란 존재에 대해 살펴보고자 한다.

2. 이승만의 대일정책과 지식인들의 대일인식 기조
: 경계론·배제론/현실론·운명론의 교차와 길항

　　샌프란시스코평화조약의 체결(1951.9)로 한일관계의 신국면이 전개된다. 이전과 달리 한일교섭이 한일 당사국 관계로 격상되었을 뿐 아니라 대일정책 기조의 전환을 강제하는 결과를 초래했다. 미국이 구상하고 있던 일본을 중심으로 한 지역통합전략을 수용하면서 대미 종속이 심화되고 다른 한편으로 냉전의 산물인 대일평화조약이 징벌조약에서 관용조약으로 변화된 가운데 일본이 배상문제에서 면죄부를 받게 되는 동시에 일본과 교전한 적이 없다는 이유로 조약에의 참가가 저지됨으로써 한국의 요구 사항(대일배상문제, 독도영유권문제, 어업문제, 재일조선인 문제 등)이 대부분 기각된 결과는 한국의 대일 입지를 크게 약화시켰다. 이 같은 조건 속에서 과거사에 대한 철저한 규명과 책임부과를 전제로 관계 재정립을 추구했던 대일정책은 수정이 불가피했다.[17] 즉 반공이라는 대전제 밑에 한층 타협적인 형태로 한일관계의 구도가 조정된 것이다. 여기에는 한국전쟁을 수행해야 하는 상황적 조건도 크게 작용했다. 이러한 전환은 한일관계에 있어 한국우위의 원칙이 더 이상 관철되기 어렵게 되었으며 또 미국을 정점으로 한 한미일의 구조적 역관계에 의해 한일관계가 조율되는 제한성을 갖게 되었다는 것을 의미한다.

샌프란시스코조약 체결 이전의 대일정책에서 가장 중시되었던 것은 대일배상요구였다. 일본의 식민통치에 대한 책임을 묻고 사죄의 의미를 담고 있었기 때문이다. 철저한 반성에 입각한 물질적 배상이 새로운 한일관계 수립의 최소한의 전제라는 선언이었다. 그것은 정부가 공식적으로 천명한 대일배상청구의 기본정신, 즉 '일본제국주의의 최대피해국으로 일본을 징벌하기 위한 보복의 부과가 아니라 받은 피해에서 회복하기 위한 이성적 권리의 요구'[18]라는 것에 잘 나타나 있다. 그러나 대일강화회의 전에 우리 요구의 정당성을 승인하고 400억을 반환할 것을 강력히 촉구했음에도 불구하고 일본은 역으로 88억의 재산을 청구하는 것으

17　박진희, 「이승만의 대일인식과 태평양동맹 구상」, 『역사비평』 76, 2006가을, 110쪽. 그의 분석에 따르면, 정부수립 후 이승만의 대일인식과 정책적 목표는 한국이 연합국의 일원으로 대일강화회의에 참가한다는 것으로 수렴되며, 그것은 대일강화조약에 참가함으로써 일본과의 과거사 문제해결에 우위를 점할 수 있다는 것과 심리적으로 일본 식민지배에 대한 피해보상과 재무장에 대한 우려를 불식시킴으로써 관계 재설정의 기반을 조성할 수 있다는 두 가지 의미를 지니고 있다는 것이다.

18　임병직, 「대일배상과 우리의 주장」, 『민성』, 1949.5, 16쪽.

로 대응함으로써[19] 대일배상청구문제는 미해결된 채 더욱이 배상의 본
질이었던 과거사에 대한 일본의 반성을 기대할 수 없다는 사실을 확인
한 가운데 1950년대 한일회담으로 이월되었던 것이다. 대일배상청구는
또한 일본재침략에 대한 견제·불식의 포석이라는 의미도 지니고 있었
다. 일본재침략 문제는 해방기 내내 우리의 안위와 관련해 초미의 관심
사였다. 단정수립 전에는 주로 중도파 민족주의세력에 의해 제기된 바
있는데, 이들은 미국의 대소전략에 의해 일본이 아시아최대공업국으로
재건될 것이며 그것은 곧 일본의 대소방공의 기지화 및 군사적 재무장
화로 나타나 한국을 포함해 동아시아를 다시 전장으로 만들게 될 것임
을 지속적으로 경고한 가운데 미소양군의 철퇴를 통한 완전자주독립만
이 일제의 재침략을 방위하는 최상의 길이자 근본적인 방책이라는 논리
를 전개했다.[20] 단정수립 후 남북분단 상황에서는 미국의 냉전적 대일정
책으로 말미암은 일본의 군사, 산업적 부흥에 따른 위협이 기정사실화
되면서 일본에 대한 경계론이 고조·팽배해진다. 그 경계심은 일본의 부
활을 철저히 경계하고 제어해야 한다는 인식을 심화시켰고, 그 정책적
반영으로서 반공논리에 입각한 대일정책이 구사된다. 이승만이 미국에
한미방위조약을 요구할 때 일본의 재무장으로 비롯될 수 있는 위협을

---

19 「부당한 日의 자산요구」(사설), 『경향신문』, 1950.1.18.

20 이봉범, 「상상의 자주적 통일민족국가·북조선, 1948년 체제-북조선기행기와 민족주의
   문화지식인의 동향을 중심으로」, 『한국문학연구』 47, 2014.12(예정) 참조. 온락중은 일
   본의 재무장과 관련해 북조선을 조선의 완전자주독립의 전략적 거점이자 평화적인 동
   아시아질서 구축의 유리한 거점으로 간주한다. 즉 광대한 인민중국과 지리적으로 연
   결되어 있는 북조선이 정치적, 경제적으로 완전히 조선인민의 수중에서 자주적으로
   성장하는 한 군사적으로 재무장한 일본이 장차 조선에 대한 침략적 야욕을 쉽게 실행
   하기 어려울 것이며, 또 북조선의 건강한 성장이 상품시장으로서, 군사기지로서의 남
   조선의 불구성을 그만큼 증대시킴으로써 남조선에 대한 일본의 야심을 축소시킬 것으
   로 보았다. 온락중, 『북조선기행기』, 조선중앙일보출판부, 1948.8.1, 111~112쪽.

강조하고 일본침략에 대한 방위를 명시할 것을 요청한 것에서 그 정도를 가늠해볼 수 있다.[21]

대일관계에서의 반공논리는 태평양동맹의 구상 및 추진에서 분명하게 나타난다. 이승만이 구상한 태평양동맹은 널리 알려졌다시피 군사적 반공동맹으로서의 아시아 집단안보조약, 미국의 주도와 참가, 일본 배제의 원칙 등을 골자로 하고 있다. 일본 배제는 동아시아 국가들의 일제식민경험과 일본의 침략주의적 과오를 청산하기 전에는 참가시켜서는 안된다는 국내 여론[22]에 뒷받침된 충분한 명분과 동시에 일본에 대한 견제의 목적도 지니고 있었다. 그런데 일본 배제의 반공논리는 경제논리와 결합되면서 이승만의 구상은 차질을 빚게 된다. 그것은 우선 태평양동맹의 목표와 과제에서 기인된다. 즉 태평양동맹이 성공하기 위해서는 각국의 정치적 독립과 경제적·문화적 후진성을 극복하는 것이 과제이자 요건이었는데,[23] 특히 공산세력 팽창의 화근인 경제적 후진성의 극복을 위해서는 미국의 참여와 경제원조가 필수적이었고 아울러 당시 유일한 공업국인 일본이 아시아경제 건설의 필수요건이 될 수밖에 없는 현

---

21   당시 지식인사회의 일본재무장에 따른 일본재침략에 대한 경계와 공포는 설국환의 일본방문(1949.1~2) 후 지식인들이 보인 반응을 통해 확인해볼 수 있다. 그에 따르면 지식인들이 보인 반응은 첫째, 재무장설이 떠도는 일본의 정치적 경향과 경제적 재건 상황이 어떤 것인가, 둘째 일본이 패전에 피점령을 어떻게 견디는가, 셋째 일본이 살기가 어떻고 물가가 어떠하냐 등이었다고 하는데, 재무장을 비롯해 일본에 대한 관심이 매우 컸고 아울러 일본에 대한 지식인들의 복잡 미묘한 심정 상태를 엿볼 수 있다. 설국환, 『일본기행』, 수도문화사, 1949.4, '序'. 설국환의 일본방문의 소회는 "해방국인 우리나라보다 패전국인 일본이 정치적 또는 형식적 처지가 우리보다 못함에도 불구하고 실질적 국제 지위 또는 경제적 지위가 우리보다 낮다는 것은 분명히 제2차대전 후의 얄궂은 특징이 아닌가 싶다."에 압축되어 있다.
22   『자유신문』, 1949.7.23.
23   「태평양동맹의 역사적 의의」(사설), 『동아일보』, 1949.8.13.

실적 제약으로 인해 일본의 무조건적 배제는 관철되기 어려웠다.[24] 미국의 전략에 따른 결과이나 동아시아에서 일본이 차지하고 있던 위상과 그 가치가 매우 컸던 것이다. 따라서 민족감정보다는 냉정한 현실론에 입각해서 일본의 민주화를 촉진시키고 민주화된 일본을 반공진영으로 유도하는 적극적인 대일외교가 필요하며, 그래야만 일본 견제가 효과적으로 가능하고 또 당시 현안으로 부상한 재일교포문제 해결도 성공할 수 있다는 여론의 거센 압력이 가해진다.[25]

다른 한편으로 국내 경제여건의 제약도 컸다. 8·15해방으로 인해 일본-조선-만주로 이어지는 식민지경제권이 해체됨과 동시에 국내 재생산구조의 쇠퇴·마비에다 미군정의 경제정책 실패 그리고 남북분단에 따른 경제적 단절은 한국의 경제적 재생산구조를 파행으로 몰고 갔다. 특히 분단에도 불구하고 남북경제교류가 오히려 큰 폭으로 증가하다가[26] 1949년에 접어들어 급격히 단절됨으로써 파국으로 치닫는다. 미약한 군사력과 더불어 식민지경제보다 더 파행적인 경제는 이승만정권의 불안정성을 높이는 가운데 대외정책 결정의 요인으로 작용한다. 그 돌파구의 차원에서 모색·시행된 것이 외국과의 경제(통상)협정, 즉 한미경제협정(1948.10.14)과 한일통상협정(1949.10.14)의 체결이다. 전자가 원조의 성격인 것과 달리 후자는 한국경제의 운명을 좌우하는 자주적 무역건설의 시금석으로 평가될 만큼 중요한 사안으로 간주되었다.[27] 산업재건의 긴

---

24 「태평양동맹과 아세아경제」(사설), 『동아일보』, 1949.7.31, 「아주 방공계획과 아주 경제」(사설), 『동아일보』, 1949.11.2. 물론 일본의 참가는 재침략을 막을 수 있는 조건 하에서 일본공업의 부흥이 아시아공업건설과 연계돼 기여를 해야 한다는 엄격한 단서를 전제로 제기되었다.

25 「대일외교 강화의 긴급성」(사설), 『동아일보』, 1949.12.27.

26 「민성통계실」, 『민성』, 1949.3, 32쪽.

27 「한일통상 발효와 우리의 각오」(사설), 『동아일보』, 1949.12.25. 한일통상협정은 국가

급한 필요성과 부분적으로는 재일한국인의 재산 반입 및 이권 옹호를 위해 일본과의 통상은 필수불가결한 과제였던 것이다. 일본기술자를 불러다 쓰거나 일본의 기술을 이용해야 한다는, 일종의 대일 기술배상을 요구할 필요가 있다는 의견이 제기되기까지 했다.[28] 태평양동맹의 실패는 미국의 반대·불참여와 중국의 수립과 같은 아시아정세의 급변이 주요 원인이었지만 국내적 요인도 이에 못지않게 작용했던 것이다. 반공논리와 경제논리의 공존과 균열을 내포한 대일정책의 기조는 1950년대에도 지속되면서 균열의 양상이 증폭되는 양상으로 전개된다.

샌프란시스코조약 체결 이후 한일회담으로 수렴된 1950년대 한일관계는 샌프란시스코체제에서 종속적 하위목표로 위상을 점한 가운데 한일관계의 역사적 특수성 및 국가 간 교섭성 등이 크게 제한을 받으며 한국에 불리한 출발조건을 강제한 상태에서 본격화된다.[29] 그로 인해 1950년대 4차례에 걸쳐 개최된 한일회담은 파행의 연속으로 점철된다. 제1차(1952.2)는 재산청구권 문제로 결렬, 제2차(1953.4)는 統韓문제를 제1의제로 다룰 제네바정치회담 성립 후 그 귀결을 관망하고자 했던 일본의 휴회 제의로, 제3차(1953.10)는 평화선의 합법성 여부로 논쟁 중 구보타 망

간 정식 조인되는 이른바 조약은 아니나 경제여건상 연합군최고사령부(SCAP)와 한일통상 조정과 재정 조정을 조인한 뒤(1949.4) 교역품목 및 계약방법 등에서 우리에게 불리한 협정이라는 의견이 제기돼 조정의 절차를 거친 뒤 발효되기에 이른다. 그러나 여전히 정부무역에 비해 개인무역이 압도적인 비중을 차지했고 수입/수출 품목의 불균형의 문제를 안고 있었다. 다만 강화도조약의 재판이 아닌 호혜의 원칙하에 경제교류가 이루어진다면 산업재건에 도움이 될 것이라는 기대가 컸다.

28 김길준, 「대일 기술배상」, 『경향신문』, 1947.10.7. 그는 체신관계기술자 부족을 예를 들어 현 상태로 가면 1~2년 안에 조선의 체신망이 완전 파괴될 수밖에 없다며 옛날 원수도 이용할 줄 아는 금도(襟度)가 필요하다고 강조한다. **이 산업기술 영역의 낙후성은 친일지식인 활용의 필요성을 뒷받침하는 가운데 식민잔재로서의 관료주의와 능력주의가 결합하는 바탕**이 된다.

29 박진희, 『한일회담-제1공화국의 대일정책과 한일회담 전개과정』, 선인, 2008, 19쪽.

언으로 결렬, 제4차(1958.4)는 재일교포북송문제로 결렬된 뒤 이후 재개되나 4·19로 인해 중단되는 곡절을 겪었다. 제5차(1960.10)까지 포함하여 실질적 협상보다는 사무적 절충만이 주로 이루어졌던 것이다. 그것이 6차 회담부터 정치적 절충을 병행함으로써 새로운 전기가 마련될 수 있었고, 박정희의 방미(1961.11) 도중 일본에서 이케다(池田)수상과의 회담을 통해 국교정상화의 원칙을 확인한 뒤 김·大平의 청구권에 관한 메모에 합의(1962.10)를 한 것을 계기로 각종 현안의 절충·합의가 급속도로 진행되어 타결, 조인, 비준이 순차적으로 이루어져 한일수교로 귀결된 것이다. 파행의 고비마다 미국의 중재·압력으로 회담이 재개될 수 있었으나, 그 배면에는 한일 양국의 국내 정치상황과 냉전 세계체제의 질서 변동 및 이의 반영으로서의 아시아정세의 급변이 결합하면서 양국의 첨예한 이해관계가 개재·충돌하는, 상호 상승적 긴장과 대립이 연속 과정이었다. 비록 사무적인 절충으로 일관했으나 1950년대의 한일회담은 1960년대 한일수교의 전사(前史)로만 보기 어려운 중요성을 지닌다. 한일 간 과거사문제를 비롯한 각종 현안이 주요 의제로 모두 제기·논란된 바 있으며, 그 과정에서 양국 모두 과거사처리를 둘러싼 내부적 조정을 겪는 가운데 전후 양국관계의 전략적 목표와 그 기조가 이미 마련되기에 이른다. 어쩌면 오히려 타결이 되지 못하고 쟁점들이 다양하게 제기됨으로써 양국(민)의 상호 인식(불신)의 심층이 더 잘 드러나는 면도 없지 않다.

1950년대 지식인들의 대일 인식과 담론의 기조는 주로 두 차원, 즉 한일회담의 중요 의제에 대한 것과 이승만정권의 대일정책에 대한 대응 등을 통해 이루어지는데, 서로 밀접하게 연관되면서 옹호/비판의 다기한 양상을 보인다. 또 과거 식민잔재청산과 전후일본과의 관계설정이 혼재·길항하는 면모를 드러내기도 한다. 지식인들의 일본에 대한 입장이 적극적으로 표명된 것은 휴전성립 후 제네바정치회담 및 구보타 망언이 알려진 3차 회담을 전후해서이다. 구보타 망언[30]은 일본의 제국주의적 침략근성을 완전히 청산하지 못하였다는 공식적인 역력한 증거로서 그 자체로도 심각한 문제였을 뿐만 아니라 샌프란시스코강화조약에 근거한 제1~3차 한일회담에서 빚어진 의제 설정 및 설정된 의제를 둘러싼 양국의 좁힐 수 없는 누적된 입장 차이가 가로놓여 있었다. 특히 청구권논쟁, 즉 제1차 회담의 주요 의제였던 청구권을 둘러싼 법률(미군정법령 제33호)에 대한 서로 다른 해석에 입각해 우리의 8개 항목의 '대일청구권요강' 제시에 일본이 '대한청구권' 제시로 맞대응하면서 식민통치의 적법성 논쟁이 계속되었고, 평화선논쟁, 즉 일본이 거부한 어업협정을 의제로 설정하기 위해 이승만이 일방적으로 선포한 '대한민국 인접해양의 주권에 관한 대통령의 선언'(약칭 평화선)을 둘러싼 양측의 인질외교(나포 및 나포 선언 체형/大村형무소 억류) 및 법리 공방 등으로 한일 양국의 갈등이 최고조에 달하게 된다. 평화선 문제는 이승만의 '반일'을 상징하는 정도로 이해되어 한국에서는 대일정책의 표상으로 받아들여졌고, 일본에서는 한국의 비합리적인 대일인식과 태도를 보여주는 대표적인 사례로 간주되면서 또 이 논쟁이 어업문제와 재일조선인 지위와 대우 문제까지 포괄하게 되면서 한일회담 안팎으로 한일 간 최대 쟁점으로 부각되었다.[31] 더욱이 구보타 망언으로 한일회담이 완전 결렬상태에 빠진 뒤 일본의 비우호적 태도에 대한 보복으로 이승만이 대일수입금지조치(1954.3.20)와 경제

---

30 구보타 발언의 요지는 ①연합국이 일본국민을 한국에서 송환한 것은 국제법 위반이다. ②대일강화조약 체결 전에 독립된 한국을 수립한 것은 국제법 위반이다. ③일본의 구 재한일인재산을 미군정법령 제33호로써 처리한 것은 국제법 위반이다. ④한국민족의 노예화를 말한 카이로선언은 연합국의 전시 히스테리의 표현이다. ⑤36년간의 일본의 한국점령은 한국민에게 유익하였다. 등이다.

31 박진희, 『한일회담-제1공화국의 대일정책과 한일회담 전개과정』, 선인, 2008, 354~355쪽.

단교 조치(1954.8.18)를 연이어 전격적으로 단행하고, 이승만이 돌연 대만 방문(1953.11.27)을 계기로 재추진한 태평양동맹결성이 제네바정치회담 후 다변화되기 시작한 냉전질서의 변동과 맞물려 반공논리가 다시금 강조되면서 한일관계는 복잡미묘한 국면으로 전개될 수밖에 없었다. 요컨대 과거사처리와 이에 따르는 민족감정을 내포한 근본적인 문제와 국제관계 및 경제사정 등을 포함한 현실적인 문제는 상호연관성을 지니면서 한일양국에 개재된 제 문제의 해결을 저지하는 동시에 완전한 분리도 막는 질곡의 단계로 접어들었던 것이다. 이 같은 총체적인 난관을 둘러싸고 지식인들의 다기한 입장이 분출되었던 것이다.

우선 재추진된 이승만의 태평양동맹 구상과 그 일환으로 결성된 아시아민족반공연맹(APACL)에 대해서는 적극적 옹호론이 주류를 이룬다. 미국의 반대로 좌절되었던 이승만의 태평양동맹의 구상이 완전히 포기된 것은 아니었다. 반공에 의한 한반도통일을 지속적으로 추구해온 이승만은 한미방위조약의 체결을 이끌어냈으나 주한미군 철수가 불가피한 상황에서 공산주의의 확산을 막기 위해서는 소극적인 봉쇄정책으로는 불가능하고 자유진영의 결속과 적극적인 대결을 통해 공산화된 지역까지 수복해야 한다는 논리로 태평양동맹을 재추진했고, 그 구상은 대만을 방문해 장개석과 아태지역 반공통일전선조직의 결성을 합의하는 것으로 구체화된다. 태평양동맹 결성의 긴급성이 강조된 것은 호지명의 라오스 침공으로 인도지나전선이 확대되고, 제네바회담에서 한국이 제안한 통일안이 부결되면서 한국문제의 평화적 해결방안으로 중립화방안이 강력하게 대두하며, 중국의 유엔가입 및 인도지나사태를 둘러싼 영국·프랑스와 미국의 갈등이 현실화되고, 인도, 버마, 인도네시아 등 콜롬보회의제국의 중립화정책이 노골화되는 등 아시아지역에서 냉전과 열전의 확대와 동시에 긴장 완화 추세[32]에서 오는 위기감이 크게 작용했

다. 그 위기의식은 미·필리핀, 미·호주, 미·일 등의 개별 방위조약체결
과 앤저스조약(ANZUS), 동남아세아방위조약(SEATO) 등의 집단방위조약
의 체결로 미국의 아시아방위의 적극성이 가시화되고 있음에도 불구하
고 한국과 대만이 배제됨으로써 더욱 증폭된다. 그것은 동남아시아 방
위동맹보다 극동방위가 더 긴급하다는 논리로 이어진다. 즉 중공은 대
만의 회복을, 김일성은 남한의 해방을 노리는 상황에서 이러한 극동의
위기를 극복하기 위해서는 미·대만방위동맹 나아가 한·미·대만·일 방
위동맹의 결성이 필요하며, 나토식의 방위동맹보다는 중국에 대한 예방
전적 공세를 취해야만 아시아의 붕괴 나아가 전 세계적 위기를 방어할
수 있다는 것이다.[33] 롤백정책을 밀고 나가면서 대공작전을 전개하는 것
이 최상의 방위책이며,[34] 적어도 미국이 주도하고 있던 數列의 개별 및
집단방위체의 불구성을 탈피해 광범하고도 강력한 군사동맹의 성격을
갖는 공동집단안전보장체 구성을 통한 아시아방위군의 창설이 유일한
타개책[35]이라는 것이 중론으로 부상하면서 태평양동맹의 재추진은 국내

---

32 아시아전후사에서 1954년은 '국제긴장완화의 해' 또는 '중립주의세력집결의 해'로 불
리기도 한다. 1954년을 전기로 해 아시아는 세 개의 진영, 즉 중립주의 그룹, SEATO
회원국 및 동북아를 포함한 반공그룹, 중공, 월맹 등의 공산주의 그룹 등이 각기 뚜렷
한 자기세력을 지닌 채 분립하는 가운데 개별 및 집단 간 연대가 활발하게 이루어지면
서 아시아의 가치가 고양되는 특징을 나타낸다. 윤주영, 「印支휴전의 달성과 중립주의
세력의 집결」, 『신태양』, 1959.4, 178~185쪽.

33 「더 긴급한 극동방위」(사설), 『동아일보』, 1954.8.7. 서울과 대북과 마닐라가 아시아
방위의 철의 삼각지대가 되어야 한다는 의견, 즉 공산침략에 대항하는 군사총사령부
는 서울에, 경제총사령부는 대북에 문화총사령부는 마닐라에 두고 서울과 대북과 마
닐라가 아시아 방위의 철의 삼각지대 불패의 수도 고지가 되어야 한다는 주장이 제기
되기도 했다. 김기석, 「서울과 대북과 마닐라가 아시아방위의 철의 삼각지대가 되어야
한다」, 『신천지』, 1954.2, 35쪽.

34 「국제정세전망」, 『전망』, 1955.9, 58~60쪽.

35 김석길, 「아시아반공민족회의의 태동」, 『신천지』, 1954.2, 17쪽. 구철회, 「서산일락

여론의 광범한 지지를 받게 된다. 게다가 이전의 태평양동맹이 결성되었다면 아시아 위기의 화근인 중국의 성립과 한국전쟁 그리고 인도지나 전쟁이 미연에 방지되었을 것이라는 인식에 의해서도 태평양동맹의 추진은 탄력을 받는다.[36] 그러나 이승만이 재추진한 태평양동맹은 대다수가 기대했던 수준에 미치지 못한 아시아민족반공연맹을 결성하는 것으로 그치고 만다. 아시아민족반공연맹은 장개석과의 합의에 의해 정부간 기구와 함께 비정부기구도 조직해가겠다는 실천조직의 방향이 현실화된 것으로서 두 차례 동남아친선사절단 파견(1953.12, 1954.2)의 노력을 통해 일본을 배제한 한국 포함 9개국의 국가 및 지역대표의 참가한 아시아민족반공대회(1954.6.15 진해)를 계기로 발족한다.[37] 참가국도 적었고 외형상 아시아반공협동체의 성격을 띠었으나 순전한 민간인의 기구에 불과했던 것임에도 불구하고 여론의 지지는 대단했다. 극동의 타공대제전, 아시아반공유대의 거화(炬火)로서의 의의를 지니는 가운데 대공투쟁의 선구인 우리가 반공협상의 이니셔티브를 장악했다는 것이다.[38] 또 군사적 대항뿐만이 아니라 경제적, 정치적, 사상적, 문화적 향상 없이는 적색노예제도의 발호를 막을 길이 없다며 아시아민족반공연맹은 정신적 부흥(아시아의 르네상스)의 거대한 풍조를 일으키는 사업을 통해 반공

전의 위기에 직면하지 않기 위하여」, 『신천지』, 1954.2, 20쪽.

36 「아시아반공연맹의 당면한 임무」(사설), 『동아일보』, 1954.6.19.

37 채택된 '조직원칙헌장'(『동아일보』, 1954.6.19~21)의 골자를 통해 아시아민족반공연맹의 지향을 살펴보면, 모든 부문에서 공산주의자와 그 추종자들을 적발(제1조), 유화, 타협을 배제케 하며(제2조), 반공사상을 보급 전개하며(제4조, 제6조), 빈곤, 혼란, 무지와 정치적 후진성이 공산주의 침투의 온상이 되고 있는 고로 아시아 후진 각국은 제국주의와 봉건주의의 잔재 일소, 아시아 인민의 정치적 경제적 지위를 향상, 강대국가에의 정치경제적 예속을 경계해야 한다(제12조) 등이다.

38 「반공아시아민족대회와 집단방위」(사설), 『경향신문』, 1954.6.15, 「아주민족반공대회의 의의」(사설), 『동아일보』, 1954.6.15.

유대의 구심점이 되는 가운데 20세기 후반 아시아의 자아완성을 이룰
수 있는 거점[39]으로까지 고평된다. 아울러 아시아민족반공연맹이 중심
이 되어 이 연맹의 가장 중요한 목표인 군사동맹의 체결에까지 발전해
야 한다는 기대 또한 팽배했다.[40] 하지만 아시아민족반공연맹을 토대로
아시아판 혹은 태평양판 나토를 기대했으나 아시아민족반공연맹은 더
이상 발전적 형태로 전개되지 못한다.[41] 일본을 배제한 상태에서 중립노
선을 취했던 동남아국가들의 추후 참여가 없었고,[42] 2회 대회(1955.3) 개

39　주요한, 「'아시아'의 자아완성」, 『동아일보』, 1954.6.15.

40　신기석, 「아시아민족반공연맹의 진로」, 『신천지』, 1954.8, 50쪽. 그가 제시한 반공연
맹의 목표 및 진로는 ①공산주의의 침략으로부터 아시아의 자유민족과 국가를 방위하
고 안정을 보장하기 위하여 반공세력이 총 단결하여 투쟁하기 위한 각국의 반공체를
만들어야 할 것, ②반공투쟁이 공산세력의 침투를 막아내는 데만 그치지 않고 공산주
의를 타도하기 위해 철의 장막을 뚫고 들어가야 할 것, ③국내의 모든 부패한 독소와
자본주의의 문제를 시정 제거하여 진정한 민주주의를 실천함으로써 자유진영의 올바
름을 증명해야 할 것, ④대공투쟁에 있어 중립이 가능하다는 국가, 민족에 대해 철저
한 비판과 계몽이 있어야 할 것, ⑤미국을 포함한 자유진영의 국가 당국자로 하여금
군사력을 배경으로 하는 아시아반공집단방위체를 조속히 결성하도록 편달 추진시켜
야 할 것 등이다(45~46쪽). 당시 지식인들이 보편적으로 공유하고 있던 입장이었다.

41　아시아민족반공연맹은 1959년 말까지 한국이 5차에 걸쳐 대회를 주도하다가 1963.12
한국반공연맹법(법률 제1447호)에 의해 한국반공연맹이 발족해 아시아민족반공연맹
의 한국측 상설지부를 담당했으며 1969.9 13차 대회(대북)에서 세계반공기구를 발족
시키자 아시아민족반공연맹은 그 하부기구로 존속하면서 중심적 기구로 기능하는 과
정을 거친다(문화공보부, 『문화공보30년』, 1979, 575쪽). 주목할 것은 이 기구가 관민
협동의 국내외 반공활동의 지도적 역할을 담당하면서 1950~60년대 문화인들의 반공
운동의 유력한 구심체가 되었다는 사실이다. 또한 문화인들은 아시아민족반공연맹과
유기적 관계를 지닌 '반공자유아시아문화인회의'의 결성을 요망했으며(이헌구, 「공동
생명선상에서 최후의 방위 전선」, 『신천지』, 1954.2, 23쪽), 실제 반공문화인총궐기대
회를 열어 아시아반공자유문화회의를 제창한 바 있다(『동아일보』, 1957.2.18).

42　한국이 아시아민족반공동맹과 또 다른 차원에서 구상한 동아시아 반공동맹설립의
일환이었던 '동아시아반공국가지도자회의'의 추진(1959)도 공산주의와 제국주의의 군
사·경제적 침략에 대한 공동 대처라는 취지를 내걸었음에도 불구하고 일본의 배제라
는 원칙을 고수함으로써 관련국의 지지를 얻지 못했다. 이에 대해서는 조양현, 「냉전

최국인 대만이 일본과 인도의 가입을 임의로 변경한 것에 대응해 우리
가 대회참가를 거부하는 사태로 촉발된 동아시아방위체를 둘러싼 한국
과 대만의 이니셔티브 경쟁으로 내부적 결속 또한 크게 약화되었기 때
문이다.[43] 대북대회의 취소로 격화된 양국 간의 갈등과 대립이 단순한
일본가입의 찬반 문제가 아닌 아시아민족반공연맹의 노선을 둘러싼 대
립이었다는 대만 학자의 지적[44]이 있으나 그 또한 일본가입문제가 갈등
의 본질이라는 것을 부정하지는 않는다.

 이렇듯 태평양동맹의 재추진 및 아시아민족반공연맹의 창설에 대한
모색과 추진은 이승만 뿐 아니라 당대 지식인들의 냉전관을 가장 직접
적으로 보여준다 하겠다. 냉전관의 공유에 따른 이승만의 대외정책에
대한 공명·지지는 그의 발상과 정책을 민족주의적인 것으로 미화하거
나 이승만의 영도성을 추앙하는 수준으로까지 나타난다. 그렇지만 분
열하는 지점도 상당했다. 무엇보다 태평양동맹 결성추진과정에서 나타
난 일본에 대한 인식과 대일정책이었다. 동맹 결성의 최대 걸림돌 중의
하나였던 인도를 비롯한 중립노선을 걸었던 국가들에 대한 배제 원칙
은 확고하게 공유했다. 지식인들이 오히려 이들 국가들을 설득·포섭하

기 한국의 지역주의 외교:아스팍(ASPAC) 설립의 역사적 분석」, 『한국정치학회보』
  42-1, 2008, 250~251쪽 참조.

43 대만이 일본 및 인도의 가입을 일방적으로 추진한 것은 일본의 경우는 산업경제의
   발전 및 국방력 증대와 본토 수복을 위한 일본의 환심을 사기 위해서이고, 인도의 경
   우는 중국을 견제하기 위한 외교적 정략에서 비롯된 것이며 나아가 미국이 구상하고
   있던 동북아시아방위조약기구(NEATO)에서 이니셔티브를 쥐려는 외교적 제스처로 분
   석되었다. 우승규, 「아세아민족반공회의의 장래」, 『전망』, 1955.9, 45쪽.

44 왕엔메이, 「아시아민족반공연맹의 주도권을 둘러싼 한국과 중화민국의 갈등과 대립
   (1953~1956)」, 『아세아연구』 56-3, 2013, 193쪽. 한국의 주도로 마닐라에서 제2회 대회
   가 속개되는데(1956.3) 일본가입문제는 한국은 여전히 만장일치로 대만은 과반수동의
   를 주장했으나 결국 3/4의 표결로 결정되어 일본의 반공국가 여부를 판정하도록 함으
   로써 양쪽 모두 자신의 입장을 관철시키지 못했다.

려는 정책에 비판을 가하는 가운데 동맹 본래의 목적을 달성하기 위해 서는 절대로 중립노선국가를 가입시켜서는 안 된다는 논리를 폈다. 제3 노선이라는 중도주의가 공산주의와 공존할 수 있다고 신봉하는 무리는 유화책이라기보다는 아시아반공전선을 파괴하는 공산측의 대변, 즉 용 공제국에 불과하다는 것이다. 반면 일본의 참가 여부를 놓고는 입장이 나뉜다. 첫째, 일본의 참여를 절대 불허해야 한다는 입장이다. 일본은 여선히 접공(接共), 용공의 국가라는 이유에서다. 공산당이 합법화되어 있고, 일본의 일련의 중립외교정책, 예컨대 정치협상의 성격을 띤 일소 회담(1955.6)과 그 귀결로서의 일소국교정상화 교섭의 성립(1956.12), 하 토야마 이치로(鳩山一郞) 수상의 두 개의 한국 발언(1955.3), 북한의 대일 외교관계 수립 제의에 일본이 즉각적으로 응하면서 일-북한 어로협정 체결(1955.5), 중국과의 통상 교섭, 중립노선을 표방한 동남아국가와의 경제외교, 소련의 주장을 받아들이고 중국을 승인하여 공산국가와의 국교회복을 기도하는 사회당의 정책 등 일본의 외교는 경제발전에 중 점을 두고 이 테두리 안에서 공산국가와의 관계까지 조정하려는 '교활 한' 중립노선을 걷고 있다는 것이다.[45] 이 같은 노선은 자유진영에 대한 배신행위로 규정된다. 미국의 원조와 지지로 재생했고 한국전쟁으로 말미암아 재건에 성공했으며[46] 여전히 한국이 일본공산화의 방파제 역

---

45 이관구, 「일본의 외교정책비판」, 『신세계』, 1956.8, 230~235쪽.

46 쓰루미 슌스케에 따르면, 한국전쟁은 점령군으로 하여금 대일방침을 전환시켜 일본 의 재군비와 전시지도자의 추방 취소라는 '역코스'를 걷게 했다고 한다. 한국전쟁 발발 2주 후에 맥아더의 지령에 의해 경찰예비대라는 이름으로 일본군의 재건을 명했으며, 포츠담선언 제6조에 따른 전시지도자의 추방도 미국에 의해 무효화됨으로써 도조 히 데키 내각의 각료였던 기시 노부스케가 일본의 총리대신으로 임명(1957.2)되는 등 낡 은 세력이 스스로를 재편성하여 전시지도자의 권세와 지위를 회복하게 된다는 것이다. 또한 한국전쟁 결과 일본경제는 1955년까지 제2차 세계대전의 타격에서 회복할 수 있 었고 그 이래 기술혁신과 고도경제성장이 일본사회의 현저한 특징이 되었다고 한다.

할을 하고 있는데도 불구하고 정경분리원칙의 미명 하에 친공적 행보를 감행하는 것은 배은망덕한 근성의 표현이라는 것이다.[47] 따라서 아시아반공체제를 결성함에 우리의 반일척인(反日斥印)의 태도는 추호도 변경이 없을 것은 물론이고 그들을 정식 회원으로 받아들이는 데도 절대 반대하는 초지를 꺾지 않을 것임을 천명하기까지 한다.[48] 미국이 일본을 중심으로 아시아정책을 전개하면서 그 일환으로 한일관계의 정상화를 촉구하는 상황에서 이승만의 (태평양동맹 구상에서)지속적인 일본배제 정책은 미국의 의도에 대한 정면적인 대결을 의미하는 것[49]이나 여기에는 미국의 지속적인 원조 및 후원과 무시할 수 없는 국민의 반일감정의 모순적 조건이 개재되어 있었다. 그 조건에서 표출된 반공동맹 내의 협력과 강력한 반일의 양극적 대일정책[50]이 태평양동맹의 추진에서는 후자로 가시화되었던 것이고 그로 인해 일정한 국민 동의의 기반을 확보할 수 있었다.

둘째, 다수의 의견은 일본을 참여시켜 명실상부한 아시아반공연합체를 구성해야 한다는 입장이었다. 물론 이 입장은 일본이 양면외교를 청산하고 민주진영과 공고히 제휴하는 가운데 민주진영의 일원임을 실천적으로 증명함으로써 우리에게 부동의 신뢰감을 주어야 한다는 전제조건을 달고 있다. 이런 맥락에서 일본의 대공 접근을 견제하는 동시에

쓰루미 슌스케, 김문환 옮김, 『전후 일본의 대중문화』, 소화, 2001, 22~23쪽 및 70쪽.

47 한일회담에 직접 참여했던 유진오는 이 같은 태도를 회색 일본(인)의 '도국근성(島國根性)'으로 질타하며 이 근성을 시정하지 않는 한 호혜적 한일관계는 불가능하다고 보았다. 「한일 간에 가로 놓인 것」(대담·유진오/김을한), 『전망』, 1956.1, 134쪽.

48 우승규, 앞의 글, 48쪽.

49 최영호, 「이승만정부의 태평양동맹 구상과 아시아민족반공연맹 결성」, 『국제정치학논총』 39-2, 1999, 182쪽.

50 박진희, 『한일회담-제1공화국의 대일정책과 한일회담 전개과정』, 선인, 2008, 16쪽.

일본을 극동의 반공메커니즘에 참여시키기 위한 현실적·효과적 방법으로 강조된 것이 조속한 한일관계의 정상화였다.[51] 한일관계의 재정립은 동아시아반공전선을 강화하는데 기본적인 요건일 수밖에 없다는 논리이다. 그것은 아시아에서 차지하는 일본의 가치에 대한 발견에서 비롯된다. 즉 아시아대공전선을 구성하는데 있어 일본의 가치는 구주의 서독 이상의 가치를 지니고 있으며 따라서 일본 재건을 도모해 기타 아시아 약소국과의 연결을 촉진시켜 나가는 것이 가장 합리적인 대일정책이라는 것이다.[52] 또한 일본이 아시아에서 공산세력과 대결할 수 있는 최대의 전력국가라는 사실을 솔직히 시인해야 하며, 한일국교의 조정을 이루어내면 일본의 무장은 미국의 무장이 곧 자유세계의 무장인 것처럼 우리의 무장이 될 수 있다[53]는 보다 적극적인 견해가 피력되기도 한다. 현실론, 즉 크게는 극동방위 내지 민주세계 방위의 합리화를 위해 작게는 한국자체의 이해타산에 있어서 결코 일본을 영구히 적대시할 수 없다는 주장도 큰 흐름을 이루고 있었다.[54] 그리고 일본에 대한 자신감도 작용했다. 일본과의 관계에서 우려되는 것은 경제침략이나 문화침투인데 이는 우리가 충분히 막아낼 수 있는 것이기에 일본을 과대평가해서 지나치게 두려워할 필요가 없다는 것이다.[55] 이와 같은 논리들은 이승만의 대일정책과 미국의 대일정책에 대한 비판을 수반하고 있다. 한일관계의 정상화라는 원칙론을 공유하고 있음에도 불구하고 정부가 취하고 있는 대일정책은 압력을 가하는 것, 이를테면 경제교류의 제한, 반일

---

51 강영수, 「한일외교의 해부와 전망-현실적 사태를 중심으로」, 『신세계』, 1956.8, 201쪽.

52 정일형, 「일본은 재평가되어야 한다」, 『신태양』, 1956.10, 35쪽.

53 김동명, 「민주아세아의 단결 위한 서설 ①~⑥」, 『동아일보』, 1954.4.12~18.

54 김석길, 「일본은 영원한 적인가?」, 『신태양』, 1956.10, 42~43쪽.

55 김을한, 「일본의 민주화는 가능한가-기로에 선 일본의 실태」, 『신세계』, 1956.8, 242쪽.

사상의 고취 등인데 이는 우리가 당면한 적인 공산집단에 대한 국민의 물적, 정신적 총역량을 분산시키는 역효과를 야기한다는 것이다.[56] 멸공과 반일의 양면작전이 오히려 대공 전력의 약화를 초래한다는 주장이다. 이 맥락에서 북진통일만이 진정한 한국의 통일이요 명예로운 승리이며 그러함으로써 아시아가 방위되고 자유세계가 방위될 수 있다[57]는 극단론이 등장하기도 했다. 따라서 과거에 얽매인 일본배제는 시의성도 없고 우리의 손실이 크므로 '오늘의 적을 치기 위해 지난날의 원수를 잊는' 적극적·합리적인 대일정책으로 전환되어야 한다는 주장이 비등하기에 이른다. 하지만 과연 일본이 무궤도외교를 포기하고 자의적으로 반공기구에 참여할지에 대해서는 대부분 비관적으로 예측했고, 그 예측은 한일회담의 필요성을 더욱 강조하는 근거로 작용한다.

미국에 대해서도 동북아집단방공기구 창설의 주도적 역할을 담당해야 함에도 불구하고 소극성과 방법의 불합리성으로 인해 아무런 성과도 산출하지 못하고 있으며, 일본을 아시아의 공장으로 발전시키기에 급급한 과중한 일본편중정책으로 일본의 중립노선을 낳게 하고 그 결과 아시아국가 간의 친선 회복에 상당한 지장을 초래했다는 논리로 미국의 아시아정책의 수정을 요구한다.[58] 물론 거족적인 미군철수 결사반대운동을 결행해 미군 주둔의 가냘픈 희망을 기대하는 것[59]과 같은 대미 의

56　유봉영, 「장 부통령 대일발언의 중심점-원칙의 이론이냐 정책의 차냐」, 『신태양』, 1956.10, 51쪽.

57　이건혁, 「아시아의 방위와 세계 목적」, 『신천지』, 1954.6, 25쪽.

58　그 일환으로 제시된 것이 일본의 재무장 우려를 불식시키기 위해서라도 미국이 자신들이 구상하고 있는 NEATO에 일본을 포함시키도록 강제해야 하고 그럼으로써 동북아 적화의 급류를 막아내야 한다는 주장이었다. 「실망의 연속인 한미관계」(사설), 『동아일보』, 1954.9.12.

59　「미군철수반대운동에 대하여」(사설), 『동아일보』, 1954.9.23.

존을 벗어나는 범위는 아니었다.

정부/지식인의 공명/분열은 평화선 문제에 대한 대응에서도 마찬가지의 형태로 나타난다. 이승만의 평화선선포로 본격화된 한일 갈등은 이후 발포 명령(1952.9.19)과 나포된 일본선원 천여 명에 체형을 언도(1952.10.13), 특히 다이호마루(大邦丸)사건(1953.2)-제주도부근에서 일본어선 다이호마루가 나포되어 어로장이 사살되는 사건-으로 어업권분쟁이 노골화되면서 양국의 인질외교 구사에 따른 상호 보복 및 대촌/부산수용소의 비인도적 처우[60]를 상호 항의하는 사태로 비화·확대되기에 이른다. 더욱이 구보타 망언으로 한일회담이 장기 휴회된 와중에 일-북한 어로협정 체결과 이에 대한 보복으로 경제단교를 취하고 평화선 방위조처로 평화선 수호 발포 명령을 재차 발동(1955.11.17)하면서 한일관계는 분규의 절정에 도달한다. 평화선문제는 한일 양국 모두에게 민감하면서도 중대한 사안이었다. 인접해양 주권선언은 연해안의 어업권 확보 및 연안국방의 확보를 내포한 문제로 특히 우리에게는 방첩선, 군사선, 밀수방지선을 겸한 주권선이자 생명선으로서 가치를 지닌 것이었다.[61] 따라서 평화선의 적법성 및 정당성을 둘러싼 법리 공방이-일본의 공해 어업자유/한국의 연안 어업권 상호존중의 원칙- 치열하게 전개될 수밖에

---

60 오무래(大村)수용소의 실태에 대해서는 한 체험자 르포에 자세히 기록되어 있다. 간략히 요지만 추리면, '외국인출입국관리령'(1952, 외국인추방))에 의해 설립된 대촌수용소는 실제 한국과 중국인을 주로 수용하고 있는데 1954.11 기준 천여 명의 수용자 중 80~90%가 우리 동포이고, 감시원은 1200명으로 이들의 征韓論과 대한감정을 따른 민족적 모욕이 매우 심하다. 일본 각지에서 거류민증을 소지하지 않아 억울하게 끌려온 사람들이 대부분이고 우편물도 일일이 검열하고 동포끼리 단합, 좌담조차 감시받는다. 1954.4.27 활동의 자유 보장과 정부에 진정서 전달을 내걸고 데모를 감행했으나 유혈사태로 진압되었다. 조종래, 「일본대촌수용소 폭로기-목불인견의 참상!! 억울한 동포들은 절규한다!!」, 『신태양』, 1954.12, 56~61쪽.

61 성인기, 「한일국교문제의 재전망」, 『문화세계』, 1954.1, 40~42쪽.

없었는데, 우리측의 입장은 평균 해리에 지나지 않는 평화선은 해양질서상 이론적 근거를 가진 합리성이 있고, 국제법상의 법률행위로서 효과를 발생한다는 것이었다.[62] 이 같은 논리의 뒷받침 속에 이승만의 평화선선포는 그의 반일 민족주의의 표상으로 간주되어 지속적인 지지를 받았고 그 후광은 당대뿐만 아니라 1960년대까지 이어졌다. 언론들은 관민 일체의 평화선 돌파를 획책하는 일본의 책동을 국제도의에 어긋난 독선적 행위이자 관동대진재, 불령선언 처단과 동궤의 문제로 규정하고 힘으로 제압할 것을 촉구하는 가운데 평화선문제를 내셔널리즘으로 분식시켰다.[63]

그런데 양국 간 보복의 연쇄과정에서 그 일환으로 단행된 경제단교 조치(8·18조치)에 대해서는 비판적 의견이 우세했다. 이승만은 일본의 비우호적 태도와 북한에 대한 통상접근에 대한 응수책으로 대일수입금지 조치(1954.3.20)와 경제단교 조치(1954.8.18)를 연이어 전격적으로 단행한다. 후자는 아무런 경제적 이유 없이 정치적 이유로 인하여 취해진 것이었다. 공식적으로 정부가 밝힌 주된 이유는 첫째, 일본이 대공산권 무역 확대에 광분하고 있을뿐더러 반정부적 한인민족반역자, 친일분자를 보호하고 그들에 원조를 줌으로써 우리에게 적대행위를 취하고 있다는 것, 둘째 일본이 한국정부를 뒤엎을 목적으로 재일한인 공산주의자들을 도와서 한국에 자금과 물자를 밀수시키고 있다는 것 등이며 따라서 한일 간의 여하한 협상을 단념하고 재일교포의 한국방문을 금지하는 동시에 한인의 대일교역과 여행도 금지시킨다는 것이다.[64] 파격적인 조치에 대부분의 언론은 일본의 반성을 촉구하기 위한 부득이한 조치로 인정하면

---

62 김기수, 「어업권의 확보와 평화선 문제」, 『신세계』, 1956.8, 220~221쪽.

63 「힘에는 힘으로 대항-일본의 대한태도 변화에 경고함」(사설), 『한국일보』, 1955.12.9.

64 「대일경제단교에 대하여」(사설), 『동아일보』, 1954.8.21.

서도 한일무역관계상, 즉 일본의 연간무역통계로 볼 때 한국에 대한 수출은 수출총액의 1/100, 한국으로부터의 수입은 수입총액의 1/1000에 불과한 상태에서 경제단교가 외교적 압력으로서 실효가 크지 않으며, 부수적 수단으로서 재일교포의 한국방문 금지와 한인의 대일교역 및 여행금지는 무모한 처사로 찬성하기 어렵다고 반응을 보인다.[65] 또 정부가 의도한 일본의 북한에 대한 통상접근책을 견제하고 그들의 무리한 재산권요구를 철회시켜 나아가서는 한일관계를 조정하는데 별다른 효력이 없을 것으로 관측했다. 업자들의 타격은 물론이고 국내 경제질서에 적잖은 혼란을 야기하고 밀수출·수입을 조장해 한국경제가 받는 타격이 막대할 수밖에 없다는 비판도 많았다. 경제전문가들은 대일교역은 우리에게 있어서 불가결하며, 특히 수입은 다변화가 가능하나 수출의 변화는 현실적으로 어렵기 때문에 대일수출에 의존할 수밖에 없는 조건에서 정치와 경제의 분리 대응이 필요하다고 주문한다.[66] 일본과 마찬가지로 우리도 정경분리원칙 및 정치/문화분리원칙을 구사할 필요성이 있다는 의견이 1950년대 중반에 서서히 대두했던 것이다. 이는 경제를 지렛대로 삼아 한일관계를 풀어야 한다는 논리[67]와 다소 다른 것으로, 1960년대 이후 한일관계의 또 다른 기조가 이미 태동하고 있었음을 알려준다 하겠다.

한편, 4년 4개월 장기간 중단된 한일회담은 예비회담을 거쳐 (4차 한일회담) 정식 재개된다. 미국의 거중조정에 의해 가능한 것이었으나, 무엇보다 예비회담을 통해 억류자 상호석방에 합의하고 일본이 대한청구권 철회와 구보타발언 취소를 약속함으로써 돌파구를 찾았던 것이다.

65 「대일경제단교의 중대성」(사설), 『경향신문』, 1954.8.20.

66 안 림, 「대일통상은 불가피로 본다·대일통상과 국내경제에의 영향」, 『신태양』, 1956.10, 47쪽.

67 「대일교역 전면 재개 결정에 즈음하여」(사설), 『한국일보』, 1954.12.20.

이 회담 재개를 두고 한일외교의 주도권은 이승만에게 장악되었고 일본의 대한정책은 통일성과 일관성을 결한 수동외교였다는[68] 평가가 있었으나, 비록 일본이 억류어부 석방문제를 원만히 해결하지 못해 야기된 비난 여론으로 인해 일시적 저자세 유화책을 구사했다고 하더라도 1950년대 한일관계가 일본에 있어 중요 정치적 이슈가 아니었다는 분석을 감안하면 꼭 그렇게만 보기 어렵다. 그동안 한일회담의 결렬 원인이었던 청구권 및 구보타 망언이 취소되었음에도 불구하고 4차 회담을 앞두고 지식인들의 태도는, 어렵게 재개된 만큼 한일국교수립이 이루어졌으면 하는 희망을 표명한 경우가 없지 않았으나,[69] 대체로 이전보다 한층 강경해지는 양상을 나타낸다. 무엇보다 과거 일본의 식민통치 및 식민경험의 환기를 통해 일본에 대한 뼈에 사무친 원한과 증오심을 강조하면서 일본의 죄과에 대한 반성과 한민족에 대한 편견의 시정을 촉구하는 목소리가 높아진다.[70] 그것은 한일국교가 수립된다면 초래될 문제들에 대한 우려와 공포로 이어진다. 일본의 한국침략, 특히 일본금융자본의 공세와 문화공세가 매개가 되어 본격화될 것이며,[71] 그로 인해 조만간 한국 경제가 예속화되는 방향으로 나타나고 일본의 강화된 국력(경제력)과 유엔가입 및 중립외교에 의해 높아진 국제적 지위를 이용해 우

---

68 엄영달, 앞의 글, 99쪽.

69 정일형은 실질적으로 남은 현안이 재일한국인의 국적 및 대우문제와 어업문제 정도이고, 따라서 일본의 진정한 반성, 이해, 협조적 정신의 발휘와 극동의 민주동맹국이 되며 실리주의외교를 지양한다면 제4차 한일회담을 통해 한일국교수립이 충분히 가능하다는 희망적 관측을 피력했다. 정일형, 「한일회담에 기함-회고와 전망」, 『신태양』, 1958.3, 79~81쪽.

70 신상초, 「우리의 대일감정과 일인의 대한감정-사무친 증오심은 사라지지 않는다」, 『신태양』, 1958.3, 85~86쪽.

71 이건호, 「한일국교가 열리자면-선행되어야 할 몇 가지 조건」, 『현대』, 1958.3, 32~37쪽.

리가 감당하기 어려운 무리한 요구를 강요할 것이 필지의 사실이라는 것이다.[72] 따라서 한일국교수립은 시기상조라고 본다. 한일관계의 비공식적 조정자인 미국[73]에 의해 한일교섭이 계속되고 더욱이 안보적·경제적 대미의존의 상태로 인해 회담에 임하더라도 정부가 일본에 요구한 최소한의 조건, 즉 공산당의 불법화, 공산국가와의 외교적·문화적 제 관계 단절, 모든 침략적 지배근성 포기 및 국제질서 히에서 평등과 민주주의 이념을 찬동 등이 분명하게 선행되어야 한다는 것이다. 유의할 것은 이 같은 반일감정과 공일(恐日)감정이 일본을 향한 것만이 아니라는 사실이다. 우리 내부의 친일적 경향의 대두에 대한 우려와 비판을 수반하고 있었다. 외래숭배적 풍조가 만연한 상태에서 일부 지식층, 부유층을 중심으로 기분적 친일성이 팽배해지는 현상에 대한 우려와 함께 한일국교가 수립되면 일본의 식민지풍경을 보게 될 것이 틀림없으며 심지어 "왜복에 게다짝을 끌고 명동골목에 나타나거나 내선일체를 하자는 사이비악질정치가 같은 이단분자들이 생겨날 것"[74]이라는 예측까지 있었다. 가까스로 회복한 민족의식이 사라질 것이라는 비관적 전망도 제기되었다. 일본화에 대한 경계는 일본문화에 압도된 대만사회에 대한 비판으로까지 확대되어 나타난다. 즉 대만과 반공우방으로서의 연대와 유대의식을 가지면서도 대만사회의 일본풍 범람과 대만인이 50년 왜치(倭治)로 완전히 일본화한 것에 강한 비판적 입장을 견지하며 '기이한'사

---

72 김영진, 「한일 정식외교가 수립되면-어떤 결과가 올 것인가?」, 『신태양』, 1958.3, 93~
     94쪽. 당시 지식인들은 일본의 국제적 지위 향상이 일본 군국주의의 재생과 같은 일본
     자체의 요소에 의한 것이기보다는 냉전의 격화, 특히 중국의 공산화 및 한국전쟁으로
     인해 동아시아에서 미소 양 진영의 세력균형이 파괴되면서 초래된 산물로 평가했다.
     민병기, 「전후10년 일본의 국제적 지위」, 『전망』, 1956.1, 146~147쪽 참조.
73 홍승면, 「한일문제와 미국의 입장-불개입을 강조하는 조정자」, 『신태양』, 1958.3, 91쪽.
74 이건호, 앞의 글, 37쪽.

회로 규정한다.[75] 따라서 한일관계의 정상화보다 반공반일의 국시를 확고히 하는 것이 급선무라고 본다.

그 같은 우려와 공포를 내포한 반일감정은 일본이 재일조선인의 북한송환을 추진함으로써 최고조에 달한다. 억류자 상호석방 문제를 협의하면서 다시금 부각된 재일조선인 문제가 일본이 희망자들을 북한으로 송환하는 일에 착수하고(1956.7) 연이어 북송추진계획과 북·일 간 북송교섭이 진행되면서 제4차 한일회담은 이 문제를 둘러싼 협상으로 시종했다. 그것이 1959.8 인도 캘커타에서 일본과 북한의 북송협정이 정식 조인되고 북송 제1진 975명의 북한행이 실행(1959.12.14)되는 것으로 귀결되자 4차 한일회담이 결렬되기에 이른다. 그 일련의 과정에는 일본의 동남아중립국가와의 외교추진을 둘러싼 장외외교전(1957), 이에 대한 보복수단으로 대촌형무소에 구류된 한국인의 송환인수를 한국정부가 거부하자 일본정부가 '거주지선택의 자유'와 '인도주의'라는 구실 하에 북송을 선언하는 등의 보복의 연속과 이후 미국을 통한 중재 시도, 국제사법재판소 제소, 국제사회에의 호소, 대일통상단교 조치(1959.6) 등 10개월간의 거족적 반대투쟁을 시도했음에도 불구하고 속수무책이었다. 익히 알려졌다시피 재일조선인 처리는 일본이 한일회담을 통해 해결하려고 한 최우선적 목표였고 따라서 북송추진은 철저히 정치적 목적으로 이루어진 것이었다. 북송에는 북한이 경제5개년계획의 요원의 필요성과 일본이 재일조선인 추방과 불황 타개의 경제적 이익을 도모하려는 양자의 정치적 의도가 야합된 산물이라는 분석이 지배적이었다.[76]

---

75 정문상, 「냉전기 한국인의 대만인식」, 『중국근현대사연구』 58, 2013, 88쪽.

76 신도환, 「재일교포 북송음모와 한일국교 문제」, 『서울신문』, 1959.8.23~30. 그는 전후일본외교가 추구해온 중요한 목적으로 국제적 지위 회복, 경제적 실리 획득, 국가적 안전 등을 드는 가운데 북송이 그 같은 노선의 구체적 실천의 일환으로 추진된 것이라

　　당연히 한국사회는 '재일한인북송반대전국대회' 개최(1959.2.16)를 비
롯해 거족적인 북송반대운동으로 들끓었다. 무엇보다 한반도의 유일한
합법정부를 부인하고 주권을 침해하는 행위이자 나아가 자유진영에 대
한 배신행위·이적행위라는 것이 비판의 핵심이었다.[77] 일본이 내건 인
도주의는 대공 교태외교에 불과하며,[78] 자유와 공산의 공존이 불가능함
에도 강요에 의해 북송을 감행한 것은 일본의 명백한 親共행위이자 상
술을 위해 조선인을 제물로 삼은 비인도적 처사라는 것이 주류적인 견
해였다.[79] 다른 한편으로는 재일교포에 대한 선도의 긴급성이 제기되었
다. 60만 교포 가운데 북한 출신은 3%에 불과한 데도 남한출신 교포까
지 포함된 5만 내외가 조총련을 통해 북송을 희망했다는 사실은[80] 조총
련의 교묘한 허위선전과 매수공작의 산물이었음을 말해주는 것으로 이
를 방지하지 못한 것은 교포의 85%에 달하는 잠재적 실업자의 빈궁상
태와 조총련계에 장악되어 있는 교육시설에 원인이 있다는 것이다.[81]

고 분석한다.

77　「교포북송은 자유에 대한 배신이다-일본의 흉계를 국제여론에 호소한다」(사설), 『경
　　향신문』, 1959.2.16.

78　「일 정부의 소위 '인도적 견지'」(사설), 『동아일보』, 1959.2.16.

79　원용석, 「인도문제를 일탈한 '岸'정부의 망동-하필이면 공산지옥으로 추방해야 옳단
　　말인가?」, 『신태양』, 1959.4, 87~88쪽.

80　신도환은 해방직후(1945년 말~1946년 초)에 실시된 귀환희망자의 선택지 통계, 즉
　　64만 7천여 명의 재일조선인 중 남한귀환등록자가 51만 4천여 명, 북한귀환등록이
　　9,700명이었던 사실을 환기하며 11만 7천여 명이 북송을 희망했다는 주장은 가난을
　　이용한 소수의 금전으로 매수한 조총련의 동포의 매매행위로밖에 볼 수 없다고 주장
　　한다. 신도환, 앞의 글.

81　「재일교포의 선도는 시급한 문제이다」(사설), 『경향신문』, 1959.4.30. 특히 재일교포
　　에 대한 교육과 계몽사업의 필요성은 재일조선인문제가 대두된 때부터 줄곧 제기된
　　것이었다. 한일관계의 조정보다도 조총련이 실권을 쥔 200개의 초등학교의 8만 명에
　　이르는 재일교포자녀들의 교육, 선도에 더 치중해 장래의 사태에 대비해야 한다는 주
　　장이 비등한 바 있다. 「재일교포자녀들의 교육문제」(사설), 『동아일보』, 1954.1.3. 다

따라서 일본 내에서 최하위 계층에 속한 대부분의 재일교포의 삶을 근본적으로 개선하지 않는 한 북송희망자가 더 증가하는 것은 자명하기에 정부가 적극적인 선도책을 강구해야 한다는 주장이다. 실제 북송 선택은 이데올로기적 이유뿐만 아니라 생활의 필요성이 크게 작용했다. 일본을 적으로 돌리더라도 재일교포를 남으로 데려와야 하고 북한동포보다 재일교포에 대한 대책을 우선시해야 한다며 정부의 소극성과 무능력을 질타한[82] 논자도 있었다. 이무영은 북송저지투쟁을 호소하거나 데모를 장려하는 방식에서 탈피해 문화적인 구호운동, 특히 각 분야의 문화전위대를 대규모로 조직해 재일교포사회에 침투시켜 재일교포 60만 나아가 남한전체를 노예화하겠다는 일본의 야망을 분쇄시키는 거족적인 과감한 시책을 제안한다.[83]

북송에 대해 전혀 새로운 분석도 있었다. 김사목은 북송이 일본정부 내지 배후에서 정계를 조종하는 공산당의 한일회담에 대한 분열공작의 지엽적인 부분으로 결코 돌변적인 배신행위가 아니라고 본다.[84] 일본 내에 조공(朝共), 중공(中共), 일공(日共)세력이 극동의 국제공산당을 형성된 가운데 일본은 이미 準공산화한 단계의 공산당의 온상지가 되었으며, 이를 분쇄하기 위해서는 국제적 반공투쟁을 전개하는 동시에 국제공산당의 부동의 정책인 한국 침략을 방어하기 위해서는 취약해진 반공

른 한편에서는 재일조선인학교가 이미 빨갱이의 소굴이 된 상태에서 정부의 강력한 대책이 추진되기 어려우며 일본의 반공정책이 명료하게 확립되는 것이 보다 근본책이며 선결과제로 보는 시각도 있었다. 「한일 간에 가로 놓인 것」(대담·유진오/김을한), 『전망』, 1956.1, 133쪽.

82 유근주, 「북한동포에 앞서 재일교포를 구출하라」, 『신태양』, 1959.4, 98쪽.

83 이무영, 「아직도 늦지는 않다-북송저지책을 위한 긴급동의」, 『조선일보』, 1959.12.27.

84 김사목, 「한일회담의 배후관계-일본을 본거지로 한 국제공산당의 음모」, 『신태양』, 1959.4, 90~95쪽.

역량을 관민일치로 집결시켜 남북통일을 완수함으로써 체제우월성을
증명해낼 필요가 있다는 것이다. 사실 여부를 떠나 이 같은 관점은 막
후에서 한일회담에 관여했던 인물의 개인적 소신으로만 볼 수 없다. 북
송문제를 남북한 체제경쟁의 차원에서 접근한 정부의 태도와 유관하며,
당시 북송반대운동의 전반적 흐름이 반일과 아울러 반공의 가치를 선양
하는 방향으로 전개된 것과도 연관되는 것이었다. 냉전 및 열전의 유일
한 전쟁목적은 자유국민을 보호하고 자유세계영토를 방위하는 것인데,
일본의 북송은 대량의 인적 자원을 공산 적에 보냄으로써 그들의 병력
과 노동력을 강화하게 하는 이적행위이며 따라서 자유진영 내 이적국가
일본에 대한 투쟁을 반공반일의 성격을 동시에 지닌 것으로 규정하는
것이 중론이었다.[85] 또 정비석은 북송을 재일교포에 대한 교살행위로
간주하고 일본과의 항쟁을 주창하면서 재일조선인의 역사성, 특수성을
일제의 식민통치에서 찾는 가운데 해방 후 400만 명이 자유와 평화를
찾아 월남한 사실을 일본의 비인도주의 및 남한의 우월성을 입증하는
근거로 활용하기도 했다.[86] 이와 같이 북송문제는 다소 감정에 치우친
면이 없지 않으나 1950년대 한일회담에서 드러난 일본의 비협조적 태도
에 대한 누적된 반일감정을 집약적으로 표출하게 하면서 이를 더욱 고
착시키는 계기가 되었다. 이후 185회에 걸쳐, 특히 1960~61년에 약 7만
명의 북송이 이루어지는 것과 대응해 반일이데올로기가 대중적으로 확
대 심화되기에 이르렀고 그것은 한일국교수립 반대의 중요한 국민적 정
서로 작용했다.[87]

---

85 「자유평화의 적 일본을 응징함에 총궐기하자」(사설), 『서울신문』, 1959.12.15.

86 정비석,「일본은 韓僑의 교살을 단념하라」, 『조선일보』, 1959.12.27. 조병화의 「남으로
   오라」(시, 『조선일보』, 1959.12.27)에서도 북한을 자유 부재, 전율, 공포, 결핍으로 표
   상하는 가운데 자유의 땅 남한으로 올 것을 반복적으로 권고하고 있다.

　지금까지 한일회담의 전개과정을 중심으로 1950년대 지식인들의 대일인식의 기조와 그 양상을 당대적으로 접근해보았다. 확연하게 구획되는 것은 아니지만 지식인들의 대일인식은 한일관계의 역사성, 특수성, 현재성 등을 바탕으로 일본경제론·배제론과 현실론·운명론이 교차·길항하는 가운데 전반적으로 반일이데올로기가 심화되는 추세였다고 할 수 있다. 그것이 전적으로 식민지적 멘탈리티에서 기인한 것이라기보다는 한일회담의 개최, 교착, 중단, 재개의 반복과정에서 일본이 보여준 대한 정책 및 인식태도에 의해 과정적으로 구성되고 심화된 면이 매우 컸다. 지식인들도 마찬가지였지만 이승만(정부)이 추진했던 한일 간 긴밀한 협력관계 하의 "또 다른 일본되기",[88] 달리 말해 제국일본 및 전후에 일본이 전략적으로 추구했던 것과 다른 일본의 모습은 1950년대에 존재하지 않았고 1950년대 비대칭적 한일관계상 존재할 수도 없었다. 지식인들에게 있어 1950년대 일본은 군국주의의 일본, 좌익적 일본일 뿐이었고, 따라서 일본은 대결적, 적대적, 침략적 존재이지 결코 공존적, 협조적 존재가 아니라는 사실을 다시금 경험적으로 확인하는 시간이었다. 단순한 감정적 반일이데올로기의 찌꺼기가 아니었던 것이다. 이 같은 대일인식은 1950년대의 협의를 토대로 1960년대 한일회담이 속개되는 것과 마찬가지로 지속되어갔다. 이러한 한일관계 및 지식인들의 대일인식은 당대 일본적인 것(문화)에 대한 인식태도에 영향을 끼치는 동시에 탈식민 작업에 작용해 이를 촉진/억제한다. 이승만정권의 반일주의지배이데올로기가 여기에 거시적으로 개입·작동했음은 두 말할 나위가 없다.

87　변영태, 「반성할 자는 누구냐-국교정상화의 선행조건」, 『신동아』, 1965.4, 58쪽.
88　박태균, 앞의 글, 128쪽.

3. 1950년대 일본적인 것의 존재와 한국문화(학)

8·15해방 후 탈식민의 작업은 반민특위의 해체를 계기로 파행·왜곡의 길로 들어선다. 반민특위의 해체는 이념과 정파를 초월해 다양한 방식으로 제기되었던 반제반봉건을 핵심 의제로 한 탈식민과제의 총체적 좌절·와해를 의미했다. 탈식민의 작업이 식민지의 연장선상에서의 변화가 아니라 그것을 극복하고 그것과 단절한 번신(翻身)의 작업, 즉 부정을 부정함으로써 자기긍정을 확보하는 작업이어야 한다는 것을[89] 감안할 때, 반민특위의 해체는 이와는 반대로 식민유산의 부정됨이 없이 그대로 유지되거나 오히려 권장, 조장되는 또 다른 계기가 된다. 이후 한국사회는 정치적으로는 식민지의 지위에서 분명히 벗어났으나 사회의 총체적 성격을 조건 짓는 제반 제도적 장치는 물론이고 사상, 인물, 생활양식 등도 본질적으로는 대부분 그대로 유지되었다. 더욱이 친일파를 단 한 명도 처단하지 못함으로써 외세와 결탁하거나 의존하는 행위가 아무런 두려움 없이 자행되는 기풍과 정신상태가 조성되는, 즉 민족이성의 좌절 또는 민족정기의 굴절은[90] 이후 탈식민작업을 지체시키는 요인으로 작용하는 악순환이 연속되었다는 점에서 문제의 심각성이 존재한다. 문화의 영역에서도 반민특위 발족을 계기로 친일행위자 명부(4등급) 등록, 조사 및 검거대상 명단의 공개, 최남선, 이광수, 김동환 등의 순차적 구속과 또 문화예술계의 친일행위의 심각성과 그 척결의 중요성에 대한 여론의 조성, 저널리즘에서 이광수, 조연현의 친일행적에 대한 공개 비판 등 문화인들의 친일문제가 강력한 폭발력을 지닌 뇌관으로

---

89 리영희, 「한일문화교류의 선행조건」, 『신동아』, 1974.11, 78~82쪽.

90 김삼웅, 「역사의 붕괴, 반민특위의 좌절」, 『반민특위;발족에서 와해까지』, 가람기획, 1995, 12~45쪽 참조.

등장했음에도 불구하고 반민특위의 해체와 더불어 친일문제가 공론화될 수 있는 여지가 완전히 사라지게 된다. 친일파 저술에 대한 비판의 담론도 사실상 해체된다.[91] 특히 전향공간의 폐쇄성, 즉 냉전적 경계를 내부에 끌어들여 좌우 이념대립의 극단화 및 지리적 공간의 선택이 압도하는 분위기가 이를 더욱 촉진시키며 친일의 자리에 애국, 구국, 시국이 자리를 잡게 된다.[92] 1950년대 일제잔재청산의 탈식민작업도 반민특위의 해체가 초래한 자장 안에서 이루어질 수밖에 없다.

여전히 후진성을 면치 못했다는 자각을 공유한 상태였으나, 1950년대 또는 1950년대가 경과됨에 따라 문화, 학술, 사상 등의 동향 혹은 성과로 탈일본의 가시화를 꼽는다. 가령 번역문학사의 차원에서 1950년대는 일본적 요소로부터 탈피해가는 계기적 연속성 속에서 그것이 실제적으로 구현되면서 1960년대 번역문학의 르네상스적 개화의 토대를 구축한 연대로 평가된다.[93] 또 학술사의 차원에서도 1950년대는 경제학, 정치학, 법률학, 사회학, 교육학 등 거의 모든 학문분과에서 일본을 경유한 서구 지식의 도입에서 벗어나는 등 일본 학계의 영향권에서 탈피함으로서 자생적 기반을 확립하는 연대로 평가된다.[94] 비정상의 정상화를 통해 본래의 정도(正道)를 회복했다는 것이다. 물론 이 같은 전환은 또 다른 왜곡, 즉 전자는 이데올로기적 규율에 의해 서구편향(사회주의권 및 제3세계 배제)의 또 다른 기형성을, 후자는 미국 학문의 편향적·적극적 수

91 이중연, 『책, 사슬에서 풀리다』, 혜안, 2005, 361쪽.

92 이에 대해서는 이봉범, 「단정수립 후 전향의 문화사적 연구」, 『대동문화연구』 64, 2008, 247~249쪽 참조.

93 김병철, 『한국근대번역문학사연구』, 을유문화사, 1988, 932~934쪽 및 『한국현대번역문학사연구(상)』, 을유문화사, 1998, 7쪽.

94 고려대학교 민족문화연구소, 『한국현대문화사대계Ⅱ;학술·사상·종교사』, 1976, 300~301쪽.

용을 핵심으로 한 수용의 균형 상실을 내포하고 있었다. 간과해선 안 될 것은 탈일본의 경향이 실질적으로는 일본적인 것의 가치와 필요성을 오히려 이전 못지않게 증대시키는 역설적 효과를 야기한다는 점이다. 어쩌면 일본적인 요소의 배제·축출과 또 다른 필요성이 맞물려 작동하고 있었다고 볼 수 있다. 그것은 기존 식민지잔재들의 잔존에다 일본적인 것에 대한 극심한 차별, 배제에도 불구하고 일본상품, 영화, 서적, 가요, 문학, 사상, 일본어사용 등 일본적인 것의 범람과 직·간접적으로 연관이 있으며, 특히 1950년대 반일주의 문화정책 및 검열제도의 작동에 따른 산물이었다.

1950년대 일본문제가 지닌 폭발력은 김소운과 장혁주 파동을 통해 확인할 수 있다. 김소운은 한국대표로 유네스코 국제예술가대회(1952.10, 김말봉, 오영진, 윤효중, 김중업 등 5명) 참석차 일본에 들렀다가 아사히신문과의 인터뷰가 발단이 되어 국내에 들어오지 못하고 14년 동안 설화(舌禍)귀양살이 하게 된다. 문제가 된 인터뷰는 '전시 하 한국의 생활상'으로 그 내용의 골자는, 왜색일소라는 슬로건은 있어도 여전히 활개를 치고 횡행하는 일본색, 심한 빈부격차, 한심한 사치풍조, 뇌물도 심심찮게 오간다는 것과 패전7년 일본의 부흥이 놀랍고 이를 한국의 궁핍과 비교한 내용이었다(『朝日新聞』, 1952.10.24). 이 기사가 국내에 전해지면서 김소운은 '비국민적 매국문인, 조국반역자'로 규정당해 연일 규탄을 받았고, 유네스코대표 파견의 인선이 잘못되었다는 이유로 소관부처인 문교장관(백낙준)이 사표를 내는 빌미가 되는 등 큰 파문이 일었다.[95] 결국 자

---

95 「문총서 철저히 규명」, 『경향신문』, 1952.10.29. 문총이 지적한 찬일(讚日)의 내용은 "일본을 논란하는 애국자도 점심에는 순일본식을 먹는 등의 복고조가 놀랄 만하다와 같은 내용 등을 중심으로 부산부두의 참상과 암울상을 적나라하게 지적, 비난했다."였다. 김소운은 후일 이 사건의 내막을 상세히 회고한 바 있는데(「그때 그 일들」, 『동아

의반 타의반으로 그는 망명객이 될 수밖에 없었다. 이전 '재일조선인비판'이란 문건으로 국내에 파문을 일으켰던[96] 장혁주는 한국에서 자신을 반역자로 취급한다는 이유를 제기하며 일본귀화를 신청한 뒤 『婦人俱樂部』의 유엔기자로 국내로 들어와(1952.10.19~28) 활동한 것과[97] 그 뒤 곧바로 요미우리신문에 게재된 발언 및 그가 창작한 작품들로 인해 망국의 작가로 지탄의 대상의 된다. 신문에 보도된 내용은 '舊이왕가가 돌아가면 남북한이 통일된다는 사람도 있다.', '서울거리에는 왕왕 테러 암살이 있다.', '나는 이번 일본이란 살기 좋은 세상을 만났으나 대부분의 조선인은 비참하였다.' '일본에 귀화함으로써 왕도낙토를 얻었다' 등으로, 과거의 잘못을 회개하지 못하고 아직도 8·15이전과 같은 죄과를 범하고 있다는 맹렬한 비난을 받았다.[98] 또 중간파의 대학생인물을 통해 북한의 죄악상과 더불어 남한의 부정적 실상을 폭로(소설「오호 조선」), 국군장교들의 행동을 비판(소설「절대의 수평선」)한 작품을 연이어 발표하면

일보』, 1976.5.20~6.11), 인터뷰는 여비를 마련하기 위해 일행보다 앞서 동경에 들른 상황에서 우발적으로 이루어졌으며, 대회참가를 마치고 귀국하는 도중 일본에서 자신이 매국문인으로 규탄 당한다는 소식을 듣고 발이 묶였고 일본의 법률에 저촉되어 동경 스가모巢鴨구치소에서 4년 동안 독방살이를 했다고 한다. '나는 조국을 버렸다'란 제명으로 책 쓰기를 권유받았으나 거부했으며, 자신은 일본이란 과녁 하나를 겨누면서 어둡고 긴 터널을 외곬으로 혼자 걸어 왔다는 신념을 강조한 바 있다. 필명을 소운(巢雲)으로 바꾼 것도 스가모 구치소 시절을 잊지 않기 위해서였다고 한다.

96 조연현은 장혁주의 '재일조선인비판'이 우리 동포를 위한 정당한 비판이 아니라 일본인의 재일동포에 대한 부당한 비난과 공격을 동포의 입장에서 합리화시켜주고 있고, 남한의 대통령과 민국의 행정을 편파적으로 비판함으로써 재일동포의 일체의 애국행위와 정치적인 욕망을 거세시켜 결국 일본인들의 음모의 한 수단에 가담하고 있으며, 재일동포에 대해서 민족의식을 버리고 국제인, 즉 일본인이 되라고 주장한 점 등을 들어 이 글을 반역적인 언설로 또 장혁주를 여전한 내선일체주의자로 비판한 바 있다. 조석제, 「장혁주의 '재일조선인비판'을 반박함」, 『신천지』, 1950.3, 111~115쪽 참조.
97 「조국을 등진 장혁주씨 일인 행세코 내한」, 『동아일보』, 1952.10.24.
98 「可笑! 일인 행세하는 장혁주」, 『경향신문』, 1952.11.1.

서 비난이 가중되는 가운데 매국매족의 작가로 낙인을 받는다. 결국 이 두 사람은 반역행위 및 조국을 팔아 외국인의 안목을 현혹시키고 민국의 위신을 실추시켰다는 명목으로 전 문학예술인의 공개 비판(문총 담화)을 받고 문총에서 영구 제명되기에 이른다.[99] 이 사건은 한 에피소드라기보다는 지식인사회의 반일감점이 어느 정도였는지, 적어도 공적 차원에서는 그 어떠한 일본친화적 발언도 제기될 수 없고 제기되어서도 안 되었다는 분위기를 잘 보여준다. 이 같은 굉장한 서항성은 전시상태였고 또 제1차 한일회담의 핵심 의제였던 청구권협상이 오히려 일본의 대한청구권 요구로 인해 결렬된 직후의 고조된 반일감정이 작용한 것으로 볼 수 있으나, 이 같은 분위기는 일시적인 현상에 그치지 않고 1950년대를 일관되게 지배했던 흐름이었다. 사회전반의 공통된 집단 심성이었다고 보는 것이 적실할 듯싶다. 〈왜 싸워〉(유치진 작) 논란에서 확인되듯 문학예술계도 예외는 아니었다.[100]

그런데 김소운이 지적했던 일본적인 것(복고적인 경향을 포함해)의 만연은 전시는 물론이고[101] 1950년대가 경과함에 따라 더욱 심화되어 나타

---

99 「김소운, 장혁주 망언문제화, 문총 비국민행위 철저 규탄」, 『경향신문』, 1952.11.2

100 제9회 전국대학연극경연대회 지정 희곡이었던 〈왜 싸워〉를 개막 하루를 앞두고 문교부가 검열불허조치를 내린 사건이다. '일제말기 총독부 식민지정책을 수행하기 위한 연극경연대회에서 총독상을 받았던 〈대추나무〉를 개작·개명한 것으로 민족도의상 용납할 수 없다.'는 문총의 건의서가 채택된 결과였다. 이에 유치진이 '아이디어와 테마가 완전히 판이한 작품이고 문총의 기관지격인 『자유문학』에 전재된 작품'이라고 반발하면서 명예훼손고소 및 손해배상청구소송으로 맞선 가운데 문총/연극학회 간의 격렬한 논쟁이 오간다. 예술작품의 전문성보다는 감정적 반일감정의 압도적 규정력을 엿볼 수 있는 대목이다. 「파문 던진 '왜 싸워'」, 『경향신문』, 1957.12.12.

101 그 면모는 최태응의 장편 『전후파』(1952)의 일 부분에 잘 나타나 있다. "일본은 어느 틈에 이렇게 다시 사귀고 다시 우리와 허물이 없이 되었는가? 어쩌면 일본은 일본으로 물러가다 말고 부산의 눈치가 견딜 만했기 때문에 한 곳 남겨 놓았다가 그대로 기운을 뻗치는 것은 아닌가"(권영민 편, 『최태응 문학전집2』, 태학사, 1996, 211쪽)라며 전시

난다. 상품, 언어, 종교, 문화적 취향, 습속 등 국민들의 일상생활에서부
터 영화, 서적, 가요, 사상 등 문화적인 영역, 무역, 행정, 법제 등 공적
영역에 이르기까지 사회문화 전체에 일본화 경향이 두드러졌다. 더욱이
단정수립 후 왜색일소운동이 부분적으로 시행되고,[102] 민족적 양심과 저
속성을 논리로 이루어진 일본문화에 대한 과도한 통제, 예컨대 일어판
영화상영금지(1948.10), 검인정교과서에서 친일작가의 작품 일체 삭제조
치(1949.9), 일본어자막 금지조치, 일본서적과 잡지의 수입 및 번역출판
과 일본신문·잡지내용의 전재 금지조치(1950.4)[103] 그리고 밀수입된 일
본서적에 대한 대대적 행정단속 등에도 불구하고 일본화 추세가 더욱
확대되었던 것이다. 이 같은 일본재예속에 대한 사회적 우려와 경고 속
에 관민협동의 왜색일소운동, 국민도의운동, 재건국민생활운동 등의 차
원에서 방일(防日)운동이 대대적으로 전개된다. 왜색일소운동은 이승만
의 대통령취임을 계기로 민족정신정화운동의 차원에서 공식적으로 재
개된 뒤(『경향신문』,1952.8.12) 전국적 차원으로 확대되는 가운데 일본상

후방(부산)의 일본화 만연에 대해 규탄하는 가운데 이 같은 현상을 아프레게르로 간주
하는 입장을 반민족적 매국행위로 비판한다. 최태응은 당시의 아프레게르현상은 생존
을 위해 매음을 하는 미망인, 양공주들의 도덕적 타락이 아니라 "증오할 친일분자들"
이 다시금 발호하는 것으로 본다.

102 「왜색을 일소하자」, 『동아일보』, 1949.3.10.

103 당시 공보처가 제시한 일서번역에 대한 금지조항은 다음과 같다. ①시사적 통속적
또는 저급한 문예지 등의 번역은 일체 이를 금지함, ②우리 민족문화수립에 기여할
바 크다고 인정되는 과학과 기술 등에 관한 간행물은 사전에 공보처에 연락을 요함,
③패전국 일본신문잡지에서 우리나라 신문잡지에 전재할 때는 신중을 요함, ④旣刊
간행물의 재판을 엄금함 등이다(『조선일보』, 1950.4.7). 무차별적인 일본문화 봉쇄정
책이 문화발전에 큰 장애가 될 것이라는 비판론도 다수 제기되었고, 김을한의 경우처
럼 일본문화 수입에 비교적 긍정적인 입장을 표명한 지식인들조차도(김을한,「일본문
화 수입의 한계」, 『서울신문』, 1950.3.25~28) 대부분 민족 윤리에 강박되어 일본에 대
한 문화적 배타주의가 암묵적으로 승인된다.

품과 서적의 압수 소각조치, 일본어간판, 왜색음식물 명칭 일소를 위한
단속 등이 주기적으로 실시되었고(『한국일보』,1955.8.5), 특히 구보타망언
으로 인한 한일교섭의 장기간 교착과 일·북한 어업협정이 공개된 뒤
가속되기에 이른다.[104] 국민도의운동 차원의 방일은 특히 도의교육에서
현저하게 나타나는데, '반공방일 요항에 수업실시에 관한 건'(문교부령 제
35호, 1954. 4.20)에 의해 국민도의교육의 차원에서 초중고등 각급 학교에
서 매 학년 매주 1시간 이상 반공방일교육을 실시한 이래 1956년 도의
교육을 교육정책의 핵심 목표로 설정하고 '도의교육 및 반공방일교육
통합 강화'(문교부령 제39호)를 추진하면서 도의교과서 편찬, 도의교육위
원회 설치, 도의교육요강 제정 등이 이어지는 가운데 반공방일교육의
의무화가 시행되었다. "민족의 지상과제인 국토통일을 위해 정신통일이
필요하고 따라서 정신생활을 순화하여 하나로 통일시키는 교육"[105]을
목적으로 했던 도의교육의 핵심 내용이 반공방일이었던 것이다. 이 같
은 반공방일교육의 의무화는 학생들을 동원한 반공방일궐기대회, 가령
남산광장에서 일본의 용공정책을 규탄하는 중·고등학생 및 대학생 1만
여 명이 동원된 궐기대회(『한국일보』,1955.7.15) 등과 결합해 맹목적·감정
적 애국심을 조장하고 체제우월성을 주입·각인시키는데 중요한 역할을
하게 된다.

　이러한 관급적인 국민운동은 국민·사회통합의 기제로 작용하는 가운
데 특히 왜색일소운동은 일본에 대한 강한 적개심과 민족문화 순화의
정신이 내포되어 있는 애국운동의 일환으로[106] 간주되면서 대중적 환영

---

104 「한일관계의 정돈과 그 타개책」(사설), 『경향신문』, 1955.7.8. 정부에서는 관련 7개
　　부처 대표공동으로 왜색 일소와 국산품애용 운동을 추진할 것임을 합의하고 그 실천
　　을 천명한 바 있다(『경향신문』, 1955.6.30).
105 최규남, 「국토통일과 교육」, 『문교월보』31호, 1957.3.

과 지지를 받게 된다. 일본을 부정적 타자로 한 내셔널리즘이 또 한 번 재흥하게 되는 것이다. 미디어는 이승만의 반일정책 및 사회문화적 반일운동을 내셔널리즘으로 채색하는데 앞장서면서 한 발 더 나아가 보다 강력한 왜색일소를 주문하기까지 한다. 다시 말해 정부의 왜색일소운동의 문제점, 이를테면 국민생활의 현실적인 면에서 방일운동의 핵심이 일본어퇴치인데 일본상품명의 표지를 제거하는 수준의 일어 제거는 고식적이라며 더 강력한 국어순화운동이 필요하고,[107] 중학입학생 60%가 왜식이름인데(창씨개명의 부산물) 복잡한 법적 절차를 간소화하는 입법조치가 필요하며 강제적으로라도 일정한 기간을 정해 왜식이름을 변경하는 작업을 국가가 주도적으로 추진해야한다는 것이다.[108] 그러나 왜색일소운동의 실질적 성과는 미미했다. 공통적으로 지적됐다시피 민족주체성의 정립을 위해서라면 왜색만이 아닌 과도한 양색(洋色)에 대한 일소도 포함시켜야 했고, 더 근본적인 것은 민족의식의 고취·앙양이 없는한 왜색의 발본색원적 퇴치는 불가능했기 때문이다.[109] 이런 맥락에서 왜색보다는 왜심(倭心)의 제거가 강조되기도 했다. "국민들의 가슴 속에 잔재한 일본 동경열을 말살해야 한다."(『한성일보』,1950.4.7) 는 주장이 일찌감치 제기된 바 있으며, 왜색일소운동이 한창일 때에도 일본화의 화근은 왜심이라는 견해, 즉 서울의 백화점에 왜인의 밀수품이 범람하는 것을 10만 경찰관과 40만의 무수한 검찰관이 있어도 막아내지 못하는 것은 왜심의 작란이기 때문에 왜심의 뿌리를 뽑지 않으면 왜색의 퇴치는 있을 수 없다[110]는 주장이 비등했다. 왜심으로 일컬어진 언저리에

106 『한국일보』, 1955.7.7.

107 「방일운동에 맹점 허다」, 『경향신문』, 1956.11.4.

108 「왜식인명일소의 便法을 강구하라」(사설), 『경향신문』, 1957.3.12.

109 「牛首馬肉의 왜색 일소」, 『동아일보』, 1959.5.30.

1950년대 일본화 현상의 근본이 있었다고 볼 수 있다. 반일(주의)의 기저에 깔린 독특한 심리적 메커니즘, 즉 일본은 거부와 증오의 대상이자 동시에 모방과 추격의 이중적 존재로 인식·각인되었기[111] 때문에 일본화 현상은 필연적일 수밖에 없었다. 공적 차원에서 전자가 고양되나 사적 차원에서 후자가 오히려 확대·심화되어 나타난 것이 1950년대 일본화의 정체였다고 볼 수 있다. 더욱이 그것이 탈식민 작업이 지체되는 것과 상호 상승적으로 확대되면서 일본화의 추세가 촉진되었다고 봐야 한다. 따라서 리영희의 지적처럼 일본화는 1950년대만이 아니라 이후에도 **일본이 밀고 들어온 것이 아니라 우리가 '끌고 들어온 것'**이라고 보는 것이 좀 더 정확한 표현일 것이다.[112]

물론 이승만정권의 반일주의의 정략성도 지적되어야 한다. 그의 반일주의는 식민지적 유제를 철저하게 청산해 재예속을 막는 내적 근거와 조건을 구축하는 것과 무관한 반일감정을 고취시키는 것으로 일관했다. 이를 미국의 아시아 정책과 냉전 및 열전이 교차하면서 급변하던 (동)아시아 질서에 능동적으로 대응함으로써 국익을 극대화한 그래서 외교의 귀재라는 긍정적인 평가도 더러 있으나, 대체로 국민들의 강한 반일정서를 효과적인 반외세 에너지원으로 동원해 사회통합을 실현하고 체제

---

110 김상기, 「왜색과 왜심」, 『한국일보』, 1955.9.22.

111 박명림, 「근대화 프로젝트와 한국민족주의」, 역사문제연구소 편, 『한국의 '근대'와 '근대성' 비판』, 역사비평사, 1996, 346쪽. 박명림은 이 이중성은 "근본주의적 민족주의가 제공해주는 극단적인 대일 증오는 구체적인 분석과 현실의 대안 추구에 의해서 제시되는 민족자주 실현에 의해서보다는 속류적이고 감정적인 표현과 문화형태에 의해 더 쉽게 더 많이 충족가능하기 때문에 그런 현상은 집단적인 자기만족을 제공해주고 이로 인해 다시 반복된다"고 분석했는데, 아마도 1950년대의 반일민족주의가 이 같은 특성을 대변해준다고 볼 수 있다.

112 리영희, 앞의 글, 83쪽.

정당화 및 지배의 안정화를 제고하기 위한 상징조적의 수단이었다고 평가된다.[113] 아울러 정치적 반대세력, 특히 당시 가장 강력한 정치적 반대세력이었던 민주당(구파)을 무력화시키려는 당략적 목적도 작용했다.[114] 실제 공고한 반공연대세력이었음에도 불구하고 (북진)통일론과 한일회담 등 주요 정치적 의제를 둘러싸고 민주당의 비판과 이반이 1950년대 후반으로 갈수록 뚜렷하게 나타난 바 있다. 물론 이승만의 반일주의는 식민기억의 트라우마에다 한일회담의 연속된 결렬 과정에서 '경험된'반일정서가 결합하면서 형성된 국민들의 상당한 동의기반이 존재했기에 지배이데올로기서 나름의 영향력을 발휘할 수 있었다. 어쩌면 1950년대는 통치자에서 일반국민에 이르기까지 **'경험된' 반공과 '경험된' 반일에 갇힌 시대**였는지도 모른다. 이 같은 이승만의 독선적 반일주의(정책)가 1960년대 장면정부의 저자세 대일외교와 박정희정권의 한일관계 중심의 외교정책과 비교되면서, 방법은 졸렬했으되 국민적 대일인식을 정립하는데-'일본에 맞서야 한다' '일본보다 나아야 한다'는 의식의 일반화-긍정적으로 작용한 면도 크다는 긍정론이 일었던 아이러니는 1950년대에 형성되었던 반일정서의 고질(痼疾)의 연장이 아닐까 한다.[115]

한편, 1950년대 일본적인 것과 한국문화의 제도적 연관은 검열제도의

---

113 이에 대해서는 손영원, 「1950년대 반공이데올로기의 사회적 성격」, 김대환 외, 『한국 현대사를 어떻게 볼 것인가』, 열음사, 1987, 180쪽, 한국역사연구회 현대사연구반, 『한국현대사2』, 풀빛, 1991, 101쪽, 서중석, 『이승만과 제1공화국』, 역사비평사, 2007, 137쪽 등을 참고할 것.

114 손호철, 『현대 한국정치:이론과 역사 1945~2003』, 사회평론, 2003, 165쪽.

115 이숭녕, 「'일본적'과 '미국적'-해방20년의 문화적 주체의식의 반성」, 『사상계』, 1964.8, 86~92쪽. 한일수교수립 전후로 "모든 일본적인 것을 철저하게 색출·처단해야 한다." (이범석, 「이제는 더 침묵할 수 없다」, 『사상계』, 1965.7)와 같은 극단적 배일론이 거세게 일었던 것도 마찬가지의 맥락이다.

작동과 밀접한 관련이 있다. 국가보안법 및 미군정법령 제88호와 제115
호를 법적 근거로 해서 이루어진 당대 검열의 기조는 반공검열과 반일검
열이었고, 둘의 상호작용을 통해 검열의 효과가 증폭된다. 우선 반일검열
은 대단히 광범하면서도 명백하게 차별적으로 시행된다. 일본적인 것은
두 차원, 즉 이입의 차단(봉쇄)과 국내에서 유통되는 것에 대한 무차별적
행정단속을 축으로 이루어진다. 일본 영화, 문학작품, 레코드 등 문학예
술분야는 1950년대 내내 수입이 금지되었고, 일본서적의 수입도 원칙적
으로는 불허되었다. 또 일본에서 인쇄된 국문출판물의 수입 금지(『조선일
보』,1954.3.19), 신문지면에 일본상품의 광고 및 선전 금지(『비판신문』,1954.
2.8) 등도 있었다. 이 같은 유입차단에도 불구하고 밀수입된 일본물과
공식적 허가를 받고 수입된 것도 추후 갖가지 명목 하에 압수, 판매금지,
수입허가 취소, 삭제 등이 일상화·정례화 되었다. 1952년 일본잡지의
대대적인 압수, 일본잡지『개조』의 수입허가 취소, 저속한 일본잡지 900
권 압수를 시작으로 동경 발행『한양신문』판매 중지(『평화신문』,1954.9.20),
1950년대 후반으로 가면 일본에서 도입된 불온서적 39권 압수 및 좌익서
적을 주로 출판하는 일본 소재 13개 출판사(청목서점, 삼일서점, 인문서원
등)가 간행한 출판물의 국내 반입을 금지(『경향신문』,1959.4.27) 등으로 확
대되는 추세를 보인다. 개중에는 국민도의의 파괴, 일본재침략 비호 등과
같은 국민들의 비판적 여론에 떠밀려 (검열당국의)수동적 검열이 이루어진
경우도 있었다. 국민들의 반일정서가 검열의 작동에 개입했던 것으로,
전례를 찾아보기 힘든 특이한 현상이었다.[116]

유의할 것은 외국에 공통적으로 적용된 검열원칙이었다 하더라도-예

---

116 이에 대한 보다 자세한 내용은 이봉범, 「1950년대 문화 재편과 검열」, 『한국문학연구』
34, 2008, 22~32쪽 참조.

컨대 문학작품의 수입금지- 일본적인 것에 대한 것은 불합리하고도 명
백한 차별이 횡행했다는 점이다. 가령 영화검열에서 외화수입은 미국영
화에 치중한다는 공식적 천명,[117]뿐 아니라 영화제작에 있어 일본작품의
모작 또는 표절은 물론 민족정기를 앙양하기 위한 만부득이한 경우를
제외하고는 왜색의 영화화를 금지하는 동시에 민족정기를 앙양하기 위
한 경우에도 한 구절 이상의 일본어 사용과 일본의 의상과 풍속의 영화
화는 금지한 것에 반해 자유진영국가 작품의 부분적인 인용 또는 모작
은 허용했다(『문교월보』,1959.6, 65~66쪽). 또 일서의 경우 학계의 끈질긴
요청에 의해 전시 부산에서 서적의 종목과 수량을 제한한 가운데 학술
연구에 필요한 경우에만 수입이 승인되었는데 여타 국가와 달리 일서는
계속해서 실수요자의 증명을 첨부해야만 수입이 가능했다(『1963년 출판연
감』,85쪽). 그나마도 양서에 대하여 부여되었던 ICA불의 사용이 허용되지
않아서 불가불 고가의 수출불을 사용하지 않으면 안 되었을 뿐 아니라
같은 수출불 중에서도 특히 고가인 일본지역불을 사용하게 되는 이중의
불리함 때문에 일서의 가격은 정가의 7배 이상을 호가하는 것을 방지할
수 없었다.[118] 외국신문을 검열할 때 유독 일본신문만을 대상으로 우리
정부에 불리한 기사나 공산진영에 관한 자유국가들의 통신 보도는 그
종류에 따라 검게 먹칠을 하거나 퍼렇게 잉크칠을 해서 배부케 했다(『동

---

117 「영화검열요강」,『경향신문』, 1955.4.1.
118 권영대, 「이정권시대의 감정적 조치를 지양」,『한국일보』, 1960.7.25. 예술작품도 일
   차적으로는 무역품목이기 때문에 어떤 대금(화폐) 결제를 하느냐에 따라 합법적 수입
   단가에 변동이 있을 수밖에 없었고 그것은 결국 양질의 문화수입을 저해하는 장애요
   인이 된다. 외화수입의 경우 公賣弗에서 수출불로 전환되면서 가격이 2배 이상 높아지
   고 여기에 고율의 과세까지 부과되어 양질의 외화수입은 실질적으로 거의 불가능하게
   된다. 수입대금결제방식을 둘러싸고 1950년대 내내 상공부와 문학예술계가 충돌한 것
   도 이 때문이다. 「외화수입문제」,『서울신문』, 1956.5.11.

아일보』,1955.2.9). 이 같은 촘촘한 검열망에도 불구하고 일본적인 것의 범람은 꺾이지 않았던 것이다. 이는 당대 검열의 비체계성만으로 설명될 수 없는 문화적 현상이다.

더욱 큰 문제는 이러한 검열로 말미암아 문화적 기형성이 배태·조장되었다는 사실이다. 가령 번역출판의 경우 국가권력이 검열을 매개로 외서수입권과 번역허가권을 독점적으로 행사함으로써 관급적 번역출판이 주류를 형성했을 뿐만 아니라 문화쇄국을 조장한다는 비난을 받을 정도로 까다로운 외서수입조항('외국도서인쇄물 추천기준 및 추천 절차',1957.8.30)으로 인해 외서수입의 폭이 매우 좁았고 그나마도 특정국가에 편중될 수밖에 없는 구조로 인해 잔존한 일본서적이나 미공보원 및 아세아재단과 같은 민간원조기관이 기증한 도서의 활용가치가 증대되었으며, 비공식 루트로 밀수입된 것이 판매되거나 무단 번역이 성행할 수밖에 없었던 것이다. 저작권법이 공포되었음에도 불구하고 국제저작권협회에 가입하지 않았던 관계로 무단번역출판, 특히 일본물이 더욱 조장된다. 또 일어중역이 범람한다. 구미서적의 수입조차 행정적 절차의 까다로움과 경제성의 부족으로 인해 게다가 출판자본의 투기적 개입[119]이 덧붙여지면서 일어중역이 가장 손쉬운 방편으로 선택되었던 것이다. 그리고 일어서적의 효용가치가 증대된다. 필요한 외서가 부족하

---

119 한일관계에서, 특히 일본의 왜곡된 대한감정을 조성하는데 있어서 출판자본의 투기적 개입은 심각한 문제라 할 수 있다. 최근 대표적인 혐한(嫌韓)베스트셀러로 높은 판매고를 올린 무로타니 가쓰미[室谷克實]의 『惡韓論』(2013), 『呆韓論』(2014) 등은 일본출판업계가 혐한이라는 자극적인 키워드를 출판 불황 타개책으로 택한 산물로 볼 수 있다. 일본의 과거사 왜곡이 주된 내용이었던 혐한 출판물의 소재 범위가 세월호사건, 대통령에 대한 원색 비난 등으로 확대되는 추세에다 이들 출판물이 과거 일부 극우보수층에게만 먹혔던 것이 일본 사회에 깊숙이 파고드는 현상은 고질적인 양국 간의 불신을 조장할 수 있다는 점에서 가벼이 볼 수 없는 문제이다. 『중앙일보』, 2014.11.22.

고 일어를 제외한 외국어실력이 전반적으로 미숙했던 상태에서 일본교육을 받은 일반 독자나 지식인들의 일본서 수요가 광범한, 즉 수급의 불일치에서 기인한 일서의 효용성, 그것도 불가피하게 전후 최신 조류가 아닌 식민지시기에서부터 잔존한 것들이 대거 소비된다.[120] 그 여파는 학술역량의 토대를 허약하게 만들기도 한다. 일본문화의 밑받침을 이어받고 있고 우리의 실생활과 가까운 일본문화의 수입 금지, 특히 이데올로기성이 없는 것조차 차별 대우해 수입을 불허함으로써 일본의 업적을 불로소득할 수 있는 호조건을 잃게 한다는 사회과학자의 탄식은 당시 학자들의 공통된 하소연이었다.[121] 영화의 경우도 외화수입의 제한, 일본영화의 수입 불허, 시나리오의 절대 부족 그리고 영화산업의 급성장이란 상황적 조건에서 일본영화의 표절 관행이 만연된다. 1959년 북송반대여론이 고조되던 때 당시 대부분의 영화가 일본작품을 표절 또는 번역했다는 조사 자료가 공개되면서 큰 파장이 일었다.[122] 요컨대 **1950년대 검열체계의 작동은 결과적으로 여러 분야에서 일본적인 것**(일본어 포함)**의 가치를 역설적으로 높이는 부정적인 기여**를 한다. 같은 맥락에서 식민지시기 일본물이 다시금 소환되어 그 영향력을 지속한 것도 특기할 만하다.

그리고 식민지시대에 대한 문학적 형상화가 부진했던 사실도 검열과 밀접한 관련이 있다. 탈식민화작업의 필요성 강조, 반일정서의 점증, 민족주의담론의 성행, 대다수 작가들의 풍부한 식민지경험 등을 고려하면 1950년대에는 식민지시기를 총체적으로 역사화한 장편이 다수 생산되

---

120 이봉범, 「1950년대 번역 장의 형성과 문학 번역-국가권력, 자본, 문학의 구조적 상관성을 중심으로」, 『대동문화연구』 79, 2012, 445~464쪽 참조.

121 고영복, 「良書를 엄선하여 싸게 구입케 하라」, 『한국일보』, 1960.7.25.

122 L.Y.(임영), 「몰염치한 각본가군」, 『한국일보』, 1959.3.8

었을 것으로 충분히 예상할 수 있으나, 단 한 편도 없었다. 수많은 신문
연재장편에서조차 식민지시기를 정면으로 다룬 것이 없었고 더러 배경
처리에 동원될 뿐이었다. 검열은 기본적으로 금지/권장(육성)의 이중적
효과를 발휘한다. 실제 반공주의검열은 좌익적 경향에 대해서는 가혹하
리만큼 억압·금지했으나 반공과 친연성이 있다면 무제한적으로 허용되
었고, 국가권력이 앞서서 반공작품을 권장·후원하였다. 반면 반일주의
검열은 반일이 권징되거나 장려되지 않았다. 형식논리상 모순적 결과이
다. 박영준의 푸념, 즉 식민지시대를 배경으로 한 작품을 쓰려고 해도
또 쓴다고 해도 발표기관이 없다는 발언[123]은 저간의 맥락을 시사해준
다. 즉 미디어의 간접검열(자체검열)이 중요하게 작용하고 있었던 것이
다. 반일주의검열의 무차별성과 과잉된 반일정서의 사회분위기 속에서
또 당시 검열체계의 역학구조상 정치권력의 압도적인 주도권이 행사되
는 조건에서 미디어가 식민지시기를 다룬 작품을 싣는다는 큰 부담이었
을 것이다. 그렇다고 문학주체의 문제[124]나 한국전쟁의 전폭적인 영향력
을 도외시하는 것은 아니다. 다만 검열에 의해 식민지시기에 대한 문학
적 접근이 상당부분 봉쇄된 것만큼은 분명한 사실이다. 이와 대조적으
로 1960년대 한일협정파동을 계기로 식민지시기를 다룬 장편이 비로소
쏟아져 나온다는 사실, 또 그것이 한일관계의 부산물이라는 혐의가 크

---

123 박영준, 「일제배경의 장편을」, 『서울신문』, 1957.1.1.

124 한수영은 「전후세대의 문학과 언어적 정체성-전후세대의 이중언어적 상황을 중심으
　　로」(『대동문화연구』58, 2007)를 비롯한 일련의 지속적인 연구를 통해 전후문학의 심층
　　을 새롭게 밝혀냄으로써 전후문학연구의 새로운 지평을 개척하는 성과를 거둔 바 있다.
　　그가 전후세대 및 전후문학의 핵심키워드로 제시한 것이 '전후세대의 이중언어적 정체
　　성'과 '식민화된 주체'이고 이것이 전후문학의 내밀한 풍요로움의 원천이라 평가하고
　　있는데, 식민지시대 형상화문제 특히 1950년대에서는 이 같은 주체 문제와 더불어 주체
　　를 위요하고 있던 검열의 문제와의 길항관계 또한 고려해야 할 필요가 있다고 본다.

다는 점에서 식민유산 청산의 지난함을 절감할 수 있겠다.

그리고 반일주의검열의 논리는 두 가지, 즉 불온과 저속(외설)이다. 일본(문화)이 불온으로 간주된 것은 일본공산당의 합법적 존재, 일본의 중립(양면)외교의 가속화와 소련, 중국, 북한과의 협정 체결 및 동남아중립노선 국가들과의 협력 강화, 재일조선인사회에서의 조총련의 존재와 막강한 영향력 등이 복잡하게 작용한 결과이다. 적성국가의 출판물 이·수입을 이중삼중으로 차단·봉쇄한 결과로 일본이 공산주의의 한국 침투의 중계지대로 구실 또는 편의를 제공하고 있다는 의심 또한 민감하게 작용했다. 실제 한일회담의 추진과정에서 우리가 문제시한 것 가운데 하나가 이 사안이었다. "우리는 결코 일본을 증오하지 않는다. 그러나 일본에 있어서의 공산주의는 증오한다."[125]는 분리적 태도나, 앞서 언급했듯이 일본이 반정부적 한인민족반역자, 친일분자를 보호·원조하고 있으며 재일한인 공산주의자들을 도와 한국정부를 전복시키려 한다는 명분을 내걸고 경제단교 조치를 단행한 것도 이런 맥락에서였다. 그 추세는 휴전과 그 직후 개최된 제네바회담을 계기로 국내·외에서 한국통일 방안이 논란되는 것을 거치며 강화되었고 1959년 북송으로 인해 최고조에 달한다. 특히 정국은 간첩사건(1953.8)의 발생과 그 뒤 수사과정에서 드러난 국내·일본에서의 좌익 활동과 양우정 등 연루자들의 면모가 속속 밝혀지고, 치안국의 '재일남북통일운동위원회'사건 발표(1955.2.1)[126] 후 그 의심이 확증으로 바뀌며 일본=용공·좌익의 이미지가

---

125 「憎日은 아니한다 일본은 회개하라」(사설), 『한국일보』, 1954.10.30.

126 치안국은 김삼규, 이북만, 박춘금 등이 주축이 된 이 단체가 한국중립화통일을 제창하고 있지만 실질적으로는 공산당의 지령에 완전히 야합한 반역집단이라고 규정했다(「순연한 적색 앞잡이」, 『동아일보』, 1955.2.2). 정일형은 이 단체의 통일방안의 핵심은 남북한 자유선거를 통한 통일중앙정부를 수립하는 것에 있다며, 중립화운동을 단순히 일부 망명객의 책동, 일제주구들의 망동, 공산측의 공존 평화공세의 유혹에 도취된 것

굳어지게 된다. 따라서 검열은 일본 및 일본을 경유해 밀수입되어 대거
유통됐던 적색출판물의 단속에 치중했고(『한국일보』,1955.1.16), 그 범위가
확대되어 좌익서적을 주로 출판하는 일본소재 13개 출판사 간행물의 국
내반입금지로 나타난 것이다. 이 같은 강력한 규제는 박정희정권으로
연장돼 특히 한일수교 직후부터 더욱 강도 깊게 시행된다. 이후에도 일
본이 좌익서 유입의 주요 거점으로 구실하는데, 그것은 일련의 검열의
산물들, 예컨대 『판례상 인정된 이적표현물 목록』(법원·검찰, 1999) 1,220
종(1967~95) 중 유물론 서적을 포함한 사회과학서적의 상당수가 일본인
저작의 번역물이라는 것을 통해서 확인해볼 수 있다. 일본, 조총련, 재
일유학생 등의 연관 속에서 일본에 대한 용공 또는 공산주의 이미지는
분단이데올로기의 폭력성이 기승을 부리면서 고착화된다. 재일유학생
이 북송한 부모를 둔 조총련계 여성과 연인관계라는 이유만으로 간첩혐
의를 받고 밀항할 수밖에 없는 분단현실을 그린 윤정모의 「님」이나 재
일유학생간첩단사건들에서 그 일면을 확인할 수 있다.

　일본문화의 저속(외설)에 대한 단속 또한 꾸준했다. 다만 한국전쟁기
에 집중적인 취체가 있은 뒤 비교적 관대했다가 1950년대 후반부터 재
차 강화되는 특징을 보인다. 미디어의 옐로저널리즘화, 아프레게르 풍
조의 만연, 대중예술의 저속화 등이 대부분 일본대중문화의 침투에 따
른 산물이라는 사회적 인식이 확산되고, 또 그것이 특히 청소년들의 풍
기 문란, 도의 타락의 주범이자 일본재침략의 발판이 될 것이라는 우려
가 팽배했음에도 불구하고 영화를 제외하고는 검열당국의 선제적 통제
는 그다지 없었다. 오히려 여론에 떠밀려 검열이 이루어지는 경우가 많

　으로만 볼 수 없는 대한민국을 근본적으로 부정하는 처사라고 비판했다. 정일형,「한국
통일의 전망(상)」,『동아일보』, 1955.1.9.

았다. 그것도 텍스트보다는 미디어를 제어하는 간접적 통제가 주종이었다. 그 관대함은 불온 위주로 검열이 시행된 것, 마땅한 외설의 기준을 정하기 어려운 점 등이 작용했으나 그보다는 대중문화를 지배이데올로기의 확산과 국책을 홍보하는 장치로 적극 활용하고자 했던 정책 목표 때문이었다. 금지보다는 권장에 더 큰 무게를 둔 것이다. 주목할 것은 이 과정에서 일본의 대중문화=저속성의 관념화가 이루어진다는 사실이다. 저속성의 또 다른 원천인 양풍을 서구 전후사조의 부박한 일시적 추종에 불과한 것으로 치부한 것과 달리 일본의 전후대중문화 및 이를 직·간접적으로 모방한 왜색, 왜풍은 그 자체로 저속으로 규정·단죄된 것이다. 실상 1950년대 후반 소비되던 대중문화에서 일본적인 것의 정체는 상당부분 불분명했다. 정확한 계보를 가려내기 어려울 만큼 미국적인 것과 일본적인 것이 뒤섞여 있었으며, 미국 원형이 일본을 거쳐 변형·왜곡된 것이(그 역의 경우도) 이입되는 경우도 많았다.[127] 여기에는 전후일본문화가 '팡팡문화'(매춘부적 문화)라는 인식[128]과 문화적 주체성의 정립은 일본적인 요소의 제거에서 비롯된다는 다소 맹목적인 반일민족주의가 투영된 것으로 판단된다. 문제는 그 같은 일본문화에 대한 표상이 각인되고 그것이 4·19혁명 후 일본대중문화의 전폭적 유입과 맞물려 재생산되는 가운데 확고한 사회문화적 관념으로 정착된다는 사실이다. 1980년대 초까지 '왜색'(가요)의 실체를 두고 논쟁이 계속된 것은 그 맹목성의 잔영이다.

이렇듯 안팎으로 극단적인 배제와 차별을 동원해 봉쇄하고자 했던 일본문화는 4·19혁명을 계기로 빗장이 풀리면서 노도와 같이 밀려든다(불

---

127 김진만, 「한국문화 속의 아메리카니즘」, 『신동아』, 1966.9, 쪽.
128 김영수, 「일본문화계의 동향」, 『신세계』, 1956.8, 244~245쪽.

러들여온다). 4·19혁명의 역설적 효과이다. 이를 이승만정권의 독선적인 반일정책 붕괴의 반동에서 온 문화적 현상으로 보든[129] 아니면 장면 정부의 개방적인 일본외교정책의 산물로 보든[130] 그 책임 소재보다도 더 중요한 것은 앞서 언급한 당대 우리에게 내재한 반일정서의 이중성의 또 다른 거대한 분출이었다는 사실이다.

4. 1950년대 친일문제의 한 국면—결론을 대신하여

1950년대 문화 분야에서 친일논란이 불거진 것은 공교롭게도 친일한 또는 친일에서 자유롭지 못한 문인들의 문단·문학권력을 둘러싼 이권 다툼을 통해서다. 즉 이른바 예술원파동이다. 문총과 학·예술원의 조직적 차원과 김광섭, 이무영, 이하윤, 박계주 등과 조연현, 김동리 간 두 측면에서 예술원선거 및 그 결과를 놓고 벌어진 공방에서 필자가 주목하고자 하는 것은 당시 한국문단의 가장 민감한 아킬레스건이었던 친일문제와 부역문제가 불거진 점이다. 특히 친일문제는 반민특위해체 후 문단에서 공식적으로 거론된 적이 없었는데, 박계주에 의해 다시금 문단의 쟁점으로 부각된 것이다. 그는 최남선, 주요한, 유진오, 최재서 등 친일문인들이 10년이란 장구한 기간을 조신하면서 문학의 길을 걸어온 것과 친일을 하고도 그냥 날뛰는 일부 소장 문학자들을 대비시키며 특히 조연현에 타깃을 맞춰 그의 당선을 한국에서만 볼 수 있는 희극으로 비판한다.[131] 곧바로 김동리의 역공, 즉 '해방직후 좌익 활동(『민성』편집)

---

129 「일본문학번역과 작가」, 『경향신문』, 1960.10.12.
130 「한국 속의 일본을 고발한다」, 『신동아』, 1964.11, 103쪽.
131 박계주, 「문총과 예술인」, 『동아일보』, 1954.4.18~20.

과 한국전쟁기 부역 행위' 등 박계주의 약점을 공격하고,[132] 조연현이 박
계주를 포함해 예술원선거에 이의를 제기했던 문학자들을 직업적 문화
운동가, 통속작가 등 비문학자그룹으로 규정·비판하는[133] 과정을 거친
뒤 문단의 분열(한국자유문학자협회의 결성)로 분규가 마무리된다.

그런데 박계주의 친일문제 거론은 예술원선거에 대한 불만과 상대방
에 대한 공격수단으로 구사한 우발적 발언으로만 보기 어렵다. 학·예술
전문가들의 '자숙'이라는 의미가 부각되어 있기 때문이다. 게다가 예술
원파동 와중에 이광수의 일제말기 행적에 대한 새로운 사실, 즉 이광수
가 '청년정신대'와 '농촌정신대'를 조직해 반일사상을 고취·전파하고 조
선의 독립을 도모하는 활동을 전개했다는 문건[134]이 공개됨으로써 친일
문제에 대해 다시금 주목하게끔 하는 분위기가 조성된다. 이광수의 친
일에 대해 면죄부를 주고자 의도했던(?) 것이 문단에 어떻게 수용되었는
지는 확인하기 어려우나 적어도 친일문제가 봉인된 상태로만 존재하기
어려웠다는 것을 시사해준다 하겠다. 설령 우발적이었다 하더라도 이는
친일이라는 강력한 뇌관이 희석되면서 친일문인에 대한 문학적 복권의
계기가 된다는 점에서 주목을 요한다. 물론 학·예술원의 설립 자체가
미분화되어 있던 학예를 학술/예술로 제도적 분화를 촉진시키고 전문성
과 독자성을 추동함으로써 각 분야의 전문성이 우선적으로 강조되는 제

---

132 김동리, 「예술원 실현과 예술운동의 장래」, 『현대공론』, 1954.6, 73쪽.

133 조연현, 「학예술원의 성립의 현실적 배경」, 『현대문학』, 1955.2. 75쪽.

134 신낙현, 「이광수는 과연 친일파였던가?」, 『신태양』, 1954.6~7. 정선태는 이 문건의
내용과 관련된 재판기록을 발굴해 비교한 결과 이 문건의 내용을 전적으로 신뢰하기
는 어려우나 재판이라는 공적문서에 당사자가 이광수로부터 독립운동을 위한 '농촌정
신대'를 조직하라는 지령을 받았다는 식으로 적혀 있다는 점에서 완전히 무시해버릴
수도 없다며 판단을 유보한 바 있다. 정선태, 「신낙현의 '춘원 이광수는 과연 친일파였
던가' 및 관련 재판기록」, 『근대서지』 3, 2011, 443~445쪽.

도적 영향력을 발휘한다. 그것은 각 부문의 전문가들이 대거 납·월북한 상태에서 친일경력의 전문가들이 공적 제도 안으로 진입할 수 있는 토대로 구실한다. 결과적으로 친일인사의 복권을 공적으로 승인해주었던 것이다. 친일행적의 회원이 다수였다는 것만을 의미하는 것은 아니다. 전문성이 우선시되면서 공적·제도적 차원에서 친일행적은 더 이상 강력한 효력을 발휘하기 어렵게 되었다는 것과 그러한 분위기가 학·예술계에 별다른 저항 없이 수용되었다는 사실에 있다. 친일문제는 희석되고 전향, 부역 등 좌익경력이 이전보다 더 강력하게 문인들의 존재방식을 규정짓는 관건적 요소가 되는, 일종의 문단 내 규율기제의 전환이 이루어지는 것이다.

실제 최남선은 인문학부 학술원공로상 최초 수상자로 학술원자체 결정되었으나 정부에 상신하는 과정에서 친일파라는 이유로 거부당하는 곡절을 겪지만 1953년부터 『서울신문』(「울릉도와 독도」,1953.8.10, 25회 연재) 및 이후 『한국일보』를 중심으로 본격적인 공적 활동을 재개했고, 주요한은 『새벽』(『동광』의 후신, 1954.9 창간)의 편집 겸 발행인으로, 최재서는 『사상계』를 바탕으로 각각 전문성을 발휘하며 재기하는 수순을 밟는다. 이 같은 친일문인의 문학적 복권은 1955년 사상계사의 동인문학상 제정, 이의 모방인 신태양사의 이효석문학상(1956)의 제정 시도 등 문학상제도에 의해 한층 촉진된다. 특정 매체가 주관하는 문학상제도가 출판상업주의의 산물이라는 것에 그치지 않고 특정문학가의 문학적 가치와 문학사적 위상을 추인·재생산하는 장치라는 점에서, 문학의 발전에 기여 여부를 떠나 1955년 시점에 동인문학상이 제정된다는 것은 친일문학인의 문학적 복권의 흐름과 무관하다고 볼 수 없다. 그 흐름은 춘원에 대한 재평가, 즉 "우리가 귀중히 받드는 최초요, 최대의 작가", "우리나라에서 최초로 자기의 문학을 인간의 神性에까지 치켜올려본 작가",[135] "한국신문학의 아버지로서의 춘원"[136] 등에서 절정을 맞는다.

그렇다면 1950년대 (지식인사회의)반일정서의 고조와 친일문학인의 복권이라는 이 극명한 대비를 어떻게 보아야 할까? 서로 다른 층위의 문제인가. 과거(제국일본)와 현재(전후일본)의 교차 속에 현재를 매개로 과거지우기, 그럴 지도 모른다. 그렇더라도 지우기가 과거와의 엄격한 단절을 수반한 것은 아니지 않은가. 어떻게 보면 분석이 그다지 필요하지 않을지도 모른다. 이 대비된 풍경이 1950년대 지식인들의 (두 개의)일본에 대한 인식과 대응의 현주소였으니까.

---

135 김팔봉, 「작가로서의 춘원」, 『사상계』, 1958.2, 18~23쪽.
136 주요한, 「춘원의 인간과 생애」, 『사상계』, 1958.2, 29~32쪽.

김석범의 문학론에 대하여

와다 요시히로

1. 들어가며

김석범(金石範, 1925~)은 『까마귀의 죽음』, 『화산도』 등 소설 작품으로 알려진 재일조선인 작가다. 일본에서 재일조선인 작가들이 많이 등장하여 그들의 작품이 "재일조선인 문학"이라는 틀로 인식되게 된 것은 1970년경으로부터였다는 지적이 있는데,[1] 재일조선인 문학을 둘러싼 그런 틀의 형성에 김석범 역시 집필 활동을 통해 크게 관여해 왔다. 그러나 그것은 김석범이 그 시기부터 작가로서 집필을 시작했음을 의미하는 것은 아니다. 자타가 그 의의를 중요시하는 단편 소설 『까마귀의 죽음』이 발표된 시기는 1957년이었고 그는 그 수년 전에도 작품을 쓴 적이 있다. 그러므로 김석범에게 1970년경이란, 작가로서의 출발점이 아니라 작가로서 새로운 발걸음을 내딛기 시작한 시점이다.

이 새로운 발걸음은 김석범이 60년대 말에 경험한 환경 변화와 관계가 있다. 1968년에 재일본조선인총련합회(이하 조선총련)를 떠나게 된 경험이다. 이탈하기 전까지 김석범은 재일본조선문학예술가동맹(이하 문예

---

1   李孝德, 「ポストコロニアルの政治と「在日」文学」, 『現代思想』 臨時増刊, 東京:青土社, 2001.7.

동) 일원으로 그 단체가 간행하는 조선어 문예지 『문학예술』의 편집 업
무에 1964년부터 종사했으며 또 그 이전부터 같은 잡지에 조선어 작품
을 계속 발표하기도 하고 있었다. 『문학예술』 편집 업무로 일자리를 옮
기기 전에는 1961년부터 『조선신보』(조선어 신문) 편집국에서 근무해 있
던 것도 포함해 생각하면 8년 정도 조선어 담론 공간을 무대로 한 문화
운동에 관여해 온 셈이다. 그동안 일본어로 글을 발표하지 않았던 것은
아닌데 집필의 비중은 조선어 쪽이 더 컸던 것 같다. 조선총련에서의
활동, 조선어에 의한 집필 활동은 그의 경력으로서 언급될 때는 있었지
만 오랫동안 고찰 대상이 되지 않았다. 그 영역을 처음으로 본격적으로
다룬 것은 송혜원의 연구였을 것이다.[2] 그의 귀중한 작업에 특히 자료
수집 면에서 본 논문은 힘입은 바가 상당히 크다.

일본어로 쓰는 작가로서 집필 활동을 본격화하기 시작한 1970년경에
이르면서 김석범은 창작 언어 면에서 조선어로부터 일본어로 결정적인
이행을 경험했다. 그 직전에 그가 경험한 조선총련으로부터의 이탈이란,
상술한 송혜원이 지적했듯이 그에게 "조선어 작품 발표 및 독자로의 길
이 막"게 되었다는 "외적 요인"으로, 즉 조선어에 의한 집필 활동의 종연
을 의미했기 때문이다.[3] 크게 보면 동북아시아의 냉전 체제하에서 소수
의 대상에게만 보이고/들리고 있던 것이 일본어라는 영역에서 새로 드
러나기 시작한 현상이라 할 수 있겠다.

김석범에게 일어난 이 사건에 주목하여 본 논문에는 두 개의 관심이
있다. 하나는 조선어 담론 공간에서 김석범이 말하고 있던 것에 대한
관심이다. 또 하나는 그런 결정적인 이행을 경험한 시기에 그가 발표한

---

2 宋惠媛, 「金石範の朝鮮語作品について」, 金石範, 『金石範作品集』 第1卷, 東京:平凡社,
    2005a.

3 위와 같음, 564쪽.

텍스트에 대해 어떤 독해가 가능한가 하는 관심이다. 이 두 개의 관심에 기반하여 본 논문에서는 이 이행을 사이에 둔 60년대 중반에서 70년대 초반에 이르는 기간을 주된 대상으로 삼아 우선 이 시기에 김석범이 말하고 있던 문학론의 추이와 연속성을 고찰한다. 다음으로 일본어로의 작가 활동을 본격화하게 되는 효시가 된 당시 7년 만의 일본어 단편 소설 「허몽담(虛夢譚)」(1969)[4]을 그런 문학론이 실천된 작품으로서 고찰한다. 마지막으로 이런 고찰을 겪음으로써 보이게 되는 지평과 금후의 검토 과제를 제출하고자 한다.

2. 1960년대, 조선어 담론 공간에서 표명된 김석범의 문학론

여기서는 조선어로 발표된 평론 「비판 정신」[5]과 좌담회 「형상성과 작가의 자세―1965년도 소설 작품을 두고―」(이하 「형상성과 작가의 자세」)[6]를 다룬다. 김석범이 남긴 조선어 텍스트는 적지도 않지만 많지도 않다. 그런 텍스트들 속에서 이 두 개는 그나마 김석범의 문학관을 보여주고 있으며 조선어 담론 공간이라는 조건 아래에서 그가 작가로서 어떤 자세를 취했는가를 전해주는 것이다. 김석범의 문학론이라고 하면 70년대에 들어가면서 일본어 작가로서의 활동을 본격화시키기 시작한 후에 정

---

4   한국 번역판은 김석범 지음 김석희 옮김, 「허몽담」, 『까마귀의 죽음』, 제주:각, 2015. 처음 발표된 자리는 『世界』, 東京:岩波書店, 1969.8. 인용은 한국 번역판에 따르면서 부분적으로 약간 번역을 바꿨다.

5   김석범, 「비판 정신」, 『문학예술』 제5호, 도쿄:재일본조선문학예술가동맹 중앙상임위원회(이하 발행처 표시는 생략함), 1963.

6   림경상, 감만, 조남두, 김석범, 「〈좌담회〉 형상성과 작가의 자세―1965년도 소설 작품을 두고―」, 『문학예술』 제17호, 1966.

력적으로 전개해 나간 일련의 "재일조선인문학론"을 가리킬 때가 많고 그 이전에 그가 일본어로 문학론을 피력한 자료도 드물다.[7] 그러므로 이 두 개 조선어 텍스트에서는 김석범이 60년대 중반이라는 시점에서 가지고 있던 문학관을 엿볼 수가 있다. 텍스트가 발표된 시기와는 순서가 다르지만 우선 「형상성과 작가의 자세」 다음으로 「비판 정신」을 다루는 순서로 살펴본다.

2.1. 「형상성과 작가의 자세」

「형상성과 작가의 자세」는 김석범 이외에 김민(金民), 림경상(林炅相), 조남두(趙南斗)라는, 조직 내부에서도 유력자였던 조선총련 계열 작가들이 참석한 좌담회의 기록이다. 1965년도에 재일조선인 작가들의 (주로 조선어에 의한) 문학 상황을 돌아보면서 토론자들 자신의 작품도 포함한 몇 편 작품을 두고 합평을 하는 것이 그 좌담회의 내용이었다.

좌담회 후반에 "형상성에 대하여"라는 소제목이 붙여진 대목이 있다. 형상성이라는 문학 개념을 두고 토론자들이 발언하는 이 대목에서 김석범 역시 다른 이들의 의견에 반응하면서 그 자신의 형상성론을 말하고 있다.

> **김석범** [중략—인용재 한 마디로 해서 묘사가 있어야 할 자리에 설명으로 대신하는—설명이 필요한 자리에서의 설명이 아니라 귀가 아니거나 힘겨움으로 해서 형상 대신 설명을 해

---

7   김석범이 교토대학에 입학할 때 미학과를 선택한 이유는 "예술의 '영원성' '보편성'을 부정하는 마르크스주의 이데올로기론"에 대해 의문이 있었기 때문이며(金石範, 『金石範作品集』 第2卷, 東京: 平凡社, 2005b 수록 연보 참조) 졸업 논문 제목은 「예술과 이데올로기」다. 최초기의 문학론으로 간주할 수 있겠다.

버리지요.

그러면 설명이란 무엇이냐. 작품엔 응당 설명이 있어야 하
며 그건 또 그만한 역할과 중요한 자리를 차지하는데 어디
까지나 형상에 설명이 복종해야 하며 작품 세계의 형상을
더욱 부축이기[원문대로―인용자] 위해서 그 작용을 해야
한다고 생각해요. 그런데 일반적으로 거꾸로 돼 있는 경우
가 많습니다. 설명으로 대신하려는 작자의 안이한 태도―
자세하고도 관련된다고 생각해요.

[후략―인용자]

김 민 형상성이란 단지 사물의 표현 수단이란 그런 것 뿐만 아니
라 생각 자체를 형상적인 사색을 해야 되지 않겠느냐는 생
각이 듭니다. 사상과 형상을 분리해서 형상을 기교로 간주
해서는 형상화도 잘 안된다고 보는데……

김석범 형상적이란 게 단지 기술적인 문제가 아니죠. 객관화의 감정을
가진 인간으로서 대결하는 거기에 벌써 형상적인 문제가
제기된다고 봐요. 형상 자체에 작자의 사상이며 지향성이
포함되어 있는 것이며 그저 앙상한 가지에다가 색칠하는
그런 기교적인 문제가 아니라고 생각합니다.[8]

이 인용문에서는 김석범에게 작품이 갖는 형상성이란 세계에 대한 작
가의 "객관화의 감정"에 기반한 "묘사"를 의미하는 것임을 알 수 있다.
작가의 자세나 사상을 반영한 "묘사"를 작품의 형상성으로 보는 점은 김
석범도 김민도 같은데, 김석범이 작가가 작가로서 보여야 할 자세를 "객
관화의 감정"으로 부른 것에 주목해 두고자 한다. 위의 인용문 이후 형

---

8 림경상, 김민, 조남두, 김석범, 앞의 글, 1966, 79쪽. 『문학예술』에서 인용할 경우는
원문대로 인용하면서 분명한 오식으로 보이는 부분은 바로잡았다. 문체면 특징으로
원문은 세로쓰기며 구두점은 고리점(。)과 모점(、), 인용 부호는 낫표(「 」)로 되어 있다.

상성에 관한 의논은 언어의 문제를 둘러싸고 전개되어 간다. 그때 김석범의 형상성론은 다른 토론자들의 발언과 다른 질을 갖게 된다.

그 대목에서 발언자는 김석범, 김민, 림경상이고 먼저 김민이 언어의 문제를 제기한다. 그는 "형상성 문제에서 또 하나 중요한 것은 언어 문제이지요"라며 말을 시작하여 이어서 김재남 「남에서 온 사나이」라는 소설을 예로 들어 "작재 김재남—인용자는 형상적인 언어를 골라 쓰려고 하고 있으나 그러나 그것이 그 작품, 인물에 알맞은—즉 성격을 부각시키는 용어가 아닌 데가 많"고 "아주 개념적인 '상식적'인 말을 쓰고 생활화하지 못한 경우"가 있다고 평가한다. 그리고 "형상성이란 단지 신기한 용어나 격언 리언 등을 많이 써서 유식함을 자랑하는 것이 아니고 '쉬운 말이라도 꼭 알맞은 말'이 형상적인 언어"라고 말한다. 림경상은 "형상화 문제에서 처음부터 안이하게 설명으로 해치우자는 것은 아닌데 작품을 써가는 과장에서" "어느새 설명조로 흐르고 마는 거"라는 사태를 "작가의 능력과 자세의 문제와도 관련될" 것으로 삼아 "현실을 보는 작기의 눈—이걸 사고라고 말했는데 이 사고가 생활 안에서 다듬어져야 하지 않겠는가. 말하자면 생활 속에서 형상의 원천을 찾고 형상적인 사고로 생활을 보는 것이 종요"하다고 말한다. 그리고 두 사람의 발언에 이어 김석범이 말한다.

> **김석범** 아까 언어에 대한 문제가 나왔는데 말을 잘 알고, 잘 아는 말 중에서 다시 말을 골라 내여 쓰는 건 문학에서 전제 문제지요. 나 같은 사람은 더욱 말 공부를 잘 해야 되는데, 문제는 언어만 해결하면 형상화할 수 있느냐 그렇잖아요. 형상화는 관점 문제와 결부된다고 생각해요.
> 형상적인 말을 썼다, 그래서 형상화가 되는 게 아니라 가

령 설명조로 쓰드레두 형상화가 될 수 있어요.
[밑줄은 인용자].
아까 사실이 모두 진실이 아니다는 말도 나왔지만 사물의
본질을 도려낼 만한 엄격한 태도가 있으면 거게서 형상적
인 문제가 나오리라 생각해요.[9]

김석범, 김민, 림경상은 각각 의견이 다르다. 우선 김민은 다른 두 사
람에 비해 작가의 기교라는 관점에 더 중점을 두고 형상성을 말하고 있
다. 조선어의 적절한 선택과 사용이라는 문제다. 그것에 대해 김석범과
림경상은 둘 다 작가의 자세라는 관점에서 형상성을 말한다. 그때 이
두 사람을 가르는 것은 김석범이 림경상보다 더 작가가 가져야 할 "사물
의 본질을 도려낼 만한 엄격한 태도"에 중점을 둔 점일 것이다. 림경상
은 설명적이지 아니고 생활에 뿌리박은 표현의 글을 형상적인 글로 본
다. 그에게 작가의 자세란 설명조로 빠지게 될 사태를 피하여 생활에
뿌리박은 표현을 획득해 가는 문학적 실천을 위한 원동력이 되는 것이
다. 그것에 대해 "설명조로 쓰드레두 형상화가 될 수 있"다는 데까지 나
아간 김석범은 작가의 자세라는 문제를 "형상적인 문제"가 출발할 "거게
(거기)"의 문제, 바꿔 말하면 언어 이전의 문제로서 제출했다. 김석범과
림경상을 구분하는 것은 김석범이 이렇게 언어 이전에 있을 어떤 지평
을 상정하고 있는 점이다.

김시종[10]의 증언에 따르면 김민, 림경상은 일본의 패전 후 20세 전후
에 일본에 건너온 사람들로 조선어는 잘 할 수 있었다고 한다.[11] 다른

---

9   위와 같음, 80쪽.

10   재일조선인 시인(1929~). 김석범의 친한 후배이자 그 역시 일찍 민전·조선총련 계
      열에서 활동했다.

11   김석범·김시종 저, 문경수 편, 이경원·오정은 역, 사회과학연구소 편, 『왜 계속 써왔

한편으로 김석범은 제주도에서 도항해 온 1세 어머니로부터 이카이노라고 불린 오사카의 한 지역에서 태어났다. 조선어 화자인 1세들과 가깝게 교제하는 커뮤니티에서 자라나 또 청소년기에 몇 번 제주도나 서울에 체재하면서 조선어를 공부하기는 했으나, 조선어를 자기에 고유한 언어로 간주할 수 없다는 의식이 적어도 어떤 시기에는 김석범에게 있었다는 것은 몇 편 소설 작품을 통해서도 추측할 수 있다. 위의 인용문에서 강조한 부분에도 조선어와의 간격에 대한 의식이 다분히 포함되어 있었을 것이다. 그러므로 김석범은 조선어를 운용하는 능력에 앞선 작가 주체라는 지평을 상정하는 데에 많은 것을 걸고 있었다고 할 수 있다.

2.2 「비판 정신」

「형상성과 작가의 자세」에서 김석범이 말한 것이 언어 문제를 극복하기 위한 작가 주체에 대한 믿음이었다면 「비판 정신」에서 김석범이 쓴 것은 그러한 작가 주체의 질과 그 연마를 위한 방법이다. 고려 시대 시인인 이(원문에서는 "리")규보의 말에 촉발되었다며 전개되는 이 평론은 그가 「형상성과 작가의 자세」에서도 이야기한 작가 정신의 객관성을 강조한다. 그가 감명을 받았다고 소개하는 이규보의 말이란 시인은 "시를 지은 뒤에는 보고 다시 보되 자기가 쓴 것이 아니라 [중략—인용자] 평생에 대단히 미워하는 사람의 시로 생각하고 그 결함을 찾기에 노력하고 결함을 찾지 못한 뒤에 발표하여야 한다"라는 것이다. "시에서만 아니라 모든 문장에서 그리하다"라는 그 말을 김석범 역시 소설가로서 받아들인다. 그렇게 "자기 자체의 내적 세계를 랭혹하게 해부해 낼 수 있겠는

는가 왜 침묵해 왔는가』, 제주:제주대학교 출판부, 2007, 133쪽.

가"라며 무섭게 느끼기까지 한다는 그는 이규보의 말에 따라 작가에게
있어야 할 객관화의 원칙을 제출한다.

> 문학을 일삼는 사람치고 거기서 벗어 날 길 없는 발상적 원칙은 자체를
> 객관화하는 문제일 것이다. 만약 자기 욕망대로 현실이 움직여 준다면 분
> 명히 이 세상은 눈 깜박이는 사이에 뒤집혀지고 말 것이 아닌가. 따라서
> 머리 속에서 현실을 자의적으로 꾸며대는 일 없이 그 작품 세계에 일정한
> 론리성―필연성을 부여하는 것을 나는 작품의 현실성을 보장하는 선차적
> 인 문제로 본다.[12]

이 평론에서 김석범은 현실에 대한 자의적인 해석을 "센치멘탈리즘"
이라 부르며 배척해야 할 것으로 간주하면서 "현실에 바싹 발을 들이댄"
리얼리즘에 가치를 둔다. 그리고 그 리얼리즘은 위의 인용문이 보여주
듯이 자기 주관에 대한 객관적인 점검이라는 작업도 포함한다. 그는 그
런 점검이 "자체를 혹은 작품 인물을 력사의 치차가 맞무는 현실에 내동
댕이치고 그 론리성에 휩쓸리는 과정을 자기의 것으로 하는 데서만 가
능할 것이다"라고 한다. 또 이어 나오는 대목에서는 그러한 객관화 작업
의 어려움을 언급하고 있다. 이 부분은 나중에 「허몽담」을 고찰할 때
다루고자 한다.

「형상성과 작가의 자세」에서는 언어에 앞서 있을 터이고 형상성의
기반이 될 것으로 현실에 대해 작가가 가지는 객관적인 자세가 제시되
어 있었다. 이 객관적인 자세는 「비판 정신」에서는 자기 주관에 대한
내성으로서 논의되어 리얼리즘의 정신이라는 자리를 부여된다. 이것이
60년대 중반에 김석범이 취하고 있던 문학적 태도다. 이것은 또 김석범

---

12 김석범, 앞의 글, 1963, 99쪽.

이 일본어 작가로서의 활동을 본격화시켜 갔었을 때도 여전히 기본적인 태도였다. 다음 절에서는 그가 일본어로 창작 활동을 다시 시작했을 때 이 기본적인 태도가 어떤 모습으로 계승되어 나타났는가를 보고자 한다.

3. 1970년경, 일본어 창작을 재개했을 때의 문학론과 창작 실천

위에서 말했듯이 60년대 대부분을 통해 조선총련 활동에 종사하고 있던 김석범이었지만, 60년대 말 수년 사이에 소설집 『까마귀의 죽음』[13] 간행을 둘러싼 문제 등으로 조직과의 갈등이 심해졌다. 68년, 건강 문제 (위암)로 이미 조직 내부 업무를 그만둔 상태에 있었던 그는, 그해 여름에 조선총련을 이탈했다. 그리고 69년 발표 「허몽담」을 계기로 일본어 작가로서 본격적으로 걷기 시작하여 "다시 일본어로 쓰는 것에 괴로워 하는"[14] 시대로 들어갔다.

일본어 창작 재개에 관한 고민에 대해 본 논문에서는 그러한 고민의 내적인 이유와 그것을 해결하려고 그가 보인 대응책이다. 일본어로 창작을 재개한 이후 그는 70년대 초 수년 사이에 잇따라 문학론을 발표했는데 주제는 모두 일관하고 있었다. 우선 그는 식민주의로 인해 많은 것을 빼앗겨 버렸기에 재일조선인은 자유로운 존재가 아니라고 하는 인식에서 시작한다. 그리고 자유롭지 않다는 그 상태를 특히 조선어를 빼앗겨 의식의 작용을 일본어에 맡기고 있는 상태로 파악하고 그것을 일

13　金石範, 『鴉の死』, 東京:新興書房, 1967.
14　김석범, 앞의 책, 2005b, 609쪽.

본어의 "주박(呪縛)"이라고 불렀다. 이러한 관점에서 문학론을 전개하는
데 그는 조선어 습득과 조선어에 의한 창작이라는 결론을 향하지는 않
는다(물론 그런 방향의 시도를 부정하려는 태도는 아니었다). 그는 일본어가 띤
일본적인 감성에 침식을 당하지 않으면서 일본어로 문학을 창작할 가능
성을 따지고 간다. 그렇게 자문하면서 그는 그것이 가능하다는 답을 도
출했다. 이하에서는 그가 그런 대답을 얻게 된 경로를 그가 일본어로의
집필을 본격화시키면서 맨 처음 발표한 문학론 「언어와 자유─일본어로
쓴다는 것」(이하 「언어와 자유」로 약기함)[15] 을 예로 삼아 찾고자 한다.

3.1. 「언어와 자유」

「언어와 자유」에서 김석범은 위에서 언급한 대답으로 이르는 데 필요
한 몇 가지 조건, "일본어를 가지고 조선적인 것을 쓸 수 있기 위한 조건"
을 제시하고 있다. 그중 하나는 소쉬르를 원용한 그 나름의 언어론이
다.[16] 소쉬르가 "말을, '언어'를 개념과 청각 영상의 결합으로 보는" 것에
주목한 그는 각각 언어마다 차이가 있는 청각 영상과 달리 개념은 언어
의 차이를 넘어 번역이 가능한 것으로 보고 있다.

> 나는 앞의 절에서 제주도 사투리를 일본의 어디 사투리로 대치할 때 느
> 끼는 위화감과 같은 것에 대해 말했다. 그 과정에서 확실히 그러한 위화감
> 은 있다. 그러나 일본어에 의한 "언어적 세계" 속에서 실현된 이상은 그것

---

15 金石範, 「言語と自由─日本語で書くということ」, 『ことばの呪縛─「在日朝鮮人文学」と
日本語─』, 東京:筑摩書房, 1972. 처음 발표된 자리는 『人間として』3號, 1970.9.

16 그가 참조한 자료는 언어학자 고바야시 히데오(小林英夫, 1903-1978)가 번역한 『言語
學原論(언어학 원론)』이다. 이 서적은 몇 가지 간행된 바 있으나 출판사, 출판 년은
명기되지 않았다.

은 사라지게 될 것이며, 쓰려고 할 무엇의 본질이 일본어 세계 속에서 어떻게 구현되는가가 문제다. 즉 언어 사이에서 서로 번역이 가능한 요소란, 일본어의 형식(소리, 모양)을 가지고서도 조선어의 형식―소리와 모양으로 형성되는 것 속에 있는 의미나 본질을 가령 완벽하지 않더라도 쓸 수 있는 요소와 동일하다는 말이다. (번역이라 해도 문체로 감싸인 문학 작품의 번역은 창작이라 할 만큼 기계적인 의미로서의 완벽함과는 거리가 멀다고 해야 하겠다.)[17]

언어 자체로부터 분리된 본질을 상정하는 데에 위에서 살펴본 그의 형상성론과 통하는 일관성을 찾을 수 있다. 「언어와 자유」에서 "말로 매개되면서 역시 말 그 자체는 아닌" "형상적인(정감적이기도 한) 실질이 형성될 것"이라고 그가 썼을 때 그 표현의 배후에서는 그러한 지속적인 논리를 찾을 수 있다. 오히려, 애초부터 조선어에 대해 느끼는 거리감과 불가분했던 이 논리는 조선어에서 일본어로 창작 언어가 결정적으로 이행하면서 언어에 대해 느끼는 간격(실체 운용 능력에서 느끼는 간격이라기보다 심리적인 간격)이 커졌으므로 그것에 때라 더 한 층 의지해야 할 논리였을 것이다.

다른 한편으로, 언어에 앞서 있을 작가의 자세를 상정하는 그의 사고가 내성이라는 작업과 결부되어 있던 것에 대해서도 위에서 언급했는데 이 발상 역시 「언어와 자유」에서도 찾을 수 있다. 「언어와 자유」에서는 "말 그 자체"와 말이 의미하는 바인 본질의 분리(그 두 가지를 분리할 수 있다는 상정)는 일본어로 조선을 쓸 가능성을 위한 조건인데, 이 조건 아래서 말로 표현되는 "어떤 조선적인 체질"은 "작가 주체에 의한 테마 선택과 관계가 있으며 그가 취하는 자세와 관계가 있다"라고 한 다음 김석

---

17 김석범, 앞의 글, 1972, 94쪽.

범은 이렇게 말한다.

> 따라서 체질이나 체취라는 것은(이른바 감각적인 것이 토대가 되는 것)
> 여기서는 없는 것을 억지로 요구하는 식의 생득적인 또 체험적인 것을 의
> 미하지는 않는다. 그것은 있으면 그보다 더 좋은 일은 없지만 어디까지나
> 작가의 행동(조선인으로서의)으로 반복적으로 확인을 계속하는 자기 발견
> 의 과정을 통해서도 어느 정도 만들 수 있는 것이며 작자 주체의 사상을
> 선제로 하는 것이다. 그리고 재일조선인이라는 것은 한 상황, 그 속에 작고
> 많은 상황을 포함하면서 그 자체가 또 첩첩이 포함된 한 상황이다. 그 상
> 황에 조선인으로서 실천적으로 관여하는 데서 시작되는 사상이다.[18]

조선의 "체질이나 체취"는 본래 타고난 것도 체험으로 얻은 것도 아니
라 재일조선인이라는 상황에 "실천적으로 관여하는 데서 시작하는 사상"
을 전제로 하는 것이며 조선인으로서 "반복적으로 확인을 계속하는 자
기 발견의 과정"으로 만들 수 있는 것이라고 김석범은 말한다. 그러한
발상에는 자기 삶의 조건을 형성하는 상황을 향한 시각이나 그 상황을
통해 만들어지는 자기에 대한 반성이라는 계기가 있다. 상황 인식이란
그에게는 결정적인 의미가 있는 것이었다. 그는 "우리는 역사적이고 사
회적인 일정한 상황 속에서 구체적으로 행동하고 실천할 수밖에 없을
것이다. 재일조선인은 그 상황에서 시작해야 하고 또 재일조선인 작가
는 재일조선인 사회를 완전히 벗어날 수는 없다"라고 하는 데에서 출발
한다. 그러므로 그에게는 작가가 상상력을 행사할 때도 무엇보다 상황
에 대한 적절한 인식이 중요하게 된다. 그가 말하는 상상력이란 작가가
일본어의 "속박"으로부터 탈출하는 자유를 가능하게 만드는 작가 측의

---

18   위와 같음, 102~103쪽.

주체적인 조건이다.

김석범은 사르트르를 원용하면서 상황과 상상력의 관계를 설명한다. 구체적으로 그가 참조한 것은 노마 히로시(野間宏) 『사르트르론』[19]의 한 대목이다. 노마의 글을 인용하면서 김석범은 "대상의 본질을 밝히고 그 것을 인간의 것으로 만들어가는 실천을 통해" 현실 세계를 파악하고 그 렇게 파악한 현실 세계를 넘어서려고 하는 상상력으로 만들어내는 것이 문학이 제시하는 허구의 세계라고 말한다. 그가 「비판 정신」에서 지향 한 작가 자신이나 작중 인물을 "현실에 내동댕이치고 그 론리성에 휩쓸 리는 과정을 자기의 것으로" 획득하는 창작에 가치를 찾는 태도, 따라서 "자체를 객관화하는 작업"이나 "주관의 론리화"에 가치를 두는 태도는 이런 모습으로 「언어와 자유」에서도 지속했다. 「언어와 자유」에서 그것 은 상상력의 기반이 되는, 자기와 상황의 관계에 대한 적절한 인식으로 서 나타난다. 그러므로 「언어와 자유」에서 전개된 내용은, 거기에 그 명 칭 자체는 안 나올지언정 실질적으로 그의 리얼리즘론이라고 봐도 좋을 것이다.

소쉬르나 사르트르 등 서양 담론의 도입도 흥미로운 요소이지만 여기 서는 조선어 집필 시기에서 일본어 창작 재개에 이르는 사이에 김석범 의 문학론이 그 핵심적인 부분에서 같은 요소를 지속시키고 있었던 점 에 주목하고자 한다. 즉 언어 그 자체와 분리된 것으로서의 본질을 상정 하는 것과 그런 본질적인 것을 포착하기 위한 감각을 단련하는 내성을 요구하는 것이다. 서로 연관되면서도 구분하여 생각할 수 있는 이 두 가지 요소를 염두에 두면서 김석범이 일본어 창작을 다시 시작했을 때 의 글을 읽어 보면 「허몽담」과 같은 작품은 후자의 요소가 투영된 작품

---

19 野間宏, 『サルトル論』, 東京:河出書房, 1968.

으로 읽을 수 있을 것이다. 이하에서는 「허몽담」을 대상으로 내성이 문학적으로 실천되었을 때 일어난 사태를 살펴보고자 한다.

3.2. 「허몽담」

이미 말했듯이 「허몽담」은 김석범이 일본어 창작을 다시 시작하게 된 효시가 된 단편 소설이다. 한 재일조선인이 도쿄(작중에서 무대는 "일본의 수도"로 표현된다)에서 보내는 어떤 하루에 일어난 일들과 그날 그의 사색 과정을 그린다. 이야기의 무대, 시대("해방"으로부터 "20여 년") 시점 인물 ("나", "R")의 과거 체험이나 내력, 행동 등으로 보면 집필 당시 김석범 자신을 모델로 삼은 작품으로 추측된다.

"나"가 보낸 "병원에 가고, 번화가를 걸고, 그리고 훌쩍 이 술 집에 나타났을 뿐"인 "겉으로는 아무 일 없이 평온한 하루"지만 "꿈같은, 아니 꿈에서 오체(五體)를 완전히 빼내지 못한 것 같은 기묘한 하루"이기도 하고 그러면서도 "내 마음속을 흐르는 격류가 보이는 날이기도" 했다. 그런 하루에 "나"는 두 가지 일을 두고 사색한다. 하나는 전체가 조선어로 구성되어 있었다고 "나"가 기억하는, "나"가 어젯밤에 꾼 꿈에 대해서다. 꿈속에서는 소라게가 "나"의 내장을 먹어버리고 홍길동이 나타나 "자넨 진짜 조선인이 아니"고 "무엇보다도 우선 창자가 없으니 어쩔 도리가 없지 않나"라고 갈파한다. "나"는 온종일 "어젯밤의 꿈은 무엇일까"라고 생각한다. 또 하나는 두 사람 여자의 얼굴을 둘러싼 질문이다. "나"는 다녀오게 된 지 한 반년 정도 되는 술집의 여주인 "U" 얼굴에 "긴장과 동요에서 나오는 불균형한 아름다움"을 느끼는데 그 이유를 찾아내지 못하고 있었다. 그러다가 그날 버스 안에서 "해방"이라는 말을 우연히 들은 순간에 1945년 8월 15일의 경험이 연상되었을 때, 일본에서 맞이한 그 날에 전철 안에서 조우한 젊은 일본인 여자의 얼굴이 U에게 느끼는 아름다움의 원형이었음을 깨닫는다. 꿈에 대한 "나"의 사색과 두 여자의 얼굴을 둘러싸고 "나"에 일어난 일련의 내면적 사건은 둘 다 수수께끼 풀이라는 성질이 공통된다. 그런 수수께끼 풀이에 끌리는 "나"의 성격을 "나"는 스스로 "'해몽서(解夢書)'적인 정신"이라 부르며 자신이 그것에 묶여 있다고 한다.

이 "'해몽서'적인 정신"은 위에서 살펴본 내성 그 자체가 작품화된 것으로 할 수 있겠다. 김석범은 내성을 통해 리얼리즘의 정신을 단련해서야 자가의 자유가 이뤄질 수 있다고 생각하고 있었다. 그러므로 일본어 작가로서 재출발하는 시저에서 내성을 주제로 한 「허몽담」이라는 작품을 쓴 것은 김석범 문학론의 논리로서는 필연적인 순서였을 것이다. 그런데 「허몽담」은 전편을 통해 우울한 음영을 띤 작품이다. 그리고 이 음영이야말로 "나"의 내성 그 자체에 성질에 유래한 것으로 생각된다. 방법론을 작품화했을 때 그 작품이 띠게 된 음영에는 김석범이 요구한 내성에 수반하는 고난의 흔적이 새겨져 있다. 대저 앞에서도 좀 언급했듯이 「비판 정신」에서 "자체를 객관화하는" "주관의 론리화"는 특유의 어려움이 있는 실천으로 인식되고 있었다.

> 자체를 객관화하는 작업—일정한 거리를 두고 나선 자기를 이편에서 물끄럼이 지켜 보는 의식 작용에서부터 이루어지는 주관의 론리화에로의 과정.—사람은 남몰래 일기를 적는다면서도 부지중 거짓말이 들어 가게 마련인 것이라 가령 무의식중에 꿈틀거리는 그 심리적 동향을 낱낱이 살펴여 그것을 《남의 흠점 캐내 듯》 객관시하려는 등의 경험은 우레에게도 없는 바는 아니다. 허나 문제는 그것을 어느만큼 글로써, 사상으로써 정착시키는가에 달려 있다.

거울에 비친 자기 얼굴을 앞에 두고 《남》을 인정치 못하는, 거기다 객관의 의식을 찾아 내기 힘들 주관화의 미묘한 정신 작용은 무엇인가.[20]

이런 어려움의 인식과 그 비유인 거울의 이미지는 「언어와 자유」에서도 유지되면서 김석범은 그때 거기에 새로운 요소를 추가했다. 「언어와 자유」에서 그는 다음과 같이 쓰고 있다.

다만 나의 경우 조선어로도 쓸 수는 있다. 그러나 그래도 내 안의 모국어가 내 안의 모국어가 아닌 것을 넘어갈 수는 없다. 식민지 시대에도 그런 것은 결코 자랑이 되지 않는 것이었다. 그러지만 나에게는 자기 속에 있는 일본어의 목구멍을 졸러 버리려는 생각은 지금 단계에서는 없다. 나는 그것이 모국어보다 쓰기 쉬울 뿐만 아니라 봉투를 봉해 버리는 만큼 제대로 쓰지도 않았다. 그것과 동시에 어쩌면 한 구석으로 밀어 젖혀지기 쉬운 조선어에 대해, 나는 나의 내부에서 조선어가 나를 비춰 드러내는 것과 같은 긴장 상태를 지속 시켜야 한다. 나는 일본인이 일본어로 쓸 경우처럼 즉시적(卽時的)으로 일본어로 쓸 수는 없으며, 그래서 내가 일본어로 쓰고 있는 상태는 남의 집 거울 속 자신을 바라보고 있는 의식 상태와 비슷하다고 해도 좋겠다.[21]

이 인용문에서 김석범은 비유로서의 거울을 언어에 겹친다. 사람의 의식이 언어에 비친다는 인식 아래서 김석범에게 일본어는 "남의 집 거울"이 된다. 이렇게 보면 그가 내성에 대해 생각하고 있던 어려움에 적어도 두 가지 요소를 찾을 수 있다. 하나는 주관과, 주관에 대해 거리를 두고 그것을 객관적으로 파악하려는 심리가 괴리하기 어려운 것으로 인

---

20 김석범, 앞의 글, 1963, 99쪽.

21 김석범, 앞의 책, 1972, 78쪽.

식될 수밖에 없다는 주객의 원환 운동이다. 또 하나는 내성에서의 거울 즉 언어가 그것 탓에 감각이 침해되지 않는지 늘 의심해야 하는 남의 것이라며, 내성을 성립시키는 것에 끝없이 의심이 회귀해 가는 운동이다. 김석범의 내성은 이 두 가지 원환을 떠안고 있었다. 그리고 「허몽담」이 띤 우울하고 어두운 색채가 유래하는 데는 이 원환에서 벗어나가기가 어려워서 느낄 수밖에 없는 폐색의 감각이 아닌가 싶다.

이런 폐색 감각은 이야기의 마지막 장면에 일러 현재화한다. 수수께끼의 하나, 즉 U에게 느끼고 있던 이상한 아름다움의 원인이 그것이 20여 년 전 우연히 만난 일본인 여성에게 느낀 아름다움과 닮았기 때문이라고 깨달은 "나"는 U의 술집을 찾아간다. 그러나 막상 U를 눈앞에 두고 보니 "무언가가, 그녀의 의지와는 관계없이 그 얼굴에서 기묘하게 벗겨져 사라진 것"을 느꼈다. 그리고 "그 석연찮은 것이 불러일으키는 꺼림칙함이 없어진 대신, 수수께끼가 풀리자 충실감도 사라지고 공허한 마음"을 느끼게 된다. 이 변화는 꿈을 풀려는 "나"의 탐구심에도 영향을 끼칠 수밖에 없었다.

U의 얼굴 위에 이제까지 앉아 있던 아름다움은 환영일까. 그렇다면 그 환영과 함께 8월 15일의 그 여자의 모습도 사라져가는가. 기대에 가득 차 있었는데 그렇게도 허무하게 눈앞에서 증발하다니, 불가사의한 일이었다. 기대가 환영이었는지도 모른다. 아니, 기대는 역시 충족되었다. 그리고 U는 흔해빠진 선술집 마담으로 돌아와버렸다. 이런 일도 있는 법니다. 이제 내일부터는 U의 아름다움은 나의 내부에서 투영되는 환영으로 서의 아름다움이 아니라, 그 자체의 아름다움으로 돌아갈 것이다. 또한 그렇게 되는 편이 나을 것이다. 사람의 얼굴 위에 비쳐 있던 것조차 환영이라면, 온갖 도깨비가 날뛴다는 어둠의 세계를 헤매는 수많은 꿈은 뭐라고 불러야 하는가. 꿈은 허망하다고 한다. 그러나 꿈은 사람을 치는 힘을 갖고 있다. 어둠

세계는 밝은 대낮 세계의 배설물이 모여 있는 곳은 아니다. 사람을 슬프게
하고, 상처를 입히고, 기쁘게 하고, 화나게 하는 힘을 갖고 있는 것이다.
아니, 그렇지는 않을지도 모른다. 꿈이란 역시 허망하고, 나처럼 '해몽서
(解夢書)'적인 정신에 묶여 있는 사람에게서만 그것은 사람을 치는 힘을
가진다고 말해야 할 것이다.[22]

U의 얼굴을 둘러싼 수수께끼 풀이는 "나"의 기억 속 여자와 U 사이에
의식되지 않은 채 숨어 있던 연계를 객관화하는 과정이었다. 그러나 동
시에 그 객관화는 그것이 이뤄짐으로써 어떤 공허를 느끼게 되었다는
예상 밖의 결과를 "나"에게 가져오기도 했다. 내성의 결과가 이렇게 공
허한 것으로 "나"에게 의식되었을 때 남은 또 하나의 수수께끼 즉 어젯
밤 꿈의 기반도 흔들리게 된다. U 얼굴의 비밀이 공허하게 풀린 후 "나"
는 전편이 조선어로 구성되었을 터인 꿈에 나온 소라게(일본어로 야도카
리)에 해당하는 조선어가 생각날 수 없을 뿐만 아니라 애당초 알고 있었
는가조차 의심하기 시작한다. 그리고 "나"는 "창자와 함께 심장까지 도
려내는 듯한", 거기서 말한 조선어란 "거짓말"일지도 모를 그 꿈을 부정
하고 싶다고 생각한다. 그러나 동시에 전편이 "조선말로 구성되어 있었
다는 사실만은 허물어뜨리고 싶지 않았다"라며 양면적인 태도를 보인다.
그 대목 다음에 나오는 마지막 일문—"나는, 눈 내리는 밤공기 속에서
혼자 얼굴을 붉히며 쓴웃음을 짓고 있는 나의 일그러진 얼굴을 어딘가
의 거울 속에서 봤다."—는 「허몽담」이 김석범이 요구하는 바인 내성을
주제로 한 작품임을 증명하는 비유인 동시에, 일본어로 이루어진 그 내
성이 가져온 것의 어두움을 말하는 표현이기도 하다. 어젯밤 꿈의 수수
께끼는 결국 객관화되지 않았을뿐더러, 그 꿈을 부정하고 싶지만 조선

어로 구성되어 있었을 거라는 점만은 무너뜨리고 싶지 않다며 김석범 자신의 문학관에 충실히 따라보면 그야말로 자의적이라고 불러도 좋을 듯한 감정으로 기울은 모습조차 작중에 새겨져 있다. 그러므로 내성을 더 불안정하게 만들어 원환으로부터 빠져나오기를 파탄시키는 것은 내성을 구성하는 일본어의 존재임과 동시에 꿈을 구성한(구성했었을 터인) 조선어의 존재이기도 하다.

돌이켜보니 조선어 집필 시기 문학론에서 「허몽담」에 이르기까지 김석범이 조선어와 맺는 관계의 문제와 일본어와 맞는 관계의 문제는 표리가 되어 계속 존재해 왔다고 할 수 있다. 김석범에게 조선어와 일본어라는 적어도 이중이 된 문제계는 앞으로 더 검토되어야 하겠다.[23]

4. 나가며

본 논문에서는 1963년에서 1972년에 이르는 시기에 한정하여 김석범의 문학론이 가지고 있던 요소들을 적출하고 그것들이 어떤 모습으로 지속하면서 그의 창작 기반이 되어 왔는가를 검토했다. 이하에 이 작업을 통해 얻을 수 있던 금후의 과제를 몇 개 제출함으로써 글을 매고자 한다.

우선 김석범과 조선어라는 문제를 들을 수 있겠다. 일본어를 비판적

---

23 일본어와 조선어라는 두 항목에 차이로 수습되지 않는 그라데이션을 고려해야 할지도 모른다. 앞에 나온 송혜원의 글에 따르면 김석범의 조선어 작품은 평양의 조선어에 영향을 받았다고 한다(송혜원, 앞의 글, 2005a). 다른 한편으로 김석범이 생활 환경 때문에 어릴 때부터 익숙해 왔을 것은 제주도 말이었다. 김시종은 1951년경 김석범을 처음 만났을 때를 언급하면서 김석범이 "그때부터 순제주도말로" 말하고 있었다고 술회한 적이 있다(김시종·김석범 저, 이경원·오정은 역, 앞의 책, 2007, 115쪽).

으로 의논해 온 재일조선인 작가라는 강렬한 이미지 때문인지 김석범에게 조선어가 가지는 의미는 일본어의 문제에 비해 이제까지 다뤄지는 비중이 작았던 것 같다. 그러나 본 논문에서 살펴본 것처럼 그 문제는 김석범의 문학 및 문학론의 근간에 (적어도 「허몽담」 집필 시기까지만 해도) 위치하고 작용하고 있었다. 이번에 다룰 수 있던 자료는 조선어 평론과 좌담회 발언뿐이었지만 그 외에도 검토해야 할 텍스트가 있고 또 무엇보다 그는 조선어 소설을 수 편 썼으며 조선어 작품을 번역하기도 했다.[24] 그런 텍스트들의 독해를 통해 김석범에게 숨은 조선어의 문제로 내려가는 작업이 필요하겠다.

또 김석범이 지향하는 리얼리즘이라는 문학 개념, 문학 운동을 두고 물어봐야 할 몇 개 과제를 지적할 수 있다. 하나는 조선민주주의인민공화국(이하 공화국)의 문예 정책인 사회주의 리얼리즘을 둘러싼 질문이다. 공화국의 사회주의 리얼리즘이라는 것 자체가 거대한 문제인데, 그 특칭을 김석범 문학이라는 경로를 통해 다시 생각할 수 있을 거 같다. 왜냐면 공화국이 문예 정책으로 지도한 사회주의 리얼리즘은 조선총련 계열 작가들에게 일방적으로 강요되기만 한 것은 아니었고, 그것을 받아들이든 반대하든 간에 그것이 의논의 한 기반을 마련했기 때문이다. 따라서 좌파 재일조선인 작가들에게는 어떤 성격인 것으로 보였는가 하는 시각에서 공화국식 사회주의 리얼리즘을 재정리하는 작업은 의미가 있을 것이다. 본 논문에서 살펴본 바와 같이 김석범 역시 그런 기반 위에서 논의에 참여한 한 사람이고 공화국의 방침을 받아들이지 않아 조직

---

24 김석범이 일본어로 번역한 작품으로 적어도 다음 두 책이 있다. 金壽福著, 金石範訳, 『ある女教師の手記』, 東京:朝鮮青年社, 1963. 玄基榮著, 金石範訳, 『順伊おばさん』, 東京:新幹社, 2001. 후자는 「순이삼촌」을 포함한 현기영 단편 소설을 모아 번역한 책으로 김석범 역 「순이삼촌」 자체는 1984년에 잡지에 발표되었다.

을 떠나게 된 측의 한 사람이다. 그러면서도 그는 리얼리즘이라는 입장 자체를 떠나지는 않았고 현재에 이르기까지 거기에 문학의 가치를 찾고 있다. 그래서 또 하나의 과제는 공화국식의 사회주의 리얼리즘과도 교섭하면서 그가 어떤 리얼리즘을 지향했는가를 묻는 작업이다. 그가 조선과 일본의 근대 문학에서 월경적으로 전개되어 온 리얼리즘문학의 큰 흐름에서 유산을 계승한 작가임은 틀림없다. 그가 형상성이라는 문학 개념이나 문학에서 주관/객관의 논리에 의식적이었던 점은 그 문학을 읽기 위한 열쇠 중 하나가 될 것이다.

재일조선인의 언어적 실천으로 김석범의 문학을 고찰하는 작업은 많지만, 그의 문학 방법론이 입각하는 역사에 대해 말하는 작업은 아직 드문 것 같다. 그러나 본 논문이 생각하는 바로는 그의 방법론에는 고유한(보편적이 아니라는 뜻은 아니다) 역사성이 있다. 그 역사를 거슬러 올라가면서 그의 문학을 검토하는 작업은 식민지주의-제국주의 체제, 냉전 체제를 겪고 조선반도와 일본열도의 현재를 만들고 있는 또 다른 역사에 대한 비판으로 통할 것이다.

수록 논문 출처

김현주

「계몽기 문화 개념의 운동성과 사회이론」, 『개념과소통』 제15집(한림대학교 한림과학원, 2015)을 수정, 보완한 것이다.

전성규

「1905~1910년 '봉건/봉건제(封建/feudalism)' 개념을 둘러싼 정치체제, 사회구성 논의의 변동에 대하여: 『대한협회회보』와 『서북학회월보』를 중심으로」, 『코기토』 제87호(부산대학교 인문학연구소, 2019.2)를 수정, 보완한 것이다.

손성준

「수신(修身)과 애국(愛國) —『조양보』와 『서우』의 「애국정신담」 번역」, 『비교문학』 제65집(2016)에 게재된 것을 수정, 보완한 것이다.

가게모토 츠요시

影本剛, 「朝鮮文学における「朝鮮」の幅:移動と生活, 一九二〇 － 一九四二」, 『現代思想』(2018년8월호, 도쿄:靑土社)을 수정 보완한 것이다.

정한나

「어떤 '아시아주의'의 상상과 저항의 수사학 － 잡지 아세아공론 을 중심으로」, 『현대문학의 연구』 제69집(2019)을 수정, 보완한 것이다.

조영추

「정치적 유토피아와 전통지향적 미학의 이합(離合)관계—이태준의 소련·중국 기행문과 소설 「먼지」 겹쳐 읽기」, 『민족문학사연구』 제71호(민족문학사학회, 2019)를 수정, 보완한 것이다.

왕캉닝
「〈뇌우(雷雨)〉를 다시 읽는다, 유치진과 차오위(曹禺))의 만남: 유치진 연출 〈뇌우〉 공연(1950)을 중심으로」, 『민족문학사연구』 제63집(민족문학사학회, 2017)을 수정, 보완한 것이다.

장세진
「基地의 '평화'와 전장의 글쓰기 – 장혁주의 한국전쟁 관련 텍스트(1951~1954)를 중심으로」, 『大東文化硏究』 제107집(2019)을 수정, 보완한 것이다.

윤영현
「1950년대 『사상계』의 '중국'표상 및 담론 연구」, 『동방학지』 제182집(2018.3)을 수정, 보완한 것이다.

이봉범
「일본, 적대와 연대의 이중주−1950년대 한국지식인들의 대일인식과 한국문화(학)」, 『현대문학의 연구』 제55집(2015. 2)을 수정, 보완한 것이다.

와다 요시히로
一橋大学言語社会研究科, 『言語社会』 3号, 東京:一橋大学言語社会研究科, (2009)의 논문을 수정, 보완한 것이다.

제1부 근대 계몽기 지식운동과 세계 해석의 전환

【19세기 말~20세기 초 '문화(文化)'의 의미장의 변동】_ 김현주

1. 자료

『한국문집총간』, 『조선왕조실록(국사편찬위원회 영인본)』, 『대조선독립협회회보』, 『대한유학생회학보』, 『서우』, 『태극학보』, 『대한자강회월보』, 『대한학회월보』, 『대한매일신보』, 『공립신보』

국어국문학편찬위원회 편, 『국어국문학자료사전』, 한국사전연구사, 1994.

양진오 편, 『범우 비평판 한국문학 2 개화기 소설 편 : 송뢰금 외』, 범우사, 2004.

역락 편, 『육당 최남선 전집』, 역락, 2003.

우암 장지연, 『장지연전집』, 단국대출판부, 1989.

편집위원회, 『초등소학』, 국민교육회, 1906.

학부, 『보통학교 학도용 국어독본』, 대일본도서주식회사, 1907

한국학문헌연구소 편저, 『한국개화기교과서총서』, 아세아문화사, 1977.

휘문의숙 편집부 편찬·김찬기 편역, 『고등소학독본』, 도서출판 경진, 2012.

2. 단행본

권두연, 『신문관의 출판기획과 문화운동』, 고려대학교 민족문화연구원, 2016.

김근수 편, 『한국잡지개관 및 호별 목차집』, 영신아카데미 한국학연구소, 1973.

김현주, 『사회의 발견 : 식민지기 '사회'에 대한 이론과 상상, 그리고 실천(1910~1925)』, 소명출판, 2013.

나인호, 『개념사란 무엇인가 : 역사와 언어의 새로운 만남』, 역사비평사, 2011.

노대환, 『한국개념사총서 6 문명』, 소화, 2010.

이경훈, 『한국 근대문학 풍속사전』, 태학사, 2006.

최덕교 편·저, 『한국잡지백년 1』, 현암사, 2004.

편집부, 『국어국문학자료사전』, 한국사전연구사, 1998.

한국학중앙연구원 편, 『한국민족문화대백과사전』, 한국학중앙연구원, 2001.

니시카와 나가오, 한경구·이목 옮김, 『국경을 넘는 방법 : 문화·문명·국민국가』, 일조

각, 2006.

니시카와 나가오, 윤해동·방기헌 옮김, 『국민을 그만두는 방법 : 국가이데올로기로서의 민족과 문화』, 역사비평사, 2009.

레이먼드 윌리엄스, 박만준 옮김, 『마르크스주의와 문학』, 지식을만드는지식, 2009.

스테판 다나카, 박영재·함동주 옮김, 『일본 동양학의 구조』, 문학과지성사, 2004.

외르크 피쉬 /베르너 콘체·오토 브루너·라인하르트 코젤렉 편, 안삼환 옮김, 『코젤렉의 개념사 사전 1 : 문명과 문화』, 푸른역사, 2010.

3. 논문

강진호, 「근대국어 교과서와 민간 독본의 탄생-『초등소학(初等小學)』(1906)을 중심으로」, 『현대문학이론연구』 제60권, 2015.

백은기, 「『주역』에 나타난 문화에 관하여 : 「비괘(賁卦)」를 중심으로」, 『동양철학연구』 제74집, 2013.

소영현, 「근대 인쇄 매체와 수양론·교양론·입신출세주의 : 근대 주체 형성 과정에 대한 일 고찰」, 『상허학보』 제18집, 2006.

신인섭, 「교양 개념의 변용을 통해 본 일본 근대문학의 전개 양상 : 다이쇼 교양주의와 일본근대문학」, 『일본어문학』 제23집, 2004.

유선영, 「식민지의 '문화'주의, 변용과 사후」, 『대동문화연구』 제86집, 2014.

이향철, 「근대 일본에 있어서의 '교양'의 존재형태」, 『일본역사연구』 제13권, 2001.

전홍석, 「동서 "문화·문명"의 개념과 그 전개 : 현대 문명 담론의 개념적 이해를 중심으로」, 『동양철학연구』 제63집, 2010.

정선태, 「근대 계몽기 "국민" 담론과 "문명국가"의 상상 : 『태극학보』를 중심으로」, 『어문학논총』 제28권. 2009.

표세만, 「구가 가쓰난(陸羯南)의 "국민" 문화 : 메이지 내셔널리즘의 한 단면」, 『인문과학연구』 제15집, 2006.

허병식, 「교양의 정치학 : 신체제와 교양주의」, 『민족문학사연구』 제40호, 2009.

【1905~1910년 '봉건/봉건제(封建/feudalism' 개념을 둘러싼 정치 체제, 사회구성 논의의 변동에 대하여】 _ 전성규

1. 자료

大韓自强會, 『大韓自强會月報』, 1906.7.31.~1907.7.25.

太極學會, 『太極學報』, 1906.8.24.~1908.11.24.

西友學會, 『西友』, 1906.12.1.~1908.5.1.

大韓學會, 『大韓學會月報』, 1908.2.25.~1908.11.25.

大韓協會, 『大韓協會會報』, 1908.4.25.~1909.3.25.

西北學會, 『西北學會月報』, 1908.6.1.~1910.1.1.

湖南學會, 『湖南學報』, 1908.6.25.~1909.3.25.

大韓興學會, 『大韓興學報』, 1909.3.20.~1910.5.20.

「咸北地方行政及財務報告」, 『皇城新聞』, 1906.6.2.

「論忠臣」, 『大韓每日申報』, 1909.8.13.

金允植, 「十二封建論」(1870), 『김윤식전집』 하 (아세아문화사, 1980).

金澤榮, 『韓史綮』, 1918(『金澤榮全集』 5, 아세아문화사, 1978.).

2. 단행본

강만길 편, 『조선후기사 연구의 현황과 과제』, 창작과비평사, 2000.

김성배, 『유교적 사유와 근대 국제정치의 상상력 -구한말 김윤식의 유교적 근대수용』,
　　　창작과비평사, 2009.

김용섭, 『한국근대농업사연구 :농업개혁론, 농업정책』, 일조각, 1980.

민두기, 『중국근대사연구 -신사층의 사상과 행동-』, 일조각, 1973.

＿＿＿, 『중국의 공화혁명(1901~1903)』, 지식산업사, 1999.

신용하, 『동학과 갑오농민전쟁』, 일조각, 1993.

임지현, 『민족주의는 반역이다』, 소나무, 1999.

최재현, 『유럽의 봉건제도』, 역사비평사, 1992.

쥘 미슐레(Jules Michelet) 전기호 옮김, 『민중』, 율성사, 1979.

칼 마르크스(Karl Marx)·프리드리히 엥겔스(Frederick Engels), 최인호 외 옮김, 『칼
　　　맑스·프리드리히 엥겔스 저작 선집』, 박종철출판사, 1991.

페리 앤더슨(Perry Anderson), 김현일 외 옮김, 『절대주의 국가의 역사』, 소나무, 1993.

Geremie R. Barm, Self-Hate and Self-Approbation, *In the Red:On contemporary
　　　Chinese culture*, New York :Columbia University Press, 1999.

프라센지트 두아라(Prasenjit Duara), 문명기·손승희 옮김, 『민족으로부터 역사를 구출
　　　하기 -근대 중국의 새로운 해석-』, 삼인, 2004.

어니스트 겔너(Ernest Gellner), 최한우 옮김, 『민족과 민족주의』, 한반도국제대학원출
　　　판부, 2009.

알렉산더 우드사이드(Alexander Woodside), 민병희 옮김, 『잃어버린 근대성들 -중국·
　　　베트남·한국 그리고 세계사의 위험성』, 너머북스, 2012.

미야지마 히로시(宮嶋博史), 『일본의 역사관을 비판한다』, 창작과비평사, 2013.

3. 논문

금인숙, 「마르크스주의 사회과학에서의 오리엔탈리즘 -1980년대 사회구성체논쟁을 중심으로」, 『담론201』 9.3, 한국사회역사학회, 2006.

김선경, 「반계 유형원의 이상국가 기획론」, 『한국사학보』 9, 고려사학회, 2000.

김성우, 「조선시대 '사족'의 개념과 기원에 대한 검토」, 『조선후기사 연구의 현황과 과제』, 창작과비평사, 2000.

김성혜, 「한국근대전환기 군민공치(君民共治) 논의에 대한 일고찰」, 『정신문화연구』 38, 한국학중앙연구원, 2015.

김항구, 「大韓協會(1907~1910)硏究」, 단국대사학과박사논문, 1993.

박광용, 「18~19세기 조선사회의 봉건제와 군현제 논의」, 『한국문화』 22, 서울대 한국문화연구소, 1998.

박상섭·하영선, 「근대국제질서형성에 관한 연구:군사적 및 사사정 기초」, 『세계정치』 19, 서울대 국제문제연구소, 1995.

박찬승, 「동학농민전쟁의 사회경제적 지향」, 박현채·정창렬 편, 『한국민족주의론III』, 창비 1985.

박 훈, 「'봉건사회/군현사회'와 동아시아 근대」, 『성균관대학교 동아시아학술원·한림대학교 한림과학원 공동학술회의: 장기19세기의 동아시아-변화와 지속, 관계와 비교(2)』, 2016.

_____, 「메이지유신과 '士大夫的 정치문화'의 도전:'近世' 동아시아 정치사의 모색」, 『역사학보』 218, 역사학회, 2013.

송석윤, 「군민공치와 입헌군주제 헌법」, 『서울대학교 法學』 53, 서울대 법학연구소, 2012.

송찬식, 「조선후기 농업에 있어서의 광작운동」, 한국인문과학원편, 『조선후기논문선집』 8, 한국인문과학원, 1997.

신지영, 「『대한민보』 연재소설의 담론적 특성과 수사학적 배치」, 연세대국문과석사학위논문, 2003.

오영교, 「17세기 지방제도 개혁론의 전개」, 『동방학지』 77~79, 연세대 국학연구원, 1993.

윤해동, 「'통감부설치기' 지방제도의 개정과 지방지배정책」, 『한국문화』 20, 서울대 한국학연구원, 1997.

이경식, 「조선전기 양반의 토지소유와 봉건」, 『동방학지』 94, 연세대 국학연구원, 1996.

이태훈, 「일제하 친일정치운동 연구자치·참정권 청원운동을 중심으로」, 연세대사학과박사논문, 2010.

전은경, 「『대한민보(大韓民報)』의 독자란 〈풍림(諷林)〉과 근대계몽기 지식인 독자의 서사적 글쓰기」, 『대동문화연구』 83, 성균관대 대동문화연구원, 2013.

전은경, 「『대한민보』의 소설 정책과 근대 독서 그룹의 형성」, 『한국현대문학연구』 44, 한국현대문학회, 2014.

_____, 「근대계몽기 서북지역 잡지의 편집 기획과 유학생 잡지의 상관관계 -'문학' 개념의 수용 양상을 중심으로-」, 『국어국문학』 183, 국어국문학회, 2018.

전성규, 「『대한민보(大韓民報)』의 언어정리사업과 소설 연구」, 성균관대국문과석사학위논문, 2012.

_____, 「근대 계몽기 정체(政體) 담론과 지식인-문인 공공영역의 생성 : 협회·학회 운동과 사대부적 공공영역의 장기 변환을 중심으로」, 성균관대국문과박사학위논문, 2018.

전재관, 「한말 애국계몽단체 지회의 분포와 구성-대한자강회·대한협회·오학회를 중심으로-」, 『숭실사학』 10, 숭실사학회, 1997.

정상우, 「개화기 군민동치 제도화 과정 및 입헌군주제 수용 유형 연구」, 『헌법학연구』 18, 한국헌법학회, 2012.

정재훈, 「조선중기 사족의 위상」, 『조선시대사학보』 73, 조선시대사학회, 2015.

정진상, 「앤더슨의 역사사회학-봉건제와 절대주의 국가의 동학」, 『사회와 역사』 6, 한국사회사학회, 1987.

정창렬, 「갑오농민전쟁연구-전봉준의 사상과 행동을 중심으로」, 연세대학교사학과박사학위논문, 1991.

_____, 「갑오농민전쟁과 갑오개혁의 관계」, 『인문논총』 5, 서울대 인문학연구원, 1994.

_____, 「조선후기의 둔전에 대하여」, 한국인문과학원편, 『조선후기논문선집』 8, 한국인문과학원, 1997.

조성을, 「남북역사학의 쟁점 -조선 후기 실학의 근대성에 대하여」, 『역사비평』 11, 역사문제연구소, 1990.

_____, 「정약용의 토지제도 개혁론」, 『한국사상사학』 10, 한국사상사학회, 1998.

조현욱, 「서북학회의 관서지방 지회와 지교」, 『한국민족운동사연구』 24, 한국민족운동사학회, 2000.

한경성, 「한국고대사회와 아시아적 생산양식」, 『사회과학논집』 9, 동아대 사회과학연구소, 1992.

홍인숙·정출헌, 「『대한자강회월보』의 운동성과 지향 연구」, 『동양한문학연구』 30, 동양한문학회, 2010.

미야지마 히로시(宮嶋博史), 「봉건제와 Feudalism의 사이:인문학과 정치학의 대화를 위하여」, 『동아시아 브리프』 2.3, 성균관대 동아시아지역연구소, 2007.

【수신(修身)과 애국(愛國)】 _ 손성준

1. 자료

『대한자강회월보』, 『서우』, 『조양보』, 『태극학보』, 『황성신문』, 『대한매일신보』

    mile Lavisse, Tu seras soldat, histoire d'un soldat fran ais : r cits et le ons
        patriotiques, Paris : A. Colin, 1901(1888).

エミール・ラヰッス, 板橋次郎・大立目克寬 譯, 『愛國精神譚』, 偕行社, 1891.

                              , 『愛國精神譚』, 偕行社, 1897(증보판).

愛彌兒拉, 愛國逸人 譯, 『愛國精神談』, 廣知書局, 1902.9.

        , 역자 미상, 「愛國精神談」, 『朝陽報』 제9호~제12호, 1906.11~1907.1.

        , 盧伯麟 譯, 「愛國精神談」, 『西友』 제7호~제10호, 1907.6~8.

李埰雨 譯, 『愛國精神』, 中央書館, 1908.

이채우 역, 『애국정신담』, 中央書館, 1908.

2. 단행본

강윤호, 『개화기의 교과용도서』, 교육출판사, 1975.

김도형, 『대한제국기의 정치사상연구』, 지식산업사, 1994.

김민재, 『학교 도덕교육의 탄생 -1894~1910년 근대계몽기의 수신교과서를 중심으로』,
    케포이북스, 2014.

김순전 외 6명 공역, 『일본 초등학교 수신서(1904) 제Ⅰ기』, 제이앤씨, 2005.

독립기념관 한국독립운동사연구소 편, 『노백린의 생애와 독립운동』, 독립기념관 한국독
    립운동사연구소, 2003.

박병기・김민재 편, 『근대 학부 편찬 수신서』, 소명출판, 2012.

이에나가 사부로 편, 수유+너머 일본근대사상사팀 역, 『근대 일본사상사』, 소명출판,
    2006.

정주아, 『서북문학과 로컬리티 -이상주의와 공동체의 언어』, 소명출판, 2014.

정근식・한기형・이혜령・고노 겐스케・고영란 등 엮음, 『검열의 제국 -문화의 통제와 재
    생산』, 푸른역사, 2016.

3. 논문

권영신, 「한말 서우학회의 사회교육 활동에 관한 연구」, 성균관대 박사학위논문, 2005.

손성준, 「근대 동아시아의 애국 담론과 「애국정신담」」, 『개념과 소통』 16(2015) : 5~65.

     , 「번역 서사의 정치성과 탈정치성 -『조양보』 연재소설 「비스마룩구淸話」를 중심
    으로」, 『상허학보』 37(2013): 47~86.

이송희, 「한말 서우학회의 애국계몽운동과 사상」, 『한국학보』 26(1982): 35~80.

이지우, 「대한자강회의 활동에 대하여」, 『경희사학』 9·10(1982): 57~68.

임상석, 「근대계몽기 잡지의 번역과 분과학문의 형성 -『조양보』와 『대한자강회월보』의 사례」, 『우리어문연구』 50(2014): 279~304.

장 신, 「한국강점 전후 일제의 출판통제와 '51종 20만권 분서(焚書)사건'의 진상」, 『역사와 현실』 80(2011): 211~244.

홍인숙·정출헌, 「『大韓自强會月報』의 운동성과 지향 연구 -자강회 내부의 이질적 그룹과 그 성격을 중심으로」, 『동양한문학연구』 30(2010): 353~381.

제2부 유학과 이주 - 중국, 일본에서의 시선

【벗어난 자들의 조선】 _ 가게모토 츠요시

1. 자료

金史良, 『光の中に』, 講談社, 1999.

김승구, 「유민」, 『동아일보』, 1938년 1월~2월.

大村益夫·布袋敏博 편, 『近代朝鮮文学 日本語作品集 (1939~1945) 創作篇 3』, 緑蔭書房, 2001.

박태원, 「반년간」, 『윤초기의 상경』, 깊은샘, 1991.

송 영, 「속탄 속 부부들」(1928), 『송영소설선집』, 현대문학, 2010.

안룡만, 『안룡만 시선집』, 현대문학, 2013.

梁石日, 『血と骨』, 幻冬社, 1998.

염상섭, 「유서」, 『염상섭전집』 9권.

원 소, 「아지메의 사」, 『조선문단』 3호, 1924년 11월.

유진오, 「귀향(중)」, 『별건곤』, 1930년 6월호.

_____, 「귀향(하)」, 『별건곤』, 1930년 7월호.

이기영, 「야생화」, 『문장』, 1939년 7월호.

이효석, 「계절」, 『이효석 단편전집 1』, 가람기획, 2006.

鄭承博, 「電灯が点いている」, 『文学界』, 文藝春秋, 1973년 1월호.

채만식, 「소년은 자란다」, 『채만식전집』 5권, 창작사, 1987.

포 석, 「생활기록의 단편 - 문예에 뜻을 두던 때부터」, 『조선지광』 65호, 1927년 3월.

2. 단행본

磯貝治良, 『始原の光 在日朝鮮人文学論』, 創樹社, 1979.

곽형덕, 『김사량과 일제 말 식민지문학』, 소명출판, 2017.

김영민, 『1910년대 일본 유학생 잡지 연구』, 소명출판, 2019.

김진영, 『시베리아의 향수』, 이숲, 2017.

金贊汀, 『朝鮮人女工のうた 一九三〇年·岸和田紡績争議』, 岩波書店, 1982.

大村益夫편, 『近代朝鮮文学における日本との関連様相』, 研究成果報告書, 1998.

大村益夫, 『朝鮮近代文学と日本』, 緑蔭書房, 2003.

杉原達, 『越境する民 近代大阪の朝鮮人史研究』, 新幹社, 1998.

서지영, 『경성의 모던걸: 소비 노동 젠더로 본 식민지 근대』, 여이연, 2013.

石原千秋, 『漱石入門』, 河出書房新社, 2016.

宋恵媛, 『「在日朝鮮人文学史」のために - 声なき声のポリフォニー』, 岩波書店, 2014.

송혜원, 『'재일조선인'문학사를 위하여』, 소명출판, 2019.

심원섭, 『일본 유학생 문인들의 대정·소화 체험』, 소명출판, 2009.

外村大·韓載香·羅京洙편, 『資料 メディアの中の在日朝鮮人』, 緑蔭書房, 2015.

이행선, 『식민지 문학 읽기』, 소명출판, 2019.

池田浩士, 『ボランティアとファシズム』, 人文書院, 2019.

川本三郎, 『大正幻影』, ちくま文庫, 1997.

樋口雄一, 『日本の朝鮮·韓国人』, 同成社, 2002.

波田野節子편, 『植民地期朝鮮文学者の日本体験に関する総合的研究』, 研究成果報告書, 2009.

3. 논문

가게모토 츠요시, 「식민지조선의 또 하나의 프롤레타리아 문학」, 『혁명을 쓰다』, 소명출판, 2018.

권은, 「한국 근대소설에 나타난 동경의 공간적 특성과 재현 양상 연구」, 『우리어문연구』 57집, 2017.

外村大, 「日本史·朝鮮史研究と在日朝鮮人史 - 国史からの排除をめぐって」, 『近代交流史と相互認識III 一九四五年を前後して』, 慶応義塾大学出版会, 2006.

허병식, 「장소로서의 동경 - 1930년대 식민지 조선작가의 동경표상」, 『한국문학연구』 38, 2010.

【어떤 '아세아주의'의 상상과 저항의 수사학】 _ 정한나

1. 자료
『개벽』
『동아일보』

『매일신보』
『신한민보』
『조선일보』
『조선중앙일보』

김영민 외, 『근대계몽기 단형 서사문학 자료전집 상·하』, 소명출판, 2003.
김우영, 『회고』, 신생공론사, 1954.
도산안창호선생전집편찬위원회, 『도산안창호전집』 10, 도산안창호선생기념사업회, 2000.

국가보훈처 공훈전자사료관(http://e-gonghun.mpva.go.kr)
독립기념관 한국독립운동정보시스템(http://search.i815.or.kr)
한국사데이터베이스(http://db.history.go.kr)
한국역사정보통합시스템(http://www.koreanhistory.or.kr)

編集復刻版 『亞細亞公論·大東公論』, 龍渓書舍, 2008.
『東京朝日新聞』
朴慶植, 『在日朝鮮人關係資料集成 第2卷 1』, 三一書房, 1975.
小田切秀雄·福岡井吉 編, 『昭和書籍新聞雑誌發禁年表』, 明治文獻, 1965.
荻野富士夫, 『特高警察関係資料集成〈水平運動·在日朝鮮人運動〉〈国家主義運動〉』第32
　　卷, 東京 : 不二出版, 2004.

2. 단행본
김영민, 『1910년대 일본 유학생 잡지 연구』, 소명출판, 2019.
동북아역사재단 편, 『동아시아의 지식교류와 역사기억』, 동북아역사재단, 2009.
서은경, 『근대 초기 잡지의 발간과 근대적 문학관의 형성』, 소명출판, 2017
이상섭, 『문학비평 용어사전』, 민음사, 2001.
전성기 외, 『텍스트 분석방법으로서의 수사학』, 유로서적, 2004.
정근식 외, 『검열의 제국』, 푸른역사, 2016.
한기형, 『식민지 문역』, 성균관대학교 출판부, 2019.

구라하시 마사나오, 박강 옮김, 『아편제국 일본』, 지식산업사, 1999.
나리타 류이치, 이규수 옮김, 『다이쇼 데모크라시』, 어문학사, 2013.
나카지마 요시미치, 김희은 옮김, 『차별감정의 철학』, 바다출판사, 2018.
도히 아키오, 김수진 옮김, 『일본 기독교사』, 기독교문사, 1991.
마쓰오 다카요시, 오석철 옮김, 『다이쇼 데모크라시』, 소명출판, 2011.

미셸 메이에르, 전성기 옮김, 『수사 문제』, 고려대학교출판부, 2012.
야마무로 신이치, 정선태·윤대석 옮김, 『사상과제로서의 아시아』, 2018.
올리비에 르불, 박인철 옮김, 『수사학』, 한길사, 1999.
이 푸 투안, 구동회·심승희 옮김, 『공간과 장소』, 대윤, 2007.
페터 슬로터다이크, 이진우 옮김, 『냉소적 이성비판』 1, 에코리브르, 2005.
프란츠 파농, 이석호 옮김, 『검은 피부, 하얀 가면』, 인간사랑, 2003.

江口圭一, 『日中アヘン戦争』, 岩波書店, 1988.
紀旭峰, 『大正期臺湾人の「日本留学」研究』, 龍溪書舍, 2012.
牧義之, 『伏字の文化史 : 檢閲·文学·出版』, 森話社, 2014.
小野容照, 『朝鮮独立運動と東アジア : 1910-1925』, 思文閣出版, 2013.
松尾尊兊, 『民本主義と帝國主義』, みすず書房, 1998.
鈴木登美 外, 『檢閲·メディア·文學 : 江戶から江戶から戰後まで』, 新曜社, 2012.
Henry DeWitt Smith, *Japan's first student radicals*, Cambridge, Mass. : Harvard
        University Press, 1972.

3. 논문

권정희, 「『아세아공론』 소재 황석우의 글쓰기」, 『한국문화연구』 26, 이화여자대학교 한
        국문화연구원, 2014, 99~125쪽.
김민섭, 「1910년대 후반 기독교 담론의 형성과 '기독청년'의 탄생」, 『한국기독교와 역사』
        38, 한국기독교역사연구소, 2013, 177~203쪽.
───, 「1920년대 초 동경 유학생의 "사회", 사회주의 담론 수용연구」, 『한민족문화연구』
        47, 한민족문화학회, 2014, 41~73쪽.
김선아, 「동경조선기독교청년회의 『基督青年』 발간과 『現代』로의 개편」, 『역사연구』 34,
        역사학연구소, 2018, 153~188쪽.
동선희, 「동광회의 조직과 성격에 관한 연구」, 『역사와현실』 50, 2003, 489~515쪽.
박경수, 「일제하 재일 문학인 김희명(金熙明)의 반제국주의 문학운동 연구 : 그의 시와
        문학평론을 중심으로」, 『일본어문학』 37, 일본어문학회, 2007, 295~330쪽.
박진영, 「문학청년으로서 번역가 이상수와 번역의 운명」, 『돈암어문학』 24, 돈암어문학
        회, 2011, 59~88쪽.
변은진, 「일제 전시파시즘기(1937~45) 조선민중의 '불온낙서' 연구」, 『한국문화』 55,
        2011, 309~344쪽.
안남일, 「재일본 한국유학생 잡지 〈창간사, 발간사〉연구」, 『한국학연구』 64, 2018, 117
        ~137쪽.
옥성득, 「개신교 식민지 근대성의 한 사례」, 『한국기독교역사연구소소식』 112, 한국기독

교역사연구소, 2015, 36~48쪽.

이민주, 「검열의 '흔적지우기'를 통해 살펴본 1930년대 식민지 신문검열의 작동양상」, 『한국언론학보』 61, 한국언론학회, 2017, 37~63쪽.

이수경, 「재일 디아스포라 작가 김희명(金熙明)」, 『재외한인연구』 45, 재외한인학회, 2018, 1~42쪽.

이철우, 「『동광』의 매체 특성 연구 ―사상과 문학론의 변화 양상을 중심으로」, 『문창어문논집』 50권, 문창어문학회, 2013, 377~401쪽.

이철호, 「1910년대 후반 도쿄 유학생의 문화 인식과 실천」, 『한국문학연구』 35, 동국대학교 한국문학연구소, 2008, 321~353쪽.

이태훈, 「일제하 친일정치운동 연구」, 연세대학교 박사학위논문, 2010.

이한결, 「『학지광』 연구」, 연세대 석사논문, 2013.

이형식, 「'조선군인' 가네코 데이이치(金子定一)와 대아시아주의운동」, 『역사와 담론』 84, 2017, 315~357쪽.

이혜진, 「신여성의 근대적 글쓰기 ―『여자계』의 여성담론을 중심으로」, 『동양학』 55, 단국대학교 동양학연구원, 2014, 19~44쪽.

임유경, 「1960년대 '불온'의 문화 정치와 문학의 불화」, 연세대 박사논문, 2014.

정근식, 「식민지검열과 '검열표준' ― 일본 및 대만과의 비교를 통하여」, 『대동문화연구』 제79집, 2012, 7~43쪽.

정한나, 「재일본 조선인 잡지의 초국적 연대담론과 수사학 ― 기독교, 사회주의, 아시아연대」, 연세대 박사논문, 2020.

조윤정, 「유학생의 글쓰기, 사상의 오독과 감정의 발현 ―잡지 『여자계(女子界)』를 중심으로」, 『대동문화연구』 73, 성균관대 동아시아학술원, 2011, 397~442쪽.

紀旭峰, 「雑誌『亜細亜公論』にみる大正期東アジア知識人の連携 ― 在京台湾人と朝鮮人青年の交流を中心に」, 『아시아문화연구』 19, 가천대학교 아시아문화연구소, 2009.

羅京洙, 「再発見された国際的言論空間 雑誌「亜細亜公論」と柳泰慶(上, 下)」, 『Journalism』 241, 2010.

裵姶美, 「雑誌『亜細亜公論』と朝鮮」, 『コリア研究』(4), 2013.

雨宮史樹, 「「大正デモクラシー」期における知識人の社会的視野―新人会と宮崎龍介の東アジア観を中心として」, 『駿台史学』 第162号, 2018年2月, 217-242頁.

後藤乾一, 「大正デモクラシーと雑誌『亜細亜公論』―その史的意味と時代背景」, アジア太平洋討究 / 早稲田大学アジア太平洋研究センター出版・編集委員会 編 (12) 2009.

―――, 「雑誌『亜細亜公論』と石橋湛山」, 『自由思想』 145, 2017.

Joel Matthews, "Historicizing "Korean Criminality"". *International Journal of Korean History* 22(1), 2017.

【주요섭의 상하이 후장대학 시절과 소설「첫사랑 값」】_ 육령

1. 자료
『개벽』
『동아일보』
『사조』
『삼천리』
『신여성』
『후장대학년간 1927』
『천뢰(天籟)』(THE VOICE)[중·영문]
「上海에서의 興士團會議의 狀況에 관한 件」(1925년 3월 6일),「不逞團關係雜件-鮮人의
　　部-在上海地方 5」, 조선총독부경무국
Ashton-Gwatkin, 'The life and times of John Paris', Bulletin of the Japan
　　Society of London, 21, 1957 Feburary.

2. 단행본
손과지,『상해한인사회사1910-1945』, 한울아카데미, 2001.
배경한,『손중산과 한국』, 한울아카데미, 2007.
권보드래,『연애의 시대 -1920년대 초반의 문화와 유행』, 현실문화연구, 2003
John Paris, Kimono, LONDON: W.COLLINS SONS& CO.LTD, 1922.
呂芳上,「1920年代中國知識分子有關情愛問題的抉擇與討論」,『無聲之聲(Ⅰ):近代中國
　　的婦女與國家(1600～1950)』, 臺北:中央研究院近代史研究所, 2003
徐仲佳, 『性愛問題：1920年代中國小說的現代性闡釋』, 北京:社會科學文獻出版社,
　　2005.
李海燕,『心靈革命:現代中國愛情的系譜學』, 北京大學出版社, 2018.
張　競,『近代中国と「恋愛」の発見：西洋の衝撃と日中文学交流』, 東京:岩波書店, 1995.
王汎森,『思想是生活的一种方式 -中国近代思想史的再思考』, 北京大学出版社, 2018.

3. 논문
고재석,「식민지 지식인의 갈등과 고뇌 그리고 허위의식」,『우리말글』47집, 2009.
박자영,「1920년대 상하이의 조선인 작가 연구 - 월경(越境)의 감각과 경험의 재구성
　　주요섭의 경우」,『중국어문학논집』(vol.98), 2016.
손지봉,「1920～30년대 한국문학에 나타난 상해의 의미」, 한국정신문화연구원 부속대학
　　원, 석사논문, 1988.
이승하,「주요섭 초기작 중 상해 무대 소설의 의의」,『비교한국학』17권 3호, 국제비교한

국학회, 2009.

최학송, 「주요섭의 상하이 생활과 문학」, 『한중언어문화연구』(vol.31), 2013.

표언복, 「상해 유이민소설의 전개와 특징, 해방전 중국 유이민 소설연구」, 한국문화사, 2004.

崔昌竻·王孟青, 《抗争与治愈:朱耀燮的中国体验与跨界叙事》, 《东疆学刊》, 2018年3期

王细荣, 《沪江大学校报校刊出版述要》, 《上海理工大学学报》, 38卷2期, 2016年6月

橋本順光, 「英国外交官の黄禍論小説-ジョン·パリスの『キモノ』(1921)と裕仁親王の訪英」, 大阪大学大学 院文学研究科紀要, 57巻, 2017.03.

제3부 '월경하는' 텍스트와 접촉지대 - 1945~1953년의 '견문' 서사와 '개작'실천

【정치적 유토피아와 전통지향적 미학의 이합(離合)관계】_ 조영추

1. 자료

이태준, 『이태준 전집(4): 농토, 첫 전투, 먼지』, 소명출판, 2015.

_____, 『이태준 전집(5): 무서록 외』, 소명출판, 2015.

_____, 『이태준 전집(6): 쏘련기행 중국기행 외』, 소명출판, 2015.

「蘇聯紀行等 發賣禁止, 首道廳서」, 『釜山新聞』 1면, 1948.12.12.

鄭振鐸, 「兩漢的藝術」, 『文藝報』 제4권 제11·12합본, 1951.

2. 단행본

박헌호, 『이태준과 한국근대소설의 성격』, 소명출판, 1999.

신형기, 『근대문학과 이태준』, 깊은샘, 2000.

이혜령, 『한국소설과 골상학적 타자들』, 소명출판, 2007.

정종현, 『제국의 기억과 전유: 1940년대 한국문학의 연속과 비연속』, 어문학사, 2012.

테드 휴즈 지음, 나병철 옮김, 『냉전시대 한국의 문학과 영화: 자유의 경계선』, 소명출판, 2013.

鄭毓瑜, 『引譬連類: 文學研究的關鍵詞』, 聯經出版公司, 2012.

Tatiana Gabroussenko, *Soldiers on the Cultural Front: Developments in the Early History of North Korean Literature and Literary Policy*, Honolulu: University of Hawai'i Press, 2010.

3. 논문

김재용, 「한국전쟁기의 이태준: 『위대한 새 중국』을 중심으로」, 『상허학보』 13, 상허학회, 2004.

김준현, 「해방 이후 문학 장의 재편과 이태준: 「해방전후」와 「먼지」를 중심으로」, 『어문논집』 64, 민족어문학회, 2011.

김진영, 「이태준의 '붉은 광장': 해방기 소련여행의 지형학」, 『러시아연구』 Vol.26.No.2, 서울대학교 러시아연구소, 2016.

박태상, 「새로 발견된 이기영의 『기행문집』 연구: 공산주의적 유토피아로서의 "소련"」, 『북한연구학회보』 Vol.5.No.2, 북한연구학회, 2001.

박태일, 「재북 시기 리태준의 문필 활동 실증」, 『외국문학연구』 61, 한국외국어대학교 외국문학연구소, 2016.

배개화, 「북한 문학자들의 소련기행과 전후 소련의 인식」, 『민족문학사연구』 50, 민족문학사학회, 2012.

_____, 「탈식민지 문학자의 소련기행과 새 국가 건설: 1946년 조선 문학자의 소련기행을 중심으로」, 『한국현대문학연구』 46, 한국현대문학회, 2015.

손유경, 「혁명과 문장」, 『민족문학사연구』 63, 민족문학사학회, 2017.

신형기, 「인민의 국가, 망각의 언어: 인민의 국가를 그린 해방직후의 기행문들」, 『상허학보』 43, 상허학회, 2015.

유임하, 「월북 이후 이태준 문학과 '48년 질서'」, 『상허학보』 39, 상허학회, 2013.

_____, 「월북 이후 이태준 문학의 장소감각: 체험된 공간과 소설 속 공간의 의미 연관」, 『돈암어문학』 28, 돈암어문학회, 2015.

이상우, 「이태준의 기행문 『위대한 새 중국』에 나타난 중국인식」, 『통일인문학』 67, 건국대학교 통일인문학연구단, 2016.

이해영, 「이태준과 『위대한 새중국』」, 『현대문학의 연구』 59, 한국문학연구학회, 2016.

이행선, 「해방공간, 소련·북조선기행과 반공주의」, 『인문과학연구논총』 36, 명지대학교 (서울캠퍼스) 인문과학연구소, 2013.

임유경, 「미(美) 국립문서보관소 소장 소련기행 해제」, 『상허학보』 26, 상허학회, 2009.

_____, 「'오빠꾼'과 '조선사절단', 그리고 모스크바의 추억: 해방기 소련기행의 문화정치학」, 『상허학보』 27, 상허학회, 2009.

_____, 「소련기행과 두 개의 유토피아: 해방기 "새조선"의 이상과 북한의 미래」, 『민족문학사연구』 61, 민족문학사학회, 2016.

趙帥, 『李泰俊與郭沫若蘇聯紀行比較研究』, 中國海洋大學碩士學位論文, 2015.

【〈뇌우(雷雨)〉를 다시 읽는다, 유치진과 차오위(曹禺)의 만남】 _ 왕캉닝

1. 자료
〈뇌우〉(국립극장 소장 대본), 1950.
〈뇌우〉(서울예대 소장 대본), 1950.
〈뇌우〉(국립극장 제134회 공연 비디오 자료), 이해랑 연출, 국립극장, 공연예술박물관,
　　　1988.10.
〈뇌우〉(국립극장 제201회 공연 비디오 자료), 이윤택 연출, 국립극장, 공연예술박물관,
　　　2004.4.
〈뇌우〉(국립극단 제2회 정기공연 팸플릿), 1950.6.
〈뇌우〉(국립극단 제134회 정기공연 팸플릿), 1988.10.
〈뇌우〉(국립극단 제201회 정기공연 팸플릿), 2004.4.
차오위 저, 김광주 역, 『뇌우』, 선문사, 1946.
차오위 저, 하경심·신진호 공역, 『조우 희곡선』, 학고방, 2013.
曹禺, 『雷雨』, 文化生活出版社, 1936.
____, 『雷雨: 四幕話劇: 曹禺戲劇集』, 四川人民出版社, 1984.
曹禺 著, 田本相·劉壹軍 編, 『曹禺全集』 5, 花山文藝出版社, 1996.

2. 단행본
국립극장 편, 『국립극단 50년사』, 연극과인간, 2000.
김남석 편, 『백성희의 삶과 연극: 연극의 정석』, 연극과인간, 2015.
박노종, 『차오위의 연극 세계』, 부산대 출판부, 2004.
이상우, 『유치진 연구』, 태학사, 1997.
양승국 편, 『한국근대연극영화비평자료집』 6, 국학자료원, 1993.
양해근 저, 한상덕 역, 『조우의 희곡 창작의 길』, 한국학술정보, 2007.
劉章春, 『〈雷雨〉的舞臺藝術』, 中國戲劇出版社, 2007.
王興平·劉思久·陸文璧 편, 『曹禺研究專集』 상·하, 海峽文藝出版社, 1985.
田本相·宋宝珍, 『中国百年话剧史述』, 遼寧教育出版社, 2013.
钱理群, 『大小舞台之间—曹禺戏剧新论』, 浙江文艺出版社, 1994.

3. 논문
김남석, 「〈뇌우〉 공연의 변모 과정에 대한 연구」, 『한국연극학』 22, 한국연극학회,
　　　2004.
김옥란, 「1950년대 연극과 신협의 위치」, 『한국문학연구』 34, 동국대 한국문학연구소,
　　　2008.

리우 커, 「중국 희곡 〈뇌우〉의 수용 양상 연구」, 경북대 석사논문, 2010.

박운석·리우 커, 「論柳致眞對〈雷雨〉的接受」, 『중국과 중국학』 14, 영남대학교 중국연구센터, 2011.

박진영, 「중국 근대문학 번역의 계보와 역사적 성격」, 『민족문학사연구』 55, 민족문학사학회, 2014.

왕효나, 「〈뇌우〉의 중·한 비교」, 숭실대 석사논문, 2013.

윤일수, 「중국 희극 〈뇌우〉의 한국 공연 양상」, 『배달말』 37, 배달말학회, 2005.

孔慶東, 「從〈雷雨〉的演出史看〈雷雨〉」, 『中國現代文學研究叢刊』, 1991, 第3期.

飯塚容, 「〈雷雨〉在日本」, 『戲劇藝術』, 2014, 第1期.

謝國冰, 「〈雷雨〉的版本與曹禺的文學思想」, 『海南師範學院學報(社會科學版)』, 2006, 第2期.

熊美, 「人物塑造與時代重構―論北京人藝舞台上〈雷雨〉中的主角」, 『雲南藝術學院學報』, 2010, 第4期.

【기지(基地)의 '평화'와 전장의 글쓰기】 _ 장세진

1. 자료·기사

張赫宙, 「祖國朝鮮に飛ぶ第一報」, 『毎日情報』, 1951.9.

_____, 「故國の山下」, 『毎日情報』, 1951.11.

_____, 「ルポルタージュ朝鮮」, 『群像』, 1953.1.

_____, 「眼」, 『文芸』, 1953.10.

장혁주, 『장혁주 소설선집 1: 아, 조선』, 장세진 엮고옮김, 소명출판, 2018.

_____, 『장혁주 소설선집 2: 무궁화』, 장세진 엮고옮김, 소명출판, 2018.

_____, 『장혁주 소설선집』 호테이 토시히로, 시라카와 유타카 옮김, 태학사, 2002.

「社説: 朝鮮の戰亂と日本の態度」, 朝日新聞, 1950.6.26.

青野秀吉, 「戰爭の影向について」, 『文芸』, 1950.8.

堀田善衛, 「広場の孤獨」, 『戰爭×文学 冷戰の時代』, 集英社, 2012.

野平陽一, 「憲法九条と私の体驗」, 『海員』, 2006.8~10.

「오키나와인들의 선택은 공존과 평화」, 『시사IN』, 2018. 10.17.

MBC, "6.25, 일본 참전의 비밀", 「이제는 말할 수 있다」, 2001년 6월 22일.

2. 단행본

가라타니 고진, 『헌법의 무의식』, 조영일 옮김, 도서출판 b, 2017.

가지무라 히데키, 김인덕 옮김, 『해방 후 재일조선인운동(1945~1965)』, 선인, 2014.

김태우, 『폭격』, 창비, 2013.

김학재, 『판문점체제의 기원』, 후마니타스, 2015.

남기정, 『기지국가의 탄생: 일본이 치른 한국전쟁』, 서울대학교출판문화원, 2016.

마루카와 데츠시, 장세진 옮김, 『냉전문화론: 1945년 이후 일본의 영화와 문학은 냉전을 어떻게 기억하는가』, 너머북스, 2010.

시라카와 유타카, 『장혁주 연구: 일어가 더 편했던 조선작가 그리고 그의 문학』, 동국대학교출판부, 2009.

이활남, 『혈혼의 전선』, 재일교포학도의용군자립동지회, 1958, 계문사.

『21세기 정치학 사전, 하』, 정치학대사전편찬위원회 편, 아카데미아리서치, 2002.

존 다워, 『패배를 껴안고』, 민음사, 최은석 옮김, 716쪽.

金贊汀, 『在日義勇兵帰還せず: 朝鮮戦争秘史』, 岩波書店, 2007.

西村秀樹, 『大阪で闘った朝鮮戦争:吹田·枚方事件の青春群像』東京, 岩波書店, 2006.

白川豊, 『朝鮮近代知日派作家, 苦悶の奇跡』, 勉誠出版, 2008.

3. 논문

권보드래, 「광장의 전쟁과 포로: 한국전쟁의 포로 서사와 중립의 좌표」, 『한국현대문학연구』 53, 한국현대문학회, 2017.

고영란, 「'조선/한국전쟁' 혹은 '분열/분단': 기억의 승인을 둘러싸고」, 『大東文化研究』 79, 성균관대학교대동문화연구원, 2012.

김인덕, 「재일조선인단체의 형성 과정-조련, 민단, 총련」, 『내일을 여는 역사』 63, 내일을여는 역사재단, 2016.

김학동, 「6.25 전쟁에 대한 장혁주(張赫宙)의 현지르포와 민족의식」, 『인문학연구』 76-0, 충남대학교 인문과학연구소 2009.

_____, 「장혁주의 『아, 조선(嗚呼朝鮮)』, 『무궁화』론: 6.25 전쟁의 형상화에 엿보이는 작가의 민족의식」. 『日本學研究』 24, 檀國大學校 日本研究所, 2008.

나카네 다카유키, 「홋타 요시에(堀田善衞)『광장의 고독』의 시선-한국전쟁과 동시대의 일본문학」, 『한국어와 문화』 7, 숙명여자대학교 한국어문화연구소, 2010.

남상욱, 「전후 일본문학 속의 "한국전쟁": 한국전쟁과 전후 일본의 내셔널 아이덴티티」, 『비교한국학』, 23-1, 국제비교한국학회, 2015.

서동주, 「'전후'의 기원과 내부화하는 '냉전': 홋타 요시에의 「광장의 고독」을 중심으로」, 『日本思想』 28, 한국일본사상사학회, 2015.

소명선, 「재일조선인 에스닉 잡지와 '한국전쟁'」, 『日本近代學研究』, 61, 한국일본문화학회, 2018.

신승모, 「전후의 장혁주 문학」, 『日本文化研究』 13, 한국일본언어문화학회, 2008.

장세진, 「트랜스내셔널리즘, (불)가능 그리고 재일조선인이라는 예외상태」, 『동방학지』,

157, 연세대학교 국학연구원, 2012.3.

鈴木英隆, 「朝鮮海域に出撃した日本特別掃海隊」, *Military history studies annual* (8), 防衛研究所, 2005.3.

梁嬉淑, 「張赫宙戰後研究:終戰から歸化まで」,埼玉大学大学院文化科学研究科,博士論文, 2014.

石丸安蔵, 「朝鮮戰争と日本の港湾-国連軍への支援とその影響」, NIDS security studies 9(3), 防衛省防衛研究所, 2007.02.

張允麐, 「朝鮮戰争をめぐる日本とアメリカ占領軍--張赫宙『嗚呼朝鮮』論」, 社会文学(32), 『社会文学』編集委員会, 2010.

Tessa Morris-Suzuki, Japan and the Korean War: A Cross-Border Perspective, 〈特輯:朝鮮戰争と日本〉, *アジア研究*, Vol 61, アジア政経学会, 2015.

제4부 동북아 패러독스의 기원과 타자 인식의 다층성

【1950년대 『사상계』의 '중국' 표상 및 담론 연구】 _윤영현

1. 자료
『사상계』, 『아세아연구』

2. 단행본
김건우, 『사상계와 1950년대 문학』, 소명출판, 2003.
김홍중, 『마음의 사회학』, 문학동네, 2009.
사상계 연구팀, 『냉전과 혁명의 시대 그리고 사상계』, 소명출판, 2012.
최원식, 백영서 엮음, 『대만을 보는 눈』, 창비, 2012.
니시카와 나가오, 윤대석 옮김, 『국민이라는 괴물』, 소명출판, 2002,
다케우치 요시미, 서광덕, 백지운 옮김, 「근대란 무엇인가」, 『일본과 아시아』, 소명출판, 2004.
스테판 다나까, 박영재, 함동주 옮김, 『일본 동양학의 구조』, 문학과 지성사, 2004.
미셸 푸코, 이규현 옮김, 『성의 역사 1 - 앎의 의지』, 나남출판, 2004.
테드 휴즈, 나병철 옮김, 『냉전시대 한국의 문학과 영화』, 소명출판, 2013.

3. 논문
김복순, 「학술교양의 사상형식과 '반공 로컬-냉전지(知)'의 젠더 - 1950년대 『사상계』를 중심으로」, 『여성문학연구』 29, 2013.

김복순, 「『사상계』기행문에 나타난 아시아 리저널리즘의 재편양상과 재건의 젠더」, 『여
　　　성문학연구』 39, 2016.
김예림, 「1950년대 남한의 '아시아 내셔널리즘'론 – 동남아시아를 정위하기」, 『냉전과
　　　혁명의 시대 그리고 사상계』, 소명출판, 2012.
김주현, 「『사상계』 동양 담론 분석」, 『현대문학의 연구』 46, 2012.
김현주, 「근대 개념어 연구의 동향과 성과–언어의 역사성과 실재성에 주목하라!」, 『상허
　　　학보』 19, 2007.
이상록, 「『사상계』에 나타난 자유민주주의론 연구」, 한양대 박사학위논문, 2010.
조경란, 「1950년대 동아시아의 반공 자유주의 이데올로기에 대한 재검토 – 『자유중국』
　　　과 『사상계』의 대항담론 형성 가능성」, 『시대와 철학』 제22권 1호, 2011.
정문상, 「'中共'과 '中國'사이에서 – 1950~1970년대 대중매체상의 중국 관계 논설을 통
　　　해 보는 한국인의 중국 인식」, 『동북아역사논총』 33, 2011.
＿＿＿, 「김준엽의 근현대 중국론과 동아시아 냉전」, 『역사비평』, 2009.
장세진, 「전후 아메리카와의 조우와 '전통'의 전유 – 50년대 『사상계』의 '전통'담론을 중
　　　심으로」, 『현대문학의 연구』 26, 2005.
＿＿＿, 「상상된 아메리카와 1950년대 문학의 자기표상」, 연세대 박사학위논문, 2007.
＿＿＿, 「역내 교통의 (불)가능성 혹은 냉전기 아시아 지역 기행」, 『상허학보』 31, 2011.
＿＿＿, 「안티테제로서의 '반둥정신(Bandung spirit)'과 한국의 아시아 상상(1955~
　　　1965)」, 『사이間SAI』 15, 2013.
최규진, 「한국전쟁 뒤 반공이데올로기 지형과 지식인의 자리 – 1950년대 『사상계』의 사
　　　상」, 『사림』 61, 2017.

【일본, 적대와 연대의 이중주】 _ 이봉범

1. 자료

『경향신문』, 『동아일보』, 『문교월보』, 『문화세계』, 『사상계』, 『새벽』, 『서울신문』, 『신
　　　동아』, 『신세계』, 『신천지』, 『신태양』, 『전망』, 『조선일보』, 『중앙일보』, 『한국
　　　일보』, 『현대』

2. 단행본

고려대학교 민족문화연구소, 『한국현대문화사대계Ⅱ;학술·사상·종교사』, 1976.
권영민 편, 『최태응 문학전집2』, 태학사, 1996.
김건우, 『사상계와 1950년대 문학』, 소명출판, 2003.
김삼웅, 「역사의 붕괴, 반민특위의 좌절」, 『반민특위;발족에서 와해까지』, 가람기획,
　　　1995.

김병철, 『한국근대번역문학사연구』, 을유문화사, 1988.
대한민국정부, 『한일회담백서』, 1965.3.
박진희, 『한일회담-제1공화국의 대일정책과 한일회담 전개과정』, 선인, 2008.
서중석, 『이승만과 제1공화국』, 역사비평사, 2007.
설국환, 『일본기행』, 수도문화사, 1949.4.
손호철, 『현대 한국정치:이론과 역사 1945~2003』, 사회평론, 2003.
쓰루미 슌스케, 김문환 옮김, 『전후 일본의 대중문화』, 소화, 2001.
이원덕, 『한일 과거사 처리의 원점-일본의 전후처리 외교와 한일회담』, 서울대출판부,
　　　1996.
이중연, 『책, 사슬에서 풀리다』, 혜안, 2005.

3. 논문
김동명, 「민주아세아의 단결 위한 서설 ①~⑥」, 『동아일보』, 1954.4.12.~18.
리영희, 「한일문화교류의 선행조건」, 『신동아』, 1974.11.
박진희, 「이승만의 대일인식과 태평양동맹 구상」, 『역사비평』 76, 2006 가을.
박태균, 「박정희의 동아시아인식과 아시아태평양 공동사회 구상」, 『역사비평』 76, 2006
　　　가을.
신낙현, 「이광수는 과연 친일파였던가?」, 『신태양』, 1954.6~7.
왕엔메이, 「아시아민족반공연맹의 주도권을 둘러싼 한국과 중화민국의 갈등과 대립
　　　(1953~1956)」, 『아세아연구』 56-3, 2013.
이봉범, 「1950년대 문화 재편과 검열」, 『한국문학연구』 34, 2008.
＿＿＿, 「단정수립 후 전향의 문화사적 연구」, 『대동문화연구』 64, 2008.
＿＿＿, 「1950년대 번역 장의 형성과 문학 번역-국가권력, 자본, 문학의 구조적 상관성
　　　을 중심으로」, 『대동문화연구』 79, 2012.
＿＿＿, 「잡지미디어, 불온, 대중교양-1960년대 복간『신동아』론」, 『한국근대문학연구』
　　　27, 2013.
＿＿＿, 「불온과 외설-1960년대 문학예술의 존재방식」, 『반교어문연구』 36, 2014.
＿＿＿, 「상상의 자주적 통일민족국가, 북조선, 1948년 체제-북조선기행기와 민족주의
　　　문화지식인의 동향을 중심으로」, 『한국문학연구』 47, 2014.
정문상, 「냉전기 한국인의 대만인식」, 『중국근현대사연구』 58, 2013.
정선태, 「신낙현의 '춘원 이광수는 과연 친일파였던가' 및 관련 재판기록」, 『근대서지』
　　　3, 2011.
조양현, 「냉전기 한국의 지역주의 외교」, 『한국정치학회보』 42-1, 2008.
최영호, 「이승만정부의 태평양동맹 구상과 아시아민족반공연맹 결성」, 『국제정치학논총』
　　　39-2, 1999.

한수영, 「전후세대의 문학과 언어적 정체성-전후세대의 이중언어적 상황을 중심으로」, 『대동문화연구』 58, 2007.

【김석범의 문학론에 대하여】 _ 와다 요시히로

1. 자료
『문학예술』, 도쿄: 재일본조선문학예술가동맹 중앙상임위원회, 제5호(1963), 제17호 (1966).

2. 단행본
김석범, 김석희 옮김, 『까마귀의 죽음』, 제주:각, 2015.
김석범·김시종 저, 문경수 편, 이경원·오정은 역, 사회과학연구소 편, 『왜 계속 써왔는 가 왜 침묵해 왔는가』, 제주:제주대학교 출판부, 2007.
金石範, 『ことばの呪縛—「在日朝鮮人文学」と日本語—』, 東京:筑摩書房, 1972.
_____, 『金石範作品集』, 東京:平凡社, 2005a(第1卷), 2005b(第2卷).

3. 논문
李孝徳, 「ポストコロニアルの政治と「在日」文学」, 『現代思想』 臨時増刊, 東京:青土社, 2001.7.

찾아보기

저자 소개

김현주
연세대학교 국어국문학과 교수

전성규
연세대학교 국학연구원 소속 박사후 연구원

손성준
성균관대학교 동아시아학술원 연구교수

가게모토 츠요시
연세대학교 국어국문학과 박사 수료

정한나
연세대학교 국어국문학과 박사 수료

육령
연세대학교 국어국문학과 박사과정

조영추
연세대학교 국어국문학과 박사 수료

왕캉닝
고려대학교 국어국문학과 박사 수료

장세진
한림대학교 한림과학원 부교수

윤영현
연세대학교 국어국문학과 박사과정

이봉범
성균관대학교 국어국문학과 강사

와다 요시히로
연세대학교 국어국문학과 박사 수료

한국 언어·문학·문화 총서 9

한국근대문학의 변경(邊境)과 접촉지대

2019년 12월 30일 초판 1쇄 펴냄

저 자 김현주·전성규·손성준·가게모토 츠요시·정한나·육령
        조영추·왕캉닝·장세진·윤영현·이봉범·와다 요시히로
펴낸이 김흥국
펴낸곳 보고사

책임편집 이소희
표지디자인 손정자

등록 1990년 12월 13일 제6-0429호
주소 경기도 파주시 회동길 337-15 보고사 2층
전화 031-955-9797(대표)
        02-922-5120~1(편집), 02-922-2246(영업)
팩스 02-922-6990
메일 kanapub3@naver.com / bogosabooks@naver.com
http://www.bogosabooks.co.kr

ISBN 979-11-5516-977-3 94810
      979-11-5516-424-2 94080(세트)

ⓒ 김현주·전성규·손성준·가게모토 츠요시·정한나·육령
   조영추·왕캉닝·장세진·윤영현·이봉범·와다 요시히로, 2019

정가 37,000원
사전 동의 없는 무단 전재 및 복제를 금합니다.
잘못 만들어진 책은 바꾸어 드립니다.